哈佛燕京圖書館文獻叢刊第四種

美國哈佛大學哈佛燕京圖書館藏明清婦女著述彙刊

4

方秀潔(Grace Fong)(美)伊維德(Wilt L. Idema) 主編

廣西師范大學出版社
GUANGXI NORMAL UNIVERSITY PRESS
· 桂林 ·

第四卷目録

《素文女子遺稿》一卷　袁機　嘉慶間（1796—1820）刻（收入《隨園三十種》）……一
《樓居小草》一卷　袁杼　嘉慶間（1796—1820）刻（收入《隨園三十種》）……九
《繡餘吟稿》一卷　袁棠　嘉慶間（1796—1820）刻（收入《隨園三十種》）……二一
《福祿鴛鴦閣遺稿》一卷　冒俊　光緒十年（1884）刻本（收入《如不及齋彙鈔二集》35）一冊……三五
《畹香樓詩稿》二卷　梁蘭漪　光緒二十一年（1895）飛鴻閣書林石印本（收入《汪氏家集》）一冊……五一
《靜香閣詩存》　龍黎春熙　光緒戊戌（1898）順德龍氏螺樹山房刻本（收入《螺樹山房叢書》）一冊……八五
《臥月軒稿》三卷　顧若璞　光緒嘉惠堂丁氏刻本（收入《武林往哲遺著前編》）一冊……九五

《緯青遺稿》一卷　張紃英　光緒十五年（1889）江陰金氏校刊本（收入《粟香室叢書》）一冊……一一五

《孫夫人集》一卷　楊文儷　光緒二十三年（1897）嘉惠堂丁氏刊本（收入《武林往哲遺著前編》）　一冊……一二七

《德風亭初集》十三卷　王貞儀　民國五年（1916）蔣氏［國榜］慎脩書屋校印本（收入《金陵叢書》丁集30—31）　二冊……一三七

《芸書閣賸稿》　金至元　附錄於査為仁《蔗塘未定稿》　乾隆八年（1743）精刊本　一冊……二四一

《梯仙閣餘課》一卷　陸鳳池　附錄於曹一士《四焉齋集》（1750?）曹氏家刊本　一冊……二四九

《畹香詩鈔》　張淑　附錄於熊寶泰《藕頤類稿》　嘉慶十三年（1808）潛江熊氏刻本……二六一

《寫韻軒小藁》二卷續增卷　曹貞秀　附錄於王芑孫《淵雅堂集》　嘉慶二十年（1815）增刋本　一冊……二七三

《長離閣集》一卷　王采薇　附錄於孫星衍《芳茂山人詩錄》　清嘉慶二十三年（1818）刻本一冊……三一一

《楚畹閣集》十二卷　季蘭韻　《墨花仙館合刻》刊本　道光二十七年（1847）刻本　六冊 …… 四八九

素文女子遺稿

袁機

素文女子遺稿

隨園藏板

素文女子遺稿

第一冊

女弟素文傳

枚第三妹曰機字素文晳而長端麗爲女兄弟冠幼好讀書既長益習于誦鍼黹之旁縹緗皮積雍正元年先君客吳中聞衡陽令高君清卒庫虧妻子獄繫歎曰我高公幕下客也非我往則難不解遂治裝歷洞庭而南告其弟高八曰曩而兄領庫供上官吾嘗止之而兄不可則勸其簿籍而加印焉亦知正爲今日計乎高大悟檢篋得印簿訴制軍制軍者大學士邁柱也素善先君兼知高公之冤爲平其事當是時簿中貴人隱探高氏孤稚無能爲使人具三千金啖先君先君怒而叱之高八益感謝臨別泣曰無以報聞先生第三女未昏某妻方娠幸而男也願爲公壻已而果然因寄金鎖爲禮時妹未周晬枚長妹四歲代繫金鎖飾項者數年高故如皐人而先君自楚歸復之粵之滇之閩與高氏音問遂絶乾隆七年高八執訊來曰某子病不可以昏願以前言爲戲先君猶豫妹侍側持金鎖而泣不食先君亦泣亦不食以其意復高

素文女子遺稾

袁機著

鏡

我有秦宮鏡淸光欲上天近看花獨立遠望月孤懸菱角何時鑄盤龍不記年無人來照影拋擲井闌邊

秋夜

不見深秋月影寒只聞風信響闌干閒庭落葉知

多少記取朝來著意看

閒情

欲捲湘簾問歲華不知春在幾人家一雙燕子殷勤甚銜到窗前盡落花

得香亭步蟾兩弟家信作此寄之

經年離別悵何如漁弟樵兄兩索居每恐峯高無過雁偶因潮落有雙魚關山風月情何似鄉國琴書味有餘只爲家貧歸未得江南江北各躊躇

細雨斜風冷畫屏西堂月落夢初醒女兒言語輸鸚鵡病瘠余一女兄弟情懷感鶺鴒遠信有時憑客報書聲何日隔花聽吳綿買就無人寄腸斷秋山月暮靑

輓陶姬 阿兄侍者

誰遣孤鸞作別離紅蘭銷歇采雲悲妝空畫閣春歸早親遠關山信到遲素紙臨風空望影銀花何日再論詩知君最是情難割膝下嬌癡有女兒

脩眉雲髻態愔愔欲返香魂路莫尋鍼綫頻勞雙手爪悲歡同說十年心無家歎我因緣惡瘦影憐

君春恨深從此鏡匳金翠冷蘭薰粉澤盡消沉

寄姑

欲寄姑恩曲盈盈一水長江流到門口中有淚雙行

阿兄得子不舉

方幸胞衣紫驚聞玉樹凋桂香初落子泡影不終朝門戶憑誰託麒麟不可招諸姑兼伯姊同有淚難消

事好翻成夢天高欲問難如何終歲望不得片時

看強仕年將過徵蘭夢又殘萱堂頻問信強曰報平安

寄二弟香亭

年來芳訊少雁字隔長河惜墨緣書拙蔽詩費紙多生涯雲過影心事井銷波極目遙天月清宵隱薜蘿

送雲扶妹歸邗後送屐青弟歸武林

春風楊柳散花天荆樹分行各著鞭梅雨池寬開釣艇蒸簾香冷罷鞦韆飛飛鴻雁雲千里寂寂樓

臺月一弦兩處離情江水闊幾時同返木蘭船

偶作四絕句

歸夢隔揚州空庭雨不休女嬌頻乞果婢小懶梳頭

花好莫焚香夜涼休拜月願持一片心寄與嫦娥識

難逢千日酒且煑六班茶怕引游蜂至不栽香色花

照水覺心清挑鐙愛影明身閒宜睡早夢短恰詩成

聞雁

秋高霜氣重孤雁最先鳴響遏碧雲冷鐙含永夜清自從憐隻影幾度作離聲飛到湘簾下寒衣尚未成

鐙

添盡蘭膏惜寸陰煎熬終不昧初心孤檠柄曲吹痕淡細雨更殘背壁深有燄尚能爭皎月無花只可耐孤吟平生一點分明意每爲終風恨不禁

感懷

蘭熏粉澤久飄流落葉哀蟬獨倚樓奩具久爲游子費書香空與此身留夢中明鏡開還合水上飛雲斷不收回首夕陽芳艸路那堪重憶恨悠悠

春懷

二月清明柳最嬌春痕紅到海棠梢寄聲梁上雙飛燕好豸香泥補舊巢

妝殘

妝殘翡翠愁經眼詩攢鸞箋怕記題撫事懷人枉

惆悵碧紗牕外曉風[illegible]

有感

有[illegible]荒山老桐花不復[illegible]女生已作隙
人鏡影三更夢曇花[illegible]明鏡裏日日淚
痕新

寄二弟詩五首欲[illegible]天涯暮得
便加二首并寄之

殘春只餘三日臘歸人[illegible]池塘無復鴛
鴦宿楊柳春風好展眉[illegible]

久抛筆墨坐蕭齋喜汝[illegible]鴻[illegible]來前日書成猶
嬾寄今朝并作一函開

送雲扶妹歸揚州

江城花落滿溪烟送汝[illegible]路暖風琴
瑟好春聲都在木蘭船
此去蘋蘩慎所司西湖花鳥[illegible]相思同懷姊妹憐
卿小珍重初離膝下時
水榭風鐙廿四橋乘鸞月夜好吹簫雙魚切記勤
寄訊莫負春江一夜潮

清風林下說才華久有詩名重謝家學罷杭州大
梳裹又彎新髻插瓊花

追悼

燕去空梁晚簾虛素月流輕羅冷團扇明鏡掩妝
樓有女憐孤[illegible]無書問遠遊誰知白楊樹蕭瑟墓
門秋
寂寂疎簾裏飛霜下碧空殘花啼曉露病髮落秋
風拌合三生幻雙飛一夢終憑棺猶未得淚盡大
江東

死別今方覺生存已少緣結褵過十載聚首只經
年舊事渾如昨傷心總問天蕭蕭風雨際腸斷落
花煙

隨園襍詩

采蘋亭上煙波暖需雅軒前竹石清水榭雲廊三
十六玻璃[illegible]外月先明
幾叢水竹湛清華終日遊仙總在家慣趁山中春
信早別開花譜譜[illegible]花
[illegible]上[illegible]啼花上歌水生紋錦月生波簾迎玳[illegible]

山遠座隔芭蕉聽雨多
艸色青青忽自憐浮生如夢亦如煙烏啼月落知
多少只記花開不記年

妹少時吟咏極多陳燭門先生 國朝詩品
中存十之七嫁後因人戒詩稾亦散失兹檢
其歸寧以來之作付之開雕麤存梗槩聊志
哀痛云爾兄枚再跋

附錄 哭三妹五十韻 兄枚子才氏

五枝荊樹好忽隕第三枝最是風華質還兼窈窕

姿令儀宜協吉論齒未應衰情以隨肩重喪因在
室悲鶺鴒飛竟斷手足夢重追弄藥爭花日將笄
未弁時金籠擒蟋蟀竹馬逐鄰兒各踞長松鍜同
分野竈炊書鐙裁紙照學舍隔簾窺呵手鬮清雪
當盤算刼棋鬬殘春艸緣舞罷柘枝敧貧不爭梨
栗慵能詠豆萁非魚常作隊似雁不差池擬續蘭
臺史將刊紫石碑阿兄試京兆小妹倚門楣望信
頻穿眼登科代展眉分襟長戚戚聚首更怡怡至
性醇無比多情累在斯一聞婚早定萬死誓相隨

采鳳從鴉逐紅蘭受雪欺踏搖囚素髮蝂摘損凝
脂瑱佩嬰兒撤釵鋤健婦持贅餘添姊禍嫁後失
爺慈捨宅棲蘭若長齋伴濟尼當官懲獷惡合族
笑姨癡婦棄仍歸矣天高不鑒之已經分破鏡長
自奉慈帷紛帨辛勤侍羹湯宛轉吹呼盧老親伴
問字舉家師有女空生口無言但點頤（妹一女啞）方形
勤指矩圓象強摹規水色雲沉閣山光樹轉鸝遊
人常獨坐對影輒漣洏豈戀終風暴常懷其雨思
冰心明月見春恨落花知寂寂芳華度奄奄玉貌

移九迴腸早斷一日病難治自覺傷心極臨危作
遠離家貧投賤藥膽壯誤庸醫白下巫陽至揚州
蕩子歸魂孤通夢速江闊送終遲（余得信前一夕夢與妹如平生
歡）路上錢猶卜靈前帳已披承衾摩瞑目捜篋理
殘詩未止高堂慟先教私淚垂蒼茫惟有恨啼勸
兩難爲念我連年瘧勞君徹夜支今朝偏送汝他
日更呼誰殘雪敲牕戶悲風動酒卮浮生千古幻
哀輓幾行辭盼斷黃泉路重逢可有期

哭三姊四首 弟樹香亭

解賦椒花性最淳忽分棠棣倍傷神若爲男子眞
名士使配參軍信可人寶鏡雲昏殘月色蘆簾風
掩落花春縱教青史傳遺跡已負生前金粟身
猶記支牀靜臥餘珊珊瘦骨影淸癯持家尚替兄
籌策煎葯還爲弟惜鬚姊病篤予執湯藥姊笑云弟鬚無多當留作苦吟撚弄不宜過勞蓋用李勣故事委頓之際其閑雅尚如此病久事繁容婢懶坐
愁力弱索花扶可憐十月揚州別已唱招魂伎女
巫
少守三從太認眞讀書慣盡一生春無冢枉說曾

[illegible]文文子遺稾 附錄 九

招葺葺古壻字見酉陽雜俎有影終年只傍親蕩子已亡方
掩涕慈姑猶在更傷神靈前空賸癡頑女也著麻
衣學謝人
高堂垂白淚雙流弱女伶丁未解憂教養竟交孀
姊替晨昏添與阿兄愁頻搜奩篋收遺稾畧賸珠
璣見遠謀更慟生無佳偶匹死猶孤冢各淸秋

哭從母　　陸建湄君

劉家文藻說三娘林下風殘斷雁行誰信有才眞
命薄生教無計柰夫狂藁碪夢冷樓頭月松竹秋
枯嶺上霜最是傷心遺弱女麻衣看着雪衣冥
當年憐愛阿甥孤曾記床前竹馬扶白雪裁詩陪
道蘊青燈說史侍班姑賢明豈但稱閨秀儒雅難
逢此丈夫應識幽貞猶有恨不曾將淚到蒼梧
青紗幔帳冷斜曛剩有殘編藁未焚不櫛恨難成
進士生兒惜未配參軍北宮老女抛環瑱中幗儒
風理練孳豈料一生如此畢白楊蕭瑟掩孤墳

樓居小草

袁杼

樓居小草題辭 第一册

樓居小草

題辭

序

繡為婦功詩為婦言繡餘吟者先功後言之義也世之目論者謂女子不宜詩夫葛覃卷耳柏舟綠衣皆婦人之詩而聖人且以冠國風之首者何耶得毋以溫柔敦厚之說其有益於陰教者更深耶內子秋卿係存齋太史之妹太史兄弟能詩秋卿耳濡目染發口成音其所由來者遠矣于歸後孝尊章慈子女閨閫之內穆如

風益信聖人之教為不可誣而有益於婦道者果深也昔徐互相倡答佳話遂傳千載今秋卿以之矣而余則風塵奔走文思縱或含毫邈然其能上繼古人否聊弁數言以誌吾愧楷亭汪益

時鐵神東座歌成郎羅康幾女史
詞箴亂衆芳於五鳳比華星於一
字可謂埽眉之才人不櫛之進士
矣更喜姬姞耦新蘽𥖁憐重三
蔄邵扇便磨寶鏡以試秦嘉五
日采藍更詠籃中而寄伯玉壽
酒則結襹待獻璸花則抗手同
看東廂夫壻既步步以感行魯
國孫姬每雙雙而俱至堂非㶅隨
怯善福與慧兼者與所望蘽獨
毋忌種種旎得所澤鬟懷順傅粉
道和珠多而首飾有光學大而心
聲作采此時步障替小郎解圍他
日蘭臺為阿兄續史將見吾家詩
事六宮傳大捨之名海內女宗十
配宣文之享兄枚子才氏序

樓居小草題辭

謝氏庭餘蕙草芳秋來一夕萎元霜心香攢得無
多子欲賺清愁萬斛償

書堂石散竟虛論（王右軍書堂帖袁妹得服石散力）歷劫終難悟
夙因斷紙零縑數行字也教了却一生人

爲還靈櫬傍湖隈自鏡明流自寫哀莫訝愁腸成
九曲柏舟親泝武夷來

移住平泉歲月長自憐身世小滄桑歌成黃竹怡
王母誰料翻添兩鬢霜

掌上珠堪抵月光無端飛去墮青霜傷心再世重
相見直認泉臺作故鄉

嬌女韶齡似左家春風獨活影交加零星母教都
能記一朶時簪白柰花

三尺秋墳寄一棺屬君築取傍陽山他時寒食梨
花夜定有吟魂數往還（夫人三妹葬上元陽山）

小字斜行刻意搜紙牕燈火付吟求竹枝慘戚梅
梢冷併作殘年一段愁

白門嚴長明小除夕題

樓居小草

袁杼著

迎春

斗柄纔移日欣逢春早迎林間鶯未囀陌上草初生公子狐裘解佳人翠輦行雪花飛六出如與玉梅爭

春燕

牕外呢喃語迎風宛轉身營巢芸閣上覓友杏園春帶雨香泥溼穿花毛羽新勢低因舞倦不是爲依人

荷花

薰風忽起白蘋開紅白嬌姿水面來到底青蓮塵不染不教花葉落蒼苔

咏雪

碎剪鵝翎任北風平鋪岐路費良工壓殘秋樹無紅葉改盡名園作月宫滿徑餘光銀燭冷連天曉色鏡花空鷗飛鷺立難尋覓掩却闌干一角紅

題揚州四妹催妝册子

秋雨霏霏秋水生阿兄返棹武林城攜來錦册催妝句驚說吾家詠絮名蝴蝶畫成原比翼（册上畫蝶）鳳鸞作伴正和鳴倚欄遥望江南月照到瓊花分外明

夏雨

細雨催新夏初栽小樹成賓鴻雲作路蝸蟀草爲城幔短愁書溼風多怕病生羨他採菱女水闊畫船輕

春日偶成

碧紗牕外日初紅看女梳頭畫閣中稚齒尚能移曉鏡疎簾偏不管斜風階消臘雪添流水天捲寒雲送去鴻底事西鄰有蕭寺一聲鐘到小樓東

秋齋閒詠

閒庭掃落葉秋意上林梢竹老穿山徑槐稀露鵲巢描花嫌紙窄學字借書鈔擬製玫瑰醬頻呼小婢敲

秋氣多蕭瑟蟬鳴老樹梢尋花惟有菊問燕久離巢綫亂因風起詩成命女鈔難勝惆悵處故把玉

釵敲

春日和王表姪

春來景物異當年小樹重生野岸邊畫閣偶聞雛燕語亂書嘗被懶猫眠雙飛粉蝶尋香信一帶青山起暮烟難得小池開漸闊客來齊泛採蓮船

詠懷

小園春暖百花開久欲尋香去復回苦向綠窗思舊夢頻將紅淚點妝臺啼殘杜宇魂歸早采盡蘼蕪信不來停却繡鍼無限恨眉彎常被別人猜

秋日偶成

武林溪水向東流處處青山景物幽四壁蛩聲環小室一行鴈字寫新秋家貧淪落親知少兒病纏綿書卷收且特南枝桂花發教他好向月中求

哭兒

兒名執玉九歲能詩十二歲入學十五歲秋試畢病病危目且瞑矣忽强視問唐詩舉頭望明月下句若何余曰低頭思故鄉曰是也一笑而逝

容易芝蘭膝下生一朝緣盡夜三更阿娘知汝離騷熟苦誦招魂坐到明

頃刻書堂變影堂舉頭明月望如霜傷心擬拍靈牀問兒往何鄉是故鄉

悼亡

曾記當年賦別情眉窗分手說歸程三秋有鴈空懷想兩載辭家隔死生舊僕已隨新主去征衣分散客囊輕欲圖夢裏模糊見慘雨淒風夢不成

詠懷

虛設菱花鏡從今怕理妝預防秋後病多點佛前香耿耿心中事淒淒鬢上霜空拋無益淚流不到錢唐

遊雞鳴寺

車行夾路草萋萋一上江樓望轉迷風急始知羅袂薄曉花落盡晚烏啼

蒼蒼煙樹帶斜暉石塔層巒傍翠微無復蕭梁宮殿在臺城猶見紙鳶飛

聞鴈

天際聽哀鴻驚人短夢中擣衣知露冷採葉羨霜紅遠度衙蘆管橫飛趁晩風去來留指爪江上問漁翁

秋園踏月

藹藹山光映碧空參差樹影亂西風蘆花幾朵明如雪吹在橫橋曲澗中

寄懷簡齋大兄

長路迢迢江水寒蕭蕭梅雨客身單無言但勸歸期速有淚多從別後彈新暑乍來應保重高堂雖老幸平安青山寂寞煙雲裏偶倚欄杆忍獨看

不寐

嘽嘽明月轉西廊寂寂宣爐一炷香替掩雙扉風作主代翻空櫃鼠求糧爲尋古字書抽亂多繡繁花綫放長欹枕不須人睡穩恐教殘夢覓家鄉

寄懷大姊

我昔伶俜不下樓君來慰我暫勾留病源代向羣醫說藥料教從遠市求一自家鄉歸渺渺至今書信總悠悠平生最有疎人癖却似黄花耐九秋

哭扶雲妹

忽報瓊花折一枝返魂無術淚如絲鮑昭妹擅深閨秀王霸妻兼令母儀黃土總成今日恨綠牕剩有昔年詩異鄉姐妹空腸斷難渡長江奠酒巵爲汝平生愛風雅故拈拙句代椒漿九原添得女才子一夕夢涼孤雁行桂嶺風烟生長地西湖花柳舊遊場今朝望斷秋來月定照吟魂返故鄉

贈鵷女

春風初起歲云過好向牕前繡綺羅我愧未成嬌女賦汝須緊記木蘭歌花簪一朵休嫌少字課三張莫厭多學問每從勤裏得韶光瞬息易蹉跎

夢先夫子言別

隱隱殘燈滅郎君入夢時五年眞死別一夕又生離未見征衫溼先教粉淚垂願移昏作晝尚可望歸期

元旦

爪辭螺黛罷紅妝爆竹聲中憶故鄉瘦影梅花春獨立通宵臘炬淚千行從奴勤掃蘭臺雪侍女閒

調柏酒漿同首殘冬如過客宣爐猶剩半枝香

挽阿兄侍者方姬

寂寂南牕燕子樓一枝花謝恨悠悠因風止婢搖新扇怯瘦教人改故裘聚首數年成短夢分襟一夕是長愁傷心忍見從前物剩粉殘香舊藥甌曾將吾女作螟蛉勸讀詩書隔苑聽家事紛紜猶指點香囊解贈又丁寧肯因久病雲鬟亂爲避春寒繡閣扃豹略胷韜難記憶應尋名手寫丹青

悼老僕

山川跋涉病縈身白髮蕭蕭壽八旬爲念主亡常掩涕更愁家散竟依人支持瓶水澆花柳捉搦荊茗掃案塵從此階前無汝至落紅飛處也傷神

磨鏡

菱鏡初磨出南牕見月輪可憐無別用但照淚痕新

對雪有感

朔雪飄飄霜葉殘朔風吹動小欄杆憐他小女踈簾下呵手抛鍼刺繡難

遊園

手捲湘簾偶下樓小陽天氣獨閒遊茫茫世事家何在澹澹春風水自流綠柳池邊驚客至黃鸝樹上喚人愁雲松深處羅衣冷欲別長隄且暫留

再寄大姊

不須亟答錦雲箋別後離懷更可憐紅粉久抛鸞鏡碎繡鍼難把淚珠穿韶光荏苒人愁老節氣炎涼事問天若得他年返歸棹白頭姊妹話因緣

寄懷杭州仲夫人

患難相依二十春一朝分手各沾巾丁寧好去親慈母珍重休教念故人千里音書遲到日半生心事暗傷神關鄉有路家何在難整歸裝話舊因

香亭弟到園喜賦

上元絲竹壽慈親有弟南來值早春荊樹枝頭花漸老玻璃牕下榻猶陳合家姐妹迎新貴一路兒童指故人雙束素縑慚拜領閨中念有范睢貧

送章姪壻之鳳陽

丹楓黃葉點征鞍玏馬蕭蕭驛路寒棋局尚橫人

不見書郵常鎖鳥猶看挽殘驛路青絲辮閒殺溪頭小釣竿射雉如臯終有日前途珍重好加餐

哭三姊

寂寂湘簾冷畫樓高堂兀坐淚空流寄來詩句哀甥死剩有釵環爲女留荆樹霜寒難獨立桐花心冷不經秋每忘自己平生恨偏把魚書慰我愁

秋懷

舊夢悠悠二十年豈期竟賦柏舟篇梧桐葉落妝臺冷楊柳花飄病榻懸多病好依慈母側解吟贏得阿兄憐自知天命愁如許願向靈山禮佛前

老母生日病中口占

北堂萱草本忘憂況是華年九十周桂子一輪香滿室金燈千盞月如鈎病軀難下深深拜仙樂遥聞遠遠流怕聽親朋呼宅相惹儂往事上心頭

除夕十二韻

除夜分陰貴關心看夕陽西山多暮景東壁愛餘光擔盒家奴走蘋蘩主婦忙兒童尋爆竹榾柮暖壺漿未掃三冬雪重添兩鬢霜椒花明日獻鍼綫

此時藏有意思前夢無情撇故鄉淒風欺紙敗守歲慮更長歎息平生事低回九轉腸射屏愁弱女戲綵慰高堂燭盡春寒至星稀曙色蒼一從鸞鏡碎不對曉簾妝

燈節後送兄之姑蘇

漸漸春風透碧紗上元時節送征車批詩暫擱書窗筆囑僕勤斟旅館茶野岸殘燈途次見秋江歸鴈水邊斜高堂頻問還家日笑指欄邊芍藥花

病中作

柳嬌鶯囀病初生匝月經旬二豎成欲對青山聊遣意豈知白晝最無情穿梁鼠鬭心猶怯繞帳蛾飛膽又驚一角簾垂何日捲重帷猶自怕風聲

偶成

迴廊曲折小亭幽爲愛松風獨自遊垂柳拂隄芳草亂落花撲面鷓鴣愁棋輸不肯輕饒子飯熟依然懶下樓更喜山中無歷日年年寒盡不知秋

病中作

終日懨懨是弱軀懶持中饋食無魚陰雷半夜驚

孤影驟雨三更怕溼書敎女挽頭先理髮感人問病强牽裾九原若不裁荆棘願撇紅塵地府居

寫懷雜詩

懨懨病質掩紗幮憶昔思今恨滿腔折得梅花和我瘦與君清影轉成雙

年年鸞鏡本分離忽破菱花不自知忘却今宵非昔日誤開香匣覓胭脂

無福能留掌上珠髫年曾讀五車書童烏冢上松千尺夢裏猶牽阿母裾

有女依依喚阿姑忝爲女傅敎之無欲將古典從容說失却當年記事珠

愁懷宛轉翠眉低荆樹枝邊小鳥棲一入桃源難返棹何時重到武林谿

新秋風起葉紛紛繚繞妝臺半白雲吹得愁魂歸故土西湖隄畔奠孤墳

彈指于歸二十年一朝竟賦柏舟篇想從泉下通音問燒化家書當紙錢

白雲渺渺我無家鎮日顰眉對落花不見棗砧來入夢孤魂想尚滯天涯

和王表姪遊永慶寺

未到登臨處詩人已占先和風吹野景細雨帶輕烟花看閒僧掃鐘驚遠客眠相傳蕭寺好佳境勝神仙

香亭弟生子繼嗣大兄喜而有賦

小陽時節多佳事桂子飄香月滿樓（是月桂花大開姪生於十五夜）海上明珠剛兩點人間香火自千秋德門有後都增喜病榻餘生也解愁忝作阿姑無別語五車

書卷是貽謀

送王表姪歸家應試

煖風吹柳動歸塵落盡寒梅草未勻客子未曾搖短槳燈花先已報雙親山前藹藹青雲近城裏迢迢泮水新歎我衰年難返棹羨君踏盡武林春

王表姪重來

幾年離聚兩三回今日重逢花正開依舊臨幮吟好句勉敎陟岵亂詩懷輕飄柳絮春寒去掃盡榆錢月色來歎我怕經風路過不曾容易步書齋

送阿兄侍者葛氏病歸姑蘇

丹楓木葉落紛紛忽聽羣花隊欲分無計綰畱春色住一天京雨送行雲

禁鼓停敲促曉程妝樓檢點最傷情珠還合浦知何日盼殺胥江打槳聲

挽葛姬

別恨悠悠秋復春難通消息暗傷神楊枝帶淚登車去紫玉成烟入夢頻斷綫幾條猶委地南樓一榻已生塵空勞白髮慈親念嘗問姑蘇來往人

聞鄉試人寓隨園有感亡兒

聽說賓興逢八月一輪丹桂月華新可憐手折天香者兒是當年有分人

重悼方姬

記得歸寧事事無欄杆小立手相扶慰儂落魄雙行淚刻已分甘七歲孤雛向窮泉尋影響偶然入夢又糢糊傷心紫玉成煙去剩有崔徵舊畫圖

病危作

黃泉原舊路重證昔時因未了三生事公然五十春傷心遺弱女回首別慈親若个營齋奠難兄作主人

囑女

半世提攜竟長成忽然撇汝汝休驚殷勤好侍爺娘側女寄大兄膝下轉喚我為阿姑者已七年婉順無傷姐姊情龍繡且將書字理思親莫使淚珠傾須知從此吾難管欲裂衷腸語不清

繡餘吟稿

袁棠

繡餘吟稿

第一冊

繡餘吟稿

隨園藏板

序

繡餘吟者女弟雲扶所作也占歸妹
之爻生逢第四學玉臺之體才堯
無雙用志不紛開卷有得凡金蚕
紫石之文元日椒花之頌南陽竇
鐙涂蕙小山靡不妍手争華偏
鉤覺響龠乃灘江辟墜疊噩靈
椿合浦珠還東依棠棣揚舲帝
子之渚彌節龍女之豈萬重山翠
篤入雙蛾一口紅霞嚋咸九轉佩
瑱而浣答子貢之三挑踞轉而歌
笑丁孃之十索或懷兄楚成或送
娣夔函叩激苦生彈宮甘鼓韻語
與機聲相續燈花共綠影齋清
團扇風開鳳尾雲藍之紙金星裝
罷蘭熏粉澤之書集號繡餘私

繡餘吟稿

袁棠字□ 號秋卿

西湖

漸紅幾處映湖光花裏和風拂面香淡蕩柳條垂碧浪
參差畫舫亂紅妝鶯聲送客啼芳樹春色留人駐夕陽
銷得黃金添得恨繁華從古說錢唐

兜籠乘興踏香塵一帶垂楊景色新十里風迎穿柳燕
數聲鶯送隔花人竹藏古寺鐘聲渺路出長隄鳥語頻
果是風流歌舞地馬蹄忙煞杏林春

秋夜懷兄

寂寂秋聲思不禁繡簾微動晚風侵闌干影轉千家月
砧杵聲移兩地心手足情懷頻悵望詩書燈火費追尋

紅箋欲寄何由達千里江南少雁音

秋夜對月呈步蟾三兄

滿堦涼影亂西池烟霧朦朦上竹枝鴻雁聲殘秋欲老
菊花風動月來遲瘦桐葉落莓苔厚疎柳絲飄白露垂
且莫臨前悲索寞與兄剪燭再題詩

七夕

遥見微雲海上生度來一帶鵲橋橫幾家簾捲針樓月
何處人吹玉管笙傳說女郎今夕會果然風路此時清
嫦娥似亦憐深意影照銀河分外明

中秋對月

愛對嫦娥一片光西風微送桂枝香寒鴉棲樹經霜冷
孤雁穿雲帶露涼酒盞月光搖短燭夜深花影入空堂
家家絃管吹新曲只覺人間此夜長

除夕對雪

歲[illegible]遞往來期雪影重堆白玉枝幾處絃歌驚此夜
行人簫鼓憶當時破牕月射燈花淡陋屋風來帳影移
一度年華看欲盡熏爐漸冷漏聲遲

十二月廿四日立春作

凝[illegible][illegible]南漫漫外閒寥寥[illegible][illegible][illegible]影遍闌干憐日短
節催[illegible][illegible]換春[illegible][illegible][illegible][illegible][illegible][illegible]金剪刀寒刺繡難
不曾東風花信[illegible][illegible][illegible][illegible][illegible][illegible]平安

[illegible]感

蕭[illegible][illegible][illegible][illegible][illegible][illegible][illegible][illegible][illegible][illegible]黃蝶未遇秋意不成林
鶯啼閒庭堦落[illegible]

春興迴文

沉沉[illegible][illegible][illegible][illegible][illegible][illegible][illegible]紅桃[illegible]日暗深苑春鶯啼舌巧
林花亂[illegible][illegible][illegible][illegible]

詠小[illegible]白梅花

雪隙寒梅未放香時人休作等閒量任他風雪交加夜
獨抱清心向太陽

環妃裊裊淡梳妝魁占羣芳一隊香我應憐君君伴我
一般清味月昏黃

春閨雜詠

年華來去水潺潺寂寞深閨春晝寒一樹流鶯千樣囀
夕陽花影在闌干

佳節清明又一年梨花深苑斷腸天東風微雨添惆悵
放下湘簾聽杜鵑

溶溶新水漲西池裊裊春風蕩柳絲梁上營巢雙燕子
斜穿花徑啄香泥

池上垂陰杏子青一天微露漾疎星梨花消瘦流鶯老
楊柳風來月滿庭

輕風翦翦柳絲絲一徑花飛最上枝昨夜新雷今夜雨
小闌干外筍參差

薄暮東風散晚晴繡牕高映一燈清秖因怕聽鄰家笛
不敢推簾看月明

月明雲淡夜風輕花影橫斜一片明却羨無愁天上鏡
高高四季伴星行

夏夜對月

綠牕深鎖晚涼天螢火初生出暮烟却喜小園明月夜
紅闌干下戲鞦韆

推牕玩月夜眠遲夜色清陰好作詩竹影漸移垂露冷
一輪浸入藕花池

碧水蓮開石榴稀倚闌香氣撲人衣湘簾十幅齊鉤起
螢火穿花帶露飛

疎竹垂垂映畫堂水晶簾捲碧雲涼侍兒解得儂心事
向鬢頻添茉莉香

秋日病中偶成

朝來對鏡懶梳頭風雨牕前白露秋停却繡針書半掩
羅幃鎮日下雙鉤

送賽英大姊入蜀

萬里雲山是錦城長亭此別淚盈盈叮嚀莫負詩書約
宛轉難分姊妹情岸柳恨牽離合夢官河愁聽可憐聲
當筵且盡杯中酒相憶明朝路幾程

送步蟾三兄入蜀

離人惜別恨悠悠況復遥天值素秋兄馬未辭鄉國路

儂心先到木蘭舟棄繻好壯終軍志投筆休忘定遠侯
聞說西川程路遠風亭水驛莫淹留

舟中再送賽英大姊步蟾三兄

離筵把酒對青山未定行踪幾日還吩付離亭好秋水
爲儂流夢入西川

夜過姑蘇

繁華初認闔閭城隱隱亭臺月色升兩岸吳歌平岸水
紅樓高映滿江燈

酬香亭二兄見寄

夢繞關山得信遲離懷那盡數行詩挑燈寄語堪惆悵
一樣寒牕月白時

寂寂花扉掩綠苔泥人香氣渚蓮開斜陽望斷雲山路
有雁南來信未來

尺書疊就意茫茫展轉離思覺更傷為倚梁間來去燕
與人方便寄他鄉

數首新詩別後題藕花風蕩綠荷池凭樓怕聽敲花雨
似為愁人訴別離

月移花影亂妝臺憶著江南心更哀家事冷如秋葉落
賓鴻偏阻信遲來

別後依依夢不真綠荷透水藕花新燕聲不管人愁悶
故故飛來喚語頻

吟懷寂寞夜生涼瑟瑟西風月轉廊欲寫紅箋憑寄語

尺書偏短話偏長

對月有懷兄姊

桂萼分香寶鏡開一輪清影照奩臺金陵江闊魚難度
白帝城高雁不來蟋蟀多言欺陋室鷦鷯寄托少良材
情思展轉燈光淡葉落敲牕禁漏催

鄰家桃花紅過牆偶作

爭紅鬭紫出鄰家露萼紛紛擬絳霞閬苑有春空吠犬
武陵無路隔仙槎含嬌未許全身見吐豔還宜半面遮
不羨隔牆春色好自家金谷有名花

清明

十分寒剩一牕烟做就清明花信前芳草映階紅杏雨
殘鶯滿苑綠楊天捲簾新竹調鸚鵡落日深林叫杜鵑
隔苑遙傳歡笑語女郎花下戲鞦韆

春夜懷兄

百丈遊絲拂短檐滿園垂綠鎖春烟人分膝下家分地
詩在心頭月在天頓起離情因見柳吟成新句又遲眠
相持仔細偎燈讀那得人歸新燕前

上元日懷步蟾三兄

火樹星橋映晚霞燈連九陌共千家山河隔面分時節
衣食催人亂歲華夢似古梅疎夜月事如爆竹散春花
天涯同此三元夜誰共敲詩燭影斜

早春寄香亭二兄

春滿佳城水解冰天涯蹤跡逐輕塵衡陽雁字何曾到
淮海鶯花又見新細草漸迷江北路垂楊初放武林春
時逢二月閑情甚雪裏題詩寄遠人

對雪有懷賽英大姊

去年曾記雪飛時小苑同君共賞詩梅萼半含新歲蕊
冰花猶壓舊時枝樓頭悵望三更雁牕下常思一局棋
節物驚心憐失伴遥天風雪又絲絲

春閨

半捲珠簾日未斜牕前細雨發梨花蝶飛芳草鶯團扇
燕啄新泥覓舊家往事徘徊如夢裏春風披拂滿天涯
深閨繡罷情無限回首慈親兩鬢華

秋日對雨

微雨經秋欲斷腸淒淒拂拂灑迴廊海棠乍濕胭脂潤
桂蕊初沾蜜蠟黄捲幔漸看添翠色停針猶喜受清涼
晚來手撥金爐火添炷伽南一片香

春日泛湖

萬紫千紅燕語天滿堤絲柳半含烟畫船揺出歌聲過
驚起鴛鴦落野田
碧琉璆映赤闌橋鶯語叮嚀燕語嬌可奈春光留不住
夕陽回首柳花飄

寒食

禁烟時節冷如秋簾捲踈風入小樓滿地落花初解夢

一雙歸燕不知愁鶯啼細柳催寒食雲送輕雷過陌頭
抛却繡針携彩筆吟詩憑倚竹闌幽

秋夕

雲鎖秋光夜氣濃半牕花月影重重不知誰弄桓伊笛
黄葉蕭蕭下晚風

香亭二兄歸喜成長律

客自遥天意外歸入門相見各依依恰當聚首逢佳節
盡檢新詩出繡闈嬌[illegible]避爺驚面目老親看子舊斑衣
不辭竟夕談心曲一[illegible]年來此會

和香亭二兄示原韻

雲影遥遥閣外山[illegible]念遠鄉關秋催掌上衣襟薄

雨過堦前草色閑竹影[illegible]窣三徑冷月明千里一人澹
添杯共作團圞會擬似[illegible]玕玉筍班
蘆簾紙閣隱窮廬寂寞[illegible]增景色虛落葉亂蟬聲斷續
斜陽小樹影蕭踈海棠[illegible]雨枝猶醉桂蕚憐秋香尚餘
更有數竿新竹在奇[illegible]改作幽居
壯歲何堪飄泊過替[illegible]自惜年華詩成錦字思蘇女
蘭吐清香憶謝家人[illegible]夜燈多好影月來小徑有名花
玉鉤捲起湘簾露坐[illegible]欄干斗柄斜
霜月初升過粉牆小[illegible]晉螯離觴坐中殘燭談心短
門外新砧報夜長蟋蟀[illegible]牀知欲冷蠹魚書字不成行
多時未共詩人話自覺吟來欠老蒼

對月呈香亭二兄

明河高映一輪圓苑柳依依萬縷烟數點踈星雲散夜
一聲長唳鶴穿天瓶花弄影香生硯池水分波月照蓮
剪燭與兄歌此夜紫微窗下和新篇

弔吳姬

霓裳一曲想當年今日空餘事可憐野徑落花悲永夜
荒臺孤月影長天玉臺鏡冷音容渺翡翠簾閑燕子喧
又續小青千古恨芳魂應在六橋邊
幾年零落減精神譜得驪歌已出塵柳絮才飛三月雨
梨花忽謝一枝春新鶯度曲空傳恨舊燕窺簾不見人
贏得青青三尺土飄然無處覓前身

題二姊哭兒詩後

字字題來染杜鵑如君生命太堪憐一春夢斷同姜女百首詩翻哭閔騫風急未能回柳絮魂歸應只宿花箋膝前且慢悲孤寂尚有瓊英一樹鮮

送香亭二兄之壽春

整就征鞍不可留離人心事在眉頭流螢淡淡穿疎徑涼月朦朦照小樓千里白雲魂斷夜萬山紅樹鴈橫秋年年恨殺江邊棹慣向江南載客愁

離心高逐綠楊邊欲別難留事可憐人去鴈來空有夢水平帆遠望連天浮雲好似身前事流水惟傳別後箋譜得驪歌送行客一聲歌罷淚雙懸

未定君行日儂愁先已深萬山搖落候孤客遠遊心菊放重陽色詩添離合吟何堪情切處還聽滿城砧

我有江湖夢勞勞半為君閨中詩少伴月裏鴈離羣匹馬憐行客孤裝宿暮雲形骸千里隔尺素寄殷勤

中秋對月

九宵風露下雲端分得天香出廣寒試問姮娥今夜月幾多人倚玉闌干

寄賽英大姊步蟾三兄

葉枯紅藕碧池秋一曲微波動翠樓自別伯牙無解調琴絃欲撥意先愁

西風淅瀝滿庭陰夜色清疎冷畫屏彼此傷心聽不得最難消受雨淋鈴

聞步蟾三兄自蜀歸杭半年餘矣尚未抵家

有客飄零蜀國西老親思子淚沾衣亂山重疊人何處邊塞淒涼鴈獨飛嶺樹無情遮目斷江湖有信阻書稀何時解釋儂心事滿徑落花空掩扉

岧嶤劍閣路崎嶇不盡離腸片紙書秋水蒹葭山色晚長途風雪夜涼初鵓鴣巧谷啼何處修竹清陰護舊廬同作兒時多少事一回記憶一躊躇

疊得新詩意萬重天高無計託賓鴻心隨巫峽雲飛遠人阻峨嵋信未通楊柳輕枝疎夜月芙蓉小苑醉秋風只今花似人非似多少關情此夕中

西望茫茫一片雲惜君碌碌逐風塵關山難越分歌笑萍水無由絆客身有夢不離江上棹折花難寄隴頭春惟將心託中秋月應照離愁兩地人

疎風小雨暗銀釭怨入淋鈴蜀道長千里夢同江水碧一窗愁對菊花黃螢光影淡枝頭月蟋蟀聲寒砌下霜遊子不歸消息渺更於何處寄征裳

梅花

一枝春報玉闌前占斷孤山百卉先隔水烟霞迷處士迎霜素影鬬嬋娟暗香初遞微風夜疎影同消淡月天幽靜風懷高格性動人詩思倩人憐

明妃

一曲琵琶淚未收傘肴駘上擁貂裘不將心負南天月
那得魂歸塞北秋青塚路迴雲漠漠紫臺人去路悠悠
細君小女應回首羸得千年碧草愁

秋日泛湖晚歸

露重新枝桂魄妍沼堤疎柳挂輕烟山連橋閣城通市
樹拂樓臺水接天野外白雲迷古寺峰前紅葉落青泉
晴霞數點松間照一笛橫秋夜泛船

幽居

欲識蓬門境荒苔草色深疎籬穿犬道巧語雜春禽慢
効阮君淚還憐鍾子心琴書今古意流水豈知音

寄香亭二兄

鵾程人與白雲齊君獨年年借一枝聞道故交多及第
更憐羈客尚無期琴書別後遙相憶雪月窗前寄所思
常對芙蓉染衣鏡堪嗟儂不是男兒

丁丑上元日病

何處歌聲入院來可憐明月映樓臺菱花鏡裏人憔悴
病鎖雙眉掃不開
鶯聲宛轉燕相呼何處春光不畫圖欲捲珠簾還住手
懨懨一病倩人扶
上元時節萬家春我獨蕭然負月明一曲誰家驚落鴈
吹來都是斷腸聲
春寒陣陣繞簾櫳病怯心驚怕聽風問疾人來須作答
侍兒傳出畫堂中

病中五弟贈白梅一枝

何必尋春去居然惠我來影疎人共瘦香冷夢初回待
月增丰韻邀詩闘翰才亭亭如慰病移傍繡簾開

步蟾三兄久無音信 集古

江海飄零客恨多空令歲月易蹉跎故鄉今夜思千里 溫庭筠 李頎
雲樹連天阻笑歌 高適 張謂
誰家玉笛暗飛聲總是關山離別情流落錦江無處問 李白 王昌齡
應憐世故一書生 李紳 盧綸
銀燭金爐夜不寒愁人倚月思無端玉關西望腸堪斷 王昌齡 徐安貞
楚水巫山道路難 岑參 賈至

馬邑龍沙路幾千中間消息兩茫然鳥啼花落人何處 劉長卿 崔珏
風景依希似去年 杜甫 趙嘏
不堪西望見風塵玉壘浮雲變古今想得故園今夜月 劉長卿 杜甫
應憐共照兩人心 杜荀鶴 劉禹錫

賦得春風扇微和 得和字 五言六韻

春風能扇物淑氣媚晴和蕩漾迎春轉飄然拂面過暖
催桃蕊綻輕遞柳梢多助蝶翻新翅傳鶯弄巧歌有聲
來竹徑無影動池波玉律回芳節清暉映遠坡

賦得杏花消息雨聲 得聲字

挂起珠簾探雨聲報來消息杏花明子夫同飲金莖露
宓女初含羅韈情十里豔迎鶯語細一枝紅送馬蹄輕

亭亭笑靨宜人處風味天然畫不成

綠暗

綠暗紅稀正可憐何堪送別淚雙懸愁來身似雲長往別後人如夢杳然蝶舞落花芳草地鶯歌細柳夕陽天關心幾度追離思一片深情託錦箋

闌干弄影月隨枝惱亂離腸數首詩窗裏疊成無限字天涯未卜有歸期熏爐衾煖成眠易裁句春寒落筆遲又是一番離別恨落花飛絮斷腸時

新秋雨夜伴五弟讀書

雨洗清秋夜孤燈冷畫屏暗雲籠淡月深竹隱流螢針影起寒色書聲耐久聽共君當此際身事等浮萍

又

淅瀝秋風裏蕭條萬物情桐飄金井冷人爽玉壺清寒柝出深巷新砧滿禁城可憐窗下雨如助讀書聲

晚樓閑望有懷二兄

夕景蕭然及暮秋碧天星彩兩悠悠竹疎小徑月當戶簾捲空庭人倚樓霜影淡疑黃菊瘦鴈行斜帶白雲流關情我最憐宵月應照天涯有遠遊

秋夜感懷和三兄韻

蟋蟀聲聲報夜寒倚樓吟望覺衣單烟迷野外天低樹影轉庭心月上欄繡閣燈清無俗韻井桐秋靜只棲鸞浮沉未辨身前事放眼渾如一醉看

賦得十月先開嶺上梅

輕寒消息暗相催庾嶺風情見早梅數點天心春尚小一番花信律初回依雲欲借南枝勢映月宜傾東閣杯材異羣芳先得豔西風著意向陽開

登隨園天風閣

層樓高聳入晴空檻外波開淡淡風細柳榮舒春色裏曲欄廻折翠微中風鳴池館書窗靜水點桃花落炤紅極目江南更江北烟波何處是歸蓬

于歸揚州感懷之作

不堪回憶武林春嬌養曾為膝下身未解姑嫜深意處偏郎愛作遠遊人

綠楊堤畔行遊子紅粉樓中冷翠幃爲問秦淮江上月今宵照得幾人歸

流光如電復端陽把酒思親淚兩行寄語故園諸姊弟榴花不似去時妝

鶯聲燕語一番新滿徑飛花又送春一別故園慈母遠綠窗誰惜膝前人

雨中聞笛

驚鴻一曲韻偏賒和雨隨風送碧紗最是關情吹折柳又翻新譜落梅花牧童行處風吹背公子歸來月滿家莫唱關山離別恨有人愁聽在天涯

柳

輕搖萬縷弄春嬌不覺金風老翠條記得別時曾折取
青青猶自綰河橋

秋夜對月有懷

何處砧聲入畫樓清風簾外小亭幽吟殘紅蠟紗窗冷
望斷碧雲深樹秋異國關山親白髮故鄉人事水東流
憑欄手折黃花笑明月應憐一段愁

和存齋大兄隨　尹宮保遊棲霞山原韻

聞說江南名勝處此山佳竟壓羣山偶從　制府加籌
畫惹得高人愛往還峯翠遠連松色古水光涼映石紋
斑郎君與有看山福工在幽居叢桂間
畫意吟魂兩不勝由來名士即名僧幾年小築成幽徑

此日遊山到上層一自韻從元老和滿城人競作詩能
就中欲續棲霞誌應羨吾家有駱丞
我亦登臨興未窮裙釵無分入仙宮枝分棠棣西園雨
身逐瓊花碧海東但得一舟江可渡原非三島路難通
遥情高寄雲烟裏惆悵寒林萬樹紅
佳麗武陵誇絕調六橋風景已深嘗傳來白下新詩好
觸撥西湖舊夢長兩地風光同想像半生金粉普遺忘
妝臺自掃春山坐無限吟懷付夕陽

題度昭姪小照

峯巒靄靄石磷磷一徑雲蕪萬古春遊遍名園無勝地
訪來佳境可容身風驚松子懷中落月照山泉石上新

分得青霞幽賞處蕭然物外見天真

遥送香亭二兄赴山左姊丈官署

接來尺素添離緒又上東山望白雲江左夢添楊柳恨
廣陵風阻雁行羣還家有約空憐我去國多情却羨君
梅雨滿庭花欲老不堪春瘦已三分
仲宣此去定登樓莫賦東征動旅愁骨肉遠從天外合
雲山今遂意中遊離家親隔三千里見面人驚十載秋
見與大姊一別今已十載矣　未識此時相會後可能分夢到揚州

題周貞女傳後

無瑕白璧世希聞齊國嬰兒應數君鳳侶未能諧鳳願
烏私先已報恩勤青蒼節擬松千尺皎潔心同月二分

彤管徽音誰繼美清風嶺上有孤雲

和存齋大兄送女偕壻歸吳門

當年春暖百花香曾賦于歸晝錦堂燕喜也同今日宴
鳳占未及此時良一雙美好人如玉百歲姻緣事正長
莫向庭幃頻眷戀離家風味我先嘗
銀燭臺前酒未消秦樓月滿看吹簫想來風俗吳江異
此去明珠掌上遙好搆書燈陪夜讀莫將婦道當兒嬌
傳家奩有生香筆珍重張郎鏡裏描

香亭二兄北闈報捷和存齋大兄原韻

喜動眉端又筆端捷書想已到臨安聯珠世上無多客
通籍吾家有二難到底鴻文經世貴不妨丹桂出身寒

春闈好展鵬飛翼更待瓊林拭目看

看步仙雲到太清玉堂舊有阿兄名梅窓不負肱三折梧嶺新聽鳳一聲紅藥欄前揮麈坐金鰲背上御風行他年白馬歸來日不羨蓬萊衛叔卿

哭素文三姐

去年分手出江城一別何由判死生似此才華終寂寞果然福命悞聰明北堂月冷珠沉海南國雲飛雁斷聲（余于歸時姐以詩贈別有柳絮風高斷雁行之句）誰道詩成成自讖不堪展卷見君名

請兄來說淚紛紛無限傷情不忍聞歸夢難尋他日約招魂空奠隔江雲半生辛苦狂夫怨中路淒涼弱女分

剩有千秋遺韻在清風林下弔斜曛

祝碧英大姐四十壽

泰華峰開十丈蓮秋光遙憶照璚筵綠窓花綉河陽錦紫閣肩隨酇縣仙玉女傳書來閬苑泥封頒誥出鈞天堂前琴韻房中瑟一樣和風動蜀絃

北堂風雨別經秋猶記花前數酒籌每惜南天分雁影同將鄉夢託江流西湖烟水懷三竺東海雲璈近十洲何日魚軒邀一過二分明月滿吟樓

五弟之二兒官署抱病不能乘車鼓棹送至鑾江長行別後寄此二律

最憐弱弟倩扶持一別雲山兩不知分手望迷千里目同懷難慰萬般思欲憑聚首當何日苦斷離腸是此時無計安排情切處惟將心托數行詩

血痕鮮濺我衣襟（弟病弱臨岐傷感嘔血不止）握手叮嚀此刻心欲訴衷腸言不忍強開色笑淚偏侵一家骨肉憐君小幾處離愁恨我深回首問天天更遠願隨流水去追尋

秋日泛虹橋晚歸

晴雲荇映採菱天幾處鳴蟬咽晚烟隔岸人歌疎柳下酒酣舟子枕篙眠

讀楊夫人遺集

展卷瑤章見典型風裁還比玉華清送春迎夏何多感晚蝶黃花別有情（集中有送春迎夏句蟬頭晚蝶黃花題）曾抱遺孤吟橘

姒久傳佳句動公卿愧儂後步簪花者也得隨班附姓名

遊趣園月下賞桂即席偶成

檻外澄潭碧落晴就中心地爽然清人臨秋水風前座月照湖山桂裏明烟靄峰巒憐川短酒添絃管對花傾今朝未盡來遊興無限勾留在此行

月裏仙姿傍翠苔水明山碧為秋開個中清味知誰識林下香風向我來豈有襟懷甘負却定留詩句莫空回徘徊欲住情難住隔岸遙聞禁漏催

寒食日哭履青弟

深紅淺碧一園春忽謝荊花第五名往事去如雲過影

新愁添得雨傳聲三生已了團圞夢一本能傷草木情
今日不堪回首憶況當時節是清明

挽吳夫人

四月黃梅雨氣清金閨人去若為情空餘林下簪花格
無復堂中問膳聲戒旦素傳南國譽斷機能助樂羊名
遙知仙馭雲間逝定有瑤池白鶴迎
繞膝曾無玉樹行江干只有女兒箱夫人止一女珍珠掌上
光何短霜鬢靈前痛更長銀管千年難泯沒瓊花一朵
易凋傷禁他簾幙燈花淡焚到粧臺未了香

寄焚五弟週忌靈几

迴想當年同夜課弟吟我[illegible]共燈情況思[illegible]工須[illegible]

着意輕輕放剪聲
一篇遙寄付陰曹知弟孤靈何處飄古刹雲封幃幙冷
可憐寒月照清宵
白雲雁斷去無踪又度梅開嶺綻紅書寄黃泉知受否
是儂名姓是儂封

賦得冬日可愛限冬字六韻

青陽迴律呂旭日媚三冬宛褪餘溝雪梅芬破凍容汀
天明遠岫村落助寒春簑笠藏魚艇樹光透嶺松鳳池
迎暖照朱閣捲簾逢融氣贈微瑞恩暉到處濃

賦得霜葉紅於二月花得紅字

霜冷江城淡碧空萬山木落見丹楓無花艷寫三春色
有葉能爭五夜風明月欲扶新影醉好雲不礙遠山紅
漁郎洞口無消息水冷烟寒隔繡叢

代賀人合巹

蕊珠仙姊下瑤堦五色霓裳九子釵歛逗紅粧人似玉
梅花風裏帶香來
月殿花宮爛熳遊雲璈響處瑞烟浮一泓瑤沼鮮融水
曾看蓮花放並頭
華燈照耀月初灣寶髻花簪壓鬢鬟珍重玉臺新彩筆
好依張敞畫春山
麝蘭香暖透新袍紫鳳迎來路不遙自有風流稱絕世
秦樓不羨夜吹簫

和壽賓張婿平山寒望原韻

憑高一望一登攀放眼蒼茫心地閒化缽僧回遙野寺
尋梅人過小溪山波搖遠圃雲沉黑霜點新楓葉盡班
好趁西風留日醉輕裘肥馬莫空還

福祿鴛鴦閣遺稿

冒俊

福祿鴛鴦閣遺稿

羅浮峯頂駐飛仙小謫紅塵五十年夢醒何知周與蝶木樨香可悟真詮

升沉偶合總前因自在天游自在身妙闡真如傳密諦雲光繞影出凡人

鐵橋縹緲路依稀消歇簫聲鳳不飛偶為清風雲出岫吹來一片舊仙衣

回憶鴛絃翁棄時高山流水有餘思曠懷四大原空境我攬蓬萊一覽遲

光緒甲申春平沅望

錢唐陳坤題并書

序

士大夫之家門庭雍睦而子弟又皆孝友端謹無聲利嬉游之習者其原多出於閫內蓋婦德旣備家政必修母教克稱瑤環自秀古聖人立言垂訓而禮重內則易著家人良有以也中饋之賢實於齊家之道爲功不少焉錢塘陳子厚太守淑配冒恭人素以賢德聞太守一官繫迹日從事於手版簿領間不暇問家事而恭人勤内政手治米鹽日以女紅蘋蘩督子婦暇則勗諸子力學厲行遇過失訶責不少貸接人以和馭下亦不苛而嚴以故持門戶數十年内外秩然無間言其中饋之賢齊家之道可以無媿矣而太守之得以從公述職宣勞著績而鮮内顧憂者亦恭

人之力也性耽書史精大小篆善吟詠而不喜存稾讀竟輒焚之太守故工詩每相與擘牋分韻唱酬於鏡檻中伉儷風雅聞者豔之施愚山嘗言盤中詩好不聞伯玉和歌織錦詞工未見連波作答頗爲缺事恭人則琴瑟諧音宮商合奏足令前人讓美矣光緒甲申秋八月恭人以疾棄世太守茹悲之餘輯其閨中殘篇零墨尚得詩詞四十餘首皆焚棄之餘因薈爲一集將刊存之而屬余以序余維恭人之賢德已足稱述固不必更以才著然言爲心聲其雋詞名論見於詩句中者亦何可湮滅而不傳余與太守交最深重荷徵言不敢以不文辭謹譔敘事實以爲闡揚之助光緒甲申暮秋之望海昌俞洵慶序

題詞

徐瑋文 植之

掃眉才子邁英豪福慧兼脩識更超閎盡從前閨閣譜何人胸次似如皐

糟粕刪除見性靈就中家訓似箴銘黃金作紙珠排字宜贈香閨寫畫屏

潘貞敏 伯睎

恐是當年劉令嫺偶然小謫到人間未知跨鶴歸眞後猶駕羅浮第幾山

水繪風流倘未湮閨中賢媛解扶輪齊雲夫壻迦陵叟更爲新詩集婦人

福祿鴛鴦閣遺稿

如臯冒俊碧纕著

家訓十二章

孝

罔極恩何如養兒喻育鞠懷保既劬勞免懷仍顧復春暉報未能時懼悔風木承志敬厥身慎哉思式穀

友

手足有短長持步無殊軌伯仲有智愚庭帷無歧視念茲協塤篪高堂添色喜毋暨禦務時艮朋慨罔恃

和

舌柔在吾口齒剛露其齗不辯適止謗平易斯近人崖岸

空自峻謝笑勝顏瞋卓哉周公瑾千禩景飲醇

慈

林深鳥斯聚水清魚靡留誰非骨肉軀惻念共戚休意起滌刻薄口惠謝噢咻居上胡不寬昭戒垂千秋

忠

匹夫尚意氣踵頂糜酬知委質沐醲恩拜獻匱操持跽拳謹摯曲崇膺國士期難誣衾影心進退慎旃思

敬

毋謂卑易淩高陵基深谷毋謂暫旡咎駟馬驟平陸聖狂一念爭幾希判人畜丹書誠念哉懷刑礪幽獨

公

雨露廣涵濡仰觀識仁育嶽瀆並峙流俯察喻鍾毓天地罔偏頗人心互寒燠稱物而平施世途靡蹐跼

正

表端景不頗子臣胡諭鵠風草偃如響立身基榮辱是非毋模稜徑竇凜失足往哲擯邪蒿浩氣資啟沃

誠

精忱開金石中孚格豚魚靡欺遁獨鑑奚妄構子虛千鎰重一諾懷抱愬款攄修辭戒之哉人將徵厥初

厚

精巧物必脆質薄使之然殘酷天道惡門祚定不延周邦八百基親故尤拳拳籯金遺後嗣耕穫讓心田

勤

農惰或受飢女懶或受寒一簣虧其功分陰惜毋寬百爲豫不隳萬幾脞懷安井掘待臨渴胼胝悔彌難

儉

華靡召凋敝近憂胡能遠量入以爲出足用操左券帝不陋土階戒侈垂成憲饘鬻念來源容敢萌奢願

弔黃石齋布衣

天崩地坼白日寒有客心懷一寸丹井水無波誓不動從容就義莫辭難鬱鬱寧蹈東海歸行行罔采西山薇多少受恩深未報孤忠獨出老布衣

和鳳五林觀察校閱潮郡團防詩韻

八閭傳警急妙運掌中籌借箸爲公舉脩戈與子仇如風摧木勢未雨徹桑謀海宇淸堪詠奚懷漆室憂

講武乘農隙師貞紀律明兵皆能效死賊豈任偷生五教申嚴誡三驅振義聲微公經濟廣何以奠金城

題子厚夫子温酒壺

爇取霜林飲約素心月下花陰淺酌低斟一刻千金一往情深高山流水伯牙琴酒中人亦有知音

題子厚夫子把酒圖照

一杯常對笑顔開澆盡胸中磈磊來斗酒百篇傳韻事千秋低首謫仙才

難將醒醉向人論把酒問天天不言絶好湖山歸未得惘然重認舊襟痕

三十年來海上行風濤隨處片帆輕琴心劍膽都無用不及酕醄老此生

雖然投筆志難酬博得虛銜作醉侯春滿陌頭看柳色登樓無悔亦無愁

題次女靜漪寒碧軒詩鈔

吐盡春蠶自縛絲空花解脫悟禪思廿年苦費將雛意一卷悲留幼婦詞

題芙蓉館遺稿

稿爲山陰史印玉著印玉乃史藹亭明府第三女配番禺石永康撝庭室舉人石炳樞星巢母也

佛家語輪迴修慧須修福我嘗聞其言相非在心出曩者吾愛女有識而無祿此理殊未明中腸日往復茲感誦君詩恍然忽大覺以君玲瓏思如泉湧百斛以君詠絮才漢史何難續況作伯鸞婦琴瑟洵相樂既有承叔子心願亦已足奈何子名成瑤池鶴返速未睹鳳翱翔雲程不可逐未享錦堂養娛悅極耳目直欲攜君詩靑天問數數

題廉州府鳳梧岡貴輕颿載花圖

太守治廉雅化隆養民心與養花同民懷慈愛三冬日花信欣榮廿四風

一卷圖開著美談飛帆兩岸送靑嵐天涯載得名花返長挹淸芬誦嶺南

朝臺懷古

蠻夷大長老夫佗一詔飛來霸氣磨富國强兵能治少推心置腹感人多旋移左纛除黃屋頻上高臺拜玉珂越秀山靑渾不改英雄難得奈愁何

賭婦潭

分竹復合竹因緣有定論深情寄流水流水竟無言

王補帆大中丞輓詞

未了濟時心大星海上沈劇憐臣盡瘁渺渺武溪深

題子厚夫子嶺南雜事詩鈔

捧檄南來卅五秋風塵萬目具先憂頻教手撚吟髭斷倚遍闌干望海樓

老去風情白樂天琵琶淸淚感年年斧柯不屬終何補空賦秦中樂府篇

嗟君袖㩀舞婆娑三百風詩寄興多莫作閒情消遣看一腔熱血萬層波

生花筆繞嶺頭雲五色斑斕豔十分題罷新詩還一笑輸他錦字織迴文

題鍾葆田太守墨禪圖小照

一塵不染閒情埽穩坐蒲團自在好永炳心燈添路無緣當止處知幾早

奉和子厚夫子六十自壽詩原韻

老子痴頑尚昔年耽詩愛酒已華顛荒唐夢鹿尋蕉覆辛

苦求魚類木緣從古當仁多不讓於今見善輒思遷前因後果憑誰證方寸中間有福田

功名何必繪凌烟世道難行直似弦柔弱荷絲抽雪潔輕狂柳絮逐風旋登山涉水鳩扶杖訪月尋花鶴守船樂永魚游終莫羨祇存寅畏在臨淵

如弓新月照當筵兩鬢成絲謝俗牽宦海儘教生險阻家山原有好林泉御龍人憶淮南子司馬官嗟白樂天先正有言遺後法一經已足勝連阡

扢雅揚風入短篇嶺南雜事藉敷宣吹來玉篴鏗聲遠悟徹金鈴箇箇圓簡練一編敦漢學薪傳三昧得唐賢海濱拭目成鄒魯望治初心却粲然

聯珠合璧記從先本旣端時影弗偏鴻案家風勞酉命鹿洲女學感心傳㝵緣早識三生定式好恒如卅載前水淼雲深雙頡頏鴛鴦何處不如仙

白頭情緒更纏綿不斷祈黃斗十千爛漫性眞知我拙疏狂格相避人憐紛紜塵牘紓籌策荏苒年華媿俸錢養到和平溫厚福信他學詣益高堅

題胡明霞太夫人宜爾樓詩集

捧袂緣慳結願頻遺編三復擬相親胸中大有千秋志筆下曾無一點塵香比梅花修竟到淸於竹葉味纔眞鴛鍼線脚分明在乞取刀圭贈後人

酬孫浣雲夫人 調寄滿江紅

五朶雲來感前代孤忠事蹟堪與那魯連蹈海詠垂金石不是娥眉人第一品題孰稱無雙客一瓣香供奉女相如情脈脈　思宛轉今何夕明月照花箋擘曲奏陽春好遏沉雲碧高調常留梁屋繞低吟應遺紅牙拍擅千秋雅譽在芳閨風流劇

和浣雲 調寄滿江紅

露盥薔薇載吟到新詞妙絕無限恨家山破碎異鄉羈紲捷報星馳狐遯影故園月落鵑啼血想夜闌漏靜遠離人思還浙　浙水碧粵山凸雲濤隔心香爇幕敞蕙芬永燕飛頡頏才慧同君應示巧疎庸如我難藏拙倘垂靑不以菲葑遺相攜挈

題秋水軒詞鈔 調寄浪淘沙

多病復多愁閨閣風流篇篇錦繡倚聲柔福慧相兼眞不易影幻泡浮　識面恨無由圓月難修瓣香心事願千秋重付棗梨傳妙句吟遍紅樓

藕絲 調寄一點春

一彎西子臂七竅比干心美人烈士情無限餘緒纏綿自古今

重刊自然好學齋詩鈔後序

論詩於閨閣中才綦難矣無良師益友之取資無名山大川之涉歷見聞所限才氣易孱加以沉潛高明性不能無偏倚豐亨否塞境不能無窮通菁華不舒巾幗通病若夫吟工柳絮秀擢蘭荑扇芬揚百和之香展釆織七襄之錦若汪宜人端者其山川所鍾毓幃闥之英奇也歟余與宜人雖附葭莩之末未親蕙茝之儀顧今得其詩而盡讀之其渾脫瀏亮則光風霽月也其沉釀馥郁則時花美女也且也論世知人則眼高於頂述懷象物則心細於髮平生佳耦無慙徐淑之傳不愧論文豈在大家之後古人所謂拓開萬古心胸推倒一時豪傑者其殆庶幾焉爰鐫簪珥重付棗梨欲以廣流傳亦即以誌景仰也虛負驥尾千秋之願我恨生遲試數蛾眉一代之才誰能居上謹書末簡用告將來如臯冒俊序

重刊秋水軒集序

甚矣學士詎是靑蓮尙書誰傳紅杏升堂入室蟾窟解翻三峽之瀾鐵板銅琵海天能發大江之唱縱有縫月裁雲妙手絕無縷金錯彩新聲豈非薄嘯虎於藝苑恥雕蟲於壯夫也耶矧玉茗才淸金荃集麗翻翻詠絮之篇名齊鮑妹嫋嫋簪花之管韻敵左芬無論江山間氣天地秘珍縱有謝氏名媛無筆床之離手劉家小妹常硯匣以隨身亦恐攻錯尠他山之助花牋有散佚之虞孰是替人敏推敲於三步居然名集融情景於一家則有莊氏槃珠秋水軒集奪春豔以爭妍擬化工而侔巧春風楊柳不足方其豔也秋水梧桐不足比其淸也夕陽芳草不足宣其鬱結也夜月紅樓不足致其纏綿也卽此一編珠玉已足樹旗鼓於騷壇倘教萬卷瑯環詎難掌秤量於唐代所惜者遇非集菀人殊薄命桃花性旣工愁世乏長生藥物遂使阿兄史筆莫教東閣踵成才女遺篇徒增後人惋惜嗟乎曇華乍現君留眉樣於千秋鉛槧重翻我爇心香之一瓣如皋冒俊序

誥封恭人亡室冒氏事狀

恭人姓冒氏名俊字文蕙別號碧纕江蘇如皋縣人父溶江西德化縣知縣贈資政大夫母趙氏贈夫人弟七人妹十一人兩弟七妹同母生恭人性孝友慈惠幼卽英敏有成人識量戚里多稱焉二十二歲來歸迨事椿庭　先大夫極愛憐之　坤　爲貧而仕位卑祿薄家屢空旋奉諱境益窮困恭人節衣縮食佐以儉勤數十年如一日雖恆居窘鄉而戚鄰有急盡力賙濟無吝心亦無德色綜其生平上稱其孝下誦其慈無間於妯娌姑叔之儕下逮僕婢莫不感戴頌述門內肅雍且和甲寅粵匪滋事城圍日警恭人將諸兒付健僕先期攜出闔戶積薪約城破卽舉室自焚旋値圍解乃已其臨大節也若是戊午恭人患乳癰危甚堂妹玉華焚香祝天願以身代且曰嫂亡吾不獨生其誠懇入人之深也若是蓋恭人於前人嘉言懿行心嚮往之故每有合也　坤　前欲刊鹿洲女學讀本鬻簪珥以贊成之而於閨閣才人尤相雅愛嘗擬裒輯古今名媛詩詞彙爲一編因力綿未果祇將王玉瑛汪允莊吳蘋香莊槃珠四集陸續校刊其愛才而向義也若是至於工書能詠特其緒餘耳生一女四男妾生二男三女相視如一　坤　奉簡書常不家食諸兒幼時每自課之一鐙熒熒女紅不輟誦亦不輟也遇過失訶責不少寬貸其愛而能無姑息也若是兒女輩屢經夭札心已滋傷復因產育多氣血均虧時苦

疾病每不肯服藥餌曰人生有命彼多財者不盡地行仙耶其識解之過人也若是然性篤於勤體極尫弱氣喘怔忡等恙間作仍復操勞不息兒女輩苦勸則曰吾亦知體弱不任然必如是而後心安不如是而心有不安也庚辰以來疊遭外舅姑喪五七姨妹相繼病歿二四叔舅先後罷官內弟奉差航海來粵遇風淹斃五兒夙聰慧又得心疾舉止失其常度恭人遂無日不在哀傷憂慮中甲申八月二日降期服闋歸而祥祭病益增劇閱七日遂不起臨歿遺言勿厚殮葬勿修佛事而已粵俗有回煞之說以亡人所亡時日推算八月二十一日爲恭人回煞之期酉來亥去殊無影響但布灰於向日梳粧桌上約略有字云自解脫塵網以來仍返羅浮執事頗覺清適家人可勿念也又有詩曰渺渺人天隔路歧難忘夫壻與諸兒但憑一點精誠在未必相逢無後期詩後又畫一大蝶恭人生有自來化必成道翩翩鶊蝶徜徉於羅浮衆峯之間仙乎仙乎蘧蘧然覺乎殊杳眇而難知已恐日久遺忘撰次大概載入家乘以示我後人陳坤狀

冒恭人壙銘

會稽汪瑔譔

光緒十年冬十月錢塘陳太守子厚來曰亡室如皋冒氏諱俊字文蕙故江西德化令諱溶之長女也來歸凡四十年有六子四女今年八月九日歿於廣州春秋五十有七將以明年某月日歸葬於杭州某山之原念其生平行事有不忍忘者敢爲狀以乞銘幽之文瑔交太守幾二十年聞恭人之賢久矣讀狀與所聞合知太守之言爲可信也乃不辭而爲之銘其詞曰

溫溫恭人實惟女士作嬪清門克相夫子戶蘭致虔佩茝修禮式和先後無訾姑姊珈簪旣御𢃄佩相莊何期殘燧忽逼濛隍芝焚自矢蘭爇奚傷幸銷金革彌耆璚芳聿在平居常勤中饋飾謝珠笄儉辭錦帔樛木流恩鳲鳩蒙惠課女紉綴勖兒文秩篋啟衣魚篇陳德象翠墨晨研綠窗晝儆罷繡風和聯吟月上玉箸分箋金絲叶響抗懷往昔彼美嬋媛王汪製雅吳茝句鮮勤斯舊輯永彼流傳聯珠作字比玉成編福善有徵柔嘉無咎云胡首疾不臻眉壽玉案俄虛金膏何有隙駟徂陰文鵜失偶黃門傷逝碧海量愁鶴歸崑閬蜨幻羅浮塞悲懷昨表懿銘幽化臺一閟貞石千秋

同人祭文

維

光緒十年秋八月既望越十有三日庚子某某等謹以醴酒庶羞致祭

誥封恭人陳門德配冒恭人之靈曰嗚呼維

恭人誕發蘭儀光啓玉度望月方娥瞻星比婺毓德華胄棲景璇閨寢饋史席容與經緯事親謹禮尸祭脩文旨甘斯奉俎豆斯陳女儀是嫻姆訓是翼智慧素鍾柔嘉維則誦詩緝藻臨篆崇規實邦之媛展如之徽道韞抗才大家述誡下逮女紅靡不振釆六藝勤懋德曜顯揚敬事夫子于家有光承舅以順睦族以虔賙卹外戚鄉黨稱賢臨下以寬

處世以遜八頌胥和六德咸允料理米鹽操勤井臼閫範斯崇食福宜厚煦嫗春暉慈和冬愛踵迹萊妻媲美梁配

鸞章榮被螽羽懽謌君子偕老其樂如何胡天不弔頓棄紅塵詩篋書匳付畀後人流光燭禩遺釆輝年留墨繭紙布韻鑾牋抽緒雅南均芳金石湘帙堆雲簡編華日如芝之瑞如玉之英懿此淑質含章可貞孝友之情洋溢言表黃絹爲辭純化絕妙陳書袪蠹披版尋魚神味淵永腕力紆徐體薄硬黃形殊飛白泰漢以還規矩靡失凡爾女士勗爾典型惟文之富維德之馨流傳廣遠世壽榮名選樓極功斲輪巨手具美古歡並難尚友一朝淑彥四姓名家聯芳接萼齊潁騁華圖名百壽說篆飛龍林下才媛雅音是崇鐫刻窮精樸拙含古於萬斯年受天之祜文學業著天性獨肫蹶里多難慟妹哭親孔懷兄弟偃蹇仕途愛憐少子心疾未除積憂成痗不可救藥雪翅飄鸞仙音杳燭瓊樓玉宇明月前身蟾影剛圓大夢歸眞古今同盡令譽爲希有德斯壽綿無已期桂馥蘭芬雲蒸霞蔚裕後繁昌窮泉差慰安仁新哀文傳永逝子舍靡依漣漣泣涕椒蘋同薦馨香告升彤管宛在素旐式憑嗚呼哀哉尚饗三品銜補用知府侍生鄒覲皋候補知府侍生徐璋文候補運同侍生金武祥世愚姪蔣偉知府銜候補直隸州知州姻侍生鍾啟元試用同知侍生莊允懿候補同知姻愚姪孫鑄四品頂戴補用通判世愚姪陳嵩壽同知銜補用知縣侍生徐

沅鹽提舉銜候補知縣侍生杜承洙候補知縣愚姪伍學純州同銜候補鹽經歷世愚姪陳福恩同知銜補用知縣候補縣丞世愚姪孫應霖分缺間用巡檢兼襲雲騎尉世愚姪王蔭補用巡檢愚姪祝華封候補巡檢愚姪劉裕庸補用巡檢愚姪秦鳳璪全頓首拜奠

言碧纕恭人哀詞四章　俞功懋又山

祝嘏祈松栢招魂感薜蘿名媛光里乘密諦證波羅宦隱
棲霞共華年逝水過廣寒未脩竟匆促赴姮娥

曾歷圍城險兼持家政勞小心承佩帨大節擬鞾刀淑氣
舒翚羽慈雲護鳳毛瓣香林下集風雅屬如臯

簪筆資賢助秋帷渺德容霧蹤隨蜨化遺篆寶龍從譜繡
囊空賸評詩墨尚濃鷗波情脈脈篘館歎塵封

慧業原無累儷緣偶有因麻姑留後約漆吏悟前身掩鏡
虛懸月眠琴不潤春雲君來惝怳應認劫灰眞

亡室言恭人歿後坤挽以長聯曰咳四十年結髮夫妻不徒賢稱內助師友兼資奈一朝永訣落葉秋風情何以遣吁六七件傷心家事都是痛隱中懷精力以瘁縱再世重逢桃花流水渺不可知皆實錄也而同人挽聯尤夥篇隘不及備錄茲擇其典雅貼切者酌紀數聯徐植之太守瑋文曰簪花格妙詠絮才高若裹三尺皂紗水繪園添名士座菱鏡塵封桂輪弦上竟捧一緘金赦羅浮峯證列仙班石星巢孝廉炳樞曰福慧羨雙修豈眞珠籙告成青鳥遠來王母詔文章特餘緒猶憶瑤牋寵貺墨花親灑衛孃書朱菜香先生鴻[illegible]曰嶺南詩卷紀標題百餘字織錦迴文妙手拈花留一笑白傳情懷悲老去四十年琵琶清淚驚

心落葉又三秋金滙生分轉武祥曰雲黯樓頭落葉空傳騎省誄風淒林下簪花猶弄茂漪書王子展通守存善曰刊成錦字紅閨集秋在黃門白髮邊莊心嘉司馬允懿曰憐才及我宗媛知地下相逢握手謝譬秋水集失侶傷吾道長嘆社中聯詠何心再續藕絲詞徐次舟通守賡陛曰水繪毓名媛我挹清風墨妙人間傳碧落雲齊失嘉耦神淒冷月白頭燈下哭黃門陳琪山通守嵩壽曰秋雁唳長空悵今宵月黯華鬘霜鬢頓添潘騎省飛鴻留妙跡溯昔日書臨柳葉風神願學衛夫人啟佑之司馬壽曰鴻案風淒一朝琴杳人亡忍看林下雅音集鸞軿月冷他日宦成歸隱誰爲安公美政碑王鶴生次壻鍾齡曰垂蔭本無窮

憶曾病㨾篠床禱佛祈仙尤感春暉憐半子棄塵何太速
值此神歸桂殿乘鸞馭鶴始知明月是前身冒哲齋叔舅
曰老淚此頻彈豈眞紫府神仙遽謝鉛華歸淨域斯人不
復見料有白頭夫壻空傷落葉冷秋山

悼亡詞十二絶

一年容易是秋風搖落悲深失侶鴻寒徹霜華頭盡白何
須杜宇濕啼紅

追憶河洲乍賦詩一官落拓際危疑可憐勞燕東西候月
上珠江淚滿卮

千里韓江挽鹿歸椿庭色笑奉春暉平安竹報頻傳語愛
日遲遲誦絮飛

幾見傳家百忍圖一門和順仰規模若非學詣能深到難
革鴞音化鳳雛

離支側結蔗旁生一樣栽培望厥成卿意無他根本重中
庸道理甚分明

烽火迷離粵秀山杵嬰遺託慨時艱弗爲燕雀焚堂幕天
意終憐入玉關

彖分大小辨遺蹤揮灑神行磊落胸無數雲煙都過眼尚
留一紙說龍從

劇憐林下雅音多懿行嘉言重撫摩簪珥解充梨棗費愛
人心事竟如何

三年血淚未曾乾家難紛紜水下灘事到傷心常十九爭
教孱弱不摧殘

他生未卜此生休回首當年愁更愁石爛海枯情不竭從
今七夕感鍼樓

碧落黃泉總渺茫返魂空說有名香老翁不是癡兒女難

得同心内助頁

結髮夫妻四十年備嘗艱苦志同堅銀河耿耿無窮恨偏到中秋月不圓

和章

湖上陳坤初藁

花落鵑啼可奈何暮年翻覺淚痕多吟成一字一珠落勝似當年長恨歌

恩薄令人笑鼓盆蒙莊心事不同論一朝慟絕成千古空恨無香爲返魂

摩挲老眼嘆朦朧炊臼情懷感夢中此後深深埋玉樹夜臺青鳥信難通

殘鍼賸紙暗神傷琴曲難調欲斷腸況有陽冰遺跡在揮餘玉篆紙千張

話到情文交盡時此生孤負百年期好將無限家庭事都付今朝數首詩

莫把存亡漫問天花封差可慰重泉達觀惟願君排遣齋奠嘗來有俸錢

濟泉劉清泰蓉舫

夢覺吟

粵俗有回煞之說大抵以亡人所亡時日推算往往有驗甲申八月二十一日爲亡室冒恭人回煞之期酉來亥去絕無影響惟布灰梳頭桌上約畧有字云我自解脫塵網以來仍返羅浮執事頗覺清適家人可勿念也又詩曰渺渺人天隔路歧難忘夫壻與諸兒但憑一點精誠在未必相逢無後期詩後又畫一大蝶側念恭人生有自來化必成道翩翩鴛蝶徜徉於羅浮衆峯之間仙乎仙乎蘧蘧然覺乎殊令人神往不置也爰吟四絕以識之

別來聞說甚從容縹緲羅浮四百峯璇室瑤臺七十二教人何處訪仙蹤

塵網銷除證夙因新詩流露出天真游仙畢竟多情者猶憶當年結髮人

散絕廣陵不鼓琴沁脾字字感留吟重圓月色花仍放碧海青天共此心

窗前繡蝶幾何時十年前爲繡蝶并詩於佩囊上極工猶存笥又向寒灰寫蝶癡是否蘧然今已覺南華秋水苦相思

前詩意有未盡疊韻再吟四絕

秋老天寒黯淡容神歸蓬島舊移峯紅塵拂却三千丈猶憶風萍偶寄蹤

休言後果與前因幻影虛泡總未真一片桃花流水杳劇憐劉阮再來人

最是移人海上琴臨風怕誦白頭吟雲飛出岫無心好千古傷心在有心

是非畫蝶喻逢時霜鬢頻搔意更癡十五盈盈天上月教人一望一相思

湖上陳坤

和章

乘鸞駕鶴證仙容歸去羅浮第幾峯靈跡全無脂粉氣雪泥鴻爪尚留蹤

三生石上有前因始信精誠兩字真撒手漫云塵網脫多情還是憶家人

知音渺渺莫修琴獨對孤燈孰伴吟四十年來重記憶白

頭潘岳最傷心

相逢畢竟是何時勘透蒲團自不癡化蝶原非華表鶴花開月上費沉思

伍學純潤之

曾道仙人冰雪容合居別島最高峯紅塵謫滿終歸去仍向羅浮訪舊蹤

生有自來去有因仙蹤得路快乘真脫離苦海非容易半世艱難勉作人

三十餘年鼓瑟琴魂歸一夕費沉吟灰痕隱約新詩在猶是生平黽勉心

從古華筵有散時黃門愴感太情癡留題畫蝶饒深意爲塞家人展轉思

張經贊南皆

已隔仙凡尚想容羅浮況復盡奇峯若非畫蝶灰中見誰識歸來月下蹤

休論後果與前因結得同心百歲真垂老中途翻永訣吞聲容易感詩人

無絃端合感陶琴來去依稀任朗吟莫怪我公思太苦撩人好句雜仙心

遺篆流傳幾歷時繡囊持重得無癡從今老驥心千里好卻閒情不繫思

饒繼惠柳夫

吾母冒太恭人敏而好學讀書能達大義迨歸吾父後以鹿洲女學相授學詣益邃能詩詞兼工小篆性不喜吟詠偶有作輒燬其藁銓舉以諫曰文墨非婦女職吾所作未必工即工爾等裒集欲使予與方外靑樓爭名乎識解過人若是甲申秋見背後嚴親撿諸簏十不一存僅就散佚彙其可憶者得四十餘章以示銓曰此爾母手澤所存也宜亟付梓以誌弗諼拜受泣誦念吾母實有得於聖賢身心之學非尋常章句可比謹編次付諸手民以垂家乘猶憶兒時吾父奉檄書於外不遑家食伯兄自塾歸吾母令誦日所習不能舉因垂涕而親課之自是夜必篝鐙課誦習以爲常迨銓等入塾相視一轍課誦間兼自作女紅不

輟每至夜分姊氏等諫其節勞則曰吾方樂此不疲也迨伯兄夭折心爲愴傷而期望於銓等益摯矣洎銓因家貧遵例入仕後吾母歎曰不料吾兒竟無讀書成名者負吾二十餘年心血已既而曰顯晦有命吾兒能做好人於願足矣嗟乎吾母之期望至深且切如是而銓進退無據難副期望於萬一徒飲恨於終天云爾光緒十年九月九日

不孝男陳銓泣血謹跋

晼香樓詩稿

梁蘭漪

畹香廔詩稿

女士

一

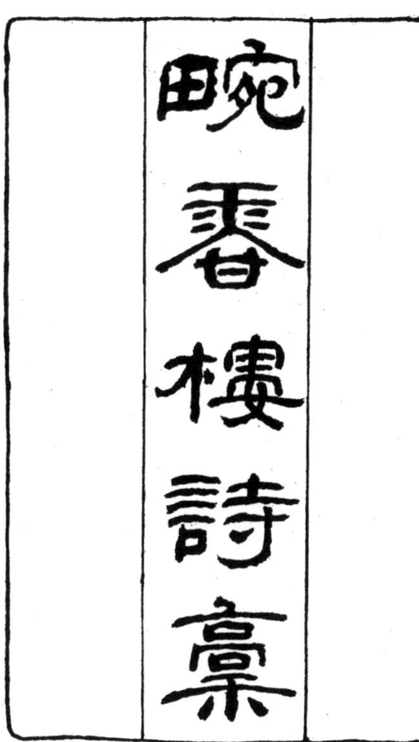

光緒乙未夏

曹用霖署檢

上洋飛鴻閣書林印

畹香樓詩集序

夫盦山侯人之句乃以代所傳蔡妻憫夫之章為宣聖所采言雖不聞於壼外樂實最重於房中誠以七襄織裳惟有天孫手妙八花銘鑒能教才子首低然使揮毫而貽誚聲雌染翰而取譏體弱斯即賦成香茗無逸韻以緯妍詞間或頌製椒花非絕節而慚高唱倫鶴聲於巴里俗甚俳優撫鸞軫之幺絃窘其邊幅是則竊窕荇菜難得嗣音脂粉簡編誰真作者乎此所以讀畹香樓詩歎為得性情之正兼才識之宏也葢其毓秀清門傳芬家學𢣷始影而靈根夙具論咏雪而慧解獨超甫罷晨妝祗翡翠墨牀之在側偶閒春繡惟珊瑚筆格之隨身況復椿健萱枯感懷不少蔡姬劉妹倡和相當固已為風雅之大家漱潤藝於綺歲矣逮乎鴛逑偶影鶼翼同心催裝而婉娩詞新却扇則卿卿憐重從此宿開朱鳥難亞溼以鸝題屏擁金鵝擘赫蹏而選韻朝陽無怨夕蟾同娟雖姑惡之曲早刪未免譋羹淚溢而女史之箴久熟自然戒旦聲賢詩發於情情生於文殆繇是歟奈何玉釵易折遽痛鸞孤寶瑟方調竟彈鵠寡柳季有妻議謚宛固如生令嫺祭夫成文哀難卒讀方欲盡焚其筆硯尚復何意於宮商然而斷杼課兒牽蘿補屋每於月苦霜嚴之候大有言愁感事之章窮而後工悲而益壯已究之冬心永抱春暘易回佳兒歌鹿鳴而來愛女得乘龍之選感年桃李極茹苦之難堪晚歲桑榆幸分甘之可樂豈非天之所以報施奇節與夫天之所以護惜詩人也乎茲者西海瑤軿久歸天上南朝錦字尚在人間清芬遞嬗於女孫佳句宜傳諸世宙爰因墨版謬綴弁言快挹珠光愧乏中壘表徵之筆願持金管再贊甘泉畫象之圖

光緒二十年歲在閼逢敦牂律中林鍾之月會稽孫星華謹識

畹香樓詩稿卷一

廣陵 梁蘭漪 素涵 蓉溪氏

燕

紅襟小尾掠橫波，如客關山歲歲過。啄盡百花春較少，剪殘芳草恨還多。斜陽選夢歸新壘，夜月牽離補舊窠。莫向大堤堤上望，淡煙疎雨思如何。

王謝堂空草色荒，半隨飛絮入昭陽。杏梁月落烏衣冷，綺陌泥融玉剪香。細語百花都寂寞，斜穿小雨漸昏黃。江南江北清明後，似怕春歸盡日忙。

春草

春風吹遍隔年青，南陌東阡一望平。寶馬嘶香斜照遠，鈿車碾繡露痕輕。夢中謝客池塘句，愁裏王孫故國情。漠漠如煙飛細雨，天涯何處不叢生。

眺盡平蕪一抹煙，垂楊垂柳映芊芊。裙腰湖上離情重，書帶山中舊恨牽。公子大園搜玉兎，佳人小鬬賭金鈿。牆陰幾處萋萋綠，正是江南寒食天。

暮春雨中

紗窗日日濃陰鎖，遮莫羅衫潑酒痕。紅雨一簾歸燕子，輕雷幾陣長龍孫。踏歌聲歇河陽苑，鬬草人閒金谷園。侍女亦憐春色去，偷將鈿盒葬花魂。

柳花

春深南陌暖，開遍短長條。晴雪一簾舞，輕綿夾岸飄。有香吹野店，無力過溪橋。莫逐東風去，樓頭怨未銷。

讀史

橫槊應知氣已驕，貔貅百萬葬江潮。東風縱不周郎便，未必春深鎖二喬。

山河已逐歌聲散，弑父圖兄惡不消。博取雷塘三尺土，二分明月一聲簫。

先慈見背計經匝月矣百感縈懷書此誌痛

可憐髮長正披肩，縗絰經身哭母前。一院紙灰和淚血，化成寒雨滴重泉。

五齡小妹可憐生，繞屋頻聽索母聲。何事蒼旻偏不弔，一雙孤女泣煢煢。

一回躃踊一回思，罔極深恩欲報遲。四壁酸風腸寸斷，蒼苔梧葉雨絲絲。

依稀猶似侍慈前，燈下繙經夜不眠。觸手不堪拈小雅，令人腸斷蓼莪篇。

夏雨漫成

五月已破六月來，百花淨盡蓮花開。鳩聲蟬聲相接續，土蒸地溽生莓苔。俄驚盤空風雨疾，奇雲突兀漫天黑。海濤波急蛟龍泣，雷挈金蛇走霹靂窗前霧鎖吼雄風煙迷綠樹幽龍蔥遠峯孤聳凌蒼穹千溪萬壑聲瀜浣須臾雲漏雨聲歇啾啾赤帝鞭龍没一角南山淡染青好風吹上玲瓏月

秋柳

長條低蹝落霞紅盡日無人灞水東回首暮雲春色裏幾多煙雨六朝中

關塞沙寒宛馬嘶黄雲拖水亂烏啼秋風幾處吹無力蘇小門前落炤低

乙丑季秋于歸贈夫子

兔絲生有日于歸喜君子妾心同皎月君懷似秋水關雎樂雅化衛風無正聲物滿器必覆好還天忌盈家齊後治國立身良不易努力惜分陰莫負青雲器

同夫子掃先慈墓

風木聲聲助我思此身終廢蓼莪詩松楸獨拜親生女麥飯澆從別母兒烏狗燒殘人散後牛羊歸轉夕陽時一巵哭奠親何處落日空山叫夜鴟

歸真州河干別父

幾度牽衣怕別離傷心難盡膝前巵秋風漫掛帆三尺百里還同天一涯白髮誰分他日淚青山阻我隔年期可憐此後鑾江夢猶似親幃定省時

拜舅姑墓

一滴何曾到九泉（高藹礀句）空將巵酒酹墳前音容想像徒虛幻家訓人傳盡渺然有婦不教諳食性無親可奉恨終天聲聲風木悲何極慚愧慈鴉哺墓田

暮雪

暮雲飛不去散作雪花翻庭樹暝寒色孤煙淡遠村堂虛生白練山靜冷梅魂豈少袁安卧何人問華門

古意

洞房有佳人鳴機常夜織辛苦織成裳豪門被厮役　長安游俠兒寶鋏腥風起立志勤燕然不飲故鄉水

苔

偏向柴扉澀處生疏疏密密復星星淺鋪石上連錢碧細劃堦前稱意青花落空宮春有迹鹿眠芳草夜無形踏青游客歸扶醉屐齒沾香幾度經

題倚石美人圖

可憐憔悴鏡中顔夫壻從戎去未還久立不知霜露重依稀化作望夫山

題撲蝶美人圖

舊恨新愁減帶圍怕春歸去戀晴暉妬他玉蝶雙飛影撲向宮墻雨處飛

晚春

數盡癡寒花事了落紅庭院悄無聲蝶憐蠹粉渾消矣人病東風太瘦生冉冉綠陰香乍歇絲絲天棘雨初晴試將飛絮和愁較裊裊沉沉孰重輕

新夏

昨日池塘細雨過綠陰濃上午橋坡人歸白社封苔蘚春去朱門長薜蘿妬雨嗔雲都是幻葬花掃葉總成魔怳從鏡裏翻真悟懵斂梁間燕語多

採蓮曲

十五鬭新粧十六邯鄲步學駕採蓮舟逢人羞欲住　妾駕採蓮舟郎躍青驄馬相逢欲相避背面荷花下　欲採意無賴荷花深幾許貪覔睡鴛鴦見人佯不語　採蓮採花瑞争採並頭香久識蓮心苦無愁也斷腸

即事

柳褪花殘春已三因憐多病不曾探梨雲院落晚風靜讀盡周南又召南

美人梳頭歌

綠窗晴日烘流黃美人嬌慵白玉牀欲起未起腕無力蘭煤猶剔宵來光青絲七尺雲繞地牙梳溜滑無聲膩隔簾鸚鵡喚梳頭錯認人呼轉身避十八鬟盤雙鬢鴉香風吹影金釵斜粧成妬斂碧桃樹攔住東風不敢花

螢

花底散流星因風乍滅明分光勤夜讀映月助秋清簾影熒熒度墻陰熠熠生離亭煙雨夕飄渺最關情

秋宵聞雁

雲冷沙寒又一年乍聞哀怨不成眠數聲遠柝霜飛夜幾杵疎砧月在天十二峯頭迴落影八千里外起連翩欲知嘹嚦歸何處半在蘆花淺水邊

讀史

軍前分我一杯羹寶帳心傷羽翼臣父子天親薄如紙私恩不及戚夫人

無辜義帝弑江中三月咸陽一炬紅不是天心眷炎漢恐教殘暴霸江東

釣臺淮水空自流不見主人下釣鈎未央一劍千年恨悔不身從麋鹿遊

萬古英雄繼阿誰丈夫恐視國家危圯橋縱不逢黄石豪氣千秋博浪椎

送妹于歸廣陵真州夜發

雙淚燈前落停杯不忍斟音書他日思珍重此時心失母憐君小成人慰我深無違事夫子莫忘古人箴

返棹真州河干别妹

好遵為婦訓差慰白頭親別淚空雙墮離腸轉百輪君成定省孝我作未歸人去去頻回首河橋酒幔新

聽雪

練合山河海氣清玉龍褪甲戰空明芭蕉葉上朝來急瀉入南窗作雨聲

春燈

小疊金荷一室明柳梢斜月共涵清曉風殘焰誰家夢夜雨春窗何處情銀蒜轉光花弄影畫梁低炤燕無聲玉人賭酒收殘局十二山城報早更

春衫

薄薄輕羅費剪裁金針繡出牡丹開袖邊嫩色新翻酒襟上嫣紅未過梅待月每沾花露重看春時拂好香來少陵酒債尋常有日日江頭典幾回

春雁

故國經年萬里程東風吹送羽毛輕桃花紅悞南來路楊柳絲牽北去情淚濕春愁橫八字遠迷歸夢咽三更文姬貂帳金笳曉白草天山第一聲

題煙雨樓

懸崖有客此登臺日落關山庾信哀萬里雲迷滄海合一天波捲暮帆開依山古寺多秋草近水荒陵半綠苔風景蒼茫多少恨年年江上雁飛來

送夫子之秦淮

一枝柔櫓破煙江（漁洋句）客路關心報早霜莫向秣陵湖上去六朝風景剩淒涼

僕馬催門離思長畫眉人別不成粧詩魂認取橋頭月十里隨君過柳塘

柳

十二樓頭春可憐一絲一葉誤華年衣翻清淚思張緒眉染濃煙妬絳仙玉笛聲中寒食節赤欄橋上雨餘天六朝金粉銷魂地啼遍青山有杜鵑

暮春寄外

落花飛絮總銷魂錦帳春寒夢不溫送得木蘭舟去後一枝吟管伴黃昏

丁香枝上濛濛雨留春不住隨春去落紅成陣總關情紅牙譜出新愁句

代閨人寓照

錦帳銀屏白日閒繞門芳草晝長關巳拚酒殘消遲漏又惹春愁上遠山杏子輕衫瑩玉骨桃花嬌靨襯朱顏一枝吟管窗紗下錯認兒家舊姓班

燕剪

雙釵小尾翠玲瓏半度輕煙半曉風巷口春殘羅綺冷樓中人老繡絨空裁成芳草年年綠剪出宮花樹樹紅不是并州舊爐冶此中造化屬天工

鶯梭

一擲東風萬象和年年得意占喬柯繅殘楊柳絲千尺織碎梨花雪一窩似海春愁抽不盡如酥小雨聽還多上林無限新花樣試問工夫費幾何

新夏閨詞

杜鵑啼血悵春空新譜蓮歌教小紅十二雕欄花落盡更無人倚月明中

採菱曲

金風欠碎梧桐影紅衣香謝蓮塘靜柳陰歸去蕩舟人白紵衫輕秋色冷姊妹朝來喚採菱雲鬟梳罷尚懵騰背脫金環愁指滑湖光蕩漾怯先登採菱莫採芷芷甘何如薺採菱莫採芰芰枯終相棄採菱但採菱花盤菱花如鏡常團圞

戲居廣陵慰夫子四絕句

蓬門只有燕相逢回首家山一夢中舉世何人憐范叔青衫半染淚痕紅

三間陋室且忘機也有嬌鶯自在啼更是垣低饒韻事賣花聲過板橋西

異書何惜賣釵求沽酒無妨典敝裘有硯可耕書可讀肯將詩酒換窮愁

一篇常對午風徐差勝豪門强曳裾他日於陵成小隱辟纑原不廢詩書

哭夫

嗚呼痛哉子命不辰生而多厄慈幃見背髮甫披肩祖母云亡齒纔及齔孤煢小妹影形相弔乎閨房垂白老親襆被驅馳於道路乙丑季秋于歸夫子效孟光舉案慚無賢女之風學張敞畫眉頗具才人之筆陸士龍才堪命世的是良人苗奉倩性本

鍾情詎非吉士悲哉綵雲易散比翼分飛十載深情一朝永訣五齡幼女罔知南北東西八歲嬌兒未識詩書禮樂恃而兼怙百事萃於一身愁也加勞三日恒難二沐傳經映月恥分鄰壁之光抱甑啼饑羞哺嗟來之食茹荼飲泣開卷傷心評花詠目無非悽婉之章課子鳴機總是斷腸之句聊弁數語用誌悲感云爾

兩行血淚染啼鵑一瓣生香繐帳前兒可讀書妾矢志君應含笑入黃泉

痛惜君同長吉年他生未卜此生捐一靈何處輪迴轉須向蒼旻乞壽銓

心期偕老百年恩誰料翻為夢裏魂有夢不教君到我呱呱兒女泣黄昏

忍死存孤未敢忘欲將婦節植綱常他年泉窟如相見留得君家姓字香

回頭往事總浮雲整日思君不見君遥憶白楊青草地淒涼明月伴孤墳

甘守清貧不顧天曾將一死誓君前泉臺有夢須頻寄休使空閨泣杜鵑

圖書典盡事淒其百感空懸命一絲明滅孤燈人不見黄昏風雨斷腸時

新粧曾與畫爭妍娣姒行中最少年一自東陽人散後可憐憔悴不如前

春日雜詠

春月

碧落無雲翳東風湧一輪秋千深院影歌吹玉樓春柳岸枝橫月花村犬吠人空閨莫相炤紅袖淚沾巾

春風

飄雲出遠岫送雨入孤村細皺微波面輕匀嫩草痕摇鈴驚鳥夢吹水葬花魂羌笛何須怨生憎度玉門

春雨

萬物滋榮茂呼耕畎畝新綠添三徑草紅滴一犁春花落有餘態香飛無軟塵秋千深院靜歸去踏青人

春燕

春風回玉律故壘認依稀掠水情何急巢梁事已非池塘芳草嫩簾幙土花肥寂寞躭吟容支頤待汝歸

春蝶

梨樹原同色雲衣認欲難影能留玉軸飛不近羅紈曝粉花枝午棲香夜月寒莫隨飄絮去人正倚欄杆

春夜

露下瑶階靜梨花樹樹涼鶯歌停子夜燕語寂深梁院轉溶溶月簾收漠漠香關山悲折柳春夢阿誰長

春山

從龍開畫障一抹黛眉橫雨過青疑染春回綠自生絮飄纔見柳紅破始知鶯僧入白雲晚春晴一雨聲

無題

飄飄身世等虚舟漢燕居環總一坵姜女百年猶帶烈文君千載不埋羞窮通有命皆天定人鬼分途只自求莫去卜居問禁痒須從猛火煉吴鈎

初夏讀後偶成

清和四月中梁上新雛乳日長亭館靜風定游絲舞矯矯嘉木森

兀突雲漸吐披卷試開軒南山當我戶上古多奇女聲名振華宇
曹娥死殉親共姜茹荼苦近世日趨下綱常委泥土大道本鴻濛
山靈何鍾古掩卷起悲歌慷慨鏌鋣撫不為古人思不為今人訾
欲起挽頹風一洗脂粉恥

秋日雜詠

秋蛩

絮語催寒到淒其砌草深西風亂簷馬殘月下疎砧細雨孤燈夜
荒垣古戍心一聲籬落下愁客伴哀吟

秋雁

西風粱稻肥沙漠振衣飛匹練書寒水長空點淡暉聲遙秋響合

影落月痕稀莫助孤吟苦南山有蕨薇

秋荷

爽氣滿林柯拏舟尚採荷白雲朝入畫涼雨夜添波葉老風聲勁
花疎月影多青青貪結子心苦待如何

秋葉

林皋霜欲下萬木無榮姿影碎空宮裏枝寒落日時隨螢低入戶
帶雨半臨池無限悲秋思窗前一夜吹

秋風

瑟瑟楓林路淒淒楊柳湖蛩吟深砌冷葉落小窗孤殘月催刀尺
秋聲叫蟪蛄季鷹歸思切原不為蓴鱸

秋雨

淅淅復蕭蕭庭蕪綠半凋已荒三徑菊還碎一窗蕉孤客不成夢
鄉心此夜遙曉來篷背望添得幾分潮

送父之楚

白髮何堪賦遠遊家貧聊為子孫謀楚江煙月三千里邗水西風
十二樓膝下多兒差慰老故鄉有女正悲秋臨歧無限牽衣淚染
得丹楓葉葉愁

三十初度

未亡身世悲長鑱三十纔過力已殫吟管圖成新活計晨鐘敲醒
舊邯鄲欲回天地青山固獨嘯乾坤白日寒雙髮只閒能換酒可

憐截髮易飧難

題盧生夢

人生總是邯鄲夢若個天門掃落花丁令已聞身化鶴安期空說
棗如瓜春窗綺館花纔午冷苑秋墳月又斜何似一椽容我靜真
真雞犬亦桑麻

贈芳白妹

柔情一點蘭心小吟管一枝春儇儇柳腰怕束斷金蟬玉貌曾欺
花窈窕姊妹行中君獨慧敲金戛玉文精粹君唱我吟韻事多評
花常共花間醉春風甲乙案頭章我多愁思君多媚我多愁思君
多媚與子周旋忘憔悴時時珍重鶺鴒詩正是人間真姊妹

夢返真州故居

六載蝸居事事違故居夢裏認依稀聲聲鵑語春何處漠漠梨雲我獨歸松竹未凋奴婢散燕梁仍舊主人非醒來空洒千行淚燈在銀臺月在扉

哭乳母

哀哉一乳母可比程嬰賢自幼慈幃喪劬勞十數年于歸伴朝夕百役紛向前憐我貌姑單紝織佐飧餐昏夜勤補綴不使家號寒胡知天不弔一朝嗟蓋棺淒淒辭我去甯不摧心肝

七夕傷逝

一年一度巧相過猶勝長離永別多地窟無門空望鵲人間有淚

可成河當年繡戶看牛女此日空庭響薜蘿柳外螢光天外月炤人歲歲苦鳴梭

白菊

枝枝朶朶衣霓裳只避寒梅一段香謝處不隨塵土汩開時肯受蝶蜂狂栽從貞白留雲地移向鷗蒙煮雪堂傲骨素心甘抱冷天教晚節色凌霜

二

一種延齡不染塵鉛華洗盡見天真崚嶒不畏西風冷縞素多因靖節貧白帝秋高雲作幙東籬霜重月爲鄰千秋獨守陶家譜笑斂梅花化美人

重九獨坐

薄釀新寒欲結霜暮雲煙樹晚蒼蒼燈昏暗壁人枯坐秋老空庭葉半黃身世淒其悲斷梗菊花風雨又重陽囊萸莫憶當年事一度秋來一斷腸

課端兒夜讀

釵梳典盡購書篇風雨聲中夜不眠煢獨可知孤六尺辛勤莫負教三遷茹荼矢操吾何恨勵志登龍爾奮先須記寒窗燈影下金針和淚伴年年

哭夫子三十陰壽

繞座哀呼嘆渺茫可知兒女奠椒漿泉臺空有還家夢人世難尋

聚窟香華表三年無鶴跡孤墳四尺近雷塘向平未了生前事痛斷孀閨此日腸

課女

瑣瑣小兒女窗前初訓詁乍囀似鶯簧低吟類鸚鵡摹書筆猶澀見人羞不語識字聊免村何須博今古多少薄命人償盡詩書苦四德與三從殷殷勤教汝婉順習坤儀其餘皆不取

即事

沉沉漏鼓已三敲桂玉關心變二毛一點殘燈挑不盡滿窗風雨讀離騷

憶父

翹首荆南隅，煙水數載書郵空百紙峯巒疊疊幾萬重苻離漢漢三千里極目危樓望白雲白雲親舍何處是歸期曾道梅花開春光九十全歸矣桃花零亂柳花飛曰歸曰歸胡不歸柔腸九曲空傺傺魂夢不離親左右潑綠江邊春水深晚風斜日愁人心

勉子

休羨豪華子布衣足暖身虀鹽堪供粥花鳥自親人税少方知福書多莫厭貧吾期爾上達立志免酸辛

憶婢

不顧關雎匹惟憐舊主人我非蕭穎士怎不淚沾巾　滴滴目中血流紅身上裳依依不肯去斷我九迴腸　奴婢如雲散惟伊獨

苦辛虀鹽甘伴我不怨主人貧　一自主翁逝孤孀類斷蓬扶持雙兒女助我夜丸熊　守兒終富貴報爾等身金誰料生離別悽然傷我心　我有耽書癖吟哦夜不眠勞伊辛苦意常侍硯池邊　隨母配他鄉關河道路長可能如燕子一歲一巢梁　自伊辭我去事事總關情不忍聽鸚鵡窗前尚喚名

春夜坐雨

百感交生日何堪夜雨驚一簾況燕語四壁起秋聲屋漏眠難穩厨空盼不明穉兒空有志展卷戀殘更

廢塚歌

出郭歌風日已斜空原落盡野棠花寒山寒水埋殘碣荒隴荒田集餓鴉一坏之土誰家墓萋萋宿莽無人顧長眠不知林谷遷翁仲無言仆草路牛羊磨礲鬼為窟寒食煙消鬼火歘林深月黑絶行人狐狸夜項骷髏出君不見唐陵漢寢皆如此人生大抵誰無死薰天功業等浮雲千載賢愚同已矣

自適

五畝吾何有園堪種芋饒鶯花隨爛熳風雨任昏朝古帖教兒做山柴使婢樵靜中有真趣何必近繁囂

芳白妹餽茉莉代柬致謝

百朶香攢婉轉絲美人遥贈曉凉時孀閨不作時粧久辜負深情寄一枝

喜父漢陽回里

六載分離後重逢骨肉緣縹緗還似舊眷屬半非前喜極悲翻集魂安夢尚牽願將東海酒繞膝壽年年

梅

點點氷魂天地心枝枝占盡隴頭晴杜蘭香不留塵夢萼綠華終少豔情枯柳斷橋雲弄影寒山野水鶴同清託根自是松筠侶肯逐東風鬭錦城

二

衣裳楚楚畫氷綃村落微霜舊板橋蘿月山莊高士夢紅香小院玉人簫林中清興誰能引笛裏芳魂未可招幾日晴窗欲破臘一

簾疎影伴詩瓢

三

南北枝頭冷暖看氷心一點鶴知難孤山夢斷雲猶歛庾嶺風高春半寒處士窗前香淡淹美人林下月團圞何須檀板金樽共煮雪清吟對倚欄

四

綽約仙姿粉半勻東風不動嶺頭塵晴飄塞北三冬雪暖寄江南十里春玉骨淡籠雲靉靆疎香細吐月精神自臨流水傳清照不向羅浮化美人

送端兒真州小試

離鄉今十載帆影認青山漫憶予多病尤憐爾素孱先人丘壟圯故舊鬢毛斑努力承親志先鞭奪幟還

詠氈

本是儒門女方能守此氈半窗聽雨後一榻養花天教子坐常敝臨書畫欲穿吾家無長物藉爾作良田

嬌女

嬌女小于兒深閨事事宜初勻鉛面粉學畫遠山眉摹字偷凡帖思吟竊母詩夜來拜新月羞澀下階遲

寒燈

如星似豆晃銀紗欲暗還明夜正賒一點寒光人臥酒三千鄉夢客還家挑來似覺無全焰剔去尤憐有半花最是曉窗天欲曙冷風搖漾一些些

寒月歌

溟溟漠漠昏不明濛濛梅粉香且清朔風一捲凍雲去明珠一粒當空行四顧寒山逼毛髮凝氷似作玻璃聲碧霄何人撥雲霧提筆欲掃清涼城手摘星光不敢語恐防月窟姮娥驚

晚燕

認得雕梁作對歸晚風庭院故飛飛梨雲影冷留蹤少芳草人多入夢稀何處春燈憐軟語幾家樓閣閉斜暉朱欄十二黃昏近少女憎寒半下幃

白燕

碎剪春氷作羽衣乍隨明月過天涯立當銀蒜簾先動舞入梨花蝶未知王謝玉堂人盡老烏衣故國路多歧呢喃小語聲如曲不羡汧公有雪兒

夏蝶

惆悵園林事已更生憎夏木半藏鶯槐陰亭館新留影芳草池塘舊有情零亂芳心花寂寞銷磨粉翅日陰晴南風故故吹高柳顛倒蒼苔夢不成

送芳白妹之任河間

疊疊青山影依依離緒裒人垂雙別淚帆走一林風臺閣君家貴

詩書吾道窮好將他日事頻寄北來鴻

擬杜工部蜀中登樓作

莽莽乾坤百尺樓登臨有客思悠悠半川落日吞江水一片閒雲鎖益州阿斗不垂亡國淚卧龍空抱杞人憂至今陵寢多燐火白帝城荒蔓草愁

記哀

嗚乎吾父生命不齊運途多舛年過強仕即遭炊臼之悲身甫勝衣早抱蓼莪之痛三十年螢窗雪案數千里店月橋霜劉蕡終老李廣難封八戰南闈而不能博一第是可哀哉更兼終歲饑驅頻年作客征車曉月夢裏家山碧草寒煙江頭離緒晚年

飄萍江楚又幾六年矣庚辰秋杪始返故園家業雖成草創而霜雪早已盈頭弟誠異母嘗構鬩牆子本孽生深愁孤立隱憂抱痛竭髓枯神百藥無靈一朝不起哀哀父母生我劬勞攀總帳而哀號音容莫覩叩靈幃而泣血形影空存昊天罔極待圖報於何年奠酒澆漿酹親魂於何地聊草數絕以紀其哀五內焚崩無暇計其工拙也

前生應是斷腸人坎坷窮年志不伸母喪夫亡悲已極何堪又哭白頭親

空蕪生香鬭碧天靈椿無計祝生全九原此去逢吾母好話離踪二十年

八戰南闈歷苦辛卅年落魄未成名雖黃較盡書千卷嘆斂儒冠誤此生

訓女閨中殘簡在教兒膝下少遺文久諳雪案螢窗苦不把詩書誤嗣君

馬足車塵六十春關河芳草路常經息肩纔得家園樂又被黃粱促夢醒

易簀時聞太息聲猶將書史付閨門（先君易簀時猶以廿一史付予）魯魚何處從親較空抱遺書泣斷魂

慧業文人性自殊苦攻猶是少年時可憐屬纊前三日還共兒孫說杜詩（時先君粒米不入口將半月矣猶令端兒在旁說詩）

曾記花時促筍輿花間次第品新詩（即欣堂花時每促予歸賞）一聲報我梅開矣淚比春蠶雨後絲

告月歌

姮娥炤我愁我對姮娥告世道全非古清光猶昔宿浮雲變古今人事多翻覆富貴似雄飛貴賤如雌伏好斂光芒迴玉燭莫把清輝炤蔀屋蔀屋有愁人詩書不救貧對此愁無極悽然淚濕巾不如常向錦堂明夜夜華筵醉玉笙

寒食雨中作

一百五日天不晴那堪佳節不聞鶯廚稀火食非關禁詩尚人知未是清杏粥餳漿醽醁酒野蔬村韮蜀葵羹重門閉過花時節懶

慢生涯夢不驚

抛書歌

君不見當年蘇季子落魄回家妻嫂恥又不見王章未遇時夜泣牛衣悲欲死丈夫有志終須吐一朝得志氣如虎肘懸金印食千鍾光輝頓覺生門戶嗟吁乎金章紫綬非吾有空抱奇書不離手博綜今古待如何一室蕭然大如斗廢書三嘆不復看慷慨悲歌獨倚欄聲出人間不平劍泠泠光射斗牛寒

題蕉院美人圖

一卷芭蕉輾轉心吳梅村句寂寥庭院夢初醒淺爭眉嫵三分綠深妬裙裾八幅青幾度西風愁裏對一番秋雨靜中聽封侯夫壻刀環

日試向粧臺寫道經

秋夕坐雨

風緊西窗漏半沉瀟瀟淅淅復淋淋井梧葉碎千聲雨曲院人敲一片砧宿壘空存無燕語秋情訴盡有蛩吟年來坐慣悲涼境課子挑燈夜夜心

擬古

佳人蕙性如秋水日日無愁織羅綺春歸忽見柳飛花盼斂從戎人萬里胭支山下已經年破鏡何時飛上天當年只愛封侯好不道而今春可憐

浣紗曲

桑柘青青花繞屋晴鳩嘎嘎鳴深谷西家有女稱無雙遲日紗幮春睡足鴛鴦畫錦鳴機綵織就輕綃剛一束門前溪水日潺湲自俯長流漂寒玉纖纖素手如并刀剪碎春江鴨頭綠

烏夜啼

烏夜啼夜啼烏窗間樹裏鳴嗚嗚一聲一血喚愁起征婦懷人容暇理篋中凋敝嫁時衣遊子當歸胡不歸顧影自憐傾國貌可惜朱顏鏡中老塵掩菱花鸞影孤翻羡鴛鴦機上好歲雞枕上啼紅血夢入胡沙烏道絕醒來長路不分明背燈泣向天邊月

苦雨

薪濕炊難熟堦陰草茂生一春惟坐雨三月不聞鶯性僻吟偏好

寒多睡有情淋鈴何處笛吹出一聲聲

憶月

良夕竟如此清光不肯圓虛傳三五夜實過豔陽天詩酒酬今日鶯花憶舊年廣寒誰閉却我欲問嬋娟

小素弟歸自燕適僦新居鬱鬱不得志因而有贈

迢遞鄉心二載餘停車正遇卜居初大知故主迎新院人勒歸鞭問舊廬到底依人心計拙果然貧病六親疎燈窗兄弟聯牀夜淚濕青衫讀父書

秋雲

一片孤雲逐斷鴻榆花星見影西東涼侵塘月三篙水低壓湘簾

七尺風歌館鋪來羅綺薄針樓度去蠟燈紅無心出岫輕于紙那更人情冷不同

贈松坨弟

百里無糧最苦辛相逢誰是贈袍人瓶空常斷中宵酒廚冷難留隔宿薪送日只憑香七字簪花羞說古三秦年來落魄風塵內何計桑榆慰老親

貧嘆

典釵謀宿糗剉薦佐朝煙空有能文子而無負郭田一名榮甚日八口飽何年貫米情何極愁過雨雪天

卜居行

昔日結廬山之陽山深幾被虎狼傷昔日結廬大樹底大樹不甯鵶聲起拂袖飄然去不顧結廬還向浯溪住梁間燕子語呢喃似問主人來何暮春風待我開茅堂茅堂花發春酒香芳草青青新羃歷窗前八尺瑤琴張回頭看山山不語虎狼聚窟山無主大樹槎枒官道橫根本未固蠹將生鵶聲嘵嘵惡行人行人取次施斧斤樹乎樹乎何恐見爾摧作薪使我去去低徊徒愴神

採桑曲

三眠蠶起愁蠶饑轆轉不寐聞晨雞窗外曙光纔欲動提筐已過板橋西八幅青裙半泥土日出採桑日停午樹高採葉不滿筐抱筐低頭淚如雨香車陌上誰家女繡袂羅裙何楚楚生來不解事蠶桑日坐春風醉歌舞

營巢燕

江南二月燕初來欲下不下心踟躕昔愛朱門新畫棟朱門荊棘幾傷離營巢欲向茅檐裏春風愁斂花無蕊徘徊庭院日呢喃似逐東皇卜行止燕來燕來吾語汝壘巢何必定華宇茅堂主人清且慈帷箔常張護風雨夜捲湘簾待汝歸日採花鬚待汝哺玳瑁梁高疾風多主人不醒醉笙歌傍有得食新貍奴汝欲營巢當如何

春波

一渠春水碧參差幾折微波繞綠陂鬭鴨蹴殘新綺縠湔裙兒起

碎琉璃魚吹柳岸浮光遠人立橋心度影遲何處春風開寶鏡夕陽紅袖棹停時

春煙

玉欄鵶散曉沉沉吐盡迷離隔水陰細繞春風縈蝶夢薄薰香露醉花心鋪從芳草千絲暗釀入垂楊一色深十幅輕綃牽不起濃雲多處濕青岑

春泥

輭融一帶辟離墻十里平鋪嫩草芳種菜劚開千畝濕栽花鋤破一痕香弓鞋印綠來春院燕嘴分紅上畫梁昨日池塘新雨過東風沾絮不成行

春苦

漠漠輕痕綠乍生墻陰幾處佈零星雨餘鴛瓦稜稜碧煙散雲根
面面青剷鶴客來菌可藉看花人去屐曾經長堤一帶晴沙濕點
染春風近水亭

貧女曲

桑樞蓬户貧家女年來貧苦無梳洗一寸金針十指酸不道縫裳
難易米晝短辟績不盈筐無膏繼晷心徬徨夜夜窗前趁明月恥
向東壁分餘光

大堤曲

大堤堤上女如花十三學梳雙髻丫十五修容始臨鏡十六知嫁

阿誰家堤下商船撥琵琶鄉心一縷天之涯門前江水年年綠溫岐
句日對春風坐浣紗

春寒曲

煙絲醉輭垂楊線羅幙重重鎖雙燕池塘水碧生莓苔十二欄杆
春不見寒戀重衾窗未啟玉梅寂寞東風裏誰家庭院響風箏
落花梢收不起

乙酉春端兒應召試不第歸雨窗書感

典盡琴書百事非況逢春去淚沾衣聽來風雨添愁易話到文章
與世違鳳闕空慚兒獻策青燈苦炤婢鳴機年年陋室無花柳日
落空庭只燕飛

久雨漫成

百憂抽似草總向雨中生簷溜苔封瓦庭荒水到楹雞豚閒白社
煙火冷空城憎殺簷前鵲呼晴不肯鳴
一春無霽色整日坐愁霖雨氣寒朝暮雲容變古今自無謀食計
空抱拯時心試向閭閻望人多饑鳥吟

題對鏡美人圖

新粧纔竟自摹神曉户初開靜少塵壁月朦朧遮小小菱花搖漾
現真真兩彎眉黛橫秋水一點春愁帶淺顰盡日相看看不足鏡
中人是眼中人

七夕曲

斂盡奇峰雲氣薄金風碎剪梧桐落何處天孫賜巧多蛛絲户户
牽羅幙白榆歷歷銀河耿露濕飛螢無定影鵲橋歸去又經年機
聲還似前宵冷

哭許門五姑母

予有姑母七人惟姑母幼讀書能文通大義適許氏家素貧甘
淡泊平生無慽戚容姑有姪九人獨遇予厚及予稱未亡人姑
數過敝廬親相慰問更常以書籍假予十年如一日嘗執予手
涕泣而言曰汝家無儋石之儲身無完褐之衣一綫衰宗扶之
隻手何以堪此予曰兒能讀書妾不嫁良人瞑目黃泉下姑曰
是則是矣吾獨不忍見爾為涸轍之魚誰能以升斗水活汝耶

相與欷歔泣下幾不能再語悲哉其言在耳斯人安在哉姑年過古稀有子二人孫二人皆成家子姑可無憾矣獨予負知己於千秋者姑素康健倏忽而病病一晝夜即殂未得執手永訣是爲憾焉故聞訃心慟繼哭以詩人曰子諸姑伯叔喪數矣獨哭斯人者何哉予曰骨月有人知己難得豫讓有言中行氏遇我如常人吾則以常人報之智伯以國士遇我我則以國士報之此之謂也

哀哉吾門有賢姑閨中豪傑女中儒家無長物眉不蹙醉來拔劍斫珊瑚句劉炳有姪九人情各別遇我獨與常人殊念我夫亡兒幼孤念我家無儋石儲披肝瀝膽相勞慰可憐借盡五車書嗚呼一

朝竟長徂音容想像徒模糊我有斗酒待姑酹靈輀不返將何如搔首問天淚欲枯骨月知己從今無

晼香樓詩稿卷一終

晼香樓詩稿卷二

廣陵 梁蘭漪 素涵 蓉溪氏

剪綵歌

風光暗入珠簾靜流蘇帳暖噴蘭麝內信傳來報立春三十六宮曉粧罷雲霞絢爛疊香羅剪成彩勝慶春和春纖不惜幷刀冷惟願恩光今歲多製成不敢私簪鬢獻入龍墀頌春信萬方臣妾一聲歡句薛逢金殿來朝賜百官

新鶯詞

初來吳苑春猶淺纔著金衣影未肥生怕玉人歌舞地一聲檀板便驚飛

漠漠春寒淡淡烟嚦聲初試嫩晴天橫塘多少能歌女妬煞嬌喉溜滴圓

春雪歌

雲母屏空風料峭池塘水冷春雲罩滕六猶施六出威東皇悄勒催花詔縷縷冰澌著庭樹梁間燕子春愁苦隔竹翻疑粉蝶飛穿簾半認楊花舞紅杏梢頭春不見朱欄碎剪梅花片玉人寒怯不吹簫舞衫低壓雙金釧

丙戌四十生辰自述

枯守孀閨十幾春鏡鸞憔悴積飛塵賣珠補屋腸千轉劃荻傳經淚滿巾愛好一生皆性癖輸人百事爲家貧鶯花漫說年年好只

有殘編寄此身

廿年詞賦悞平生壇坫羞稱舊有名小巧窗扉容我靜崎嶇世路見人情家無長物兒勤學案有農經婢解耕最是晨鐘發深省五更倚枕一聲聲

四十形容不似前愁多易染二毛顛親勞井臼奴皆散典盡琴書事可憐十載簞瓢誰識我百年榮悴自由天向平心事完何日藥竈茶經了暮年

蹉跎歲月補何曾家落門衰振未能風雨聊遮數椽屋詩書苦校一篝燈身如絕塞孤飛雁心似寒崖打坐僧回語兒曹須努力丹梯十丈奮先登

美人八歌

曉粧

博山烟裊朝日烘流蘇帳暖春睡濃櫻桃枝上嘑百舌香夢驚回鏤枕空星眸欲轉猶矇矓手盤緑髮金釧鬆細研螺黛描遠峯芙蓉一枝鏡裏紅

午睡

春梭不織春恨長春雲壓花春草芳籠中嬌鳥嘑不歇銀床輾轉粉滓香睡思懨懨愁百種隔窗人靜鶯三哢起來搔首日初斜枕痕膩滑釵頭鳳

倚樓

十二朱欄最上頭美人徙倚臙脂愁十三婢子彈箜篌羅袖拂雲雲不流簾櫳面面香風靜楊絲輭拂桐花井嬌桃著意向人紅牆東半露秋千影

立月

水心雲影散清光冰壺流彩侵衣裳曲欄泥滑露蒼涼裙裾拂過春草香人間天上兩嬋娟池邊林下冷相憐折得花枝誰共語簾櫳高捲放爐烟

撲蝶

春風蹴動芙蓉釵粉蝶一雙飛上下鸚鵡籠中慣解人掉頭只喚哥哥打紈扇風搖渾不定翩翩舞入梨花徑賺人無賴立横塘弓鞋輭滑香泥印

鬬草

杏羅衫子拂春風閒階踏遍燕支紅金釵不惜香泥濕劃破長堤細草中百種菁葱次第數只有宜男不肯賭贏却耳邊明月璫歸來繡閣深深語

撫琴

緑蛾斂愁愁曉紅薇帳逗香香更濃院宇沉沉杏花笑冷然指下來春風金塘水碧流青萍松風颯沓魚龍驚梁間燕子不敢語落紅滿地臙脂猩

垂釣

游魚唼唼翻錦瀾凝眸不語學投竿鈎得金鱗三十六也應不惜
春風寒湖光蕩蕩山濛濛小婢浴香收釣筒歸來賭酒百花中棋
聲敲落燈花紅

丹陽於亦川先生索題射虎圖漫應

丹陽於君天下雄束髮苦事槧鉛功百千萬言泣神鬼二十八宿
羅心胸（李賀句）家無儋石氣吞虎酒酣時拔青萍舞才高眼濶四海
空碌碌世兒安足數葵藿丹心未遇時丈夫何必有人知仰天大
笑撤手去飽飯射虎南山陲（即用於君舊句）

春曉

曉樹残星散早鴉長欄滴露柳條斜柴門半啟童持篲深巷一聲

人賣花綠飽金衣鶯百囀紅酣香嘴燕雙叉碧紗風細春初醒又
報晴蜂放早衙

春晚

雨雨珍禽卧竹根空濛香霧近黃昏橋邊楊柳僧歸寺巷口桃花
犬吠門潮落春帆收港汊人回野廟散雞豚酒旗村郭春燈晚雲
漏東山月一痕

春夜聽鄰女度曲

香喉隅院繞梁塵六拍紅么字字新曲裏分明悲薄命天涯漂泊
定前因丁香枝上廉纖雨荳蔻欄邊黯淡春百尺粉牆遮不見料
應原是可憐人

江南新夏曲二首

江南四月雲氣薄白紵輕衫裁綽約長風捲雨報朱明紅影當階
翻芍藥銀鱗撥剌薦新廚朱櫻的皪紅珊瑚堆盤列鼎猶踟躕安
問倉箱有也無

綠陰冉冉鶯啼倦南山當戶青如染梁間雛燕學單飛吳孃箔底
香成繭桃笙新織青琅玕池塘雨過生輕寒街西少婦惜春殘爭
買臙脂畫牡丹

丙戌夏積雨五旬感而有作

蠶桑纔了商羊舞濛濛天漏誰能補一雨五旬不肯休積潦百里
無乾土蝸牛蚯蚓上空堂青蛙跳踏排門戶高低麰麥總無成薪

空米貴淚縱橫城頭幾處炊煙絕街泥滑滑多屐聲蒼穹少霽回
天威一輪紅日當天飛啾啾赤帝鞭風雷千山草木生光輝父喚
子兮夫喚婦桔槔戽水誰敢後可憐没踝一尺深十畝秧針飄五
畝嗟吁乎鄙屋家家兒女哭朱門日日笙歌簇

秋窗假寐夢一人自稱魯仲連曰有半間堂鬬蟋蟀歌可為
我賦之予夢中筆成其人喜持而去於戲先生乃戰國高士
觀其不肯帝秦不受千金其志可知也何故賦此奢佚誤國
之事此夢甚奇覺而不記全什因足成以紀其異

秋光脈脈秋窗明秋庭閒寂秋風清繩牀縣几淨無塵讀卷聊為
羲皇人仲連先生嘉遯士投迹超然養高志如何二千四百餘年

來欲賦半閒堂裏事半閒堂裏平章宅豔舞嬌歌夜繼日平章醉
後懶平章窄袖烏巾鬬蟋蟀戧金盒子黃金罩將軍一選三千鈔
十二妖姬賭步摇嫣紅落粉平章笑丹桂風吹寶𥚃涼楚腰魏鬢
參差光勝得將軍在何處回頭一笑語生香嗟吁乎君臣偏安耽
佚樂擾擾干戈起沙漠羽檄樊城雪片飛且盡樽前金鑿落木棉
菴裏啼紅雨金屋銀屏誰作主可憐誤國兼誤身恨血千年化塵
土噫嘻秀夫沉海世傑死文山浩氣塞柴市大宋忠貞半滅泯先
生欲賦何為此

馬詩

龍脊銀鬃空冀羣試敲駿骨帶銅聲桃花抱月雙蹄疾披竹攢風

兩耳生羈策不為凡者馭焦毛甘受俗人輕天街一騁騰驤起看
取長風萬里行

雁字

誰將淡筆書秋恨萬里長空見墨痕點畫縱横風上下鉤挑㣲渺
夜黃昏白頭蘇武關中信青塚明妃月裏魂何處蘭亭認真跡蘆
花江岸老漁門

弔吳陵女史王崇蕙

淑貞重續斷腸篇終古才人事可憐彩筆有花都爛漫錦囊無句
不纏綿煙雲總是愁中景詩酒翻成夢裏緣最可傷心焚舊稿不
將薄命後人傳

不是連枝强並芳生憎天壤有王郎久知未死心先死太息人亡
句亦亡青塚有情埋玉骨黃花無語弔斜陽可憐空抱千年恨誰
為多才傳斷腸

元夕

蓬户虚佳節空聞説九枝窗慵三面啟簫怕一聲吹寒勒梅猶斂
春纔蝶未知可憐多病客負却好燈時

十八日雨中

簾押垂雙燕樓臺閉綺叢殘燈闌夜雨急管亂東風宵永凝銀箭
香寒冷獸銅美人歸去也多在寂寥中

偶成

等閒歲月隙中過擾擾紅塵待若何鐵戟銷沉王霸業青山埋没
美人歌香殘南國春無限花舞東風怨幾多惟有達觀人不問任
教綠髮變婆娑

擬白居易芳草

青青原上草一度一關情古道春常滿高樓愁易生廢宫三日雨
荒隴一犂晴繫得王孫念關山歲月更

春陰曲

濃雲壓簾簾不捲海棠着霧胭脂輭枝頭百舌悄無聲滿院輕寒
覆苔蘚梁間燕子呢喃訴似怨春光來何暮誰家低按一聲簫唤
起斜陽澹高樹

郭秋堂先生索題賣鬼集漫應

先生夙本廊廟器，六十功名不得意。腕中有筆可生花，囊內無錢空煮字。嗚呼劉蕡終下第，數奇竟短英雄氣。一篇常抱無晨昏，世人誰識先生志。憶我垂髫時，拜讀先生文。騰蛟起鳳冠諸軍，吞天志氣摩青雲。三十年來乃如此，不信先生今老矣。先生筆陣可驅魔，賣鬼何如斬鬼死。我是年來落魄子，刀筆可佐先生使。唆鬼精神斷鬼趾，葬鬼弱水三千里。更助先生攀太行，劃開大道平如砥。

鏡

纖塵終不染，窗傍一輪高。閑月留蟾兔，開奩鑒鬢毛。有形皆洞悉，無醜不潛逃。試把臨秋水，空明射卧蠶。

杏花二首

金樽檀板鬬鉛華，絕好濃香是酒家。深巷重門人未起，隔牆低賣一聲花。

盈盈笑色晴烘日，黯黯輕紅雨著煙。一種嬌酣濃似酒，晚粧人倚欲風天。

桃花二首

路入天台別有香，落花流水舊橫塘。娼樓薄命知多少，扇底春風

鄭妥娘

錦城絲管日紛紛（用杜句），委隨紅粧雨不分。誰信風流容易散，年年空繞薛濤墳。

暮春曲

遙天一碧春入幃，柳絮撲簾春雲飛。海棠紅瘦茶䕷肥，梁間燕子歸不歸。東風送得春如許，把酒酹花花不語。醉卧南山綠幾重，黃鸝一聲花似雨。

浩歌

少小棄脂粉，所愛與人殊。木鐸啟聾聵，醫桑活餓夫。廣廈千間田萬區，庇盡天下之寒孤。蒼梧翠竹抱吾廬，月波春水繞門樞。高牙大纛擁旌符，車乘蒲輪馬乘駒。身厭錦段紅羅襦，口飫天漿飽御廚。揮毫煮茗事詩書，當頭不管流金烏。于今不富復不貴，彼蒼生我胡為乎。昆岡鳳兮芝山麟，竹無實兮組無紃。世途坎壈徒悲辛，屈伏不如蚖與蝓。擬棹扁舟五湖濱，投竿願作菰蘆人。噫嘻吾生豈是菰蘆人。

夏夜雨霽

北斗直星河，牆陰澹薜蘿。涼風生碧樹，濕月走金波。蛛網垂簷碎，螢光近草多。懊儂消不盡，頻問夜如何。

秋懷

命舛兼貧病，閒居欲白頭。孤燈啼絡緯，急木下殘秋。此際天應老，淅瀝人善憂。芭蕉葉上雨，一滴一生愁。

七歌

翁姑翁姑死何苦，窀穸未安浮殘土。生兒短命早歸泉，嫠媳孤孫

究何補故鄉渺隔無烝嘗荒壟淒淒半宿莽於戲一歌兮歌聲發
誰授狐眠葬親骨
父兮母兮空生我膝前珍愛同嬌左每憐生女勝生男家學青緗
免廢墮白髮雙雙竟何處空留弱息命坎坷於戲二歌兮歌聲苦
啼破青山親不睹
良人良人短姻緣合歡廊下罡風旋兒雛女稚慘心骨寒機夜夜
鳴窗前兒成儒士女娫娟藁砧差可慰重泉於戲三歌兮歌聲咽
冰蘗年年淚成血
造物造物吾何讐生為巾幗心隱憂平生志氣横嵩邱大業奇勳
唾手求轅駒屈伏不甘因夢攀天府覔封侯於戲四歌兮歌聲放

天若有知天亦壯
兒兮女兮皆成人兒長七尺女嬌春宜家宜室及芳辰螽斯子孫
宜振振兒未室兮女未嫁家徒四壁囊無縉於戲五歌兮歌聲長
仰面訴天天茫茫
我生我生罹百殃骨肉多故門庭荒孤雛失恃悲遑遑居無屋兮
寒無裳殘書數卷當饑糧屋梁落月炤淒涼於戲六歌兮歌聲闌
輾轉反側心悲酸
詩書詩書吾弔伊有客經營即數奇人間何地無賈島送窮不獨
韓昌黎秦皇原是真男子焚盡奇窮兆福基於戲七歌兮歌聲歇
攀倒崑崙叩天闕

蟋蟀

莎老煙荒絮不休廢垣深處短籬頭螢歸腐草露先下人坐西風
杵乍收半壁殘燈雙翼冷四山明月一聲秋夜涼石磴知多少說
盡秋情夢也愁

雁

水淺蘆花蘸羽衣月明宵冷一行歸殘星没塞砧聲杳黃葉捲空
霜氣微南國有巢鶯燕樂西山無粟蕨薇肥秋來多少銷魂地莫
更隨人作陣飛

題觀海圖

海門日出海潮紅千峯草木爭光融銀濤雪浪幾萬重奔騰澎湃

開心胸有客有客感冥鴻筆搖五嶽氣吞虹三十未封吾道窮海
涯獨立吟悲風山頭老松青蔥龍他年凌霄聲摩空補衮作霖何
其雄丈夫厄始榮其終

少年行

五陵豪貴多少年金貂大袖紅殷鮮嚶嚶白馬珊瑚鞭寶弓一試
雙雕懸呼盧百萬猶嫌少大笑出門天地小醉倚吳姬歸去來柳
堤春月明如曉

將進酒

金樽玉盞浮琥珀盤有銀鱗長一尺花寒露冷不成歡到頭幾個
無愁容春風吹暖鬱金香舞裙歌扇聲徜徉勸君終日醉千觴何

妨三萬六千場

江南弄

章臺路江南富楊柳千條拂面絲絲絲綰得春光住章臺女兒年十六嬌喉解唱江南曲花房複道深復深湘簾倒捲湘水綠裏陽大估車轔轔千金來醉江南春珠光燭樹燒空明不知有月空中行青卯句

題徐厚庵相馬圖

穆王迴八鑾驥子久伶仃虢虢追風骨毛焦抱月形世間無伯樂櫪下有房星一顧騰驤起知君眼倍青

題旅邸立秋圖

七月紅閨未授衣西風初動鰥初肥青衫吟客知多少愁見天涯一葉飛

題吳靜娟秋山讀書圖

秋山滴翠秋嵐青秋風退暑秋溟溟鳳窠銀沫似爭力瑤姬腕下蟠芳馨三年耳熟蘭蕙質今日披圖信無匹一枝斑管豔飛香秋氣溶溶指間出秋空皎潔秋月彎秋林閒寂秋鳥還窗下一篇風雨聞信為天上非人間

題毛女採藥圖

不著天孫五色衣南山貪取蕨薇肥洞中別有閒天地人世何嘗問是非半缽黃芽和雪煮一籃明月荷鋤歸滄桑更變須臾事採得靈苗便息機

題端兒望春圖

弄雨調煙別樣裁一枝分向日邊來輕風著意憐愁眼吹得臨流樹樹開

秋庭晚立

獨立擷紅霞揮紘數暮鴉晚煙四望起遠樹一樓遮日淡白雲合秋空獨雁斜涼風吹暝色落葉紛如花

古意

青青陌上柏鬱鬱陌上桑與君泣分手分手溯河梁天涯有明月炤人鬢如霜何日歸來兮與子相徜徉

題王貞女合葬啟

天涯正氣金石比綱常誰說都男子不學楊花滾浪生願作荷花守紅死處子如何敢哭夫捨生取義是良圖三度投繯逃莫續連枝苦被秋霜枯鴛鴦綬帶韓朋木同穴貞心願已足雙紅夜夜笑歸來何必吹簫向華屋

戊子秋端兒下第書懷八首

一從蟾桂滿聆到菊花鮮幾次强占夢三番獨聞天驚閒門剝啄錯認鵲喧闌風雨過重九泥金又不傳

汝父青年殁門庭冷似冰典衣延碩彥脫珥酢親朋勸課憐兒小無求免世憎可憐憔悴質夜夜讀青燈

否泰雖前定飛黃須少年堅心山可徙立志硯能穿毋力已云盡
家風好自旋燈前休懈惰人力可回天
振起炎涼轉 功名足療貧可知瞑父目方信貴儒巾白月原無障
青山解笑人好爭頭角異努力渡前津
秋老催寒到爐空冷藥鐺身同黃葉病愁似海潮生殘月一窗影
鄰雞半夜驚挑燈不成寐呼子讀秋聲
寢食書千卷平生少萬籐春風半簾月秋雨一窗燈憔悴號寒鳥
辛勤憤苦僧饑來能煮否搔首嘆何曾
黃雲深覆屋囊粟愧侏儒善病生何謂多愁命也夫功名兒蹭蹬
人事鬼揶揄幾度燈窗下含悲補破襦

我病如癯鶴年華恐易催明知焦鹿夢不作死寒灰傲骨還同菊
酸心久似梅只愁隨逝水兒女盡砥隤

賣衣行

棄貯猶少恩登極求故劍古人重故物終心殊眷戀前月賣一釵
昨日賣一扇藜藿繼又難開箱尋故練衣我二十年幾度歡家醼
衣去飛如鴻物觸淚如霰不好作兒啼吞聲弄筆硯

寒夜吟

顏子有簞瓢饘粥不俯仰我無隔宿炊終日殊悽愴有子能文章
難叨升斗養甘心喫蕨薇蕨薇山不長 昨日典琴書今日賣衣
袴賣衣仍屢空將何禦寒沍熒熒燈在臺皎皎月在樹搔首訴蒼
旻蒼旻不我顧 殘月影墮地落木聲蕭蕭紅爐火一星茶鐺湯
半瓢寒風來天末吹我鬢毛焦終宵不成寐起弄霜華高 古時
屋梁月照人顏色好今日皎月光照我色枯槁枯槁色云何八口
仰饑飽顧子莫酸心攤書且論討

送潘壻逢元之燕

少小擔簦載月星異鄉風味幾曾經休將文字干時俗今世何人
倍眼青
清白傳家守硯田青袍素履足稱賢天子一點靈明性莫被名繮
利鎖牽
窮經方不負奇男莫為家貧志二三我女坤儀知古訓荊釵裙布

總心甘
滾滾黃河疊疊波老親垂白走燕都長途風雪須調護好學肩吾
父子圖

病中口占

維摩翻悟認前身善病多愁幻裏真案帙塵留渾是懶庭蕪綠遍
不知春一窗冷雨題山鬼半壁昏燈讀洛神何日向平心事了水
邊林下一閒人

即事

一春惟病懶門外即天涯不信春光去空庭數落花

病中送春

任教柳鞾與花殘九十韶光夢未看瘦到沒情惟剩骨病來有暖亦生寒朱門應許留芳草蓬戶何須説牡丹怪底吟魂情更別送春容易送愁難

題漢宮春曉圖

晴色先舒御柳條未央宮闕早春饒銅龍漏滴花枝午金獸香噴栢子燒殿角三千春婉晚笙歌一隊粉妖嬈趙家姊妹新承寵從此君王不早朝用樂天句

夕陽

競喧爭晚渡一片下孤城古道行人恐空山野魅行一林鴉背赤幾樹岫煙清萬古消磨盡浮生空復情

藤花二首

芳名不占百花科牆角春深友薜蘿恰是霍娘新病起藕花衫子袖香多

美人倦繡搴珠箔笑剪殘絨作碎紅一院柳絲收不住連枝搭在粉牆東

午日讀離騷

雨洗庭榴紅欲墮綠淨莎涼無客過一卷離騷弔屈平魂不來兮悲楚些縱使一言能悟主楚也秦兮總塵土沅湘之水日滔滔凜凜孤忠自千古波心鼓振蛟龍舍渺矣不接飛梟下世人皆濁我獨清勞勞誰是憐君者

題劉靜奩暗擲金錢卜遠人圖

綠遍庭蕪不捲簾輕寒愁向客中添驛前鄉信逢梅寄窗下緘封帶淚粘別夢每縈眉處處歸期常屈指纖纖燈花譫鵲無憑準欲卜金錢未敢占

雨窗書懷

家貧逢饉歲薪桂米如珠案上空千卷囊中少一銖時艱羞論學文賤懶稱儒滅却靈明性繙經學大跌

午夜聞簫

燈漾窗紗閃半簧簫聲何處美人樓吹殘楊柳櫻唇綻擫破梅花王指柔薄露一庭涼似水清陰五月冷於秋餘音飄渺月空閑碧海青天一樣愁

仲夏坐雨

癡雲不散怒雨發驚雷振動蛟龍窟檐前飛瀑流淙淙倒瀉銀河聲不歇奔騰澎湃翻雄風金蛇掣電搖天闕破洗庭煙三日昏遠山一沐青如髮須臾雲漏雨腳收高樹鳥啼泥滑滑天外斜陽駕斷虹庭中綠樹抽新葉手披一卷開南軒硯滌毫香沁心骨颯颯輕飈西北來悠揚濕草飛黃蝶

暑夜戲占

微雨中庭過清涼到枕邊河明無月夜樹定不風天鬭富書連屋驕人硯作田邯鄲如有夢夢我作遊仙

消夏雜詠

瓜

蔓抱繁絛趁抱牆村畦六月試新嘗浮來碧椀琉璃滑剖出金刀
玉液香共美東門傳藝術誰憐貧士厄文章瑤臺水殿清無暑絳
李冰桃一味涼

簟

琅玕織出藝輕羅滑到琉璃翠一窩支枕客聽荷芰雨納涼人拍
水龍歌燈橫夜氣疑無暑帳捲冰綃似有波珍重淇園冷消息好
從熱惱醒南柯

扇

踈霜冷玉一團秋絺綌寒生暑不留新樣莫裁宮月影涼風易上

井梧頭撲來螢火熒熒落書就清歌字字愁却恨含情掩明月空
階無語待牽牛

簾

十三樓上一層層織出瀟湘七尺筠待哺低留新乳燕折花高捲
曉粧人波紋冷漾長門月草色青鋪陋室春最是紗㡡初睡起午
風搖曳碧生粼

冰

一團團起六楞山赤帝無權熱惱安暑客莫揮白羽扇侍兒須認
水晶盤紙屏石枕澌清夢翠袖綃裙動晚寒翻覆炎涼如轉局請
君試把日中看

漁家

一舟大如葉妻子同棲遲垂釣滄江上不侶輕薄兒簑衣薄紫綬
箬笠傲金龜巢許為吾友蒼旻是我師得魚沽斗酒妻舉案齊眉
興來歌短什惟有蛟龍知

啣杯

人事百不遂浮生安可適家無三日儲難營五畝宅心境是鬢眉
生身恨巾幗形骸不敢放名節頗自惜悲嘯幾吞聲檢袵鍛六翮
恨觸不周崩淚灑丹楓赤幾度欲問天雲霄九重隔低頭撫素心
命也悲何益近日學飲酒醉鄉無順逆割絕百種愁昏昏竟朝夕

季夏十有五日許挹芝表弟暨丹言弟過訪話至宵分劇談
往事撫今追昔觸景興懷不覺悲從中來回視花扉月轉露
滴松梢客去庭空殘星墮水乃同兒女論詩慷慨淋漓悲歌
感激不知今夕何夕漏下四鼓睡不成寢爰作四章以誌其事

四山烘落日有客叩松扉風雅殊時俗清涼到葛衣紛紛白月起
熠熠火螢飛時瀹中泠水庭空暑氣微

家貧羞作饌主客總忘言豆莢煎鹽豉圬坏代酒樽人情同感慨詩
格共評論話到當年事悽然一斷魂

卅載悲離合相看總白頭安仁愁作誄（時挹芝新喪偶）王粲怕登樓（挹芝幼抱
異才長而不遇飄零湖海幾二十餘年方歸）且盡杯中物休思遠大謀試聽添慘切竹

葉似敲秋
客去天如水花屏月墮光那堪追往事不惜坐宵長老我文章賣
隨人祿命强語兒休惰志終古是書香

即日

六月陰霾壓不流家家簾幙敞銀鈎天連濕屋雲生障葉捲飄風
樹帶秋習靜夢魂堪化蝶忘機身世不驚鷗消憂惟有杯中酒滌
蕩人間萬古愁

聽劇

中庭暑氣微夜靜雲生席露白似初秋月殘如缺璧何處來笙簧
鄰家演新劇人生總戲場大抵悲歡易今日歌舞人明朝荊棘客

不厭野蔬香甘為詞賦役揮手謝繁聲長天澹空碧

題方婉儀白蓮圖

十里抹紅粧一枝瑩玉骨風定欲停雲波橫疑濯月灼灼桃李花
春深叫題鴂青青松柏枝嚴冬凛霜雪爭如九品分仙胎此中結
花與人同清人共花同潔天地生斯文幾與塵世別

六月下浣作

三日西風響薜蘿雲添生意水添波蕪城十萬新簾幙何處輕涼
夜雨多

百錢歌贈族子庸夫

天判兩間開洪濛渾然不分富與窮巢居穴處無帡幪茹毛飲血
餐兩風嗟乎唐虞三代下總是孳孳謀利者汚濁自甘笑四知所
來不問鮮衣馬我恥我憐營最寡除却文章無取捨晚食何妨藿
作羹仙人何處蓮花鮓六月下浣涼雨驟中庭教女挑新繡兒歸
翩然持百錢為言中也為母壽我聞斯語心悲悒中也負兮無錐
立生負奇才不遇時文章每向窮途泣可憐胸抱五車書難換人
間粟一粒孀親弱妹仰朝昏汝生同命暗銷魂甯甘淡啜虀鹽水
恐使斯錢換酒樽平生不受一錢憐却之又恐傷君賢踟躕無計
兩能全手持百錢心悁悁陡憶湖山翠漲添呼兒邀君醉村帘斯
文知己二三輩放歌碧水洗餘炎諸君風雅留瓊篇君也賢兮我
也廉兒言不可生他議中也為人迥俗異窮途分金出至誠受之

心喜卻之恚清涼買酒且逍遥大勝豪門五羊餽我聞不敢薄高
誼徘徊庭際終心愧

返錢歌又贈庸夫

去年兒失脩脯養儆屋無方悲沮喪一枝何處可安棲百里無糧
心怏怏我雖悽惶恥言貧欲買扁舟五湖放閒雲野鶴天地寬衡
門泌水皆佳况方楊汪李段俞程諸君尚義埒古人釀金助養謀
米薪共言毋作東海塵兒傳諸君情諄諄我心感激惟書紳諸君
高堂皆有親脩脯難繼斑衣新何可分金到涸鱗我貧我賤甘沉
淪猪肝不累免顏皺平生恥食嗟來飧披裘六月存天真就中程
君本親姻慷慨策畫兒遭迍知我者誰鮑子仁舉家銘之何敢泯

聞君又欲踵諸君淋漓不惜細敷陳矯廉敢學陳仲子虀鹽無缺足安貧前月多君贈百錢令兒甘旨供肥鮮我聞喟然三嘆息生來羞受一錢憐兒言不可卻之堅卻之不受如矯廉無可如何加封緘藏之筍篋心拳拳秋風起兮雲滿山游子思歸覲母顏淒涼百里無錢渡方識人間世網艱開緘呼兒持前資返君隆情正其時助君行色成君孝我情君義兩相宜年年遼海哭淹留當今誰是韓荊州妒才者多識者少中也明珠莫暗投芸窗努力休苦貧我心君母兩同情文章有日逢明眼專聽春雷第一聲

附中詩

答叔母梁夫人　汪中庸夫

吾宗有母梁夫人早年守義矢天只朱門羅縠化為塵閉戶長饑樂文史日操井臼夜誦詩彤管高文見根柢二南小雅無凡音哀述先人最其子子兮為儒著儒衫律身刻苦吾所懈授書歲得十金入對人氣象何巉巉夫人有子能養志餓死事小求人大弟兄尚苦黃金多五反何曾受一介高風豈獨魯仲連百世之師伯夷隘（夫人有夢魯仲連命賦半閒堂鬪蟋蟀歌）中也通家餽百錢浹旬封卻尚依然作詩灑灑及吾母曲盡人間骨肉恩吾母寡居窮更劇一門風義故相匹疊更家禍多死心得免去年少人色老來力盡疾疢生五十衰容髮已白人生富貴無百年苦節高名天所惜兩家孤子各成人反使饑寒及身迫嗚呼古之列女一節稱才賢豈似夫人得百金石渠尚有劉中壘應入儒林卓行編

七夕坐雨

懶向天孫乞機巧一篇殘蠹對孤檠風敲庭樹疑人語雨落星河帶水聲入幙螢光流濕火到窗宵柝起長更病魔銷得人如葉不為悲秋也瘦生

七月八日雨中作

久甘粗糲傷饔餐屋漏廚空夢不安多病可憐惟我瘦長貧方信息機難一庭蒼溜無人跡四壁炊煙帶雨寒應是前生白司馬青衫何日淚痕乾

哭葯圃弟

葯圃生而頴異家貧好學無力從師時就予學與端兒互相砥礪未冠即補博士弟子員一試南宮不第齎恨而歿歿時方冠傷哉好學如弟不幸短命死亦家之不幸也

雖為姊弟實師生（葯圃入泮贈予之句）愧我無才誤卯君每到疑難析古義不辭風雪講韓文（弟酷好昌黎文即風雨之朝亦過予討論未嘗廢學）聰明可許吾家秀生小能空冀北群矢志終童終不死一星鬼火夜歌墳

廢垣

頹垣匝地蟠且作峯巒看蟋蟀慶有宇黃雀居之安一椽留雨蝕半壁透燈寒萬物吾何有放懷天地寬

秋懷

一生挫折苦雕鎪衰落家如不繫舟自幸顛連〻無俯仰任教多難
不謀求生耶帶恨非關病夢也堪悲不為秋悽楚江潭人似柳西
風何事更吹愁

雜詩二首

幽谷生芝蘭不同荆與杞本是王者香肯隨秋草萎同時深谷花
出滋秋露華一隕嚴霜後零落道傍嗟
南山有仙鵲不飲復不啄養成五色羽冲霄凌白鶴回視疾飛鳥
自謂翔風樂盤空三五步已遭金彈落

聞雞

聞雞知夜午不寐動長嗟塡海也精衛完天是女媧可堪寒到骨

更復事如麻起擊唾壺碎紛紛落燼花

天地

天地生吾何償我前生魔拂逆人皆有悲涼我獨多終心留缺陷
一夢醒南柯將欲乘風去飄飄逐太和

九月望日坐月

待月東堂坐轉深西風聽遍漏沉沉三更月滿寒蟾影九月霜悽
塞雁心無數樓臺明夜火幾家簾幙響疎砧愁人偏耐秋蕭瑟愛
共哀蛩徹曉吟

月下臨池

一泓氷水漾冰紋寒月寒星點暮雲自愛臨池成獨照梅花爭影
瘦三分

寒夜聞鴻

冰浸蘆花月浸空蕭蕭折木捲霜風聲傳刁斗征衣冷影落平原
獵炬紅古寺鐘魚衰草外美人刀剪夜寒中白頭蘇武邊關雪送
盡春秋是塞鴻

彈琴歌和端兒作

淡旭掃凝雲積雪猶在路有客衝凍來馬蹏踏寒素入門三致詞
王人聽我訴請君理舜琴南風解寒涖主人謝不能揶揄仍故步
客〻云莫我辭良朋幸相聚主人辭再三金徽排雁柱一鼓聲喁喁
兒女語窗中二鼓起激昂劍氣橫秋空三鼓冷然止寒綠生幽風

推窗看落日饑雀噪孤松主客同笑歡斗室春融融

廢學吟

於戲詩能窮人耶柳窮而能工耶昔昌黎已言之審矣更女子
知書疊遭奇阨古今屈指代不乏人非貧即夭非夭即孤未有
一人能享文章之福者益信造化弄人痛予自十三齡塗鴉始
每習詩習禮日不暇食迄今三十年來歷盡坎坷至己丑歲衣
食維艱立錐無地生人之苦身遍嘗之決意棄硯廢書學優學
佛畢此餘生一切文墨總付兒曹代之因感成詩永為絶筆
詩書爾何物與我周旋久淋漓三十年坎壈百千受今生總棄捐
盡付無何有柔腸為爾羹清淚作爾酒揮手謝伊行甘同瞶與瞍

壬辰秋端兒歸自京邸雖博一第依然秋風羸馬行李蕭條茅屋青燈守貧如舊無意中謁兩淮鹺政　李公兼持予晚香樓集進閱　李公一見謬加稱賞既而嘆曰有母如此有子如此而不能菽水養親安居肄業是誰之過歟隨代營南門縉紳坊數椽之地以家焉又代謀薪水俾得衣食無虧風雪無愁矣爰賦四絕以謝

鶉衣蓬鬢守茅茨典盡釵梳八口饑女泣兒啼風雪夜拋書三嘆命支離

哀宗一綫只憑天夢怯魂驚二十年博得身同黃葉病幾番回憶淚如泉

九月寒霜透縕袍兒歸依舊守蓬蒿披雲感得文奎照霖雨恩光遍草茅

天下憐才獨使君如天高誼薄層雲陽春佈澤噓枯木吹徹梅花大地聞

去歲蒙鹽政　李孫巖大人樂育之仁曲加勤恤既獲甯居兼得菽水之養又賜才節雙全之額令歲重荷公仁又爲籌畫經紀娶媳嫁女以次就緒仁風惠澤感激令人涕下又賦長律四章以謝

開府淮南早建牙黼衣奕奕賦皇華地靈有寶初呈甕海國無波自漉沙燕寢濃香分畫省中廚賜膳出天家朝來時雨甘如醴到

處爭迎直指車

有子龍門許曳裾平津閣下託吹竽南陔蘭采方脩養中澤鴻歸已定居自勝隱之曾賣犬不勞甯戚更歌魚劇憐婚嫁平生願老去情懷此一舒

身世飄零二十年只今回首轉潸然應門落落惟孤子望屋蕭蕭少爨煙累日挑針連雨夜有時藉草坐霜天無才虛荷旌門典萬古纔教一節全

長歌黃鵠惜分羣造室深知鬻子勤豈有丹砂傳舊業特垂弱管寓孤芬未應溫飽終吾志自愧貞名達使君爲語兒曹須努力報恩早自致青雲

癸巳秋率兒婿女媳掃夫子墓

憶昔艱難守志時麻衣親製餉家詩埋煙蝕土君休矣嚙雪吞氈我受之百囀酸心擘稚女雙啥血淚看孤兒可憐心力都拋盡地窖無靈知未知

典卻金釵卸卻粧三生難覓返魂香空閨春老悲青蠹孤塚秋殘泣北邙陋巷屢遷心戚戚哀宗一綫意茫茫那堪回憶愁如海地老天荒未是長

賣珠補屋事紛紜泣盡胭脂夢不分綠鬢已凋徐淑女青雲久役李修文十年伉儷君憐我廿載辛勤我報君曾誓一言君記否綱常扶植自釵裙

墓草淒淒碧落寒一杯長奠淚闌干白楊作柱心猶熱冷骨成灰夢也難稱女于歸賫序容嬌兒巳戴進賢冠向平心事完今日一語報君君自寬

悼畢氏媳

姑媳深情未忍忘依依二載伴宵長紅衫猶記燈前影椎髻偏憐睡後妝薑篋嫁衣空剩彩鏡臺遺粉尚餘香風𩙪猛似釵梳響一啟空簾一斷腸

冷雨淒風夢不成心如棋局最難平蘋蘩未解經三歲薄命何由送一生只說紅榴能結子誰知綠槿竟成塵傷心幾度呼新婦彷佛窗前應我聲

予荒疎筆硯已六載矣偶值蘭婿端兒拈題分韻不禁技癢復成數詠庾亮曰老子興復不淺不覺啞然失笑也

新婚別

兔絲附女蘿結在山之阿雨露滋喬木百歲交枝柯結褵甫三日君相催提戈姑性儂未諳欲問淚滂沱封侯君所願拋妾妾如何上馬荷長矛悲風四顧愁男兒志四方肯為新婚留驅車出門去恐淚看吳鈎徜徉不復顧中心殊綢繆悠悠復悠悠何日大刀頭

結交行

翻手為雲覆〻為雨管鮑交情賤如土東鄰西鄰貧賤交車笠盟言銘肺腑東鄰一朝侍君側連騎結駟人爭識西鄰之子衣懸鶉可憐饑寒及身逼窄路相逢馬不下指揮僕從加鞭勒試問西鄰何默默話到交情心已塞西鄰一蹶騰驤起高樓大廈連雲倚車如流水馬如龍恩光寵錫門如市東鄰失勢仰西鄰頻說交情似魚水西鄰一怒天下渾白眼看他皮相士西鄰西鄰器休盈翻覆炎涼正世情君不見淮陰少年行以德報怨古人心

拈得花影

交枝疊椏俯蒼苔曲曲雕闌曲曲栽朝暝半欹三尺水高春更上一層臺辭離門巷風吹去紅杏村莊月送回幾度雲階春欲舞隔溪疑有故人來

題補天圖

共工怒觸天柱峯駘蕩搖踏虧穹窿女媧立極飛六龍手扶日月撐洪濛腕刀心冶運元功磷磷五色補天空噀雲含霧噴長虹驅馳道路綱維通北山削綠南山翠抽森劈秀完天地海重潤兮日重光八荒四極皆稱治誰寫丹青魏帝子筆花吐出胸中意欽寄磊魄補難全一泓海水英雄淚嗟吁乎安得媧皇常住世補盡人間不平事

靜香閣詩存

龍黎春熙

靜香閣詩存

光緒戊戌順德龍氏栞

閏三月朔日黎榮翰筆隸題

靜香閣詩存

順德黎春熙文綺著

秋夜共讀示弟國康

課讀鄉園秋夜長明窗隱約共鐙光候蟲唧唧驚人懶絡緯聲中月似霜

滕王閣 時閣爲賊毀

經過名勝負登臨舊館荒涼弔古心蛺蝶成圖原夢幻干戈流恨與江深鄱湖浪湧兼天地章貢雲移變古今極目落霞秋水景扁舟無賴發孤吟

窗前龍眼樹不實

怪得枝頭鳥雀稀驪龍想已挾珠飛春來風雨摧殘甚還有婆娑蔽落暉

鄱陽湖

鼓盪天風浩浩聲鄱湖終古不平鳴氣吞章貢歸無極勢擘荊揚入太清千里趨庭非遠宦十年逋寇未休兵家風祖德還依舊 曾大父通奉公曾宰鄱陽 夢切洪都繞滕情

摹帖學書不進改用鈔書稍知結構戲作

縱有王羊不起予九烏炎著學鈔書閨中豈有班超志投筆依然一笑渠

彈子磯

彈子磯高處嶔崎鳥不前山穿千尺水身出九重天嵐氣通雲雨江流入暮煙孤舟防失路行止意茫然

紅梅

香生紙帳得開遲月照園林發數枝縞襪修成丹換骨絳羅褪出玉爲肌吳宮醉舞猶含笑唐苑新粧正點脂任爾春花爭富貴紅顏原抱雪霜姿

八月初九日賊至圍南安是夜大雨章江漲不可渡

黑雲浩浩捲雙旌陵雨滂沱夜捍城壯士疆場爭努力家人生死早忘情江翻雪浪喧鼙鼓天倒銀河洗甲兵

報國愧無奇六出木蘭奚用請長纓

賊退志喜

諜報援兵奏凱旋喜心翻倒淚潸然干戈一死知誰惜骨肉重生始自憐似說賊營棲燕雀何來軍府靖烽煙犒師恰是中秋節桐子歡歌月正圓（桐子二字出楊子法言）

偶閱易安居士詩作此惜之

風華跌宕筆花生漱玉流傳有定評末路蹉跎誰負爾少年才調最憐卿桑陰莫唱羅敷曲笳拍何關董祀情不及茂陵秋雨客白頭吟尚寄心聲

粵秀山

夕陽疎樹送歸鴉赤縣新名兆獲嘉牝主臨朝終絕世好山隨地可移家漢臺風日千秋古昭代文章百越華（學海堂應元書院皆建山上）不見紅棉空詠絮擬將餘思問梅花

存三

婦女粧隨時改易因閱梁冀妻孫氏事各賦小詩

白柰簪花翠黛低芙蓉不及綠雲笄男兒有淚流知己非比濃粧掩袖啼（啼粧）

心聲本發性情眞一笑何須齲齒嚬恰似玉環多啖荔

側生搖動左車齗（齲齒笑）

楚國風流重細腰蓮花步步似扶搖誰知五斗歸來客不向門前效柳條（折腰步）

留別南安官署（時侍大人赴贛州）

身世渾如一葉舟烽煙才息赴虔州蓴鱸定勝鰣鰉味（江西鰣鰉遠不及粵）萍梗難因桂樹留（署多丹桂）郡縣夾江通嶺嶠軍民銷甲事田疇種茶處願隨流水（大人欲種茶未果）怕上春風啜茗樓

落葉

空山鳥語頻落葉拂虛塵墮地皆隨化因風敢怨春緣

珠留舊恨飛燕是前身草木無情物偏驚羈旅人

歸度大庾嶺

梅關重度總勞薪望見家山黯夕曛北洗欃槍章水雨謂南安賊退事西歸王母素車雲時侍大母喪歸英雄兒女輪蹄共急雪驚塵楚越分棹楔路傍瞻拜罷昔年曾此掃妖氛大母承　賜御書扁額南安郡人卽嶺路建坊

紀夢

梨雲蕉雨夜遲遲身入甜鄉事不知豈但邯鄲成幻境縱醒猶是未醒時

酒後偶成

避席逃禪入夢中殘燈欲灺醉顏紅漫言魯酒醲無味身世文章一例同

贛州兵變

上隴軍還噪餉驕總戎空錫侍中貂重生有幸如春夢謂南安賊退萬死無功答聖朝章水風塵鼙鼓震金陵將帥姓名標時江南已收復最憐冒雪單騎往慱得疆埸殺氣銷大人撫慰之亂乃定

讀元遺山論詩絕句

一篇春雨少游辭知道先生也見嗤芍藥薔薇空點綴如今眞是女郎詩

韶州舟次

歷盡崎嶇別豫章故園將近夢魂涼水衙殘日猶隨舵風送微雲屢望鄉衣鉢精藍原寂滅輪蹄歸路劇怱忙我來參得南華偈明鏡臺前拂拭光

村居晚眺偶成時久不接家書

極目桑麻落照時初晴芳靄綠差差雲低擁樹補山缺風細吹蘋引月移縱有別離尋夢易不因迢遞覺書遲溪流清淺無波浪轉憶臺澎意自馳

蝴蝶花時寓伯父方流家

豈是韓憑變化奇分明栩栩宿花枝園林留戀因春好

雨露栽培有夢思傅粉亦成林下格得名誰似謝家詩滕王閣畔經由處圖書依稀剩兔葵

聞大人臺灣禱雨立應

渴澤焦原正閔農馮夷翻海踊虛空天憐禾黍同生氣地異桑林入化工南贛洗兵雲已黑大人守南安日賊圍城是夜大雨章江漲不能渡臺澎沃土粟猶紅秋來幸勿吹鹹雨害物全無潤物功澎湖濱海秋有鹹雨殺草由大風吹海水所成

和璧侯兄桂花未開

怪得疏林蝶不來天香也倚雪霜栽黃花任爾爭秋氣獨抱丹心待月開

和璧侯兄訪菊不遇主人

寂寂東籬蛺蝶飛秋霜欲下朔風微黃花老卻無人賞底事淵明尚不歸

家書述臺灣風土之異有溪水終日作長歎聲有山晝煙夜火風雨不滅各紀以詩

碧溪爾本無愁者終古流成長歎聲何事竟懷將別恨於人定抱不平鳴橋成魚鱉朱蒙渡地近蛟龍赤嵌城臺故城水已知歸隸圖籍底須嗚咽獨含情

奇石嶔崎黯夕曛赤騰騰地盡氤氳祝融翻海黑無雨回祿烈山紅有雲絕島天驕誰撲滅臺夷梗和約老親大人折之炎徼劇辛勤況聞立應桑林禱時臺地九月不雨至十二月大人十四日禱次日即雨未害池魚一例焚

途次初見雪

才見漫天玉屑霏梅花樹樹認依稀謝家小女風塵苦未暇裁箋擬絮飛

次韻奉酬馮氏祖姑南昌見寄

郇雲五色捧新詩迢遞洪都憶別時生死賊中隨大母侍祖慈馮太夫人南安賊退後未幾奉喪歸飄搖江上失良師可堪骨肉憑書寄況是池塘感夢思延祖伯兄新歿回首風塵嗟隔怕聞長笛一聲吹

閒關汾晉久睽離來書言欲歸山西未果胸有江山句易奇詠絮我慙林下格品梅君有歲寒姿干戈身世都成夢巾幗文章要起衰綠鬢蒼顏須努力嶺雲遙隔意遲遲

豪家被籍書事

海山仙館月輪高鐘鼎樓臺一世豪通貴故人知不少盛衰容易感綈袍

傾筐倒篋數家珍婢妾蒼黃避下陳金谷繁華原一夢此時可有墜樓人

喜君樂弟自塾歸省是日適奉大人臺灣書

一肩書卷付奚囊喜爾歸來自故鄉一紙平安書又到倚閭何止慰高堂

殘臘匆匆歲欲新無多骨肉倍情真遙知雞黍團圞夜海上思家有老親

泥龍角鐵牛歌

維龍折角維牛奮角能戰牛闘桑園圍惡誰割龍耳誰執牛耳龍眠牛臥桑園圍峙我聞父老傳說桑園圍泥龍角畔龍作威會稽施主簿照水潛燃犀陰陽天地為爐炭鑄成頭角何精悍石馬空留字畫看銅駝不起荊榛歎金沙江畔牁江西水萬里奔注誰能降此圍保障南三縣南海三水二縣邱山同首天低昂大哉聚此六州鐵永

鎮江頭孽龍孽雲垂海立風雨秋如見玄黃汗流血又
如老子忽從西極來青牛蹴踏波浪開紫氣蒼然妖氛
淨一洗刼燼昆明灰翻思吳越水犀手三千勁努皆牛
役鐵鎖雖鎖巫支祁兵革未已戰鼓悲蠻夷披猖逸羈
靮犲狼狐兔滋鬼蜮傻金豈信一言欺攻后猶煩五丁
力且考夷塡海爲之役鐵牛鐵牛安能使爾變作田單之火牛否
則鑄爾作劍斬御樓蘭頭犧尊玄酒用告廟鳶肩火色
脅封侯我歌至此孤憤發唾壺擊碎心鬱勃鳴呼樓船
莫畏水中龍爾牧來思思阿童

聽琴

鳥語蟲吟寂不驚誰家深夜七絃聲天風海水無尋處
惟見青山明月生

與諸昆有約中秋鄉園賞月余以事十二日先返
郡城爾詩柬錫田兄福田君樂三弟

又負中秋月一輪來時要比去時頻不因重九茱萸宴
此會依然少一人

由鄉園返郡城夜泊珠江寄錫田兄福田君樂二
弟

珠江江頭波浪平萬籟寒生雁陣驚遙望故園已迢遞
海風吹雨作秋聲

學老杜諸將二首 并序

臺灣屬彰化之在籍副將林文明積惡土豪抗
官阻險又安平副將蕭瑞芳郎通夷起衅之蘇
成冒行伍升今職者大人一月內連請　行誅
之

雄鎮東南薦剡來始知天網不恢恢十年孤憤塡蒼海
萬里邊愁入紫臺將帥荷
恩魚袋錫鯤鯨跋浪虎門開潛踪終作含沙蜮蕭近發夷滋事致副將公自刎江軍令分明絕禍胎
戟門家世濫簪纓氛祲冥冥赤嵌城三面網開毚兔脫
九淵波撼老蛟驚膺頭磨墨難馳檄七首登床有伏兵林有兄官提督贈宮保大人密令流太守計擒之次日沈公床下伏刺客亦被獲一自板升驕
戮後樓蘭劍氣斗牛明

朝漢臺

呼鑾道上暮笳哀海氣妖氛滾滾來一笑陸生懷重寶
千秋猶說越王臺

花影

陌上人歸緩緩行參差花樹影縱橫非因明月誰知爾
除卻清流那照卿欲畫折枝難點筆無言籍地更含情
朝來風雨何須惜十二闌干寂不聲

詠霍光

賜圖負扆比周公伊霍千秋一例忠尙少風雲緣子女雖無學術亦英雄兩朝許史椒房寵百戰嫖姚汗馬功未必邀勲緣乘禍大將軍自氣如虹

朝漢臺

陳跡登臨久已尉佗城吹老木棉風亭樓倚樹雲深碧舟楫浚天日本紀北勝威名知草木南朝興廢弔英雄高臺今尉綫夷長翡翠何曾入漢宮丙寅之役夷踞粵山

紅梅

禁寒猶帶醉紅線亦仙人點染胭脂色包涵天地春清

霜忘冷淡斜日見精神不讓櫻桃美新粧絕點塵

光孝寺

伽藍歷盡劫飛灰終古風幡不動埃金地爐煙出城闕玉山秋色入樓臺宦官塔並齡妻鑄寺庭鐵塔爲南漢宦者龔澄樞同妻鄧十二娘鑄捨遷客裝非虜使來回首仲翔遺宅在青蠅憑弔孰憐才

澎湖海底有珊瑚樹長數尋閩徑合抱水清則見人不敢取云有神護之季父歸述因賦

赤騰騰地獨懷奇絕島殊珍勝玉芝今古大材難世用文章奇樹有誰知蛟龍窟穴蟠神物烽火枝柯植漢池

不向人間爭寶貴自隨紫氣吐丹曦

蘇武牧羊圖

涼風動邊徼海上久羈留臥起尚持節英雄盜斷頭苑中曾射雁關內不封侯羝乳知何日河梁白草秋

感舊詠史有感

趙佗

佗城歷盡劫飛灰殘臘無端感禍胎紫貝明珠消息絕何嘗胡漢有磨臺丙寅之役夷踞粵山

徐福

西極蓬萊別有天風颷道阻幾人旋三千樹背離家子

猶道乘槎去訪仙夷招生口往小呂宋

伍員

閒關出走闔閭城賄劍吹簫託死生吳苑繁華猶昔日憐他抉目不因兵入天主教者死即抉目

項籍

萬人學敵氣斯張一炬咸陽劫虎狼今日阿房已焦土方刀方斧又焚巢天津民變燒禮拜亭

李廣

矢盡猶能禦敵人霸陵夜獵滿霜雰龍城飛將威名在未許胡兒虜漢軍津門國防曾侯議戰

蘇武

餐氈齧雪葆忠貞杯酒河梁去國情不辱天朝持漢節千秋膚使重蘇卿朝廷命大臣崇公出使法國

送從兄由海道計偕入都先赴臺灣官署

流年促人人促裝三年一試春明忙送歲已渺渺送人轉茫茫鷗明冲天在翮羽鯤鵬擊水紛飛舞情似滄溟深復深跋浪魚龍避風雨我正元亭問奇字才謝班姬難續史池草迷離夢伯兄延祖兄已歿堂萱依倚親猶子余與君樂弟讀書鄉塾家事皆兄料理興來偶詠謝家雪一字相師自怡悅十年文酒共悲歡萬里風塵惜離別此行先度澎湖濱

馬流龍戶迎前津君方北行戀慈父我亦南望思嚴君依依親舍各翹首海水天風多白雲赤嵌城頭相見自憐久暌慈顏面地遠何屢內顧憂事煩只恐中情倦匈奴未滅邊恤家膝前代請一鬚加兒女柔情亦慷慨平安絮語休紛拏從古文章重天性郎君一第何論命仔肩世事由精神心慕顯揚須愛身梁山險雨試操縵下亭盜馬當書紳燕市高歌莫狂醉心肝嘔出污車茵兄每飲多大醉江淮河濟波浪沸滄海曾經知不畏令雁自盻大雷書宗文豈少長風氣臺灣京國心悠悠浩歌相送珠江頭方今鐵網搜奇樹鈞竿拂取珊瑚鉤澎湖海底有珊瑚樹

甚巨少壯幾時人易老馬蹄須趁春光好火山火井皆奇遊臺有火山火井祝君火色飛騰早

詠伍員

昭關出走獨含情國怨家讐恨未平漁父濟江干劍氣英雄亾命咽簫聲十年孤憤栖吳苑雙眼分明見越兵何似鑄金歸去客西施同載五湖行

春草

遠水茫無際芊緜草已生一坏青漢冢千里綠吳城詞客不成夢征人何處行幾時南浦地留此別離情

落花

一覺繁華夢樓頭怯雨聲踏青寒食節慘綠少年情墮地憑誰惜因風敢自輕明年春信好依舊發江城

肇自己巳三秋歷於庚午嘉平得詩六十首順德文綺氏黎春熙紀於靜香閣

靜香閣詩存終

男裕光恭校

靜香閣者　先母黎夫人吟咏之處也　先母少日姆教女學之外好爲詩歌每得句呈　先外祖光祿寺卿兆棠公苟得許可便忻然忘食及適　先資政公不幸遭家不造　資政公見背後不數年亦相繼棄養時裕光僅六歲今忽忽已十餘年追憶往事猶略記曾見此槀偏搜不得後從故紙堆中檢出自已巳至庚午僅得古今體詩若干首益已亾什五六矣遂敬謹編輯亟付剞劂卽以所居名之嗚呼慈顏已渺遺墨猶留披檢叢殘罔敢失墜而況　先母生平見志之作幸有是編要亦如碩果之僅存矣因濡淚和墨以述顛末用誌不忘之意云光緒戊戌閏月男裕光謹識

臥月軒稿

顧若璞

光緒二十三年二月

臥月軒稿

平湖徐惟琨題 [印]

得洸痾盆伊壹不樂日夜攻苦而神氣愈索矣嗚呼余事夫子十有三年彊半與藥爐爲伍後子女漸長食費漸繁未暇覃精文苑或稍有所誦鈔畧不全閒事詠歌大抵與東生相對憂苦之所爲作也夫溘云逝骨鑠魂銷帷殯而哭不如死之久矣豈能覩息人世復有所謂緣情靡麗之作耶徒以死節易守節難有藐諸孤在不敢不學古丸熊畫荻者以俟其成當是時君舅方督學西江余復遠我父母兄弟念不稍涉經史奚以課藐諸孤而俟之成余日惴惴懼終負初志以不得從夫子於九京也於是酒漿組紝之暇陳發所藏書自四子經傳以及古史鑑皇明通紀大政記之屬日夜披覽如不及二子者從外傳入輒命篝燈坐隅爲陳說吾所明更相率爭吾至丙夜乃罷顧復樂之誠不自知其瘁也日月漸多聞見與積聖賢經傳育德洗心旁及騷雅詞賦游焉息焉冀以自發其哀思舒其憤悶幸不底於幽憂之疾而春鳥秋蟲感時流響率爾操觚藏諸笥篋雖然亦不平鳴耳詎敢方古班左諸淑媛取邯鄲學步之誚耶年來君舅歸老寓林時命孫輩呈覽蒙賜郢削余郎不慧異日者其有一言之幾於道乎題曰臥月軒稿臥月軒者夫子所嘗憩息志思也天啟丙寅春暮武林未亡人黃顧若璞識

臥月軒稿序

文章節行俱不朽盛事然歷選人代須麋丈夫罕或兼擅矧閨闈纔笄乎女子之正無非無儀其以節行顯者亦其遭之不幸也若夫絺句繪章與文士爭伎倆抑非壼職所宜矣然謂文辭遂妨於節行亦不可匪直無妨也而黃鵠鳴哀青陵矢志節行且彌增其光烈又其巽者舂容典則并家世之節行文章以一女士揚詡而封殖之以詒之無窮斯豈尋常弄柔翰繡鞶帨者等乎哉吾浙以文章享盛名者無若寓庸黃先生先生非僅文人也根柢忠孝刻厲名檢雖談諧詼笑而有寒鐵之色雖生徒雲擁而有山立之介雖藻采葩流命辭爾雅而

有引繩批根不可一世之規矱晚達蚤退巖棲穴研至感憤侘傺以終人知其文章之必傳而不知其節行之不朽也乃所以不朽先生者不在乎趨庭之鯉而在乎述祖之伋不在乎廑存之羊舌氏而在乎未亡之共姜蓋自伯子東生先修文去婦顧夫人忍死茹荼持家秉肅壼政斷斷如也其訓二孤尤篤二孤嚮從余受經每講肄訖退而省侍詰且覆說經義多所解析且旁及子史傳記每與余意相發余詡問則對曰此吾母氏所指畫而口授者其吟箋賦墨祕諸篋笥不以示二孤余未與寓目焉比余宦游歸幾二十年所而夫人老而傳矣二孤蔚爲聞人孫輩亦能操不聿學雕蟲矣始得盡讀其臥月軒稿宗譜祭田析箸等篇及它纂述作而歎曰余欽夫人節行久矣不知其文章若是大都茹苦含毫灑淚滲墨皆情摯語腴悲語典誥訓戒語亡論蔡琰徐穆卽班左將遜席矣所稱鳴哀矢志而彌增其光烈者非耶而寓庸先生之卓軌鴻業穀詒有訓紹闡衣德有人揭日月而做天壤非夫人三十年苦節先生曷成此千秋哉雖然斷杼卻鼈徵賢嗣亦不傳圖所以不朽母氏而載揚先烈者丈夫子安所辭責也二孤拜手謝唯唯

歲在丙戌玄月海昌吳本泰書於匏苦齋

余自寓林先生夢奠兩楹以來久不忍窺西湖今年春渡曹娥不果始得假館縱展窮兩山之勝蓋十年前揆

討所未及殆無復遺余胸中亦若始有西湖者而羣峯列岫蜿蟺磅礴之勢其英靈所集秀異所鍾疑非搢紳學士所能獨擅及遊橫山主人徧眎我名賢詩畫得見茅母梁孟昭長短詩歌大小畫又得見陳母張瓊如行草諸墨妙余始疑西湖山水今又且旁溢而結爲女士之奇矣已讀顧夫人詩其篇首自述縱橫百千言歷敘自未嫁至將死之前今昔富貴盛衰之感夫婦兒女死生之懷與夫自矢立言不朽之志窮工盡變雖杜之北征韓之南山髣髴欲似吾又意英靈秀異之所鍾將於是焉止矣及黃氏兩雛兄弟眎我母夫人臥月軒稿則又不徒以五言七字爭奇於險韻者自敘其博涉經史

之故則以夫終舅宦兼收斅學非工斧藻又若草創宗
譜禮祭田等語通經學古深切著明又若分析二子一
引則淵明告儼等疏父慈母嚴異曲同工也蓋易有嚴
君本非遺母夫人此訓語嚴指痛可謂通於易而深於
治家者矣此眞孟陶賢母之遺風而夫人所稱引班左
諸姬吾又以爲引喻失義耳然則英靈秀異之所溢固
可不問而獨識其所歸矣蓋夫人之文五穀也使山川
之氣舍五穀而他之是豈天地萬物之情也哉嗚呼昔
者吾友亦嘗蓽路藍縷以啓此硯田霜體塗足以播此
書種蟊賊爲災穎實旋槁夫人獨能以酒漿組紃之暇
耕千畝而盈萬倉兩雖勉乎哉有孟陶之母何難有孟

陶之子毋徒使好事者雕繪語言至謂山川蜿嬗磅礴
之氣非搢紳學士所能擅特旁溢而結爲女士之奇則
夫人之穀始療飢昔者吾友未了之志庶幾少畢而我
寓林先生之在帝左右者亦有時而欣然陟降於輕雲
遼岫之間矣崇禎十年夏五月寓林老門生馬元調序

古傳列女詳矣顧母儀婦順取義成仁經變不同要以
婦德足垂風示千古至其立言昭訓片語瑰瑋彤管遺
徽於今爲烈兩者並不朽云而兼之者難以吾姊夫人
所遭不幸嫠而育其二孤燦若煒髧髦之貞熊荻之慈
而義固已無愧昔人而下筆灑灑博通古今創法立制
補輯廢墜又以其幽憂伊壹之意發爲詠歌洒淸風而

戛哀玉如追述先姑沈孺人狀分析二子引黃氏譜牒
哭夫哭母哭舅諸詩體莊事重辭與情又何淒惻也舅
寓庸黃先生以文名海內事業未竟不無望於後之人
夫子東生又早世惟是遺孤藐然僅孺子泣也而今漸
爲聞儒有以纘寓庸先生未竟之業則母教多哉向者
二子裒其母夫人之詩彙不佞既爲序今日月漸多所
著亦漸積二子者合文與詩併輯爲夏嘉定馬先生遍
武林有西州門之慟余復從馬先生爲整理寓林遺籍
留兩月而二子者由其先後所覽母夫人詩若文屬而
請序於馬先生且以屬不佞不佞烏足序姊氏載即序
無以踰勝馬先生顧不可以辱辭二子二子亦知母夫

人之爲詩若文耶母從幼慧通孝經論語易傳諸詞賦
顧未嘗攻進取操筆學爲文章逮事而父琴瑟静好薑
半藥鑪和女倡余亡幾耳兩孤呱呱而後乃不欲生而
後乃忍死而以詩書之業代而父而玉女於成也而猶
託籌燈熒熒執經坐隅杜鵑月落盡且不鳴而而母猶
嗚嗚啼血耶而母且數且學而祖寓庸先生宦四方即
歸老不數年而而母以而襄大事風雨漂搖下民無侮
音嘵嘵羽譙譙母氏之心力殫矣而後乃創法立制補
輯廢墜發爲詩歌蓋自憂思勤苦中來晚搆西園自娛
授二子婦家秉蒔藥種樹以老更肆力於詩古文以無
墜寓林淸風而待二子之沖舉授令甲邀衮錫以下見

先夫子於九京而毋志也豈曰工肇帨之辭擅纂組之技翺翔文苑決鶚騷壇以獵取浮薄之譽乎哉二子識之才不必盡掩古人要以其志百世而下聞者猶將興起也嗚呼讀所自序淚涔涔下矣敦節惠盛文藻德也言也古之人亦未必兼至而兩有之矣曰請傳列女以備修史而近世女士國多文焉他不具論吾杭數十年以來子耕田先生女玉燕氏則有玉樹樓遺草長孺虞先生女淨芳氏則有鏡園遺詠而存者爲張瑗如氏之書爲梁孟昭氏之書爲張姒音氏之詩若文皆閨閣秀麗垂髫流芬宜馬先生謂錢塘山陰蜿蜒磅礴之氣非搢紳學士所能獨擅噫異矣而先生尤嘖嘖余亡妻黃字鴻氏所爲閨晚吟謂其篇首自述縱橫百千言窮工盡變至擬之杜之北征韓之南山則吾豈敢顧謂吾姊氏之文五穀也不徒以五言七字爭奇於險韻知言哉豐年之玉儉歲之穀二子者亦惟是蕙之蕤之實穎實粟載刈載穫以畀祖妣以洽百禮則無負毋夫人硯田播種乎先少參先文學冀子詒孫在是二子勗矣不佞縱綮稱卒無以踰勝爲先生矣崇禎丁丑陽月毋弟若韋頓首序

小傳　包鴻泰

顧若璞字和知錢塘人上林署丞顧友白女督學黃寓庸長子文學東生婦若璞生而夙慧幼閑詩書東生亦工古文詞無奈善病竟以病卒所遺二子女彬彬有文皆若璞敎之也觀其自序臥月軒稿其品亦可概見焉夫寓庸爲世文宗少許可而若璞詩皆所删定其誌於東生曰婦慧哲曉文理能爲毋蓋實錄也又顧自滄江至西巖悅菴友白四世皆有文名則若璞之能詩蓋其家學云

臥月軒稿題詞

自余高曾以來言詩者數世矣古以科第世其家者不乏而文章之事父子祖孫代興未易指屈也若中郎之傳女尤難焉羣不佞不能讀父書而緣情綺靡之作遂獨工於姊氏姊氏早爲黃伯子婦其翁貞父先生海內鉅工也伯子過庭言詩不幸早夭而吾姊教其二藐孤自小學至古文辭無不手畫口授陶歐二母弗過矣伯子既早歿貞父先生又宦遊子幼未能持門戶姊所爲拮据卒瘏者閒每夜分執卷諷詠艮苦曰使吾得壹意讀書即不能補班十志或可詠雪謝庭今所爲學語皆出枯腸柔腕未足以揚淸芬而摛麗彩紀銀管而擲金聲也嗟乎女子能爲詩者鮮矣吾姊尤好讀史上自班馬以迄國朝典故能陳說或論著其大旨蓋不獨五言七字之爲工是集也姑見一斑耳學日益進則所爲日益富且奇紹吾先滄江以來濬臯二祖數世之業而大貞父之傳於其後人端在是矣天啟丙寅夏日毋弟若羣再拜書

臥月軒稿卷一

武林士人黃茂梧內子顧若璞著

同夫子坐浮梅檻

家學憲公用竹筏施闌幕浮湖中倣志梅湖以梅爲筏故事題曰浮梅檻

榜人遙泛綠木葉亂飛黃縛竹爲新檻縺漁認野航樹搖山合影波動月分光聞說西施面梅花不倩妝

湖中

湖光渺渺冷煙微汀鷺沙鴛佇不飛恰欲抱琴輕刖去芰荷分綠上羅衣

暮雨六言

澗草依依浮綠隄楊拂拂迷煙江上蒲帆欲沒村中桑女爭還

擬古囉嗊曲

渺渺長江水朝朝泛畫船停橈歌白紵芳意託紅舷

讀夫子鸚鵡賦

不讓當年禰正平驚才絕艷驚東京淩霄翻作雕籠玩慧舌何如喑不鳴

慰夫子副榜

夫子蓋兩戰棘闈矣萬曆壬子大參分較所賞得而復失不免作牛衣中人也乃強起酌巵酒歌一解以勞之

桂陌拂拂香生風欄干浥翠圍青桐中有才人寄靈跡
孟嘗迸雪聲摩空十年攜青嘔心血突兀五岳搖羣峯
上策既收那復棄驚馬著鞭歷伏驥古來峻巘自英雄
明珠灼爍泣江汜蘇君萬言眞奇偉蘇魄歸來心不悔
六國君侯拜下風錦屏繡帳門如市且盡君前一杯酒
蛟龍雌伏豈常守

美人圖

芭蕉掩映芙蓉褥錦瑟瑤琴陳紫玉牡丹的的生春風
翠幕珠簾護銀燭美人盡日倚玉簫粉靨含嬌不成曲
倚香簫史慢乘鸞階前草色年年綠

宮詞

細柳千條拂御墀六宮宮女鬬腰肢銀箏玉笛花前奏
不唱班姬團扇辭
蓮花漏下月盈盈還自挑鐙索史許看到漢宮人出塞
滿懷離恨一時生
碧欄干外紫薇開繡袷羅襦取次裁記得西宮涼夜月
醉扶帝輦下金臺
宮娥小小教琵琶翻出新聲奏內家只恐李陵征不返
又將少女入胡沙
水殿芙蓉四面通君王半醉倚薰風親教宮女穿花走
翠袖湘帬一抹紅
自學梳頭插鳳釵翠襦珠舄盡新裁妝成不及西宮樣
重把花鈿仔細排
宮女承宣挾玉尨戎妝繡袴跨雕鞍御階不肯揚鞭過
生怕君王笑眼看
新裁蜀錦舞霓裳唱徹吳歈倚玉牀贏得君王回一顧
只今猶帶御爐香
額頭新學貼鵝黃便得承恩拂御牀重把彩毫描御月
笑攜銀燭理殘妝
新春偷出御園游爭打黃鶯蹴彩毬亂入花叢人不覺
一聲笑語過紅樓

湖上繅絲曲

桃花花繁楊柳垂纖腰嫩臉香風吹鶯兒調聲聲正滑

堂上絲車鳴軋軋少年騎馬挾金彈青驄朱舷紛夾岸
繅絲終日不忍看寒蠶早晚唬秋幔

憶征戍

桐鳴槭槭秋雲高蘼蕭蔚莪空蓬蒿銀牀曉汲憂風濤
美人憑歌歌玉搔梅花吹落芙蓉泣冷光射指商絲澀
此時停歌憶遠征粉盤香匳淒復清風彫雪暗陰山道
單于夜獵驚衰草鐵衣消盡琱弓老金釵綠鬢幾時好
封侯歸來歸來兮胡不早

春雪

黃鸝睍睆梅花紅銀鞍蹀躞金市東遙天雲色忽淒緊
玉塵向晚因春風梨花千朵光凌亂望裏江山披素練

西母攜將獻穆王鸞旗鶴駕來金殿

山雨

山空曉鳥亂天漏客行稀林密煙迷徑雲多合翠微

新春和夫子韻

淺綠深黃映遠岑乍晴乍雨柳垂陰閨人未識春如許猶折梅花不忍簪

南屏暮雨

山深怪雲石夜靜多蕭瑟鐘梵領松聲細雨苔新溼

早菊

爲愛黃花早移來深院香衆芳搖落盡瞧瞧傲秋霜

舟中

桂檝分開浮荇帶蘭橈驚起宿鴛鴦好風忽送催花雨零落殘紅怯晚妝

看牡丹遇女郎折青梅走筆以贈

落盡繁花始放紅膩香春粉怯芳叢庭前一樹青梅子遮莫傾筐怨晚風

宮辭

金風拂檻舞衣涼露溼芙蓉宮漏長紈扇只疑秋再熱欄干倚遍憶朝陽

春長相思

梅子青豆子青飛絮飄飄撲短襟風褰羅袖輕送芳辰惜芳辰春事支離些箇情攢眉恨幾層

晚春中橋看月 玉樓春

花飛錦帶春波起殘月流輝明水底萬珠的爍照新妝故擲嫦娥纖手裏柳綫牽煙輕重綠漁燈高下驚鴛宿無情花柳送歸春不管離人腸斷續

七夕

雲路星橋駕六龍團團玉露起秋風獨憐河漢湯湯水送喜添憂一夜中

留花

遊絲千尺紅香輭乳燕翻飛簾半捲折得棃花帶露香遥憐春色西園煖且邀少女竚雲軒爲護芳枝待我還

袖裏月團三百片碧桃花下試清泉

愛妾換馬

冀北桃花色江南氷雪姿雄風千里至愛妾一朝攜玉塞鷹飛疾金閨雲去遲月明橫槊舞愁絕酒醒時

四時詞 浣溪紗

嫩柳牽絲覆綺窗起來無緒理明璫惱人最是日初長三尺烏雲隨意挽兩條卻月待蕭郎胡琴錦瑟不曾張　春

綠水紅蓮一帶妍荷衣欲翦借金錢可憐鸂鶒不同眠紈扇看來心已碎迎涼盼不到秋天算來又怕說秋天　夏

西風淅瀝敲窗翠落葉蕭蕭蛩語沸薄寒向晚侵羅袂
玉人樓上正裁縫那有工夫閒拾翠年年此際心先
醉 秋

密霰彤雲自有情梅花落盡不知春可憐愁殺玉娉婷
風過冰簷疑佩響晚來懶上讀書燈夜寒無奈怯腰
身 冬

擣衣篇

自惜盈盈十五餘不施粉黛歎幽居忽驚流淚雙頭鯉
帶得交河一紙書讀書宛轉愁不息征人正在天山北
天山高插礙星流漫駕紅鸞過十洲君掛雕弓控輕騎
妾聞胡雁怨高樓滿眼風光轉眼歇昨夜紅顏換白髮

擣衣聲斷咽霜風掩袖嘶多慘秋月秋月孤幃漏正長
香奩寶篋耀華堂鳴璫四面鴛央結羅帳團迴錦繡香
鳴璫羅帳芙蓉錦華燭蘭膏明未寢解將珠鏡光如刀
留待君來照鴛枕飲盡金罍不見君湘簾怨臥煙氤氳
羽書猶欲征邊塞願逐巫山一片雲

竹枝詞

春日遲遲憶下樓憶郎同泛木蘭舟深情不肎從郎道
爭怕郎心似妾愁

新漲漣漪半綠筠憶郎理綫釣鮮鱗只因驚起鴛央鳥
照水還憐薄命人

朔雪吹花滿竹扉憶郎絮薄要添衣只緣宜稱無因問
撥亂殘絲不上機

臥月軒稿卷一終

臥月軒稿卷二

武林未亡人黃顧若璞著

憶夫子

日長春盡草芊芊蘭砌香生欲暮天千結離愁無地語支頤漫自記當年

病中詠

林花昨夜已舒紅雨過應知色是空寄語世人須著意莫教春盡怨東風

霏霏夜雨洗苔錢寥落空庭叫杜鵑惆悵望夫山路杳莫將殘漏攪殘眠

新秋時覺素衣單此際稜稜日減餐遮莫擁衾捱白晝

不堪强起灌芳蘭

對月

一自天傾歛翠蛾數將心事問姮娥書成兩箇相思字欲向泉臺寄得麼

漫題

貝葉閒翻夕倚樓不爭萬斛上心愁春來怕躡階前草盡日簾紋不控鉤

紅梅落

寒窗分得一枝芳漫憶深宮點額妝風送落魂招不得滿階紅雪印泥香

延師訓女或有諷者故作解嘲

二儀始分肇經人倫夫子制義家人女貞不事詩書豈盡性生有媼諷我婦道無成延師訓女若將求名舍彼女紅誦習徒勤余聞斯語未得吾情人生有別婦德難純詎以閨壼弗師古人邑姜文母十亂並稱大家有訓內則宜明自愧傖愚寡過不能哀今之人修容飾襟弗端蒙養有愧家聲學以聚之問辯研精因德三從古道作程斧之藻之淑善其身豈期顯榮愆尤是懲管見未然問諸先生

憶夫子

感君萬化千齡恨生迴腸百結雪涕盈盈轉輾靡附神已九升游思無方悲來塡膺願言共穴相敘生平諄諄

慈命言念孤嬰撫之鞠之付託遺經戒承芳躅勿替過庭歲月逾邁杳矣令音哀從禮降思以情深重日情脈脈兮天黯澹思漫漫兮山層層風騷騷兮鐙明滅月皎皎兮籟無聲歸空閨兮念疇昔想所歷兮涕霑襟撫衾幬而惝怳翻貝葉以洗心君其先覺頓悟無生我誠凡夫涉水迷津倩語作筏庶出沈淪

新月

花壓欄干山月生相看酬和意偏清自言離別添憔悴一對清輝一淚盈

坐臥月軒

臥月人何在明珠界玉痕一從鸞鏡破無復對清尊

昔年臥月月生輝今夕清輝冷翠幃珍重嫦娥多著意
幾時還照玉人歸

征婦

寒蛩與鶗鴂夜夜啼不歇欲寄別來心坐對關山月

觀梅月下意夫或乘雲而來

綠英媚月更芳妍黯黯離人夜不眠獨把羽觴歌白雪
素琴邀月待梅僊

好景添愁易新詩寫恨難對花花不語問月月生寒

擬古兩頭纖纖詩

兩頭纖纖玉女梭半白半黑揚秋波腷腷膊膊風雨過
磊磊落落櫻桃顆

兩頭纖纖舴艋舟半白半黑雲氣浮腷腷膊膊擣素秋
磊磊落落安石榴

兩頭纖纖玉燕釵半白半黑鬟雲排腷腷膊膊管絃偕
磊磊落落曙星開

初夏夜過城河

夜月涼如水停雲吐夕輝野塘蓮影合蘭槳與波歸

琴歌

余素不解音律嘗畜琴以自娛年來則弗視也新春抱疴志念伊鬱幼女埽靜室折夭桃拭几焚香彈琴榻右其聲鏗鏗余亦强起彈之淒然不和豈琴亡耶因之流涕能琴而歌歌曰

琴兮琴兮琴聲慘琴聲淒兮思欲迷子期去兮知音稀
流水潺潺盡日啼別來不學淒涼調何事絲桐添慘悽

擬軒夕照

小閣偏宜晚流霞浸碧波遠山凝翠壁歸棹急如梭

病起

朝來試鏡不勝衣煮得金芽半啟扉借問庭前春幾許
度花蛺蝶領香飛

山桃

桃花爛漫為誰開採藥劉郎去不來還有春風不解意
更吹紅紫沒階苔

秋夜讀史

六出奇謀美丈夫只今尺土姓劉無一聲長嘯月西墜
驚起慈烏愁鷓鴣

感懷

不堪愁病强搔頭二十三年感百憂卻也不知方寸內
如何容得許多愁

春雪

春來素雪遍樓臺吹得飛花點竹苔獨擁寒爐煮山茗
梅花檻外送香來

月夜聽琵琶喜美人見過

兔魄流光遠琵琶曲調新美人含笑出蘭氣更宜人

立春夜作

疏影離離度暗香數聲銅管喚春光知他來日韶華徧
誰共開簾看燕忙

撥炭添香拂暗塵翻憐獨淚作雙顰詩成不叶相思韻
起簇春盤學賽神

中元有感 有引

去歲從大人買舟三橋月明燈紅笙歌競發檣
集人喧聲震山谷今也相伴藥爐兀坐耿耿然
月明風清不異曩夕感而漫記

月光搖曳動涼飈百感交離夜轉遥記得舊年湖水上
花燈撩亂雜笙簫

感懷 有序

歲次甲子仲春既望夫子棄世五週季春月朔
又慈親棄世彌歲感物增悲不知所向走筆以
賦冀訴九原

青陽麗節太簇司辰千枝擢秀萬木飛馨物換運流悲
思輒生嗟嗟乎我生之不辰我不負天兮天胡降甾我
不忍親兮親獨使我無依欲陟屺兮步遲遲願化石兮
不能翥飛肝腸寸裂兮憂彌結心忽忽兮愁切切北堂
寂兮萱草折玉樓成兮蘭蕙滅流鶯百囀毒柔腸關關
百勞心益傷傷心搔首對蒼蒼雲路茫茫思也狂何時
重舞綵衣裳團圞新月照高堂堂前對月暫相將調琴
弄瑟娛蘭房蕭蕭風木生淒涼鸞膠異域至無方斑斑
血淚染空牀願託嘉夢依神光夢不成兮思渺茫無方
之思摧肝腸

西湖春暮

西子湖頭逢暮春當壚弱女畫眉新縱然釀得蓮花酒
懊恨殘紅不待人

朝起漫筆

夢裏閒吟卧月詩 夫子有卧月詩 小鬟忽報雪盈墀起來欲埽
渾無力坐對青鸞數鬢絲

白荷花

映月全無色臨風卻有香爲嫌紅粉妬不著絳衣裳

敬步家大人快雪堂觀劇韻

六橋曙色曉風吹又探平泉一段奇蚪蓋翠旌霞氣鬱
雲衫蝶髻佩聲遲當年玉局揮彤管此日梨園舞柘枝
春草秋花相代去不堪憑弔廣川帷 堂爲馮具區司成讀書處

聽琴

花光月色兩盈盈何處絲桐巧弄聲露溼叢蘭更欲盡
不堪重聽楚妃情

西園四時詞用燦兒韻

風迴荇帶隨波織籊籊新篁淨如拭飛英撩亂點窗紗
故與殘妝鬬顏色清流濺石聲泠泠煮茗披幃曳杖聽
乳燕銜泥歸不得花光落日映西庭 春
柳絲不肎隨風折學語雛鶯巢暗葉芰荷吹送夜來香

起傍新隄避朝熱吟風不解解羅衣佇看閒雲帶雨飛
釣罷竿頭繫雙鯉長歌載酒放船歸 夏
孤鴻嚦嚦驚殘夢幾枝金粟含芳送梧桐葉淨綴珠肥
摘下冰盤隨手弄月明風細惱人情翦破芭蕉興味清
欲寫秋容思未得清礎幾處助秋聲 秋
雀噪鵾嘹風凜冽飄飄六出寒花結梅梢點綴喜先春
撩引佳人多踏雪此時卻憶上層樓玉澗銀河一望悠
雲合似嫌衣絮薄催將活火向鑪投 冬

春先到 長相思

春先到愁先到嫩鶯故對新叢叫懶把雲和抱
愁先到春先到花輕蝶亂東風裊撚卻花相照

擬軒夏晚次壁間韻

日暮炎威靜庭前月乍盈野螢流個個鐘梵度聲聲荷
卷銀塘綠蘋含晚岫青琴尊不復對鄰件夜泉清

寓林修歲事感懷敬述

我來寓林心獨悲棠梨帶雨空垂垂曲欄疏影照書閣
鼠齧藤花人不知我翁當代楊子雲錦囊荷橐擕玄文
我翁當代李元禮趨風廚俊登龍門門外草深雪三尺
玄亭月冷連江白雪峯截臬煙濛濛想先在焉呼或出
我來拜翁二孺子執研流涕拜不起康成大業付小同
我翁無憂若敖餒

織女

對月停機杼凌風駐七襄飛蓬經歲理寶髻暫時妝欲
向星河渡先勞鵲駕張湯湯銀漢水何事斷人腸

雪中送別丁宜人

素練排空望泬寥相看相憶路迢迢門前流水潺湲急
簾外迴風宛轉飄鸂鶒盃中情忽黯鶺鴒原上思偏饒
孤帆已逐玄雲落猶望蘭橈聽玉簫

送孫夫人合巹 戲用鳥獸字

刻玉流蘇鴆鵲牀錦帷繡燕護蘭香雙鳴彩鳳和鸞珮
交影文鴛共鶴觴眉黛欲教螺子畫鬢雲先倩翠翹妝
玉簫此日乘凰去天祿相將日月長

自君之出矣

自君之出矣不理釵頭玉思君湘水深啼痕猶在竹
自君之出矣鸞鏡不曾開思君如璧月皎照妝臺
自君之出矣羅幔月娟娟思君如絡緯輾轉一絲牽

月夜聞媚清沈夫人吹簫 減字木蘭花

雨收風細一片清光疑是洗秦女樓頭吹出柔腸幾許
愁 花枝掩映素腕金環頻弄影香輭寒輕寂寂簾幃
夜不扃

遊僊詩

紫霞煙裏散氤氳一派晴光錦繡紋應是瑤姬朝上闕
自騎白鶴出青雲
青娥早下錦雲機手拂瓊枝露未晞報道紫微龍駕到

一時紛拜六銖衣
朝發雲軿遍十洲瓊漿石髓薦瑤筵桃花瓣瓣隨流水
不道僊郎舊姓劉
夜半緱山玉露溥鳳笙吹徹跨青鸞紫皇宮女夢初覺
桂月滿壇珠箔寒
金母聞來訪玉妃芙蓉冠子翠霞衣旛幢侍女騎鸞鶴
簇擁雲軿出紫微
玉洞僊人一局棋不知柯爛世遷移立芝碧草瑤臺上
未許秦皇折一枝
清潭碧澗赤龍游騎著龍飛過十洲爲索玉皇妃子笑
吹簫踏住五雲頭

芙蓉露冷月娟娟閒策青虬過玉田路上偶逢青鳥語
蟠桃樹裏戛清絃
麟脯瓊漿玉露涼十千宮女襬金裳笙歌雜奏五雲外
滿路紅雲送穆王
彩鸞飛駕董雙成翠羽旛幢出碧城手捧紫泥書敕字
珮環聲曳五雲軿

謝攬愚許夫人贈畫箑

藐姑僊人若冰雪手把瓊枝和玉屑雲軿偶過蓬萊山
靈芝百草皆怡悅學書初學衛夫人寫生自訝驚花神
搖筆飛雲疑宿構煙波咫尺生嶙峋猗猗蘭菊兮秀且
芳齊紈潔兮懷袖香吸露餐英美無度閬風頂上雙翱
翔

臥月軒稿卷二終

臥月軒稿卷三

武林未亡人黃顧若璞著

昭君

李衛邊功竟若何翻勞紅粉渡交河盧龍塞外春將滿丹鳳樓前恨已多刁斗咽霜驚落雁琵琶弄雪壓雙螺昭陽女伴無多少寄語將軍夜枕戈

夏晚步西園

園林日已暮欸步涼風生為愛蕭森好還來池上行綠陰延返照紫荇隨波明班荆傲五柳遙想芙蓉城

擬古

憶昔丁香花與君親手折結成連理枝相期心似結一

朝都棄捐永作千年別終天會無期初心耿不滅采采蕙蘭花光輝被顏色欲采還棄之牽絲不成織君跡渺難量恨無雙飛翼三五月正明憂思添哽噎

悼亡詩

桐影依稀月未央誰家玉笛弄新涼玄亭臥起琴書冷吹斷秋霜子夜長

日日山頭望眼穿凌霄何處覓神仙不知郎在仙源裏忘卻來時一葉船

廿年書劍網蛛塵種得庭前玉樹新寫出儀容渾似舊低低說向卷中人

蘭膏華燭待修文桂蕊新秋盡郁紛賸有琴書三徑在不須水上覓紅雲

積雪層冰不可披歸來湖水正漣漪碧絃清韻還依舊不減風光待故知

憶君手澤種芭蕉（西園芭蕉夫子手植）賦得新詩愧楚招吟到月斜更漏盡淚和清露溼輕綃

嫋嫋秋風翠入簾少年曾擬筆頭尖于今文字成何用卻把閒心泥絮黏

西園雜詠

曲曲流來澗水清楓林一片曉霞明不知人在西窗裏幾度張絃曲不成

風柳煙絲拂短牆夜深歌吹度新篁起燒殘燭重窺史

橫點英雄名利場

西園偶作

誰謂園荒僻憂來更一過鶯啼深港柳魚戲淺汀荷流水漱溪急落花堆徑多輕風薄暮動扶老探煙蘿

和集字詩

超士弟同兩兒集唐周賀六言律為五言絕十一首更為六言律一首其約法詳于超士弟序中余謬為學步殊覺捉襟肘見也

十一陌

金柳黃鶯歸青山紫溪隔別有蕩花風聲聲發歌客

七過

歌聲蕩遠溪落日澹歸路別飲餘青尊風生禁城樹

四紙

風蕩柳斜青日遠山餘紫歌發落溪花黃鶯聲未已

十二侵

已遠青山路花尊飲未禁秦城有歌客日日識黃金

六麻

樹樹通歸路溪溪蕩落花別尊歌未已日遠柳斜斜

一東

歸客秦城識歌聲落早風鶯花禁溪路別有遠山通

五未

花發紫金城遠別歌秦渭青山日已黃早路風和未

二十五有

紫發山前花青歸溪上柳鶯歌日未斜別識餘尊有

十藥

溪柳蕩金風溪前花澹漠識飲客未歸青山日已落

五歌

青城花未發紫溪風已和澹遠客歸路日落山前歌

十二文

樹斜溪路澹山隔風聲殷秦客歸城遠鶯花識客勤

六言用元韻

紫紫黃黃禁樹渭路遠通秦城澹澹隔溪花草殷殷蕩

柳風生別客未歸上灞青尊已發歌聲落落山前識飲

日斜樹樹歸鶯

附序　顧若羣

仲冬廿有四日薄暮譚子顧子江子從湖上買舟過二黃生至則漏下數刻秉燭圍爐架上籤不勝抽也壁有朱蘭隅宗伯大書長條讀之則唐周賀六言律江子曰能集字作五言一絕乎諸子色動曰姑為之既而顧子約法三章曰無易韻無越字無疊用本詩語犯者浮大白約成先拈韻詩中平仄可押者得二十有二字曰隔曰客十一陌也曰樹曰路七遇也曰紫曰已四紙也曰禁曰金十二侵也曰斜曰花六麻也曰通曰風一東也曰渭曰未五未也曰柳曰有二

十五有也曰漠曰落十藥也曰和曰歌五歌也曰殷曰勤十二文也其本韻八庚不與焉為小鬮人拈平仄各一借禁城字為十二侵之禁足平韻之五而虛仄韻一于是刻燭而成人奏兩絕句奉約守令斤斤無踰而巧思麗句已橫發不禁矣衆曰未也盡人拈十一韻乎于是迭唱更和觥詠競作紙落飛如銀燭再燒玉繩漸轉鉥精鏤腎不出四十八字之中而妍巧畢獻宛委玲瓏凡五十五首正得天地之數每值佳句嗟賞絕倒載歌載舞躚躚蹉蹉弁倒襟解一石不醉因思蘇蕙迴文最初不過數十百首厥後三五雜陳復周環流遂至千億文心無盡遞進遞加不可

窮已藉令同志之士更踵爲之瑰麗錯糅當不止五十五首吾輩聊爲弄引而已雖然手不輟管坐不移席斗室奥捎百篇春潤諸子之致斯已奇矣雞鳴真集讀之留舩軒作一佳話而小黃生復出六言一首遂欲後來者居上衆迺掀然曰獨不能如周散騎之集千文乎各賈餘勇作六言八句克遵前約立成五篇鳴虖朋友詩酒之樂人世所不易得也手搏白戰雅謔清歌和絶唱於千年創奇調于一昔雖工拙不掩異同互出後之覽者得無感乎元詩或作温飛卿送李億東歸有苕字月字弱字似屬紕繆今從宋宗伯所書顧子稱石公譚子稱住庵江子稱寒曼大黃稱濟庵小黃稱彤侯俱錢塘人譚子嘉禾人

元唱

黃山遠隔秦樹紫禁斜通渭城別路青青柳發前溪漠漠花生和風澹蕩歸客落日殷勤早鶯灞上金尊未飲讌歌已有餘聲

修讀書船

秋日爲㛹兒修讀書船泊斷橋合歡樹下雨山峭蒨空水澄鮮斷燒留青亂煙籠翠與波上下倏有倏無忽焉晴光爽氣激射于叢雲堆黛之中令人心曠神怡不復知有人間世矣覽物興思爲詩以戒

聞道和熊阿母賢郗來選勝斷橋邊亭亭古樹流疏日漾漾輕鳧泛碧煙且自獨居楊子宅任他遙指米家船高風還憶浮梅檻短燭長吟理舊氈

童大姑春居曲次韻

日遲林沼麗春色在山家籬畔挑新筍梅邊餞落花傾雲風過檻度水月低沙日夕饒佳氣歸巢燕自斜

西園作

昔聞蓬萊山山中有瑤草瀼瀼清清露食之可不老陸離河西園蕙蒨散奇藻香氣紛撩人姿態亦姸好綠蕙間青松彭殤齊壽夭瑤池蟠桃實灼灼花信杳楊子一牀書米顛卷石小漢武慕神僊僊山殊縹緲悵望青鳥

還茫茫對昏曉人生良有癖所貴非謬巧適目盡芳華代謝如鴻爪輕風撲面來秋色盈懷抱柳絮不成綿花茵何必埽竹柏得其眞亭亭寄吾傲

人日

和風動柔枝青陽應立律華勝麗屏風翦綵映容貨日影洗春波秣馬西山出桀翰獨踟躕遙憐九原名

西園秋夜

夜靜月逾白涼風習習生蟲聲酣四野樹影亂中庭遠近荷香發高低漁唱鳴幽懷渺無際敧枕結蘭衡

湖上美人

春風搖曳春波漲曉日溶溶初出浴銀鞍白馬桃花繁

翠幕朱欄深復曲美女新妝出畫船素手牽舩歌輭玉
低徊宛轉半含羞一枝海棠新睡足柳眉蟬鬢總宜人
削出雙肩腰似束帬拖六幅瀉湘江媚眼橫波紛眩矚
可憐西子擅芳名今朝減卻春山綠

擬桃源人去絳幃寒

桃源人去絳幃寒獨立中庭歎路難怪得雙星光粲粲
一痕新月泛崇蘭
桃源人去絳幃寒竹影依稀夜未闌爲問錦江千尺浪
儂源幾見夕陽殘
桃源人去絳幃寒十二峰迴青錦湍流出落花如解語
也教清夜聽吹鸞

桃源人去絳幃寒獨折秋英不忍餐織就迴紋成五彩
未知何處覓青鸞

酬阮月卿女史畫蘭

湘竹簾疏寒戛玉流蘇香輭芙蓉褥筆花纔吐九畹芳
盈盈秀發光風屬態濃意遠巧且妍綠鬟半壓翠花鈿
纖腰縷帶鴛央束信是亭亭月裏儂

爲姪女鳳姑催妝

麗景耀椒堂祥煙靄藥房香車珠結網錦帳玉爲璫彩
旭臨團扇明霞落羽觴樹垂連蒂果花覆合歡牀翡翠
衣雲爛珊瑚珮月長曲瓊雙琢燕結綺對鏤凰月姊催
調粉天孫巧助妝額黃遲阿母眉黛待儂郎露井桃方
漫星河鵲早張從茲百兩御鸞鳳萬年康

喜西園桃李開盛因感夫子詩以招之

桃李成蹊爛漫開株株盡是手親栽煙凝萬頭吹紅浪
雪壓千枝泛玉臺立望非耶空絳帳問津何處誤天台
應知此地花饒笑月淨風和跨鶴來

憶遠首尾吟

只有羅浮伴筆牀一枝斜影墨池香鸞箋未解塗鴉字
鳳管空懸待鶴觴鐵騎雕弓寒月白朱甍繡闥曉風涼
蓮花漏盡銀釭滅只有羅浮伴筆牀

讀夫子諸經頌

往來人事成今古老去空悲急景斜色相未離紛逐鹿

聲塵自滅靜聞鴉（用無住聞鴉事）蕭齋半偈和清磬香界千華
逗晚霞一大藏經皆了此淨因元是法王家

附夫子諸經頌

慧日出天心光明遍法界朗然復曠然太虛無罣礙

心經頌

人人有般若般若自金剛隨順不動者平等見法王

金剛經頌

無洪纖高下圓妙遍十方說法如筏喻度生安可量

我聞圓覺經動處卽爲業覺與不覺性了然不可得
無得無不得名爲報佛恩欲泛覺海者常觀如是經

圓覺經頌

寂然常住心轉物非物轉無住無輪迴西來正法眼
楞嚴經頌
火宅多貧子誰知衣裏珠化城無量劫頃刻已如如
法華經頌
淨垢總為業著處即成障一念不動時無有分別相
淨業障經頌
東方想西方穢土求淨土淨穢不分門東西無二路
彌陀經頌

追和夫子西溪落梅

透迤入西溪溪深深幾曲斷岸掛魚罾茅簷覆修竹翠羽何啁啾滿林香撲簌晴雪飛殘英坐愛傾蟻綠鹿門跡未湮與子同歸宿

附夫子原唱

短棹隨飛鷗引我西溪曲溪路何縈迂古梅映深竹二月雪始晴春風吹簌簌翠障落寒香相對眉鬢綠日暮憺忘歸抱影和雲宿

臥月軒稿卷三終

附錄

題東林寺贈山房謝寶錄師　黃燦維含

獨臥菰蒲下澄懷亦悠然亂叢蔬既靜高樹亦幽幽既遠塵市入還聽動秋夜深鐘磬杳素羽欲來棲許謝

橫山四首

入山醒醉醉齊世幾能醒解醒惟有酒醉醉欲成醒山樓

亭小綠陰幾幽香襲衣襟捫蘿尋蕙花悠然自得林綠香亭

朝來無別事飼鶴欲賣雲竟日無人買還復水雪文雲肆

春深泮薄冰一樹梨花雪枝頭泣杜鵑染就猩猩血雪艷

亭有梨花一樹俄變紅色

坐西溪村閣二首

人家西復西草徑晚煙迷何處僧歸寺鐘聲帶月低

小閣不知寒簾月照林亂昨夜聞聲多流泉枕邊過

坐蝶庵望江閣偶成六言示道閣

窮愁不能著書落魄難憑歡醉日醉萬花勝斷江邊衰柳

寄江文波橫山　黃來鶴維鎮

春日靜無事尋幽趁晚風漁歌聞處近茶煙野花紅燒策孤煙裏長嘯平碧中興來且自適休歎白頭翁

張䌌英

緯青遺稿

江陰金氏粟香室刊

敘

常州多才媛而莫盛於張氏蓋翰風先生琦有四女長緗英字孟緹有澹蘜軒集三綸英字婉紃有綠槐書屋集四紈英字若綺有餐楓館集次爲珊英字緯青有緯青遺稿緯青年甫三十卒故遺稿僅此爲其弟仲遠觀察曜孫所編輯采入宛鄰叢書者余觀閨媛之詩大率詠物抒情清婉綺麗之作獨張氏四姊妹皆能取法漢魏力爭上流繇其擩染家學而同室姊弟又互相觀摩雖緯青遺稿獨少而所謂靈幻幽邈感慨悱惻亦有足傳者焉女史適江陰章氏余近輯江陰叢書故先付之梓人云光緒二十三年丁酉四月金武祥

吾第三女緗英字緯青既歿之六年其弟曜孫裒其遺稿訂其譌誤繕寫成帙余披閱再三不知涕之何從也緗英年十二三即學爲詩余奔走乞食歲恆一歸不過留數十日兒女有問字者心輒喜然不得常授書偶一講說大義而已歲甲戌九月余自豫返里緗英年十九出詩詞請益行間有奇氣甚異之其年十月余仍遊豫轉至京師凡十餘年不得歸而明年緗英適江陰章政平踰六年生子道光癸未余以知縣分發山東明年甲申眷口自南來而緗英以其年七月疾歿年甫三十傷哉迴憶甲戌九十月間夜分篝燈談說古今評騭文字姊弟五人環余左右心甚樂之孰意此數十日間遂成永訣今其姊妹其弟均在前無恙而緗英獨澌滅不可復見何父子之緣如是其薄也此雖庸庸者猶將痛念之况吾緗英耶其詩多哀怨之音時有疵纇欲存其眞故不加刪潤懼其久而散佚刻而歸之政平俾授其子使知母氏之澤焉道光九年八月二十六日陽湖張琦

緯青遺稿

古今體詩

陽湖張女緗英緯青著

舟行即事

一片綠陰裏輕舟蕩碧波林梢斜日澹山半白雲多遠浦漁師唱遙岑樵子歌最憐明月上雙槳鏡中過

七世族祖青巖公冰雪吟有限雨絲風片烟波畫船作句首溪西雞齊啼作韻賦者以其難效詠一首 庚午

雨晴新漲碧前溪絲柳垂垂日漸西風葉舞餘飛白鷺片雲生處喚天雞烟迷遠浦山如濕波漾輕舟草正齊畫檻獨凭簾半捲船歌聲裏暮鴉啼

雨後窺園偶成 辛未

乍看簷溜歇崇朝曲曲迴廊傍小橋岸草萋萋春已盡池荷脈脈漲難消風回波影依前皺雨過花容分外嬌迢遞濕雲猶未去階前積水漬芭蕉

步至深山

一片烟霞裏羣峯映碧天輕舟度層巒飛鳥度前川野草迎春發山猿傍樹眠青松迷古道繫棹竹林邊曙色催啼鳥晨霞隱隱紅白雲籠曲岸翠柏倚遥峯依約清池月飄揺遠寺鐘野花春滿地蜂舞綠陰中

又絶句一首

點點歸鴉帶夕曛晚峯高倚萬重雲暝烟籠樹千層濕新月垂鈎一曲銀

月夜歌

冷月皎皎兮映迴廊白雲澹澹兮雁南翔高飛且鳴兮聲淒涼微風漸起兮侵羅裳疏星搖落兮凝清光却下重簾兮隔嚴霜

不寐

不寐更闌後涼風拂我衣鐘鳴殘月暗星隱曙光稀砌下驚蟲語林間乍鳥啼曉來烟霧重紅日影迷離

長歌有序

先兄玨十五而亡忽忽十年矣春日追憶聊寄哀情時嘉慶壬申三月也

露溥溥兮曉寒輕春寂寂兮百鳥鳴競芳菲兮花滿庭風細細兮雲冥冥啟羅幔兮雙袖冷仰穹蒼兮愁思生長不見兮如參商視歸鴻兮思我兄魂兮魂兮何不來與世辭而獨遠行歸蒿里兮還無期傷死生兮愴我情情惻惻而無窮兮思綿綿而撫膺復仰天而大慟兮恨無香以振靈悵迢迢而不返兮淚沾袂而常凝陟高堂

而晨省兮恍肩隨之形影睎精爽之或接兮邈潛靈之邈屏神惚怳而馳越兮風悲淒而常驚目窈瞑而傾想兮追平素而悲哽步深階而凝眺兮懼迷空之暗壁倚層檻而臨遠兮惟漠漠之愁雲覩浮霞之散綺兮若綃衣之羽人奠尊酒而揮泣兮若流泉之沄沄悲渺渺而莫睹兮無言抱而傷神瞻神宇之寥闊兮俯重泉之幽迥履堂隅之遺蹟兮撫文窗之餘景草萋萋而湮沒兮靈飄飄兮未省豈浸遠而悲損兮意煩菀而彌永淒風

起而日暮兮梟鳥嘯乎孤城誦悲歌而未徹兮五内摧而欲崩覽楚些而增欷兮涕縱横而無聲乏文石之通幽兮悉情景於九京覓方士之神術兮睹形影乎蓬瀛歎人生如薤露兮日月馳而心驚借淵雲之妙筆寫腸斷之哀誠無班謝之博才情鬱結而未明天河耿耿兮玉漏頻頻掩繡戸兮下重闈剔銀燈兮展素茵鵑啼月兮何紛紛慘慘淒淒兮不忍聞

納涼三首

畫檻晶簾捲流螢繞翠桐蜘蛛臨暝織菡萏映堤紅花影留池水鐘聲帶晚風倚欄吹玉笛月上小橋東

何處碪聲急遥林杜宇呼笑持垂柳帶爭釣碧池魚竹影飛蝙蝠桐陰唱蟪蛄涼風吹白露點點濕輕裾

明月清如水蒼筤疏影横夕花香鬢薄玉露葛衣輕細草盈堦嫩流螢點水明小窗簾半捲風急咽蟬聲

覽先兄遺翰

蛛絲鎖雕簷蟲網結翠幙芳草何萋萋西風晚來惡象

管已狼籍遺句久零落舊篋委清塵空庭生葵藿

憶先兄二首　癸酉

十年空悵望淚眼不曾晴盈尺梧桐樹秋來已作聲

秋風搖碧草寒雁數聲悲不忍登高望憑欄雙淚垂

雨後泛舟二首

岸柳拂清泉溪花笑客船萍疏風動釣葉落鳥爭蟬秋燕穿籬語沙鷗貼水眠棹回羅袖薄晻曖暮雲連

雙槳搖秋色漁樵歸漸稀彩雲凝落日細浪弄斜暉鸂鶒銜魚舞蜻蜓點水飛不知誰氏女歌扇映秋衣

舟次晚眺

白露滴秋水寒星映碧天雲深遥積翠月皎遠沈烟野景迎峯出孤松枕石眠蓬窗簾半捲何處拂湘絃

秋雨　甲戌

涼風簾幕吹疏雨芭蕉滴莎雞濕且鳴芳草萋已碧衰楊欹舞遲晚蝶尋栖急秋雲流不盡秋景無顏色

烟鎖短籬花雲籠長堤樹微風拂袖來秋燕穿籬去暝

色遮秋聲桐葉灑秋雨湘簾終日垂砌下寒螿語

別諸姊妹 乙亥

落日催征棹相看涕泗流迎風牽翠袂何日問歸舟杜宇豈無意浮雲不自由含情耿不語腸斷下汀洲

秋雨

花寒簾不捲枝冷鳥猶栖蝶倦尋芳翅荷彫浥露衣石池新漲滿小徑濕紅稀無事敎鸚鵡閒庭晝掩扉

病後不得家信 丙子

强對菱花映綺疏蕭蕭短鬢不勝梳望殘錦字一行雁目斷秋鱗尺素書小鳥有情猶惜別落花何事亦黏裾誰憐病客深憔悴滴盡銅龍午夢餘

賦得螢遠入烟流 丁丑

暑色望中收遙空積翠浮螢和微月上烟趁晚星流照水時低影迎風欲暫留竹林深處好切莫近簾鉤

海棠 分韻得翠字 戊寅

曲闌干外春光媚雨餘睡起嬌如醉羅袖低垂淺淡紅舞裙輕曳玲瓏翠羞隨桃李鬬春光不向春風灑清淚鶯啼燕語總無情匆匆狼籍東君意

楓 庚辰

遙山鎖蒼翠秋色入霜楓已奪霞裳豔還翻錦帳紅青風飛蛺蝶倚日笑梧桐莫道臨江晚曾移漢殿中

蘆

一夜西風冷江蘆瑟瑟秋雪翻溪鷺失月動浪花浮烟景迷前渡疏枝拂釣舟祇因憐歲晚詩思滿汀洲

誌夢 辛巳

鄉關望不極離別日已久不盡倚閭情空餘淚盈袖東風滯歸鴻離思苦相逼颯颯北窗風迢迢水添漏轉轆不成眠遙夜長如晝霜天啼杜宇澹月下窗牖虹橋在何許縹緲不能渡嫦娥憐寂寞指點虛無路朦朧雲霧起倏忽百餘里不聞風濤聲歸心靜如水扶桑標旭日浮霞散羅綺迴看半掩扉依舊蒼筤裏繡閣尚依稀屏開篆縷微簾櫳鸚鵡報阿弟笑牽衣連袂趨瑤砌承歡

出錦幃舄尼晨報喜燈蕊夜懸輝寒梅燦東閣話雨西窗宿新茗瀹龍團瓊芝泛蒼柏日暖畫堂前飛觴醉倚筵椿萱同介壽姊妹各披箋酒酣擕紫佩飛花點衣袂散步下堦墀風細鳥聲碎草色漾新痕松風拂深翠流連心神怡此樂不可再雲烟倏渺渺驚雷墮天表肅然動魂魄曙色横窗曉鄉國杳何之帳冷殘燈小似聞慈母語絮絮猶未了

不寐 壬午

萬籟長空寂閒庭獨倚闌霜天翻匹練冷月漾晶盤夢繞鄉關遠魂飛古渡寒天涯回首處愁思白雲端

七夕吟 癸未

銀河靜兮夜寂寥天孫渡兮鵲爲橋鼓羽翼兮清影亂聯翠尾兮横清霄停玉杼兮罷冰綃擲金梭兮佩瓊瑤拂霓裳兮霧縠駕青旗兮采旄閃金支兮掣電御蘭澤兮風飄月纖纖兮横眉山隱隱兮垂髻舒浮雲兮縞袂明疏星兮珠翹助幽韻兮桂蕊叶芳情兮鳳簫恍神光之離合兮牽翠袖而魂銷訴離思之無盡兮天氣鬱而雲交曙風起而欲歸兮心震蕩而神摇睹芒芒之列宿兮若旁覽而心勞何流光之閃閃兮想眄睞兮遊遨招摇轉而欲下兮河鼓澹而將消灑清淚而嗚咽兮散微雨之蕭蕭情慘慘而藴結兮光黯黯而無聊眩浮光兮旭日靜清霄兮横飈散瓊壺之流液起赤城之仙標何分離之甚速判雲路之遙遙計離蹤於日月兮擬億兆之纖毫稽晷度於天上兮凖千載於崇朝積離怨於璇

宮兮望皇穹之恩昭耿精誠而孰鑒兮隔大夏與商郊豈關河之萬疊兮漾一水之迢迢非波濤之呼洶兮杭一葦而容刀徒凝注而目語兮魂欲越而難超嗟神靈之無益兮慨仙心之鬱陶審聚散之有定兮雖天上而難邀況人世之離合兮何必思竭而神撓

梅花曲 甲申

尋芳莫妒先春色瘦損瓊枝耐霜雪凍綴梢頭葉未抽朔風冷氣砭肌骨九十韶光一瞬間廿番花信憑誰識

寒葩爛熳燦朝曦綠萼扶疏凝夜月常邀竹影伴黃昏未許幽香入瑤席忍寒因欲報春暉不管生綃與詞筆亭亭莫是羅浮仙海颸吹落墮人間火齊不夜光常滿珊瑚碧瑾輝相聯憶昔西池開綺筵瓊漿玉液不論錢雙成吹笙過雲烟凌華嫚舞何蹁躚峩峩四座嬋娟子文彩鉄衣七寶鈿饌是仙胎脯靈獸自起調羹爲母壽不知窗外侍女瞋暗捲珠簾碍長袖鳳釵劃綴琉璃屏一摘塵寰不計春十八風鬟微動處天花簇簇散如雲

半面粧成最媚娬輕盈肯作迴風舞不教寂寞逐風塵盈盈只合凌波去流到仙山識仙路依舊冰魂返瑤圃君不見融和天氣百花時濃桃豔李競芳菲花壓闌干蜂影亂蝶翻輕粉燕爭泥燕泥落盡春光寂蜂蜜成時花事非殘香賸粉飛如絮始信昆明刼灰語郁堪飄泊在天涯瓊宮早證菩提樹迢迢海上空凝貯盡日問花花不語可憐一例笑東風不解紅顏卽黃土

詞

菩薩蠻 送春 丁卯

枝頭吹盡輕輕絮小樓乍覺春歸去孏倦玉釵橫開簾燕子聲　白雲飛送客流水溪邊急無計挽春回空庭自把杯

前調

柳絲窈窕闌干曲微風吹送薔薇落蝴蝶一雙飛階前碧草迷　雕梁雙燕舞窗外黃鸝語花瞑正寒時開簾折一枝

綺窗深掩微微月輕寒又是鞦韆節花影一枝斜疏星映碧紗　夜長人孏倦嬾把湘雲捲玉漏一更更聲聲聽曉鶯

十六字令

樓自倚闌干憶舊遊湘簾上閒挂小銀鉤

點絳脣 戊辰

纔得春來玉闌西畔花無數閒遊玩處只道春常住杜宇頻催已是春將去空凝眝連天飛絮不見春歸路

更漏子 己巳

聽幽蛩鳴玉砌月影重門深閉清露冷漏聲微敲窗敗葉飛　簾半捲人微倦閒倚薰籠題扇爐烟裊畫屏深添香學撫琴

清平樂 茉莉

娉婷絶色斜倚疏籬側玉蕊冰綃爭忍折況照一輪明月　羅衣透滿清香夜深獨倚迴廊不減江梅風韻影兒裊娜橫塘

菩薩蠻 月夜

瓊簫吹徹黃昏月清光滿院如鋪雪簾捲曲闌干秋窗掩暮寒　疏星搖碧落風冷羅衣薄塞雁斷雲飛林間影漸稀

一規寒月欹明鏡香消寶鼎羅幃靜細步下庭除霜痕濕綠蕪　小窗橫雁影葉落西風冷繡幕繫新橙銅壺滴遠更

浪淘沙 庚午

無事凭闌干玉笛聲閒嫩紅零亂暗香殘不道春風餘幾日花已闌珊　砌下落梅寒怎忍頻看清池春水碧潺潺一片隨波何處去能否重還

疏影 賦得蛛絲網落花 辛未

簷蛛暝織放遊絲一縷黏住香魄滿地餘芳不捲重簾正怯晚來淒寂東風又是頻吹送共柳絮一般輕別忍看他罥盡殘紅春去者番難覓　澹月深林乍影小樓凝望處懸布籬隙怯似閒愁繫得芳心一刻幾回欹側

多情鳳子尋香夢想葉底雙雙憐惜莫教他粉翅飛來隨著春魂狼籍

水龍吟 瓶中桃花追和先伯父原韻

一枝掩映窗紗殷勤留得春風在年時記得點脂勻粉而今未改爛熳嬌紅參差嫩綠未禁憔悴問天涯多少絮翻絲罥亂點向斜陽外　獨立銀屏無語恐飄零淒涼含淚澹月飛來疏簾乍捲影搖風碎又怕夜闌子規啼處惹他無寐把瓊鉤押下湘雲深護莫教輕墜

前調 白蓮

雲光月色娟娟玉顔素靨迎風起嬌姿綽約含情欲笑亭亭步細照水窺粧凌波弄影嫣紅羞避想天孫涼夜冰絲織就飛落在銀塘裏　一桁晶簾半捲小闌干露凝猶倚翠合藏珠玉盤籠粉暗香時遞怕是秋風猛然驚覺飄零容易看明璫亂墜芳心最苦向人垂淚

滿庭芳 薔薇

豔似調朱嬌如約粉幾枝裊娜迎風嫣然帶笑顔色有

誰同粉蝶枝頭時度花影下積翠重重蒼苔畔清池一曲低照影溶溶　湘簾終日捲曲闌干外時透香濃好相將攜手緩步芳叢正對花前一醉酒醒時兩袖飛紅嬉遊晚一鈎明月掩映畫橋東

南浦 池上 癸酉

檻外碧潺潺看縠紋乍生細浪如纈春草綠初勻新漲後石隙幽泉嗚咽飄來花片都付與翠波流徹粉紅依約逐輕鷗爭教塵涴顔色　垂楊蘸影依依疏萍微動

處魚兒剛沒歸燕掠波來綸絲上驚起蜻蜓雙翼晚霽雲開恰全浸一輪明月小橋聯袂低吟緩正是薄寒時節

水龍吟 納涼

垂楊低醮銀塘浮萍乍碎波紋細一庭明月滿園清景晚涼天氣石隙流泉林梢墜鵲微風徐起看迴廊曲曲蕭蕭竹影更深後還憑倚　團扇羅衣自樂捲湘簾畫欄十二水映疏星階凝白露暗蛩鳴砌銀漢西斜浮雲

漸遠碧天如洗掩重門小徑歸來試問夕花開未

菩薩蠻 步月偕大姊賦

遙看碧瓦清光冷粉牆東畔重門靜佇立倚迴廊驚飛兩袖霜　浮雲依寶鑒滑影垂垂汎漏盡曉風寒傾低白玉盤

前調 春夜

柳絲輕漾紗窗影篆痕低繞雲屏錦風細晚烟晴奩開寶鏡明　玉階堆濕翠露膩花如醉簾捲曲闌低月移

林影迷

春山月皎銀屏翠鷓鴣香暖羅襦醉一巡落花低露溥

梅子肥　蒼筤搖嫩影斜倚薔薇冷隨意撥金猊流鶯

窗外啼

浪淘沙 辛巳

細雨灑無聲終日潮生黃鸝不耐晝冥冥却向枝頭啼

婉轉喚醒春陰　晚照滿中庭垂下湘雲蛛兒也解惜

新晴百尺游絲粘落絮不礙紅英

花影正亭亭捲上簾旌素娥有意欲相親怎奈浮雲時

掩映做弄陰晴　碧落浪翻銀湧上江鱗一庭春色不

分明安得好風吹散也依舊氷輪

右先姊緯青遺稿一卷凡詩詞五十二首先姊生於乾隆乙卯長曜孫十三年天資穎敏幼喜爲詩不學而成曜孫七八歲時先姊詩已成帙于歸後以襄庀家政吟咏遂罕故稿中皆乙亥以前所作居多甲申春仲作梅花曲寄示曜孫讀其詞靈幻幽邈感慨悱惻方竊喜詩學精進將久而愈工而不虞其遽爾殂謝不克竟其學以觀其成而區區詩篇遂成絕筆也曜孫裒集殘稿惻然心傷因念所存諸篇皆幼年未能盡善又以性情所

係不忍廢棄爰依年編次分注甲乙請於家君序而刻之俾觀者察其年而悲其志焉弟曜孫謹識

楊文儷

孫夫人集

平湖徐惟琨題

錢塘丁氏嘉惠堂刊

孫夫人集

明仁和楊文儷著

端陽有感

憶昔年年逢此日細斟蒲酒勸姑嘗今年此日八何在迸淚如泉倍感傷迸淚如泉倍感傷爲悲姑逝是端陽几筵仍捧蒲觴奠荏苒光陰又小祥

秋日懷親

玉露霑花溼金風透幕涼天連秋水碧山帶晚煙蒼撫景嗟時序懷親憶故鄉倚闌凝立久心逐雁南翔

月夜鳴琴

小堂明月夜捲幔理絲桐素魄千門皎清音一院通落霞飛指下流水瀉絃中停曲聊延佇高天度遠鴻

寄姊

緘書託征雁千里寄南州不盡相思意聊紓遠別愁青山當繡戸綠水遶妝樓骨肉何時會望窮天際頭

秋日新晴

淅淅涼飇至昨宵新雨過雲開明玉宇日出漾金河樹裏鳴蟬亂空中過雁多乾坤舒望眼秋色足吟哦

至日

至日潛春意天機故透𣐀漸看殘臘去行待豔陽來刺繡添宮綫吹葭散琯灰光陰何荏苒又是一年催

余兄寓京師偶赴河間詩以憶之

親闈天際迴悵望信音稀賴有同羣雁那堪異地飛蕭條棲旅館咫尺隔皇畿去去將旬月如何尚未歸

詠梅

昨夜春初動江梅發早芳翠枝堆玉蕊素豔見寒光帶月籠疏影隨風遞暗香最堪調鼎鼐留取薦明堂

雪

碧漢同雲布新寒晚更加霏霏翦瓊葉片片落梅花樓臺生色相海宇有光華三白春前瑞皇畿百萬家

聞鶯

上苑花如錦流鶯枝上鳴間關頻喚侶睍睆更含情習習窗風暖遲遲砌日明香閨方倦繡忽聽兩三聲

早春懷鋌兒

玉律風初轉金隄柳漸舒感時懷仲子鎮日倚門閭骨肉天涯隔雲山望裏疏歸鴻聲嚦嚦不見寄音書

余辛丑之京今歸吳城得省母氏追念先府君遐逝詩并及之

昔在燕臺下瞻雲隔海涯今歸吳市裏傍水是吾家慈母身猶健嚴君迹已遐守堂集悲喜月色澹窗紗

寄鑨兒

燕山聽鹿鳴早歲已成名隱霧今棲豹摶風即起鵬言懷遠遊子無那倚閭情欲寄平安字炎天雁不征

寄鋌兒

念汝留京國春花兩度紅讀書丹禁裏試筆玉堂中才美名應振官貧道不窮百年須自勵清白舊家風

示鈞兒

又是清和候梅黃細雨天流光人競惜向學汝須專美質元難恃虛名亦枉然能酬題柱志始見馬卿賢

示鑛兒

汝年亦漸長學業可圖成莫效頑愚子須齊賢俊名青萍方在匣綠綺未聞聲何待三遷教傳經有父兄

示鑁女

吾女資元淑相隨繡閣前檻花嬌細雨庭樹靄和煙須讀名媛傳無忘姆教篇芳年易成壯撚指又鳴蟬

紫騮馬

俠客輕家業千金貨紫騮雕鞍銀絡索錦轡玉花鞦盡日行邊塞追風下海陬不辭征戰苦報主覓封侯

折楊柳

昔去臨歧路柔黃綴樹生今來歸故里暗綠與樓平花起輕風絮林深巧囀鶯因看攀折處記取別時情

採蓮女

若耶採蓮女日出蕩輕橈玉手攀蘭槳金釵壓翠翹羅裙欺葉色粉面比花嬌慣識溪中路歌聲入畫橋

聞笛

何方吹玉笛夜靜感人深月向山頭隱龍從水底吟暗

飛落梅曲巧作斷腸音羈旅那堪聽思歸不可禁

七夕

七夕今辰是新涼暑氣收銀河澄玉宇織女會牽牛一宿憐歡愛經年繫別愁人間競佳節乞巧上南樓

越館懷歸

避寇來三月風光倏已殊昔看隄帀柳今報井飄梧旅夢馳鄉曲烽煙淨海隅呼兒買蘭棹新漲恆歸途

憂旱

夏旱常年有今年旱更殊萬井泉俱竭千村黍漸枯鳩聲空旦暮禱祀枉神巫那得甘霖降一令民困蘇

中秋雨

昔歲逢三五承懽侍太君今宵增感慨罷賞閉斜曛驟雨穿窗入長風撼木聞吾心愁見月天遣翳玄雲

關山月

漢京今夜月萬里照關山秋葉仍看落征人尚不還寒光凝厚甲孤影對愁顏歡宴高樓者笙歌正未閒

俠客

平生重然諾不與世沈浮佩劒千金換征鞍百寶鏤驍雄能破敵談笑取封侯肯念閨中婦含情獨倚樓

初晴

初晴天氣爽四月宛清秋遠漢清如洗長林翠欲浮睍鶯聲恰恰浴鷺態悠悠更有堪題處紅芳雨後稠

久雨

無那連朝雨空階不住聲飄窗渾溼紙點沼亂開萍館夜愁逾集思家夢不成何時看霽色暫遣客懷清

嘗新茶

越茗憐新摘烹來滿盌春清香人共嗜嫩蕊味偏真雀舌應堪擬龍團未足珍江南第一品歲歲貢楓宸

雪霽

昨夕天飄雪同雲翳遠空曉來看霽色光彩映簾櫳素澹迷寒雁瑤圖入畫工東山明月上疑在玉壺中

隴頭水

隴山高不極隴水日悠悠百里依官道千秋動客愁霜

風飄落葉戰士理征裘鄉思方蕭索那堪耳畔流

城南別女

迢迢向南國五月發長安惟念鳴環女初令事伯鸞心折言難盡歌殘日又闌行行復回顧淚下不能彈

臘日憶女

臘日起嚴風冰花西復東因之懷道韞遙傍上陽宮吳國三千里燕關百二重何時仍聚首詠雪對長空

初夏即事

朱明初屬夏暑氣漸侵軒日午槐陰密風情柳絮翻黃雲連麥隴紅雨落桃園恰恰鶯聲老喃喃燕語喧鈎簾對佳景欲賦已忘言

聞蜩

蜩鳴亦太早宛宛出青林初訝城鳴角還疑室撫琴風前偏弄響雨後更長吟羈旅愁無那懷歸思莫禁向從家樹聽不是此時心

登樓

飛樓縹緲接穹蒼直上憑闌望大荒遠嶂雲開千疊翠近宮日耀九重黃楚姬佩玉供歌舞秦女吹簫引鳳凰古意今形書未了又看明月出東方

聞雁

帶月穿雲晚亦過數聲嘹嚦近銀河川源萬里來何遠關塞千重度更多曾寄尺書歸上苑還拕秋影落寒波天涯旅客愁聞汝喚起鄉心奈若何

寄妹

浙水春風送別航別來荏苒幾星霜我從文苑留京國汝為繁華戀故鄉幼小閨中同刺繡晨昏窗下共焚香于今兩地遙相憶好寫平安數寄將

中秋對月

桂魄初從東海生漸升霄漢最分明近侵衣上寒霜白高照樓頭玉鏡清八月輝光隨處滿一年弦望自虧盈嬋娟聞在清虛府徙倚闌干無限情

除夜

青陽初轉歲將闌燈火熏天夜不寒已識年華明日改且酬節序此宵歡畫堂列席鋪金玉寶鼎飛香爇麝蘭贏得春前一回賞梅花滿眼笑相看

元日

律轉青陽初獻歲早春天氣霽晴光梅風拂拂侵羅袂螭日融融入畫堂席映霞杯浮柏葉簷飄翠縷散爐香倚闌凝望層霄裏五色卿雲繞建章

元夕

聖代瑤京明盛年更逢三五早春前溶溶良夜燈何燦皎皎青霄月正圓到處笙歌新節序滿城富貴舊人煙歡筵不覺更籌轉忽聽雞聲報曉天

黃金臺

燕主偏安易水隈千金不惜選良才四方豪傑今何在入面輿圖尚自開北塞黃雲連朔漠中天紫氣繞蓬萊聖人馭極恢疆宇誰向瑤京說舊臺

見湖亭

草堂卜築倚山隈捲幔湖光入望來十里碧波穿地入四圍翠巘插天開中流橋迴虹霓落傍岸花繁錦繡堆對此如遊仙界裏世人何必覓蓬萊

勸兄和韻

極目南雲日倚扉鄉山迢遞雁書稀須思定省違甘旨莫歎浮蹤賦式微壯志策勳應有待高堂白髮欲何依東皇律轉桃花發好束輕裝出北畿

憶姊和韻

昨夜寒梅已發花新枝折取寄天涯鸞翔霄漢還千里
人隔燕吳本一家無那看雲憑畫檻懸知望月倚窗紗
錦箋況復傳佳句詠雪高才未足誇

送兄二首

吳地風煙接北畿鶺鴒相背忽南飛殊方繾綣難爲別
對面須臾總是違歲序萬山飄木葉旅懷千里念庭闈
行行無那征車遠極目雲天欲溼衣

兄在天涯每憶家西風吹旆發京華賓鴻行斷鳴聲切
棠棣枝連別恨加秋杪黃花開驛路江晴碧水泛仙槎
趨庭綵服承歡日莫遺平安二字賒

寄兄

憶兄同客京華日不覺蹉跎屢閱年此去音書憑雁寄
向來詩句待誰傳春風湖上堪移棹夜月窗前合撫絃
兩地幾時重會面迢遙燕越意空懸

避寇越城感述

雲白山青宿霧收越王臺下水悠悠停鍼倚檻渾無語
避寇移家可自由延望燕關常切念回瞻慈隴漫生愁
爲憐骨肉棲三地幾度臨風欲淚流

越城懷古

海國淒涼千載恨滔滔都付水流東千年霸越人何在
一戰吞吳事已空弱柳新隨黃鳥囀荒臺猶在綠煙籠
只今惟有稽山月曾吐金輝照故宮

擬內閣觀芍藥

禁署名花本自奇上公相對更相宜風香暗度黃金闕
國色新分白玉墀傍檻開時如索笑當階翻處欲催詩
栽培地位元殊絕贏得年年雨露滋

冬日鈞兒應試北上次韻二首貽之

東書殘臘發南州直北風煙萬里浮爲汝衝寒馳遠道
令人連夜絜征裘驛途逢使音須寄酒幔臨河棹莫留
回首飛雲應切念且依棠樹近宸旒

少年未慣適他州從此扁舟千里浮羈旅時須撫童僕
嚴寒常用厚衣裘倚門他日應頻望解纜今朝不暫留
可是明光能獻賦太平天子正垂旒

庭榴

移來西域種元奇檻外緋花掩映時不爲秋深能結實
肯於夏半爛生姿翻嫌桃李開何早獨秉靈根放故遲
朵朵如霞明照眼晚涼相對更相宜

越城重九

越王城裏逢重九霽日黃花景自敷開宴豪門應盡興
登臺詞客正相呼蕙江東去風塵擾鏡水西來歲月徂
佳節頓忘身是客亦教兒女插茱萸

憶京華鑨鋌鈞三子次韻

旅居抱病自躊躇荏苒流光逼歲除天畔雙魚無處覓

日邊三鳳竟何如文園司馬應裁賦漢闕孫弘待上書
南士只今多寇盜倚門焉得鬱懷舒

書懷次韻

蘭閨無事漫躊躇人世能經歲幾除濫膺褒誥知難稱
欲效前賢愧未如勿小曾看列女傳比來更羨大家書
垂名千載元非易還把青緗細卷舒

兒鋌以翰林編修三年考績予得晉封夫人有述

濫膺新典夫人貴始信從前教子功天府鸞章今錫誥
閨窗夜火昔丸熊衣穿鶴錦君恩渥腰繫文犀夫秩崇
迂拙此身何所補惟將虔禮答蒼穹

白門哭夫

石裂山頹人共歎春曹行館迹無聞殘書架上猶存帙
比翼空中已失羣鍾阜月明孤鶴唳秦淮風冷夜螢紛
相如寶劍埋黃土獨使文君哭暮雲

秋日檢笥感述

日月如驅去不留金風又動井梧秋班姬愁劇題紈扇
共女憂深賦柏舟遺墨尚存人已逝開篇感愴淚難收
子雲博得才名在惜早寒煙鎖墓丘

院中對花

小院榴花開欲然花間雙蝶舞翩翩憑闌坐對渾忘暑
漫展雲箋賦短篇

對雨漫述

宿雨蕭蕭暑氣微庭花露溼倍芳霏故園桃李今何似
凝睇江雲獨倚扉

少年行

長安年少白狐裘肥馬金鞍何處遊春風桃李東西陌
翠管銀箏十二樓

聞驚

南國自來稱樂土比年黎庶擾黃巾徵兵諸路聞雲集
凱奏何時報紫宸

聞徵瓦氏兵至

傳聞瓦氏勇超羣萬里徵來淨寇氛多少材官屯海畔
策勳翻仗女將軍

夢醒口占

越城避寇來旬月旅夢還家已數迴夢覺寥寥不成寐
漏聲時聽四更催

江上別兒

季子敝裘仍北返班昭榮祿又南遊憐兒塌翅如凡鵠
何日翻飛上帝州

孫夫人集終

夫人仁和人工部員外郎楊應獬女禮部尚書餘姚孫文恪公陞之繼室諸子登進士榜者四人太保吏部尚書清簡公鑨文中禮部尚書鋌文和太僕卿鏴文秉兵部尚書鑛文融皆夫人教之示文融詩云何待三遷教傳經有父兄蓋謙辭也夫人精帖括斷決不爽相傳文融會試後錄其文呈母夫人笑曰淡墨雖書第一未免鬣筆似魚非文之絕品也或言夫人耄而有髯年過百齡諸孫皆顯貴浙中稱大家者固無以尚　四庫提要稱有明一代以女子而工科舉之文者文儷一人而已詩其餘事也詩稿附文恪公集行世今特爲付諸梓云

光緒丁酉仲春丁丙識

德風亭初集

王貞儀

德風亭集

蔣氏慎脩書屋校印甲寅如月著始丙辰涂月告成

自序

儀幼習內訓承　先大父母命教之誦讀並學爲詩古文章以故女紅之暇輒肆及咕嗶年十一二隨侍尊人遠游勝地名境多所閲歷間遇宇內才媛閨秀朝千詩暮百藝一時投贈答和諸篇什且盈囊篋迨于歸後雖日與夫子相唱和然分職中饋遂半廢筆墨夫子往往代惜之囑儀自集從前及今所作而又不克如志去春值夏子樂山自浙中回宣暇日乃學詩于儀每請儀詩及文稿欲繕爲完帙意誠而未可以謝也因同夫子理匳具中雜稿既刪且焚得少可存者十之二三大抵多未經繩墨雖中體裁上不知取法于古下不知求肖于今非矯以自高蓋稟質既魯不屑拘拘以工拙相計

金陵叢書　蔣氏校印

耳錄繕既成有士者譏之以爲婦人女子唯酒食縫紉是務不當操管握牘吟弄文史翰墨爲事況婦女不以名倘今之裒然成集也其意何哉儀聞而不敢置辨爲其論之似近乎正也第以好名疑之則非矣好名之心人皆不能無而槩觀古今來能于詩古文章者士大夫固無論即閨閣之中代不乏人一云乎傳何啻家寂不數數覯即或傳矣而不能卓然以傳則與不傳等儀何敢以名是好況儀之所作固有不足云者哉噫嘻劍頭一吷聊用自娛猶之鳥之鳴春蟲之語秋言所欲言而已覆瓿無憾登選非榮毀我譽我不妨兩任之顏以初稿蓋未定之辭也稿而繫以德風亭則仍乎儀先人舊居之名而不敢忘也爰摭其畧如此嘉慶二年歲次丁巳

中秋月下浣金陵女史王貞儀德卿氏自序

小傳

王貞儀字德卿上元人祖者輔字惺齋以知府謫戍吉林貞儀隨父錫琛出塞省視學射於蒙古阿將軍之夫人發必中的跨馬如飛兼精壬遁星象最耆梅氏算書夜觀天星言晴雨豐歉輒驗且知醫詩文皆質實說理不爲藻采於浮屠闢之甚力嘉定錢大昕重其學以爲班昭之後一人而已適宣城詹枚年三十而卒著有星象圖釋二卷籌算易知重訂策算證譌西洋籌筭增刪女蒙拾誦沈疴囈語各一卷象數窺餘四卷文選詩賦參評十卷德風亭集十八卷繡紩餘箋十卷

德風亭初集卷一

金陵叢書丁集之十一

江甯女史王貞儀

序

謙齋印集序

家藏江陰沈凡民先生謙齋印集八卷皆先生晚年自摹古人大小官私諸章其爲材也則有玉有金有銅有木有牙有角有瓷有石㯻有硨磲有瑪瑙有琥珀有水晶其爲鈕也有鐘鼎有獅象有犀兕有索有瓦有亭有螭有龜有蛇有馬有鹿有虎有牛有爲文也有蝌蚪有魚蟲有草木有人形有眞有隸有篆有草有朱有白其爲詩也有秦有漢有晉有宋其爲體也有大小有方圓有整碎有長短無不具備每一印下必注明某法某時某人此以見物莫不聚于所好然而先生之用心良苦矣今之君子動謂工於鐵筆及摹古印章而不能精研其法往往昧六書之義混篆籀而爲一或徒攻乎石藝叩之以敎卣鬲甗鉤帶鈁角之傳則未有不茫如者昔韓昌黎有言凡爲文章宜略識字印章固小技也其根柢之淺深字學之異同筆畫之考訂章法之古雅較之文章尤遠且博觀先生印集其摹古法雖點畫無少失稽而必分其體裁辨其原委注其遠近其不苟若此然則他人之爲文章尚不識字而於此固無論已先生與余先大父宣化公交最善暇日恆爲大父篆刻多至七十餘方至今猶什襲而世珍之也先生又有自刻諸章名謙齋印存一書惜未之見先生工書

法雙鉤尤精絕一時篆隸而外亦精于畫極壽神韻人皆以董北苑稱之噫亦可以知先生嗜古之大槩至其人品之正宦跡之清又足以副名之實官至天都司馬其印集一書卷首有盧舟王先生南沙彭先生堇浦杭先生三序余敢妄續數行於諸先輩後以誌一時之企止云

讀史偶序

上之所以爲教下之所以爲學經之外厥維史史者一代因之以稽治亂之迹萬世準之以觀人事之公一有不當後人皆能起而論斷之蓋本理以與爲推求徵實以與爲制案固非騁馳乎藝苑泛濫乎詞章相侈者可比也是故春秋一書史之祖也而尊爲經矣孔子作春秋論列二百四十二年事未嘗以褒貶自居而秉筆之微意寓焉史之有褒貶謂作史者據直書事而是非以判亦欲使天下後世人人讀之識其存公予正彝倫之道有所攸寄則甚矣作史固難而能讀史者之尤難乃世俗好奇嗜異閣束經史而喜博覽二氏釋道之言以衒其高沈溺既深甚至流害道德極之言語文字蕩成空寂之宗抑或動稱左馬厭薄唐宋吠聲傳而不獨不能明經致用並置史書不少矚目而法善戒惡之迹人事之公與夫彝倫之道殆如盲瞽之昧然以終焉亦大可哀也哉粤考後世史書之編無慮數百家代有全書學者能觀研傳紀又非徒以取資見聞必尚其與古今之常變權宜之大道心歷目下求其會歸其間或事異而時一或事同而旨殊或千

百年而曠世相符或一人之事而前後各別將於此以吾目
爲監司以吾心爲治吏出吾之精神以行其黜陟爰千古之
廷尉而燭之以然犀而且各有其類欲求經籍者不得通于
兵刑而後經籍之條熟欲求世系者不得淆于封建而後世
系之統明欲攻象緯則專觀象緯欲攻文章則專觀文章彙
而仍分之不流乎龐雜則易讀而無所病矣雖然二十二史
也十七部也家不能得得亦不能熟誦至如通鑑也綱鑑也
紀事也綱目也抑尤不可兼括反是而總論也會纂也史約
集要也類編也或繁或簡或未大成或不顯達必欲悉洞然
于心目則又難之也昔人謂作史者在才評史者在學余謂
讀史者更在于識而其所以識者則要在精求其筆筆者史

之主宰其張名教植綱常嚴分位皆默繫之自獲麟而筆絕
而後世之史紛乎其集然而不槪各家秉筆之意其孰得孰
失殆不能定也彼史記一書司馬氏父子踵接承明凡百三
十篇雖十篇有錄而未成然亦見聞周悉自非後人所及他
如褚少孫之補缺徐廣之晉義裴駰之集解司馬貞之釋文
演注及述贊索隱皆不免鄙俚膚遠之病若夫班固祖史記
以作前漢書襲取司馬氏之義而文之繁簡大別其妹大家
之續實可頡頏子長蓋諸史之巨擘也若范曄之後漢雖體
大思精然贊附乎論亦失史體而陳壽之三國志殊非實錄
且以魏爲紀而稱漢吳曰傳改漢曰蜀挾其私忿故爲貶詞
甚屬倒置其後習鑿齒作漢晉春秋以蜀爲正魏爲纂蓋矯

壽而得其公且平者晉書之文多駢麗又雜采沈約誕詭之
說及語林世說幽明錄搜神記詭異謬妄之言且出于衆手
極之叢冗而並不足徵至梁沈約傳宋書而本志復兼載魏
晉失於限斷唯裴子野更删約之書爲宋畧二十卷頗爲精
詳他如南北優劣互形而梁陳後魏三書固爲穢史言多不
實後周書空務淸言唯隋書本末兼該可云無憾南北史依
司馬氏體總序八代合八十卷敘事簡徑不支是爲得之韋
述之撰唐書遝雜未除而名曰舊史及後曾公亮等删之爲
新唐書然永叔學春秋每事褒貶子京通小學刻意文章蓋
因不出一手故雜說多而牴牾生矣五代史撰于宋歐陽修
第五代唯唐漢差得正餘皆僭竊且未能統一天下遽以彼

相承而列諸鎭于世家未爲允然況南唐蜀漢各自立國五
代尤不得而臣之昔劉道原著五代十國紀年不名世家比
之北朝十六國春秋義例較得是蓋歐陽公所未逮者耳宋
史特多固自成一代之書但修之者不一人於是有紀一事
而先後不同書人而彼此不同者遼史繁猥極甚金史畧近
簡明元史亦稱省淨又如司馬光撰資治通鑑上起威烈王
二十三年下終五代彙一千三百六十二年之事首尾貫串
使興亡治亂次第瞭然惜其中如進曹魏而抑昭烈記武后
而黜中宗其義例固未允當宋朱子作綱目正統朱梁遵時
王之權宜其實朱溫羣盜篡悖安容進承唐統乎則仿劉氏
抑朱梁于諸鎭千古不易之公義誠可爲朱子功臣而綱目

一編法春秋之經例大書分注正閏愈明或予或奪幾微必愼表歲以首年因年以著統使辭事之詳畧議論之同異通貫曉暢雖與溫公之資治通鑑相表裏而增損檃括提要適中多所救正非諸史可同語也凡此皆諸家撰史得失之大槩皆爲讀史者之不可不知者也至于正史之外則統爲雜史國語國策二書所紀次乎左氏皆周事也古者列國之史今並不傳晉乘楚檮杌後所存者亦皆非古本越絕書吳越春秋亦多少信而世本十五篇亡于唐而空名特備汲郡所得之竹書編年蘇轍所定之古史皆託始于三皇訖于周季至如穆天子傳則言不雅馴正與山海經同一荒誕而已而秦漢以前者如此自後陸賈之楚漢春秋馮氏之續史記十

七篇荀悅之漢紀袁宏之後漢紀王粲之英雄記魚豢之魏略杜延業之晉春秋略而晉之事具在南朝之宋則何承天梁陳則謝炅顧野王北朝之魏則崔浩李彪周則柳虯隋則牛宏各有繼正史而撰次者而蕭芳等作三十國春秋崔鴻作十六國春秋魏澹作魏書凡此皆隋以前者下而柳芳之唐歷陸長源之唐春秋又若貞觀政要大唐新語國史補舊史補而唐之雜史著焉五代光岳既分事多佚脫唯劉恕十國紀年陸游南唐書敘事略得史法宋則王偁之東都事略徐夢華之三朝北盟會編李燾之長編遼金元則趙志忠陶宗儀元好問雜志其事而有明一代自鄭元王世貞以下凡數十百家體製有總雜作亦至繁云蓋自國策以下其最著

于世殆種種者皆可以爲正史之經緯其亦史之支裔乎然不讀正史不知雜史之龐錯不觀雜史且無以知正史之整嚴唯正史則其宗也嘗以三代以下之時事論之蜀漢之南渡江陵之蕭詧晉陽之劉崇炅西遼之耶律魏之孟德子嬰之帝昺姬氏之宜臼趙氏之搆統前燕之廆後秦之弋仲前涼之軌其間偏而繫之以正正而繫之以竊統垂絕而不絕統不絕而綱絕或不與之或不奪之固有明乎若鑑者在一觀乎君則漢高之明達唐太宗之英敏宋高之仁厚明高之才武自是創業之卓然者其守成之君則漢之文帝宋之仁宗明之仁宗孝宗亦覺乎其不易及而宣帝之彰明法紀憲宗之智取強藩亦誠不世出之才一言臣下欲論勳業之顯

忠愛之深必如鞠躬盡瘁之諸葛而霍光始終易心者不足言也論忠烈盡命之節必如委曲之岳氏文氏而楊之濡忍以死者不足勇也論淸直之望必如化物之楊綰正色之汲黯而懷愼坐鎭谷永欺慢不足名也論循惠之樹必如興學之文翁黼下之鮮于誅而黃霸粉飾王成之增戶不足效也論文章之著必如屈宋之悲壯韓愈之赫卓而稽康絕世之語王介甫經義之說不足存也他若唐漢之君同以兵取天下而綱目則優劣之漢唐之臣同以黨誤國家而先儒則褒誅之嗣源入鄴何以諒其始意在唐智遠守東何以見其心之近漢遞至邳彤討王郎而功以顯李靖征高麗而名以病博浪荆軻術不異而邪與正分之背水睢陽志不殊而成與

敗判之趙苞之與李瓘一死似同也或背母矣或殉親矣蘇武之與衛律一生似同也此徇私矣彼報國矣若此者差僅毫釐而失已千里其所不可欺于天下後世者顧如是哉然則一字之筆關係存焉邪正分焉奸善見焉是非出焉則誠宜揆古人之時勢以深白其隱則權宜同異常變之道以知且必參夫雜史何以有所重複鄙俚而正史何以能徵信於載籍何以即係舉人心之用何以可問難可斷義可以綜奇傳異可以簡取廣搜爲全史之綱維爲人品政治之嚆矢掃其障決其理洗其沈冤誅其既死枉直可否得失皆能盡上下古今而辯論驅策之苟展卷一過以爲目下十行誰不之信然於其立筆之隱微深淺猶乎茫然則史之爲史固不可

以易讀也又明甚余竊聞今世師儒之所授髦士之所肄總括帖以求應試日兀兀俛首於兔園册中齒豁頭童自詡者宿試偶詢之以古今之史籍凡所爲十六國之割據前五代之南北朝元魏之東西北齊後周以迄後五季之十國遼金元之與五代趙宋相終始至如某朝某世某君某臣孰興孰衰孰仁孰暴嚋忠嚋佞嚋直嚋冤若德治若否亂則斷不免澒沌無倫次盧空無眉目掩卷固若茫然開卷尤若茫然是以作者讀者互在存亡疑似之中而況深意秘理曖義微情則又無論已彼其以才相勝者則每每無所容心于史籍而志大心粗得其淺而遺其精抑或名稱博雅且多半龐雜彙書聚鈔陳語每一談議非不口舌鋒利娓娓千言而一按于實際則言徒紛煩而無卷軸不過比于彈詞而已故在昔謝上蔡每與評事必熟舉史以爲證據程子則以爲得史之浮談而且譏其玩物喪志然則儒士之讀史即莫非格物窮理之學要尙其擇精語詳豈泛焉涉獵以誇靡門博矜眩于時之爲事也耶嗚呼史之所以爲史也亦固瞭然矣忠孝節義奸佞淫邪直榜樣耳成善敗惡理亂興亡直梗槩耳傳曰知其人論其世又曰盡信書則不如無書誠哉言乎蓋前者後之鑑也古者今之景也此其故不甚相遠是在讀者知敎法知儆戒焉故由文以述其蘊由蹟以按其確深研乎經濟之實專攻乎學問之大微者闡其幽通者達其意辯其條貫發其表裏明其始卒大義既得乃無分謬離晦之憂大體既詳

乃無得一失百之漏空疏悠遠之見無所恃而後一切不以浮心游氣試其間盡窮事多考古富能斟酌于極至則材成而學殖推以致用煩簡具備應變不窮豈徒曉然於某史之作自某人某史之先于某史爲空舉詞膚論目僅較其優劣高下遂謂深有得乎史足以匡我所未逮也故曰作史難而能讀史者之尤難也儀一婦人女子耳不能知史何敢云知讀史然揆之事理之當然學問之實際則固有如是者爰摭數語且不嫌其贅而記之世之大君子定有所指政之云爾

葬經闢異序

古無相地之書與卜山之說也而於今之時爲熾今之葬師堪輿其人者吾知之矣大抵多以點術動人其爲言也則彙

雜五行衰旺生尅衝合之語吉凶禍福轉移之異教亟亟乎借以營己之利變惑人心之是非其言或偶中之於是神明之贊交起闢有一二不以點術者言一不中卒置無與問訊之人而以點術者益名噪矣故其術之行也易而且衆人之惑乎其術者或希速富焉或思速貴焉或求延嗣焉更輩溺于九星八宅年月日時忽乎靑黃赤白孜孜然橫此所欲之數端於胸中又不能深究地之眞理實脈及土潦水漬溼蟻乾蟲之形唯一挾堪輿地師之邪說而以親之遺骨是玩而後葬師堪輿之流得以邪說中之而大申其意而行其術焉不特此也且著其僻論自成一編以紛擾世人之心目故凡世之爲人子者得其書讀之心志皆搖然狂然而莫之所主

遂停其先人之棺櫬至于十數年者甚或有百餘年者歷子若孫之世而父母不得安于土者抑或昧于心志以棺櫬反甘下乎風高水溼之地者又有信堪輿葬師之說利他人山地盜謀而勢奪者一旦獲罪于天或雷電擊突而不容或訟于有司蹈法抛露于原野而人子方了無所痛悔其惑乎點術而不知猛省者有如此蓋其害之流行也實盛乎唐宋至今日而彌不可言矣夫古者天子七月諸侯五月大夫三月士踰月貧者旋葬懸棺而窆之不特無所爲厝也停也並無相地之書與卜山之說也即周禮冢人墓大夫度玆幽宅兆基無有後艱無有遠悔孝經亦唯云卜其宅兆其所以使骨肉復歸于土而必誠必信亦曰弗之有悔焉而已固似乎相地卜山而實非若今之堪輿葬師以點術滋以營利求所欲于漠然難憑者而使世之爲子若孫忍以其祖父母生後之身以徼倖也金陵黃卓我先輩則有先得我心者而著葬經闢異一書其殆有深痛悼羞惡于世之爲子若孫者惑于卜山相地之愚且極屏黜乎世之持點術以爲堪輿葬師者幷闢彼流所著之地理諸書而作之者也先是此集之出人爭重之其後竟爲點術之輩者强相排瀆交口毁詆又故多作僞本以竄其眞又互以獎惑其板使閱者昧其正義而無所取以故其書卒漸不行噫余以爲世有明理達道者固不待讀闢異而亦斷斷乎能拒點術之徒不少爲彼所搖惑誑動然今之能拒絕者奈何罕也余族叔禮敦先生有憂之以家

藏卓我闢異原本細爲較訂箋註分六卷焉擬付梓也特命儀爲之序雖然儀一女子耳夫何所知聞卒論時弊扶俗失無乃越分而言乎族叔曰非也唯序以切中之言俾使是本布諸四方得凡爲人子者可一覽而惕然且欲使世之寶媛哲毋閱之而亦以教其子若孫當知所悟則點術不能行而人人無惑人人無悔則是書之有功扶持世道人心正不在郭璞呂才而下也已儀曰諾於是乃以所序者書之卷端時則乾隆戊申七月朔日也

韻學正訛序

吳下先輩張灝三上舍有廣韻及韻學正訛二書廣韻既已朱竹垞先生序之而海內梓行之矣正訛本則未付梨棗計

上下二卷分平上去入四音儀四伯父客湖南從逆旅主人家見之遂鈔本而攜歸後數十年余始學爲詩留心韻書然坊間諸刻卷帙浩繁異同不辯恆苦之辛丑之春偶檢家藏書乃得伯父所錄之本翻閱一過心目了然按其摘鈔字之異同皆遵循韻府本又守二百六部之分每一韻細加箋釋外必注某韻異於後收韻內就本音釋仍注明某韻異若有同異必注明某同餘異於後韻內注明韻同又注明某某與某韻異韻之義同者前雖已注後必云與某韻通其詳備而且簡括若眉列也雖然聲音之學考之正非易易是故楚騷之用韻已多牟殊於風雅而漢魏唐宋以降官韻之訛實甚竟有一韻斷不能通者或三四用之而不知其乖一韻通三

四韻者或反獨律之而不辯其謬且幾至飲流而忘其源矣夫詩詞之協句一本乎韻而其叶音也亦隨之韻之所別原于異同誠不可以不講也今張氏此書明晰以辯遠引補訂正是指非既不等乎三羊四豕之淆且無合陰于隱混吻於刎之失蓋猶之作室者必有規矩陶冶者必有模範洵益於詩學匪淺故特記片語以述顛末並卜其書之必傳于將來愼不得以碎珠塊玉目之也可

周夫人詩集序

余少不知學而耽習柔翰喜與文字爲侶然性特孤僻不能接納名媛才女相與講論而目前之所稱名媛才女者亦不足以究深學知大道雖有一二人又不過互相標榜汲汲然求知于時問其學所造就則詞章呫嗶翦紅刻翠傳香匲之韻事而已否則代成屨作而已亦何異乎罕覯之有此儀既有鑒乎人是以益深歎己之闇汶淺俗孤陋寡識抑且守身畏名所謂踽踽涼涼自笑以爲殆閨中之狂士也往儀居吉林交陳宛玉女史又從其祖母謙亝老人爲弟子列老人訓以女子之道明大體之識教以古文及詩之法譬勘往來於是少得見解時復共宛玉把晤所談不越正體所習無非女紅所攻無非筆墨文翰事蓋謙亝老人我姆師也而宛玉與儀亦庶乎閨閣中之芝蘭金石交哉近回白下又得交周夫人夫人固維揚名族女且亦賢母也名載芳字湘蘅爲儀中表姻戚爲人也則莊靜恭默儀每見肅然晤語不啻對巨儒

宿耆而承提撕之力爲獨多暇日夫人以其詩若文著述一冊相示且命之爲序欣然快讀璀璨星繁殆如鎔首山若耶之金以鑄鼎彝劍獨得黃冶鑪錘變化之秘無怪乎當世皆推傳以爲女博士云噫以夫人之所作直可方于鬚眉而比乎我謙亝老人以視世之名媛才女組綴成集者眞麟鳳之與鷇雀矣而猶且兢兢然不敢自以爲是並不少求名于閨梱以外此正其所學者深故益自秘又烏得以香匲淺近測議之哉在昔魯邑人有以木鑽穿石檠者久不倦卒得美玉于石中今夫人年未四十將來之學益長而志愈歉宜其入乎古人堂奧矣至於可傳與不可傳又俟之異日儀不敢效名媛才女互相標榜於當世之陋習用諛夫人而夫人亦正

無樂乎儀之訣之也

陳宛玉女史吟香樓詩集序

國風之作大抵婦人女子居其半太史采之貢于天子復擇其至善者以列于樂官用之邦國用之鄉人而行于天下關雎之美后妃葛覃卷耳之作于后妃其他諸侯之夫人大夫之妻以及閭閻之閨閫咸有篇什迄今讀其詩猶然想見其政教之隆興出乎風化之貞淳並有以見性情之溫柔敦厚焉漢魏而降名姝代不乏人觀其所存者雖不能若乎古而亦莫不發於情止乎禮蓋風人之亞也山西陳氏爲澤州巨族世以詩名家而閨媛之能詩若文者卒鮮有之自宛玉始宛玉名凝田隨其祖瀹齋先生宦於四方幼即慧秀過人先

生愛之倍至生而孤撫自祖母卜謙爻太夫人既長太夫人教之讀刮目成誦耽弄翰墨初學拈韻出語即不凡長復習爲古文然其爲人也性情莊靜於內則女儀嫻習無忝毫不以才藻自矜其於書也無所不博嘗與余論詩法言之切悉雖宿學不是過年十七適山左孔氏瀹齋先生與先大父交最善及大父捐館吉林時余年十四侍大母及家伯等奔喪其地値瀹齋先生官侍御有差於吉林余以故得晤宛玉而訂閨中之雁序既扶大父櫬南旋與宛玉不通問者越七歲矣丙午之春二月宛玉自吉林寄札于余并以詩稿索序余素誦其詩深歎其能遠宗二南近法三唐今再合讀全集益見其爲詩莫不得性情之正格律之精實足比弋鳧弋雁之音多有合乎飭紀敦倫之道即或詠物抒興亦必裁其僞體所謂聞之足戒信乎才本於德者哉余生質魯未知詩道而與宛玉女史之誼不可以辭因序其詩并附書其人之梗槪而弁名於簡端云

劉蘂畦夫人遺詩序

宛平劉蘂畦繡婉氏爲前詩人宇宣人先生之族孫女也年十六歸眞州吳生魯賓琴瑟甚篤蘂畦幼即工詩既爲婦猶不釋吟詠偕魯賓奉侍堂上無虧職人皆嘖嘖其才德之兼備也不置嫁甫七載不幸稱未亡人唯舉一男始二週於是不復親筆硯矣昔余侍家祖母由都門赴吉林嘗聞蘂畦名惜不獲一面後四年南旋經宛平始晤蘂畦於表姑丈李退

菴太史宅蘂畦蓋太史姨甥女也既見歡如平生盤桓帀月余與之論詩初若不知也者詰之再始唯口誦舊作數十篇長章短什音節入古既乃叩余所作是時余甫能詩偶有記憶者亦錄三四篇蘂畦謬賞之於不合處細爲講正余因益佩服之而蘂畦益自謙遜如不知詩也者自余別還金陵訊問雖時通而不得一再見歲在庚戌蘂畦書忽來自豫章余既喜且訝又不暇即詢郵書者之言狀急展讀之乃知爲蘂畦病亟時伏枕手札書中多悲語決言不復能晤并寄舊作詩詞稿一帙乞爲之序余乃知蘂畦之病而遽未料其死也再詢來伻又以知此書作於臨沒之前一日而蘂畦之死則七月九日時在豫章母舅洪某家也余驚且悼讀其書固腸

迴心碎而讀其所作有若猨聲滿紙者書之尾更附數語曰肅婉不幸少寡自夫子既逝遂絕筆緘口不復爲題詠事計詩起則在十三歲訖在二十三歲可以存者共得一百九十五首詞共五十二首所以欲乞一序而留之者非敢好名也因所作皆平日苦心以成欲一旦焚之固不難而實多與先夫子唱和及筆削者故聊存之以寄余志之所在焉耳云云以是論之則斷斷乎不可因人之沒而並沒其心志也爰其自傷所天而晝然絕筆者愼言之正也身既亡而猶不忍湮其夫子之遺筆者守志之堅也然則彼之欲存其所作於身後豈得漫以好名視之耶當藥畦之守志也姑猶在堂而遺孤子某始週晬吳氏本貧窶魯賓既沒家益困乏藥畦紡織

縫紉易資養姑其子復體瘠而多病既齔毀齒猶不能試步病且篤藥畦抱兒泣涕願身易子俾留吳氏之一綫日夕祝天不少倦玩幾五月餘子病果痊藥畦又未能延師乃自教其子讀課督甚嚴殆母而兼乎父師者未幾姑又衰疾坐臥牀蓐藥畦僅一幼婢未能服勞故每事必躬自侍服居晝夜勤瘁垂三年而始亡因析其居之半以值諸族始得葬姑然其族固知藥畦之賢且苦而實無過而問焉者藥畦則亦始終無怨言其蒙難艱屯不爲不備嘗矣昨多豫章舅氏憐其孤貧慨焉不忍因迎撫于其家其舅母垂七十餘欲藥畦以爲老年伴此藥畦卒于豫章之由也唯來倅實爲洪氏三代之老僕故知藥畦家之事因余之問也故告之甚悉然則藥

畦之人之品誠所難全余之重其人而與之訂爲閨閣之友者爲不誣矣嗚呼在禮婦人以婉娩順從爲德藥畦之行事固不乖乎訓已昔三百十一篇中柏舟之作首於鄘詩碩人之章謹乎衛什聖人立教之意至深且切今藥畦持乎苦節又能自教其子將來顯揚於世以成其親未逮之志則其於古賢母又何多讓乎或曰彼其沒也在三十以餘固非貞守之可例余曰不然節固非婦人幸事也不幸夫死而守節或中年忽動乎世態易其初心此蓋無才德之流有然使藥畦果卽衰老而終固可決其心志如一日則雖沒僅三十餘必無間于百年耳或曰婦人以內終爲正彼其身適異地是舍內寢而外死也無乃不可余曰噫事至處變雖聖賢不得强

以常例也今藥畦貞其心志一其操守出坦白之懷可以四海可以一室況羈驅異國克愼初心雖外死而不必爲其諱而猶之內終焉耳此亦或君子從權之道夫豈凡人可與知者哉獨是天下大矣雖有高節苦行之婦人女子往往沈埋湮沒垂老而不知于人者卽或有知之者下有司上憲院妄批昧駮非賄不行或一入乎蠹吏奸胥之手任意隨行卒有非貞節者用賄足而竟能上達有實係貞節因不能行賄于有司憲院飽欲于蠹吏奸胥遂至數至而不得與于旌表之典者比比矣此所以藥畦之欲存其所作于身後殆有微意寓之乎余今者序其詩詞而并條誌其生平之言行何蓋余非敢以爲序因不能卻所囑故書片語于卷首一以誌閨中

知已之感而欲其後嗣知此稿之當珍重一以存其節略待異日有撰輯名媛傳誌及詩集者果能上法聖人繫詩之正義必采是稿中之尤佳者冠諸篇首以端風化之本而厲貞淫於斯俗也時在辛亥十一月五日

送蘭畹女史隨宦粵東序

衛姊蘭畹以月之二十日將侍其夫子周令猷太史宦雄州過余言別夫蘭畹姊以棡內希邁之才得從身於名門正人平日事翁姑克盡孝相夫子克盡敬逮下能慈嚴有法兼能詩文可謂賢且達矣尚何待余言以相之哉抑余之贈蘭畹者又有出乎此之外婦人女子處貧賤日固無間言行一旦因夫子顯貴則隱然起驕夸之心及或隨仕四方也陰干陽

政貪私營忘聲名可惜甚或司晨預治穢言暄事播諸道路佪焉背馳揭揭焉不周於宜則雖有龔黃美政未有不壞于閨閣中人者如此即以大家之才而婦德不修匪特前之言行無間者敗之于後將百年下之傳聞亦且人人道而非之其於目前之輕重又無足論矣名固不重乎哉余與蘭畹雖異姓而契猶骨肉殆不比市俗鬟眉交假託名爲道義其實皆以酒食游戲相微逐者故告之宜必盡言言之宜必盡道使有可以匡未逮豈不慰甚朔風初勁雨雪載途後晤有期行矣自愛

送白夫人歸大興序

嗚呼世之所謂禍福通塞者果由於命耶聖人罕言命命果不足言耶自古及今固有不仁而安榮守道而顛沛者庸非命乎吾於是益歎鶴仙白夫人命遇之蹇而才德之難也夫人爲大興世家女幼撫于叔而叔母薄于德視夫人等臧獲輩既無所以教誨之或少不如意則楚撻酷虐倍至戚黨咸憤之夫人俯侍不有怨意其幼之多難如此少長適其邑之胡氏宗緒先生先生登第後家道中落饘粥不給而夫人紡績佐餐無咨謫之聲如是五年先生始知桂林某縣事甫十有七月又以海盜案牽係得罪乃發坐吉林臺站夫人隨行風霜瘁況備受之初盜案作宗緒先生病甚上官催算倉庫幕僚皆袖手以避夫人不得已乃自取册簿領卷句稽籌筆不假胥吏手而條理悉詳轉夕而訖內外上下咸聞而重之

既至吉林沛覆貧苦益萬狀一家五口皆賴夫人十指作助日食居七載宗緒先生病亡夫人更難且苦吉林有知夫人者皆推重之及余侍大母至其地賃居適與夫人鄰大母聞其賢命往謁之乃訂交焉久益眞摯而未嘗以貧況告人其溫純之氣復令人可敬可愛其至吉林之二年即受業於卜太夫人謙亥之門太夫人每契而憐之今秋太夫人勸其攜孤扶櫬以歸及其行也特贈以三百緡夫人再拜受吉林之素賢夫人者悉有餽送夫人悉謝而卻之蓋其當困乏時而辭受之不苟又如此余無可贈也而贈之以言然在夫人之才之德固可媲于古哲媛亦何言之可贈哉雖然已往之事既畢以後之事且將有任也夫人年始三十有一耳茂歲孤

子以此身欲負荷胡氏將來則教其後嗣成令名克繼先志而一己則茹苦烈志自嚧立乎閨門不可不謂之遺大投艱之極效嗚呼夫人之蒙難于禍福通塞者深遭遇之蹇者至使處其後而能守身俟命以道相嫻正唯夫人自勉也已他若論交惜別執手言情凡所謂魂銷意慘非身心道德之語不具序云

象數窺餘自序

夫天日垂象于上而理與數亦備焉藉口者猶且諷以爲迂以故圖象之奇推步之密算畫之周大都不能得于心目至于考五紀而定六歷鉤較繢紬益茫乎莫識即或少有所得又深自矜秘遇有叩之者唯是搖手欠申漫答之而已噫象

數之學豈一人一家之可得而私者哉古君子之教也六藝次乎德行而數則居六藝之末在昔以賓興賢能教習國子列以九數鉤索無裂探測無隱夫是以法相傳亦猶之規矩度量可得而共學也第因數之爲用甚鉅於是好之者寡爲理至精故知之者鮮不知者又以日月星辰發斂進退之故以爲艱于習用遂相與藉口以爲六合之外存而勿論夫亦思數者歷之理也固生民日用之所不能廢也唐時以明算取士降自已下雖務乎此者計事不盡而審方面勢覆量高深探求遠近或紀年歲或定星辰或較鈎兩或測形地諸如周髀九章西歷中歷綴術布算等書皆可平時時立方圓謹法度約尺寸定權衡散之不能勝究綜之不盈一握其思極

毫芒表裏相準者微矣儀少小習歷習算諸籍恆廢寢食以求之又研究句股測量方程之術然指示者不得故終屬望洋迄莫精通其奧偶有疑義未嘗不廢書擱筆三歎而興焉唯以好之既酷未能棄置爰于女工之暇參論所習之已知已解附以鄙見繪之圖象摭拾成一書務求其理眾曉且簡直明晰而不疑於用更不繁引多取以混心思是蓋著其實也雖然歷數之術知之者不鮮矣凡我之所欲作者前人半先我而言之儀亦何敢再掠他美以成已名然儀之是編多半述之而不盡由已作也第媿閨閣見聞有限耳目局隘不能見古人之書而一一考核其失顏其名曰窺餘飯飣之誚知所不免而又捐棄不忍故偶存而訂之聊以誌儀之餘識

也可時乾隆乙卯春分之日德卿女士貞儀自序

籌算易知自序

梅定九先生有籌算原本七卷乃參觚棱珠盤之法而作者其目有八曰乘曰除曰平方曰立方曰帶從平方曰帶從立方曰帶兩從同不同立方曰開方分秒橫籌直寫乘除並用於定位之法特詳理精義約實兼中西兩家之長其爲籌也行旅囊橐中固便提佩即斗室匡坐點筆徐觀亦極便捷乃習其書者或不能即得其蘊會焉今春余值搆微疾根悶中偶撿架上梅氏書而損繁指奧述成一編使初學朝得暮能習之顯若指掌復截其六法而獨用乘除既熟除乘則此六法自可貫化而無慮難知語云備其節而存其要余之著此

亦有是志云

曆算簡存自序

世之談理者至象數之學則以爲迂而無當于道艱而不利于習而談笑置之且交引六合以外存而勿論之說以相辯夫象數而斤斤術藝也者則談笑置之也可抑象數而果屬妄誕也者則存而勿論也亦無不可象數之學大而授時定曆正律審音算量分秒達微徵顯用之若此其廣習之若此其切也如此而可談笑置之存而勿論將古聖人四時之敬授九章之需功亦枯而不靈之器凡所謂句股測驗何爲也者而以迂且艱而疑之哉曆數諸家至今而習服者頗盛亦至今日而其法益精有如中西各學研考維極即宣城梅氏

曆算一書推詳至密雖後起之賢亦不能出其說而另存範位然則已無煩復摭拾枝節于管窺之餘矣況儀一閨閣中人陋聦寡聞竟敢有所論道耶不知儀之錄此者固亦有爲蓋自幼齡習此即知專心一志中饋閑餘輒企及之凡經目藏耳食者幷諸編集所載之說每筆之成帙且偶得心解亦記存之久久乃日積大抵曆數算術之書既不勝繁而其理要非易獲儀所筆者有如腋裘引類而伸皆撮其要其義約而達其理簡而顯可相說以解焉是猶述而不作之訓或以曆算之學非閨閣中所宜習而且執其見迂與艱之心而罪且譏也則儀亦何敢辭乾隆五十七年歲次壬子臚營室金陵女子王貞儀德卿氏撰時年二十有四

德風亭初集卷二

金陵叢書丁集之二十二

江甯女史王貞儀

傳

姚母張太夫人傳

太夫人姓張氏桐城太傅文端公之女公子其同里湘門姚先生德配也七歲能通孝經九歲熟列女傳諸書幼即莊重習禮知爲詩舉動合儀則閨門之內不苟言笑少長隨父太傅公官京城就傅宗宮與諸弟昆共讀於是又能文章兼識經術大體巾幗而有鬚眉志太傅異而愛之幼而有式有才也如此年二十有一歸湘門先生張固望族中台兩世閥閱蔿紳魚軒翟茀焜燿閭里當太夫人之嫁也裝送爲盛而太

夫人甫币月即易服荆布事舅姑怡色下氣羹湯瀡瀡就養左右終十二年無少虧職其事上之孝也能謹也如此湘門先生清望舊族儒家者流也束脩羊不足以具甘旨而好賓客朝夕過從皆君子人盤壺所給咸出於太夫人奩中積件每樽俎雜陳餦餭臛炙胾殽之屬左顧而欸應手立辦務極精潔雖至匕箸必手滌而几席振拂日率視奴婢必使淨無纖塵自奉則不有兼味身親井臼雖老不聞訶病之語人咸難其中饋修嚴故爲合郡邑之家人所不及其內事之勤而有制也如此姓好讀書愛玩器遇古籍舊物雖典裘脫珥質之無所吝以故湘門先生即處貧境凡昭陵遺蹟宋唐秘本莫不縹緗玉軸摹寫裝潢至其器玩則雖夏后氏之璜商癸

父之尊周孟姜之教魯侯之雙號亦能搜置又莫不溫潤清越斑駁丹黃爲暇日與湘門先生摩娑題品誦讀不輟人有求沽于太夫人者未能以僞製贋本相昧也其學之篤識之博也如此湘門先生累困瑣院太夫人勸慰箴規具至於是先生壯懷落拓作四方游太夫人代理家務井然不紊教三嗣譚經講義攻辯審問有老學宿儒所不可及者迨湘門先生既沒家祚中微太夫人持業教子於迍蒙艱阨中從容擘畫維育時殷伯則擔簦記室季則捧檄郡曹交友天下之賢士長者以名節道義相尚家雖食指日繁而略無武斷之弊強并之風無蒼頭綠韝衣絲履繡之習無後房炫服鈿車寶馬之奢其教而合禮治而有等也如此會太夫人登七十之

年次嗣及中外親友議張屏宴爲壽太夫人聞之曰禮云婦人無夫稱未亡人凡吉凶交際事不與不爲主名此所謂婦人無外事以遠別也余含辛茹蘗以來閫戶辟績以禮自守今幸女輩成立足慰餘年一旦欲親串以爲吾壽此雖女等私心其如禮有所乖何於是聞太夫人之言者咸以敬姜比之其守禮之正也如此太夫人平居尤樂善好施予恆斥衣食之餘出囊橐之物以䘏姻族收親舊之窮煢撫道旁之饑兒使臧獲皆有恩紀於里巷之疾病者殍歿者則施藥劑給棺櫬五十年無少間其立心之慈仁也如此暮年經營小築節嗇閑囊谿庀內政篝燈宿火以訓課諸孫食布食粟以儉示諸子婦祭祀以虔婚嫁以禮絲枲紃組家老長妾虔奉教令不戒而肅少閒起坐一室讀書無寒暑爲詩文皆近於古無香匳之派內外諸孫林立含飴授經自用娛老又自號曰藴窗人之稱者咸尊之以爲藴窗先生其耄年進德也如此按太夫人生康熙某年月日終於乾隆某年月日享年七十有九丈夫子二長某次某女三皆適宦族孫某某皆業儒昔儀大先伯父從湘門先生游以是知太夫人事甚悉今於太夫人之歿也乃條節其生平梗槩而爲之傳

女史氏曰教行於家而名信於士大夫此丈夫之姱脩而載諸史牒其至榮也故吾恆思古今來稱述內德者莫詳於范氏之書其間所紀載諸名媛雖或有奇行奇事初不越烹芼盛湘纚紉滫瀡之節而教能垂於後昆其見聞不越諸姑伯

姊姆師保氏之間而名能信於士大夫則當其身後而申明其才德歎美于歌詠較之丈夫之姱脩不更難之乎哉今太夫人抱閨閣中僅見之才有兼人之德相夫教子治家守身各宗乎禮始以貴家女而爲貧士婦毫不敢挾財勢以驕侈至栢舟既賦家道中落極身心之困乏而茹苦不貳及其老也乃見子若孫成名世士雖不越婦女之本志而亦云難矣豈非德副乎才而能乎宜乎其後備集壽觴而食報於身歿未艾也

孫節婦傳

節婦姓鞏氏爲盧江鞏君維燕長女年十六歸邑西之孫處士業楚踰二年處士父卒幸姑無恙姑性嚴厲老年動止必

據禮法得節婦爲媳獨親愛之如己女節婦少知大體居恆無媟語戲容操作勤儉一切妝澤服飾不愛華侈其侍姑也奉盥授帨唯謹至其他飲食瑣碎承命皆然處士家產不及中人而母復好善樂施以故處士亦勇於爲義遇里中饑者食之寒者衣之疾病者拯療之嬰孺棄遺者出貲顧乳之或兄弟中之困者無不恤也舅甥之孤者無不撫也宗黨戚里之以緩急告者雖不如願以給然亦無不應也凡力之所能者皆克行之每一事也節婦必從旁定其可否而或止之或聳之皆合乎義有時處士力不及給節婦即脫簪典服以助未嘗有德色吝意故里人既稱處士母子爲忠厚長者每逢念及節婦以爲善相其夫云值處士病漸重羣醫投以藥罔

效節婦日夕憂瘁焚香籲天願以身代無已乃私念封股或可邀天佑因伺夜既半悄至爨下剔其殘檠以利刃橫刺左股肉寸許劃之置糜中以進處士斯時也人無知之者時則燈光若豆綠燄冷逼節婦痛極步輒復力行取竈灰糝封於刀痕而血猶涔涔然出忽舉首見一偉丈夫指其前而不發語節婦急視之似亡翁也大懼以號姑與娣聞而互起奔視猶及見翁不轉瞬而滅咸大驚詫覓節婦時暈席於地救之醒節婦雖汗沾首面且強作解節語以對恐因割股事使姑與娣驚也故股血則已透漬衣袂姑再四急詢得其情唯相向哭泣而已後一二日處士已微知之而疾愈篤乃執婦臂於榻前且泣且叩伏枕而言曰女心盡力竭矣奈我終不

免於就木何然我無他囑我母即爾母我子即爾子爾果能代我養老母撫孤子余固願畢目瞑如殯我而後不可以守則卜之他姓請勿留言已而逝是時節婦年甫二十有三遺孤子二長名傳經年五歲次名傳級年始週歲處士歿後家境日苦節婦以一人守孀姑育乳子率幼娣藉手紡織縫紉易粟肉以供姑飲食略如處士生時當此之際艱窘萬狀所遭益慘切不忍言而節婦則怡然任之茹蘖飲茶無少怨悔久之外人亦有知其封股事皆瞿然紛然歎息不置口族戚間有餽以錢物濟所困乏必指名爲贈恤其姑者方拜登之否則不少接納其存心之孝謹守志之貞正有如此未幾姑又病坐臥牀褥節婦晝夜扶持奉几進飲食就搔揉以至澣

溲濯垢之役必身親之迨姑既不起節婦悲慘號慟幾絕如喪處士時其族黨公聚餘金助節婦爲殯葬其夫若姑具嗚呼節婦年二十七歲其送夫與姑之死盡哀盡戚必誠必敬一切合禮而又能立志撫孤終其身如一日不更難乎哉今年春節婦亡年六十有三且已有孫若干人內外嘖嘖悉尊其儀行其里中諸婦女稱孝節者必交推孫窐氏云

女史氏曰自古臣婦之道遇其變也非死即守男女無二理也易曰苦節不可貞非欲人不必貞其節蓋以殺身成仁任乎慷慨過時則氣散而懈矣苦則難久在富貴家之子婦固然而貧困尤不易得此臣婦始終易心唯在一間而節乃以墮矣乃節婦處不可死之境遭獨難守之時割肉以療夫而

亡翁現其形理或有所感矣守身以逸姑而諸孤得以存事亦有幸矣非徒節可傳孝亦可傳非僅節與孝可傳而才識亦可傳噫從窮獨迫切饑寒凍餒萬死一生中能以高節誠孝百折不迴一間不墮屈指男子凡幾輩於目前哉予是以因之慨然于孫節婦

兩貞女傳

俞貞女海昌人父某官某縣令女許字行人張皜亭子某結褵有日張子病亡女聞訃奔喪父母以某年幼恐難于終志不欲往女正色曰女之身屬父母女之心屬張氏既受張聘留于室無益不往唯死耳號天慟哭毀容盤旋覓死者屢父母多方慰之不聽乃哀泣而往張門極盡慘怛遂致疾目且

失明五日而死臨死謂張氏曰節苦志也死節樂事也而今而後吾其不失信于地下人乎乃終年始二十有一同時有吳侍御一蜚女名秀婉者幼許字彭少宰之子某子病故女哭告父母斬衰而往于彭誓以必死彭家守護之慮其有變女則窺井投環數次不得遂志乃絕食而卒時年二十有七二女也其各家皆合葬于女夫之墓

論曰兩貞女生則同時各不相謀也而志如出一轍誠可砥厲末俗而重其激烈之行乎或曰女未婚而喪其夫禮有往弔之文孔子云壻衰齊以弔既葬而除夫死亦如之然則所行者弔禮所服者弔服不以主道予之明矣今二女猶未成服赴衰而見舅姑居廬而守始志妻道婦道兩居之其過于禮乎應之曰凡弔者出而釋服二女以斬衰妻之本服也必葬而除是有主者道而異乎賓弔之服既已行媒知名聘幣交親親迎有日婦道定也妻道成何不可守之有或曰是矣然周禮禁葬嫁殤禮亦云女未廟見不祔于姑歸葬女黨如之何其可合葬應之曰不然禮有常變二女之守貞以殉夫此其變也而實有合乎異居互穴之道是可以合葬也俞之死年二十有一吳之死年二十有七記云婦人笄而不爲殤況二女之死殉節而非病古三殤疾死也二女年與死皆不在三殤之例也昔春秋書宋災宋伯姬卒左氏云女而不婦穀梁氏云伯姬之婦道盡矣二傳一予一奪先儒是穀梁而非左氏蓋彝倫道淆女德多不能貞者有守死如伯姬而反

貶之何以示勸是故婦道即女道也二女之死於不食猶伯姬之死於火女婦之道兩盡也又何以二女未嫁而殉夫之爲疑也吾特作二貞女傳蓋同時聞之連類而述之也繫之論者辯其實合乎禮且欽其守志之烈也

昌邑兩義士傳

陳志敏周伯言者同爲萊州之昌邑人兩居相距里許伯言少於志敏二年而幼孤志敏母有賢聲而志敏亦頗孝初二人習儒同筆硯者九載交最厚久而益敬因與約爲昆弟志敏一日不見伯言則不歡而伯言亦然伯言家極貧而能自守雖釜甑越日不爇亦無愁餓態或志敏過則相對劇談不倦或助之粟物或餽之食贈之衣不可勝計每不云謝旁人

疑之伯言笑謂曰陳子吾兄也兄有所與敬而受之私心感之耳何敢云謝志敏外雍和而內沈毅遇鄉黨中所當爲之務無不踴躍首倡之伯言性則忠直而復儻易不屑羈檢家雖四壁立視倘來之物如浮雲一毫不敢苟且居心亦知勇於爲義過志敏有過失則忠告善道之指面不諱人問陳子相待不薄當伏首承奉之奈何橫目反加於彼也伯言曰噫豈聶政者流受人一寸金卽貼耳事奔走亡其身命以爲盜死者耶夫志敏實非嚴遂之輩可比而我何肯效聶亡身命以爲勇俠留鴻毛之名于世哉我固感志敏之惠待我厚而又豈能較今世之受人恩徒以諂脅之面目謂之爲赴水蹈火之硜硜爲報效了事者哉我之規過于志敏卽我所以報

志敏也而志敏知我心矣夫亦爲辯何聞者咸是之且誠其品之正而立身之不卑云志敏與伯言屢試於有司卒不遇志敏乃告於母出貨泉與伯言謀爲賈伯言不可曰人之讀書固非徒爲功名計然上之得以致君下之得以澤民夫卽所以爲親志也今一旦忽改儒術而汲汲以阿堵中物是營其如初志何志敏是其言而止又五六年二人終不遇志敏母謂二人曰人子無他孝唯順親爲難我聞周子語已語誠然也第進退大有命在今二子讀書數十年竟不獲雋志良苦矣古人有云士之于時甯學通毋學固女輩所議殆固也況儒者以謀生爲急古之人且有貨殖是學而竟克成其名者柰何以賈之不可爲哉伯言對曰命之矣誠以老母只一

子而志敏則又妻弱子稚吾不忍其遠離母妻跋涉異國耳母未慮及固欲促之行其如後悔何母笑曰是無憂今女等各往貿易我有媳可以侍有孫可以娛幸且健尙體我心以行乎於是志敏伯言各具資以出相訂約歲一返省家如此二十餘年各獲利凡歷不遠數萬里交以往還或志敏歸或伯言出不相負期每志敏之出也則伯言家居照理日必晨昏兩過志敏宅定省其母其敬愼不啻己親也然足跡不入室以內遇志敏歸則伯言出入裏門不時見志敏婦如敬嫂也其遠嫌疑守正直也如此每年志敏固未稽籌子本而伯言亦實無敢私蓄長若兄次若弟秩秩然怡怡然眞同氣也凡鄉里有兄弟背義者咸觀乎陳與周而感化之伯言年四

十餘志敏爲之娶室後二人乃不復出爲貿易矣志敏又以所得利分半與之不受陳母曰爾兄知爾貧也故爲謀乎賈今日之所以與女者皆女辛力所自致非不義物何卻之爲伯言乃再拜而受之擕其資以歸以數百金修先人廬墓外復以金買郭外之田百餘畝偕其妻互相耕種之其餘藷以周恤其親族朋友之貧乏者時值歲凶人共相食志敏偕伯言輸多金買粟米豆麥之屬數千石分賑合郡饑民得以生者甚衆二人猶然業儒術然終不得拾一靑紫後志敏卒伯言爲主喪事極哀盡禮且爲其會計家業侍養老母視其妻子終身至謹人無敢欺其寡幼者一則感志敏之善行一則重伯言之義也及其母若妻相繼以終其子旣長時伯言年

八十餘猶健如童稚恆嘗視志敏孫教誨不少怠且以年來所代經營者積貯者細縟出入之目以付志敏子孫非特毫釐無所私亦且始終無少紊焉伯言舉子三孫五其子業農其孫偕志敏之孫仍繼儒業并皆有名于當時四方之賢士大夫聞志敏伯言之風者僉以義士稱之志敏名懷彥伯言名遜先予舊聞其事近又隨家嚴游京師復徵所聞之非誕也家嚴爰命儀摭其言行爲兩義士傳且用爲世之爲手足者訓

韓園公傳

余家天長之舊居有園地三十畝鄰於屋之旁園中近地西隅拓畦隙爲茅屋七間園以內所蓄果樹蔬菜各半之因無能爲種植者乃招老圃得韓姓老人忘其名健如五十許人家人未便呼其名因其老也故以老韓呼之韓有妻有子亦少有囊橐之積其爲人頗有躬行幼本富家子後既中落遂多歷患難初本喜花樹因習於育植灌溉事近攜家室賃于園而居之且隱其里閭名字焉其治家也儼有法度雖居數椽屋而終年婦人之聲不聞于庭以外其婦子皆非闤闠鄉村小民之狀灌種之暇則游眺山水否則正襟危坐一室又每以歷本置案頭以書終日所言行之得失似乎功過錄本或問之笑曰此老人迂事耳嘗與先大父言彼幼亦業儒不諳世故又遭逿悔吝事乃日以貧沽鹽乞米不幸爲饑所驅實無所悔恨至中歲養一蹇衛每獨策之日游山水間訪古

探奇足跡幾半天下有時歷寒暑險奧極士大夫所不敢歷不堪處者已則悠然自得然終無安宅故假于園先大父聞而異之韓知詩詩不求工然不俗當春則糜百花以爲釀冬則儲芋稷以爲糧暇日或與先大父談論古今通貫條辯無不周悉每春秋佳日夕則盡醉拍手以歌其歌曰藜藿之食可以充我饑兮毳箸之服可以爲我衣兮衡門圭竇可以樂我志兮豈涉險耐陰避深而待霽兮吾無愁之欲問天亦無憂之欲埋于地兮將存乎眞而自得豈農圃丈人之流兮蓋其抱負之曠達卽一歌而可得其梗槩矣其行義之事尤有足述者邑有人負土豪某之金者積久不能償將鬻其女爲妾于商韓素不相識其女之父因聞之急歸謀諸婦婦欣然以所積餘物代償于豪檢券還諸鬻女者家而豪初不知韓鬻女者亦不知爲韓及豪密訪得曰彼一野老反行義如此我亦何不樂爲義遂受本以其息原璧于韓韓不之認詰及再四韓第曰我非市名者女不受息曷返諸負欠者之家豪果如其言後其女聘得世族家因悉韓有是舉壻率女親踵于園以謝韓但支飾以爲誤識并不受謝女與其壻明知之以語激不敢強唯互相歎息以去於是聞者皆義之羣欲一識韓爲幸而韓益自晦之又有韓之新交某過泗爲米估探于園韓款之數日臨行以白金七百貯存者已將暫適他地道中得時疾卒韓聞之夙夜急躬往彼出資爲具棺衾以斂買舟攜所貯金往友家面交其婦子箱衣銀物無少失其家

方感戴之不盡思以報之而韓則連夕以歸矣又嘗値大雪攜次子游天長之鳳凰岡時已抵暮韓方醉去山漸深遇一虎伏雪中韓不知爲虎攜子以行過虎前笑而語之曰爾想亦游者耶然著此裘服奈何臥雪中豈醉耶抑凍餒耶何不一語我其子驚極呼曰此虎也韓始大驚避途求宿于僧舍且告之故次日則又歸園中而虎初未少駭于韓也越數日有僧入城中因徧告韓遇虎事于人聞者皆加詫動色蓋僧寺去虎伏處才四五十步當韓投寺時諸僧啟扉實互見虎爲不誣也至其治園事工不少懈每歲計納之蔬菜果豆倍過曩昔而韓除所分內則不少私存余家欲其休息而使養其老荅曰我雖老猶能躬操力食況我非公家僕何用代養

爲餘年自爲二子納婦婦皆天長舊胄貧家女因韓有義名于邑人且跡其行事知非爲常人故願以女妻其子也又數年先大父赴任宣化守家唯留伯叔等一日晨起韓忽詣見伯叔拱手再拜曰老人居君家園十數年賓主情切太翁復待我不薄甚感之我今將遠行無他囑我去後妻若子婦亦使其行矣家伯叔疑信各半韓移時欣然含笑以去甫時聞園中哭聲家人趨視則韓危坐茅庭無疾逝矣衆始驚異復詰其妻若子之原委幷問其曷還其子始泣告曰吾先世本宛平今遷于中州吾父志不愛仕進因遺家不造是以隱其名字地里而賃居圃事耳然父雖無志功名又嘗以顯揚乎先人爲念故居于園也日則課園夜則課子今父既不幸余兄弟將攜妻室侍母歸于故里以策名于時矣於是生始知其故知不可留遂厚給以餽其子固不受越月遂扶櫬奉母以去計韓亡年已九十有二迄今聞其子若孫有歷仕版者人咸以韓食德之報宜有是云

女史氏曰韓之來似無足爲重輕者然其人平日行動一切遠異常人乃甘伏處十畝之間數椽之內竟隱其里居名字而浮沈以沒世不重可惜與余以爲其誠非老圃者流殆隱於園者耶及聽其二子之言似又實非潔身者比然則其古君子人乎彼古之君子欲進則進欲退則退或躬耕以爲食其室家也或力鬻以爲衣飢寒之患不迫于飢膚富貴之榮不擾于心志是非得失不累于中俯仰身世綽然皆給即不

得志亦能遯世無悔或託乎微業畢其生可以不悶在易履之訟曰素履往無咎象曰素履無咎獨行願也韓殆是已爰作韓園公傳

江甯女史王貞儀

記

岱岳游記

泰山尊甲天下諸山而靈秀復過之似非可以一游盡其境亦非可以一記盡其游者然而儀之登岱也非敢禮也蓋過其地而游之也岳之爲神非敢禮而山則可游也游其一區得其大畧是以有記也是行也因事北上抵泰安境家嚴等各欲游岳乃於前一日預覓筍輿六備一日糧爲游計也次日譙鼓始五即興進餐畢侍家嚴等給伴乘輿入州城南門出北門行始數里遙望行霧中峯嵐若濃黛環列天半巖巖

然矗雖未登也其概畧窺之洵乎爲東南半壁所欽仰云既入山徑行經一天門俗以紅門名之視途中人則蚤蟻接以行大都爲香客香客進香以旅岱者實皆鄉民庸人無知者流也而僭妄甚矣數里爲萬仙樓自此路漸仄而陡半錯以石級輿人側步蟹走以上忽聞有淙淙然之作聲者卒不可見爲何地何物不逾時煙靄漸收星散月落而朝旭始起山巒之色倏紫倏青或蒼或黃雖畫手不能彷彿其狀態也既由高老橋過水簾洞遠望洞上懸流如白練擲於雲表自數仞下注過一石横閣其間水衝其石分兩流入溪如簾挂蓋前所聞淙淙然之聲者即此水之奔澗作響耳又數里爲歇馬崖絕壁淩空景漸奇聳盤旋而上之爲迴馬嶺嶺勢似乎下崖而峯危徑逼險實過之又數里見石壁上高鐫七十二君輦路處七字又名曰御仗巖巖之左踞長石一上鐫飛來二字蓋即此石之名也夾道以前漸多長松遠而觀之意狀百出濃鬱翠紛有若偃蓋盤虯然中有另植五株稍大而高且屈間同行香客前指而言曰此五大夫松也衆乃譁然拜而過之儀按五大夫秦官名非松名雖始皇有登岱封松事載獨異志然屬小說家子虛附會之談未可指以爲實蹟也過此二三千武有兩崖相對中有飛瀑懸流山上下盡松多至萬餘株遠觀山麓則黛色干霄時而微風乍起松濤遂生聲若洪鐘怒雷震響山谷心耳俱肅倘疾颸之發其聲又不知若何巨振此其名曰對松山云去此十里經二天門朝陽

洞在其右又十里至三天門過小龍大龍二口以上有十八盤階級益加斗險儀方目眩心駭而輿人則連步自若捷擬猨鳥不移晷刻而已達元君殿矣殿門深扃門外懸小銅鐘未識其意此時正餒遂憩輿分給載糧輿人偶以石叩鐘作聲忽殿門雙啟有小童二出速客家嚴等進內逾時買得沸湯出衆因佐食輿夫則亦大餐粔籹矣因詢懸鐘意始知此殿扉常閉內司門者二人凡出入者必由之游人叩鐘則內啟門延客進香供貲夜行者至此必沽燈燭乃知其故食畢由殿而東折上至嶽帝廟香煙騰褭有如蒼靄白雲香客方蟻聚遂共下輿步廟之後峭壁峙立壁上鐫大字作隸書體家嚴指示曰此即唐開化磨崖碑也儀畧讀之大抵其文詞

典麗過之惜碑下之半損蝕矣西行百餘步有紅樓紺宇金碧曜目去山頂僅三四里許至此覺徑反坦易因再行以進則玉皇殿殿居岱顛樓閣合沓即前所見金碧暉映處也殿外有沒字碑高丈餘厚四尺許相傳卽當日埋金檢玉函地特用此碑作鎮乃秦始皇所立者昔顧甯人作論以辯之定證爲漢武時立未知孰是至此皆舍輿徒行入男女各分逕而行有垂髫羽童前導登憑虛閣由殿內上石梯二百數級梯仄甚兩旁有石欄扶而行至閣上誠與雲齊矣移時四五童子從閣下各擕筐盒以進其上下如意履仄徑不啻平地啟筐盒則素食供客其時始午刻畧用茶瓜而已復隨意矚目焉斯時也天光若低日大如輪俯視其下則四山峻嶒欲

翔者如禽欲奔者如獸蜿蜒者如蛇虬者如龍伏者如龜負者如虎昂者立偃而耦者如百態人爭奇不可狀擬前人詠岱宗詩有云手摩羣岫似兒孫信不誣也至于遠眺則海宇山河猶培塿溝澮其近也則琳宮法苑松名樹木碁布星羅東則日觀秦觀西則丈人峯孔子崖其上下凹處積雪如瓊府玉田猶有深至千尺者山氣風色兩各峭冽雖著裘服且襲寒威也已而雲霧陣起一交瞬間遂已瀰漫山谷即下視數尺外莫可辨識忽又雨雹片刻落瓦有聲少頃而止復同下閣游玉皇殿靈官殿三清殿白雲巢凌月觀諸勝地凡上下四旁莫不奇幻駭異蕩目怡心有令人可喜可愕者儀曾有句云谷雲蒸萬岫海日浴三宮非親歷者不知信乎其小天下也彼刻日漸西偏遂復投靑蚨與之共轉步登輿下山倒輿以行覺甚疾少時已至三天門適値雲氣陰密欻歘蓊翳雷電風雨正作有不知其何自來者因急避元君殿晡時已過唯殘陽在樹間耳肩輿更行時則衆峰如沐而雲氣捲舒有如輕煙敗絮淺深淡濃不知凡幾萬重且有襲人衣袂者眞奇觀也不片刻已及一天門迴不同升高之艱窘未幾半月乃上星光揚輝甫抵城郭則譙鼓猶且未發而回首岱峯依約在空濛隱見間矣計時在五月計日在十二計歷山峰二十有二過諸殿宇十有三閣二洞三橋九是皆已經者計四山不及登者未可以數計題詠止五律一同游者六人家大母也家二伯父也三伯父也家嚴也家大姊也其一則

貞儀也其所以記者記游事之畧也其不及乎拜禱之文者別其非同衆鄉民進香禮岱之行也

重修巃峰關廟碑記 代徐明府作

漢前將軍關侯廟郡治所祀有四而巃峰之廟則其一也侯之祀徧天下茲獨以巃峰繫之者爲一郡所共立也侯名在百世王封帝號在累朝而稱漢前將軍者蓋仍乎侯之志也夫關侯忠義塞乎天地皓然與日月爭光雖千古而下猶且振仰奉祀而如見神威聖烈所謂聲靈赫濯者哉巃峰之廟乃康熙年間爲郡司馬鄭公載颺創建至乾隆十有三年郡守宋公倡修奉祀關侯三代神位於後殿前建門樓左建官廳迄十八年明府貴公倡修完備歷年既深而殿宇漸次坍

圮矣余奉調來宣城甫下邑謁紳視事見茲廟屋支側凜然不安思有以重新之而時絀歲歉未遑遽及也癸丑秋郡紳士某某等謀所以修葺是廟者請諸前任太守門公公欣然許之且爲捐奉倡率余因亦樂助而冀其有成焉於是諸紳士復募捐資費鳩工經始庀材量事不敢告勞正殿後廡修飾苟美凡閱月日而以經費不敷幾欲中止有郡之旌邑汪某者任董事之職而憂之因除所捐募外復助以己鈔三百緡工不旬月遂成規模煥然有加於舊竊唯我 國家追封享祀凡古功臣正士有功佑於民庶者宇內皆奉 勅建祠以彰明德馨香之報蓋懷柔百神之意至矣獨關侯尤崇奉之其祠宇所在皆有上自王公大人下及芸夫牧豎婦人女

子莫不尊敬咸奉祀奔走之恐後則知忠義之感人實有莫之至而至者耳今龍峯廟工告竣崇奉禱祀者無虛日既虔且肅余知侯必將鑒臨而式憑之以庇人民於無旣而余特嘉諸紳士人民尙義樂輸重新是廟而汪某之力襄厥成則尤爲難也如之何弗記

舫寄記

舫寄者先大父惺齋公之別業也初大父罷官歸擇家園之隙地二十畝以十七畝疏而爲池蓄以水甃以石養魚數百頭種蓮數千柄東造橋西製亭池之四旁多植花樹又以一畝葢栽以竹餘畝計二以短垣繚之中架數椽屋闊與長稱之圓其脊瓴當乎池之上葢儼然舫形也故名之曰舫寄倚其檻波光交豁蘋藻相漾隄梁互亘有靜鎭之趣無風波之虞其中則有榻有几有琴有書有筆有墨有爐有竈有茶具有酒器可以泛花可以載客其爲地高而且曠故凡金陵之山水皆在眉睫間而又可以吟眺自外而望之者皆以水仙之境目之而不知大父之志念於安危顚覆者深矣舫寄落成之日有客進而與公言曰屋以舫名其舟方乎公曰然曰吾少家江海之上嘗觀洪濤東流浮天接雲間嘗不息而閱往來之舟多矣小者爲舫爲艖爲艒爲艓大者爲舶爲舸爲艞爲艆小而且長者爲艇長而大者爲艑小而深者爲舺大而高者爲艅艎高而長者爲艂艘制實有然而不徒以虛名形也今先生以舫名所居也無檣櫓無篙突無飛廬無橈枻

篙槳無戢板梢戙無一夫之挽無五兩之張而何取乎舫且人亦特患無所乘耳今使先生買一葉之舟挂尺幅之帆蹈江履波涉洋汎海逐漩景泝洄瀾游大壑沸水之區盤渦奔漲之內樂何如之今乃不出此而伏乎三楹之間七椽之內將以利濟天下之懷是寄乎抑以江湖魏闕之思是寄乎將以謂澄之不清淆之不濁乎抑不掘其泥而揚其波乎不然何以不乘乎長風而破萬里之浪乃反以鬱鬱如畏蝟兢兢如履冰而以舫寄名也耶公曰噫是非客所知也葢舫者浮物同夫舟之名而寄夫水者也善用之亦奔駛千萬里之遠雖奔潮險流怪灘屈汊之內能掉之避而衆洪濤以入于江海茫洋莫知所之而無阻且害也不善用之或覆淺觵或仆

陂池舫亦豈易舉乎哉今子之教我良若愛我而又若深惋乎我且若婉諷乎我也者而實不知我舫寄之志也吾聞之中則正滿則覆安不危忘坦不忘顛君子守之凜然雖或有中而不能正不滿而竟覆者此又所謂有命在也今子試以一葉之舟臨不測之淵一旦風作之便張帆快然人力不施坐享其功固智者之機宜也與然而心不得其正而入於危陷乎深自且以爲藏身萬人之海放情千尋之江安意滿志矣卒然而遇颶颸之颶澼衝之瀾力不及施巧不及還遂至覆亡而不自覺曾不若此一舫之寄不蟄不浮不止不泛雖寄于水而無慮乎水水雖能使舫而無意於舫其縹然若行泊然不滯水蓋未嘗愛惡於舫舫亦不知有德怨於水也吾

於焉且有以終樂乎此矣客曰先生之安不忘危担不忘顛其寄志斯舫之旨既得聞命矣而所謂樂者亦得進以語之乎公笑曰余之樂非猶夫人之樂而實自以爲樂焉耳然不必求乎舫寄以外是故柳眼初開桃緋乍起綠波如鏡風約池萍吾舫之寄乎春也碧藕亭亭青菱子子尺鯉佐饌水風送涼吾舫之寄乎夏也桐葉初下雁使乍來紅蓼作花芙蕖濯豔吾舫之寄乎秋也蘆殘葦老池月凝冰梅影橫波雪竹映檽吾舫之寄乎冬也若夫把酒招客煮泉論文中隱水檻風送鏗訇吾賓朋之寄乎舫也波迴汐轉瀾別源歸墨光流韻筆花漾彩吾斯文之寄乎舫也高唱入雲清波見底金石之聲與水相答吾誦讀之寄乎舫也朝眺蓬下暮酣艙閒宛然浮家狎此澤國吾起息之寄乎舫也江有三海有四湖有五澤有七推而至於溪洫涇瀨之多吾以一池寄之舳艫千尺艑艡百丈吾以一屋寄之悠然邈然不知崖涘此又吾存危防顛中之至樂也予安得以海艓江舫傲我濠上之枋箄耶夫吾之一身即天地間之一舫也其沉其浮往者既知之來者將儆乎是舫已且虛安危之機者莫如易乾坤以下屯蒙需訟師比其譬皆能取乎水也六十四卦言利涉大川者六而片言不取象於舟至于篇終一則曰既濟一則曰未濟詳厥旨也非深存乎覆躓之懲也哉客瞿然作肅然謝曰誠乎哉先生之寄志于舫也是即小心戒懼之深意也乃歎然而退斯時也貞儀年甫髫齡侍先大父側聞斯言也敬而誌

之及大父既終之二年乃謹述其詞以爲舫寄之記

聽月亭記

亭以外皆水水以外皆山亭不大而峻矣水不深而清矣山不高而奇且秀矣亭立乎山與水之中而吾友劉晴霞女史爲之主人是亭也登眺其上則四時之景具備大抵于夕而有月則尤宜之蓋踞乎荆溪之全勝者是則有月則無不佳也而不必三五之夜有月則無不可聽也而不必秋冬之時然而斯亭也雖無月殆亦足樂而況於有月乎哉或曰月不可以聽也噫月誠不可聽而有附乎月之中以啟乎聽者月於是乎可聽也故記之

盧室記

於家園之東偏灑掃一室方闊以二丈度駕乎水池之曲焉大虛其孔者戶小虛其孔者牖戶牖方圓高下所向殊而其臨諸水也同室之中釐爲二分伏臘所居因乎時也其爲室也無鏤壁畫棟之室無珠簾繡幄之容室內几三不必爲何木也研二不必爲何石也石盂甆盞瓦壺以及瓶罍之器各六七具不必爲何窰也書四櫥不必盡爲三墳五典也畫軸楹帖各數事不必爲古今名人筆也筆數管墨數錠不必爲諸葛廷珪製也繡絨鍼黹之屬各十數具不必越綾蜀錦也余與二妹讀書史習女紅於其中外一醜婢用侍呼使而古今一事一物無益之聚訟號之爲廣博者不讀摭竊勦襲雷同混俗者不作支詞溢語不出諸口淫色惡聲不屬於耳分

徑奇路不引於步非所題吟不感於性情室中則廓然室外則寂然天景將曙室已有色天影既莫室猶有光雪之積也室則益明月之下也室則如晝雖晦暗風雨室之開爽不失其常其爲室也如此噫嘻無奇矣特無可記亦無俟記之也雖然吾之居其間也有女工之事有誦讀之樂是則可記或曰女工者女子之常務誦讀者非女子事也且聖賢之詩書非女子所宜知而烏可以記嗟乎是非君子之言也人之生也忠孝禮義廉恥名節同具於性而發於行者男女一也經史文章聖賢之心法昭焉而三綱五常之理所由寄千萬世之道統所由繫均是人則各當盡此三綱五常之正道且聖賢詩書亦誰當讀文章亦誰當爲者倫理大端要非無所託

未有能讀聖賢之書之女子而不能忠孝禮義廉恥名節之自盡者若夫司晨亂德陰干乎陽此其必不能讀聖賢之詩書者也而乃固執一見必謂誦讀非女子事宜夫豈知言者哉蓋吾之記是室也女紅其餘也記其誦讀之工不虛也故雖室無可記而有可記也然則虛之名何取乎爾曰虛室可以生白也虛心所以聚益也課虛所以責實也是在學之矣析而言之經傳書史非虛籍也三綱五常非虛託也名理非虛談也誦讀非虛爲也是在警之矣此虛之所由名其室而虛室之所以記也

薇花記

余生平最愛花木年十七八與姊妹等讀書家園之德風亭

凡園以內本有之木樹花卉一一整理之其所無者則買之市中而種蓄之或植諸畦或置之盎莫不各因其性之所宜四時之交花者不少歇香色互繁翳如也偶游邗江復買得薇薔一本攜歸而種於藕花洲之東歷三四歲其蔓粗僅如大竹循垣而下羅絡牆壁枝幹屈盤至花時則紅萼綠葉流景池水如障繡屏如濯鮮錦其香尤幽而恬另具風致於穠李夭桃之外余作詞以詠之凡金陵之名媛閨秀游於園者莫不留連賞愛或歌或詩皆有題品有女史李淑華書薇香館三字以爲之額倘亦花之幸耶自後余既長各習女紅事經年至園不過數次時有園丁巫老者初涉理花務適值冬季衆卉盡彫薔薇亦藤瘦葉脫巫老疑其枯也遂伐之且劚

其根於是家姊妹等咸以余詞爲之識是咎余曰不然今薔薇一花雖豔治可以娛人終爲不材之卉以不材之卉而邀人之賞揚是猶之妄邀福而倖致名也妄邀倖致而材不足以稱之是取薔之由也固宜其見伐矣雖不幸夫何尤乎後有聞余言者喟然以歎啞然以笑而謂之曰彼之咎子之過也子之立論矯也薇非有知之物雖不材而寵之以品題花不自知爲榮阸之以翦伐花亦不自知爲辱今使當世士能淡然於市俗榮辱之遇毅然自守其根本不爲杯棬以求媚於人而有如薇花之默然無知以見伐亦云可矣曾是不若顧徒以闤闠之鄙見譏薇之不材而嗤其邀倖其末也已矣余以其言有確理而不可以忽之也乃作薇花之記

裕圃記

家從叔棣庵同叔母何孺人居天長邑之東鄉里叔少業儒而兼習農務以故孺人亦知耕種事家宅之東有園圃名曰裕中有亭有閣有臺有池圃以外三面皆田畦其西一面則皆居鄰屋瓦鱗次也孺人本舊族女知書能詩故嘗伴叔讀于圃丁未春大其園之地而拓之復買得鄰家廢圃去舊垣而通之共至二十畝之餘舁其瓦礫磽确去其蕪萊平其崎嶇而鏺其藩籬芟其荄棘捄之築之穿井於隅四角樹以竹木花卉其側有溷廁箕斂內外圂餘積爲肥壅之本四時之菜類其族而種之窊隆乾溼因或少乖若夫溺水有池洩水有渠或滋或培或叢或分灌漑各具疏稠有法羅之離焉鬱乎茂焉計圃之費權圃之入息殆三倍之一歲之得蔬也木也花也果也則無不裕也而菜爲尤甚薪米衣服器皿之資於是乎出凡此者無園丁菜傭之力而實皆從叔與孺人之培植疏鉏勤懇所致者而性好施與圃之息雖計以三倍已所享蓄取三之二其一則於每歲之餘以少濟親族之貧乏及孤苦者雖惠不及多而咸得濟而感之不置余於是而歎夫圃之重有取爾也春播夏種晨護夕防察土脈之功也風散日暄通渠泝潦相水利之宜也是刈是穫或揚或舂記歲功之成也羹藿茹藜食粟饌肉守儒家之風也食力資生仰瞻俯給勤四體湛土地以親操奪夫子之名品提甈舉案兩無媿于古賢母矣其與從誦讀之暇則以歌以嘯此倡彼和

以爲樂或子爲餉或女爲饁膝下且肅然也況朝而出于圃華華菁菁可以悅目夕而入于室擷芳烹英可以旨腹時而花香時而果熟木欣欣以向榮芽茁茁其抽節且能知讀知耕樂饑適志誠足娛乎哉蓋人裕在物而叔與孺人之裕在我我裕而物從之以裕其眞所以爲裕者乎吾知自開斯圃也金谷珊瑚不爲多西蜀銅山不爲饒陶朱倚頓之積不爲富且通侯牧宰之貴不足靡其志大車駟馬之夸不足紛其情萬鍾五鼎之豐不足傲其貧雖食一簞而飽酒一升而醉無求侈乎口腹而心裕如也夏一絺而涼冬一裘而溫無求奢于服飾而身裕如也誦吾書讀吾詩無求務于盤樂玩好而志裕如也樂吾之善行吾之德無所不足亦無所有餘則

則亦何往而不裕哉故圃以裕名名其實也余偶侍大母回天長舊居過謁從叔并孺人於圃孺人因悉爲余道其始末及治圃之樂余敬羨之於是乎爲之記且以祝其裕諸後云

江上草堂圖記

甲寅之初冬儀偕夫子歸自金陵抵宣城北郭外澄江亭下迤邐六七里竹樹陰翳風景清幽而市居則傍水而起江流澄淨有如匹練屋瓦鱗次其左則敬亭山横亙于外信乎江城如畫之句爲不虚也舟次夫子于蓬窗間遥指岸際而示儀曰去岸之數十家彼丹楓黄鞠相映帶有枕乎山出乎水中之五架三間青扇白板者則余族叔粹英先生之江上草堂也儀望而異之且羨其卜居之地偏叢雖處廛市想見其

四時風景有不殊于山林之樂者夫子因爲余言先生行三字粹英少齡即負異人之才稟質瓌瑋某歲食餼凡詩若文立筆可數千言才思既捷而議論輒復驚人以是匪特族黨重之凡知先生者皆以大器識之性復孝友事老母承順備至待昆弟必盡友恭之誠而家庭妻孥雍然也夙負高志恆欲挾策爲四方游又因母老故終不果行中年屢應闈科而不獲售既乃舉明經然猶潛心學業時以勿墜先人之志自厲且復修葺其江上草堂讀書養志日共諸昆弟奉母優游其中以爲樂其爲人也如此儀聞而誌之今年春值先生五十初度諸親友謀製錦歌詩爲其老母介觴先生悉辭獨索畫江上草堂圖于儀之舅翁且致命儀爲之記噫儀何敢記之哉儀竊惟世之稱壽者或侈家聲或贊甲第或頌之以福祿或祝之以期頤而未嘗以畫爲壽者即有之不過以松以柏以竹以芝以雲鳥以仙佛以三山五岳瑶池蓬瀛等等盡取其有壽徵也亦從未嘗有以草堂致祝而致祝之詞又從未嘗以草堂圖記爲祝者余因是以見先生之爲人其深符乎我夫子文木之語我者也夫當世之士以親爲念者稍於功名未之遂則自傷貧賤者有之當世之自壽者或處貧賤之境則熱中於富貴之拜禱炫頌者有之而先生皆不出此殆不自畀小其志也故唯取乎敝廬可蔽風雨負郭之田足給饘粥堂開三徑以斑衣之戲奉色承歡周旋誦讀不出戶庭亦誰復可及雖在耳目之前豈無高牙華屋其志不存焉

乃昧昧者汩沒乎性情才智者馳騁乎靡綺名利之場且未幾牙屋零落徒成墟莽以視江上草堂之數椽無恙者固何如哉況先生正及知非之年設能好學不倦則進德之日靡涯將來功名固不足言即其詩若文皆足以壽而草堂又其末焉者耳儀也晚列不敢表揚以微詞而即以草堂之圖之志爲先生壽昔張老於晉獻文子之成室也語之曰歌于斯哭于斯聚國族于斯君子謂之善頌儀之與江上草堂亦以是頌進焉而肯堂肯構之輿也亦於是爲先生卜之

劉氏義貓記

劉氏義貓者宛平藥畦女士尊人所畜也藥畦常告余彼尊人之知興化事時其邑民有鬻一貓於業筆者之家睛如金

爪如鋼身白而尾黑性極馴筆工利其毛將爲之剃膺適其尊人方過筆工之門而心惻之急償以金倍其值而攜歸署中貓雖外馴而內實猛駿有虎勢不捕鼠鼠且盡之蓋聞其聲而先匿之也先生以其能體主人之仁也益珍之里有貴人某見而愛焉乞于先生不之與乃陰使僕盜之時貴人有長安行乃攜貓共往載塗閱旬矣一日貓忽踉蹌以歸因愈奇之亦因後月餘聞其故也於是不使離左右貓亦不遠乎先生雖過坐衙理事貓亦必隨之後一年先生歸田里攜貓同行至路投逆旅主人就宿主人伺先生囊橐有疑夜剛進饑竟鴆酒以酌之先生未之知而貓時臥几側見先生甫執杯貓起傾之再斟而再傾之先生覺連夕首諸其邑之宰拘

逆旅主人一訊而服先生益奇貓匪特奇之而且德焉又數年蘗畦之弟始七齡晨起嬉戲園後之石池畔池甚深竟失足下水幸遇池中先有朽板一遂持之得以不沈然亦不能起斯時家人無一知者貓忽呼號叫躍又向家人作拱揖狀咸詫怪之共欲擒貓貓且走且拱直引人至園池適始互見其弟急救之得免其厄於是咸愛之而且敬之矣殆先生終貓竟不食而死蓋貓之義有如此是不可以不記也嗚呼知死而哀人被竊而返主貓其忠耶傾賊鴆酒拯主水厄而忠死以殉貓其信耶或曰貓以知恩也故援公難或曰貓不能久蓄者也故値公之終而死之或曰幼子之失水也貓爲之妖也而皆非也夫毛寶之白龜袁氏之利犬丁姬之雙燕子厚之義鵲文長之孝鶴皆傳之以文大都其事非誕也蓋物之生亦具乎民彝者也斯貓可見矣使不知幾之先則雖奮爪牙糜其身于巨梃亦似可義而謀實無濟矣今觀其事卒皆如出之經營細穩而且就義從容又豈畜類中所可多得者哉則是貓而以畜呼宜其不應嗚呼人之所以別乎禽獸以其秉性獨靈而中心不昧耳彼世之爲臣妾僕御者遇患難而不知援受人恩德而不知報曾是貓之不若亦可深媿也已

江甯女史王貞儀

書

上卜太夫人書

自謂見太夫人得聞一切高論私心不置既又承刪改拙作續復接讀手示兢兢然以女德相奬厲并教以讀書作詩之道諄摯之言令人感悚交至竊唯儀生魯質伏處閨閣幼既失學遂亦無聞女紅滫瀡之事毫莫能知不肖無似九歲家祖母命之學詩十二教工文章兼習梱事心粗才劣門徑難窺迨先祖父罷官家事中衰家父及伯父等又屢困場屋玉三獻而受刖珠晦投而按劍而且驅人饑寒不暇古學於是

亦無以教儀者矣及侍大母來吉林始得欣遘太夫人及令孫女夫人一見即蒙不棄而收之帨下使儀得執女弟子禮以進知己之感生平銘佩然有達者唯儀稟性堅白雖一女子雅知克己而一皆以道自守凡目前之意所牴牾者輒必攻辯執玉碎之見而鬬瓦全之情抱獨醒之癖而悖啜醨之沈遂使近日婉媛之輩有所不合噂沓背憎傾毀時加或以爲幼而無知或以爲閨中狂士又或疑爲有意作名求知於當世抗行於古之女史才氏嗟乎是豈眞出此哉今設有士大夫以好名是喜則通人長者獨得而賤之嗤之況儀一女子敢不循雌伏之理以道自守而竟敢以閨中之言行播揚道塗以求人知乎默觀目前之女士多半有不守姆教不謹壼矩不端大體或畧識之無覩學執筆暮即自命爲才女蓋以駑駘樗朽之姿無閒殊尤之物目罕逢偉士正人耳鮮聆端語肅誡唯希慕聲華竊相倣傚學卓氏之風流習趙姝之佻倢又或質鵲鵝而羽鳳皇盜無鹽而爲嬙施一專求乎脂粉靡豔之陋習至於有柳絮之才而罕柏舟之操負舜華之媄而多同車之行固無論焉儀蓋未嘗不悼歎恥惡之深得太夫人一爲閨閣振勵而砥柱乎中流實稱夙願也已其足異者唯今世迂疏之士動謂婦人女子不當以誦讀吟詠爲事夫同是人也則同是心性六經諸書皆教人以正性明善脩身齊家之學而豈徒爲男子輩設哉第恨儀既紬於中饋烹飪組紃紉縫之事而識又不能窮道理之微才亦不能達

古今之旨雖閒讀諸注疏之書矻矻然終日盡夜以涉心其中異同離合之必證名物象數之必晰義類指歸之必加研求不可謂不專且博也至於既久益擴然若有所見怡然若有所知幾高視一切滿志自喜矣迨一聞太夫人之訓語恍然自失然後自知前所已得者或狃於習見之偏或出於聰明之隙求之吃緊於身心者則槩未有合焉乃益思太夫人之言爲不可易矣前者太夫人之訓儀曰無論男女總以德爲本文字篇章其浮名也乃所謂末必後乎本人未有不務本而能成其末者近於閨閣中必深言及此固有所不能知然其人或有從務乎婦女之本則雖末有不足而其人亦足推重于一時旨哉言乎人果能以太夫人之說進而求之上

而事父母事夫事舅姑推之於母儀睦親馭事立言已無可不括儀自奉教後片言隻字不敢自耀非故自珍秘之也實自愛耳竊嘗聞之龍惜珠而畏鐵麝含香而避豬其所以畏之避之者何實愛珠與愛香耳一珠一香在龍與麝猶知愛之況爲人者其當更有甚焉可知也儀之所以自愛亦有悟乎太夫人務本之教也以務本教儀是太夫人本其所學急人之所當學敢不佩之書之受繩削造就之益昔曹大家撰女誡首之以四德三貞次之以女工文字其敬戒相承合之太夫人所教者二而一之已儀於是且有以知夫令孫女宛玉之貞靜端莊其有得乎家訓者深也太夫人乃命與儀訂雁序之好然則儀幼齡不諳並無才德之可引而太夫人之

愛儀亦云至矣嗚呼匠氏之操斧斤以入山林也其取博而用宏自拱把以上及之若高若低孰大孰小未嘗有棄材今夫夫人坤德壼範相媲古哲母而兼以才識學業之正教後啟者猶之良匠師矣儀不材唯望始終教之幸甚幸甚

寄周夫人

首夏敬呈一函久不賜裁答昨桂婢來詢及始知夫人歸甯日深也音問缺然今且鴻雁賓矣秋熱甚於酷暑夜來一雨洒然涼襲枕簟而儀之病已蘇如脫舫寄外芙容漸次作花冷豔幽紅倒映池水不啻濯錦之麗家釀新熟敢裁素簡上訂旂後二日幃軺過臨當釣藕花洲中尺五鯉魚烹以佐飲以洗渴塵幸勿故卻此達不莊

答許燕珍夫人

言旋里門載瞻流火伊人秋水言念奚似伏唯壼祉平善今春之三月鴻便特寄尺書聊抒積忱知已收到第恐鼠璞見投未免識者胡盧奈何近接手翰佳句言詞諄摯格律嫻雅佩服奚如並承遠賜香帕食物多珍莫報赧面之至再讀新什知夫人用心之密可謂既精且細矣然有藥石之言敢告之左右尊作固能掃去脂粉習氣而余猶惜其調高而意率才大而體浮律整而氣虛巧有餘而力不足此四者之受獘何哉以矯造太過摹仿太深也矯造則和平不及摹仿則陶鎔不及來示有云法三百篇又云古不漢魏非古律不盛唐非律斯言固是已而必規規焉倚牆附壁以爲詩詩道果如

是乎余則以爲三百篇者三百篇人之性情也漢魏者漢魏人之性情也盛唐者盛唐人之性情也此所謂詩以言志也後之學者因求所師承故上取法乎三百篇與漢魏與盛唐而究之所以爲詩則無非寫我之志發我性情而已語云分道揚鑣城門一軌此之謂矣譬之嗜物者然其性情之所近有彼此不能相易者如以我之所好強彼之所不好方枘圓鑿其不合也明甚唯平日取古人詩潛心玩味得其解則求會其法會其法則求味其神理與我合者諷之不與我合者置之朝夕玩索境由心生妙由思出下筆得句則猶然我之性情我之志趣而規矩復不相越斯爲善法古者矣如必謂詩非三百漢魏盛唐則不可以爲詩之法此恐見于拘迂不

由解悟而入汨我之志趣局我之性情是賤家邱之易而徒效邯鄲之步舍熊掌之味而求鯨鰲之肉不益遠且難哉雖然匠不爲拙工而廢繩墨羿不爲拙射而變彀率三百篇漢魏盛唐詩之繩墨彀率也若夫言志向抒性情會美善於一塗融義理於兩得則化裁之妙原在一心易云神而明之存乎其人唯夫人反求諸己而已臨楮匆匆愚衷莫罄尊作擅敢改其二三覆閱畧識數行槩祈裁鑒

答白夫人

昨擾郇廚謝甚酒間所談某事且轉委作詩集序儀承教多矣然不能無說也大抵今人之弊最患急於求名唯恐人不及知而未定之稿出以示人求片言於大老名公以爲榮在

彼固不自知而一經有識者啞然置之夫所以啞然置之者以物之不足當一贊歎且幷不遽因其人之乞求遂柔聲媚態以貢諛也儀智淺學疏雖喜耽翰墨而從不輕易出以示人不敢謂勤愼內脩也亦非自以爲是也其所以甘於隱秘者唯守內言不出之訓以存女子之道耳故凡自閨中知己而外講學就正者無復有他今某某何如人名列庠序乃公然外聖賢之正道而從事釋氏又公然不自知悔一務乎空寂之語而樂爲名教中之罪人嗚呼是尙得爲聖賢之徒而尊之崇之哉一旦以其詩集求序於儀豈以眞爲名宿乎抑或姑試之而以儀之文章果無足輕重乎論其人品不足以序之論其所學不足以序之自忖人何如集何如乃欲儀序之乎哉世亦嘗有爲大晉者自命千古之人爲之集者乃千古不朽之作夫人非君子之人文非載道之文果亦可不朽乎吾以爲直蜉蝣朝菌焉耳自思生平無足重於後人垂於弗替者從故紙堆中急謀所以延名譽於身後亦誰可以欺今使無病而强呻無憂而强嘆無足爲解頤動笑而强歡欣陶舞者皆非正也學呫囁之未幾而集裒然成幾爲風尙僉曰法漢魏法唐宋噫此所謂帚之享也豕之白也徒自忘其陋者也故儀平日或亦偶有所作而斷不欲卽求序於人蓋有深意存矣今某某之集才誠富詩誠足上追乎三百篇而謬贊昧賞之違心之語則必有不能强之他人者此夫人終不輕書片言于簡端則誠是也世有優孟子弟塗朱粉服女

衣靡音嫚態以貢諛爲心以媚人爲舌而人皆不之恥者以其行與業之所託在是耳苟欲易畧知正道與夫身名自珍者而爲之其能乎其可乎余之不序以儀非序某某之集之人也因便特佈上達狂戇贅直之語本不欲陳以夫人實與儀有同心故揭所隱以告未知高見以爲何如

與劉季容妹

日昨觀吾妹所服諸藥單不覺訝甚驚甚蓋凡治血者當察有火無火氣虛氣實此大端也昨閱藥單後試診妹左右手之脈則實係陽盛陰虛故逼血妄行多由于火盛其猶易治者以身涼脈靜耳是必宜進以淸降之劑使血不隨氣上升補其陰抑其陽理有顯然者所用必生地麥冬丹參阿膠之

類又聞夜來心虛多汗又必以當歸棗仁或茯神佐之今所服非升麻即柴胡甚而肉桂附子不唯藥不對症而且以狼虎之劑施于閨中之弱質匪特階之病直速之死此吾天長之邑所以多庸醫之一證也蓋醫之道其要在察脈視人因時論方相地五者而已余非敢云知醫然間嘗亦偶讀諸經按諸理權諸通變雖不敢卒餽以藥而一得之秘試告左右語曰醫不三世不服其藥言鄭重之也今一血隨氣升之病必宜補陰而抑陽則火清氣降而血自靜所服之劑反提之使上是猶抱薪而救火矣豈其眞能反者反治乎吾因妹之病且特攷諸書如榮衛生篇調經篇其治法亦必升者降爲陷者升爲虛熱者涼補爲大熱者寒化爲風者散爲燥者潤

爲蓄者破爲滑者澀爲等等而已假或宜降反升宜溼反燥宜涼反熱是何異乎見人之墮井而更加之石哉一冰一炭害無踰此此余實有不可以不言者故贅述以達三令叔素精此道時或覓便以余說寄質之必有指正可否處幸勿因其地遠而忘之并祈吾妹珍重自愛或能善于養息調理即不必服劑亦妙勿藥有喜余竚卜之後晤有期無爲慽慽

答陳宛玉姊

一見吾姊不特知爲才媛即知爲賢媛矣欽仰欽佩別倏而月正爾惝恍咫尺一見報風旨幽靜而詞語古茂腹笥行盬俱覘此翰儀毫不知古作承令祖侍御公及令祖母太夫人謬譽而吾姊且推稱之名不副實惶愧何如吾姊蘭蕙反羡

萋菲舍旃而就寄乎哉前者投詩洵美率然奉答強無鹽而並嬙施益見形醜奈何承欲惠然過臨欣喜不勝謹訂月生魄夜當掃竹窻橫素琴俟我美人幸勿過門題字而返也此覆

答表伯某

讀表伯先生寄家嚴書知先生近日虔於守齋又將鬻產以營佛事又親書佛經若干部施各寺院種種善果不可指數即不必實有其事而此心一生宜佛必現六身以祥福於德門無旣矣然家嚴則深知之欲作札上答因事在紛冗故命儀代裁尺一以呈覆之於是得陳所欲言于左右試畧進白之大凡人之行一事也無論巨細必先求合於聖賢之道道

者聖賢之所遵依後人之所率由一須臾而不可離也世之學聖賢之學者旣卓然自命爲儒夫儒何如人聖賢之徒也其固可稍外常道而涉迷於二氏之邪異乎哉自周文孔孟而後聖道不傳又暴於秦火之厄漢魏晉宋以降佛老之徒遂大熾於天下當其時學士大人嗜好虛無喜談清逸以至二氏之教卓然與聖賢之道相鼎足而小人之無忌憚者乃強合聖賢之道而三分爲教於是儒釋道之名以起其後承訛襲謬忘其本原爭尚詭異至於學士大夫之失其本心者且交口嘖嘖誇佛事爲廣大贊道門爲玄妙不亦懵乎且夫佛老之道何如者特寂滅淸淨之論息天地生育之理失五倫之體行不近人情之事不畊蠶不勤勞食人之糧居人之

盧背聖賢之言逆聖賢之行其本不可爲教而强以爲教本不可爲道而强以爲道如此然則其又何以易於惑人若是蓋凡氓之蚩蚩者或爲姦宄不法或窮餓無所依而二氏於此乘其患難困苦而羅致收養之其得衣得食之徑甚捷於他途故使人從之者速且易此在庸愚無知者固不足論而奈何爲聖賢之徒亦奉之如祖宗父母之尊乎今先生或未之察而固出於此乎抑或偶爾游戲以談之乎抑果明知之而故蹈之乎噫異矣而來書中且有引坡公持經好佛證之儀以爲坡公之好佛坡公之偏也病也在坡公當日若忠義若文章若經濟卓卓人世先生皆不知效而唯公之偏與病是好抑又何哉昔楚民好寶玉執固自昧往往遇美玉則棄之而玉之有瑕者乃喜而取之今先生之好坡公其去楚民幾何儀夙聞先生明於學問諳于禮義倘其黜此無益之行絕三教二氏之論而尊信聖賢之正道則儒術昌而先生之自負於平日者爲不虛也已昔廬陵歐陽氏之言曰千歲之患偏於天下非一人一日之可爲莫若修其本以勝之此申本論也敢爲先生進之昧瀆之罪口舌之過兩祈宥之

答胡愼容夫人

前歲仲秋奉別帶病以行舟中沈悶時每誦夫人送行之作情辭眞摯格律暇整較今日之調弄脂粉者何啻霄壤令人佩服歸來日月易邁寒暑三週知夫人近所習於詩學當有倍進於曩昔者然又恐以儀既別復棄置不事念切之私反

不能已上年接讀手書得悉平祉慰甚并讀近稿一帙謬委删汰細品諸作更倍從前始知離索居而猶討論於詩道不輟也昨月更接令妹夫人札彼即作簡奉答過但令妹夫人似甚訝儀久不相問訊則不知儀近來之況耳儀自昨冬將欲隨家父游舊里擬買櫂一過令妹宅少圖良晤不意疾復作偃蹇牀第者幾半載今始勿藥此久疏訊問之故也彼來書中又有論儀之詩太勁潔不免失閨閣本來面目并有意求工等語似令妹夫人猶未深知儀之詩之所以爲詩者竊儀自九齡先祖母教以詩學祖母既逝迄今十有餘年固非有良師爲之指訓初若瞽者之問途倀倀乎不知四徑也稍長又分心於女紅中饋事唯暇日或讀或作欣然有得無日夕焉無寒暑焉無寢食焉專志於其道不少自惰及東出山海西游臨潼而復歷吳楚燕越之地經行不下數萬里而山水風景勝槩之助又足以擴達其胸境故性情既加之疏瀹而并不自知詩之何以近乎勁潔又何暇計工拙爲哉至失閨閣本來面目此又儀避之出於有心者蓋詩道關乎風教三百篇中美者刺者幽者達者好色者致哀者敬而貞者靡而淫者一唯人心之近而出乎不容已或可懲創或可感發心異者而聲亦異焉無非皆本來面目而實無一存本來面目者也魏晉而下視爲緣情之作專事綺豔陋僿一出於兒女之私大遠乎不淫不亂之遺至唐以來詩稱極盛然自數十家而外工於賦景者多深於言志者卒少迄乎時下言詩

者更多漫無所志唯專用攻苦之心於酬酢往來中或有吾輩巾幗能工翰墨者又喜鬥靚於香匳浮豔求其有先輩識見滌盡柔媚之態而相題成章則百難獲一又何足尚論於魏晉以前之旨乎噫有賦而無比有頌而失風雅四始六義闕如矣儀方深以爲病正自愧不能盡去閨閤之面目而不意令妹夫人之教余者反在是也此則尙祈夫人轉達令妹急留意古歌詩中細爲講論思索其法律格調俾他日樹閨中之幟有其原委使世知脂粉中正不乏詩人儀有厚望焉外尊稿有不合處擅敢評削一二其閨怨六首并可不存故代删之諒能割愛肅此藉覆不次

七夕答周夫人

久違顏色忽枉來函眞不啻珠貝之入手也良會追陪本不敢拂第今日實儀師卜太夫人週忌心喪動哀畧無好況若有新句祈一賜教他日必當和答以補佳叙此瀆

上徐靜雍夫人書

肅啓者儀往歲過晉陵即聞伯姒夫人名久矣近日令夫子黃古香先生與儀夫子訂交故益悉伯姒夫人之爲人正老泉所云汲汲欲一識其面以發其心之所欲言者乃地之相去不數百里失晤之情本可見諒而至於尋常書問亦且缺畧無禮惶愧何如然在伯姒不拘拘於此可知也乃聞伯姒辱慕乎儀兼承輕許得非因聞儀之浮名于諸閨閤者之口而推譽之耶抑或思有進教而故先期之耶而儀竊有感矣儀自九齡始知學女子之道行有餘力旁及詩書又仰企乎古賢媛哲母之才之德於是頗專讀書稍長侍先大母亦或命操筆學爲文章旣又從侍大母及家父游韓北關中浮海登岱足跡所至凡當今之賢媛哲母引爲知已者僅十數人或與之論古今婦女之遭合諸大家之壼範內訓而上下之夫而後益悟婦人女子之所謂才者蓋別有所當服習效法者在儀之訂爲知已其必以德相廸勉我者如是覗逞小有才而薄於德之流其末也已此儀之所望于伯姒所以實有出乎世俗之見之外也嘗謂近世士大夫家侈靡成習而其閨閤中人亦唯專務奢華而不講卑下孫順之理唯以驕陋好尙爲事或有一二才智者則又以風流爲倡率覗誠言懿

行爲迂談甚之司晨干政種種不法不可勝道其不知婦人女子之可貴者在氣節而不在才智然目前才智自負之婦人女子不知凡幾而家之不齊也亦多因梱內騁智用才之過是故在古賢媛哲母傳諸紀載者其事不過烹芼盛湘縫紉脩瀡之細而教能行于家其聞見不越諸姑姊妹師姆之間而名信于鄉國達于天下傳于後嗣此豈非以德馭才而致之者乎儀自于歸以後筆墨文翰久已厭事或間有所作亦復深自韜晦兢業自矢婦職自脩常懼有少得罪于舅姑貽譏于內外至忝我所生而紛紛者猶且推許之以爲某也才某也才殆皆取華而不見其實聞聲而不考其眞皆非儀之所望也唯儀也頑拙生平頗以氣節自持又不屑依違脂

粉香豔鄙俗之習是以譽始興而毀旋起而不免忌刻排擠者匪特閨秀忌刻排擠之而鬢眉之輩其忌刻排擠則更有甚焉夫豈儀之過哉尤可歎者今人動忽梱政泛立時名謂爲巾幗光其又不知婦人女子之難非難于僅通文詞知吟咏而實難于内則之政耳儀聞伯姒之處家事也慮無不周行無不謹事上無不敬相夫無不恭皆合于大體是誠足以爲閭里式而非特儀服且敬已也竊以目前惑于趨向者什有八九噫迷乎眞者不啻芻蕘之與蒿本也飾其外者必浮其内現其文者必害其質蓋才非閨閫之正務而足以淆其德也固不待贅言矣儀倘期伯姒爲之砥柱障其狂波則幸甚矣至儀不敏年復羸弱諸凡正道在所未諳所自信者素

履耳古人云服玩之器重于千金也忽壞則棄糞壤焉稗草之叢蔓于蕙蘭也忽食則同穀粟焉此無他習俗好尚之移人也以儀愚鈍不敢蘄于古人而伯姒之德之實或有以進教之匡所未逮實不勝感激之至至於習俗之好尚尤當互勉焉宓子曰交淺而言深者忠也儀敢即以忠告之言進他如起居修問之禮謹俟面言不具瀆

與劉宗伯夫人章書

敬聞者曩昔在都伏感德被前歲蒙遠錫綾䌷箋墨眞摯之言溢于簡外逮今五易寒暑鳴謝莫由誠愧誠慚日昨謹接示函承頒書扇下愛何如秉悉錦軺西至旦夕將過金陵幸見之心疾於飛羽肅候臨晤敷此微忱先牘藉呈伏惟萬福不具

答青嵓先生

已知詩文二集告成有日然此舉定當留意即使落稿亦不可便爾剞訂舛漏多則疵摘立聚矣昔人有言良工不示人以璞此語特眞凡成一集若以屢較必屢進一見故孝標箴事無侈博聞明遠爲文集多累句此足徵也今人眼高手强志大才疏每著一書東抹西塗譬如寶玩之器其市販之富者張諸五都光怪陸離無所不有其貲薄者名之曰趁市趁市之所得雜惡欠缺殘不耐目其欲以之入五都之市與之相競可乎不可今先生若必欲急於求名固無論已否則請善藏後出俾屢删時正庶乎一鏤板而可傳于世已斯言雖

微志遠大者諒不以無稽置之

答方夫人第一書 浙江陳三辰觀察室

比承辱命作心經序始固欣然下筆既而思之有不可輕於立言者蓋文章一道斷不可無故而作必借一事而發之以稍見其胸中之所寄託必有道以寓乎其中爲文也或忠烈或節義出吾生平學問見識以附之使讀之可歌可泣起敬起畏雖歷久而不可磨滅昭然在人口耳於是其所爲之文章亦遂附事而不朽此所謂文以載道也若夫佛經者叛道離理者也其經始原於漢流於晉瀰漫於宋魏齊梁隋唐宋元以下其言語荒唐其詞義空晦以爲添設須教方廣眞詮甚至一窺實偶三復幽宗奉爲不二之門大千之法或又互

相倡言演緣法於摩竭陀國肇寂滅於普光法堂而幽靈幻變之迹遂足以撼王公而怖士庶於是兒女子之妮妮香火野姑村媼之口口梵誦彼慈悲膜拜禱祝豈有他哉懼禍之念深危孽之僥多耳嗟乎大明三藏之內典前寫後譯私增暗減其刊定諸經未必不僞之又僞而況僞者又供行於世矣今一旦必欲拈出此部裝潢精錄序而藏之以取重於後世儀則以爲所作非其文所書非其事則雖上下騁馳盡乎空虛詭異之詞亦決不及傳傳亦決不及於久遠而徒勞心費思于無益之筆墨爲無益之文章是無病而呻吟也其於載道之義何哉匆匆上達語直且狂無易由言當與夫人共愼之也

再答方夫人書

一別五月比來起居日佳壺祉安勝爲慰前命作心經序已修束奉覆乃猶諄諄委諭復動以報應之說罪過之徵其然乎其不然乎而儀之一序誠非固辭亦非不能也實不爲也儀以素日所徵信誠奉者之不在是耳夫以己所不欲而亦思易人所欲固不近情然不能不再切實質言以匡知己之失是或不失爲古交誼箴規之遺意焉即如佛老之教今世盛矣其害惑人心毀滅倫理者老氏少次之而釋氏爲尤熾天下之陷溺于佛氏之教者上自名公巨卿下及愚夫愚婦庸蚩之輩推而至於深山窮谷中人皆敬信若狂眞有淪肌浹髓牢不可破者吾鄉惑其端者已既夥而婦人女子之祀奉幷加倍之然其邪異之術第可歎不明理不讀書之男子無德不肖之婦人故即使其勢日張而於聖賢之大道終不能少損是佛老二教本不足爲正道之害而儀以女子必負怨而闢之固有所不必然實不忍夫人亦沉溺其術中是則斷不容不進一詞以解此惑試論之今天下福善禍淫神鬼報應之說雖不徒見道於佛老之徒其初意與利濟儆俗之心廸吉逆凶之道尙不甚相遠而人必溺之則獘生而害遂無所底止況今二氏之徒豈眞所謂佛老之化身後行乎哉其初或公卿大夫下逮農賈及乎種種不法之民或罹罪惡或役衣食或入利害困厄之塗勢無可拯而一旦敗壞迷昧其本心遂相率舍去父母兄弟夫婦子女祝髮披緇而從乎

二氏若夫推之遠君臣棄朋友之倫又無論已於是爲佛之徒者必主其說於空寂爲老之徒者必立論於元妙或言死生禍福或矜性命道德或指天堂地獄或談鍊烝修丹總一持乎虛滅解脫使人若眞有足徵足信者而佛氏又立其輪迴變相超昇墮落諸法又現其慈悲心以救世有愚夫愚婦專心其教惑志其術者不免思避禍邀福使陷其身蠱其心又有學士大夫等或不端不法恐死後竟受諸地獄苦此念既生乃特爲倡率以神其教而後比黨盡屬庸愚羽翼多在卿士而且護法施主之名起矣又或捨其本身或捐祖父所傳之田畝或以子孫寄名於彼以爲銷患折難或做功德因果焚冥財紙鏹之類不惜數百萬錢盡于一瞬或預恐佛老

泥木之體無栖息之所特募鏹庀工以百姓勤辛勞苦之資財以爲二氏謀居處或施貨帛以邀二氏餘佑求死者生者免罪過于地下又或絕葷飲斷米粒以求渡于佛求化于仙而坐涅尸蛻之法尊矣甚之父母在堂并不能盡孝而且吝其資養缺其衣食鄙其費用一旦既死又不暇言必誠必敬盡哀盡戚之道先必請僧延道設醮昇天焚資寄冥衆樂華筵演劇會友名曰爲親祈福於冥中又或飾之曰喜喪喜喪云者言老者之死爲宜故子孫各喜以相慰親友各喜以相賀也至於送殯葬也則以亭綵百戲相尙顏色之戚哭泣之哀不見於目不聞于耳唯極奢窮欲於棺槨牖蓋之華牛鬼蛇神之巧祭事備御之盛笙歌之音接道紅紫之服載塗巫尼僧道之列于後者以什百計一葬而可費一中人之產者蓋不如是之靡且麗雖弔者亦不悅于心其惑失之害始皆原於敬信二氏而沿流遂至於如此不深可歎可哀也哉昔聖人之言曰天作孽猶可逭自作孽不可活又曰積善之家必有餘慶積不善之家必有餘殃其固未嘗不論報應然以其理而定之也故唯儆之在一心戒之在言行非若二氏之教同流合汙悖義亂德背親滅倫盡產傾室使人奉乎懺悔趨乎淸淨持齊茹素甘爲下愚其在婦女則輕出其淸白之身日游散寺院與僧尼道流相周旋又或公然使此輩出入庭幃以相悅而不知恥以爲祈福于祖宗父母有如是其孝乎以爲祈佑于夫婦子孫有如是其愛乎以爲祈己之免禍

致福有如是其徼倖乎而鬟眉巾幗乃盲倀狂蕩媚禱謟祭頂香放踵裸肉焚修不又大可痛惡而切悼也哉況以夫人出此尤有所不可令夫子三展觀察讀聖賢書守先生法受朝廷爵出已身以治百姓方冀其崇正學黜異端滅淫祀化民成俗而卒不能刑于家室固失其道而在夫人又幼曾讀聖賢之經籍而能識乎大體者今竟年才五十以象服四品之恭人而下較衆之頂香焚修持其齋供守其粗糲無日無夕非鐘版魚磬之聲相間答於閨房又常親往寺觀布施之費歲無虛日數無紀算而今歲正值凶年人困于饑饉富厚之室靡不出資公賑乃令夫子陡以七千白鏹專修城北之地藏菴而夫人又自捐五百緡爲廣教寺助香火之費平日遇親戚之貧乏者反視之蔑如甘涉心枯槁寂滅以無益是務在令夫子與夫人方且以爲必致佛老之呵護福祐儀正恐獲譴者之即在是矣嗚呼夫人之行實如人之失足墮井唯急望援者乃又有佞乎二氏者於此且同聲附和以貢諛加之以慫惥順之是既不援而更下之石矣此無他正直者以夫人不足與言仁義而鄙之諂媚者又以夫人之勢與顯宦而畏以承之耳而儀與夫人之好非尋常泛然者比故進衆之諛畏者而箴之以辯其惑且進所輕者而言之以救其失夫人果知以前之事爲無益則猶可進於德禮之正若止之規之而且不自悔自戒則直以入井爲安宅也吾已矣夫

心經原本并繳此覆

奉　家父書

接奉來示知前所寄銀物等已收到地已看就否葬期將近尙望留心大抵堪輿之流多不讀書故只論名勢不理正理專將富貴貧賤禍福休咎語言來擾惑人心以營已利務祈

父親斷不可全把堪輿言作準只是辯脈測徑告土驗氣撼龍撥沙定穴放風察水最是要緊儀本不知地理亦半據書半據理而論之近來初涼伏求保重沈元往蘇未回所要衣服容沈元一到家即差送過江肅此請安大女貞儀稟

答大姊書

前兩切圜細注寄閱今接來函幷圜內三角切形猶然多誤即如其庚辛綫又誤切圜於甲而乙丙綫切圜內三角切形

與丁戊乙形等角亦復有誤至所圖甲乙丙甲作形內切圜又差按先必于甲乙丙角甲丙乙角各兩平分之作乙丁丙丁兩直綫今所圖自丁至角形之三邊不作垂綫則丁不能爲心戊不能爲界乙丁乙丙直綫復不能遇於丁次是又誤也今特改正幷畫二圖寄呈可以梅氏歷算書中論三角法細推之自知

與夏生樂山論詩書

昨細讀尊作麗則嫻雅層見疊出年未弱冠有此才質是所難及第天分雖高而學力亦不可不到前人云詩學貫書多非虛語也儀受性險劣文質無聞至于詩學尤所不諳乃承不鄙陋閨閣再三問道于盲敢不以一得之見告之左右儀十數年前氣盛志銳女工之暇畧及詞章好取古今諸名家詩誦讀摩揣之日復一日遂有所作當適意時輒復舒楮濡毫覺浩然自得于胸中者雖脂粉靡妮之句亦自以爲是才短心粗務求工麗及少長頗得知解不爲無謂之作故稿中半多寓託諷刺箴譏之語亦間出見者羣疑且詬焉迄于今則每有所賦終日不能脫稿且檢視曩昔所爲篇什理法顚倒格律舛謬首尾斷續字句俗卒莫不忸怩悔愧者至竟日即所存德風亭一集亦皆忸怩愧悔之餘而可以示人者少矣平居觀古人之作其可傳者未嘗不才識鍊達旨氣深邃眞有與詩書六藝相表裏又每疑古詩不知積幾何年可采者備三千餘首自夫子删之僅存三百何其作者之少而存

之者之尤其少耶近世初學執筆甫知平仄即自命爲能詩不自量度動以三百篇及漢魏晉唐自比浮譽滿人口耳只求各成一集而不計其得失又自怙其短而如父母之護子惡唯恐人指摘爲患是以詩道每況而愈下及實究其所作則或有任臆謬訕古人而以爲自出新奇者或有沿襲古人者或有自矜獨得而不知古人已先我而得之者或有意佳而辭不能達者或有拘拘乎摹古而不化者蓋多半剽風人之餘唾取大家之皮毛詞在非今非古之間句在可斷可連之際氣在半生半死之中而已嘵然曰吾善爲詩古人之詩不吾過是無怪古詩人之少而今詩人之多儀固不敢蹈也而且深恥之儀竊謂詩必出之以性情此固人人知之而不

待言者夫亦知性情之中有兼尙者乎是故有律法焉律法者性情之用也又必備乎體裁體裁者律法之緒也推之志貴其高古卻諠卑也氣貴其渾浩絕薾弱也調貴其噌宏斥嚶呀也識貴其曠達去隘拘也語貴其和平忌刻薄也律貴其周謐鄙纖佻也意貴其嚴㲄黜浮膚也典貴其融新棄腐雜也莫不由性情而推之律法體裁之所由生者視之若繁紆遠雜其實則一也至於喜怒哀樂之發鐘鼎山林之分則又以所處之境別之而非可以概定夫然後本乎性情之說可共明而其爲詩也亦不近乎時失乎俗否則談格律整隊仗校字量句專一擬泥于體制風華音響聲病之末旁騖乎言語之工欲足爲揚風扢雅負爲能詩是猶瞽者高論五色

吃者之紛論九宮亦烏可乎況乎古詩寓意綿長比興悠遠而不必一其格沈鬱蒼健雅淡排奡端莊倩豔相題構意各執所長而斷不爲可有可無之味其亦難乎哉自三百篇及騷漢以逮元明前乎此者已有定論後乎此者離散分晰莫或是正必欲學詩者取專家之書窮年盡力一一而求之固憚其煩而亦甚不必統而言之則上而三百篇而下及六朝三唐宋金元明諸作即不必熟誦而亦不可不留覽大畧則唯讀三百篇以端其性情覽六朝以免其枯澀覽三唐以參其變化覽宋金元明以博其旨趣他如離騷之幽婉漢魏之朴雅陶之沖淡亦當涉獵焉庶幾有以知其端倪竟其源流達其通變如是則詩道思過半矣夙聞樂山天資勝人及觀

詩律亦復有根柢足徵一斑大抵曠泛有餘切實不足聰敏有餘蘊釀不足揚露有餘含蓄不足丰致有餘典雅不足此數者固不見其損然久則詩境必庸庸則熟熟則迂迂則廓廓則淺淺則俗詩乘之而弊斯大而思斯下矣浣花翁云文章千古事得失寸心知唯能知于寸心斯其事乃可以千古也篇什之傳煌煌矣樂山能歸而求之自有餘師固不煩下問耳尊稿謬加批汰復作此以答之瑣屑鄙俚之論不覺滿牘亦妄欲匡所未逮也倘有可取唯其勉旃狂論大似以口給禦人者嘵嘵瀆聽知我罪我任之而已泛語諛辭則槩屏不摭

德風亭初集卷五　　　　　　　　金陵叢書丁集之二十二

江甯女史王貞儀

辨

歲差日至辨疑

天渾然物也一氣運旋本無形迹之可求雖其繫于上者有日月星辰之象可推驗而究之至高且遠之故人輒能坐而致之其果何術哉蓋治厤之家其步有四曰日曰月曰恆星曰五星其具有三曰算數曰圖象曰測驗之器此司天者之大略也而其最不易知者有二法一曰歲差一曰里差歲差一法故所未知者自晉虞喜宋何承天祖冲之隋劉焯唐僧一行等物遞推而行之其法亦不一而所算之數亦不一即

如算一差也或以百年始差一度者或以五十年始差一度者或以七十五年始差一度者或以八十三年始差一度者又皆未嘗有一成之說至元郭守敬始定爲六十六年有八月差一度回回泰西二厤法之差畧相似考之近厤則定以七十年度始一差時以爲準按厤書歲差者今年冬至日躔之星較之去年冬至之原星微差而東故西法謂之恆星東移其數極微大抵不過六七十年始差一度此即所謂用中星以定時也若古歲差之法以日所躔二十四氣節爲歲以恆星十二次爲天歲漸差而西差西者日躔每歲西移不在原星處也天漸差而東差東者恆星每歲右徙過日躔而東也而近時論厤家多雜以術家之見解或誤考策科彙書竟

有作天漸差而西歲漸差而東者此大妄也夫恆星之行度甚遲其準則必定於日躔唯恆星東移是生歲差必以日度知之而後得其行率焉或謂天歲二周起于太初厤非也考之天周歲周之名乃起于今之厤家而不起于太初此因乎太陽之過宮而有是名蓋每歲太陽以一中氣一節氣共行三十度滿十二氣則十二宮行一周而其度則斷不能足其所不足之度雖微而積欠既久所差亦遂多故曰歲差大抵天上之星辰分以十二宮共三百六十度是爲天周每歲太陽十二中氣共行三百六十度微弱是爲歲周漢時誤定其紀至虞何出而始正其訛謬逮唐一行僧既作大衍厤始守歲差之法如是分天自爲天歲自爲歲近厤學家算天歲二

周多依附徐文定公譯厤書法不知徐之譯厤書多半因仍回厤之宮名故二周遂至混而爲一如使晝夜平即爲春分晝極長即爲夏至是之謂歲自爲歲也必太陽行至降婁始命爲日躔降婁之次太陽行至鶉首始命爲日躔鶉首之次是之謂天自爲天也此舉其大畧而論之也若星紀之次常有定度而冬至之日度漸移是生歲差若以冬至日躔星紀歲歲相同歲亦安得復有差哉又有謂司天者以某甲子日合宿之度紀某年冬至并夏至之候分寸布算不差至來年以圭測之始得所差幾許云云此極是影響語蓋圭所測者日景耳日景極短即謂之冬至千古之法如一者而亦何得有差況歲之有差亦必于中星測之豈用圭可以測之者乎

堯典日短之謂冬至乃自夏至之後日自北而南漸生南緯則日景以漸而短至此爲極而日至之推本不依日南至日短之語但依乎星辰位度何以知之曰史記天官書有四宮星其冬至在西宮咸池爲大梁之次奎婁胃昴畢觜參七星有白虎體故曰白虎唯冬至則見于南方曰星紀歲有云推小旬大旬而知月至彼用旬紀數閏月推日至也僧一行用進朔避晦法李淳風亦云星無位之可名辰無次之可名獨言日至以日能周天之故此說未嘗不是然星辰之舍即是星辰之位次也若言星辰位次果無可名則凡三垣七舍十二次七府三十六宮二十八宿何以有名且月與日積循二十九日有奇而後會而況五星亦間或出舍又何嘗不周天

其行之遲速幷有一定看今月行在何處則知昨月行在何處看今歲行在何處則知昨歲行在何處只其節氣定以日爲宗耳陰陽新論注云今之冬至日在箕度宮在亥此說大妄試以今之冬日推之日在箕度其宮在寅黃道出辰入申日亦出辰入申至春分日在奎婁黃道出卯入酉日亦如之夏至日在井鬼黃道出寅入戌日亦如之秋分日在軫角黃道出卯入酉日亦如之若云宮在亥其度又何得復在箕其黃道何得復出卯入酉乎誠以其不知日之南而北北而南黃道之數本自有昭然可考者在耳有如紫微居北上衆星散居南下有赤道有黃道而赤道則分天之中黃道其半在赤道之南半在赤道之北在北者近北極井鬼之度是也在

南者遠北極斗牛之度是也又據測古法云天體北傾而南高北極出地三十六度反退居于下而近乎北者乃居于其上云云此法固然而已不合于近今且亦不合于里差之法今試以里差之法推之則北極隨地不同而天頂亦隨地不同晝夜長短節氣遲早乃由所生也古歙江氏測算有云北極出地四十二度此亦大誤古言北極出地三十六度而元史測大都北極之高四十度半余以西測徵之亦無分寸之移幷無有四十二度之數故言歲差者知黃赤二道古遠而今近此驗之于日輪轂耳日輪漸近地心皆有今昔之差唯北極出地之度不少變焉間嘗稽西人測驗謂黃道之距漸遠此亦可名南北差若東西歲差則恆星東移是已又有謂

天一日一周自東而西七曜之行有遲速皆自西而東此中西法之大同而西法則比恆星于七曜此則古厤之度也考差法自虞喜以後論恆星者又皆云不動唯言黃道西移余謂天漸差而東所謂天者即恆星也歲漸差而西所謂歲者即黃道分至也西法以黃道不動唯恆星東行則恆星固必行而無疑矣又攷之唐僧一行以銅渾儀候二十八舍其時冬至在斗十度自牽牛至東井十四宿去極之度皆小於舊經是在冬至以後至歷春分而夏至之半周其星自南而北南緯增則北緯減宣城梅氏所謂去北極之度漸差而少也自輿鬼至南斗十四宿去極之度皆大于舊經是在夏至以後至歷秋分而冬至之半周其星自北而南南緯減則北緯

增宣城梅氏所謂去北極之度漸差而多也蓋恆星必循黃道以行實只東移無所謂南北之行也然自赤緯觀之則有南北之差其橫斜之勢又有如是者也此可以知其在冬至後者漸北在夏至後者漸南之故矣古歙江氏算厤有云黃道無極此語正恐不然古法歲差只在黃道之一綫今以論恆星東移則普天星斗盡有古今之差而黃道亦實有其極唯黃道極乃終古不動黃道之有極乃渾天家因北極而推其有南極即西法所立之黃道南北極是已古人治厤一主乎赤道而從之以黃道周天三百六十五度皆從分于赤道彼黃道之度雖有三百六十五第有經而無緯故所分者只黃道之一線初不據以分宮雖或有過宮于黃道者其實則

仍分宮于赤道此亦宣城梅氏之說也然觀西法則又從黃道之兩極距黃道四面皆均者用分其宮度使綫上之緯度皆均又逐度各作圓圈漸次以小而會於黃道極至九十度則成一小點矣所以以恆星東移言之則雖北辰亦有動移唯黃道不動蓋恆星東移以黃道之極爲樞也里差者則以日月星辰之行度不同不變而人所居之地面地向則有東西南北正側偏中之不同於是所見亦各有異焉此里之所由差也自漢迄晉其法固亦未嘗有知之者後北齊時始有張子名子信者初測交道有表裏發明三差三差者氣也刻也時也而大衍厤又有九服測食定晷漏法元時有二十七所定測驗法近世歐羅巴測北極有南北差法月食有東西差法其北極高度之表則必合之範天圖而亦以日爲之宗按太陽每日東出西沒晨昏晝夜十有二時而爲一日每年春夏秋冬二十四氣而成一歲其理合乎天之行天體渾圓地亦如之正居中央周髀有云赤道之下一年兩春夏蓋以春秋二分太陽俱經其地故其地常熱又云北極之下晝夜爲一年蓋自春分至秋分太陽盤行於天故長日自秋分至春分繞地而下待春分方見日其多極凍至如南方則北極低多晝長數刻北方北極高多晝短數刻夏晝皆反是他若周天三百六十度日道三百六十五度又四分度之一地亦如之近人有謂南北弦行二百七十里者大訛按梅氏算南北弦行只二百五十里應天一度北行亦只二百五十里此

間分寸不可以訛背而後始能合乎度之數也北極出高一度南行反是故以二百五十里乘三百六十度則知地之大至古云北極出地三十六度南極入地三十六度此非通達以計之特推算者就其所處之地言之耳按地面自赤道起至北極下九十度至南極下亦九十度渾圓一球故無一定之高者以古說爲準則南北居地之晝夜長短悉宜從同矣然豈可執一以論之哉古歙江氏又謂天頂地平差不分于里此語尤謬蓋地在天中體圓而小隨人所之凡目力所極適只見天體之半其與平面無異也唯計里可以定之計里者地差一千里則天頂差五度何得云天頂與地平無差乎況恆星隱見亦隨南北而其晝夜亦遂永短多差由于北極

之高永短差少由于北極之低此其法唯宣城梅氏定九出而彰明之其理益確至如改元者有云以求上古多至之厤元以厤之歲月日時皆甲子乃爲厤元余按歲差法曰改者厤元而厤法固不改夫厤自黃帝迄今凡六十餘改如四分厤日法九百四十分三統厤日法八十一分授時日法萬分其法固亦改不過歷久必改日躔與月離有差即改而推測日月五星交食治閏之法則不改也有如日法萬分則月法歲法皆由萬分定日法八十一分則月法歲法皆由八十一分定日法九百四十分則月法歲法皆由九百四十分定是所改者非推測之法乃日法月法歲法三者耳謂改推測之法者誤也顧其所以改之者亦因歲之有差也是故太陽日

一周天者小數也歲一周天者整數也自前冬至至後冬至爲一歲而其所躔之宿度數分秒有差所以積而差差之皆無一定試即由漢而近溯之漢冬至日在斗二十一度至于晉在斗十七度宋在斗十四度唐在斗十度宋在斗二度元在箕十度明在箕四度今時冬至仍在箕三度合而計之漢以上至于堯之冬至日起子宮虛一度該差五十六度八分七秒十九微而姚舜輔先輩謂日食汎餘差五百三十一分三秒五釐七毫九絲此誤之極矣考之授時厤法度析爲百分分析爲百秒秒析爲百微滿百則成一整數考之時憲法度析爲六十分分析爲六十秒秒析爲六十微滿六十則立一整數從未有以釐毫絲命數者姚氏謂差五伯三十一分

三秒則幾何分成一度乎又曰五釐七毫九絲若以十成數則當曰八毫不當曰七毫九絲若不以十成數則幾何分絲成毫釐乎即如周髀所立之度極爲繁重然亦僅度下置里里下置步步下置分從未有以毫釐絲之名立數者豈別有折算之法與抑或他厤書所載與不然或姚氏別有所創見與考證與然而斷屬訛謬無疑矣新唐書厤志有曰冬至日躔退至井鬼之度日長猶之夏至此說也非今法此又因當日不明黃道不解恆星東移之故也宣城胡氏士佺著日至釋義亦因之其間有明白合時法處而訛舛則亦百出即如中有云今之日短當在東壁此一說遂萬不可解矣夫東壁在箕則中星在東度在東壁中星去日躔之宿每隔三宮此

又古今成法胡氏之說良由讀策彙之刻板陳書而并不能得其解故誤以成誤耳若竟據胡氏所言日短在東壁以歲差之理推之共差九宮有餘當在萬餘年以後矣大抵不可預知之者差之數萬世不易者求差之法鳥火虛昴此歲差之根也嵎夷昧谷南交朔方此里差之準也中星者此日至之定法也厤算之學今雖多而精妙考核者甚少又或多出新意不按一定之法一則或視以爲艱深而難之一則或因以爲隱秘而故密之一則或目以爲迂遠而屏之不知儒者固當通夫三才而古之婦女且能知三星之在農圃者流猶能按龍見之時或曰天文之道在所禁例而不可以論然此非禁人之知其推求研測之法也此禁夫私創臆造者之惑

象而亂眞也貞儀幼侍先大父惺齋公公細訓以諸算法既長學厤算復讀家藏諸厤學書本十餘種潛心稽究十餘年不少倦自大父既終則苦無師承并無所問難質疑者之人雖或有得而終不能精嘗自悵然凡坊間所刻諸厤算本復乖舛不勝指屈此因刻書之人本不求詳善至如諸彙書本益不足言其所以必列厤學一條亦唯求備全其名目而已余每覽而煩之暇日偶觀厤書中凡歲里二差及論日至等類除宣城梅定九桐城方涪翁兩先生所著厤算等書而外餘雖有善本然不免訛舛者幾半之否則注解不明否則議論非是不得已妄以閨中鄙淺之見據所一得者辯其疑以詳其法則證其得失而著成一篇其中半主梅氏之說爲本

亦自知按于實際終鄰影響不免疑詬之叢謹存俟通才俾得指正之則幸甚云

盈縮高卑辯

古厤每日行一度其于天也本無盈縮然在中土之法以無中氣爲閏月以恆氣注厤爲宜而盈縮之理實寓焉或謂古無厤法之盈縮盈縮起于唐厤非也言盈縮者自北齊張子信始也厥後隋之劉焯唐之李淳風及僧一行等亦嘗詳論之盈縮者何即古厤之高卑也日有盈縮即積候而得之者張子信積候合蝕加時始覺日行有入氣之差而立爲損益之率又有以盈縮法求虧食者皆謂自淳風而創按以盈縮求虧食乃趙氏道嚴準晷景長短以定日行進退後人不知以爲步日躔之準誤矣太陽行天三百六十五日唯兩日能合平行一在春分前三日一在秋分後三日此外日行必有盈縮故夏至縮之極每日不及平行二十分之一此相較而得盈縮之宗過此則皆以漸退日天心過北則春分至秋分合一百九十日七時四刻每十日應縮四十三分六秒大共縮八度二十五分秋分至春分合一百七十四日七時四刻每十日應盈四十七分四秒少共盈八度二十五分必如此則差數之算明而後周歲之內列宿無十六度五十分之愆忒且盈縮二厤亦皆以前後自相除補而無餘欠於是回回泰西者起而論之曰太陽在天終古平行原無盈縮人視之有盈縮耳云云夫太陽自居本天人所測其行度者則爲黃

道黃道之度外應太虛之定位定位者即天元黃道與靜天相應者也其度均剖以地爲心太陽本天度亦勻剖其天不以地爲心遂有兩心之差而高卑以判所以夏至前後之度未嘗遲以其在本天之高半故去黃道近而離地遠則見太陽本見之度小縮初盈末半周即太陽本天高處在本天有一度者在黃道不能占一度行之有縮者以此冬至前後之行度未嘗速以其在本天之低半故去黃道遠而離地近則見本天之勻度大盈初縮末半周是太陽本天低處故在本天行一度在黃道占一度有餘行之有盈者以此大抵太陽之平行者在黃道唯終古平行斯知其黃道唯其有黃道斯知其高卑以生盈縮不特有高卑而最高之行亦于此定盈

縮之算生于本天之高卑則其極縮處即為最高如古法縮厤起夏至是也最高行亦名最高沖古以冬夏二至起算故起二至西法則極盈極縮不必定于二至之度而在其前後又各年不同故最高自有行率古中厤最高行法非特太陽有之即月五星悉同皆有盈縮在西法則曰高卑視差後世謂日行于天唯以地應中國偏居赤道北北陸近其頂故春分以後日高天闊必多行數日節氣始周其半秋分後天稍仄少行數日節氣亦得其半云若據此說則混歲差里差而一之抑知最高有行每歲積久移度乃以歲為差非如晝夜時刻以地而差可擬況西厤最高卑不當南北二陸之極處故盈縮既不當二至至于五星各有最高卑皆各有所當之

度宿一一與太陽別其太陽最高卑且月月有異謂之轉行梅氏定九云最高卑五行于小輪小輪之法又各不一其極假如最高在南陸則北陸最卑若在北陸則南陸亦最卑以梅說推之東西兩陸又必盡然矣況十九年則太陽之最高且帀于周天此非以地而異者也格致章曰黃道斜絡以亥為極攷之黃道之有兩極本諸西法即渾天家因北極而推其有南極是也古人治厤一準乎赤道西法立黃極于磨蝎之初磨蝎者乃羊頭魚尾即冬至小寒凡二十八星其宮起星紀二十八度止玄枵二十二度西法以初度二十分十六度五十分定之故其初當在丑未今言巳亥是未知西法以四分九十度為三百六十度也又曰秋分至春分合一百七十四日七時四刻當以十四日零六時五刻為一節氣此說益訛日行盈縮每氣不同若細分之則日日不同矣今乃欲以春分至秋分之日而平分之為十五日十時以秋分至春分之日而平分之為十四日六時不幾無可為定算哉王化卿與方中通又以南北陸主于小輪高卑二行主于赤道更不可解蓋南陸卑北陸高者以地平為之主最高最卑者是以地心為之主兩事各異若據王與方二說小輪赤道為主幾是一地有一地之最高矣然則不知黃赤之行度不可以言盈縮不知損益不可以言高卑不知二極之理尤不可與論最高也起算之端不誠難乎哉

經星辨

厤法惟經星之天最不易斷以其必四萬九千之數行一周而初無能候其徵詳于通幾者往往不善于質測遂忽惑于其限故有約二萬九千有約二萬八千夫均列定限分別節度以日所行至者紀于何節之分秒月五星所至紀之經星所行亦紀之乃說者謂天不可見必攷于經星躔次而得不知經星亦自行于靜天也經星之次常移古今宿度分數各異冬至夏至闊狹有定靜天有一定之度動天亦有一定之至周靜天之度切動天之至以成其歲歲本不差其實亦因經星周天百十年後稍移分許耳方中通先生云經星之限度定于二十八宿此謬論也按博物志續集載二十八宿因其有二十八星當度故立之以為宿而推測者猶且不一如

畢有十七度半觜有半度星紀不當度自不當用爲宿況星之皆法乎赤道至于黃道則分以斜行直行與赤道相別所以自觜宿距參漢洛下閎測得二度宋皇祐元豐間測止一度然則經星之居位由來不一西人分經星之度與班固費直蔡邕皆不相符可知非二十八宿所能定矣玉曆編云經星無名余嘗考之天官書等如曰四輔曰華蓋若魁斗所載之六星曰上將曰次將曰貴相司命司中司祿者則名之曰文昌斗魁下兩相比之六星曰泰階曰中階曰下階者則名之曰三台太微爲五帝之坐東壁爲圖書之府執法爲郎官之象其官明堂靈臺之象其物皆經星也故馬續云天文之在圖籍昭昭可知者經星常宿中外凡百十八名積數七百

八十三星皆有名者張衡靈憲論亦曰經星天其數萬有三千一百九十四名咸有繫命觀此則經星又未嘗無名可推及之也

黃赤二道辯

黃道者何中道也一曰光道黑道者何九行也黑道二則出于黃道之北赤道二則出于黃道之南白道二則出于黃道之西青道二則出于黃道之東此前漢天文志所謂日有中道月有九行也月令則于春其日甲乙以爲青道于夏其日丙丁以爲赤道于秋其日庚辛以爲白道于冬其日壬癸以爲黑道季夏之末其日戊己以四時之間爲黃道此日有九行與月同者則鄭康成所用以注月令蓋皆從王朴九道之法推而出之者也晉書天文志王蕃作渾天法其辯黃赤二道謂赤道帶天之紘黃道日之所行半在黃道之內半在赤道之外無赤道東交于角西交于奎也余嘗以凹鏡之邊與心譬之（凹鏡者體圓而凹有如釜狀）渾天與地相應北極當在鏡之中心南極當在鏡之邊至中心以其中界之周圍爲東西南北一輪則赤道也腰輪也黃道則太陽日輪之躔路斜絡乎赤道半出內半出外約周度十二宮而平輪之子午縱輪之卯酉橫輪之則一矣約爲三輪六合八觚之分自邊至心一百八十度自赤道至邊九十度蓋法天體中廣之義也夫黃赤道之分必隨天之動靜赤道之拱架三輪是靜天之極也黃道之拱架三輪是定日月星經緯度也動天之極半周天爲一

百八十二度半而大統厤日自春分至秋分有空度恆多至八日秋分至春分有隔度恆少至八日此即因天包圜中日圜此中爲廣者也此黃赤二道之畧也

論　江甯女史王貞儀

地圓論

古人謂天圓而地方又曰天地本混沌一體此其理固不相左與然按之周禮土圭之法與唐之覆矩圖皆因地體渾圓準驗其南北東西若是言之則地非方矣謂爲方者以地之正平而非以形體之方圓擬地也蓋人之所居附于地目光察遠皆直至其處地雖圓體百里數十里不足見其圓而目之直注四望皆天似地與天皆方際而平不知其平乃目所見之繩直而不少曲之平非地果平而方也陰陽大論黃帝

問曰地之爲下否乎岐伯曰地爲人之下大虛之中者也帝曰馮乎岐伯曰大氣舉之也又大戴禮記單居離問于曾子曰天圓而地方誠有之乎曾子曰天之所生上首地之所生下首上首謂之圓下首謂之方參嘗聞之夫子曰天道曰圓地道曰方盧辨注云道曰方圓耳非形也近時厤家有天球地球之解夫擬之以球則天地之形皆圓矣在昔周髀以蓋笠擬天象以覆槃擬地象則地象圓可知夫天既包地則天有南北二極地亦當應之天有三百六十度地亦當應之天中有赤道自赤道而南爲南道赤道而北爲北道各以二十三度半定晝夜之長短地球亦當同之莫不彼此相應以著對待之理但天包地爲甚大故其度廣地中又爲甚小故其

度狹悉大氣舉之所以地雖渾圓而不憂人之所居傾跌環立此皆因各方之天頂隨其人之環立而異耳是故北極之下以北極爲天頂而赤道適準乎地平何也理固異而所以爲理則各有異耳邵子之說曰天地之體自相依附程子之說曰天地之中理必相直則四邊當有空闊處地之下豈無天今所謂地者特於天中一物耳周髀外注云惟地體渾圓故人居其周所戴之天頂隨南北東西而移黃赤道之高下即隨其南北之遠近而殊而日食分數晝夜增損悉因之宜城梅氏定九云以渾儀之理徵之地之正圓無疑也所疑者地既渾圓則人居地上各以所居之方爲正遙觀異地皆成斜立其人立處皆當傾跌而今不然豈非首戴皆天足履皆

地初無傾側不憂環立與合是數說衡之亦以地形爲圓而不爲方也明甚西厤以南北二極出地之數以覩地離幾何而又以二百五十里定直北北極高度以爲地形圓而周圍皆生齒者亦即此理耳或謂寰宇皆水地浮水之上天包地之外又曰靜天方者以圓則行方則止此更失之誕妄夫地似空匏既內虛而外實則圓形亦止何哉況以簡平儀測天星其二百五十里差一度者又昭然可推也哉

地球比九重天論

天體本渾穆合一而厤家辯其層次解其重數於是九重之說以起又有九天之名九天非九重之比也周髀曰天象蓋笠地法覆槃北極下地高四隤而下即今地圓之說也北極

左右夏有不釋之冰中衡左右多有不死之草即今緯度五度五帶之說也地圓五帶即西法地球之說也而地球之說不始自西麻昔漢人有海外星占唐一行有鐵勒晷刻宋詹厚菴有靈圓交測皆極言天地球解而伊川又云天地無適而非中郭若思云地乃圓體而宣城梅氏亦精辯乎天圓地方之旨又解乎九重之說夫地球處天中又分之爲地球五帶凡日輪所照臨之處均可布算屈原曰圜則九重九重者天輪之約數也自下而上數之月一辰星二太白三日四熒惑五歲星六鎮星七恆星八有象之天高下重止于八並各以大氣左旋而九之彼夫居七政之上最大圜最遠于地者爲恆星恆星之下土星次之木星又次之火星又次之金星

又次之水星又次之最近于地球者爲月而列宿附乎九重之中此一說也解者各異試即以西法論地球每度二百五十里推之則知三百六十度爲地一週九萬里又可計地面至其中心隔一萬四千三百十八里零十八丈地心至一重天謂月天至第二重爲辰星辰星即水星天也至第三重謂太白太白即金星天也至第四重謂日輪天至第五重謂熒惑熒惑即火星天也至第六重謂歲星即木星天也至第七重謂鎮星鎮星即土星天也至第八重謂列宿天即衆星天也至第九重謂宗動天此九圜以漸遠而漸大相包如輪然唯月與五星皆能掩食恆星故麻家謂恆星在上而於地爲最遠月又能掩食五星故麻家謂月最在下而於地球爲極

近五星又能互相掩食故麻家謂五星在恆星之下月之上於地各有遠近之距是以西麻亦有九重之論此正梅氏定九所云以七曜各居其天并恆星宗動重而九也泰西利瑪竇則有云二十八宿星其上等每大於地球各分一百零六倍又六分之一又分二三四五六等皆在第八重天又以土星大於地球九十倍八分之一木星大於地球九十四倍一半分火星大於地球半倍日大於地球一百六十五倍八分之三地球大於金星三十六倍又二十七分之一大於水星三萬一千九百五十一倍又大於月輪三十八倍又三分之一又云金四當先於水一合太陽之火是以金水爲太陽輪金水太陽合一而九重減二數共止七重又以五星與太陽

合爲一天共止四重以此論之法因各別不幾重數皆屬子虛之談莫定其次第之高下遠近而西法毋乃反不能自通乎此梅氏定九以七政各有本天以爲之序帶在本天又自能動於本所則用梅說求之庶乎天之重數可得而定矣

歲輪定於地心論

歲輪何以定於地心哉曰以地心之綫垂自歲輪星以下以過乎地心而直射諸太陽之心復以五星之本天參之地心之直綫而於是乎可定也蓋七曜之行另有各星之小輪爲推步之本推步又不必泥乎小輪而總以三百六十度爲準按古麻三百六十五度四分度之一占法亦據此以紀天度而七曜之天雖有內外大小而三百六十既同則五星之歲

輪無不可以之爲率而地心之比例相較亦黍絫不失且夫歲輪者即五星遲留逆伏之謂也而獨與太陽異者因歲輪皆距日之遠近而生月五星以盈縮高卑即於不同心之輪而得其度故小輪動七政亦動小輪之動本乎天而七政之動又本乎小輪本天移故小輪之心亦移小輪動故七政亦動其體相連也然皆以半周天之宿度行縮厤半周天之度行盈厤起于最高漸于最卑而又終于最高五星歲輪一名次輪悉循黃道西行故土星行十二度奇木星行三十三度有弱火星行四百零八度奇金星行五百七十五度奇水星行一百十四度奇而各一周始自合伏猶終自合伏故七政各重之天唯其高卑兩際皆在本天故可以容小輪小輪與

不同心輪名異而實同蓋小輪之心即平行之度亦非別有一不同心另繞地縲行而能使兩心之差各一其率而仍然不渙而統也是故不同心者即測小輪之法不特七政在小輪體皆連也而小輪之心又皆有退度是何也小輪之心即輪之樞也樞不動而輪動七政則連于小輪之周（周邊也）故小輪動七政亦動唯在五星爲歲輪歲輪者即遲留逆伏以距日之遠近而生厤家論太陽無輪非無輪也用定平高卑則太陽有小輪二即所謂小均輪也宣城梅氏定九日月五星距日有遠近而生異行則日次輪而五星或亦名次輪其實則眞稱爲歲輪云云又可以知歲輪心遠于地心則見小近于地心則見大者總原歲輪心不常在最高與最卑而小大

亦復參差不齊有如五星之輪較歲輪則土木本天大而歲輪小金星本天小而歲輪大火星在水星之上故火星本天大而歲輪反大水星本天小而歲輪反小此所以七政之天皆以日爲心者因土木火三星輪大而裹地心金水二星輪小而不能裹地心乃自太陽之相距以觀反成大圓覺似以日爲心也大都五星新圖以大輪爲本天而侵入太陽天內此乃歲輪上周行之迹也不然沖日之時歲輪心既已在太陽天內矣而星又在歲輪最近豈非竟越地心而過之乎所以云星天日天各有小輪高卑其本天則皆以地爲心且凡星之天有大小皆以距地之遠近而知其本天以地爲心至若歲輪則金水行太陽左右以日爲心土木火又以本天平

行度爲歲輪心因太陽與地心有一定之度距初固無可疑者此說五星本天皆以地爲心故不爲九重而爲圓形然輪分遠近不可以不知月天近地能掩日與五星及恆星者因遠則遲而近則速也若依古測天以金水二星之輪在日天之下以相掩而推其行度則二曜運旋終古若一豈不幾無確據乎況太白附日以爲輪而必定之于歲輪何以知之曰西人論之詳矣謂以鏡測太白有時而晦有時而光滿有時爲上下弦夫太白附以日輪其行之遠亦僅得象限之半理不同于月也蓋有時在日之上故其光滿光既滿則體必微矣有時在日之下則晦其光有時在日之旁則爲上下弦辰星之爲體也小故去日爲更近其晦與明不易見而其運行

則與太白同其度亦合熒惑在歲鎭內在日外此則因其行黃道遲于日而速于二星木星在火外以其行黃道速于土而遲于火鎭星在木外其行黃道最遲恆星無視差七政皆有視差金水又繞日爲輪水輪近而速于金至火土木又皆過日對衝則必遲留以至于逆近日則伏歲輪象斯論亦大可存試即西洋新說推之所謂以太陽爲心而圜日圓象猶之歲輪之心不能不行于本天之周既行本天則本天原以地爲心新說新圖亦兩不能出乎歲輪之舊術也況地心居天之下而包乎本天之中則東西南朔雖非有一定之所而七曜實有本天本所也地爲九重天之心雖天復不同心而朒脁躔離皆可用小輪以定其歲輪定歲輪而知其贏縮天

之重數有高下大小之別而星與地心復有分倍遠近皆可於歲輪而推其進退順逆知此可以定歲輪之必以地爲心矣

日月五星隨天左旋論一

天左旋日月五星右轉此說合之中西厤家同乎曰同然則其說均是與曰否天左旋是也日月五星右轉似是而實非也常因左右之旋而考之日循黃道之跡黃道右旋斜絡乎赤道而南北者寒暑之故也其必隨乎大氣而左準赤道爲出沒者晝夜之故也虞夏書以衡寫天（即璣玉衡）逸文猶見周髀之本至黃道極亦隨大氣而左旋晝夜一周又過一度是蓋古之治考日月之行以授時表中星以著候不言五步之術以治厤至漢然後推測五步之遲疾留退見伏之距定以左旋各爲經緯右旋者發斂之軌左旋者晝夜之象夫不知日入次二衡而暑甚出次二衡而寒以漸甚月入次二衡而減夏之暑增冬之寒出次二衡而反是是左行順氣自然而旋日月之贏縮遲疾積驗于既往其高下定而後左旋之規立此以璇璣玉衡順行之氣測天與日月五星之左旋也夫黃道日星左旋之天周而古今推移右旋者乃日月五星列宿旋轉之輪而非其實迹又因未知乎左旋爲大氣所運以成東出西沒之象又昧乎晉天文志左旋右旋之說於是取證周髀蟻行磨上一語儒者往往以左旋于右爲順遂外七衡而疑日月五星亦右旋矣皆原于步算家與儒者各持一

議復執一蟻行磨上之語故右旋之說乃牢不可破夫即以行磨之語解之不唯磨之上石左旋也卽仰石亦左之所不動者唯磨心之樞木耳磨石之中試設一圈斜絡之近上石又設一圈交于中圈半在中圈而上半絡中圈而下上者亦近磨石上側下者亦近磨石下側使蟻右行中圈之交磨動則二圈分疾遲疾者外圈遲者中圈蟻不能行乎疾圈也必隨斜而上至上側中圈而遲繞以行以疾覩遲似有順逆之旋若磨石左旋一周而中圈亦左移分餘人見其遲故以爲右其實非也所謂隨大氣之運而與俱左理則然也

日月五星隨天左旋論二

儀以蟻行磨上之說解其理以辯論乎日月五星右旋之非

是蓋又徵於七曜而實之矣七曜之東移又徵於天之重數而定之矣何也七曜東移不由赤道而由黃道立長短之規今古之南北交差四十有五度故七曜每日不能距全度而無差唯其有差是以見其平斜之勢而必由本天以帶之雖各自動于小輪不能不斜交赤道之內外以行其東升西沒之距而制動之樞全在動天恆星以內皆相附而行七曜既各有定所而其各動之天亦不能順黃赤二道斜交之處退轉而行於是相差而成動移以生逆度周天恆星行度甚遲而準於日古法歲差在黃道之一線隨動天之西行是右旋惟恆星其東移皆在黃道其所以右向原因天之左旋而成凡以爲七曜右旋者是以進順爲退逆矣梅定九論左右之

旋亦云天雖有層次以居七曜而合之總成一渾體故同爲西行是可以名之爲左旋又曰七曜之行皆循黃道而不由赤道則其與動天異者不徒有東西之相違而且有南北之異向云云如是以論梅氏雖以左與右爲並旋畢竟以左旋爲之宗或曰西人奈何亦以右旋測日月五星噫西厤雖至密亦未能言概準即其言天左旋以爲歲輪不相侵入而能自爲左轉又有水火土氣通之成一球向右旋轉而左旋之天不動又以太陽中旋而地球旋轉于外若此等解說不一而足有所可行即有不可行有所是即有不是豈可例觀乃明史載明太祖問羣臣左旋右旋之說羣臣皆以左旋對蓋用書經集傳蔡氏之說也太祖定之以右旋所以爲右旋者乃以月之行實之耳而後之厤家遂藉爲矩轍殆亦可云耳食者矣古人云天形如卵白地形如卵黃即此以論白與黃既無離合何分順逆世未有牽卵白而黃不隨以轉者奈何天左旋而繫乎天者故逆之而右行哉

日月五星隨天左旋論三

厤家測左右之旋而訖無定論者大抵所用者多以截法而難于厤法耳厤法者以理爲用而必取夫實截法者借象爲用而多近于虛儀嘗于厤家之談七曜而知之厤家以行之最速者屬月最遲者則鎮星（鎮星之說本未誤）而均以辰星太陽熒惑歲星皆右向而旋夫七曜之經天也本順天以運而非背馳者也故每日皆升於東沒於西天有重數則七曜亦層次

因層次以生微差所以鎮星之行雖至遲亦唯繞地左旋一日而一周積至於一歲之久則不能不退移一宿而終不能及乎天行之健於厤者家多以平面之輪與斜轉之勢窺之遂若無西移之率又因見其積退遂以爲東行皆在黃赤之側周而決以右旋定之夫天球之分輪有九重天之輪亦有動與不動是以七曜之左旋必有遲有速其行之最速者近於動天也其行之最遲者遠於動天也至於七曜之中其行之遲而退度之有可見者莫如月太陰一日之行常不及天三度十九分之七假以今夜月在角宿來夜則至亢宿其退距則十四度以十度餘積至二十有九日九百四十分日之四百九十七而會日至十二而乃與天會故厤家見月日太

白熒惑歲星之退而以爲東行則以右旋目之不知日月五星之退非實退也正其進也且非逆也正其順行也以不退而反爲退自必以左而爲右皆用截法之所誤耳夫必指日月五星左旋爲確乎不易之說者正非儀所敢臆度而漫證之也自横渠張子始定之而晦菴朱子闡發詳明其語錄問經星左旋緯星與日月右旋是否則曰今厤家是如此說横渠說天左旋日月五星亦左旋看來横渠之說爲不可易之論據此而朱子亦主于左旋也儀故曰天左旋日月五星亦左旋蓋觀象者必取實學厤法必準理左旋之象實體也即厤之順理也夫復何疑

德風亭初集卷七

金陵叢書

江甯女史王貞儀

解

句股三角解

句股之法載諸周髀而爲測量家之所須有絜矩之義焉於是測高者用立矩測深者用覆矩測遠者用偃矩測圓者用割矩測險者用重差測算者用八綫測度者用三角三角八綫一齊圓均線割線天線又生自句股而以正弦作用取正弦之術則又以句股化之言測量之術至西法已入乎深微然不能不求之周髀以立算蓋句股者周髀之算測量之祖也周髀載商高曰數之法出於圓方圓方出於矩矩出于九九八十一故折矩以爲句廣三股脩四徑隅五既方其外半之一矩環而共盤得成三四五兩矩共長二十有五是謂積矩趙君卿甄鸞及李淳風等注云此即句股圓徑一而股三方徑一而帀四伸圓之周而爲句展方之帀而爲股共結一角邪適弦五此圓方邪徑相通之率又作圖注云弦實二十五朱及黄朱實六黄實一此句股之起略也夫數圖而規也故理之以方方卽所謂周帀也物方而正也故出之以矩矩卽所謂廣長也其所以用九九則括乘除之法耳徑者直隅之角亦謂之弦句股各自乘三三則如九四四則如十六減句于弦爲股之實一十六減股于弦爲句之實九環而共盤則取幷減之積環屈而共盤之開方除之得其一面得成三

四五之數此句股之釋理也幾何要法之直角三邊亦出乎周髀句股而平觚亦從原之夫西法用三角猶古法用句股句股即三角三角能通句股之理句股之所量在邊邊之大小長短無定三角之巧乃限圜體于句股之內即如西洋厤所言寒暖五帶之說與周髀言七衡者同符嘗聞西人直綫曲綫之平弧三角不同而正弧餘弧垂弧次弧諸法要以八線爲用而一主夫句股爲之宗然角弧必兩相維而天元之體正斜反側八綫分晰各遇而後句股之法以成句股之端固有四曰句曰股曰弦較以句股弦相併相減以生和較和即併也較即減也句股之法先知二數然後推一見句股然後求弦見弦然後求較句者何橫闊之綫也股者何直長之

綫也弦者何兩隅斜線相去之謂也是故句與股併謂之句股和句與弦併謂之句弦和句弦相減謂之句弦較句股相減謂之句股較股弦相併曰股弦和股弦相減曰股弦較弦與句股和相併曰弦和和相減曰弦和較弦與句股較併曰股弦較弦與句股較相減曰弦較較此所謂生變句股之名義卽如句二十七弓股三十六弓弦四十五弓以二十七三十六相減其差九者較也句股相併得六十三者和也股三十六減弦四十五之差九者股弦較也句二十七弦四十五之差十八者句弦較也併句股共六十三六十三減弦四十五之差十八者弦和較也弦四十五減句股之差九其差三十六者弦較較也股弦相併得八十一者股弦和也句弦相

併得七十二者句弦和也句股之差九併弦共五十四者弦較和也句股弦併得一百零八曰弦和和倍弦實自乘得四千零五十減句股和自乘得三千九百六十九餘八十一爲實平方開之得九者句股較也前倍弦實減句股較九自乘得八十一餘三千九百六十九平方開之得六十三者句股和也句二十七加股弦較九共三十六者弦較較也句二十七減股較九餘十八者弦和較也句股和六十三減句股較九餘五十四折半爲句也股弦較九加股弦和八十一共九十者折半爲弦也弦和和一百零八減弦和較十八餘九十者折半亦爲弦也句弦和七十二減句弦較十八餘五十四者折半亦爲句也以上則皆以一百零八之總術舉句股分

合加減得算之例如此假如換數以起句股之算或以句三十弓股四十弓弦五十弓中容圓徑此句股容圓也則以得倍數爲實用句與股相乘得一千二百倍之二千四百弓另以句股弦併得一百二十弓除得中容圓徑止二十弓矣或以句三十弓股四十弓中容方徑此句股容方也則以相乘得一千二百弓爲實另以句股併得七十弓歸之得中容方徑一十七弓一分零矣假如句三十弓只弦多股一十弓則以三十自乘得九百弓復以多一十弓爲股較自乘得一百弓以九百內減之餘八百弓爲實倍較一十得二十歸之得股四十加較十弓得弦五十矣假如股四十弓只句弦相和八十弓則以四十自乘得一千六百弓另以句弦和八十弓

自乘得六千四百弓內減一千六百餘四千八百折半得二千四百爲實以句弦和八十歸之得句三十以和八十內減之餘得弦五十矣假如句弦和七十二尺又云弦多句一十八尺則以七十二尺加多一十八尺共九十尺折半得弦四十五尺內減多一十八尺餘得句二十七尺另以句弦和七十二尺以多一十八尺乘之得一千二百九十六尺爲股自乘數以方開之得股三十六尺矣凡此可云算句股簡易之法矣至割圜之法則以句股之術而申之但厤家所測乃渾圜非平圜以平圜較渾圜則渾難矣自元郭太史守敬以弧矢命算雖出於句股其法視古爲簡且精求弧角之法必佐之以割圜八綫弧與弧割卽弦與弧過八綫以半徑全數爲

弦正弦餘弦爲句爲股此其比例也而黃赤二道之綫因之因其三角三邊共六件以先有之三件求餘三件其與平角不同者平三角形之三角如平三角有正角一必有銳角二弧三角則或兩銳角或兩鈍角或三正角或兩正角不一平三角以三邊求角而不可以三角求邊弧三角則可以三角求邊因弧角邊皆圓度而無丈尺也平弧皆用八綫而平惟用於角弧又可用於邊故用平三角之法易而用弧三角之法爲獨難有以句股用割圜之法中其圜而弧分之截周爲弧背緪弧背之兩端曰弦直弧與弦之半曰矢弧矢之內成相等之句股二半弧弦曰句減矢與圜半徑餘曰股緪句股之兩端曰徑餘亦謂之弦句股之弦圜之半徑句股弦三之

方矩合句與股二方適如弦之大方減矢于圜徑餘爲股弦倂矢爲股弦差幷差相乘爲句之方減句于圜半徑餘爲次弧背之矢倍股爲次弧減次弧背之矢于圜徑餘爲句弦幷其矢爲句弦差差幷相乘爲股之方其三弧之截爲句股兩弦之差幷及兩句之差幷所爲方者等其羃焉同限之句股小大差幷互爲方亦等其羃焉此句股割圜之法其測綫之略可攷者又有渾圜之測中其圜而規之二規之交循圜半周而得再交距交四分圜周之一規之龠關之節也原是經度緯度分而經弧緯弧之度著參其體而兩其用用也者旁行而觀之也以經度爲節者其二規皆緯自交以至徑弧謂之次緯儀以緯度爲節者其二規皆經自交以至緯弧謂之

次經儀凡句股十有八爲互權之率四次經次緯二儀均如之經緯又各有互權之率距經緯之弧四分圜周之一規之謂之外規至以句股弦弧矢御之渾圜之規限正視中繩測視隨其高下而羨惟平視中規背以平寫規限竟半周得圜徑衡截圜徑齊規限之末抵外周得規限所爲半弧弦弧弦易正側之勢以爲平如是命外周之限爲其限凡矢屬于規限之端弦屬于規限之末一從一衡相遇也此渾圜測綫之大略可攷者至三角有垂弧及次形因有垂次而斜弧之算乃可詳而矢綫之加減可推第斜望之形其弧綫與平面而不能如平儀經緯之可以爲實度唯其正形用矢之度則有先數後數蓋凡三角形而平儀者則一邊之兩端皆可作綫

過心爲全圓之徑一主綫一加減綫用鋭角則主綫在外用鈍角主綫在內可以量代算之理其法詳備宣城梅氏厤算書中又有立三角法立三角者即句股之法古所謂塹堵所謂借土方之法以量天度也其形虛而與實並用蓋以黃道赤道之割切二綫而成者昔九章以立方斜剖成塹堵其兩端皆句股再剖而成錐體故四面皆爲句股梅氏演其法以爲測量且定以四鋭形爲句股錐以底方長爲直方儀以底爲渾圓幕之分爲圓容方直簡法儀三式是誠會通古法西法而爲之者矣以上皆從句股而生故均得以句股名之而特舉其大概大抵三角八綫之法必始于平三角能知平三角而後能伸引無盡然平三角又出之句股故又必先求知

句股以推其餘夫而後可因角以知弧因弧以知弦因弦以知矢因矢以知綫因綫以知正背鋭鈍之理焉目下習厤算之學者頗多以前如李治著測圓海鏡顧箬溪著八綫表用及弧矢算術周雲淵著神道大編至如王寅旭先生梅定九先生各集其成莫不思精學博其所演論皆多發西人之未知者至若劉徽祖沖之暅之趙友欽甄鸞諸先輩又可云極句股之神定九先生曰三角之理不出句股故鋭角形分之則二句股也鈍角形以虛補實亦句股也唯精求不怠自能得其全據此而言之則西術固或有勝于中法者而其所得之數固非西人所別剏實本中國所自有者是則中西固有所異而亦有所合然其法理之密心思之微而未可以忽視夫益知理求其是何擇乎中西唯各極其兼收之義至使足以通達而高深廣遠之用已參伍錯綜于句股之中亦在人之善會而已

月食解

日月交食之道自來厤家考訂推求至宣城梅定九先生可云至精且密然日食之理固極微而月道爲尤難他本厤學書中亦往往有雜引之處讀者又或未之能詳故茫乎如分徑之莫擇其擬道周衢焉嘗考月能掩日日能蝕月日遠月近不必立表而自易明而西法則以日月高度各以五十然以太陽表景長于太陽又曰能知其爲五十度之高必不然矣是厤家以爲月道之極環于璇機又斜交乎黃道凡二十

有七日小餘不滿少半日月遶其道一終日月之會凡二十有九日小餘過日以起朔十有二朔凡三百五十有四日小餘不滿四分日之一而近歲終積其差數置閏月定四時成歲故堯典以朞三百有六旬有六日計之然後時序之從乎日行發斂者以正若夫日照月而月乃有光人自地視之唯于望而得見其光之盈朔則日之照月其光向日下人不可得而見餘以側見而闕日月之行朔而薄于交道日爲月所掩則日食日高月卑其間相去益遠故其食分淺深隨地之方所見者不同望薄交道而月入闇虛則月食張衡靈憲所云當日之衝光常不合者蔽于地也是謂闇虛月過則食闇虛之爲地景故食分去聲淺深見者皆同月出入黃道表裡不

及六度是以巽于日躔也大抵月體極圓半爲明半爲魄其明魄之界時爲弦直綫時爲弧曲線因其圓也以生弧線而人目所見似爲平而正如平儀然儀之子午圈可當月周皆大圈也儀之極分交圈可當上下弦明魄之界皆直線也儀之時圈可當太陰每日距太陽漸長漸消明魄之界皆弧曲線也月有明魄之界二一爲日所照之界一爲人所見兩圈于定朔相合爲同即西法所謂照與見相反也定望時則亦相合爲一即西法所謂照與見相同也過望朔則漸相離即西法所謂若黃赤二道之距遠度也以是朔前後光魄消長之分數少兩弦前後消長之分數多望前後復少亦此理耳至月又有本輪次輪之分即月離表用二三均數加減立表

也凡推月離之法必以第一均數均其平行自行爲實平行實自行又以實自行爲木表之引數或上或下各有加減之號即如立表月離宮用五則其度爲當二九二八二七二六二五二四二三二二二一二〇也其距日則一二三四五六七八九合一至九而復一〇也其加減必用五度者取整數也梅定九先生復作定交角法乃借黃道以求白道也黃道上兩圈交角以白道黃道之交角損益即成白道交角恆視定交角交滿九十度以上成鈍角即東西相易其法觀近交時白道與黃道低昂異勢定之而其差生焉且亦有東西南北之分如月食八分以上初虧東北復圓必在正西八分以下陽厤初虧東北食甚正北復圓西北陰厤初虧東南食甚

正南復圓西南並以月光體中爲主與日食同其月定均者遲疾差也距弧者平朔與實朔進退之度也距時者平朔實朔進退之時日也即古法加減差也唯西法用于定朔故少有殊加減時即視時實朔時即平時其用又有二一則加減實時爲視時是其正用一則反用加減以變視時爲實時是反其用月離表之改用時爲平時乃據所測視時也所以月之食也天下皆同蓋月球並諸辰星之體望時月或至黃道正對乎太陽故春分至秋分日出地恆在卯正前斯月望對西正後秋分至春分日出恆在卯正後斯月望對西正前故月蝕特于望斯日月無俱現地平上之理矣他如月食闇虛之限其表闇虛者圓形也其法以闇虛心爲心併景半徑月

半徑相加度作大圓于闇虛之外是爲食限景與月各半徑相減作小圓于闇虛之內是爲既限凡此又推算月蝕之大概也厤書云日月相會每歲十有二次將會則月光盡闇而爲晦已會則月復光而爲朔乃日月之食東西同道南北同度晦前朔後近一遠三日以斜倚而爲弦與太陽相對則日光滿而爲望晦朔日月之合故月會日而日爲之食矣至望而日月相對東西對道南北對度則日會月而月爲之食矣而或者曰月無光借日之光以爲光望而正對其光既滿何復至于闇不知月質本陽而其氣則陰唯其陰與陽不相匿故日之精即月之闇虛至望月度行納闇虛故交食蓋日之爲光無所不照臨人在地平觀之則尤倍其大雖僅止一丸

之光使遠照之百步之外則大如盤千步之外則大如箕矣試即從瓦隙而視太陽之光末及一豆也而且隙中之一綫影下照于地者已大若卵何也在近體者小而愈遠則愈大也此日之闇虛小而散射于外其相當者只須一綫之對遂復還其本闇之體而不能侵焉猶憶戊申正月予讀張衡靈憲之文竊疑以亥子之時日入地中月出上中既間隔日豈隔地而會月思之及旬不得其解至上元之夕家宴于德風亭既畢各燈俱上一時燦然亭中區大圓桌一中梁上用繩下垂繫大晶燈一而東西窗際長桌上各大圓屏鏡一其高也與晶燈等燈繫頗低其光互及乎兩鏡之內儀閒坐四顧其時目注心思忽若有觸于心者因戲移窗西之一鏡下于地覺桌以上之晶燈其光遂不能及乎鏡蓋鏡爲桌所間也乃引晶燈之垂繩高之尺許而燈光又可及于鏡因光漸散于桌四隅之外也復漸引高其燈而鏡中之鏡光亦愈下下之與上恆若相避上之與下則恆若相望燈引高至梁且移鏡近于中桌之旁而鏡亦不能逃燈之照燈不偏而極其高而桌之面乃不能少隔其高矣于是恍然悟月食之理且可以悟天之內地之外四圍空洞雖日在地下月在地上若不相見而實無不見也又試作一圖于此分以南北東西共三大圈其東大圈而外月道在黃道之上至西則月道在黃道之下又于圈之心作庚癸壬小圈爲闇虛心所行黃道綫丙乙丁己辛爲月心所行白道綫甲圈爲闇虛綫覩月心行至

丙綫則其邊自與闇虛相切而光漸損矣月心行至丁則其邊全出乎闇虛而光見復圓矣若以地平上太陰加臨方向東升西沒而論則不論東西南北唯以月體對天頂處爲上對地平處爲下而其左右前後亦然噫月食起算義甚淵深諸厤書法與說雖備而苦于曼衍今偶拈求其法而不揣妄陋贅以淺解并不敢以已見少爲軒輊蓋兼采旁蒐庶存管蠡之一得且名之曰月食解其不及乎太陽者以所解非日食之法至如蔡邕之言側匿許慎之言朓朒解以朔晦者大約合朔日食月質掩日有望有月食地求之影隔日平行相距實引交周分時各有算法又豈得一槩論之也哉

德風亭初集卷八

金陵叢書丁集之二十二

江甯女史王貞儀

書後

敬書先大父惺齋公讀書記事後

往者大父得罪後坐吉林臺站遂捐館舍於今將二十年矣慨公見背時手藏書尚有七十五櫥家嚴兄弟刻誌詩書以繼先志爲事俟後家難既作困沛無常而先人手澤逸散過半藏書遂無幾矣儀幼粗識之無既長稟訓內則女紅之暇恆延姆師教讀頗攻苦於詩歌文章之藝家嚴知而責之於是不復課佔畢矣而凡有先大父之著作雖片言隻字莫不什襲乎緘册之中故猶未至散失亦明知女子不能承家學

因伯父等困於坎坷年來又無暇及茲故儀珍之其所以然者亦以待弟姪之長而或知能守能讀耳去冬儀既于歸乃以所藏大父諸著作仍貯笥中不敢私攜片帙往也越八月偕婿歸甯復啟笥而笥且壞所藏卷册盡爲蠹蝕僅存讀書記事一部其後卷已蝕毀共猶存十分之七而已嗚呼此儀不孝之罪也竊嘗聞家父言先大父著述甚富在吉林時遭祝融之厄而焚者十有八九最爲得意而幸未被厄唯記事一部此本乃大父少年時應鄂松崖都憲幕府起及吉林捐館以前止校訂者爲藍鹿州龔天如兩先生殆將刊行而未遂之書先大父嘗歎云我不德遭茲枉禍生平無多作除雜著數卷外唯讀書記事一編皆我精神所寄託倘能傳之子孫亦略知我忠愛深衷也嗚呼大父之不愧于生平於是編得之而非其罪而罹之罪亦於是編少得其端矣儀誦見之下敬孝並起先志未竟尤用愴懷倘冀我弟姪輩奮勉成立則承先啟後有得於家學爲可幸矣甲寅七月二十日次女孫貞儀敬誌

書虎口餘生錄後

明季闖賊之亂猖獗毒慘淫戮無盡生民遭其塗炭每一兵過肆行擄殺掘墓拋尸殘虐已極人人思得而誅之雖髮數不能盡其罪矣然當其時亦唯無可若何聞聲而遁斷無敢攖其逆者而竟獨有一邊長白公出身患難際巨賊燄赫之時卒以奇策掘賊祖若父之冢誅已餒之殘魂戮九原之肝

腦使前明二百餘年之憤消于一旦此非大快人心之舉也哉雖然覆巢之下詎有完卵乃既被賊執即百邊公能無作犧祭之物乎而公則歷履彌堅守身彌固外迫于無援內受夫饑饉復能脫出重險以歸故鄉不特不死其身而并未嘗累及其家是既成其忠而復克全其孝矣嗚呼彼賊之罪雖夷其族不足惜也使其祖若父竟獲安於土室是王法所未及誅也乃王法無及誅者鬼神能誅之而鬼神又不及誅而必俟邊公誅之邊公且以筆誅之蓋誅于邊公之手之筆較誅于王法鬼神爲尤甚何也誅于王法者一時之誅誅于鬼神者人不及見之誅而誅于邊公之手之筆則合王法與鬼神而成千萬世之誅也語云事不處乎至變不足以勵天下

之至常法不明于至公不足以訓天下之至達嗚呼邊公之行至變也而實至公讀是錄者可以爲天下之凡爲忠臣義士者稱快矣時乾隆六十年七月四日德卿女史王貞儀識

敬書家大人醫方驗鈔後

醫方驗鈔四卷乃家父手輯已驗內外時證之方家父素精于醫而不常臨診偶有乞之醫者亦不辭時既久凡所已驗者必立之案其書之所鈔皆經已之醫而驗之者也其例先錄證之細原次錄合乎藥性之宜次錄藥方有一證而參酌更易至數十方者蓋於疢疾之初起及已成凡九候之大要六根五華九實二冬三建之形情亦云簡而詳矣竊謂人生情形性命修短强弱肥瘠內外之分天時溫冽燥溼之異地氣東西南北之別病不同則脈亦不同脈不同則方亦不同昔河汾氏云醫者意也藥者瀹也先明白其理意而後以藥劑通瀹之此論可謂神于醫者矣是則醫非徒以藥視病而亦不能舍藥藥非徒以方全醫而亦不得舍方醫之有方殆猶舟之有柁弈之有譜善用之足以制力不善用之未有不覆且敗者也今世之讀書者或間有一隙見即自命知醫及其治病也則昧于陰陽表裏虛實緩急純雜留匿隱顯轉變諸理每視一病也槪執成見又或自出聰明剏一法劑方與藥誤藥與方誤未有不殺人者將責人確守神農子儀之學或定如周禮五醫所治固已非其時然而按方合證之當用其心此非偏語也今驗鈔諸方必曰即持一方而能愈數十

病此不敢知也而變化裁行之即一方而仍可起一證者又無難也此非方之神方雖驗而要在乎用方之不徒以方試人必有審脈勘證之確理在也儀侍家父側亦素推究諸醫藥之書又常問習其道故略知門徑然即自有微疴亦未嘗矜所能以自治非故怯也所謂導之以藥石必和之以道德臨證多然後以藥飲人夫又豈可以一得之見遂恃所長哉嗟乎養身者不可廢醫藥而醫藥非徒恃以養身猶之治國者不可廢兵刑而兵刑非徒恃以治國家父嘗語儀曰雖有神方不如治病於未起斯言也即法存而戒具之深意儀敢以跋此編

跋

許飛雲女史讀詩私箋跋

向來說詩諸家異同離合紛然聚訟考之注詩者齊魯韓三家廢於毛氏毛氏又廢於朱傳然城闕等篇亦未嘗不別存其義而或謂刪詩三百篇止在字句不在章什顧何唐棣茅鴟其先且有倩盼祈招二什笙詩無辭九夏已缺夫豈可穿鑿其說哉況主志主文有美有刺有貞有淫有常有變雖百世而下誦讀詁繹尤且不能悉其所以然者矣有如二南有正風而野有死麕明涉乎變十三國爲變風而柏舟淇澳緇衣明繫乎正且葛覃鵲巢皆錄女子之賢而幸者綠衣日月終風碩人皆錄女子之賢而不幸者然無非詩之正者乃後繼以凱風雄雉牆茨偕老桑中鶉奔諸詩此可知爲勸爲懲美正而惡邪之義也他如關雎一詩或云稱后妃之德或云刺康侯晏起芣苢一詩或云婦人樂有子或云傷夫惡疾黍離一詩或云閔宗周或云衛公子壽閔其兄伋是又羣注家之各異者至其韻義也宗室牖下則下讀戶音何其久也我行永久則久讀几音實維我儀則儀讀俄音象服是宜則宜讀何音此特舉其略而疑義紛如少不加察文義音韻互舛矣己酉冬偶從胡慎容女史案頭得吳趨女史許天衣讀詩私箋四卷蓋女史手錄之本而待付梨棗而未克就者按卷前有自序其略曰余少篤好讀三百篇長而不輟尋章摘句間有所悟時出己意爲之疏證又用心考稽諸家詩本彙參

其義蘊附以私見聊錄素本久之成帙遂分四卷固知考據多有不合處名之曰私箋俟世之博雅君子有以教政之也云云以余讀之其所辯疑處甚多亦且實有工夫特欽其一女子也而能知讀書如是故跋以片語或他日鐫之問世使學士大夫又知閨閣中正不乏風雅之人也天依字飛雲吳趨王又溟室著有詩文諸集行世

幻情緣傳奇跋

若夫木客花妃藉文心而寫像蛇神牛鬼屬奇手以傳形耳聞蟻鬥傳誌異之書目見天蠶譚誌廣生之譜而且千載佳言樹名連理一時新語獸號比肩三生夢渺石亦能點其頭片月魂歸甕竟知移其腹青[illegible]墮剖木之胎才人閣筆紅雨喑飛香之夢樵客傷心對癡人而濡首難言牆壁皆通與道學而低眉豈止肺腸盡曲然而曹邱生果爲罔兩難遣以桃茢而仍來魯仲連或作齊諧試聞於笙歌而亦妙按異調而舞禽政使秋容頓展對羣芳而把盞何妨笑口頻開此情田老農幻情緣傳奇之所由作乎唯老農以蒙莊之巧想運遷史之文心借酒杯而爲侶則塊磊可澆憑斑管而怡情則詼諧間出偶製粲牙之劇遂令花樣新翻戲塡編齒之文頓爾芳華別紀妙不淪風共歎雄才繡虎貞偏取媚已非小技雕蟲殆點金銀于瓦礫現慧業而振庸愚變腐臭爲神奇借空談而爲解悟者也於是鸞簡徵文託孤標於庾嶺龍梭織字尋雅韻于小山魂非倩女反爲籠裏書生斧擲吳郎卻化窟

中仙子散彼天香用訂蔦蘿之好描他疏影因聯松竹之盟孰意鐵羽空禍憑招江上之魂忽爾屑木遺殃幾墮月中之魄檟榔登頰老牛徒致垂涎帷幄運心野鶴還能化羽李俗桃粗不止富家老翁大抵人情嘲盡風狂浪湧兼憐貴介公子亦且世態萃窮矣嗟乎阿堵中人慣燒琴而煮鶴斯文之士多惜福而隨緣問散花之地則城號芙蓉升長恨之天則宮名兜率又莫不是本情根想通幻境此其大略有若斯文者是知東方游戲原似假而似眞南郭滑稽本若無而若有在昔泛洄探幽維楨作杏花小齣渡江迷夢子敬唱桃葉短歌未能數見其新奇亦遂僅遺于優孟而是本之作則黜月露于西崑放擣別題金粉得文章之餘奪幟標于北院特翻舊套草木應氣機之先自有知音妙解不必指傳倘如俗子妄議且隨鼻聽云爾　德卿戲跋

余不善屬詞而雅不喜作四六文章雖偶爾弄筆動即棄置之以故存稿無此一體今春讀幻情緣曲部畢値作者索題跋復由見獵心喜遂製此付之又錄稿于集之尾端聊用佐他年談柄可耳非有意存之也

文

祭誥封淑人陳母卜太夫人文

仰維賢母實我之師煌煌壼德肅肅內儀孟訓陶範兩能繼之於乎哀哉母也之哲聲聞戚族傳彼遺徽莫不企牽雖居宦室敬守坤則秉躬慎勤私餽必黜嗚呼哀哉如貞儀輩志淺才疏受知帨下授教殷劬女工而外兼示詩書慈誨諄切骨肉無殊匪仰德教且感仁噓嗚呼哀哉葛覃之勤采蘩之敬螽斯之和樛木之信風詩所美母萃毋咨家門既顯章服既華賢哉吾師莫少矜夸康甯富貴衍慶靡涯於乎哀哉可式可揚瓣香百拜戚然心傷淚沾要絰慘怛臨喪用申虔告並寫衷藏於乎哀哉尙享

二妹祖奠文

維大清乾隆五十八年月日愚姊貞儀謹以茶香牲醴之奠致告于二妹之靈曰於乎今夕何夕几筵在室紙紼在旁爲我二妹歸乎窀穸之期也耶二妹有靈聽姊言否二十年中親姊依姊行必肩隨左右不越棲棲自幼爲手爲足和而有嚴無少乖則及爾少長教以誦讀心維口誦過目不忘中饋女紅尤克勤謹梱德遵率閨訓肅嫻豈意抱疾竟爾就木雙親愛割傷如之何遺憂孔深乃不復顧嗚呼二妹何罹此咎腸斷肝裂淚灑聲吞妹竟罔知果其死耶載悲載問夢耶非耶茲維我妹靈輀啟行撫棺一慟白日黃泉亦既永離非唯死別而今而後已矣焉哉姊懷萬千告妹止此悽愴恍惚神庶鑒乎嗚呼痛哉尙享

銘

題外紫雲研銘

剖取紫雲琢成研石名尙其端德友其直爲澤爲霖涵星鑒日

端研銘 為武進程德媛女士作

知白守黑表質含章麟紋鳳羽闇然彌光

德風亭初集卷九

賦

江甯女史王貞儀

浙江潮賦

有薦紳先生觀濤于浙江進東海子而請曰維曲江之有濤也見枚乘之七發今江皐乎敖游果洪流兮汨忽若接地而浮天似搖吳兮撼越或澒洞而紛騰亦鯨見而鼉沒馮夷擊鼓兮來臨海若翻波而瀇渤望變幻於須臾兮幾窮覽之恍惚其隱約也游鱗浴鷺之迴翔其鼓盪也金蛇素蜺之飄颺其層起而疊至也若銀臺玉闕之輝煌其突集而忽散也如霜戈電戟之縱衡嘘吸坤輪沐浴扶桑弭節乎同陵之口振厲乎胥種之方紆徐乎嚴瀨之磯洄溯乎桐君之鄉彼光怪之過瞬杳莫得知其京且擬議之多口嗟終等於望洋唯子生長乎海濱盍爲余一指其始卒之詳乎東海子乃示其端倪稽其興息以復先生曰原茲浙水海會津關匯由天目派發黃山界於廣陵而判支從徽婺而還承一脈以曲注經三折而相環緬曲江之賦證啟錢塘之名灣波撼三千讖其往復氣吞八九大其瀼潺過浮山兮洄伏導漁浦兮滔浚詡巨石之鞭來海門一線比長弩之射去龕渚半彎蓋凡有潮者以千百計獨羅刹爭奇於天地之間夫其未作則陽侯斂波百神息景浩乎如白雲之漫平原殆先生所謂隱約與及其始興則雷車轟淵風師播舞迅乎如飛雹之下天門殆先生

所謂鼓盪與當其盛至則硣巖磵石㵯渚槩瀰蕩乎如鐵騎金冑之奔殆先生所謂層起而疊至與迄其將退則或吶或吐乍伏乍生沛乎如雪融冰潰之翻殆先生所謂突集而忽散與瞶觀之合論之誠六鼇萬馬之騰屯餀天穴之銜闢耶低於胡底幾地軸之湧沸兮不可名言驚抗蛟而裂象亦形迷而胚渾晨則日本琉球暹羅高麗諸國航揚而浪破夜則龍神鱷王鮫師海客羣族蟻起而波昏至矣哉浙江之潮羌變化之不盡亙今古而期信斯存則其爲廣也視之而盪盪矣其爲形也欲乎其沆沆矣卻衆柔之繁溼燥神方之獨抗屹外洶以山立瀑爾飛以遠泛倏劃礫而藩䬑或閧千而壓萬既雄棱之後鬩且澎湃其前判一云進退之垠恍與天爲

畔岸至如春夏之差小伊秋冬之旺相其逾朔乃遠長而陡興其過望乃積日而激蕩且浙者折也則取其潮出海屈折而倒漲也夫腹之左以大江爲罩喉之右有巨澤相灌夾羣山以遠入射一帶而中斷以故唯山石之互觸遂水性之難降小波之淙淙以爲淪大波之奇譎兮以爲浪涌裔兮倪涘逾拓衍溢兮津涯瀰漫其增也其羸也雖窮委極原而實難爲之狀矣是蓋天一之有綱維地六之成主宰嗟水德之昭靈氣化與以默待夫乃由日象之升沈隨月離之隱晦既消長之有恆且晝夜之不改氣上地下而潮溢于子氣沈地浮而汐縮于亥七月張大數驗乎奇六時陰凝輸從乎倍閏警鶴而候堪推辯懸魚而占有在斯又吳越之具區唯極東南

之地脈由然可傳信于千載者也迄今考山海之經覽浮圖之迹徐叔明之錄彰彰余安道之圖歷歷塔名鎭海羣山之景勢特增閣號觀潮八月之波濤尤溢江既異乎瓊縻期且分乎日夕若夫曜靈翰浴金烏西歷謂應朏魄兮天上通地間之消息或指旺而指衰或分呂而分律此則盧肇之虛誣鄒衍之誕僻有若滄桑寄慨游眺興嗟溯句踐夫差之興廢憶會稽檇李之繁華是處樓臺相㴒東南之水常年宮闕竟開千萬之家亦有門對寒潮兮誰攀岸柳樓觀曉日兮空悵唬鴉然試超彼周季泝厥古遐安得謂鴟夷漂泊雲旗紛拏洶不獨爲江國之保障而亦澤藪之足夸也斯實阻三江之逆上會百川之到東每一日而再四歷四時而皆同沈壆之

歌詎能詳述景純之賦豈足摹窮若夫思患預防之計寓於探奇選勝之中沿江有塘溯功曹之偉蹟鹽官是築傳李濬之豐功而東海子家居江國神游蛟宮欣川瀆之神順撫大觀而淩胸幸少語所知聞諒不河漢是蒙於是先生翻然舒志濬然滌欲恍然發凡愾然醒俗謂子奧論如窺日域指迷去惑洞乎詰屈信潮汐之應天感澡溉之不局亦卻疑而啟悟明往過而來續歎逝者之如斯而有惕乎深曲爾其得言忘象長嘯瞻矚覺海闊而天空極遐賞于心目

怨曉月賦

桐間露下柳外雲收殘星明滅河漢澹浮雞聲催曙雁陣儆秋有美人兮二八當三五兮含愁心耿耿兮不寐奈長夜兮

樓頭爾乃芙蓉帳開鴛鴦枕閣玉臂宵寒羅衣曉薄漫開綺窗半捲珠箔對銀缸兮燄銷見蟾魄兮情託鏡分缺影欒映清光一痕纖而欲墮疑朦朧而如霜照玉容兮寂復寂愁鬟箭兮長復長故夫心緒無端幽思難綰鬢鬅忘梳臉紅微斷春山漸低秋波倏散語匳鏡兮欲嬌攬流暉而薄怨倚簾櫳兮徘徊乃忽忽其掩面於是望塞北而相思哀江南兮意馳抱雲和兮默指擫玉管兮忍吹又莫不迴身耐倦對影生癡悲深曲兮獨坐空吁咄而顰眉

春柳賦

天涯早春青鳥司辰和風微扇凍意方勻依依楊柳嫋嫋林濱若夫萬里橋頭三條陌上一痕鴨綠乍見凝波尺五鵝黃

未能濯浪疏宜帶露知素睫兮欲開弱不禁風早短眉之才颭三眠三起一笑一調離情慣綰別思常招青入東君之眼纖如南國之腰幸芳年之可恃撫瘦影兮魂銷又若悵春半之飛花看日長之飄縷過瀲灩之池塘嗟漫漫之江路縫懷杏花之村傷心桃葉之渡何來雎雉將銜蘂而為童坐倦鳴鳩想裝棉而逐婦於是洲荻吐芽江岸飛花青煙隱鷺碧浪藏鴉沾楡莢之雨細舞楝花之風斜擘晴雲而不已烘暖雪之微加又莫不歎章臺之走馬過隋隄而停車至於青青陌頭鬱鬱園西江南江北離別噓唏乍牽玉勒遂騁金羈斜陽出樹晚風吹枝盼長亭短亭之婀娜益使游子而悽迷物猶若斯情有未免愁客途兮遙遙睇塞垣之獨遠懷故國而心悲望天涯兮思綣聞羌笛之悠揚慨迴腸而宛轉

吉林春感賦

於時條風和律春曦暖延木德維仁孟陽以宣泉汩汩其動地雲藹藹其散天沐芳景兮融節泥晨霞兮泊煙納退情於深曲鬱方寸以傷年況異地之遠適孰殷憂之可捐彼夫吉林之地土堅風勁松花江兮冰凝木葉山兮塵亙望黑水之悠悠更黃沙之影影序雖謝乎元冥氣未升乎出震負冰之鱗尚潛啟坏之蟄將曣眺平原之宿莽馳悲懷而常耿圉之憶江南之早春已寒退而暖更蘭澤先襲蘋洲午晴地有山兮皆秀樹無枝兮不榮朱雀橋邊回柳色烏衣巷裏囀鶯聲鶬鶊拂羽而催耕鶻鳩乘時而嚶鳴乃三春令敘萬里家鄉

試登高以矚目極雲天之微茫魂一去而欲銷夢徒歸而微行詠紅蘭兮懷青桑思洞庭兮悲瀟湘嗟幽林而燕弔坐古院而苔荒挑尺錦而每倦把一編而善忘何余心之于邑共春色而飛揚思飛揚兮無限惜朱顏兮繾綣送韶華兮日遲對白日而情遠彼流光兮易遷思高堂而不見噫歲月之久暌空淚下兮如霰

秦淮五日競渡賦

粵若句芒司職薰風扇暑初焚芸香乍頒艾虎無須避兵之符爭繫長命之縷擬修春禊月已過三快值端陽辰還建午則唯桃葉之渡青溪之渚羅綺含香珠光入戶士女摩肩軒車接武慨三國之山川按六朝之風土原夫競渡者盛于唐

代始于楚室結綵鷁而羣游鼓畫橈以並出錦纜長兮可牽徒侶衆兮斯率而說者曰此蓋弔忠魂于三閭是以競龍舟于五日也千舳其紛雙槳以泛天末牙檣映波蜒蜿水勢鱗鱗歌喉宛宛洵吁且樂竟日之游盡往觀乎樂而忘返樓當結綺門對秦淮紅欄畫敞朱屏曉開掩螺殼之幛排雁齒之階越女隔簾兮小立趙女當窗兮相偕亂衣香于人影喧紈扇兮金釵方諸漢水明璫雜綺羅兮晻藹思彼湘流漲膩窺雲鬟以環迴三隊五隊忽東忽西乘風如箭破浪時迷潮共錦帆上下船依綠水高低其初掉也如燭龍之浴波其盛集也如蜀錦之濯溪蒲酌才酣看蛟魚之特戲楚些歌漫豈牛渚而燃犀則有長安俠邪金谷朋儔攜妓結伴載酒來游看

打鼓兮發船水流不競或擊波而拋鴨笑指中洲復有臨波微步皓齒明眸眉描蛾黛鬢妒石榴紅兒雪兒音裹箜篌桃根桃葉肩並蘭舟既詞裁乎卻扇亦錦擲于纏頭殘照在樹夕霞抱月迴乃采騎歸與繡轍指競渡于清流誌幽賞之豫悅聽簫鼓之乍收欣錦標兮既得於是歡觀止于游娛且誌勝于天中之令節

七夕賦

今夕七夕天孫停織傳乞巧之靈期爲牛女之是匹正銅儀之改候亦金氣兮迎律若夫烏啼欲栖涼月生西銀河耿耿玉露淒淒碧落迴潔星光迷離千門萬戶頻相語盡傳此夜當佳期則有綃帷綺閣向晚初開雲鬟霧鬢月地花階鍼穿

九孔瓜泛三回望星河之絡角悵玉露之相催驗珠絲於卍字凝笑靨以低徊唯斯時也余方獨坐夕戶未扃見女隸兮三兩虔設供于中庭效瓜果之常會深下拜乎雙星互切切以私祝向天上而叮嚀願乞願于所祈易身心之鈍冥更羣請于余曰故事所傳人言有謂鍼縷招靈香煙卜瑞錫年錫福得富得貴心目聰達手口敏慧去逆來順滌闇銷頑盍試秉拙以就巧而一爲祝詞于斯意乎余笑曰嗚呼噫嘻吾且語女夫物之生也定于降質明于賦形賢愚庸智自然之經況復人情萬物之靈形質既判巧拙攸分何深機之不究如尸頑而木停而乃淫嗜奇新思爲妄營至如巧之較拙也方則枘焉圓則鑿也雖公輸之能固不得以強合故材有異宜

理無昧奪塞不可易乎通兮倿不可移乎訥此實限之于天豈斯人之弗若今以女言論之將欲心思之巧剖精窮微鑿效迂則索隱鉤深起幽作匿則必至秏眊默塞卒自戕賊者矣將欲耳目之巧橫雜豎舒天旋地盧鬼神交錯不知所如則必至畢庸撤學妄念與俱者矣將欲言詞之巧相譸相張相敚相矯飾外悅人隱慝作藻則必至讒簧不閑淪越出好者矣將欲技藝之巧侈乎踰禮刻猴雕龍楮葉淩霄縛草象容則必至奇淫亂道災指墮躬者矣將欲修容之巧清揚婉媚脂妍膏燦饒美增嫮爲俗所尚則必至傾國漁身敝帚終享者矣將欲歲月之巧延年訪藥茹石服丹含蝎孕蠹外邪中乾則必至稟氣失中遭生不完者矣及其後也壽極佻薄

忠害仁絕悔莫能追巧且思拙反將悾憹峍屼鬱卷鯨廐美至弊生精德神竭手無成策足多背轍靈七難鍼有鍵喉舌茲斯數者天之所界夫亦有先伊巧之不能易拙猶聖之不能加賢而況詭曲之行宜惕拙直之德必宣守本來之形質尙毋中悖于天如是則留我之拙任人之巧巧固可入兮拙亦自好我之所有仁義是寶雖帝嬪之實靈無盱瑣之事禱羌抱樸而固醇兮終無失乎至道守無素以去惑排視聽兮遠靡睉黃姑之恍惚披幽曖于無知指河鼓而不言特遺形于辰倪聊澄心以辯難敢戕性而外馳凜庸言與庸行俾安貞于素持又何巧之爲乞女其勿復用疑矣

秋鞠賦 有序

昨秋重九余別南雄言歸白下董雪瓊表妹賦得秋菊詩贈行其辭淒然而別情溢乎言外也今年又值斯節覽花懷遠慨焉作秋菊之賦曰

時唯九日蕭晨季秋令節露將爲霜藹初應月三逕菊英繽紛斯發低枝圓靨穎豎卓越秋容逗濟老圃凝香葉綠蔕紫梗碧花黃泥泥郁郁犕犕煌煌稟靈和于一氣標勁節於羣芳靑女輸其耐冷素蘭怯以禁霜爾乃伴茱萸賤蒲柳寫莊金佩輕玖香因淨極而疑無蕊以秋深而倍久因之憶南雄冰署之侶閨閣論詩之友與久離兮相思遂搜篋兮得詩唯我曰歸之日送我涉江之時偶把黃鞠贈以新詞好語灑灑藉用慰之情眞語斐不蔓不支曾不交睫日月其馳斯時也

秋林暝煙風色蒼浩霞際空靑搖落伊早三湘蕩漾五嶺綿邈越南之梅待放江左之楓又老凝望眼以愁人徒余感乎懷抱乃歌曰涼飈颯颯兮吹林園英落落兮蕭森沃葉將脫兮未脫秋容凝陰兮未陰物作響兮應乎商氣特肅兮行乎金悲綠鬢兮就稀惜匳光兮淚零對東籬兮暮復暮盼鴻羽兮沈復沈歸去來兮懷故交采繁葩兮念分襟盟歲寒兮勿渝夙願貞後彫兮君子之心

德風亭初集卷十　金陵叢書丁集之二十二

江甯女史王貞儀

詩

幽蘭

幽蘭三兩蕊風暖午香侵餘芬靜可挹相對滌凡襟怡情綠尊篇諷誦紫霞吟意氣本同味晤言擬中林調琴一再操悠悠空谷音即此得玄理恍焉懷素心

中秋夜同女伴作

星河絡角夜三更亭院秋空露氣清坐久不眠因愛月桂花風裏聽調笙

天長舊居別大姊即次送別原韻

金陵叢書　蔣氏校印

閨中憐遠別相送感離羣故國翻如客知心獨有君可堪經月敘又擬隔年分雙淚尊前落關河悵白雲

京口夜泊

秋湖晚起江如海久客時多舫當家急浪船頭喧白馬飛星天際走青蛇城迴漫道眞浮甃渚遠憑看宛泛瓜遙指三山煙外影故園前路計非賒

水中梅花

冰爲繪影雪調容芳信無須嶺上通淸潔似君評位置水晶屏外玉壺中

過周夫人飲聽其姬人彈箏

良夜偶然集雨餘秋氣生人將瓊樹擬軒稱石華名勸盞藏花令調箏落雁聲快游須秉燭此會莫言輕

送汪妹歸華亭二首兼訊衛蘭畹夫人

楓落江寒蘋作花尊鱸秋好正還家行行送女愁爲別日下潮生雁字斜

不唱驪歌亦黯然片帆無那挂江天故人相見如相問爲道詩懷懶似前

題幽篁逕

種竹數十竿娟娟淨篠簜時有幽禽栖新粉落衣上長鑱每自擕鑱根劚玉版彈我風中琴泠然發淸響

舟行含山道中

浪到麻湖急舟行駛水灣峴山青幾疊看盡入昭關

金陵叢書　蔣氏校印

太湖舟泊

浩渺含帆影日高風意和湖天一以改山色澹相過水落魚蝦賤灘危竹樹多好尋停泊處涉險甚江波

山居即事次大姊韻

朝起雨初歇推窗宿霧消晨曦紅到案新漲綠平橋秧把田歌發泥丸燕語嬌喜無塵事至心遠地偏饒

鱸魚四絕句

華亭食品素稱饒秋後鱸魚味獨超向晚魚船聽打鼓破柑時節上江臯

一湖潮水白千頃三泖蓼花紅兩灣赤馬艇齊層密擺夜來滿挂四鰓還

吳娘少小嬌可憐翠網紅鉤取次牽好備晚餐輕作鱠銀花
爭道試新鮮
笑看潑刺濺香帬巨口纖鱗帶水分一把銅錢隨驗取但須
論尾不論斤

次題雲林小幅
倪迂作畫喜清瘦卻與房山筆法殊一帶疏林幾茅屋遠過
潑墨九峯圖房山九峯圖幅爲世所最重

感賦
拔劍欲舞室我非聶隱娘張琴待鼓曲我非漢女滄願言夢
游仙飄然駕鸞凰桃花春浪碧復碧輕雲飛越過三湘如乘
蜨翅下瀛海六銖衫底行鴛鴦采采朱蘭翠水浦紫瓊盌裏

烹霞光青禽化卻鸚鵡榼金盞翦作芙蓉裳丹顏漆髮獨難
老廣寒天闕隨翺翔吁嗟乎神仙殤去已幾許空勞服食求
瓊漿一時尸蜕等秋草誰治金棺葬玉房不若遯世飲醇酒
醉消三萬六千場

舟泊君山下
繫纜君山下蒲帆又暫停天邊晴月淡江上晚峯青潮汐經
秋迅漁罾入夜星客愁渾莫遣空爾悔揚舲

過邗江晤劉季容妹即別次韻四首
客裏經過話別緣催人又趁下潮船此時倍覺難分手瞥夜
仙裝亦黯然
故鄉同憶析居遲遷別年來遠繫思誰道交情竟如水閨中

舊雨記當時
後湖水漲雙鯉長修成尺素對魚腸春水綠波望不極山青
雲白來維揚
轉篷移櫂幾經程閨閣無端事遠征後會相思同別況隋堤
楊柳白門鶯

送大弟之吳門
微風吹短櫂波影逐吳青別遠歌楊柳懷深念鶺鴒片帆遲
落日客夢冷疏星此去無多囑音書寄莫停

同白鶴仙夫人夜語鶴仙將千是月回大興
同雲釀雪作層陰燭翦西窗夜漏深論到篇章千古事感生
離別十年心世無天上量才尺囊盡閨中賣繡金莫漫誤名

箋蝎記眼前巾幗幾遺音

寄題山陰女史胡愼容紅鶴山莊集後
名閨才女多少年紬青媲白能齊肩香匳解詠卽鄙世推敲
妙緒思湧泉氣粗語大尙編集背後傾毀當面憐不道眞才
近來少烏絲玉版原贋鐫錦囊好句刀可捉半出勦襲歸陳
編一經巨識遂稱播閨中名姓皆相宣愼容女士我素友三
生契結文章緣胸懷冰雪有夙慧搜羅子史稱腹便才情自
掩守隱德阿誰珍賞留丹鉛平生雅負丈夫志老年隨宦游
迴延名山大川任歷覽俯仰但與詩周旋歸來笥中日以富
長歌短詠遺新篇縱橫排奡有奇氣由情率性何纏綿晴霞
散綺濯鮮豔怒馬蹴陣枉奔逸筆花燦發不暇飾蛾眉淡掃

翻增姸觸目輒歸剪裁麗拾來好景成當前手鈔百紙讀百徧令人齒頰俱馨然始知實學豈能假含珠韞玉終當傳吁嗟乎如君才德兩足服紛紛滿眼何稱焉

連雨不止秋期在近欣然作此

已覺秋期近連陰旬日中窗添新紙白壁影夜燈紅菡萏池塘雨梧桐院落風炎威頓消歇天際有來鴻

對月

片月出雲際微風生樹間空庭秋似水相對伴宵閒

珠網

不向煙波萬頃投張羅屋角補旋休最憐花外風高處絡得游蟲晚未收

春曉聞百舌鳥

倚枕遙聽囀睍輕隔花幽語快新晴解將一片多情舌學盡春來百鳥聲

讀陳叟古愚遺詩

老矣先生志窮愁感獨多化機忘蟪夢塵事冷漁蓑名豈耽交甚詩將奈世何著書留歲月磨蝎賸殘柯

舟過洞庭遇雨

湖勢窮三楚何當小洞庭扁舟浮片葉急浪轉圓靈日月波心白峰嵐水面青巴陵晚來雨渾似作龍腥

初春雜詩

青鳥初司開條風已微扇登高眺平原春雲薄層片羣卉欣向榮衆草零露泫冰融魚意和日暖禽聲變延矚繼退賞微情逐時見景彼古先哲寸陰託依綣

戲四妹

短髮新梳兩鬢斜解妝也自學盤鴉嬌憨不識含羞意愛打枝頭並蒂花

喜元妹見過留飲

新霽多君至初春景物嘉東風喜寒薄酒力去愁些鳥啄閒堦樹梅開小盎花聯吟思好句晴月上窗紗

看劍同周夫人作

三尺孤虹影芙蓉淬鍔痕藏來珍玉匣看處引金尊肝膽眞交託風塵壯志存吐芒寒映燭欲舞憶公孫

對菊二首

紫萼黃英白蕊新日怡青眼自精神甕頭正值香醪熟不用籬邊送酒人

去年種菊花不發今年菊開花可憐屏列萬枝如錦幛鬢簪一朶似金鈿

舟行過廬山不得泊游悵然賦此

匡廬名勝天下無珠宮貝闕淩高區銀河倒向九天落千丈瀑布飛香爐平生有志不得遂臥游往往空躊躕今年買櫂値于役中流隱見浮金芙咫尺欣看石梁在相從直欲隨雲徂登臨窮眺陟高巘山椒歷覽輕雙鳧水簾之巖任探異鐵船之岫還追趨詎知山靈不我遇篷窗絡日嗟模糊石尤勸

駕鼓長枕孟婆促客催輕蒲十幅瓢揚過飛羽迅遄獵獵如奔駒江流激湍不可住徒令悵望無良圖吁嗟乎登舟難得值風便每每阻間留江湖今覺乘風反怏悒使我游興終迴紆何曾面目得眞見風景遂爾輸樵漁面目不在此山內東坡之論無乃迂緬懷意盡倐已遠臨流三歎思攀踰廬乎廬乎默相祝回舟他日游嶔嶇

同家姊妹等讀書德風亭偶作

讀書偏愛德風亭小隱幽居共止形竹樹當窗閑索句鼎彝供坐自題銘一春花事留香譜六代山光補畫屏欲擬修園稽董氏女紅同課戶嘗扃

夜泊寶塔灣値風

扁舟深夜泊愁奈巨風何雁影三江冷鈴聲一塔多篷敲經夕雨帆滯逆流波莫使連旬住勞心怨孟婆

寄懷元妹

解顏無雜韻春氣亦悠哉自與美人別閒庭長綠苔間關鶯可聽潋灧酒當開青鳥須傳信張琴待肯來

登焦山

峯勢長江矗濤翻天外聲潛蚪能護法徵士獨留名墖字金山寺人家鐵甕城高憑一瞀目東望海雲平

茗華軒曉步同雲溪夫人作

春朝嘗早起偶步快新晴芳草迷帬綠幽花襲袖淸竹承餘露薄蝶夢曉風輕更有怡人處初聞出谷鶯

題架上鷹

縮項坐秋風雄心冷如鷙何時脫錦韝怒翮摩霄去

月下同許燕珍夫人作

桂花香滿露華圓雲影秋空萬里天共坐閒庭風月下嬋娟何處最分憐

聞大兄有揚州之游詩以嘲之

煙花自古說揚州遲日聞君趁冶游卻笑纏腰無一貫也教騎鶴續風流

八月十九夜舟泊黃河口

倦遊頻水驛向晚又停艭打皷知淮俗聽潮憶浙江野風時擊枕急雨復敲窗強作排愁計孤吟對短釭

寄和蘭畹衛姊見懷二首

輭紅十丈倦游餘燕市風塵載犢車猶記德州茅店夜共沽羅酒試銀魚

聞說歸來日閉門著書幽閣寄遐情秦灰漢粕閒摭拾愧我徒看蠹簡生

重游梅氏挹峯園輓素英妹

名園重到一悽然記得聯吟劈衍箋綠蟻淺浮杯潋灔翠蛾低詠句新鮮祇今人杳空憑弔況值花飛劇可憐我欲招魂製香誄灑殘清淚隔幽泉

漂母祠感賦

高祠傳盛祀想見古風仍一飯情雖偶千金報枉矜侯功烹

走狗毋德尙餐鷹不少忘恩者銘心問幾曾

示妹

女豈矜文藝唯教德禮持有才非故晦端慮外人知

秋夜書室坐月

井梧寒葉作秋聲試譜新詞句未成捲起湘簾望晴月麗譙聽徹正三更

詠冰鮮魚

腥風過曉市販艇上冰鮮名勝斑鱗鱖形殊縮項鯿性柔灰用洗肉散線摶聯去甲還留肋抽丁更漉涎不須羹作鱠獨可腊成腴蔥汁微微入芹芽細細煎何妨食餐頓端覺異肥羶自是嘉魚品應教列饌前

京口

南徐恢霸業北固拓雄關山勢蟠增險江流擁作環夕陽懷轉戰漁笛引孤閒形勝看無極推篷一解顏

富春道中時值荒旱感成一律

千田無復有青黃赤地空遭旱魃殃村舍幾曾煙出戶富家聞說粟陳倉逃民大抵塡幽壑野哭安能達上方蒿目可憐塗殍況官人猶是急徵糧

寒食廣陵

寒食揚州路春風吹柳花可憐芳草色青徧玉鉤斜

臥病過江都劉季容妹見貽越游草因贈

篷窗人病廣陵城載艇先煩地主迎相對論心愁覺遣開顏傾釀醉難成錢塘潮好添奇句西子湖深動遠情從此一編攜作伴不教寂寞感程行

自箴

人生學何窮當知寸陰寶所難在踐實所尙在聞道貧賤安足憂戚戚喪懷抱名理非空談訓詁戒浮造術業分戶門聚啄特煩擾狂言發迂闊行樂極思早祇知及時樂不省過時老棄厭中心求修途空渺浩志力不能奮身名等秋草道裕守其眞外務盡屛掃男女非相殊彝德各宜保爲惡苦日多爲善苦日少人能幾長壽百年不終好實至名自歸愼勿事冥渺

舟過清江牐口號

急鼓爭開牐江聲湧巨流又過三板石回望浪悠悠

過黃河

曉日浴波出風催一葉舟地形通海脈天勢接河流古廟臨沙險神鴉向客投魚龍增壯據浩渺豁奇眸

下邳夜泊

黃石城頭雨不乾晚風吹送角聲寒扁舟不道小如葉載得春愁分外寬

彭城

漫憶三軍事人傳此地豪望雲吟漢氣行地紀神濤宅歎仙人死城留帝子高誰言老彭祖今已等萊蒿

登泰岱作

巨鎮標齊魯崇巍俯大東谷雲蒸萬岫海日浴三宮𡽹氣乾
維宰神根地軸通高平天下小身世等空濛

武城阻雨

岸岸垂楊處處村雨多銷盡客中魂扁舟又泊絃歌邑茅屋
人家晝掩門

景州道中

紅杏花將發綠楊枝已生景州城北路風雨近清明

題石濤畫 用古韻

石濤之畫有神韻濃皴潑寫任毫端試看下筆異人處如鐵
樹枝如扇山

過盧溝橋

黃葉寒雲秋氣蕭霜高疏柳下長條渾河兩度經行處又趁
輕車晚過橋

出喜峰口

萬里秋空迥長行出喜峰黃雲天潑潑紫塞路重重乍見邊
關月遙聞淨寺鐘前途經薊野山翠撲衣濃

過灤河孤竹城夷齊廟次壁間韻 有序

灤州有孤竹城城極小中立夷齊廟殿宇崇肅座上塑二
像皆服冕旒蓋自祥符中加封侯爵云然殊失其初志矣
廟後有請風臺廊宇窗楹高據懸崖之上平臨灤水松柏
蒼翠流影與波光相掩映其南則永平府按永平古孤竹
國秦漢時名右北平即其地也考書傳所載其立廟處唯
灤河爲正因敘其事而附記之

古廟臨灤水維舟上石磯賢人思舊德淸聖仰遺徽恥食原
甘餓逸名志未違只今憑弔者空歎首陽薇

過姜女祠詩以弔之 有序

出山海關外數里有姜女祠祠前土冢爲姜女墳墟夾石
即在其側至今猶存過者憑弔甚多

海畔荒祠在人傳姜女墳羅帬上苔色石碣對斜曛歎息長
城役空教炬火焚爭如一坏土千載誌遺芬

出山海關外雜詩

既過山海關險奧路莫測回首關內雲已遠千里白幾幾
經旬山蹊日以仄越嶺何悽惶關東三里有悽惶嶺一名歡喜嶺言入關則登嶺而歡喜出關則上嶺而悽惶也僕痡車轂扼身小路如蟻峯頭任轉側路經十
三山十三山在大凌河東按遼史燕王淳討武乾奔至乾州十三山下即此地也風景亦遼闊遙
見醫巫閭醫巫閭山在廣寧縣城西五里山極峻而秀雲表漾晴色危石絡懸崖
夕陽晤廣澤深樹唬鵂鶹行人悚魂魄從征事尋長瘁況敢
辭釋作此當紀游聊以述遐役

感賦二律寄呈許翠珍夫人

前輩風流盡後生多易量守愚嘲失馬作僞教鞭羊蠟嚼書
尋味沙蒸學倦方擊壺尊處仲心志太生狂

節時驚過眼懷富意空睞疥馬休低樹勞人羨暮鴉漫言年
似雨須識鬢成花欲覓安貧樂怡情詠歲華

枯柏歎 有序

予路過松花江見岸際有枯木一株橫臥其上盤屈數十丈遠亙有如浮嵐舟子云此柏樹也昔欲修吉林城將裁爲棟因其不能材遂棄之不數月其樹自枯而仆迄今五六十年矣余聞而感之乃作枯柏歎云

昔聞大別山虯枝淩白日骨立飽風霜云是夏后植又聞丞相祠森森上千尺剝落封古苔云是武侯澤豈非棟梁材特向山林立蒼古拔萃委盤根而錯節天日留貞心不受螻蟻蝕出世蟄坤輿詎敢施刀匕倘彼後彫幹神奇壽金石至今千載下見者猶太息我行松花江過眼覩異質枯幹若浮嶼叉枒突撐崪遠觀象覆釜一蓋團交密疑彼新甫根偶移當水驛豈唯不成材怪醜實無匹對之詫其形偶向榜人詰云

是六朝本年久遠盤屈雷火幾經焚江濤任衝洪老蠹食層膚虛心作風室生成無良株棄置百靈律欲取無所用工師復何衡我既聆是言深懷發省慄嗟哉彼蒼心畀質初非獨美醜任其天用舍亦難必唯人別愛憎取裁乃各出嘉樹多招尤斧斤或先聿既以醜得全何乃自摧劚君不見山中與祠前葱鬱尙如一抱此歲寒心堅勁不少折嗟哉材不材此理係造物

吉林雜詩二首存一 并序

吉林建木爲城界木爲街人皆倚松花江而居一名烏喇雞林又因造船於此故又名曰船廠江滿言松阿剌烏喇是也松花江源出長白山湖中北流合灰扒江至海西流合混同江入海金史名爲宗瓦江按康熙十五年春移甯古塔將軍鎭於此統滿州各兵並徙直隸各省流人數千戶居於此其地極豐阜云

板屋臨江萬竈居遐方時敘紀聞餘產成土物名多異（如樺木箱魚皮衣柳斗滿洲水木板鞋麻布紙等物類）佳久流民籍未除路轉黑河修舴艋潮通青海阜鹽魚經行莫漫悲歧徑大好風光畫不如

宛玉姊以桃花米粥見惠賦謝二首（桃花米吉林所產）

香秔細瓣煮新紅浪沸柔桃玉釜融霞散比鮮雲漾粉也教傳食出閨中

銀匙餡滑試膏殘窮我雙弓較食寒從此儂家留秘法待君他日共分餐

環翠園十詠爲卜太夫人作

綠蔭窗

萬綠擁虛窗暑翠多亦碧中有把卷人坐此悅晨夕

大雅軒

三百與十九元音眞大雅後來商羽分誰爲繼聲者

松石㵎

誰種松花石玲瓏曲沼分閒來堪煮服片片切成雲

來夢閣

小閣枕清渠夢蝶每栩栩朝來紙帳涼知有過溪雨

餐松亭

昨夜山風生亭前落松子餐取五粒餘幽香編貝齒

叢桂坪
依稀擬小山叢枝發古桂千層香晚花招隱樂幽媚
古梅園
種梅成古幹淩冬耐霜雪索笑正昏黃巡檐詠香月
采芳逕
春草綠三逕春花紅一蹊采芳乍回曲不覺空步迷
貯月臺
抱琴橫石臺中宵繁籟歇泠然時一彈桐梢下晴月
素心室
塵境一以遠焚香讀秋水遐哉盧室中獨有素心侶
白鶴仙姊海角樓讌集

多君招雅集相過暮潮平渡向柳邊入樓宜海角名佐羹秋
雉美供饌玉磨清拈韻還移席殷殷見古情
過宛玉姊二律
春雨乍過市細辛初作花小園容我訪雙槳到冰衙酒綠釀
松子餠香烹蠣芽（一名蠣戶吉林海物也）牆東重進酌新月上青霞（山名）
慙我不勝勺還須醉主人令多難計字園暖易爲春香靄梅
初落陰輕柳漸勻天涯休歎息猶喜暫相鄰
題小蓮女士行樂二首
菡萏風微麝靄香午餘清夢竹方牀亂頭粗服偏相稱不是
殘妝是懶妝
園林長日靜無譁一曲琴聲譜落霞儘有名閨生俗韋只將
俗耳付箏琶
吉林雜作
落日雲光冥暮色起莽渺風細黃沙飛林昏失墟道編木結
板街築室聚幼老炊煙田家白樹影村陌小牛羊下來多虎
彪出山旱遙望海氣生模餬隱諸島矚闊眺不極倦眼滋幽
討勝情固亦樂何如故鄉好
同鶴仙姊圍棋二首
松階閒坐理楸枰方罫隨看應變生笑我曾無銜奪手底須
黑白數分明
也知計算等閒機翻局徒嗤用雪衣勝固欣然敗亦喜蝸爭
原自共浮危

宴卜太夫人杯海亭次韻
亭開杯海帶春潮十二闌干雪未消梅影有香飛玉斝兔毫
分彩落銀貂徵歌聲滑筵筷冷拈韻思深蠟炬驕良會追陪
初不拂漏長遮莫聽寒譙
放雀
掉舌誰憐空好音恩多難絆白雲心只今放女須高去莫更
輕飛失舊林
長城懷古
拋殘地脈快圖成鋒鏑咸陽任報驚山鬼哭多埋匠骨人膏
餧冷塹儒生雄心空歎六王畢伯業徒輸二世傾難發可憐
傳炬火金湯何事費經營

送白鶴仙姊還大興

濁酒一杯詩一篇閨中相送淚潸然故鄉此去得全志孤档扶回大可憐數子但聽稱國士鍵關唯勉證泉緣袁枏詩他年有婦證泉緣行行前路憑珍重辛苦和丸令德先

偶題

由來疏瀹性靈中詩道無須較異同省識元音本天籟如何言志競求工

秋杪卜太夫人邀飲官署之聽桐軒出家姬演劇邀吳小蓮女士不至酒後各成一律彙寄小蓮

醉來還把菊花杯次第吟聯擊鉢催金縷曲終簫乍歇水晶簾捲席重迴品泉再汲亭邊溜愛月還登樹杪臺問訊彩鸞

應夙駕可能高逐片雲來

過吳姬小蓮影畫山園

畫裏園亭一逕賒偶來閒向美人家長成榛子齊牆葉開到櫻珠滿樹花月塢巖前烹石乳雲屏窗下飯胡麻品題幽興茲方愜疑是春明隱絳霞

吉林塗中

侵晨起夙駕駕言歸故鄉顧此本逆旅留滯安可常于役已有時徂謝驚流光山川一以隔杳若參與商歲聿忽云莫道路何悠長朝歷鳳台峰夜栖木葉崗買櫂渡黑水登車陟栗梁行邁歌靡靡憂心慨湯湯有滃從東來畢昴指西亢雨雪感載塗溼我征衣裳衣裳豈足惜徒御多彷徨旋歸固可喜嚴程殊未央

都中立春偶次唐人應制詩韻

太史書雲日皇都春意融賜袍天上暖舞象闕前工殿霽芙蓉雪樓和鳷鵲風土牛迎日北繡仗出郊東官酒屠酥綠宮花彩勝紅長安逢令敘熙攘卜時豐

過樂毅故里

片言四國盡連兵伯佐才華重樂生不道田單空一會大功微策竟成名

阜城縣有華陽臺相傳爲稽康學琴處

漫言當日愧孫登雅操堪憐絕廣陵猶有華陽臺址在授琴今日復誰能

白溝河感賦

白溝河畔思無窮日薄沙黃暮靄中石碣獨多新冢壘戰場空說古英雄斷戈人掘爲耕具殘骨秋將厲鬼風前路聊從呼晚渡悲歌無限感飛鴻

德州

行到青齊接壤州白雲回首去燕幽好沽薄釀春風店買取紅酥佐晚甌

舟次淮安

江光一色碧天低竟日長淮挂席飛兩岸霧多迷雉堞半篙潮上沒漁磯歌行秧把孤村過實綻梅枝宿雨肥遙指到家剛午節畫匳重理送寒衣

送朱海月閨秀返華亭

忽起故園思何當返櫂游離情橫落日鄉夢趁扁舟去去吳淞水依依白下秋尊鱸應正好風味念清幽

謝句容駱秋亭女士寄惠洋箋

東洋薄繭白於綿絕勝雲間五色全淨拂麥光鋪几處不教浮碧傲魚箋

硯北臨池惹結蚓篋前試墨笑訛魚多君裁取雲千片免向蕉窗翦葉書

曉過巢湖

一水迢迢碧巢湖路轉還星稀況曉月霧散見青山小泊菰蒲市恰當楊柳灣雞聲三唱罷此際客情關

問表妹張薇星病

念子身常病經秋竟若何藥酣知味苦詩好足生魔魑魎問形賦顛當守戶歌書方空肘後居止瘦應多

李姊芙和以畫蘆雁扇見寄作二絕句答之

江鄉風急起寒笳歷亂煙光清淺沙正是秋高菰米熟相攜新侶伴蘆花

古來畫鴈妙林良今日閨中得李孃六角忽傳霜月下令人那不憶瀟湘

春日偶成

東風又是數番吹落盡梅花雪滿籬鶴子庭前看學步柳條牆外乍舒眉弄晴作雨時難遣感事言懷恨不支遙憶閨中同調者素心經歲繫遐思

題方覺如夫人拈花懺佛圖二首

繡佛終年禮傷臺陀羅尼轉奉清齋蒲團坐破拈花笑定向阿難聽法來

禪心了悟參同契超越凡生色相空獨奈君家有夫子未聽常守寂寥中

題擣練圖

垂楊院落銀蟾小芙蓉池館驚秋老寶鴨不爇香縷殘曲檻圍屏更漏悄美人睡起帳函掀中宵倦頊雙眉尖徘徊羞共素娥語啟戶鉤上眞珠簾迢迢河漢帶千里青山無雲淡如水西風吹透羅衣裳欲步不步行且止攜將雪練筐中團晧

腕輕揮翠袖寒弄水照見水中影蟾光墮手難團圝似緒心情不堪說擣杵敲碪感行跡深閨腸斷擘蠶書絕塞夢遙盧雁帛高牽側下重復輕可憐盡是淒涼聲冰絲皎潔漾秋沼鐵甲辛勤猶邊城冰絲未翦鐵甲斂寢戈裂旆悲行隊邊風著肌慘不驕遙盼寒衣天上寄腕弱力弛響忽沈含笙總筑匪瑟琴旋環紆鬱間疏亮調非常律無定音仰聽哀鴻俯看練練剖波容隨月見征人目遠大刀頭欲託遐心翻掩面斂鞸烏雲雙鬢蓬一擣再擣哀丁東淚痕競和月影墮不辭待曉如兼工歸來猶趁殘星映啞啞烏號霜滿徑織成匹帛手自戕縫紩留心銅斗暈君不見東鄰顏色矜如花一顰一笑人爭誇日高三丈睡未足鴛枕鸞衾籠碧紗又不見西鄰嬌

女自尊重曉日初酣遮錦鳳㗱穀晨雞不肯醒柔情飛逐江南夢嘆息圖中擣練人役勞不及東西鄰容光日斂謝膏沐一水盈盈空苦辛

初夏雨窗雜賦二律同外作

輕雷殷殷動羲陽雨後殘苔欲點牆洒掃庭除心共淨遣排筆硯課無妨裁將黃葛單衫輭炊得青芹午飯香卽事消閒閒更甚晤言時物任相徉

暫息勞形好自便倦來翻覺日如年游閑蜂股愁花盡滯澀鶯喉耐雨延試土恰宜秧菊地飼蠶剛近熟梅天頻揮短麈煩蠅絕抽架圖書理舊編

迴文二首戲贈雲姬

微醉帶酣春態豔密愁牽夢午情多飛花落暮香消篆乳燕歸梁畫捲羅

香蕊散蜂含重露月華凝牖似微霜長宵怯枕分鴛侶遠路愁書寄雁行

德風亭初集卷十一　金陵叢書丁集之二十二

江甯女史王貞儀

詩

贈別維揚女子朱梓娟時在乙巳七夕

客裏發孤櫂當筵奈爾何來宵分水驛相望隔天河遠緒邈明月離思逐素波寸心憑錦字應寄別情多

槩谿晚泊

晚涼還小泊星斗淡晴秋聲隔煙中寺燈明水上樓雁聲生遠思波影黯雙眸萬里清暉皎三更露氣浮叩舷聊短酌倚醉忽長謳漫感天涯況偏消逆旅愁冰壺堪鑑濯胸境亦含幽

過新城縣謁黃太夫人村塾

炊煙依樹直沙岸抱村斜曲徑無辭遠幽齋即村塾名特少譁香寒淪茗椀冰碎響魚叉雅誼憑親串翛然偶過車

由青駝寺至郯城朔風吼烈兀坐車中氈帷四蔽作詩排悶

北風吹面起沙黃軛軛經程互戒裝弱質天涯頻跋涉饑年盜賊儆流亡輪轅露滑青駝寺棘刺途穿白鴨莊山名行過臨沂景蕭索氈帷卷曲倦輿梁

德州道中觀伎走馬

駿馬雖爲力佳人不勝情龍駒誇異種燕女鬥身輕乍看攀繩上旋疑逐電行爭馳剛欲墮賣險故留驚體弱愁翀舉鞭移處下傾汗沾雙鬢溼風入四蹄平撥叱形何迅翻騰解莫

名忽然飛立地含笑倚銀鐙

清口驛

小驛貧官無馬騎徒步來稽行客齋詎知客比官貧甚畫卷詩囊任檢攜

舟泊東光縣

落日高風動戍樓前灘迴曲暫停舟鬬山笳管聲偏壯江海波濤容易愁夢近天南懷白髮程行直北過青州勞心五兩他鄉夜歸思衝寒路倘修

過新泰縣

前路花園鎮人家雞午號暫停城下店偶作客中題正值雪初霽相看柳乍萇東風吹料峭寒意犯重綈

晚泊偶賦

春冷舟維斷岸沙柳枝低漾浪紋斜風聲吹作樹頭雨雪瓣飄來江上花短笛孤村歸野犢晚晉腥水過漁艖篷窗閒坐吟新月薄飲香醅饌荣芽

詠懷

老柏厲後彫寒竹翠晚塢卓卓幽蘭花凡卉不敢伍讀書貴適用浮詞亦何補盤根實成材固窮乃玉女瞻言守誠意遜志知所取奉身如奉璧畏名如畏虎展卷對賢聖爲徒倘與古

毛榴村女士畫折枝牡丹見寄題二絕答謝

瓊枝低亞玉闌干魏譜新描墨未乾好是日斜風細細素霜搖曳紫衫寒白紫二色

閨閣名高勝畫師欣傳小幅寄華姿珠簾香淨葳蕤鎖想見臨紈下筆時

過鄱陽湖

一櫂歷風波湖聲吼怒靁遠涯人跡少晚日盜船多雲鎖高帆斷天粘野樹羅客途驚未已空闊奈愁何

過嚴子陵釣臺論古

犯座客星明帝腹竟加股狂態固難拘驕名在漁父歸來釣危灘羊裘自千古雖然矢素懷無乃太矜許分即忘君臣道亦失賓主論心或可原論事特無取不見磻溪翁盡忠佐文武

潼關

路過秦州口關雄控九州重門嚴柝鑰盤嶺據咽喉白日千巖下黃河一塹流東南標險界行旅亦難游

醉蟹二絕句

誰道甕中天太小橫行應不憶江皋獨憐爾實無腸者拚與輕身一漱醪

已識名須醞釀眞流黃中熱味彌醇酒泉風味高團腹公子稱當署醉人

登太白樓

繫纜還來此地游十岑翠色俯江流樓臺自占無雙景詩酒人推第一儔幾點輕帆指天末數聲晚笛識漁洲憑欄極目

增吟與卻愧先生在上頭

題乘輿鍾馗圖

鍾南進士名爭諱神茶爲爪鬱壘牙平生啗鬼如啗蝨淋漓
赤口塗丹霞手擘山狸笑後怒眾醜役服憑紛拏楚龔獝老
非所侶拔河之戲負豕車道子寫生偶入畫咸呼馗髯稱辟
邪二鬼肩輿振四膝二鬼前導行同蛇一鬼勃窣負長劍一
鬼託帽顱交叉一鬼擔槖等尸走肌肉乾瘦骼骨痂老馗屈
坐醉兀兀袍破帶散身傾斜于思飄忽目閃爍奇形厲色何
所加人與仙與了莫辯藉君鎮宅謀孔嘉吁嗟乎白日之魅
方揄揶開元舊夢原盧夸

廣陵懷古敬次　家嚴韻

二分明月冷游槎別館離宮影落霞爭道珍珠紅豆社不如
香豔玉鉤斜吹簫曾照橋頭水翦綵空成苑裏花歎息迷樓
存故址蕪城重憶不堪家

莫春雜咏

乍驚夢醒窗初曙無那詩成日又斜紅殼螺頭傾竹葉青鏡
鵶嵩葬桃花

天涯綠盡王孫草杜宇嘸殘乳燕飛惆悵年年三月晚煙花
零落送春歸

游清涼山侍家大母

登山鄰女約踏翠上深林斜日挂松樹天風落梵音龍潭澄
水毒旁有烏龍潭胭脂井寄香心暑風亭相傳爲李後主率宮人避暑處今故址尚存胭脂井即在其

內臨眺遙岑外□□□□□

新秋同二妹作拈得心字

井梧初葉下秋氣日蕭森睡鶴有仙意嘶蟬起道心檢方因
較藥按譜學彈琴幽趣茲偏愜非關愛苦吟

附二妹靜儀詩拈得聲字

曲逕殘苔碧遙山夕照明掩書開繡幙對菊出銀罌虛室囂
塵遠新涼翰墨清晚風吹雨過蕉葉作秋聲

舟行對月懷家姊妹

絕岸蒼茫景懷人正九秋月光隨櫂轉江永帶星流何處漁
人笛他鄉夜半舟更憐天際雁叫叫下灘頭

再過廣陵

一別邗江又隔年水流花放尚依然平山堂上人何往余舊曾同家姑母游平山堂今姑母逝已七年矣
揚子津頭月乍圓淮北塵沙迷去轍竹
西風雨憶歸船愁看景物家鄉遠閒坐篷窗草素箋

漢江雜詩

侵晨出漢江西指天際頭有物如浮山隆然矗晴秋既抵武
昌郡知是黃鶴樓繫纜閒登臨雲水蒼茫流俯覜晴川閣下
眺鸚鵡洲放眼極高曠長征亦何求因風溯慈親而起鄉里
愁安得鶴復來乘我歸故邱

五色鸚鵡

鏤錯奇毛共訝看隴禽一種致應難羽儀漫混朝陽鳳空有
文章眩外觀

吉林途中作

風雨客思家征途感歲華青山連木葉黑水漲松花古渡冰猶結長川日易斜故鄉回首處相望各天涯

再用前韻

遼海逢春暮東風換物華小舟迷渡闊遠樹映山斜尚有漫天雪而無過眼花韶光等閑擲鄉夢竟靡涯

岳陽樓和壁間韻

百尺高城四望通層樓空自敞峻雄山嵐冶秀羅湖外天水鴻濛泛眼中巫峽暮吹神女雨瀟湘晴起大王風登臨忽動鄉關思愁聽漁歌意不窮

白秋海棠二絕次許燕珍夫人作

低叢含露綻幽葩縞袂欹煙玉少瑕自是天然憑素質不同妝飾愛鉛華

是誰遺淚灑芳根玉砌徐開月有痕十二闌干晴雪裏西風招得阿環魂

重過荆溪

重游陽羨境風景卻如前命駕正三月相看又六年雲中仍洞府花裏識樓船欲覓蘭亭醉河橋奈雨天

過樟樹鎮懷古（王文成公督師處時有蕭庚雷濟並豐人佐文成以靖亂者）

昔年奇策豹房揚此地曾經鼓角揚露布晨風來海嶠羽書星夜下南昌艱危計協將軍誓憤激仇同國士傷更歎婁妃無罪者孤墳千古葬迷罔

章江二首

一水章江路帆行每過洲神鴉啼廟樹饑鷺上漁舟山色青於黛波光碧似油推篷頻野望斜日淡溪頭

好雨欣消熱霏微小泊舒綠多沿岸橘白聚喙波魚古寺連雲暗遙村帶水疏長行饒逸興幾忘是舟居

早過梅關

南雄纔過即梅關路入支岈曲曲山石壁兩分雲裂絮筍輿終日學投閒

過庾嶺見早梅數枝偶成一絕

不知花到何時盛已覺香從天外來身在梅花香國裏沁脾眞已絕氛埃

雷州除夕

除夕客愁滋宵分歲又辭遠鄉空記夢多病愛吟詩此地如春暖開筵餞臘巵尊前還習禮拈韻一舒眉

雷州正月望後始微雪

雷州初見雪重疊幾曾加細霰飄風片微冰雜雨花禦寒憑酒盞拈韻去尖叉亦有陽春調空爲詠物華

同董雪瑛表妹賞芍藥二首

不論魏紫共姚黃冰署初開百和香爲憶豐臺曾賞處枝頭連露折紅洋（芍藥名）

春風著意殿春鮮亞檻翻階似鬥妍薄飲微酣歌短句一杯分爵向花前

得衛蘭畹女史雄州書卻寄

三年未見衛夫人忽讀長箋字字新花鳥棘鍼傳繡譜雲山水墨得詩神舟隨絲柳斜階夢香破寒梅庾嶺春蜓雨蠻煙無限意口口勞爾寸心頻

雷陽見黃牡丹

勞家移種一枝枝占得中央絕妙姿賴有詞人曾奪幟不教辜負詠花詩珠江黎茇周先生題黃牡丹詩名盛一時人皆以黃狀元呼之

粵南春詞

初春楊柳已成陰南粵東風故國心門莫人歸黎母嶺踏歌聲和郭公禽

閒作

湘簾為幙紙為屏檢點晴窗任息形魚細卻跳春沼綠竹疏還露曉山青好香入座花爭放古帖臨箋筆懶停最是數聲吹鳥語風前輕轉呢人聽

廣州元夜二首

廣州元夕暖無冰列炬鉤簾月滿棱為憶故園諸弟妹分杯圍坐詠春燈

火樹長街天不夜春雷高爆地多聲未須燈市香車往此地金吾卻禁城

過漱石女士別墅

閨中樂高寄林下獨尋幽花樹葉初脫湖田稻正收圖書宜古處天氣已殘秋差擬西園集清吟誌勝游

石鐘山阻風不得上游

舟行四月未踏地客心覽勝殊不同奇山每每倏經眼石尤轉歎何昏懵推篷終日但兀坐憂來百端還相攻偶爾一吟遣煩悶細聲真似號寒蟲前此泝流九江榻欣然望見廬山容雖已過眼覯真面峯嵐未陟心難窮花宮百五付想像何曾一一淩巀峒後來乘風渡京口又值瘧病侵身侗金焦在目不可上但看突兀撐晴峯生平恨事此其二至今耿耿常留衷揭來一櫂過彭蠡五更起碇安檣櫳颸颸飽送片帆去倏忽已向湖口東遙望石鐘數餘里今朝快擬相追從急呼榜人落蒲葉好覓小艇循山蹤豈意湖飆忽狂發退飛十里如鷁翀船頭有纜不得繫打頭掠尾吹顛風瞬時風烈轉前

促片刻已遠青芙蓉是時五月正暄熱炎威頓覺皆飄空雨師助力亦狡獪雷聲電影騰蛟龍大點颼颼下如霰跳如打浪看橫縱巇坎鏜鎝大響作噌吰澎湃相迴衝江豚逆波拱鬐鬣眾人失詫看篙工蒼鷹鉤脫馬羈溜回旋湖面難為功逝波力勁不可競有如猛箭初離弓震濤萬疊巨鯨吼峭壁千尺洪鐘洶悔不豫事買繯瓠或可縛膊存微躬相顧共笑比鶺鴒何為狼狽同飛蓬一息不知幾百里輕舟掀簸浮驚鴻向午偶過淺沙閣恍惚生氣方回融拭艙理柁整亂篋抵涯立柱支危篷舟子仰面指天末十丈爛熳垂長虹轉顧湖口杳莫辯石鐘山影皆迷濛吁嗟乎山靈與我似相忌茲游又使行匆匆他時再買過湖櫂驅箕真欲箋天公

玉蘭次韻

雜佩凝妝夜雪天麗華三閣鬥春妍自來淡素芳蓉重不涴胭脂別井泉

舟中午日時阻風珠江

珠江此日逢端午瘴雨蠻煙惱客途身健不須長命縷時平何用避兵符榴花爲憶家園放艾酒聊從客裏沽莫漫天涯憐弱質慈顏還幸得承娛（時侍大母）

哭劉藥畦姊二律（時歿于豫章客中）

細菜春盤餞客身臨岐執手別情諄大江西去風波惡庾嶺南來詩句新（藥畦舊有粵南紀游詩）勁節一生心獨苦清操廿載運常迍丸熊漫道空辛膽有子他年是席珍

交來屈指歷經年歎息紅埃過眼邊一慟斯人竟何往九京知己更誰憐（藥畦昔贈余詩有知己獨君憐句）窮途厖駹空低首薄命韶華漫怨天定有勞名著彤管後彫猶結歲寒緣

送家五兄回舊居

入春剛七日奈爾忽云歸客久世情淡才高名望違艱難毛義檄珍重老萊衣此去定優學無將隱少微

題沈侍讀江村圖畫冊四首

水檻風亭八九家郊居擬取藥方賒牆邊添買閒田畝半樹桑麻半種花

如此幽居不可多浣花溪上嬾翁窩矮垣排築齊眉短日便鄰家送酒過

柳岸松橋綠水灣籬編六枳護柴關主人無事出門去晚坐漁舟櫂月還

楚苗烏犍共鷄豨閒著農書靜息機閉戶輭紅塵不到朝衫襏襫芰荷衣

送別徐姊裕馨回錢塘

此別人千里云離恨不支可憐芳草色況值暮春時胥口潮初下秦淮柳正絲行然若自愛前路各天涯

幽篁矮屋圖爲許夫人燕珍作

矮屋幽篁翠覆簷悄無塵外足音添閒來終日增吟興經滿琅玕架滿籤

新枝老幹映窗虛玉版香生細細舒春秋如此好佳日輸與深閨靜讀書

舟中望銅官積雪

千尺銅官雪凝寒尚未消篷窗坐相對雙目冷瓊瑤

過毛夫人知止軒

閒來過幽境路識板橋東編枳三條徑誅茅半畝宮藕塘秋水碧瓜架夕陽紅坐語神俱正茶鐺爇晚風

詠梅花一絕句

揚州仙樹洛陽花豔煞春風萬口誇爭似寒梅挺高格雪中霜裏見清華

太湖罛船曲四首

萬頃湖波匯具區罛船點點傲輕鳧舟居莫笑如螺殼安穩

由來陸地險

十五小姑能趠風艙梢帆腳露霜紅一聲鼓打千舟出急櫓爭搖白浪中

晚起艣風過上灘販魚人至共呼讙銀鱗錦鬣層層滿留取斤餘計入官

蓬聚萍移一葉舠漁兄漁弟日相遭東溟大煸知多少怕浪鯨風事太勞

寄游閣詩 有序

侍大母董太恭人過湖州寓家孝庵兄宅孝庵攜妻女貿於其地遂家焉特居大母並儀一小閣憑窗四矚江城風景歷歷可觀頗適旅況大母命題因作是詩并名其閣曰寄游蓋孝庵兄之寄家大母及儀之寄寓兩存其意云

差同仙子愛高閣似岑樓百尺憑虛景三層豁遠眸鴈歸遼海月楓老洞庭秋我欲書新額他年憶寄游

舟行錢塘夜大風雨曉起作二絕句

臨安城外暮潮狂胥口寒聲遠角揚無計移舟石湖去滿江風雨泊錢塘

似壘寒雲似雪濤短檠殘燄冷江皐夜來孤枕聽湍激旅思如鯨夢亦勞

舟泊錢塘喜晤衛姊蘭畹得二律

忽喜逢蘭畹猶疑夢裏看不須愁聚散且與訊平安世態碁翻局交情水旋瀾浮雲生舊感情淚下闌干

我輩雖巾幗而多浪漫遊寸心疏子舍孤櫂泊江頭黃菊開新釀青燈話晚秋並舟當十日此會亦難求

杭城啖鮮荔支色味皆未少變因寄二餅回金陵偶成二律

直擬福州產圓丸劃蜜房輕紅傳異種挂綠品新香珠海差堪憶瀘川豈足方端明詩舊譜不似酒人嘗

冰盤初競擘翠籠愛分持雪瀣一囊滿燕脂兩頰滋甘漿消渴暑香露沁心脾封帶還鎔蠟家園寄莫遲

杭城重過汪巽爲女士山居二首

林泉深處盡環山竹屋茅亭足解顏一櫂不辭遙過訪重來猶認舊柴關

霽月光風樂事真紅窗幽曲隱深春女工翰墨同兼課姊妹君家並解人 謂巽爲妹姊

浙中喜晤胡愼容姊即次見贈原韻

京華一別思方切浙水相逢意倍慇似爾才眞詩博士大堪名署女參軍看花回憶三更月織錦新成五色雲不易美人欣見止論心莫漫感離羣

渡曹娥江二首

輕帆未過稽山廟急雨斜飄孝女江歎息殘碑空對岸只今寂莫隱寒矼

泛泛寒潮環古祠芙蓉荒冢葬香脂徒聞鉄面成謠語誰向江干起孝思

再過嚴州

飛湍東下入桐江兩岸晴峰翠滴窗記得綠陰環合處前村
曾此暮停艭
過梅姨母園亭
白髮老姨母高年林下居教孫還識字作伴每擕書石溜穿
花綴山光入牖虛一經容我問侍坐話因餘
題夏生樂山所藏東坡馬券碑後二十四韻
夏子嗜古窮搜奇琳琅金石常紛披牙籤甲乙滿鄴架終日
探討忘神疲就中尺幅最欣賞摩挲未或斯須離絹包紙裹
若懷璧云是新藏馬券碑裝潢之妙倍精密揭來索我留題
詞夾紗蟬翅兩光怪文辭字勢皆淋漓展卷一再不忍釋怳
然把卷生遐思想其落紙破科臼腕力不肯毫芒岐婀娜亦

復雜剛健瘦勁偏爾殊威儀中多臥筆特間出卻疑書自彭
城時馬輕友重契交道至今古誼傳襟期穎濱拈句喜豪邁
涪翁跋尾饒丰姿向聞原刻世希覯當年砌石宣公祠風吹
雨泐歲既久半歸湮沒無人知後來版榻補贗作蛇盤蚓曲
徒堪嗤目非罔兩煙雙碧真僞莫辯隨乖離此本何時更璧
合使我創覩驚且疑押署銜印各完好偏旁點畫非增虧豈
真時異遂失考千徵萬校平町畦閱暨忘言得斯意番然太
息心情怡吁嗟乎唐碑漢帖半散泆煙雲過瞬空名遺蠶頭
燕尾笑傖物爭如善本無差移願言藏此勿弗廢古香也實
唯珍持
秋夕用平湖女子陸蘭垞韻

三五虛堂上蕭然涼意輕銀河秋有色玉漏夕無聲古鼎茶
煙細空階月色清坐來渾似畫何用剔殘檠
歲暮雪霽同外聯句
晴門閒坐啟窗紗貞儀銀海搖光冷韻加鴛瓦雪殘疑素月文木
狻爐煙爐裊青霞香傾竹葉開新釀貞儀凍破梅枝發古花歲
晚風光真大好文木排愁聊復咏年華貞儀
落花詩戲和四律
九十光陰餞卻春芳菲爭說買比鄰荷他青帝栽培力負爾
紅閨愛惜人大好文章銷慧業無邊風月記前因紛紛五色
愁朝雨傾國傾城總幻塵
楚魂湘血竟全休薄命摧殘不再留埋豔玉闌徒賸冢寄情

金谷幷無樓青天碧海誰能遣綠水黃沙各自由日暮東風
剛作惡怕聽羌笛起深愁
逝水流年瞥眼驚舞衣歌扇可憐生櫻桃賦就瓊窗怨蛺蝶
圖成錦字情湘女瑤箏調錯落鮫人珠淚和縱橫無端蘭麝
歸塵土緩緩空歌陌上行
回首翻勞感物華祗將榮落自矜誇看餘杜曲情千疊話到
蘇臺事一涯鶯語嗁殘香早散鵑魂招罷月將斜六朝舊恨
休重問金粉飄零鏡裏花
飼蠶詞
布穀一以鳴蠶子出滿筐初眠身尚細再眠頭漸昂此時蠶
腹肌所需在柔桑蠶婦擕筥出采采遵隄旁大兒挈衣步小

兒索椹嘗兒號母且抛無致蠶工荒人以食爲天蠶以桑爲糧一葉一寸絲歸來步踉蹡有蠶不早飼臨時空彷徨迨天未陰雨良葉先貯藏片縷逐刀切撿拭猶加詳及其三眠時復懼青蠶殃忍倦夜守視添換終宵忙力盡蠶始老計時須上箔刺手截豆萁蓬蓬編蠶牀覆茅慮屋漏簇箔作馬行吐絲已成繭累累分白黃繭多蠶婦喜繭少蠶婦傷當風支釜竈烹繭釜中央理緒巧懸指湯沸繅車揚爨煙任迷目雙淚隨眸汪軸聲弄絡繹皓腕高低將流汗滴如雨葵扇不暇颺所喜絲下杼可以織衣裳衣裳備老幼禦多免風霜嗟彼蠶婦心屈計何愁長願此蠶事畢女紅幸無妨經營雖歷時辛苦已相忘

丁已夏日雜句四律

卷幕開屏一室中北窗叉手坐當風每因懷古稽班史聊復消憂倒鄭筒得句未能除粉黛讐書翻笑類多烘平居近慣耽岑寂不是餘時廢女紅

輭塵觸熱每愁牽塞北江東思渺然黑水峯迴沙外月黃河帆影浪中天山川回首虛行跡舟轍勞形憶往年爭以投閒匳鏡底葛衫蕉扇擬游仙

石銚茶鐺手自排支離積抱一時開調冰差喜驅煩溽守璞須知異劃裁出岫密雲將釀雨當簷烈日忽聞雷由來造化捐成象空遣簾前燕雀猜

漫感長貧食力微好尋眞樂守知幾庭帷養志慚難効閨閣如賓幸不違小伏鳳麟憑訕笑新裁松竹謝芳菲拈題偶爾供酬唱遠卻炎蒸靜掩扉

新秋口占

閒庭積雨翠苔滋一縷潮生潤被池鎮日陰晴殊不定早秋天似熟梅時

德風亭初集卷十二

金陵叢書丁集之二十二

江甯女史王貞儀

詩

寄勉弟姪輩二律

幼儀端莫負光陰誰道儒冠誤起沈品果無瑕貧豈賤名如不立辱方深危灘舟上三篙力志士齡頹一寸心信宿年華原過隙家門唯望嗣遺音

漫教生計苦紛如世業由來重讀書把臂接交徒酒食矜心時望戒聲譽文章有實堪追步技道無爲致曳裾太息寄君韓子語成龍不得恐成豬

嶺廣道中

崎嶇無柰客心愁四月征車過嶺頭一路鷓鴣啼不住冷風淒雨入連州

寄懷史秋蓉女士二首

小別經年似散凫鴛湖風景足清娛羨君畫手兼詩筆應自摹成點石圖（秋蓉善畫能詩常自作點石圖小像）

涼露西風葉漸斑竹樓迴曲水雲灣幽閒盡日憑吟眺坐斂晴簾對碧山

懷白夫人

凍雲啟朝暾晴光上簾箔終風三九餘霜枝感彫落懷人暗飛鸞文燕憶林罄清言傾數巵欽尚共酬酢流光不可挽羽稀歎淹朔寄行訴幽衷瑤箋慰睽索

粵南竹枝三十首

嶺南時敘最稱奇臘月天如四月時燕子正雛花正放暖風吹過鑿冰期

一冬無雪有飛螢（名耐冬螢唯韶州仁化縣有之）三九陽驕起怒霆偶眺屯雲山下路菜花黃徧麥青青

湟流直下緊關岐炎裔朱方海嶠支鱷浪欲生番舶定高帆齊掛夜珠旗（一名鎮水旗用以制浪上有明珠七顆）

小春時節徧開梅楊柳千株綠又回正月觀音燈廟裏膽瓶芍藥一齊開（雷州正月城北大觀音廟燈節多供牡丹芍藥）

粵東靈秀屬羅浮不獨山中蝶種幽（羅浮產蝶百色俱備有重至五十斤者載郡志）四百三十峰奇特七十二溪水倒流

黎母崗頭大海旁競春兒女競燒香邱文莊廟輸金滿海忠介祠賽祭忙

插綱畦邊竹滿渠沿江多是蜑人居晚來風送歌聲起船上人人唱木魚

瓊南猺類知多少派別生猺與熟猺更有一支咲子老聲音如鳥賤如泥（生猺居中熟猺居外南瓊州縣又遠於外而枕於海咲子老亦猺種甚微賤派下諸猺）

東風晨起散蠻煙白衣兒搖翡翠船打得江魚不自吃市中換酒醉江天

並山峉戶揭陽西素碗花磁玉窖溪山下人家稀種植排門兒女學摶泥

峻靈山峻少平坡石筍棱棱洞穴多空響如雷氛瘴起樵人

衛水出山阿（峻靈山在昌化縣界山中多洞穴人語足音應聲如雷山多毒瘴中有神井井水夏凉多溫樵者過瘴起即衛井水可以解毒避瘴氣）水花未出江邊子（水花魚苗也）菝草已生盆裏芽（茶名菝草粵人多種作小景）買得冰糖堪拌菜節瓜（冬瓜）滋味勝蒲瓜（瓠子）鳳眼鷄心木器光（海南鳳眼木紋如鳳眼鷄心木有黑紋作器具極光潤）紋多圈點號桄榔（桄榔木花紋如圓圈尖點式）奇香看取死生結（沈香在活樹結者佳號生結在死樹者下號死結）不比外洋番墨裝（番墨裝亦木名出外洋用作假香）紅葉紅莖一種芽清芬撲鼻勝蘿巴（土人呼茉莉爲蘿巴）看來老幹渾難識鐵樹而今也作花（鐵樹紅枝葉開花如茉莉而香烈）鳥名倒掛詫梁懸（倒掛雀每夜口銜樹枝倒宿）蟲吐金絲異樣鮮（金絲蟲生楓樹吐絲作繭其色如赤金）獲可知風魚善鬥（定風獲知風四向海船必蓄之鬥魚長寸許鬥時通身生

雲斑）鄉人覓取買洋錢荔枝嘉種出新紅品數新興自不同市上綠包如樹幟色香高價滿城中蛀蟲偏喜蛀端石蛀得深坑石面平此硯百金難覓得硯旁鐫記宋時名（端硯有蟲生石中蛀孔穿橫無數者土人名曰宋硯言舊也）鷄鳴湖水雀鳴更（湖水鷄湖上便喔知更鳥夜鳴五次）蟲號藏光死後明（藏光蟲喜飛上人衣擦死有光）更怪貪財是螻蟻食金端不慮身傾（有長腹蟻好食金銀礦土人多尋其穴聚取而煎之仍得金銀只數少減耳）藤纜蒲帆竹片柯小舟裏海去游多（凡江皆名裏海）艙頭榕葉編成瓦雨後葵衣當作蓑裁披青箬卻蛟涎（粵人謂竹皮曰箬其地池塘江港中往往有伏蛟能吐白涎人行水者爲涎所觸多

不得去遂沒唯以青箬裹腰聞上釘以鐵片可解蛟危）裝取鵝毛禦臘天（嶺南凡外海溪洞不產綿黎民多以木棉莘花及鵝毛爲被服彼處家家多養鵝二月至十月織其氄毳積以禦寒）峒客殊音多不解只持鷄骨拜占年（其地峒客每持鷄骨卜年于水神之祠顛有如鼠卜名曰占年歲）椎髻式奇連滇北黃茆峒險近江中（近滇以北婦女皆桃髮作高髻有如椎形其民多半居山穴嵐峒間者）漁家能識射工影（嶺表有射工蟲長一二寸有弩形氣射人不治則殺人又名曰蜮子又名曰射影南人將入水先以瓦石投水中令水極濁然後入漁）旅客尤愁颶母風（南海秋夏之交雲物有暈如虹者謂之颶母必有大烈風發日午至夜止仆屋僵樹飄瓦掀舟累年一起或一歲再三）鼉鼓蘆笙鬧海頭踏歌吹樂看春牛女郎結隊容如玉寶絡珠花翠罽裘貧家婦女披葵帽換米活鹽算長除閒道十三開積市村村都趁亞婆墟（嶺南人呼市爲墟蓋市之所有人則滿人無則墟而嶺南村市滿時少墟時多故謂之墟大

約豨種村市唯每月十三日一開）珊瑚高樹似長杠瑪瑙鑲盤玉作缸赤金打就龍頭釧一盒珍珠換十雙試劍峯頭墨蜨飛栖龍洲畔白魚嘑（洲中出嘑魚能昂首水上長鳴如鳥聲之婉麗）人家爭喜馴寒狖（狖小獸似猨善舞性頗馴）不及鰅鱅出水肥（鰅鱅短狐類狀如犁牛昔嘑如鹿鳴皮有斑文海魚也）香風吹徧化州城城裏城外柚子生（化州橘紅異者只二株其餘則皆係柚子非橘子皮也）收得家來壓成片瓣紅賣與做人情潮州爆竹留名久一管千錢買各忙社裏會中看蒂落齊聲願與卜家祥（正七九月每社賽會一日輪遞以及花費奢侈不下數十萬金最尙爆竹大者有泥和草作蒂日止放一管有如江南高陞起火之類放後蒂落誰家即舉來告知社會下次乃推作主會社外人會友即各往賀以爲

（卜吉祥）

荔奴（龍眼名）上市賣新黃椰子心鮮吸嫩漿三皮老栗爲名石（石栗殼厚三層有如胡桃形）六棱園桃號是羊（羊桃有六棱）

蚺蛇大小百餘種何事多生好色心唯有長籐能制服握枝行處不相侵（蚺蛇喜聞婦女髮香唯有一種野籐可制蛇一見籐汁即鞭伏聽拽回取其皮膽與眼）

疾病從無問藥醫夜中唯跳鬼娘旗跳罷敬求神火供一身俱灼艾沾皮（瓊海地雖有醫家不過備官府之用而問病絕少猺獞峒客之有病者其家則延鬼婆跳五方紙旗跳畢即可愈若病重者則又於跳旗之後復以草藥和乾艾作小團灼病人通身艾沾皮則可救否則不可救謂之神火供）

清明值雨

風雨過清明春雲弄寒薄曉起捲珠簾滿樹桃花落

金陵叢書 蔣氏校印

游越秀山

層巒迴亙白雲齊越秀山頭望眼低嶺岫上方穿水過（山頂有廣泉水溫下產硫磺）樓臺高處有神栖（山腰有神栖臺高十餘丈計）巒煙壓峒猺村小瘴雨連天海國迷此是粵南靈勝地不辭重險一攀躋

辰沅道中書所見二律

百戰黔東地扁舟一櫂行祀傳金馬盛關伏石龍驚猺子人形怪蠻姬鳥語輕經過多舊跡相問不知名

楚塞三千疊蠻溪水百灣野籐留鬼帶老竹號龍斑霧氣昏崖底猨聲咽樹間土風渾莫辯强半記游還

五溪雜詩

換舟過武陵汎櫂進原口涉險歷危灘灘聲作雷吼夾岸千仞山巖高插星斗時見麋鹿羣三五似結友忽爾來猩猩向人若張手赤屑儼如盆嘻躍弄奇醜隔水作人言大約是乞酒離異足隕魂兢行一月久亦欲成詩篇柰何無一首吾家老龍標共聞曾此走當日五溪形借問頗同否

關中偶占

長途三月竟無詩兜子經行病不支今日殘秋西陝路萬山紅樹捲吟詩

游華山登雲臺觀諸勝處敬次外王父韻二律

陳摶舊隱跡堪尋（陳摶舊曾隱居雲臺觀）臺觀巖居衆樹森下視星芒垂島嶼平看鳥道異晴陰萬年花發蓮香岫六月風高雲滿岑不信昔人驚險絕遺書存諷好奇心

金陵叢書 蔣氏校印

紅塵界斷任翺游接目山川益曠高石鼓有聲通帝座（太上泉池北雨石鼓每雨時先有大聲）玉漿無影下天槽（玉漿泉在太上泉下首亦名天槽）巨靈生面開南岫神女仙爐起上皋（上皋峯有毛女室室內煉丹爐竈尙存）落鴈峯頭懷李白驚人無句首空搔（昔李太白登落鴈峯曰我恨不攜謝朓驚人句來搔首問靑天耳）

玉河橋外柳

玉河波冷逼新秋橋外斜陽隱暮愁水落一灣飛絮顫霞殘十里翠煙收高風北地鄰疏影別夢江南柰遠游最是他鄉感搖曳寒鴉霜意晚樓頭

自趙北口至滹沱河二首

鄭州前路媵城基（本漢縣即公孫瓚所築易京也明永樂撤其城今王基猶在）煙柳長橋水護隄貪看秋來風景別不知行過白溝西

落照天寒暮角哀褰裳曾此抱薪催眞人白水今何處空向荒津問渡來

抵舍喜周夫人過問即次見貽原韻

剝啄來扉外經過忽枉君江南剛積雨冀北乍停雲促膝開新釀論心出近文幽蘭花未已相對挹清芬

附周夫人素修原唱

數載相思切來過一訊君歷苫蒼破土看竹綠生雲燈撥窗前雨囊添客裏文清談抒積愫深慰企餘芬

過如如庵

偶向草庵過悠然遠世塵支龕嗟佛壞乞食見尼貧窗攬羣峰秀梅開雪幹新三空多實地誰與話凡因

秋日閒居二首

半牀書卷一筒詩讀罷晴窗愜素思閒汲清泉煮香茗藕花洲畔日斜時

小步庭階碧蘚侵偶然叉手一尋吟幾人閨閣傳風雅師古空懷隔世心

送季容妹之武林二絕句

武林山水舊西湖湖上風光是處輸此去冶游春正好飛花香撲酒家鑪

南浦踏歌歌可憐送君帆挂嫩晴天來年中夏江榴發待爾同開午節筵

和人送春之作

匆匆春去冷錫簫花蕊無端逐雨飄畫棟巢乾生燕子芳塘波暖下魚苗荼蘼佐酒愁相餞楊柳編車不可邀此別又將懷隔歲綠肥紅瘦總魂銷

過漱玉山

此間成隱樂來往亦相尋淑女閨中伴山房林下心萬花藏徑曲高柳及春深昨夜過新雨窗中溼翠岑

十三夜對月同大姊

待月空階坐橫琴興不闌漫添微缺恨喜值未圓看殘雨銷秋熱輕風起夜寒清輝河漢迥相對語盤桓

雨後

一雨消煩熱天邊有蝃蝀鳥歸驚急電龍過識腥風溪漲聲偏壯山嵐影漸濛閒庭涼意足餘響滴梧桐

小院荊棘中見寒梅一株

惜爾生非地蕭疏欲斷魂寒煙空綠萼瘦影自黃昏欲折愁傷手將移怨託根芳華一相對悽絕與誰論

寄大姊書尾作此

聊將尺素代抒衷每擬傳詞下筆工紙短意長書不盡臨緘依舊又匆匆

宛玉以古文近作寄質于予欣爲點定并答以詩

文章貴體裁取用本經史朝學莫誇能習俗殊迷詭所以古才哲函養抉精旨胸搜萬卷書乃可備驅使羣賢既彫謝浮僞日爭起恃心作解人前師置不齒家各立其宗人各分其

體妄言肆無稽嬉笑列粗鄙往往論學術斷不重女子或且
忌才深喇喇交相詆或且忌名成一妒生百毀遂令巾幗流
不敢事筆紙蛸縮屏柔翰幾忘四德始豈知均是人務學同
一理載道統所尊無分彼與此云何昧厥義徒以論形似大
抵尚修詞立誠以尊軌煌煌秉正志非禮勿云美蹈轍羅陳
言擅能實所恥願與則古昔勉旃去渣滓

初夏德風亭作

筆研新涼雨後加繁陰深處啟窗紗紅香乍拂蓮開瓣綠粉
初調竹綻花繡得鴛鴦還檢線夢回鸚鵡慣呼茶幽齋即此
添清課好句吟成日未斜

丁未至日周素修張亞雲陳淑蘭三夫人同過冷韻軒留飲

聯句

鑿鑿冰開岸柳舒張日傳添線應非虛傾卮似擬消寒會周
抽架閒翻下酒書古處深懷時敘迅陳淡交偏合禮儀疏論
心莫漫聽樓鼓王花外同歸有竹輿張

送蘭畹隨宦粤東二首

蠻煙路疊五羊城書畫閨裝壓槖輕此去嶺頭梅信早折枝
應念故人情

四千里外看山色十八灘頭紀勝游我亦昔曾南廣住送君
清夢越羅浮

九日强起病復作

秋來支病態對鏡嬾相看菊影同人瘦詩情較酒寬薄靡餐

耐飽重繭著猶寒空有登樓興□□□□□

周夫人見過

扶牀新病起恰喜故人來顛倒著衣出支離遣悶開苦嘗空
藥裹渴解倩茶杯屏啟香生牖窗虛月入懷晚秋秔釀熟寒
露菊花開小飲無兼味臨溪釣四腮

立秋日偶成

歸來理殘帙拈繡偶排愁況落一聲葉而驚萬戶秋晚蛩鳴
竹塢微月下蓮洲何處初橫笛詩情動小樓

癸丑九日哭二妹絕句二

如何今歲過重九姊妹隨肩少一人痛煞斷魂招不得暮煙
孤冢亂秋燐

佳節相思暗悼殤無端骨肉忽拋行含悲百度吞聲泣恐使
親聞又斷腸

秋夜病中讀吳中女士陸瑛懷女伴詩內有不堪多病逢長
夜況復懷人正暮秋一聯極有神韻因略用其語而另續
成律

懨懨無力怯依牀壁影青燈漏未央正值懷人秋又暮那堪
多病夜初長雁鴻聲裏醒殘夢碪杵敲餘儆肅霜伏枕幾回
排夢緒不教塵慮惱詩腸

病後

病後形銷減支頤百慮煎容光悲鏡影詩思冷爐煙悽絕翔
霜雁哀鳴吸露蟬何堪憔悴況排寫入瑤箋

金陵廢寺

六代餘荒寺殘基宿草深簷頭枯老樹佛面落殘金振鉢無僧過聽經少客尋石龕斜倚地偶對一微吟

勉弟輩

學冶與學弓當念裘與箕先人以貽厥後業良在茲吾家有懸德儒習常相持流芳矢不墜令緒恆警之嗟余固爲女無能光門楣繼聲在爾輩高遠荷肩仔何以慰先靈所重弗棄菑守素肯播穫敦行唯書詩兢惕互相誡俾勿壞其基倘彼古昔人典學日孜孜榮名豈不美畀賤夫何爲勉旃毋終替奮發自有期

題天長舊居藏書閣

萬卷遺先澤牙籤歷世披編摩開手眼友尚得師資逸種標完帙珍藏博廣知陶匏聊復誌堪敵百城奇

鄭板橋蘭幅

綠專冰心絕點塵寫來尺幅墨痕勻鷓鴣啼罷瀟湘晚冷雨寒煙愁煞人

梳頭歌

東風斜峭吹清曉爐添沈水寒煙裊隔窗何處來啼鶯一聲驚破香魂小起來翻覺倦難支斜欠纖腰常自持惱亂巫雲夢來足金盆和淚洗殘脂細沐微薰溼雙鬟芙蓉綰髻開帷鏡香肩嬌嚲半擡頭照見枕痕留薄暈須臾菱花浸寶光紫鸞弄影當空翔麟梳緩逐青絲掠鳳篦斜隨弱縷揚纖纖玉指盤翠色雲鬟半偏描不得花鈿貼罷成新妝腰肢已自慵無力調朱弄粉襯盤鴉青入翕峰黛色斜梳罷背人還對影一枝簪得海棠花

同二妹作

皓月疑如雪流光鑑碧波寒聲咽樓鼓清影下庭柯塵事愁中盡詩情病後多談深不須寐豈問夜如何

秦淮

秦淮勝地舊留名贏得清溪太豔生兩岸樓臺才子畫四時風月美人評歌調玉管鶯喉膩燈結瓊珠雀舫輕誰道飄零惜金粉繁華猶是六朝情

兩樹

庭前植兩樹榮枯竟不倫一樹榮生花一樹枯爲薪樹已分榮枯吾因思若人嗟人定天性同形而殊身何以論命理而乃異升淪窮與達不侔此意初未申始悟樹與人賦畀各有因善惡具後覺亨蹇憑蒼旻息心以循道四序皆如春

江行值風泊舟江甯鎮

江甯鎮上阻風波香爐磯裏停泊多舟輕浪急渡不得此夜客心愁奈何

月下敬懷家大人

遠別殘多候思親獨倚欄可憐衣上月同照不同看

讀黃山志偶作

黃山天下名奇秀觀止矣往往遊山人裹糧走千里登臨無

遠近跋涉亦心喜或以文記傳或以詩篇紀謂此作游章遂多應制體專集苦滮漫舉一遺百美鑿石高題名只宜風雨洗我耳黃山名未能躡輕履空結臥遊思神往竟無已展卷讀山志有若窺半指再觀圖畫形大略得起止賴有山椒篇可以代雲史筆端覆冷翠眼底纛淡紫玲瓏羽蓋張嵌空覽旌峙幻海盪遐心古松排石齒巖巖萬疊間疑有神仙侶倦書起踟躕無乃得其似安能儘幽探歷歷窮所趾三十六峰雲攔歸供研几

讀吳中女士金仙仙遺詩感賦二律

把卷悲同調名媛易得不新詩傳鉢擊靈夢兆仙游句可追于雅懷偏淡若秋寄言搜盡篋珍重衍箋留

身後思名字女士名逸字仙仙傷哉亦識因前生定仙史小謫向紅塵慧業鄉嬛侶清標姑射鄰無緣一言面讀罷獨含神

水車 按水車創製於魏之馬鈞

收泉昔有詞見稱在周易後人創新製本從匆幕闢鑿木以次盤前輕後且勒斷彼方員輪審曲兼引直其中立關鍵其外按樞極用置畛畦間實爲稼事德副以龍骨名取乎車轂則人巧合天工心思亦已刻扶持升彼巔或揚而或抑川流搰搰上壤脈涓涓泒大激水如奔小轉水如汲隱隱寓循環軋軋少傾踣有若磨旋溪聲應自不息砯砰走瀑布唆畝已洋溢恍疑龍在田爲霖降其績非闢密雲生別有致膏術眼底百流匯日下九穀殖行訴曲水多反覺平津洪專地禾苗興繞滕麥甲出槁者得以蘇萎者得以溧耒耜有時徂藉此功不忒居然驅旱魃造化卒難扐奇創通乎神匠心不可測水利既習便民勞綏孔急嗟哉雲漢句農苦艱殫述此雖四體勤已代百倍力

素心臘梅次丁明經韶四律

玉屑新傳素簡來梁園佳句賦細梅未探嶺上春前信卻殿江南臘後魁密瓣乍含欺雪點檀心疏破飽霜培寒香一種休輕視緣蕚看他作樣開

搓酥滴露等閒看占得中央色相安細蕊漫疑金粉薄濃馨不比蠟丸殘樓頭玉笛吹應誤世外冰妃號已單幾度巡簷义手處可同山意詠銜寒

肯如凡卉動憐人別有高標不借春海鶴眠來支瘦骨江花開處認前身點妝省識容爭媚嚼蠟何嘗[illegible]得眞排几磁盆憐太素菊裳相憶轉神親

領略低枝足贊皇嚴多獨趁吐幽芳含酸自不同流翠惹妒生憎諷裏黃臘粉空嗤鄰女豔瓣香端藉隱君光花開歲晚供幽賞休笑平章比濫觴

憶親

憂來未能寐起坐待清晨殘月疏窗曙寒梅小院春別離歸夢遠生計念家貧不盡懷親意難爲膝下身

春日雜題三首

東風吹徧已芊芊芳草晴畦綠更妍盼到王孫懷夜雨瘦餘

中婦怨朝煙春愁南浦剛三月夢別西堂又一年偶向平蕪凝望處燒痕新長淨堪憐 春草

萍根消息暗中施裁翦何心耐所思形迹難捐詩過眼寒溫相送笑乘時餞春慣逐漫漫絮假草還隨褭褭絲二十四番空轉遞吹噓誰更辯雄雌 春風

一春春事又匆匆不盡愁中盡病中亂點落紅香暗墜新描長黛瘦難工幽窗夢惱梨花雨小閣衫寒燕子風鎮日相親唯藥裏那堪消歇怨芳叢 春病

題畫牡丹小幅

憑誰尺幅寫天香紫姹紅嫣百寶妝寄語東風桃李樹漫將繁豔競春陽

夏夜寄懷周夫人

雨餘煩暑歇小坐寂寥中月白微螢火簾疏透晚風病添詩客債愁藉睡魔功忽憶閨幃友良宵意自同

懷天長女士劉湘蘅

已是十年隔相思空爾情豈知南北別竟見死生盟余往與大姊同湘蘅訂爲雁序今大姊已故湘蘅又移居邗江故云孤夢人千里殘秋雁一聲關河歎修阻愁對月華明

甲寅立春日雪和銅陵章儀堂先生韻

緌仗迎郊出犢肥試鞭生事到農扉千倉預卜瞻雲兆三白欣看入歲飛薦罷玉盤寒翠甲朝回瓊砌點朱衣題詩爲誌春頭勝笑擬梁園賦筆歸

起燈夜偶作二首

不待燈成市喧囂任擊摩今宵已若此來夜更如何士女羞遺鈿兒曹競踏歌有人妝閣伴思起故園多

舉國狂如是衡門處寂然常貧輕節敘良夜罷賓筵月暗梅花冷人酣竹葉眠繁華雖竟夕無那白雲邊

水仙十首次韻

移出瓊根異翦萊莫將芳信問紅埃楚香零落江皋冷又見湘娥降渚來

誰把兄偏喚作梅幽姿羞與媚春裁由來骨相多仙格漫混蒼蕪怨結胎

斷無塵態入羶鄉姑射肌膚漢女妝擬對晴窗理瑤瑟可憐

江館憶臨湘

好如泉石挹丰裁雪蕊徐舒不待催露冷月明香細處隔簾應遣素兒猜

評到濃纖羨體閒不教波外共鶩攀清芬靜挹隨題品位置還宜斗室間

水雲深處記儂家萼綠虛傳第一花賴有司香矜素豔不將顏色鬥鉛華

翠袖乍翻憐弱質黃裳初著護重臺丰神一種殊凡卉蕙圃江蘺空自開

鳴璫拾羽動經年微步而今憶阿娟試聽馮夷奮時曲莫疑撈月似青蓮

分泣臨沙點石盆珊珊環珮影冰魂遙知滴粉搓酥際玉面香融獺髓痕東都幽夢未全癡醉倚晶屏倒玉巵花事日酬淸賞願好將新句續陳思

佛浴日作

事佛非不誠燒香非不喜嗟彼佞空虛終滅聖賢理

甲寅初秋苦雨

苦雨自朝暮重陰散幾曾農功經月斷米價逐時增處志貧無慮攢眉强未能殷憂妨歲事箕畢柰因仍

見仲妹靜儀遺字感賦（古韻）

嗟乎我二妹聰慧本性成平生愼言笑守矩懷先型九齡教學書楷法知撥鐙十二學詩文亦間知其扃十四嫻刺繡遂能習女紅（烏橫切）淡墨出花譜枝葉皆玲瓏又能善削斲匠心獨自營常造滴漏鐘剪銅準方程樞機獨如式盈寸可轉鳴未曾得師法一出人皆驚（有易小自鳴鐘于余家者以價不遂妹乃圖其式以筆畫按其中樞鈕形象分毫徵纖默識于心遂以銅片鐵線自依為之閱一月餘製成宛有洋式雖不能準定時刻而撥之亦傳聲響人皆驚以爲獨慧云）家少負郭田十口空罄瓶雖亦役僕婢操作必自行且兼諳中饋烹飪辯粗精或時務紛績軋軋對靑檠命理有光兆偶測徒悲生（家嚴精命數之學偶授妹妹一數即悟其理平日每自推究己星命戚然知不能過十六嘗悲泣之今乃果如其所言）生年止十六忽爲弱痯刑先猶藥可起後乃絕勺羹嗚呼溘焉逝竟爾殞芳齡如何鬼伯禍偏剷少好年（奴京切）念之肝寸裂亦且腸九縈豈眞二豎罹患遂降其

躬（迂橫切）祗今檢匳物物在人已冥對此殊難堪哀泣翻吞聲戚然亂心曲遺恨塡我胸（居薰切）壽夭固有定我意終不平

次李石泉先生詠雪絕句

尖叉拈韻太紛譁潔白徒勞點竄加賴有新詩謝煩豔不教雙眼障塵花

題余秋農文學詩集

大儒秉元化萬象見性眞抗懷發歌嘯唯以葆吾淳俗學各有尙紛逐隨埃塵文字多浩劫書庫皆湮淪篇章蝕風露傳世眞堪嚬再讀余子作其言何雅純淸聲出金石立意多苦辛琅然破喧寂選體皆鮮新中感一以觸或且忘喜嗔志士負既大豈徒支浮輪譬彼棟梁器不復拱把珍抵口讀百徧悠然移遠神

白桃花三首和張涵齋太史韻

種出瑤池別有根花開如雪亞枝繁誰將醲面妍華咒襯得朝天淡掃痕十二樓臺晴過雪三千粉黛夜歸魂凝脂漫道春無色絳服原輸縞帶尊

卻教淺白勝紅嬌珊珮初迴詠女夭雲母屏前和露折水晶簾外帶煙描休談玉樹歌聲歇無那霓裳舞力銷歎息問津迷渡口對花空爾藉絃調

初含宿雨滌朱脣錯認枝僵步李塵似向紅埃辭俗眼故勞靑帝幻前身浣花村裏新妝淡濯錦江頭素豔陳省識麗娟羞灼灼好於姑射結仙因

題李陔華先生種花圖

鑿坯未可遁學圃聊怡情偶寄幻輿志小隱非謀生樹德去蕭艾遠市愜惜行平居癖花事辯類不厭精閨畦斂隙地蒔本常縱橫呼兒每荷鋤苫薅茲繁英竹石羅四週清陰覆門衡宛擬謝庭秀至樂隨題評君不見淵明藝籬鞠子雲珍江蘅名士不俗偶晚節尤遺聲先生大雅儔卓犖超塵僋鯢桓與雀躍抱負誰能縈行脫薜荔衣翻然出柴荊育彼九畹枝取次看後榮

春晚

忽忽春將半悠悠日正遲嫩苔沾屧粉高樹下蛛絲愛讀班家史還嗤謝女詩尋芳隨較晚猶待海棠詩

閉戶已經月投閒別有天花枝發新雨竹筍迸晴煙翠岫窗排髻青荷沼貼錢地偏堪適興莫訝日如年

題吳中任生蘇庵詩稿後

平生事章句細響嗤寒螿立詞務皎潔制體別箴筵上追三百篇淳音何洋洋大雅既罕覯咄嗟心轉狂吳門任仲子翩翩列俊行趨庭重承訓家學能流芳（蘇庵尊人文田先生素有博雅之名著述亦甚多其令堂張滋蘭夫人善詩有稿行世）問年未弱冠遠俗珍琳琅性靈自疏瀹賅吐皆珠光有句常自得遂盈李賀囊逸情獨排奡眞意偏安詳樂能不及淫哀能不及傷深得風人遺雅調來鏗鏘加以養到功造境誰能頑莫非間氣集才志殊難量我欲評一辭讀之已兩忘

題女中丈夫圖

君不見木蘭女娉婷弱質隨軍旅代父從軍十二年英奇誰識閨中侶又不見大小喬陰符熟讀諳鈐韜一十三篇同指授不教夫壻稱雄豪得毋記載眞非果誰把盧聲讓婀娜當時女傑徒聞名每恨古人不見我竭來忽覯傾城色青娥冶貌憑調墨恍然驚詫女票姚擲戟揮戈情自得梅肢柳領芙蓉面裳繫鸞環腰寶劍莫邪爲婦干將夫霜花繡出龍班豔乍看疑是虞兮妝對面猶疑聶隱娘翩翩體態輕堪舉叱咤應生口舌香鳩纓鳳履襪無塵意氣昂藏絕少倫豈是綵旂出女帥還猜錦繖來夫人冰盈犀甲寒凝鐵紫塞黃沙風慘烈美人小隊出郊原笑指嶠阜鷹集劣習武歸來不挂弓臉

波愁膩粉光融丁香雙叩錦袜纈羽衣未脫胭脂紅因思畫工大有意偶假娥眉作游戲不然拔舞豈無人何須更做公孫器時平將士老良材徒使閨媛歎落埃可憐學書不學劍途窮斫地歌不哀我觀此卷翻然失百事不能較人一伏雌縮蝟徒自慚壯情往復懷芳姑憶昔歷游山海區三江五岳快攀途足行萬里書萬卷嘗擬雄心勝丈夫西出臨潼東黑水策馬驅車幼年喜亦曾習射復習騎羞調粉黛逐騎驪歸來換我襦衫輕幼事重開亦有情復爾貞吉事中饋猶然佔畢如書生（余年十一侍先大母董太恭人之吉林遂偕白鶴仙陳宛玉吳小蓮諸女士讀書于卜太夫人之門復習騎射于蒙古阿將軍之夫人十六回江南又侍大母及家嚴等自都中至關西又由楚之粵十八歸泗州天長舊居十九復回金陵二十五適外子歸宣城迄今計又三[illegible]矣蓋）滿耳紛紛聽揚播未必名閨

可憐塵素姬趙女誇妍華相逢大抵嬌無那吁嗟乎畫圖中人孰能同丈夫之志才子胸縑信鬚眉等巾幗謊言兒女不英雄

嘉慶元年歲朝試筆

今日東風至年老駘蕩過層陰還釀雪薄暖欲融波園柳含芽淺爐梅放蕊多門闌傳彩燕鬢髮鬧輕蛾菜甲春盤嫩糟醅臘甕和高堂逢吉敍稱祝醉容酡

新正十三日偶成

十日春陰凍不乾晚來翻復動餘寒巡檐雪壓梅仍瘦繞戶星稀月未圓人少踏歌燈市冷我因新病醉情闌紫姑懶逐從容卜閒展緗縢試墨丸

題美人便面

春雲鬢膩釵頭玉美人娉婷愛妝束日高深院悄無人十二闌干逕迴曲楊花初落乳燕忙抛鍼擱卷花底行鴛鞋小步苔輭滑支頤無那清晝長一點幽情未能訴翠袖輕寒暮復暮羞殺東鄰自炫媒韶光徒趁容華逗偶然倚石憩蕉陰蕉葉斜舒寸寸心得句欲題雙鳳尾凝思聊復成閒吟漫擬如花較妍醜冰懷雪意幽居久本來不解蹙脩眉底事芳菲動回首低徊吟誦韻幽輕羅衣稱體涼風生此時此景得眞趣何異澗阿賢士情君不見眼前閨閣大生俗脂粉驕矜態百出學書辛苦學繡勞只喜彈絲與吹竹筆墨慚余半不知扇頭戲草畫中詩寄語名閨諸士女日長端好讀關雎

過張微星表妹墓感賦

孤冢埋香寂經過拜墓門秋風吹宿草燐火亂黃昏未聘芳名隱相思雅誼存九泉悲永隔懷舊欲招魂

春日香雪亭登眺三首

微雨滯雲光朝來起晴色高亭一以眺山翠望如滴佳氣泛林端叢蘭弄芳越曠然生幽情已與塵慮絕

生年稀百歲況有世事紛情近忝習遠僕僕摶心身萬物各榮暢余懷亦自新得暇且尋樂來日迹已陳

好鳥鳴和風疏花溼晨霧碧草媚遠天青嵐影山樹淑景眞不窮觀涉足成趣至理難言宣悠然獨領悟

寄題鴛湖趙蘭素女傳芳品豔集後四絕

裁雲翦綺鬥詞華香韻爭傳出絳紗賴得名閨矜豔品筆端留取四時花

偶譜羣芳第一編寫來丰格自天然漫將賦物輕林下詠絮詞成別樣妍

倡和丹鉛並玉臺美人香草寄幽懷可憐衛女吟紅句不數蘇孃織錦才

珍重新題付遠鴻分遺繡帙愜深衷慚余亦有耽花癖蕙圃茳蘺擷未工

題畫芙蓉和當湖屈鳳輝女士韻

偶擬江頭豔翻成筆底花生綃輕著粉秋水淡拖霞錯訝凌波影眞如浥露葩美人懷日莫采采動長嗟

觀徐姊裕馨作畫偶成一章卽次其題畫原韻
東風輕拂春雲繞畫匳晴旭江南曉江窗有美耽林泉江山
眞面留新稿煙情水態樹枝柯暈嶼描嵐山岫嵩空翠濡毫
水墨姿金碧樓臺皆淡掃品題亦復自幽奇落落沖容見懷
抱卽此尺幅不易求六法神全殊足寶
送衛蘭畹姊再隨宦粵東二律
又赴祝融鄉離心冷夕陽後車隨宦地前度熟蠻方海市成
詩料榕陰覆繡牀他時梅信早重寄一枝芳
炎州前去路過嶺巽晴陰山似江南秀途如冀北平雲窗春
夢遠雪幄曉寒輕爭羨宦游樂應循戒旦情
哭毛夫人

閨中詩博士遠勝畫眉儔家住芙蓉里人稱翡翠樓留題驚
好句寫韻擅風流迴憶初謀面慇勤正暮秋
不意雙星祟眞教二豎臨駐顏無藥老對鏡嘆塵侵命已蜉
蝣比魂空蛺蝶尋風前徒灑淚長別恨難禁
雪夜讀書懷用鹽字韻
晚來風勁怯寒添六出紛飛影逼簾白髮慈闈慚莫慰青春
昧且戒常嚴病餘攬興惟詩酒家計牽愁到米鹽自是抱懷
偏耐冷不教塵慮上眉尖
東山棋墅懷古
竭來偶向東城東崇墩遙望當晴空伊誰卜築愛林麓太傅
遺跡懷高風舊隱擬將會稽勝翩翩杖屨輕羣公蒼青快藉
松陰偃賓伎追從山澤遠豈知憂患託閑身公輔襟期嗟算
蹇當時高臥尊龍蟠蒼生望重難休安徵書再下出邱壑幡
然五十初服官桓公擁兵久延佇籌畫新亭耀旗鼓狎視不
堪幕下居百萬淮淝耽虎旅秦兵一埽定淮淝從子江上傳
班師捷書飛報若無事聊將碁局諳營施勝負胸中誰足亞
三分籌策頻煩下喜怒相忘兩不驚嚴棲性本宜寬暇松底
殘棋賸石枰至今勝地空遺名西洲不比羊曇恨賭墅徒教
負矯情
游獻花巖
初登亦無奇漸高自可喜卽景成遐觀置身圖畫裏巖谷何
透迤雲樹望中峙牛首環西偏合沓亙百里塔宇晴雲間映

日燿青紫孤亭名留雲軒窗歷可覩傑閣障芙蓉大觀號堂
阯結搆依壁中登頓一聳企溪水流潺潺石梁見齒齒小憩
坐星槎犖确徑堪倚高原異陰晴平疇列遠邇林木生微風
響答四山起清磬出林端游蹤俯巖底異地無常情塵心歎
止止曠覽窮山椒當境得眞理
嘉慶丁巳春季懷金陵諸女伴
落紅飛絮滿閒庭小徑苔生戶晝扃風雨春寒二三月別離
人夢短長亭垂簾撥鼎焚沈水倦繡拈題倚畫屏支頰不關
情獨懶相思空爾惜勞形

德風亭初集卷十三　金陵叢書丁集之二十二

江甯女史王貞儀

詞

如夢令 漁歸

月下一溪煙淡溪裏漁叉夜響知有小漁舟叉得寒魚初返同伴同伴欋向白蘋花港

憶秦娥 春暮錢塘舟中

春雨歇楊花兩岸飛晴雪飛晴雪江途渺渺揚舲三浙　湖來胥口聲悲咽煙波一櫂萍葉萍葉篷窗閑坐書翻越絕

長相思 偶作

雁南歸客難歸一紙家書寄每遲愁心沒盡期　曉風嘶曉星稀夢到家園覺後非鄰鷄喔喔唬

生查子 閨怨

宵來風雨多應妒花嬌姹豔穠一時空忍煞芳華謝　無語倚闌干悶對花枝下紅淚落雙眸皺皺如花灑

菩薩蠻 病起

日長深院垂簾幙夕陽芳草愁心閣才換夾衣裳輕紅杏子衫　匆匆春去候人病偏銷瘦不敢歛雙蛾含顰對鏡多

卜算子 夏晚

雨後晚涼多衫葛含風細小摘庭前茉莉花弱縷穿連蒂團扇葉裁蕉閒坐荷花砌剝取池荷帶溼看蓮子生還未

南柯子 詠霞

水氣烘晴靄何殊吐蜃脣赤城曾道爛奇形最好落隨孤鶩下煙汀　日腳成丹紫天衣疊綺青微風吹碎斷雲停記否曼卿傳飲自天庭

解語花 詠梅

暗香乍襲冷豔亭亭丰韻眞無比十分依旎羞並語東園桃李香含雪霽別自有一般嫵媚只須看空色凝妝在黃昏影裏　長想煙霞湖上聽啾啁翠羽清夢初起佳人絕世淩縞袂卻勝朱紈綠綺此情難擬且相伴雲階月地對仙姿玉骨兩神清作閨中知己

眼兒媚 舟泊江浦道中

小泊行艭路偏賒雲影雁行斜數株疏柳一痕殘照幾點歸鴉　蘆花兩岸如飛雪湖汐下寒沙水國西風竹篷夜月人在天涯

菩薩蠻 惜花次季容女士韻

嫣紅姹紫開偏早看來顏色同人好花貌媚於人春光正十分　雨風難作主浮豔歸塵土灑淚怨殘叢無端減玉容

明月擢孤舟 悲秋

到得秋來愁便鬧悲風又翦桐枝落天際哀鴻林間病葉斷送秋光寂寞　臙對黃花憐瘦索淡容冷豔枝枝弱一盞香醪半簾殘月強把詩情咀嚼

秦樓月 自秦州至張夏鎮作

東風峭一車軋軋長安道亘天青岳雲對嶽嶠　輭紅撲面飛沙罩客塗空惹梅花笑梅花笑家園回憶玉窗冰照

滿江紅 過平原縣東門謁顏魯公祠

殘照城東風急處暮笳聲咽正卸轂平原祠外前行瞻謁作郡回思天寶日九重樂極金甌缺蓦然間鼙鼓起漁陽霓裳歇　衛彈邑千秋節爭坐位千金帖只拒降斬使是何忠烈猶有祠堂傳俎豆更存心跡書碑碣羨雙雙姓字弟兄香常山舌

調笑令 閨情

白露白露結作清霜彫樹樹頭愁殺烏棲隔個窗兒亂嗁嗁亂嗁亂驚醒羅幃夢斷

江城子 夜雨

無端寒雨促秋光晚風涼野雲蒼才有梧桐助響落銀牀窗外聲聲渾不住愁絕處夜偏長　況添低砌又嗁螿亂迴腸更心傷爐內寒煙銷盡水沈香欹枕難堪聽到曉心滴碎怯空房

浪淘沙 吉林秋感次鶴仙夫人韻

關塞冷西風沙霧迷濛可憐秋去又匆匆凝望亂煙衰草外離恨無窮　最好故園中黃菊丹楓蟹螯雙擘酒盈鍾此景那堪回首憶愁見歸鴻

浣溪紗 梅魂次吳小蓮女士韻

庾嶺煙迷夜寂寥羅浮月冷路迢遙可堪空色不相遭　風笛吹殘渾欲斷霜笳聽罷慣能銷依依脈脈迥難招

風流子 春草次陳姊宛玉韻

日色暖平津鄉夢杳尋展忒愁人想金勒驕嘶夕陽煙淡玉樓人望廣陌痕新碧影萋萋三月暮南浦獨傷神蜀魄叫殘楚魂招罷瘦餘中婦倉黛空顰　淒涼青冢上香坏埋豔骨偏自成茵更有長門參差輦路徒親卻幾多縈得新愁舊怨天涯故國泣雨迷塵腸斷芳晨繡幃日掩青春

減字木蘭花 感作

搆思下筆漢魏齊梁求並立底事心忙才學韓蘇又柳王拘牽潦草面目何曾收拾好縱效西顰沒柰生成嫫母形

踏步行 松花江望雨

黑水驚流黃雲隱霧曉峰新翠埋千樹片帆剛渡半煙江不知何處吹來雨　戢雪濤飛搏沙風駐翻盆掛瀑橫空佈風波如此櫂回船星紅一綫雷車舞

滿庭芳 冬夜吉林作

楊柳枝疏枇杷花落天涯別有時光朔吹如箭草白與沙黃九九寒凝回憶轉眼處飛雪鋪霜重簷冰釵堪數隨溜挂簾旁　含情成小立戍樓更冷野柝聲揚看庭中殘月已上東牆此際感縈懷抱空打疊百結迴腸淒涼煞江南塞北萬里家鄉

玉樓春 夜雨有懷閨範姊

春來開得花成綺遙憶美人睽萬里天涯同是客中身好夢

何曾空度擬　雙魚未寄雄州水欲整瑤琴愁待理夜來吹
雨散芭蕉故作寒聲驚客耳

小重山 燈花

玉樓傳聲月白時青缸光隱約發新甤金葩璀璨細開遲飛
丹鳳搖曳故留姿　雨露不須滋蕊生火樹花映銀池朝來
先報好音知輕霞暈應是吉祥枝

清平樂 由平原過東方曼倩故里

衛河西去斜指沙洲路此是歲星名里處大隱金門堪慕
懸珠編貝空游書生歎息封侯歸念細君分賜詼諧竟爾風
流

桃源憶故人 再入都中留別滬上許燕珍夫人

浮波又泛扁舟去來日故人何處後會迢迢愁數夢也難憑
據　美酒高懷還小住拚醉盈尊紅玉北地風嚴日暮腸斷
幽燕路

沁園春 過羊叔子故里

路指前途汶水之南太傅江鄉羨戈戟臨戎輕裘裝束旌旗
領隊緩帶飄颻談笑兵符風流將術卓識誰能與抗行還回
想想東吳信壓西晉功揚　偶來此地堪傷蓋世才華百戰
場賸麥穗千畦實垂宿雨棗林萬樹花發新香舊里嘗存殘
碑可讀揮淚何須上峴岡而今事推賢已矣更謬青囊

行香子 過一笠園賞桂

繡屋初涼寂寞秋光正整斜雁字成行遣愁無計桐落銀牀
柰曉來風朝來雨夜來霜　連蜷古幹花發鄰牆恰相邀女
伴尋芳蕊含金粟衣襲天香趁月當軒人滿座酒盈觴

歸朝歡 詠雁次吉林鄉巽齋太史韻

水落平沙潮下渚瑟瑟蘆花飛白雨江南秋好恰長征塞天
霜冷攜新侶漸遠聯素羽檢關朝發看無數下江皐斜斜整
整煙月滿湘浦　落日況當人逆旅草帛書成思寄語聽到
淒聲不忍聞誰家夜靜調冰柱天涯悲歲暮故鄉望斷雲迷
樹歎嗷嗷留心矰繳空爲稻粱苦

臨江仙 哭汪夫人

豈料寶媛眞死別不堪淚下聲吞同思相見話寒溫嬬聲悲
苦節噩夢愴離魂　歎息交情流水逝傷懷卻共誰論天涯

知己幾人存容華芳歲盡霜雪晚心尊

漁家傲 嶺南作

海上風高吹瘴雨時過十月猶炎暑零落紅蕖花滿渚愁正
聚一撾初起樓頭鼓　修得書成煩雁羽家鄉程遠如何許
壁影青燈人閉戶懷似緒夜深怕聽寒蛩語

虞美人 粵東九日

金風向晚颼颼起時敍如流水蟹螯初滿菊初黃又是一年
秋老過重陽　龍山誰是登高客負了家園節廣州九月似
春中梅放桃開千樹映丹楓

月中行 游湖心亭戲作

樓臺高矗水中央倒影漾湖光畫船歌舫聽如狂多半載紅

妝　偶來雨後翻成趣尋勝跡單袷迎涼水雲滌蕩粉脂香
清淺愜詩腸
桃源憶故人 游姑蘇臺
館娃舊日沈歌舞閶闔城邊鼙鼓月冷宮梧幾許夜夜啼烏
苦　麋鹿可憐羣走去霸業銷磨何處響屧空存舊語草色
侵廊廡
菩薩蠻 過貞娘墓和韻
春來繞墓飛蝴蝶芳草青青渾未歇此地葬傾城偏縈過客
心　香魂愁斷絕鵑叫泉臺月玉貌冠三吳風流曉夢孤
惜餘春慢 同許燕珍夫人登燕子磯即次原韻
暖水霞蒸黛痕煙亂百戰濤聲天半多情燕子何處飛來雌

伏一磯高關爲問當年風流王謝華堂雪消冰泮漫回思舊
日烏衣簾幙似曾相見　只眼底碧樹晴江滔滔鬱鬱催人
夢斷山靈應笑玉樹丰神逝浪關情誰管虎踞龍蟠且休空
壘輪將自成奇峰北南邦二水三山天塹巢成絕險
滿江紅 甲寅冬至日雪
至日陽回剛好趁歌調白雲侵寒起玉堆階下無聲騷屑斷
桂未妨才女詠披蘭欲動先春色較當年磧面并熏衣風懷
越　三逕外琅玕折一室裏珠簾揭喜六出紛霏正在梅開
時節香複金爐煙篆漾茗烹石鼎詩清徹只工閒組繡線新
輕寒絕
念奴嬌 祀竈
行廚煙散剛入夜炊餘寒徹爆竹鄰家初競響正是交年節
牀腳燒燈灰堆擊帚五祀辰方接底須祈報但教香水無缺
不學致富陰家封羊供酒叩禱紛煩熱餅豆一年慙一錢
言事憑君朝闕再拜尊前非緣求媚文字嗟薪積封塵莫笑
爨火每自清潔
浣溪紗 閒題
院落才晴日又西紅香初綻有薔薇小窗閒坐偶拈題　蟬
翼乍成雙翠鈿鳳頭新繡小紅鞮嫩陰天氣怯春泥
南鄉子 春莫
長晝鎮無聊閒坐拈鍼倦又拋捲上湘簾看小苑芭蕉綠擺
檐牙葉漸高　燕子護兒嬌風細楊花冉冉飄眼底韶光留

不得櫻桃紅顆枝頭鳥啄消
沁園春 題柳如是像
彼美人兮河東舊氏名姓爭傳問底事蛾眉愛才念切改裝
巾幘擇士心堅翠袖相投紅帬難認老去尚書已可憐休記
取恁茸城詩句久地長天　只今回首當年薷京口扁舟桴
鼓闌更不較顧娘泥塗容面羞他卞女淚灑蘭臟道服隨身
青絲畢命含笑章臺質獨捐尤堪歎便平康如許若個名全
訴衷情 秋望
偶然乘興一登樓江色俯晴流試看千山楓老無那又殘秋
雲影碧晚峯浮雁聲悠欄干倚徧地上天邊何處銷愁
踏莎行 題梅花水仙芝草合景小幅

庚嶺春運洛川波迴一般幽思誰能領箇儂同住水雲鄉黃裳絳服欣聯影　世外芳姿寰中仙品靈根堪結芝林隱好將三秀擬三香襟期冰雪偏宜冷

跋

德風亭初集文九卷詩三卷詞一卷金陵王貞儀德卿撰知府王者輔惺齋之女孫宣城詹枚文木之室也惺齋遣戍吉林德卿年十一侍祖母董氏於塞外能讀書兼習騎射年十六回江南又隨父自都中至關西由楚之粵東年二十五適詹年三十而歿數年詹亦亡無子德卿精梅氏天文之學有星象圖釋二卷及籌算易知重訂籌算證訛西洋籌算增删女蒙拾誦沈痾囈語各一卷象數窺餘四卷文選參評十卷其卒也以書託於吳江蒯氏蒯之姪嘉興錢儀吉衎石序其術算簡存五卷備詳其事余向牧海昌嘗從衎石之弟泰吉警石索觀之時衎石主講大梁書院驛書求之未獲也今年乙卯始見此初集十二卷其二集六卷繡帙餘箋十卷瞿頴山有其書余未見也雜文如句股三角論日食論歲差日至辯疑盈縮高卑辨經星辨黃赤二道辨地圓論地球比九重天論歲輪定於地心論五星隨天左旋論籌算易知自序歷算簡存自序皆足以見天文算學之大略其讀詩私箋序韻學正訛序論史偶序葬經闢異序醫方驗鈔序原原本本見聞該洽詩五古如吉林塗中頗近選體七古如飼蠶詞擣練圖枯樹歎皆有篇法近體佳句亦多可采其書先大父惺齋公讀書記云吉林捐館手藏書七十五櫃德卿護持而涉獵爲可謂女子中能汲古者矣上元朱述之跋

德風亭初集跋

右德風亭初集文九卷詩三卷詞一卷並江甯女士王德卿著德卿名貞儀歸宣城詹枚年十一祖者輔戍吉林德卿侍祖母董客於塞外十六歸江南復隨父自燕而秦而楚而粵二十五適詹三十而沒無子所著託之吳江蒯氏蒯以與嘉興錢衎石侍御侍御以歸朱述之先生是本則鐵梅丈鈔之朱氏者也德卿於書無所不窺工詩古文辭尤精天算貫通中西自古才女如謝道蘊左芬之屬能爲詩矣未聞其能文章也曹大家續漢史矣宋宣文傳周官矣未聞其通天算也德卿以一人兼之可不謂彤管之杓魁青閨之牟弁乎獨其所著他書見於朱氏跋中者七八種今並不顯於世即朱氏所稱繡帙餘箋十卷瞿穎山有之者亦不知瞿氏何許人是書尚迹得否邪蔣國榜

芸書閣賸稿

金至元

在昔先王之世太師陳風凡所采於田野里巷閭者多閨閫房帷之作若伐桑采葛髮笄膏沐及二姜許穆夫人諸詩是也下至名姓不登史冊其事亦無特異如草蟲雞鳴靜女諸詩亦皆甄録不遺要以志風俗之汙隆民情之好尚使誦之者油然而知所感發耳則洵乎房中之詩之足録也含英金孺人為查君心穀德配少嫻姆訓織紝紃組外博習諸書長工聲韵之學清麗孤秀無綠牕綺靡諸病其嬪於心穀也未期而沒心穀不忍聽其湮滅無傳哀其賸稿若干首謁予序之或者顧以篇帙寡尠為嫌予謂在唐蔡省風編瑤池新集所録能詩媍人自李季蘭至程長文一十三人詩僅一百十五首以此方之不啻倍蓰又何必存見少之意哉使即不逮李程諸名媛之詩數反復是編而温柔敦厚之旨有深契三百之遺者是又足傳於後無疑也予舊史官也微心穀請予敢後彤管之書哉康熙壬寅年十月益都趙執信

含英金夫人予同年查君心穀淑配也少工吟咏有穌媛謝女之目查金兩姓交最厚因申以婚姻之好夫人甫笄心穀以事陷於獄越九年邀釋始成嘉礼焉已而兩人追溯往事破涕為咲各出詩卷相慰藉此倡彼賡評花賭茗聞者艷之時予婦尚無恙孰夫人名時時欲與一見願未得遂今歲首二日婦遽去世予從悲苦中作為行畧以寄心穀夫人見之亦以不及一見予婦為憾庸知二月下浣夫人亦復驂鸞天上耶在予以三十八年之糟糠歷久而彌悲心穀以未期之伉儷促迫而較慘予之悲也以貧賤心穀之悲也以患難媍死腹痛予兩人詎獨身知之與今中元日予為亡婦脩齋蕭寺心穀郵其悼亡詩并芸書閣倡和諸作見示申紙雒誦悽愴傷懷樂天詩云賴是心無惆悵事不然爭耐子絃聲予顧瞻子影惆悵寔多哀絲脆竹讀未終卷不自覺淚之涔涔盈睫也聊書數語於卷首以歸之且以志予兩人之同病云康熙辛丑年七月華亭弟王時鴻題於京邸之半樂軒

予友心穀幽羈九載始邀矜釋与嘉耦含英夫人遂其倡酬之願雨簾剪燭花徑分牋致足樂也頋綠綺纔張朱絃遽斷拂床箏冷褰幄香銷泪漬春衫情何以遣心穀既作悼亡詩若干首情深語苦若鵑鳥啼春泠猿嘯月使人難以卒讀尋復裒其含英夫人前後所作并倡和諸詩為一集迹其集中所載大都哀楚之致多而愉樂之聲少豈詩之果為人讖与抑自知其慧福不能兼而豫為是無涯之戚与予嘗深宵對酒讀之三嘆頋謂丙子韻山曰讀此益增人伉儷之感韻山曰生死固自有命所恨者歷憂患而未竟其樂耳竊欲即其集中所詠夜合花之意拈句弔之可乎予曰閨中偶詠本不可以外播然非所論於含英夫人也汝試誦之韻山遂吟曰嫣紅取次斂幽姿正是檐牙日墮時可惜夜長難浔旦重開不見費相思予為之慨然因命侍姬媚川執燭捉筆而為之序康熙辛丑年八月稽山弟胡提

嗚呼此予亡婦金含英孺人之賸稿也孺人少習孝經論語内則女誡諸書無不通曉稍長誦唐賢詩遂工韻語然不輕作作亦匿不示人既歸予索視至三偶出數首旋復毀去曰吟詠非婦人所宜聊以攄一時之懷抱耳其自矜重也如此歸予十月而歿計十月中迫於予請間有酬倡既歿鐍置香匳塵封蛛網不啓視者十年於茲矣首夏曝書從叢帙中檢浔零縑斷楮凡若干首亟録以附予蕉塘稿後嗚呼吉光片羽孺人豈求世知予之存此者蓋不忍孺人之淑慧能文竟以夭折終泯滅而無傳也亦藉以寫予哀於萬一也嗚呼其可悲也

雍正辛亥年二月蓮坡查為仁

金孺人小傳

孺人金氏名至元字載振一字含英河閒府學生金大中女適宛平查君為仁夙嫻內則不苟訾咲性極孝事父母及舅姑皆得其懽幼讀書通大義穎慧絕人女紅之外書算琴管無不精擅尤工於詩著有芸書閣稿清拔孤秀不染粉黛習氣平素閟不示人既沒世爭誦之濟南趙宮贊執信為序以傳長沙陳鵬年撰

蕉塘外集

芸書閣賸稿

山陰金至元載振 一字含英

春日

午窗寐歷聽啼鶯滄沱春光畫不成坐擁熏爐寒尚峭
旋移花𤏳雨初晴鈎簾乳燕多尋壘隔巷吹簫已賣餳
忽見侍兒來插柳始知節物近清明

朝来

朝来幾點雨催花餞取微香入謝家未到荼蘼春尚在
却聞杜宇意先嗟閒臨褉帖紅絲硯暫試名甕綠雪芽
天氣漸長人漸困瑣窗梦轉樹陰斜

古意

倚熏籠兮倦繡日遲遲兮春晝步庭除兮延佇折花枝
兮獨覷鶯百囀兮將闌柳飛花兮欲殘恨流光兮難綰
掩羅袖兮汍瀾

過草亭作

屈曲草亭入蕭疎遠市諠画闌斜抱石翠幌薄籠紗境
僻蝸黏壁林香蜂報衙此閒塵事少一卷誦楞伽

春晝日

九十春光劇可憐難追羲轡夕陽邊桃花不識東風換

猶美妖紅幾朶妍

重過郊外園林

一番雨過釀輕寒七月南塘水半竿最是重来好風景
秋光如染隔林看

彈琴

擬将幽意寄金徽拂軫無言送落暉我有千愁彈未盡
一聲新雁碧天歸

夜坐

夜闌人獨坐簾外露溥〻靜愛鳴蛬細涼宜攤卷看水
沉畄篆火蘭爐受風殘虬箭城頭轉羅衣怯薄寒

雨中感懷

門外涼颷獵雨聲凄〻擾〻夢難成遥思北寺青燈裡
此夕何堪淚獨傾

問鴈

借問天邊雁關程千里餘来時經帝里可有寄儂書

庭花

滿逕苔痕清晝長枝〻葉〻鬥幽芳嫣紅姹紫知何限
爭似疎梅淺淡粧

聞燕語有作

十眉圖嬾試新妝畫閣無人黯自傷不捲重簾畄燕子
呢〻學語聽雕梁

初夏

柳葉毵〻覆屋低緑陰初滿小軒西沿堦碧草茸〻長
坐樹黃鸝恰〻啼須識人生皆有定自来物理本難齊
紅閨久誦班姬誡未敢拈毫著意題

禮斗

玉臺拂拭理殘妝恐照菱花翠黛長夜靜星壇私祝罷
一爐香引淚千行

催妝詩次韻

句好如仙絶點塵青蓮原是謫来身詩傳彩扇歌偕老

籍記丹臺署侍晨（松陵集注執盖侍晨仙官貴侶）四照花開融瑞色九微
燈颭締良因牽蘿補屋休嫌陋浮貯珠璣敢道貧
百和香濃結綺筵雲璈如奏大羅天龍泉那肯豐城掩
冰彩依然桂殿圓此日授綏休論晚他時委禽計當先
試看歐碧鞓紅種畄取春光分外妍

附蓮坡催粧詩十年香靄攪情塵畄浮霜華百鍊身映夕星光盈錦幄向来春色阻花晨誰言蔗境甘無比久識蓮心苦有因差喜高堂稱具慶鹿門偕隱莫辭貧紅燭雙行照玳筵鳳簫吹徹下瑶天辟存敢詡連城貴珠在還欣合浦圓賦就桃夭期覺淺迎来鵲駕路爭先夢中欲乞生花管待寫春山滿鏡妍

夜話和蓮坡主人韻

人生大抵遊仙枕已出邯鄲君莫疑卅事浮雲無定著

沉光刼火漫尋思試香午院宜煎茗鬥墨晴窻好賦詩

終日牛衣吾不悔只憑清課愜心期

附蓮坡與内子夜話此生已分難重見今日相看轉自疑一夢十年誰唤醒離愁兩地渺相思冬釭夏簟通宵泪悶翠爐紅滿篋詩鄭重与君棲歲晚莫将清賞負幽期

題花影庵詩集

清詞麗句難為比愁似秋猿巴峽啼多謝十年相憶苦

口銜石闕寄無題

附蓮坡内子為予題花影詩稿依韵答之抽絲已比原蠶老聒耳還憎杜宇啼留得袖中詩本在挑燈和淚藉君題

自述

方期椎髻共林泉寉閉蔦拘痛九年劉氏酒逾千日醉

姮神光負百回圜今朝寫翠欣開鏡往事愁紅記拂絃

從此幽棲差可慰不須緘恨再戕天

偶成

愔愔庭館不飛花如幕垂楊一桁遮自是今年春較晚

紅闌繞遍牡丹芽

附蓮坡同作百囀鶯聞點柳花嬾将舊卷眼中遮苦吟只恐枯詩吻乞撿紅囊瀹茗芽

中秋坐月

人間天上分盈闕每負冰輪著意明此夕團圞人共月

只愁雲影掩三更

附蓮坡同作年年見月多愁思今夕秋光潑眼明縱使雲鬟香霧濕倚闌要看到三更

夜坐寄蓮坡主人時客都下

瀟瀟細雨暗堦除坐倚屏山慵檢書如豆一燈明欲滅

最傷懷是别離初

附蓮坡答内子見寄原韵離情無計可消除三百郵程一紙書寄語昨宵孤館夜不堪雨滴酒醒初

水仙花

凌波微步當風立似向芝田館裏来堪与梅花競標格

衡寒也向雪中開

附蓮坡次韵雪兒冰心詩絕世分明解佩漢皋来翠綃衣薄偏宜冷不与凡葩一例開

夜合花

朝来紅艷儘教看底事燈前欲見難應是名花深自愛

五更風雨怕摧殘

附蓮坡次韵向夕凭闌子細看欲躅小忩不愁難卷舒未必花無意銀燭何人照夜殘

梯仙閣餘課

陸鳳池

梯仙閣餘課者上海諤廷曹子繼室陸夫人之所作也夫人名家女夙稟慧性生二十七而移天才六期而卒其夫子悼之甚廼掇拾其遺餘墨蹟於篋底若壁間手錄之得詩如干首詞如干首攜以視余曰吾妻之命可謂至薄今且化爲異物不留聲影於人世矣所僅存者此爾將付諸梓惟先生賜之片言俾覽者憐憫而歎惜焉不亦可乎余應之曰此非夫人志也抑吾子之情所不能已者其又安可得已乎古婦人之作如柏舟綠衣諸篇遭遇至爲不幸而能引古義以自諭不失温柔敦厚之旨故其詞意愴惻千載之下讀之猶有餘痛今夫人但早夭爾初無此等事也女功之暇偶弄筆研不必多亦不必工宜其然矣然而性情德行之淑慎温懿辭氣之間亦自有不容掩者夫人之賢如是雖夭壽也若其不爾雖壽夭也是刻也夫人其不死乎曹子於是破涕而笑也康熙壬辰四月南浦焦袁熹敬題

秀林山人海上賢媛雲間秀質蘭閨咏絮早承大父之歡錦幄抛針夙奉難兄之教賦新詞于香茗冰雪爲姿擅剌繡於雲屏瓊瑶作珮梧桐夜月和玉露以調鉛芍藥春風對珍禽而析縷斯誠名高錦字巧過針神者矣既而于歸譙國作配德門奉事尊嫜有無黽勉揣摩不輟君子其善讀父書組織相依賤妾固素嫺女誡高柔室内都成贈婦之篇蘇蕙機中時有望夫之句何乃清羸善病刀尺猶勤消瘦緣愁聲歌閒作六年伉儷驚噩夢于神言百歲歡娱等浮雲于幻影此潘岳悼亡之作泣下沾巾大雷別妹之書神傷掩袖也嗟乎崔夫人桃花靧面長留兒女之悲韋蕙叢書篋搜衣空剩鴛鴦之製展瑶編之點筆視此芳徽庶續翻之流芬奉爲女史云爾時康熙辛卯仲秋滄洲陳鵬年題於潤州之月華道院

夫與婦胥才是再干造物忌也吾友諤廷曹子雲間才士范之王子曰上海百年來才未有及諤廷者予固疑造物者陰忌之而又重之以秀林陸夫人夫人才媛也詩最清遒粹雅其卒也諤廷出示余曰盍一言以釋余悲乎夫人兄錫山亦請言余爲釋曰使諤廷不必才才名不必胥盛則夫人庸可工詩工詩庸可生諤廷業才才名業胥盛是夫人不可詩也而夫人又工詩是夫人僅可病而卒而不可生也何則夫人卒而造物者并釋諤廷忌矣諤廷乃可以逞友曰此賢婦志乎余曰抑才媛之志也夫不有其才以成人之才者斯才也有其才而不克成人才甚或助造物之忌以忌之者雖才不才也余故曰夫人才友曰子之言有徵乎余曰世遠亡論明季夫與婦胥才者莫如楊用修黃夫人夫人父舅夫胥貴而夫又才以干造物者忌故季年用修讁卒坐悲離子曩一絕曰羃帕羅囊醉後糚翰林才子寫詩章三春花柳黃家女錦字何緣寄永昌蓋傷之也夫黃夫人悲離而用修可唱第第一夫人病病而卒而諤廷其埒用修乎顧使夫人病病而卒而不必工詩而病吾又未能必諤廷之果用修也友又曰聊談錫山予曰班固左思鮑照亡論姑考許景樊乎景樊之兄是亦唱第第一

也是故夫人生而卜錫山之顯夫人歸諤廷而病病而卒而卜諤廷之顯宜與儲大文書於九峰樓

樨仙閣餘課 儲序 十二

余婦少時從族叔祖受四子書毛詩皆讀集註迨長熟離騷歸余十日從案上取誦之朗朗不誤一字侍婢私語曰主所誦何與在家時無異余因贈句云幽意燭精不自知碧窗吟遍楚人詞添香侍女聽來慣笑説書聲似舊時嗣復時時讀之則自笑曰予愛屈子辭此生亦當不得意性卞急而爽偶有拂意輒恚甚已而釋然外舅家閨室皆攻詩婦幼于夢中得句因學為之下筆輒有風致會得吐疾日閉閣諷唐人句及宋人詩餘不休顧孺人教之曰兒不聞乎磨穿鐵硯非吾事繡折金鍼是我功也遂一意於繡閣寒暑無間婦之讀離騷也兄

錫山實教之錫山於詩最工至是賦其事曰何時償盡金針債不與他人作嫁衣蓋憫之矣顧其詩終未嘗令錫山見之歸余後間有作嬾自收拾暇時喜閱李九我綱鑑復不能終卷自謂每事未了意輒闌珊當非久於世者病亟日念母氏思一見道遠不可得從容語余箱中存裹一博古圖衫一針鍼皆我心血最生平所自愛他日以示兩女殘紙數十幅在西房几上善藏之如見我也余吞聲不能答亡後之半月不得已將徃句曲因料檢君前後所作都為一冊攜以自隨嗚呼戀庭幃託景物離憂傷懷騷人之致君天性近之矣作雖不多且不事雕刻然固足以存也辛卯六月二十五日沔湍生一士書

先黃門才名震天下顧嘗自稱曰不能詩及讀遺稿體不一格指無偏尚大抵蒼古得於漢魏凝鍊本於三唐而參以宋之疎越元之妍秀用力深而取材備雖專於詩者有弗逮焉宜乎海寧湘潭青陽諸公之歎賞不置也嚴滄浪論詩曰非多讀書多窮理則不能極其致錢牧齋譏王李鍾譚之徒勇於自是世未有勇於自是而能極其致者先黃門自稱不能詩詩之所以不可及乎舊有夢白草沔浦詩鈔及城北城西筍里毘陵閩燕諸編顧皆攜之行篋黃門歿京師捆載而歸類多殘缺庚戌以後作皆零紙斷簡兼多塗註今共輯爲六卷其間歲月之淆帝虎之訛誠恐不免願識者有以教我從子錫黼謹識

梯仙閣餘課

秀林山人陸鳳池著

詩

讀南陽陶夫人詩賦呈

夫人喜哦詩詩成無俗調示我五言古澹然涵衆妙風清起蟬吟天空來鶴嘯諷誦有餘情明月欣相照一撫無絃琴俯視十二操

咏大姒簪素菊

寒凝嶺上霜皚若山中雪淡淡舒幽芬亭亭抱高節比梅梅未清比蘭蘭未潔歲寒堪結伴永與春風別（姒蚤歲守節）

夜接家書

病裏接家書愁痕添兩眉書中數行字三復教心疑燈爐夢乍闌夜寒風入帷欲詢寄書人體弱起還遲

春日梯仙閣閒眺（閣臨水水北爲神山）

風團花氣沿溪煖暗雨明霞紅不斷燕掠汀洲人語稀畫橋煙薄蘆芽短日景曈曨殿閣攢簫聲縹緲水雲寬遊船散去鳥飛絕向晚山光撲鬢寒

同二姒刺繡作

深沉庭院絕塵囂紅透紗窗日色高相將繡架移窗下我繡梅花君繡桃淡淡梅花看不厭君偏憐却桃花艷

梅瘦桃肥兩不同，須知花艷人仍淡。一枝繡出傍簷看，不是春時色亦鮮。忽惹妬花風數陣，着意吹來總不殘。

蠟梅

百卉凋零盡，亭亭獨映闌。最宜夜月淡，偏耐曉霜寒。磬口含初放，檀心香未殘。早春梅縱好，破臘更堪看。

夜坐待歸

隱隱花間漏，沉沉隔院聞。梅梢新挂月，松幹半封雲。呵凍毫頻染，拈香手自焚。歸來茶正熟，好爲解微醺。

寄陶氏姊

白日金閨促，黄昏玉漏遲。無端愁我處，有夢見君時。明月涵清影，殘燈斂恨眉。何因共攜手，一爲訴相思。

半逕看桂贈外

別墅新叢發，小山舊幹長。臨風金粟麗，棲月玉蟾香。歲久苔侵碧，秋深菊鬭黄。明年花更好，珍重伴霓裳。

八月十一夜對月

吾愛今宵月，流光萬里清。更無雲點染，惟見水空明。窗外移花影，樓頭度笛聲。中秋應倍好，只未卜陰晴。

暮秋憶外

那堪今夜月，獨自倚樓看。秋老蛬吟咽，更深漏點殘。露珠凝樹重，雁影掠窗單。無限關情處，行人應怯寒。

春日寄大姊

雪裏纔看雁北飛，春來梅柳又芳菲。應憐小妹經年別，况念高堂百里違。十指共誰供伏臘，三餐常自缺甘肥。家園近况君知否，好買扁舟趁早歸。

奉姑命咏堂前紅梅

應同綠萼謫凡塵，猶暈瑶池酒一巡。香魄不隨明月淡，素粧偏倩暮霞勻。紅冰片片凝青幙，絳雪紛紛點翠茵。却喜堂前多勝事，南枝早占上林春。

牡丹

繡幕雕闌爍曉光，玉樓手格壓羣芳。如含醉態留春色，

肯倚嬌姿鬭艷粧。數朶臨風隨意舞，一枝凝露自然香。綠窗芍藥雖妖冶，那敢花前競短長。

園中即事

小園雅與畫爭奇，曲曲方塘矮矮籬。一片白雲迷綠徑，數聲殘雨和新詩。舞狂粉蝶翻花蕋，囀滑黄鸝隱樹枝。自是幽居饒勝賞，讀書刺繡總相宜。

寄大姊

去年畫閣記同登，風景依然恨不勝。曲檻月移花影散，踈簾風細篆煙凝。漫期共把消愁盞，何日重挑話舊燈。可憶隔江小妹在，綠波一棹夢難憑。

木芙蓉

美人遲暮泣江濱秋色憑渠點綴新微帶醺酣嬌欲暈畧施脂粉淨無塵黃花顆淡難爲對丹桂扶疎漫結鄰惆悵花神不平事偏留絕艷未逢春

新晴

涼風爽氣徧樓臺秋燕將雛拂檻回夢裏家人啣命至雨餘鄰女破閒來幾番極目看雲度第一關心問桂開好向西園踏新月花陰猶是溼蒼苔

暮秋與大姒夜話賦贈

虛簷蟲語助清談指點楓林葉半酣秋杪風光窺玉鏡

病餘心事問寒潭鴉翻獨月呼羣起菊待餘霜着意含悟徹塵緣皆夢幻金經一卷靜中參（姒禮佛甚虔）

春夜寄外

樓月仍圓夜庭梅又欲殘一從君去後閒殺玉闌干

春殘

枝上黃鶯囀簾前紫燕飛欲留春色住無計只沾衣

憶陶氏姊

相違只數里總是隔西東擬疊魚箋寄無如乏便鴻

賦得白裏紅

白鷺翔蓮浦桃花點浪紋玉人微暈酒和醉舞紅裙

寄外

忽見燈花落更闌人乍眠小窗風雨急吹夢到君邊

秋夜

遥望青雲接九峰誰將心事寄寒蛩無端幽思難成夢又聽疎林遠寺鐘

梅

冰肌玉骨好丰神雪月場中自在身不待春風香已沁歲寒心事與誰論

觀閣前紫藤

高閣玲瓏傍水涯曉來攤罷展窗紗綠陰如幔虬枝結

一片花光奪紫霞

贈別大姊二首

小立庭前話別離欲留無計淚漣洏徘徊終覺難分手細叩歸期定幾時

憶昔懸懸望幾絕相逢不道便相別願風吹轉木蘭舟免使離懷倍淒切

白牡丹

仙姿澹蕩不勝春應是瑤臺絕點塵借問沉香亭畔客艷糚何似素糚新

蓮花

紅糕翠袖映波鮮濃淡相宜特地妍不是當年周茂叔
誰將君子品嬋娟

白荷花次季先四弟韻

碧水池邊擁淡糕一般六月却凝霜錦江無數紅蕖艷
羞對亭亭比玉芳

晚秋即景

閒倚屏風待月華凉颸淅瀝逗輕紗羣鬟戲拾胭脂片
錯認霜林是落花

雪

青山一夜玉嶙峋渾似梅花逗早春天惜瓊姿凝不化
笑他狂絮逐風塵

中秋夜坐

碧落陰晴萬里同珠簾斜捲月朦朧莫教辜負此良夜
靜坐焚香挹素風

于歸之三日人回却寄

迢迢百里信難通憶別家山恨不窮白髮雙親辭幾夕
夢魂歸路暗江風

夏日憶大姊

陰陰綠樹蟬聲亂日蒸花氣熏人倦手拈蘭蕊獨徘徊
書成欲寄憑誰便

新月

一鈎清影帶疎星悄立渾忘玉露零若使素娥能解意
須教夜夜伴香亭

初秋夜思

金風淡淡拂疎林皓月溶溶映素琴一葉梧桐驚落處
夜深秋思入清吟

秋海棠

一叢斜映桂花黃含淚無言獨斷腸（一名斷腸草）料想春來睡
未足入秋始得理紅糕

題畫梅豆竹筍

梅生子兮竹生孫到眼離離護蓽門忘却歲寒還有伴
亭亭松柏傍雲根

偶成

畫樓晴日捲蝦鬚風細常凝香滿爐一卷離騷再三讀
等閒妨却繡工夫

冬日寄外

煙水迢迢泛木蘭寒風殘雪怯衣單客裘自着江邊雨
莫作臨行淚點看

春閨

睡起慵糕獨倚樓曉來何事不勝愁閨中已是無情緒

況復鶯啼在上頭

燕

莫遣東風吹羽衣好傳花信向南飛綠陰雖盛不留宿
却傍空梁故壘歸

檢譙國元配清河氏遺篋感賦二首

開箱細檢淚盈眸繡被湘裳依舊留莫怪蕭郎長太息
密縫鍼綫密縫愁

一見珠鈿一斷腸迴思世事總茫茫東風作惡無邊際
吹落殘紅何處香

冬日病起

病裏生涯百事賒一絃一柱譜平沙彈來却怪人偷聽
閑倚闌干看雪花

病中見姑減食感賦

停杯投箸感雙蛾惆悵愁多病亦多已是宿愆消不盡
北堂減食更如何

虞美人花

嬌舞輕風勢掩抑離披翠袖渾無力帳中歌罷一沾襟
血淚至今消不得

午日見菊

黃花不耐獨開遲早趁熏風見一枝澤畔何如籬畔穩
且拋楚些讀陶詩

蟬

柳杪籬陰任去留飄然身世兩無求如何吸露乘風客
也向炎天聒不休

雨夜思親

去年猶記侍慈親花影橫窗月色新今夜雨聲和淚滴
雨珠爭似淚珠頻

夢中

夢中說夢話離思問道親心知不知醒後杜鵑聲未絕
呼燈寫寄斷腸詩

夜坐迴文

涼亭浸月伴花香月伴花香對小堂堂小對香花伴月
香花伴月浸亭涼

詩餘

瀟湘神 冬日辭山歸舟

江水流江水流朔風獵獵起予愁一片錦帆如鳥疾寒
峯轉眼沒雲頭

憶江南 夢返家園

高樓外曙色映窗櫺嬌鳥數聲驚好夢醒來珠淚落盈
盈又別舊園亭

如夢令 落梅

細雨斜風纔到一樹寒梅殘了試問掃花人苔上點來多少難曉難曉無數落英飛遶

點絳唇 端午

玉腕香消綵絲爭繫逢重午石榴紅吐妬殺黃梅雨艾虎朱符總是添愁緒悲千古畹蘭何處憔悴瀟湘渚

菩薩蠻 送春

留春且住春無語繡餘休詠傷春句春到慣空歸傷春復為誰 垂楊鶯已老小院花枝少燕燕解留情雙雙梁上鳴

憶秦娥 杜鵑

東風咽杜鵑簾外啼紅血啼紅血一枝竹影半庭殘月當年幽恨憑誰說鄉關望斷真淒絕真淒絕不如歸去舊時宮闕

山花子 咏西洋楊妃山茶

異域移來絕麗姿一江春水淡胭脂却較芙蓉更如面上皇思 微暈酒痕迴舞處梨花帶雨洗糚時要與樓西梅鬬寵肯開遲

南歌子 七夕

花底香初散樓頭月漸明阿環癡絕誓長生只有鵲橋今夕度雙星 絡緯蕭蕭響莎雞唧唧鳴風吹竹葉撲窗櫺驚起玉人幽夢睡難成

浪淘沙 午日思親

去歲石榴紅蒲酒親供今年佳節又天中一浦盈盈喧競渡隔斷西東 怕聽晚來風梅雨濛濛安排愁悶到宵終燈燼強眠眠未得連夢都空

雨中花 秋思

滿徑芙蓉紅欲暈更交映桂芳菊潤聽幽砌蛩吟疎林蟬噪惹起無邊恨 每歎流光容易盡記七夕鵲橋渡穩早過了中秋疎風斜雨又是重陽近

玉樓春 寫病

家園遙望情悽惻黯淡黃花人共瘠暮鴉數點宿枯枝落葉空庭聲摵摵 腰肢削盡渾無力不耐輕寒成陣逼寸心藏得許多愁添着新愁何處積

黼自幼時聞吾母言陸恭人賢而才比之外庭又聞先黃門悲恭人之賢而夭手掇其遺詩詞錄而藏之以志不忘顧嘗從 國朝詩品中見一二斷句餘俱未之見也今年夏編訂黃門遺集從陳篋中得而讀之韻高而旨遠雞鳴之勸戒葛覃之孝思采蘋采蘩之克勤內職盎然流溢于楮墨間讀其所作而恭人

之賢可知已宜吾黄門之不能忘也恭人雅不欲以
才見黄門所録僅得之壁間案頭什無二三四十年
來風雨朽蠹又多殘缺黼恐其愈久而愈失也因與
菽衣兄企南弟芝涇姊壻重加較輯共得詩五十五
首詩餘十一首附刊黄門四焉齋集後乾隆戊辰仲
秋從子曹錫黼識

梯仙閣餘課

晼香詩鈔

張淑

昔誦歌謡側聞孝烈將軍之跡時臨碑帖尤欽色絲幼婦之詞緦翰蒞于香山文刊紫石獻樹銘于魏闕頌洽青陽圖織璇璣八百字傳來蘇蕙集捜閨閣三十卷編自殷淳徵韻事于樂昌代詠春風之燭寄新篇于陳頵兼描寶鏡之形信脩詎乏佳人不櫛何慚進士然或緣情而作抒怨為多感棲燕以徘細敲玉釵而惆悵扇裁明月意寓齊紈拍按清笳愁凝塞草慨登舟之

慎氏目送孤帆將報字于秦嘉神馳千里亦有烏孫遠嫁銷魂援異國之琴甚且黃鵠興歌矢志託化人之石斯固才華夙擅咸推縷鳳之吟究之福命難齊祇類寒螿之咽而已惟藕者先生德配畹香張夫人者族著青錢家傳金鑑紅窗搦管格仿簪花白璧盈階才高咏絮羨鳴珂之舊里綽有門風喜握槧于芳辰寧煩姆教洵出風而入雅羌習禮而明詩矧以京兆名姝作配高陽才子聞雞昧爽率多唱和之篇挽鹿餘閒屢出清新之句衍波箋擘檀揮灑于秋窗近郭梅開惆悵聞于古墓讀顏公之訓具見型家謁烈孝之祠尤徵數典題竹林之小照綢繆紹樛木之賢紀蓬戶之雙鬟悱惻寄桃村之女下至居閒詠物幾于繪水成聲偶然即景摛華宛爾餘霞散綺夫乃知和平之音易淡讙愉之境難工自古有言寧云定論也僕忝叨桑

梓近附葭莩仰紗幔之賢聲誦玉臺之新咏巧分并剪允宜筆架珊瑚彩麗支機雅稱書裝玳瑁擬諸名媛左芬不亞於太沖懿彼詞家管氏寧殊於松雪而且眉齊鴻案賦偕老而相敬彌形膝繞萊衣歌錫類而推仁愈廣觀花郊之馴雉亦被春暉望藜杖之扶鳩同睎愛日蓋德全者福備而實至者名彰爰綴俚言用題雅什益信山曾代岳清才鍾天柱之靈地著報皐壽世

與皖江並永云爾

嘉慶八年歲在癸亥仲春上澣題於宋州試院

姻愚弟吳芳培拜序

畹香詩鈔

懷寧張　淑蘭仲著

華亭王毓曾紫霞評

男象階女象　怡　蕙　憶　慧　校

遣嫁詞送小畹

吾兄最愛女自幼掌珠視汝性本幽閒聰慧世無比今當遣嫁時阿母哭不止操持憐汝弱莫失冢婦禮汝姑余伯姊才德著鄉里汝翁余中表太守官聲美座中夫婿殊咸云稱家子香綿裝同功好花繡連理他日比肩人翁姑應色喜

呈外子

儀狄一造酒萬古歡顏開吁嗟好女子創造真奇才余性不能飲日日治罇罍夫子雅好客一飲三百杯斗酒不時需倒盡拍案催罵坐客盡散甕邊玉山頹婦人遺害大狂藥誰能裁喃喃咒杜康杜康豈受哉

明江陰周淑禧杜康祠詩云最憐苦相身爲女千載曾無儀狄祠以秀婉勝此詩首四句以爽朗勝

桃村女郎歌

外子有友八年四十矣無子丐外子代置一妾倎托傖父以百金買得桃村陳氏女風姿綽約宛然好女子也適外友約以後兩月來迎因止

古音新色

[illegible]動

用温詩恰好

余家與余同卧起凡五十餘日既而外於桃村
廉得爲其聘婦大駭異亟發笱輿迎之還伊母
氏而鳴於吏余於其既去也作歌紀之且爲外
子解嘲焉

貍奴搔頭忽過耳剝剝啄啄聲乃爾中庭傳說來高軒
閨中亦自聞喧闐婢子走告麗人至風姿綽約天然媚
自言兒住桃花村芳草閒房獨閉門近年阿母貧更甚
挽得金錢妾斷魂更闌更話遂門事冉冉瓊籤言語絮
曉來閒煞藕花裙高春猶擁紅綾被篆雲欲散茶烟平
鬢前忽聞鸚鵡聲回首垂楊綠窻滿精神紙縵佳人驚

玉釵聲膩烏雲結鏡奩半揭纖纖月生小眉平柳葉愁
偶然却顧春波瞥翠影初廻鳳頭釵花光乍上鴉頭韈
性情閑適殊天然常向粧臺問簡編異書一卷偶然讀
說與鸚籠意惘然玉蟲明處燈花綻也是依人學針線
有時日暖坐晴窻女伴乍來驚絶艷桃花洗面面如花
兒家村裏桃花賤桃花爲面桃核身裏許原來別有人
風風雨雨驚紅散浮萍柳絮飄無根小鳥依人簾影外
偶然飛去無聊賴浮圖九級誰合尖玉盒無瑕難得蓋
武陵日暮愁人心春風依舊桃花在

程氏舅母家作

香濃桂樹秋鎮日下簾鈎燕影花連苑濤聲月滿樓繡
從閒裏得詩向靜中求井臼慚無力辛勤感白頭

謁先太宜人節烈祠

明季傳奇烈蕐堂俎豆新觀瞻親肅拜想像極酸辛撫
剿無良策敦温有亂臣嗟余高祖母誰是表揚人太宜人殉
崇正九年流寇之難未幾懷寧亦遭左兵余高祖母徐死節甚慘未得請旌

懷伯姊二首

簾櫳何寂寂鴻雁偶窻聲卧病梅花發懷人春草生書
函雖數寄歲籥已三更兄弟情原篤妻其望晥城

早歲慈親失扶持姊力多金鍼窻下度銀管雪中呵服

飾分簪珥花磁錫汝哥新寄景鎮磁器今朝南岳畔相念復如
何

賦得溪光自古無人畫

此景誰能繪溪邊空泳游波翻難受月水滿最宜秋燈
暗窻疑曙山環影欲浮白蓮衰草岸綠上浣花舟亦有
居人得還令畫史愁摹神長倚檻閣筆數登樓漫道霜
縑滑休矜繭紙柔含毫沉思久悵望李營邱

賦得秋窻猶曙色

瓊籤花外歇不問夜如何紗薄秋窻炯樓高曙色多光
催纖月墮寒送早鴉過香盡空薰鴨燈殘尚撲蛾風輕

將動柳露重欲翻荷惝怳蒙初揭微茫鏡漸磨稍稍鳴
凍雀淡淡見銀河硯潤猶餘墨新詞付衍波

微茫鏡漸磨人但服其寫曉色入神不知作猶字更
妙也

答外舉蒙詩和第一首韻

生小宜城二十年繡餘曾寫剡溪箋偶聞簫鼓還多感
竊念椿萱祇自憐林下深慚王氏致閨中久識伯鸞賢
裝臺左傳裝牙軸應續東萊博議篇

附

壬午十月初二舉蒙詩二首　　潛山　熊寶泰　芸眉

舵響纔停又著鞭歸裝未斂阮修錢弱齡被選才真

愧豐歲論婚禮尙愆攝盛可嫌頭踏屏舉蒙非古土
風傳買絲共綉平原像絶勝才江鑄闔仙
丞僮鋪毋轉紅氍燭影搖搖日未晡綉閣昔年吟柳
絮草堂昨夜夢芝芙宜家宜室思貽厥如弟如兄自
友于却念庭闈千里遠賃舂何日到中吳

贈外二首

騎省丰標子建詩十年落拓皖江湄青燈已是吟千卷
丹桂偏難折一枝白下客傳秋雨賦夢中人乞曉寒詞
珊瑚不架徐陵筆花葉書殘欲寄誰
烏絲小格麝煤香缸面蘭亭賺一行甕盡且圖今夕醉

詩成猶作昔時狂凌雲未必同司馬齋日何妨似太常
瘦盡腰圍君莫恨與人爭昇沈東陽外與同人出遊輿人爭昇之每以爲
笑

夏日偶成二首

堦前草滿綠如袍蟬咽輕風響更高欲早看花休種菊
爲貪結子不栽桃顛狂墨蹟臨張旭長短紅箋疊薛濤
永晝芳閨聊試硯一雙鸜鵒對霜毫
姊妹花開葉繞籬風吹香絮雨連絲閒如野鶴梳翎嬾
淸到寒梅結子遲芳事每嫌春太盡病軀翻覺夏相宜
飛蚊嘤喝居然市方麴輕搖日暮時

自題詩稿後

婦人那欲見才華偶爾閒吟閣閣蛙書本父傳聊識字
詩從夫授不名家繡餘却喜千般巧筆底難云五色花
小集只須留覆瓿免鈔袍褉布天涯

寄大姒時從宦朝城

珂里家聲舊琴臺政蹟新傳聞多佐理應慰白頭人

闢佛佞佛都宜省悟

三姪蘊萃喜闢佛詩以勗之

昌黎喜闢佛品在闢之外汝能知此意功夫自有在

池上作

幾樹梨花淡似雲危闌獨倚看斜曛小池不欲留人影

一陣輕風亂縠紋

水平忽起微漪常景耳寫來靜細如此有顧影自惜之意紫霞百讀不厭也

題外竹林獨坐圖小照二首

秋水爲神玉作膚蕭疎竹樹傍山居只因妾亦無容貌
不畫梁鴻舉案圖

熟事用來頗有生趣

披圖玩罷意冲冲欲把金錢付畫工添箇侍兒身畔立
免教獨坐竹林中

此首在獨坐二字着想情致綿邈

詠燭剪二首

紅淚抛殘燕尾輕一聲銅斗一聲驚春宵不是多催促
祇恐蘭心不肯明

素腕輕攜寶炬邊香消紅玉夜如年前身應是穿花燕
又蹴飛花落舞筵

詠挑燈杖二首

庭院深深夜正賒玉虫明處擁輕紗銀釭紅豆抛多少
不用敲碁也落花

蘭膏何事強熬煎挑盡寒更不肯眠一自華堂燒燭後
凄凉長在短檠邊

此在蕭穎士之前

讀顏氏家訓

顏氏聲華奕世聞一編家訓寄斯文偶逢宛字真慚愧
我亦今朝始識君

哭姐兒

仙藥難求續命丹阿爺憐汝淚闌干汝生絶似曇花見
祇許人間頃刻看

詠護花鈴

那比禪林塔語清丁東也作玉環聲聲聲似爲花惆悵
祇向風前不住鳴

悼任安人

副相名臣海內傾（安人爲楊勤愨公女）于歸右族稱家聲可憐環
珮都零落怕聽丁冬鐵馬鳴

過余忠宣公祠

中丞遺廟皖江隈憑弔於今過客哀青史未成空復爾
老臣危素謫官來

題白香山詩集後二首

長慶詩篇高莫攀陽春一曲和皆難白詩解得誰吟得
都作他家老嫗看

人人學白真堪笑誰得香山骨與皮不及長街葛清勇
滿身刺遍舍人詩

同外子泛舟由石簰回瀔山

初秋時節泛輕槎。捩舵開頭一望賒。讀罷青蓮詩一卷。
篷窗相對長風沙。

梅花女子墓

墓在潛山西門内離余居址甚近不著姓氏不
知何代人憫其久而失傳也弔之以詩

蘼蕪綠上古時墳。更有苔錢鎖墓門。碧漢無聲明月冷。
梅花一樹繞香魂。

二喬宅

宅在瀔山東門外今爲廣教寺

騎省碑文未可攀。粉香零落賸蒲團。喬家已是誇連璧。
莫說佳人再得難。

此首從二字上着想翻用李延年語寓意不淺

讀朱子詩

天教大道不能行。高孝光寧歷仕身。陶寫性情吟韻好。
莫言僥倖作詩人。

讀宋史

樓畔無端歇六更。西湖湖水咽悲聲。當年不用嘲花蕊。
也有僉名謝道清。

憶四兒

詩書處處總塗鴉。憑仗添丁不惱爺。磧面人從何處去。
年年不忍見桃花。

王紫霞畫蘭花于摺疊扇見寄酬之以詩三首

彩筆分飛鐵作枝。硯餘殘墨尚淋漓。釵頭剪取吳淞水。
寫罷幽蘭瀹茗時。

點點幽花綺思裁。芳蘭乍握絕塵埃。西風莫把熱吹去。
使我冰紈長不開。

銀毫象管生花筆。寫得湘蘭慰所思。笑我題箋長自愧。
重儓書法女郎詩。

魏堂宿臺兩甥同補博學弟子員時宿臺十一歲

燈花夜夜結雙跗。又喿匆尼日影初。總角小兒稱措大。
不難便著等身書。

外自金陵歸二首

五上金陵䄄褾頻。青衫難慰白頭親。憐君歲歲同家日。
都又情懷似別人。唐人下第詩氣味如中酒情懷似別人

秀才康了理歸鞍。僕病驢疲意興闌。歡笑未能聾不得。
每逢下第妾艱難。

兒子象階讀爾雅寄王紫霞二首

讀得初哉與首基。鄂州一翼更瓌奇。乞君彩筆描蝴蝶。
補得蟲經教哀師。爾雅無蝶

紫府仙人王紫霞一枝斑管世爭誇翻殘草木都無有
寄我還須錦帶花王元之云海仙花一名錦帶以釋草釋木驗之皆無有也

兒子聘婦十齡能作大字

居然畫錢與鈎銀憐爾髫齡腕力勻傳語鳳雛知此意
學書先已學夫人

新正作

霧淞開春一歲新綵盤叉苦膠牙頻渾花擲得都無驗
莫道摴蒱最有神昨歲新正外偶摴蒱戲得六赤人以為祥卒未驗

讀項羽傳

鬥智鬥謀如鼠竊襟懷坦易始英雄相看祇有虞姬聳

杯酒鴻門釋沛公

吳梅村詩杯酒釋沛公大有君人度詩意本此用虞
姬婿三字便覺姿態不同虞姬婿見韋蟾詩亦有本

寄二嫂

老年喜得掌中珠三歲寧知一病殂架上詩書都束起
卷中惟恐見之無

悼小婢阿蓉二首

花面丫鬟綽約姿香埋五勝最悽其瓊籤冉冉風簾下
往日薰香侍立時

瘦骨真成藥店龍病餘梳洗為誰容教成鸚鵡簷前立
猶是聲聲喚阿蓉

書外子改名詩後

者回好向榜中傳沆瀣相看一氣連漢禁雙名真可笑
班書壹字亦徒然

附改名後感賦四律　　潛山熊寶泰芸眉

三年懷刺袖中煳不第於今已再更負腹黨嗶原喚
進傷心羅隱舊名橫讀書空自慚中壘遊覽還思作
外兵束髮臨文無逆畫更兼屋角指分明

聞道愚公谷亦愚頻年浪跡走江湖好眠未抱千秋
骨多病難存百藥軀豈願名如蟾兎大且隨人作馬

牛呼杜句妄擬殊多事鬥鴨欄邊有鶴無
門庭蕭寂罷周旋畫餅勞勞最可憐未必黃能同白
傅更識赤欲比青蓮文心慧地因求佛道學鄒訢為
慕仙史上寒貧君莫恨書名書姓亦徒然
讀騷飲酒歲崢嶸老大無聞愧汗生加日夢中心愉
悅書雲箋上筆縱橫依謙取義知非細乳訓防姦亦
太輕長仰屋梁休自詡檀弓方可作篇名

書外子白頭花燭歌後

同扶鳩杖看雙星畢竟人間重晚晴比擬合昏真絕肖
此花端為此詩生

附
白頭花燭歌　　潛山　熊寶泰芸眉

曠園雜志載歸安倪氏女許聘陳敏八陳從軍不返倪以死聞倪矢志不嫁越五十載而夫歸始成婚禮女年六十一夫年六十八霜雪盈頭人號爲白頭花燭

娉婷獨守空閨裏白首宛然猶處子蒼松連理栢交枝倪女陳妻傳雪水陳家兒郎年正少傳聞戰死燕山道沙場馬革誰見收蓬戸蛾眉長不掃妾身未見艮人身妾身病樹寧知春誰知絕塞餘生客不是深閨夢裏人波瀾不起井中水甘作芙蓉抱香死簷前幾日鳴芻尼忽然老卒還鄉里昔年戰死人共傳今日生旋真偶然歸來驚喜聘婦在空閨獨守五十年當時深念閨中苦乍喜還悲淚如雨窮荒作婿嘲李陵故國無妻笑蘇武張南周北來歡迎皆云二老當合并昔年媒妁誰更在媒妁之子聞而驚紫衢翠陌歡聲溢吹笙擊鼓花輿疾東鄰西鄰咸走觀儐相乍來語忽塞人間花燭期白頭白頭花燭喜還愁上頭鄰婦不忍笑粧成老女仍含羞他鄉過客都驚問幾瓶臘酒傾芳醞燭花真似霧中看衰顏借酒生霞暈門前一樹合昏花合昏花合黃昏近人生當以節義重垂老那知鴛被共松花欲落栢翠浮一雙睡鶴甘同夢

戲作一韻詩題童二樹梅花

萬樹梅花萬首詩二樹印章梅花最喜是新詩曉來獨對梅花坐一樹梅花二樹詩

一樹梅花二樹詩詩人願化自家詩果然化得身千億萬樹梅花萬首詩放翁詩何方化得身千億一樹梅花一放翁

哭太恭人四首

重陽昨歲最酸辛白下夫歸病劇身今日重陽夫病愈却教雙淚哭慈親

一帆迎養赴胡城哭子傷心竟喪明聞道黃泉多黑路不知誰伴夜臺行

幾年夫婿不離家省試曾隨八月槎記得初寒窗月上白頭夜夜問燈花

既憐少子又憐孫極愛難酬罔極恩縱使他年能顯貴椎牛不及養雞豚

附詩餘二闋

沁園春　遣嫁詞爲二姪女作

秋蟀春鶊答學業詩二十一年時汝尚扶床小姑同戲我初舉案大姒尤憐曾幾何時又經送汝先後相看髮已宜真堪愧祗兄公清宦奩具蕭然　淸河甲第蟬聯喜相國人家子弟賢看並蔕花高光搖朵燭同功繭細

瑞應香綿郤扇詞工迷婚句好多少新聲被管絃誰能和有汝家癡叔按曲筵前

步蟾宮 二姒好畜貓詞以戲之

貍奴何事心情嬾應解得主人好善尋常叉手坐爐邊任鼠子跳梁不管　堆綿搦雪都難辨真欲把金錢細綰秋陰滿地正堪嬉切莫負窗前紅莧何尊師有莧菜戲貓圖窗前適種莧

附四六文一篇

復張恭人啟

乍傳玉漏正當默坐之時忽墮瑤箋恰值馳思之際於

是斜封自啟小疊親舒紙染薛濤鄙洛陽猶為近地書傳衛鑠晒元章真是重儓伏惟夫人銅虎名家金魚世胄才工咏絮德協采蘩本金闕之仙媛配木天之才子朱輪華轂二千石久有良名紫綬金章六十歲絕無老態仁慈成性佐夫子而持丹訓廸有方看佳兒之擁綠早稱淑慎久譽采嘉虞綬堪膺見山河之煥采韋紗休比欣冠帔之流輝德與福齊已捧金花之誥貴猶勤作仍縈瑤草之綵允號女宗共推閫範淑本不冠之士乃林下之人季子惟善揣摩機難驟下若蘭即能吟咏錦亦空回鴻案眉齊黃花人瘦半生飄梗蓬樞則幼嫁黔

齊景公喜婦人而男子飾者今之演劇正相反

虛字連用自來少見非大氣包舉者不能

婁一縣栽花板輿則老依潘岳無秣陵之三品有即墨之萬家舉主有恩感鑄顏之德治民多惠遂借寇之私論右署則定當引嫌重世誼則不妨投分男交既聞于縞紵女贄亦見于棗脩千佛名經子舍有同年之雅五侯佳饌中閨增連日之歡或設帨之辰或湯餅之會南岳西岳都祝夫人桐孫蘭孫皆由令子遇開筵于畫寢慚小家見大府之規模同觀劇于垂簾笑男子作婦人之粧束桂車常至玉珮時臨憐病軀則必賜王母之膏與神農之藥知蔬食則時餽元脩之菜與魯女之葵方期長此過從不料忽然分散情懷作惡悵結無悰上考

有慚下吏只知中謝百方難任一身惟有三從來此浹旬都無歡日兒真癡也勞乎朝朝了官事四三場夫亦愚哉老矣日日讀儒書一二卷今值天中之節隔多少地相思卻同在天中別當三月之初曾幾何時不覺又已過三月偶逢鴻便特佈蟻忱謹啟張淑歛衽丙寅端二日

在宋人中似李劉

寫韻軒小藁

曹貞秀

寫韻軒小藁

嘉慶甲子孟夏栞成

序

楞伽山人既自編詩文集若干卷并錄其婦墨琴所作詩賦雜文爲二卷附其後題曰寫韻軒小藁而爲之序曰墨琴年二十三歸山人爲繼妻會山人家居不得意欲爲成均之遊而墨琴亦欲從其父母於京師贊山人北行居輦下於今七年其父官貧山人以諸生從事公卿閒在家日少又性耿介歲入不足以資朝夕墨琴數舉子殤其二存兩男皆自保抱搦挏作勞貶損衣食居極掃一閒屋紙閤蘆簾篝燈縫紉能自刻苦不以貧故憂山人已而山人自成均獻詩行在引見

天子賜之會試又再試再不第因求爲　咸安宮教習而墨琴之年亦且三十矣墨琴未嘗讀書無金粉之好所好作詩寫字自歸山人困苦中日不暇給遂棄不爲顧山人有詩名復以書稱於世人或持縑素求山人書者必兼求墨琴書不得已置硯土銼茱罌之下磨墨伸紙作小楷數十行主者藏去以爲榮墨琴亦自樂之無倦色以其自喜文字之間自幸得託於山人而山人久困不能有以達其志區區所作詩若文雖未足以傳猶欲裒而錄之庶幾附山人以萬一有聞於後其未嫁以前之作山人無所改既嫁有作或經山人點竄或竟山

人代爲之者時時都有因業已流落人間今亦概與存錄俾後人有所據以考焉凡詩一卷文一卷或嗣此有作亦附入云乾隆五十六年冬十月楞伽山人王芑孫書於京師官菜園寓舍

寫韻軒小藁目次

長洲女史曹貞秀墨琴

卷一

詩

卷二

文

卷一續增目次

詩

卷二續增目次

文

寫韻軒小藁卷一

長洲女史曹貞秀墨琴

詩

九日㴱州對菊

故鄉何處望鄉臺未有平安一字來籬下黃花相對晚
暮雲落盡鴈飛回

聞笛

誰家入破關山怨風送三更夢亦驚窗內鐙光窗外月
五年離思一時生

秋夜懷兄

雷澤書來意可憐明燈小閣坐淒然雁聲欲斷秋風急
林影無多澹月懸千里歸心流水外五年鄉夢白雲邊
萱枝蘭蕊都關念莫厭頻將尺素傳

春晴即事

春明春事足芳菲宿雨初收映落暉林外乍聞鳩互喚
簾前時見燕雙飛澹烟無意閒穿幕輕絮多情欲上衣
覓句憑闌忘晝永細看蜂蝶抱香歸

夏日

池塘萍泛畫橋東雨過荷香小院中一帶碧烟迷處所
亂蟬聲裏夕陽風

秋日偶成

報秋梧葉捲窗前歲月他鄉不計年水簟寒生新雨後
玉砧聲急晚涼天蟬嘶疏柳輕烟外雁度西風落照邊
幾度望歸歸未得還將歸信卜金錢

菊

不與春花共鬥妍霜前獨發傲霜枝疏疏影自籬邊瘦
澹澹香從露下滋得意寒燈蛩語候含情涼月雁來時
三間去後逢陶令采采何曾悵後期

冬日憶大兄在道中

望斷江南路關山鬱幾盤計程猶自遠歸夢定難安賤

閱風塵慣貧知雨雪寒憐兄常作客孤月馬頭看

舟過濟寧感水作

隔江漁市亂寒烟凝望鄉關路幾千寺遠紅牆殘照裏
帆停白浪暮雲邊地餘枯樹空棲鳥水湧高峰欲接天
記得來時好風景傍城樓閣夜燈懸

南歸舟次

卸帆依約暮潮平鼓打譙樓欲二更兩岸荻花喧急雨
一林楓葉帶秋聲星光墮水雲初散山色臨江月漸明
沙雁伴人同不寐殘燈篷底數歸程

舟過南陽阻水

積水渾無地，波流接大荒。陰風掀白浪，落日度危檣。樹杪煙痕斷，山腰霧氣長。暮天空闊處，征鴈獨南翔。

初冬曉發

千里歸心繫短篷，雲隨帆影度遥空。半江碧水流殘月，一寺靑松吟曉風。荒驛草衰霜信裏，他鄉秋盡鴈聲中。人煙樹色蒼茫極，雞唱晨鐘處處同。

發瓜步

繫纜寒潮落，開帆巨浪驚。江聲翻遠樹，海氣撼孤城。山湧波心出，燈懸塔頂明。東流空日夜，閱盡古今情。

舟行卽事

天際舟如泛碧空，疎林落日照孤篷。雁聲低度寒雲外，山色遥浮暮氣中。鐵鹿銀檣潮上下，魚庄蟹舍屋西東。鄉關風景渾相似，一幅輕帆去路通。

題何明府夫人家慶圖集詩經句

蔽芾甘棠，猗儺其枝。有斐君子，陰雨膏之。盡瘁以仕，載謀載惟。自公退食，備言燕私。有鶴在林，楊柳依依。琴瑟在御，逆豫無期。則篤其慶，職思其居。釐爾女士，象服是宜。及爾偕老，孔惠孔時。振振公子，各敬爾儀。無小無大，有實其猗。愼爾優游，匪安匪舒。于焉逍遥，燕笑語兮。有秩斯祜，惟德之基。

合歡詞四首

銀河清淺隔秋煙，叢桂吹香好夢圓。卻累聘錢逋十萬，三星歷歷在檐前。

倚竹牽蘿滿意秋，斲氷積雪句同酬。攜琴我薄王孫女，不賦周南賦白頭。

詩境隨身粥飯清，鴻遵鶂舉各深情。羅幃不作封侯夢，煨芋煎茶伴一生。

五岳胸中鬱幾盤，廿年心事曉鐘殘。與君共上邯鄲道，豈爲盧生夢裏官。

淸江浦度歲和外韻

氷雪窗前報歲寒，焚香掃地暫盤桓。知君終不因人熱，作客方知入世難。貝葉靜繙銷短燭，梅花淸夢繞迴闌。新年飄泊誠何事，廡下人來記伯鸞。

淮上聞雁

經秋何事向南行，飛到淮南第幾程。銜霧影隨寒月落，穿雲聲帶曉霜淸。三更思婦樓頭淚，萬里覊人塞外情。我亦客中愁見汝，數回悽絶對孤檠。

題石夫人小照六首 有序

石琢堂孝廉嘉耦將夫人，賢淑而才藻韻雙絶。乾隆丁未之春，偕孝廉探梅鄧尉山中，折花而

歸因作此圖其後二年孝廉來試春官攜以索題輒作斷句六章書於其幀時己酉立夏後一日

殘月墮溪坳輕雲帶林缺仙人攜耦來同詠蓬山雪

翩然蔣侯妹從以白家嫗疑是萼綠華乘鸞向煙霧

銅井逕欹斜寒山峰斷續收將一髮青添就兩眉綠

揄袖倚修竹納襟佩素蘭折花歸去晚相對共清寒

梅花寫儂照儂較梅花瘦祇取淡墨描何煩買絲繡

三千行筍路三尺生綃春言招北山隱以浣東華塵

以上方玉版箋作小楷書花蕊夫人宮詞數幅各題其後詩非一時所作今並錄於此五首

自選新豪穎重磨古硯池灑金宮紙上寫取內人詩

又

金泥三洞簡雪色五雲箋愧乏簪花筆空書琢玉篇

又

浣香寫出夫人句豔雪分來內府箋好是硯池春不凍
半窗紅日繡奩前

又

金荃蘭畹宮人句玉版梅花內府箋晴日小窗紅一角
自磨烏玦試新泉

又

三洞色絲宮體句九光錯繡內人篇卻慙未有簪花字
書破泥金一幅箋

以小楷書衛夫人筆陣圖說管夫人墨竹譜二種合爲一卷因題其後

上方宮紙色如銀細楷誰能仿玉眞書畫宗中忝女士
衛夫人後管夫人

自題所書花蕊宮詞後

小閣紅爐裊篆煙硯池冰泮又新年閒將蘭畹金荃句
寫上梅花玉版箋

題徐孝廉所藏春蘭夢影畫幅

女字枝分玉一芽湘濱秋雪洛濱霞西池他日參金母
隨我仙壇掃落花

題屈母席夫人綠窗遺藁三首

林下新題接舊傳綠窗小詠又名編詩家著錄煩標別
亦似元明兩石田元有閨秀孫蕙蘭綠窗小藁

時從閒雅見清深讀盡張華女史箴嫁得靈均相倡和
芙蓉裳上寫秋心

謫仙寧謫幾多時便去蓬山采玉芝回首塵中應一笑
佳兒佳婦總能詩

題歲朝圖贈石修撰夫人

平安日日報朝衙四照仍開月月花舊臘新年頻送喜
春風先到狀元家

乾隆庚戌長至後六日東城花市衙齋雪中炙硯
爲屈元安夫人書衛夫人筆陣圖說作卷書成
與外聯句作八韻詩一章即題卷首

矮紙黃如栗絲闌綠有腔氷稜銷凍硯（鐵夫）珠穗剪銀
釭帖自簪花仿心從作草降（墨琴）凍蠅書一一睡鴨篆
雙雙柝靜風鳴牖（鐵夫）檐虛雪打窗功應添繡綫寒欲
護香幢（墨琴）好事原非趙清修亦愧麗聯吟題卷首（鐵

夫）得句尚金樅（墨琴）

題劉石菴先生書卷四首

曾將勁健許無塵花蕋宮詞跋尾新濃墨重重題不了
祇慙未是管夫人（予書花蕋宮詞百首公題其後云此書勁健無塵韻）

詠絮簪花總未工鷗波亭上想高風侍書聞有靑琴在
已到波瀾莫二中（公有愛姬王夫人能學公書）

綠窗小坐試焚香楷法同參把翫長愛好未能眞個好
錯教人愢十三行（公嘗論予書過于修潔只緣愛好心多不宜再寫玉版十三行）

櫻桃小館裊茶煙寫韻題軒筆似椽自比彩鸞生命好
不書唐韻也須傳（韓城相公爲予書櫻桃館公爲予書寫韻軒牓題）

題李涪江櫻桃寫生二首

無限春藏一點紅寫生寫到折枝工試看飽露酣風態
都在脂華水暈中

軒開寫韻小窗明畫幔新裝挂曉晴已是梅黃時節了
又教嗁煞曉窗鶯

從妹瓊娟未昏守志勵節甚高寄示言志並兄懷
之作答之

幾年消息渺天涯不道秦簫換魯髽黃鵠浩歌傳白雪
紫鸞孤舞爛紅霞湘筠有淚多成節古柏晉春不在花
千里裁詩寄珍重相思聊當折疏麻

題蘭陵女史惲（端）水墨花卉二首

風乍搖枝露乍芽未須丹粉爛雲霞神仙自灑金壺墨
吹作人間滿意花

家法甌香近幾傳硯田翻作藝花田珊瑚筆底生春早
不買新絲繡妙蓮

洪稚存太史求題寒檠永慕圖四首

披圖想像舊鍾桓手爪辛勤辦曉餐記取廿年機上月
玉梭寒甚玉堂寒

橫卷裝來七載餘紅綾宴下拜新除淒涼一穗寒檠燄
已作藜光照秘書

紅蠟雙枝水漏沉烏啼牆角鶴鳴陰歐陽夜讀秋聲裏
猶爲當時畫荻心
雪葉霜花不待春珠幢玉節早朝眞誰爲無量燈明佛
重護銀釭付後人

題歲朝圖奉膺邸太福晉

玉琯催韶啟歲華畫屏先放數枝斜瑤池天上春如海
總作人間吉慶花

題法學士溪橋詩思圖

乘此適然興來披不盡風浮雲雙屐外流水小橋東芳
草忽云綠野花無數紅襄陽有佳思寫取付奚童

題法學士詩龕圖二首

禪喻詩家借梵家松龕竹屋寫清華欲蘭新卜閨中夢
添種宜男一角花
紙閣蘆簾日掃塵同龕彌勒孟光貧更將韋柳清詩句
誦與雲藍捧硯人

題橫波夫人畫秋色雞雛

徐孃殊未老江令那知愁空有將雛意含豪畫早秋

題橫波夫人畫桃花

畫裏情深緩緩歸花如人面向依稀異時眞化鶼鶼鳥
只向桃花源外飛 橫波自題云郎道花紅如妾面妾言柳綠似郎衣何時得化鶼鶼鳥拂葉穿花一處飛

題葉舍人栽竹寫書圖

未必虞書即舜琴寫書誰寫句前心一叢分取湘江綠
留得靈妃瑟外音

題何水部所藏定武蘭亭

考辨曾煩白石仙潘妃吳后迹雲烟蘭亭宋搨紛紛出
不遣簪花一字傳

集蘭亭字題帖

禊文臨取每無因俯仰山陰迹已陳自昔蘭亭咸敘錄
是間少一管夫人

秦茂才姬人挽詩三首

青元宮裏悟前因六甲靈飛拜玉眞跨虎不來同寫韻
去隨南岳魏夫人
姊妹花間買一鬟明妃生長問鄉關鏡中眉翠濃如許
月子彎彎句曲山
曼殊小宛盛題辭淮海新編又一時異日九龍山下塋
我當書塔誌西施

魁將軍求題三娛墨翰冊 有序

乾隆壬子嘉平月旣望觀於京師之寫韻軒因
用卷中素心老人自題韻疊作四絕句書之雖

不足與黃鄭二夫人較其工拙亦庶幾以補卷中之所闕云爾

淪謫歸遲玉女屏匏瓜無匹鶴無依疎疎幾點金壺墨灑向豪端化錦機

菊傍籬又竹傍扉除却梅花更莫依添寫仇池天畔石爲曾織女用支機

樓空疎影素心所居月敲屏孤月寒星兩共依此日分題雙轂玉謂黃鄭二夫人卷中題記他時合重九張機

靜掩蓬萊幾院扉東華南岳倘相依無聲詩裏參仙訣六甲靈機露筆機

江右女史吳素雲畫杏花雙燕圖送其兄蘭雪上舍入都明年上舍落解將還乃以其畫求題作三絕句

花時却自整歸驂好語空煩祝再三孤負日邊紅一度又披春雨到江南

杏園無路占春先芳草斜陽去一鞭正有多情雙燕子隨人同上過江船

彩鸞彩筆妙驚鴻雷澤書來慰左冲他日曲江看似畫未須惆悵馬前紅

伊刑部求題天香深處卷同外用刑部韻

黃庭署尾永和年逸少書多壯歲傳似此超騰斑竹管更兼高妙白雲篇和羹人老心如石捧硯姬還臉若蓮夫婦留題公健在天香逸事一齊編

題畫

茅屋數家村松巖幾層樹青山無古今白雲自來去漁歌樵斧閒飯熟茶香處偕隱鹿門心移家畫中住

題歲寒小景

破臘梅分額上黃山茶花欲鬥紅妝盈盈此際淩波襪管領春風第一場

題李舍人登岱圖

少室尙傳開母闕泰山自有碧霞君定知援筆題詩處多少神仙上界聞

題天竹

積雪幾垂頭流霞翻灌頂乞我大還丹仙人肯不肯

趙舍人求題所藏李今生折枝墨花四首

光祿南還郎道山當熊餘恨舊閒關曼陀花向豪端現點點湘妃竹上斑葛以光祿終非御史也光祿以崇禎癸未出京遇兵難今生以身障之獲免未幾而卒

老去丹青伴女尼齋廚賣畫午炊遲念家山破渾無地只與人閒寫折枝

四十餘人賸迹工仲姬身世淚垂紅黍離多少存亡感
灑出金壺墨汁中

燈龕佛火照長年博得南雷傳一篇却怪明誠金石錄
侯題甲子義熙前此卷是今生晚筆丁未爲我朝康熙六年非明萬歷也

題畢夫人寒食憶舊詩

繡窗含墨畫清明一首詩中一驛程數到飛花傳蠟句
人間又有女韓翃

張翰林夫人屬題歲寒三友圖

小紅幾點逗春林仙子歸來洛浦深暑雨長安邀著句
畫屏無恙歲寒心

題冊送桂未谷進士之官永平

垂老翻膺薦書名到黔蒼八分留古拙六詔見循良斷
碣尋楊慎寒機別孟光贈題心鄭重遺女念中郎進士與先君有舊今承書墨華琴韻齋嘱

南歸舟中題管夫人墨竹二首

六月漕河繫短篷攜來寒玉自生風稍衣正欲頻揮扇
坐我蕭蕭水墨中

興慶千行宴賜稠千文勅寫字精讎紅閨一樣操柔翰
此處輸他命不猶

題張憶孃簪花圖仿本二首

雪貌雲容託麝煤畫中生面又重開化身百億知無礙
本自觀音變現來

真本流傳豔我蘇西原題句上裙襦却慙未有簪花格
寫破簪花第二圖

題汪兵部亡姬楊麗卿海棠寫生

作了調鉛小刼催便同遺挂在妝臺生綃添得香如許
薰過沉香幾度來

題畫雜詩十六首

織女渡河

銀漢無橋待鵲塡淛車惆悵過年年七襄枉自堆雲錦

難與牽牛抵聘錢

王母瑤池

層城十二宴吹笙黃竹歌成駿足輕何不小留依阿母
碧桃花下話長生

天女散花

維摩榻畔會龍華未見繽紛上戒裟並蒂同心皆世幻
散花須散曼殊花

麻姑賣酒

蓬萊按部記栽桑撒米空中鳥爪長狡獪漸除成一姥
祇堪賣酒向餘杭

宣文授經

漆簡雲書議曲臺絳紗勅向後堂開禮家馬鄭尊師說
卻自襃敘授受來

班昭修史

蘭臺餘業詔重修東觀藏書許細紬金匱文高看史筆
未甘詞賦壓羣流

羅敷採桑

五馬生光照路衢提筐南陌傍城隅便無千騎東方擁
也道羅敷自有夫

孟光提甕

井臼勞勞一飯艱未能偕隱買青山何時結屋皐橋住
送老蘆簾紙閣閒

二喬觀書

銅雀春深能浴鸞繡墩雙坐話開函陰符只合郎君讀
更向花前讀二南

衛鑠臨池

筆陣森嚴磔與波簪花有帖幾傳訛鍾王虞褚尋書派
咄咄人閒數阿婆

紅拂梳頭

眼底英雄一拂中曉妝逆旅話髥公絳仙此際朝酲懶
猶未梳頭大業宮

昭容評詩

應奉文章說景龍夜珠明月較量工太平公主刊遺集
拜倒朝端燕國公

玉眞入道

丹竈砂牀近畫屏欲隨南嶽鍊眞形雷符雲篆柔毫下
自寫靈飛六甲經

彩鸞寫韻

寫韻辛勤已十年龍鱗裝褙到公權于今跨虎歸山去
別作雙雙世外仙

仲姬內宴

興慶朝回響珮琚一家風雅總能書千文準勅教裝玉
也抵金蓮送直廬

石砫請纓

帳外刀光擁節旄洗夫人後幾英豪桃花馬上歸來晚
香汗如珠濕戰袍

李觀察以所藏管夫人墨竹求題

維摩天女偶拈花空谷佳人仍倚竹興慶新陪內宴歸
鷗波亭繞枝枝玉香姜瓦硯墨華浮自寫亭前一痕綠
王孫芳草意何如援琴更賦瀟湘曲

祝侍御求題所藏潘恭壽臨文端容自寫小像

寒山墅裏只寒流帖散停雲也莫收却是玉容長在世
畫中花自不知秋

題梔子花寫生

闌風伏雨幾交加雪片層層碧葉遮始信玉真真入道
無雙不是世間花

題沈茂材所藏月下美人卷子

粟粟香成陣籠籠月上紗鶴聲宵半露人影霧中花點
展三更出輕褰幾幅斜姮娥原獨自未擬種胡麻

題萱草

蒲翠發瓊枝芸黃抽玉琯為唱莫愁歌種向忘憂館

題紫薇花

絳宮文典貴紫府地高華不分劍南客題為官樣花

題唐公子萬卷書屋圖

官齋便是讀書堂甲乙籤分上下牀賦罷秋聲燈在壁
溫殘夏課月過牆子西家業新來富叔黨才情舊所長
定識閨中有蘇蕙鳴機對影自相莊

有以出塞圖求題者

邊月隨人共入關胡笳聲裏賦刀環此行還比文姬近
不度祁連山外山

題自用團扇畫松菊

采菊猶堪供晚餐松陰無恙且盤桓雪中風骨霜中豔
留與人間看歲寒

宋媛挽詞三首

織素曾聞詠左思澤蘭惆悵見哀辭金僊引手蓮花界
彤史迴頭柳絮詩

桃花紅乍倚風前柏葉青原向雪邊珠樹銀沙無量供
藥鑪經卷不多年

大乘經傳無垢女光音天是有情人四恩接引他時事
七寶池頭好問津

閨秀董綺琴挽詞四首

簾外蓮今依舊紅簾中人與水流東掃花倘復隨王母
更與飛瓊賭句工

石揭曾將玉版臨漫邀灑墨當題襟者番添助人琴感
遺句長吟見素心

鮑家諸妹總能詩最小珊瑚女字枝重疊大雷書後語
傷心只有太沖知

詠絮簪花事莫論光音天上也銷魂殷勤卻與題籤去
傳頌人間繡墨軒

題橫波夫人歲寒小景

氷霜認取臘前春月挂愁痕自寫眞惆悵烏紗容易換
違人不是歲寒人

寫韻軒小藁卷一續增

詩

長洲女史曹貞秀墨琴

古意二首爲人題畫

曉夢隨雲斷春人知晝長薔薇已沿架翡翠欲巢堂圓
月仍依扇斜風不翕裳雙雙紅豆子種出作榴房

蛺蝶趁風態櫻桃含露華昔爲相思鳥今是合歡花無
恙永寧里當與絡秀家阿侯知入抱庭下熟胡麻

題宋蟄魚元機詩集畫像四首

句法徵來才調集書名錄入解題編府棚今覩臨安本
粉蝕香殘五十篇

端簡星壇禮誦勤步虛聲裏髻鬟雲如何玉箓傳金訣
化作葡萄滿篋文

太白廬山送內詩子安隔漢望夫辭仙郎一樣蟠根李
補闕何從比拾遺

書匱秘等藏嬌屋銀餅酬增市駿年更倩麻沙廣流布
繙摹遍買薛濤牋

題單太夫人畫照

蘭桂成陰雨露新開居賦裏版輿春劉綱舊接神仙眷
申國今看自在身稻已生孫香屋背鵝應挾子上池屑

重重不獨　迴鸞誥南嶽金書授受親

題唐刺史贅孫禪榻圖二首

畫中會記覩荊簪紙閣蘆簾入燕談多恐孟光今老去
便如彌勒作同龕

藥鑪經卷暗生春烏帽黄紬雅稱身聞道維摩來問疾
室中猶有散花人

題某女寫生遺筆

紅心舊似丁香結紫玉今隨落絮飛便把此花當小像
眞眞喚取返魂歸

法庶子以予所臨十三行易得江西吳香蘇女史

畫花卉一幅既喪其畫復以求題

居然抵鵲用塗鴉敝帚千金享定差誰道凍蠅書一幅
化成天女手中花

題姚上舍椿萬里圖

紅笠青衫興未孤江山好處足歌呼須將銀燭朝天句
更補金蓮入院圖

題單治中夫人照

護榮蘭茁一家春藿苐歸來晝錦新佛界上乘無垢女
仙家南嶽魏夫人鹿車雅遂平生願鶴市常留未了因
聞道版輿娛侍暇潔華心事敘天倫

題虞山閨秀歸佩珊詩卷

老姥當家愧不才虀鹽堆案硯封埃羨卿紙閣清於水
猶自吟紅拾翠來

題某太夫人照

林下風期樂圃賢天台賦就覩神仙絳帷韋母傳經席
彤管班家續史編積雪到腰松益壽流霞灌頂鶴長年
竹生孫又榴生子歡喜緣中福德全

題季妹澧香花卉遺筆二十首

荷花

素質亭亭出水生纖塵不染碧波輕依稀猶記杯河上

人與荷花一樣清（澧香家有池名小杯河）

合歡

暮卷朝開葉似蓂金支翠葆自亭亭上山空憶蘼蕪采
祝盡宜男總未靈

菊

不與春花鬬早芳一叢籬下傲新霜試從晝錦堂開處
認取韓公晚節香

木香

緑陰如幄暗虛廳點雪茸茸似素馨一樣酴醾開滿架
獨無芒刺轉娉婷

白薔薇

臥煙無力墮枝長扶起春風倦晚粧何事鉛華都洗盡
不因窺玉也登牆

秋葵花

黃絁初試道家裝便解傾心向太陽只恐傷根緣放手
青青不待刈薪霜

梔子花

花分六出滌塵襟氣味曾參薝蔔林彈指之間開復落
世緣枉自結同心

石榴

小庭爛漫錦幃張火齊連枝映夕陽只道此花貪結子
却隨蓮菂作空房

紅菱

方塘半畝水分塍摘出紅鮮軟角菱莫謂鋒芒難著手
早隨雪藕玉盤登

萱花

丹粉初含樹背幽階前葉葉自輕柔此花從古名兒女
未必能銷壯士憂

紫沿籬豆

沿籬絡索蔓垂垂瓠葉瓜華共一時借紫未成秋畹晚
誤拋紅豆寄相思

老少年

赤箭丹砂世所稀流霞灌頂是耶非莫嫌老圃秋容澹
轅固年來也著緋

紫藤

蔦蘿相倚古牆隈春蚓秋蛇莫漫猜一夜東風花爛漫
又看紫上屋山來

當歸

獨活搖風事已非出山遠志計仍違如何不化還魂草
一去瑤池竟不歸

百合花

離合難憑是世緣一開一落見庭前此中甘苦誰分別
每到花開一惘然

梅

歲寒無伴是山梅一鶴孤清自啄苔只有殷勤天畔月
寫他疏影上牆來

秋海棠

誰將紅淚點成痕古砌傍邊自託根正是畫簾微雨候
斷腸人欲與招魂

春蠶

陌上攜筐二月天辛勤葦箔伺三眠紅蠶多少同功繭
化作蛾眉已證仙

木芙蓉

一帶新粧映碧流搴芳有約向江頭錦官城下西風起
零落紅衣自感秋

桑葉

家家爭祀馬頭孃五畝清陰記樹牆食葉聲中宵漏靜
爭鏖彷彿戰文場

沈姬藕香却扇詞二首

將星替月意如何靜好樓中好事多一度花開添一瑞

並頭蘭後並頭荷

扁舟一舸似鴟夷渡泖剛逢乞巧期莫道不如銀漢澗
牽牛辛苦已多時

弔澧香二首

花市京居見汝生扶牀旋見汝能行盛年身世風燈過
往歲悲歡雪涕并地下阿耶空付囑天涯有姊哭同聲（謂二妹在京）
篋中畫稿猶狼藉異日流傳孰品評

結褵親與送東行燕婉剛諧伉儷情月老辛勤圓好夢
星期匆促卜他生蓤如獨活搖根苦蘭證虛祥並蔕吳
欲慰重泉無可語高堂代汝撫孤成

題族祖姑葉夫人家慶圖四首

綠竹生枝已破苔紫蘭奕葉又循陔當階采得金光草
正自書堂放學來

玉樹珠華愜所望瑤環瑜珥已扶牀蓤花開到風薰處
省識忘憂在北堂

東西眷譜總裒家揭末封胡諒足誇弄筯暇時還弄筆
宜春學寫不塗鴉

皃常傍母鶴添雛綴蠟探環足宴娛定有季貍隨叔豹
繡棚準備坼天吳

泰安蔣令尹（因培）求題碧霞元君玉印文四首

天孫一謫岱峰巔鳳嫿龍嬌不計年剩有鐫瓊丹篆在
金碑銅鼓共流傳

西牛茫昧證前聞刼火燒餘闕角文欲例晉祠徵聖母
誰同郢唱注相君

香稅新除　典祀崇珠旛金葆　賜琳宮大圭三尺温
涼玉比似祥符又不同

秘笈曾經上界藏珍留縣庫印砂牀蔣侯青抱神仙骨
玉筯縈雲壓宦囊

寫韻軒小藁卷一終

寫韻軒小藁卷二

文

長洲女史曹貞秀墨琴

荷花賦

若夫春陽既盡夏景始融林閒過雨池面迴風菡萏初開看凌波之旖旎芙蕖齊秀愛透水之玲瓏異種栽來根託華山嶺上芳蓮植處花開太液池中爾其蕩漾浮萍瀲洄淺瀨嫩葉初圓奇葩獨最仙姿綽約魚戲波中香氣芬芳風吹柳外掛一林之斜日色耀朱華覆兩岸之青松影依翠蓋爾乃乘波挺秀隔水明妝朶朶低懸

彷彿貼金之殿叢叢吐豔依稀濯錦之塘極浦煙迷望去依依暮色長亭風送飄來冉冉幽香維時鷺點遥汀蟬嘶曉陌古槐森暎以依廊臥柳扶疎而繞宅分枝散馥喜風日之輕妍同幹含芳承露華之清益潤來細雨遥憐高潔之姿擎出平波應識清超之格於焉皎皎中虚亭亭外直仙姝比貌以修容君子懷貞而抱德堪為騷客之裳每作佳人之飾江波望遠分濃淡之千叢水鏡新開映低昂之一色由是薰風乍拂宿雨初晴同朝霞而耀彩浥曉露而舒清引幽人之逸興添詞客之遥情銷夏灣頭日斜天遠若耶溪畔潮落船横至若泛棹銀塘探花仙苑千年之佳品誰同五沃之奇姿獨遠風前婀娜誇妙質於蘅洲水面娉婷比清香於蘭畹爰為歌曰翠葉田田泛碧空芙蓉出水映波紅蓮歌宛轉隨風起畫舫盈盈一棹通

眉匠賦有序

昔人命畫眉小刷曰眉匠因爲之賦

奩響房東春山鏡中潤花陰之新露寫柳葉於當風置硯則瓦欹銅雀剔釵則股帶銀蟲惟妍故妙益繕而工于是與象求牙如貂縛筆擬排比於鸞箆儼分棲於麟拂齊其末而爲平漆其陰以防脫念匠手之斯營乃匠心之迥出爾其懸針有露觸鏡無聲視匠劣孰爲眉死生剛無指拒柔與心迎墨以豐而易入膏或膩而難馴纖寧粉礙弱不膚攖淺頻撩而月偃濃漸掃而煙勻無狼籍而致闊動連蜷其已横且有退餘班管蘂過殘香

煤兼檀舉炭本松艮經再三之周晝亦杪忽而商量導眞眉以就路界半額之斜陽審疾徐之有候與拂掠而相將沈吟鈿盒顛倒脂箱春煙無處湘簾夢長

達摩像讚

一花五葉是曰初祖於彼法中最爲近古以佛心印播兹東土万髩重繙分門别戸教外别傳孰能繼武善財非童觀音非姥菩薩眉低金剛目努

戲鴻堂帖讚有序

趙約亭廣文之女許字石琢堂修撰之子趙以戲鴻堂帖贈其壻求予夫婦題識以爲異日子孫誦述之資因爲作讚書其後

祖徠有子天水有媛戲鴻一帖引鳳雙騫寶兹石墨懋爾蘋蘩文字之祥以貽後昆古懽是識嘉話斯存瑞芝緜瓞傳子傳孫

問詩樓合刻後序

貞秀失學少無保姆之訓初不知詩亦不敢與當世諸名媛一通珮環之好伏聞春太福晉淑問嘉儀夙親風雅年來復承垂訪之殷拜瞻玉度屢誦新篇性靈所發終溫且惠又未嘗不因其言而服其德容功之咸備爲弗可及也太福晉藏槀甚富而謙不自是不欲刊行今第選取若干篇而其後則附以習幽雪樓梅軒三女史之遺詩以見示而屬貞秀序諸其後此三女史者或以授經或嘗同硯遠先朝露沒沒無聞得太福晉刻而傳之俾單門寒女咸得附青雲而偕之不朽此其忠厚悱

惻惓焉懷舊日篤不忘之誼眞古詩人之遺也葛覃之三章曰言告師氏泉水之二章曰問我諸姑以今方古竊謂過之此書出天下閨房之秀必有聞風雪涕者而詩之可稱乃其餘事矣乾隆壬子三月

香遠齋詩序

遂寧張亥白孝廉有賢配曰陳夫人卒十年矣孝廉悼之若始喪者因出其所著香遠齋詩集屬予爲序香遠詩雖不能遠如班蔡者流直追風始與古之列女相方駕而孤章斷句往往多雅令可誦覩其詩知其爲溫恭淑善人也夫人佐孝廉窶艱中乃不能偕孝廉於白首以竟其志業斯固天道之憾人事之窮而顧能使其夫晳晳目存過時而哀自非生平實有其當於舅姑宜於家室以致乎不可弭忘者而能然乎是使其人雖椎魯無文但有一簪一履留貽未泯猶當寶貴而况其風神

吐屬之寄存於煙楮間者可愛而傳又如是也孝廉誠哀錄其致佳者行世安知異日不有搜揚彤管者以香遠一編與香茗諸集等誦齊稱又且因其言而想見其德容功之皆備也夫夫人名慧殊海寧人

從妹瓊娟詩序

詩十五國風婦女之作居多而嫠之詩獨柏舟一篇豈古之嫠固不欲表見于語言文字故傳之者少抑言之而能工者雖古亦少耶余從妹瓊娟少未讀書天姿淑挺女紅紃組靡所不嫻余既北行聞瓊娟許字歸有日矣已而所天遽隕遂矢志守貞往終其節烏虖此豈復樂以語言文字自聞者耶元年余歸自京師見瓊娟已鬖然爲氷蘖中人顧自言鍼指之餘頗以紙墨自遣因出其詩觀之雖于聲律意度未皆協節單詞孤句信心適口其言哀以思婉而多風可因之以想見其人讀者

固未宜以工拙求之也已

書段容西樓遺藁

段容字杏煙蘇州人段奕之女生九歲而孤十六而歸於里中蔣文學世錡爲別室容善女紅兼好爲詩能畫水仙蘭菊以乾隆五十二年二月十五日哭其子遽卒年十九葬吳縣石湖之上容在時有里女未嫁而爲無賴子所窘辱義不受汙頻死者數矣其夫客關中不之知也容出奇計脫之以歸其夫關中其開朗有識如是卒後十年文學出遺藁示余因爲手錄絕句十首俾文學刻之以行於世年來海內閨秀之以詩文來質者多矣然皆倚所歸學士大夫其詞眞贋未可知余亦無辭

以拒之也今文學所持遺藁殘煤斷紙細字蛛絲有可信者余雖欲不爲之表章不能矣嘉慶元年夏四月

書文端容畫幀

文淑字端容衡山待詔女孫歸于寒山趙凡夫之子凡夫伉儷以詞翰稱天下端容內外濡染風流代起而丹青九妙嘗自畫楚詞九歌及本草一部爲當時士大夫題詠汪鈍翁贈文點詩所云筆端桃蕚一枝斜者是也此自寫小像一幅甚精因屬善畫者仿寫存之亦欲使華嚴妙鬘分現人間有以見吾鄉女士其藻韻風巖雖易代而儼然如在謂停雲卽今常住可也

跋自臨蘭亭

宋保康軍刻吳皇后小字蘭亭本或謂是憲王宮人所書妍婉有不勝羅綺之意然考劉珙春帖子有內仗朝初退朝曦滿翠屏硯池深不凍端爲寫蘭亭之句則又眞似后書也偶臨此帖識之

又

唐以後臨池家莫不仰宗右軍右軍實受書於衛夫人然則行楷法固自彤管中來也寒窗炙硯戲仿此帖非學右軍亦私淑諸人之意爾

又

蘭亭爭坐二帖佳處非臨橅可到然爭坐縮寫輒不得佳而蘭亭則縮寫易於見長要亦祇具形模耳玉枕佳榻不可得此從鄭本仿書蓋并其形模而未之似也

又

蘭亭縮本近人中惟張文敏陳香泉差勝罷繡餘閒妄思學步世有衛茂漪管仲姬其人者見之必當笑粲萬尾

又

山谷云世人但學蘭亭面欲換凡骨無金丹學繡之餘日課此帖愈知斯言之有味也

又

右軍寫蘭亭以無意得之學者寫蘭亭以有意失之然學一分自有一分之益松雪所云良不誣也

又

宋吳皇后所臨蘭亭係小字賜潘貴妃本亦小冊也蘭亭真面不關肥瘦又寧可以小大論耶

又

松雪跋此謂得古刻數行專心學之便可名世況蘭亭是右軍書學之不已何患不過人未知當時亦嘗以是語管夫人否也

又

稧帖有賜潘貴妃本又有吳皇后臨本或曰吳后本乃憲王宮人所書然則蘭亭一帖固與內人彤管最爲有緣者耶

又

宋慈福吳皇后好寫蘭亭嘗作小楷一本佚在人間韓世忠得之表獻上驗璽文知爲中宮手迹因以賜保康軍節度使吳益刊於石此本在人間殆如優鉢曇華無繇得覩令人慨想無極

跋自臨塼塔銘

塼塔銘在唐碑中晚出昔人無著錄者僅見於金石文字記碑雖斷裂而就其存字鋒芒畢備所謂敬客者不詳出處碑刻于顯慶年中計此人猶及與歐虞褚諸公相見其書自不凡也

又

塼塔銘石已斷碎搨者僅五塊耳然秀挺中別有妍婉虛和之致較醴泉化度屢經翻刻者爲勝唐一代真書如此者亦罕覯也偶得鄭于谷臨本頗具全文補綴之餘日課一冊久而勿懈曷患無證入處

又

塼塔銘在唐碑中風神秀逸脫然埃壒之外而且銀鉤鐵畫筆筆有法又不徒以娟好稱長趙文敏題曹娥卷所云親見吕仙閭吹玉簫者庶幾於是遇之

又

塼塔銘兼有虞褚兩家筆意猶可向斷爛中想見風神此特從鄭于谷臨本仿書故具得全文而一種仙人嘯樹之致則鄭所未具寒窗炙硯十不得一又寧免每下之譏耶

又

塼塔銘僅數字耳在唐帖中風神第一所謂膚寸之肴昧適方丈矣此第從鄭于谷臨本仿書以虎賁爲中郎未免形似非神似又况學邯鄲之餘步者也

又

集古錄以房璘妻高氏兩碑爲僅見又以周秦數千年中無女人能書而疑好事者寓名以爲奇夫書特一藝耳此復與織紝組紃何異而難其事至此豈歐陽公妻妾不慧遂令乃公薄視千古釵裙之士耶

又

晉宋人書以風度勝折旋俯仰都有醞釀此碑刻於顯

慶年中所謂敬客者雖不詳出處猶是歐虞褚一輩人去古未遠學書者從此問途庶不失二王規格惜士大夫無宣揚此法者耳

又

塼塔銘於規格之外又以韻勝文有歐陽六一詩有韋蘇州孟襄陽皆非食人間煙火者所能識

又

塼塔銘雖存字無幾然風度翛然脫出畦町初唐碑版自歐褚外未有能如此者秦鏐漢璧但取其眞麟角鳳毛何嫌於少閨閫餘閒日臨一過恍如滌筆氷甌也

又

塼塔銘諸家無考金石文字記但言出終南山土中博極如亭林亦莫詳上官敬客爲何許人而書特秀挺猶可從斷鉤蝕畫中想見風神所謂肌膚若氷雪綽約若處子如登藐姑射之山而與神人者遊也

又

史家編列女之傳詩家列閨秀之門獨書苑中無釵裙坐處然右軍實長宗盟而衛夫人爲淵源所自則有志者宜何如自勉耶偶臨塼塔銘因志其後

又

三代有公宮之教婦女莫不能詩卽莫不能書周官彤管之職亦其證也後世人才縱不如古有志者亦宜稍存此意織紝組紃之外晴窗滌硯日學數百字不猶愈於鬥草秋千諸戲乎偶臨塼塔銘志諸其後所謂女史司箴敢告庶姬者也

又

行楷法啟自衛夫人而晉唐以來金石志中寥寥無女人名字唐房璘妻高氏兩碑歐陽公疑爲好事者假託區區管道昇後出輝映又不能離松雪科臼說者笑之豈千餘年閨閣之士果無能書者耶抑士大夫恥出其

下莫與表揚遂爾傳之不顯耶偶臨塼塔銘漫志於後

又

碑版書奚啻充棟而女士簪花之格寥寥無著於錄者有唐高氏兩碑歐陽尙疑爲好事者寓名吾獨怪李易安佐趙明誠作金石錄亦遂懸置如遺不復廣爲搜索明誠不足深咎易安號稱弁雅而忘詩人問我諸姑遂及伯姊之義其志荒矣

又

唐碑各有勝處亦各有弊此塼塔銘刻於顯慶年中計靈芝敬客猶是隋末人歐褚顏柳諸家習氣無從到其

筆端信可貴也

跋自書蜀花蕊夫人宮詞

關雎鵲巢以爲風始後世宮詞所由起也如花蕊夫人者使得抱衾裯於二南之世窈窕善懷節以蘋藻其才情詎止此耶

又

明有黃司綵宮詞見朱太史曝書亭集中然世罕傳本獨花蕊夫人宮詞得東坡書之而其傳益顯同一內人彤管而傳不傳異焉豈非數耶

又

明有黃司綵宮詞司綵之職在女傅士女秀才之上黃

蓋明初女官之選也惜無善書者與爲流傳不獲與花蕊夫人作繼聲爾

又

二南所載皆宮詞也上自后夫人以及小星之賤滕江沱之逐婢莫不能詩然傳其詩而不傳其誰某蓋古者內言不出非納采不相知名之義後世廢公宮之教婦人女子莫能自言其隱而學士大夫有宮詞閨怨之篇所謂兩失之者也花蕊夫人以才貌中選入宮不修其蘋藻而商榷風華徒以生當衰晚遂能彰焯其名氏讀其詩亦可以論其世矣

又

花蕊夫人身在珠簾甲觀之閒紀銷夏嬉春之事天然親切與士大夫懸擬爲之者不同亦足見一朝之掌故與當時之風俗考訂家所不能廢也

又

楊太眞以絕世之姿領專宮之寵而沈香亭上金鳳花牋不能不急宣太白使得如花蕊夫人者含豪濡染其閒不更令千古銷魂也耶

又

陳後主李後主皆翩翩翰林學士才以流連花月喪其匕鬯而當時嬪御乃初無文采流傳彼孟昶者獨得以花蕊夫人故而小朝廷宵宴晨歡之舉嬉春銷夏之遊顯顯備傳於後豈非內人彤管有時與史氏丹豪共爭掌故者耶

又

花蕊夫人才情若此其後入宋掖庭猶以張仙像託言宜子供之臥內意必有回首興亡之感而書闕有閒惟此宮詞百首吟口如新湮黍離麥秀之章存抹月批風之句豈所謂不幸而傳者耶

跋自書管夫人墨竹譜

此墨竹譜一卷或謂管道昇撰或謂是李衎撰書畫譜錄之而兩存其名竊意文湖州旣逝之後王孟端未出以前畫竹好手無過仲姬說郛謂爲管道昇作未必無稽不得以其出於閨房而遂沒其名也輒以小楷書一通傳之好事亦東坡手錄花蕊宮詞之意爾

跋自書衞夫人筆陣圖後

予嘗再書衞夫人筆陣圖說亦再書管夫人墨竹譜皆爲好事者取去無有存者此本於庚戌長至月東城花市官衙之寫韻軒炙硯書之奉寄楚蘭夫人正楷

題玉版十三行

會稽家法所謂鐵畫銀鉤者於十三行見之而惟玉版爲勝此玉版舊搨本則尤勝也

又

此書有珠玉之氣坐覺趙吳興以下姿媚勝而精堅不及矣

跋自書幽蘭賦

裴行儉有知人之鑒其評品四傑以楊子爲優行儉特言其德器耳乃其賦亦盈川最善如此幽蘭賦一篇蓋非王盧駱三人所能辦而不見收於唐文粹殊可惜也

晴窗無事課錄一通益有味乎少陵江湖不廢之言矣

乾隆戊申上巳後十日

跋合杏樓詩冊

吾鄉陳太安人壼行篤修兼工詞翰不以自名論者以爲吾家大家之流也貞秀生晚雖嫺世有聯而已不及奉教於太安人今讀所著合杏樓詩雅靜淵懿其風肆好求之三百篇中庶幾乎草蟲弋鳫之遺音矣夫三代有公宫之教詩亦婦言之一也宋儒著論乃謂婦人不宜作詩夫作詩若陳太安人又寧可廢乎高山仰止輒題數語以志願學之私

書花蕋夫人宮詞百首題辭

蜀有兩花蕋夫人其一在王建時號小徐妃莊宗平蜀後隨王衍歸中國而亡及孟氏再有蜀傳至昶則又有一花蕋夫人卽作宮詞者是也宋興蜀降花蕋夫人又隨昶歸中國入宋掖庭未幾昶死昌陵後亦惑之嘗造毒屢爲患不能遂太宗在晉邸數諫去之不聽一日從上獵苑中花蕋在側晉邸僞爲引弓擬走獸者而射夫人中之乃死此事見宋蔡絛鐵圍山叢譚然則兩花蕋者其號同其遇同而其志有大不侔者矣此作宮詞之花蕋夫人雖事二君實有假手復仇以報所天之義其

節不貞而其用心爲尤苦非小徐妃比也所作宮詞多宮中行樂事不知其爲蜀言之爲宋言之獨其詞歡欣和悅當皆西蜀時事必非入宋後語也世傳張仙卽孟昶挾彈像花蕋夫人既入宋宮不忘故主託言宜子供之臥內若斯事有徵則蔡絛之言爲可信而宮詞百首且當與柏舟諸詩比烈矣乾隆庚戌正月

又題

花蕋宮詞以東坡手書盛傳於世夫人以才色亡人之國曾與潘妃孔嬪無異而東坡獨肯手寫其詩當非漫然必有所取或者蔡絛所載竟不誣也東坡書本非全帙又某經翻刻失眞近世查聲山先生亦以小楷書一通然皆士大夫書之恐非夫人所樂聞也貞秀學書十年書此屢矣顧或十首而止或二十三十未有全寫百篇者今歲養痾京邸於乳抱之暇日逐書之遂終此冊並爲考其緣起詳識於後不獨慕夫人之才亦欲闡幽表微而因以彰夫人之志云爾庚戌花朝前三日墨琴女史又書

花蘂夫人宮詞警拔不及王建而婉約多風亦自可傳此書勁健無塵韻庶幾坡公所云小楷清絕規撫歐也跋語考論詳核義復歸正其於心畫心聲自當以餘力及之耳乾隆辛亥正月劉墉題於棘院之會經堂

惕甫楷法甚工此書蹊逕不同嘗見管夫人與中峰

書不似松雪又一帖則甚似或者閨閤之中時相仿效亦此比也是日燈下石菴又題

自題書衛夫人筆陣圖後

筆陣圖或以爲衛夫人作或以爲右軍作然右軍得訣於茂漪有所傳述度亦必傳其師說云爾

自題書管夫人墨竹譜後

此墨竹譜或以爲管仲姬作或以爲李衎作書畫譜兩存之然自文湖州以後墨竹一家惟吳仲圭王孟端最著此外獨有管夫人能得不傳之秘故斷歸仲姬云

題自書玉臺新詠序

觀孝穆此序似玉臺一集乃纂輯從來閨闈篇詠即不然亦當是文人學士所作無題古意如三百篇中穠李

碩人諸什而後可也乃今世所傳玉臺新詠則雜取漢魏名篇既非彤管之遺又非文人擬爲閨思之作序與詩兩不相叶說者曲爲之解多不可通竊意孝穆所纂新詠别是一書其書中絕不傳後人因取他詩附會成編而冠以此序非復靑睛手訂之舊矣偶書此序并附論之

題自書千字文

鄭樵通志以千字文與凡將急就同入小學門中後來重次其文者工巧或遠過于興嗣要不足以供學童諷書之用故亦行而不遠今仍用褚河南寫本錄之

題自書吳彩鸞寫韻事後

貞秀學書未成而京居十載提甕作勞年來漸覺手戰恐嗣此將不能細書因作此冊自留以爲他日之驗然竟已不能工也乙卯夏五月

自題臨張文敏畫梅小楷

張文敏此畫今歸陳古華太守廷慶太守别爲仿本數幅分求士大夫題詠復攜眞迹以示余夫婦幀首有文敏小楷四百五十二字甚精蓋文敏生平傑筆也既爲太守臨寫一本復寫此一通自存之雖弱腕未能希蹤萬一亦欲使過眼雲煙少留仿佛爾嘉慶二年花朝

跋先考臨文待詔石湖圖

先君子精求六法雅善臨橅雖衣鉢故自婁東而於鄉先輩文沈諸家莫不躋堂獵奧凡諸仿寫咸謂奪眞此仿徵仲石湖圖非其用意亦第去眞一間耳追尋遺跡可勝悲慨

黃宜人家傳

黃宜人姓林氏名正福建龍溪縣人國子監生林有光之次女四川簡州知州黃斕之配也初簡州之祖姑嫁於林世以中表相親厚宜人又與簡州同年生以是結婚迨年十六而歸於黃時太公太母及簡州生母王太宜人庶姑田孺人並皆無恙門以內食指百數簡州兄弟九人而次居七宜人處其間以謹遜安和上事舅姑退接妯娌旁撫妾媵無所不得當嫁八年遭太公喪又八年簡州官於蜀宜人不從入蜀留家侍王太宜人生能致其孝歿能盡其哀簡州有同產兄既歿兄蓋有子

矣而瀕歿以僅遺一孤煢煢單弱爲言時簡州長子對揚方在抱因許再得男以爲兄子既而宜人舉子妾邱亦舉子簡州猶豫未決所以爲兄後者宜人慨然曰邱氏初得一男耳當以予所生後兄簡州第三子應前側出也不幸早卒無子宜人哭之慟復命以對揚次子爲之嗣其慈愛均平不以腹出不腹出異視如此簡州家故饒以宦減産遂不復出居閒數十年益稍衰削矣嫡母林宜人老內事一委宜人主之宜人身自儉約子女非禮服不衣帛然頗好施族里有貧無告者錢米絲枲之給無虛日每春夏青黃不接霖雨綿旬輙念孤窮之食勸簡州出粟以濟凡平糶蠲輸諸役事黃氏常爲其縣人先少信釋家言女紅之暇齋心誦經時時出貲修道路施棺木掩骼埋胔雖拂意不輕扶童婢曰彼亦人子也課諸子讀書未嘗姑息其生平好善識大義若性然乾隆四十三年屬疾以不及終事嫡姑爲憾卒年四十八簡州葬之其縣之龜仔山麓子男十一人長即對揚優貢生充鑲藍旗官學教習次璉歲貢生出嗣次應前即前卒者次瓊國子監生次應錫次琮次觀海皆縣學生次玖次應璽縣學生次震後宜人卒次鈹出嗣宜人出者五對揚璉應錫觀海應璽也女二人皆適士族

孫男八人女四人對揚爲諸生恂恂飭行稱於時今者以教職還家需次不遠數千里郵宜人誌狀來京師求所以不没宜人者乃爲之家傳如此

女史氏曰史家之法非有奇節婦人無特傳烏虖婦人之有特傳婦人之不幸也宜人所處順於文律不當爲傳雖然勉勉自將於小雅所謂無非無儀者庶幾近之矣爲之家傳俾黃氏子孫世世無忘焉斯亦對揚之志也

寫韻軒小藁卷二續增

長洲女史曹貞秀墨琴

桂石室主人小像題辭

主人早卜于飛言歸君子久佐讀于詩書又勸敦乎廉善自登科第以洎出宰歷移縣望僶俛歲年何不如德居家有由房之義在官有卷耳之勤令儀淑問播之矣貞秀未承璸瑀之歡獲接纓衿之度載瞻題識邈然見招隱之高風焉輒本其意爲辭書是幀端將以遺乎下女其辭曰

猗黃紬與青蓋兮斯黻佩之餘光彼綦巾而縞衣兮迺饁饟之是將荃何爲乎獨殊兮履榮盛而彷徨攀辟纑之往躅兮惟廉儉之爲囊蘊草蟲之憂思兮心忡忡其莫遑簪纓組之勞人兮羈留宦乎茲方紛吾紉以姱修兮紉蘭蕙以自芳及公子之同歸兮詠花葉之相當遂東西而從役兮眄岱雲之蒼茫止葦塘而雙棲兮攜明星以翱翔憺纏綿以靜好兮出斗酒于甕藏自效職于王官兮嗟頳尾于河魴與肉食而畏人兮曾弋鴈之弗儐寧井臼之罔供兮愧廡舂于孟梁瞻桂樹之連蜷兮埽金粟其可糧占介石之永貞兮勢嶔崟以低昂撫三雛之舉舉兮詔弱孚于負牆寫清臚于尺素兮謝凡[illegible]以褰裳晚靈修之追暇兮悅情話以相莊賦盍歸于夫末兮戀山中之景長曷逡巡而濡滯兮鳴蟋蟀兮西堂悴芙蓉于秋涯兮將隕落其馨香孰華予于歲晏兮恐闌河之降霜願君子之偕老兮非田園之難忘彼柴桑之乞食兮寧不有其糟糠續楚篇于招隱兮叶周詠于由房命彤史而援琴兮譜同聲之餘章

張訓導夫人小像題辭

夫人陸姓復名娜媛其字婁東聽松山人之女歸於華亭張悔堂訓導此其四十七歲所繪像也張與陸皆東

南門冑科第文章蟬聯朝簪鼎彝圖史言詠風流標著累葉訓導本自諸生早翔名譽久茲淹滯高臥園林夫人胚胎清素內外染濡令儀令問鄉閭載焉貞秀未接珩璜獲瞻盼帨以捐佩之餘音繼執簣之雅倡將遺下女并示方來其辭曰

懿夫人之嬋媛兮少姱修以爲期敏莛琴而習禮兮沭芳華于書詩折疏麻之馨香兮懷好逑而待時中迨吉于泮冰兮及公子而同歸和鸞皇以下上兮吹雙聲于參差援淑姬以自綏兮惟井臼之爲司攜明星于夜機兮綢冬榮之朝曦勉式宜于燕婉兮羌無非而無儀[illegible]

我嶶而子佩兮庶登貢于　天墀何靈修之偃蹇兮伴芙蓉于秋涯拾芝英以儲糧兮埽落葉而成炊悵天寒其日暮兮揄翠袖以長思雖菉菲之銷隕兮領竹篠之風姿曳團團之明月兮倚嫋嫋之涼颸響賣珠其奚傷兮憺牽蘿于茅茨欣園廬之無恙兮翫花藥之紛蕤願君子之偕老兮頤壽命而家肥樂綦巾于考槃兮招由房而賦之

梅孝廉夫人像讚有序

夫人姓張氏諱心淵以正月八日生故字曰穀生梅小庾孝廉春之配也少而敦敏長而湛靜能讀女誡諸書

在家順於父母以及其大父母既嫁宜於舅姑以及其姑姊妹生平喜疏食工女紅勤於內事婦德甚備歸孝廉十有二年凡舉一女二男最後以產卒年三十七孝廉哀之恤恤乎久而彌摯也於是以肖貌寄余乞一言焉爲之讚曰

懿惟夫人孝友之閥歸于君子饋薦孔潔爲女爲婦不愆其節鍼絍辛勤米鹽瑣屑井臼之餘縹緗是悅覆翼三雛悲傷一抉黽勉始終嗚呼存沒爰寫遺容珩璜儼接怊悵人天去來飄忽鸞影鶴儀鏡華水月是耶非耶以示貽厥彤史書之流芳未歇

沈姬姚寶香遺像讚

有美一人渺嬋娟淩紫霄兮翩其仙仙之人兮乘雲煙朝金闕兮宴玉邊芙蓉裳兮翡翠鈿詠瑤池兮黃竹篇飄一舉兮杳莫還慨人間兮空逝川寄愁心兮吟哀蟬怳目存兮靈連蜷祝靈修兮成福緣葢垂芝兮臺吐蓮八寶池兮梵網聯曼殊華兮散諸天娑羅林兮貝葉宣笑拈花兮醒愛纏妙莊嚴兮啟眞詮指覺路兮金繩懸超三界兮忘壽年俯大千兮鏡智圓

書寶香遺事

余幼妹澧香歸於綺雲之明年來寧家巷持綺雲故姬

寶香遺像示余并道其行事屬爲之述寶薌姓姚氏名允宜華亭人故儒家女穎敏多慧其母食貧攜以入沈氏教諸女繡故寶香少長於沈及笄不願他適願留事綺雲綺雲得之歡甚然獨困於其大婦無如何也寶薌宛轉屈意彌逢其間綺雲多子女寶香皆善撫之又自舉一男一女黽勉上下辛苦凡十年勞瘵以卒年二十有八綺雲哭之哀嘗屢肖其像晳晳乎不能忘也夫寶薌歿而後澧香始往繼室前後不相接無一昔話言之好乃其流風餘韻之僅存者猶能使澧香心折而力爲之請是其人有可想見者於是具書之

季妹澧香遺像讚

影逐花影名隨蘭馥鏡不留紅波仍翦綠絲繡香薰範金鑄玉現出雙身寫來一幅

題沈綺雲刻雙蘭圖譜

余季妹澧香學畫故妹壻綺雲借刊是本其年靜好樓閨蘭皆作雙花有並蒂者有同心者對花寫生是一是二及澧香玉折余渡泖視喪收其殘畫弔之有好夢墮爲秋後葉歸魂招向畫中花之句今是譜刊成而澧香不及見綺雲必有人琴之感余亦憮然於是也

題沈姬藕香圖扇

澧香之歸余親送渡泖今藕香之嫁又親爲之舒衿結褵阿婆白髮飄蕭歲歲爲他人作嫁附志於此不𣁽東塗西抹之感也

唐荔圖賦 有序

桐城汪公子 正鋆 遊福州西郭怡山寺寺有唐荔二株花實繁盛因用貴妃外傳長生新曲之事翻小樂府滿庭芳爲荔枝香作詞寫意繪圖徵詠輒爲賦云

平陽公子端居多暇東閣停樽西郊命駕徘徊蘭若之林憩息松陰之榭喟然顧唐荔而歎曰是豈非天寶所遺張王所賦哉觀其蒼蒨葱蘢輪囷掩互布密葉而葳蕤擢交枝而攀附膚披蠶繭之衣根飽楊枝之露昔之長生月殿繡嶺椒房倦霓裳而晝永憎玉魚而味涼美此冰盤之薦剝來紅錦之香咀晶丸而病齒消絳雪以沁腸則有賀老新聲龜年別調借紫玉之芳名博紅塵之一笑方且比此樹於甘棠重珍奇於閬嶠浩刼千年春秋忽焉摧殘兵燹零落風煙徒使山僧倚之而惆悵詞客撫之而留連爰爲傾觴以酹擊節而歌曰楓亭佳果舊宇深林消沈舊恨蒙密新陰飲瓊漿而生感按檀板兮愁余心

寫韻軒小藁卷二終

王采薇

長離閣詩集序

曲阜孔廣森

昔靜女之三章取彤管焉被壽人於笙磬非無都荔之詞列縟宿于羲娥不廢葦杭之怨葛山少婦執越布以歌勞栢館貞嬪裂齊紈而歎逝書之硯北盡金屋之奇才選入江東郎玉臺之新詠女子善懷香奩尙已則有通華冑望淑愼閨儀南國新人東家舊姓十三織素二七裁衣漱潤蓺于瓜年剡芳名于茗玉長言婉娩女師德象之篇好句流連吉甫清風之誦前身蓮葉不踐陳泥他日椒花必多新製況復鴛鴦左顧孔雀南飛歸小婦之高堂調弦錦瑟識上頭之夫壻絡轡青絲鑪熏夕而共香鏡照塵而同影司空

博物本兒女之多情內史工書作夫人之弟子斯又王郎天壤愧此多能居士桑榆羨其嘉耦者也若夫紅羅帳掩朱鳥窗開初成墮馬之妝自服游龍之彩繡餘菡萏倦卽停鍼製就茱萸織常當戶莫不語緣情靡感與候遷牙管一雙金釭二等雪凝謝苑擬飛絮于風前日出秦樓歎條桑于陌上至如雙聲讀曲十索名題陽羨新茶細書闞罷南安早栗故事疏來香沈水而郞歌蘼懸絲而妾和西陵松柏便結同心北地焉支彌增善睞香囊叩叩是繁掾之定情雜珮珊珊有鄭姬之驚夜奚止爲歡玉女爭投百箭之驍射雉珠皐始見三年之笑又如草生南浦梅下西洲

贈子將離呼卿小別菉藍盈匊指五日以爲期蕭艾懷人比三秋而更遠遺簪紹繚破鏡連環書檢六張文周四角蘭成集上曾裁寄婦之言徐淑詩中不少望夫之什亦或少君歸里對挽鹿車侯光去吳仍偕鴻婦漢水之平途七百江陵之遠道千三春嶂青螺來發雙蛾之色秋波白鷺迴成九曲之珠是則七邑東征曹家善賦百泉舟檝衛女寫憂抑亦詩發乎情情生于文者與然而蓉生江上杏倚雲邊未免牢愁誰能理遣重以諸姬適邸永歎肥泉季娣歸鄗先零弱歲芝焚易感蕙質何堪幾日飛龍祇愁藥店數聲別鵠忽上琴絲曾塵則榻冷琉璃吟箋則牀空翡翠

左思嬌女能無失母之悲班固佳甥應有問神之作於是子荆改服文度多傷求故劍于箱簾綴遺翰于鏡檻紅桃麗字遂書河北之箋白蠟妍辭徧識閨中之媛而或者謂結璘有藥弄玉凝仙三髻雲鬟蓬壺巳隔層波羅襪洛浦仍逢倘作異聞傳諸好事則綢繆贈荅將皆戴勝之瑤鶍宛轉聲音盡入彩鸞之唐韻

閨閣而工吟咏事之韻者也綠窓名藁伽音著集風雅之家述焉然大致不外賦草題花抽青媲白非必有驚人之句超詣之作鄭貞懿云近世婦人女子作詩率皆纖艷委靡桐城方夫人云偶爾識字堆積齷齪信手成篇由斯以論亶其然乎余觀王孺人薇閣偶存詩有異焉其思幽以沉其言超以雋揚激楚之清音役精空之妙手蓋雖苦吟雅宗之士有所不逮可謂體絕香奩才雄巾幗者已聞孺人端麗明慧熟漢晉書工楷法多才藝顧年僅二十四而化去屠氏湘靈袁家君嫕折玉埋香古今同歎其詩尚有二百餘首尊人菽山先生索之未至茲所見者才三四十篇而已菽山先生將以授梓屬余爲點定爰弁數言於簡端云閩縣葉觀國

序薇閣偶存詩草畢復題長律一首

容華刻玉氣吹蘭緗帙長隨鏡檻安罷繡吟成藤紙貴留香草在墨池寒生天有籍宜忉利佳世無多似小鸞若向詩家論格力長江昌谷重登壇罷繡吟侯官女郎王虞鳳著留香草合刻居瑤瑟沈天孫詩

薇閣偶存弁言　　閩縣何森林

東鄰亂女爭傳賦若之才南國佳人競倣簪花之格紫絲步障時落譚鋒青玉華軒頻飜絮雪鮮姸翰墨居然衞氏夫人英雋才華允矣袁家學士豈特釵鳳鏡鸞之句妙著新妝亦非香蘭醉草之吟代傳白燭者也觀薇閣偶存詩集併讀小傳知爲毘陵女士姓王氏名采薇别字玉瑛乃武進王明府菽山老先生之第四女句容廣文孫君書屏老先生之冢婦而茂才孫淵如之德配也靈慧夙成岐嶷蚤異蔡文姬六歲辨琴徐惠娘八齡作賦端莊靜一不愧林下風姿貞淑幽閒羣仰閨中儒雅誠所謂埽眉才子當不徒刺繡神鍼無何零陵道上倏逢解脫之緣女几山頭竟作飛昇之路振珮環於天上餘韻無聲留詩卷於人間靈膏不散瓊鐙灰冷三更好月空明寶篆風微一縷游絲竟去掌天厨之九百天地人寶藏兼司檢月牘於三千始中終夙根未斷茅君西畔夢訂後期忉利東偏詩傳前事考月夕之分數兼聽鴻溝偵灰㠉而遲留空悲慧劫絳河已杳長居離恨之天青鳥不來永隔塵緣之路聆鐘聲於闕下蓬島宵分浥露氣於宮中瑤臺夜迥五霞洞掩已鞭鹿而逍遥

一足章來枉焚香而睇視覩流雲之黯黯密緒千絲聽珮玉之錚錚芳魂百匝靈雖長在總杳杳而冥冥見即如初亦生生而世世語雖涉怪事卻非誣傳密思於仙娥皆堪訂證寄遙情于乩筆孰語荒唐顧遺事之可傳究仙蹤之莫挽就使樂天長在徒刊紫石之文劇憐牛女云亡空誦遺芳之稿爰吟短截聊當輓歌謹撰弁言用申哀誄云爾

翡翠玻璃得所於絳仙才調女相如玉京難覓脩文客珍重紅妝作校書

殿居忉利欝巍峩青鳥西來隔絳河惆悵昆庭石公子吹笙何處聽雲和

偶來塵世了前因知是蓬壺第幾人刼火灰殘天地老白楊青草石磷磷

幻影遄馳廿四春瑤環莫認去來身劇憐故國招魂地曾否趨庭晤老親

題辭 并序

三山張經邦

薇閣偶存者，毘陵王菽山先生第四女玉瑛女士遺草也玉瑛不櫛書生埽眉才子楊盈川之女少賦金釵王內史之妻幼工絮雪性獨耽夫吟詠手不釋夫篇章鸜鵒硯中罕點石州螺黛鷓鴣香畔恒攤蜀郡蠻箋重以案側伯鸞人間司馬才真勁敵歡比良朋從枕上以論詩直欲遠宗四傑向花間而吮筆非關頻埽雙蛾意必探珠音還戛玉以庚庚之妙理運乙乙之幽思斯固慧勝文人詎超巾幗者矣詎意優曇一現僅開頃刻之花忉利先歸遂駕長離之鳳芳園

豆落祇結相思露井桃殘竟成薄命嗚呼天閶難問呼妙子以何從仙路非遙幸巫咸之可叩爰憑青鳥還寄素書掌玉殿之縹緗勝彼瑯嬛百架降瑤天之咳唾裁將金簡一函密語深情不數分釵擘盒青天碧海空懸夢雨靈旗噫王子登不踐紅塵董雙成虛傳遠信興思及此厥痛何如是以菽山先生先示一斑於梨棗而淵如孫子尚尋斷夢於稠桑雖令方朔術窮迷雲輿兮八極尚冀劉生傳在貽彤管以千秋用敘長歌聊充哀誄祇慙禿穎莫罄靈奇爾

瑤光炯炯煥天章散彩遙臨大道王第一仙人同紗

想次三神女亞卮娘珊珊風度離仙闕慧質明眸朗
秋月似吹芳氣作蘭言疑隔冰䆫見香骨（仙女昌容隔䆫見骨）
愛繙緗帙近簾裾少小先工倒薤書鳳味平連金翡
翠菱花移傍玉蟾蜍更有清才薄柔靡揮毫獨把鉛
華洗俊逸寧如罷繡唫精深眞陋香奩體詩成高唱
入層霄露滿瑤臺奏六么跋滕聲凝雙鳳管參差音
颭九鸞翅夫壻由來亦仙客碧虛宮裏會借謫天台
雄賦擲金聲零雨清吟擘銀畫階前唱和月痕斜趙
管風流未足誇那知一夜飄蕭雨落盡同心姊妹花
從此朱顏減歡思投琴獨灑看花淚（孺人以悼花如姊致疾）
人面不禁秋流雲爲車鶴銜鸞（用薇閣句）渺渺茫茫離恨天

水晶闕外住霞軿反瓶覆水空悲咽難寄桐君十幅
箋脈望薰殘檢書暇鏘然風送仙音下董雙成到步
虛輕一足童回寒漏罷噫吁乎上界眞人游戲歸祗
餘荀令斷腸詩願將別鶴離鸞曲寫作芙蓉闐苑詞

讀長離閣詩漫題卷末　儀徵阮元

青鐙涼涼夜如水魂黯心香動殘紙病意多從別後
添吟懷已在生前死琉璃硯匣彩雲天好事人間那
得堅玉臺空有傷神句鏡裏宮花破不圓

長離閣集目錄

長離閣集一卷　詩七十一首詞一首

長離閣集目錄終

長離閣集一卷

毘陵王采薇

燕燕于飛

流光何暐暐暐暐亂春目獨燕銜愁來懸飛鏡池淥池淥何多情堂空復孤鶯羽豐離其巢哺足辭所生同身顧新侶得食哀哀鳴

山中作

夜松何濛濛月小飛不起知有抱瑟人垂光碧簾底露氣明曲巖花光照虛夜一片白雲聲飛泉隔煙瀉

自君之出矣

自君之出矣兩瘦不相識炯心如流丹擲贈焉可得

山中憶吳如霞姊

帷鐙照宵衾澗水鬪夜室天靜遠烟搖華雲度流月幽棲亦心好思子方首疾憶昨寄遠書凄凄淚盈帙生愁一何滋少樂從是畢虛房想清讌蛾響落清瑟何由寄新吟慰我中似結

復與季逑夜起覩月同作

虛扉浹宵開涼鐙照幽素肅肅鴉不翻團團雲稍去蛩底聞行泉箐黑辨浮露外役于此捐中疴自茲愈循階桂華欹交戶瓜蔓吐徒乖有懷衷未協長往趣亦有同心人斯情積難訴

池上書寄薇隱

日暝幽眠涼流雲漲巖曲相思寄長風動汝窗外竹

池頭孤行薄羅冷卻憶把書雙對茗受露衰荷散葉香臨谿獨鳥矜毛影

望夫石

妾顏初如花妾心已如石定情雙妍姿不忍君歸見衰色妾顏當彫心不移妾身亦化君始知冰爲肌草爲鬢山頭無人寄君信妾意淺君心深恐君復化塡海禽冤禽來銜石方動不作巫雲入君夢

香草河舟晚

疎林無人葉飛影暝渚歸帆貼空冷斷岸泥多鴨爪痕亂山鐘到鴉巢頂鄰舟嫋嫋歌入烟明月已讓星懸天來風吹衣恐仙去白道還疑翠微路

曉步

曉色凝不來鴉嘑去何許茶煙生濵濛孤桃索人語幽亭無人拓窗徧一桁碧山低未見日氣如烟聚水心雨光滿地流花片

夢遊

一星迷濛遠谿路出磴荒烟入橫霧峽中泉氣冷逾秋峯底天光碧疑曙僊覓飛空蜀江小露雨香挑覺春早瓊樓貝闕搖靈瓏衣翠霞紅各漂緲流雲爲車鶴銜轡心著游絲不堪繫斷橋闉水水壓牆雙燕爭魂墮空砌

秋胡曲

珂聲璫璫踏春疾立處蘭風下林末柔桑落臂弱不收花頰流紅射朝日冰絲夜斷不願金妾淚自墮因著朁倉庚少婦能銷妒磐石男兒不鎮心

蘭芝曲

嘑鬟垂雲粉黃落夜半嚴粧起幽閨已分單棲似伯勞劇憐薄命逢姑惡紅桐掩墳秋骨灰阿母淚落心當回莫隨怨魄塡波去合化幽魂促織來

華清曲

玉魚如冰冷犀齒雪色靈禽作仙使石扇龍鐶守別魂不似蟾宮敞千里蓬萊山高無落虹釵盒夜泣翡裯空雨零石磴荒夫草網暗宮門鎰女蟲

昆靈曲

宮槐曨曨向清曙靄粉梁空燕無主玉筐不動踏堂塵簾底菱花學創語蟬絲細帳蟲織成秋簟夜碧嘑潛英翻翻小蜨隨帬幅跡跡衰梧作履聲

前樓

前樓交樹檐柯徧後戶穿窗月輪見樓空貯愁愁不升飛露著鏡如吹鐙長天無鴻斷來信自禱夜風吹夢近一夕參差隔院聲梨花飛白春人鬢

句容齋舍

山鶯破曉第一聲綠蘿雨落如珠纓連松猶合夜泉響殘月不避晨光明晨光朧朧逗深暮開戶持帚候

空鶴零雲一片吹不開卻挂碧潭潭上閣

寒食吟

花枝揚揚柳宛宛不動陂塘水芹短破冢孤梅掩骨深敗牆小蛙尋魂遠紅鮮綠稀隨春天咽咽蜀禽飛不高紙錢挂樹雨淋盡滿地暝煙開鬼桃

秋夜荅季逖

金鑪無香道青朽隔枕秋聲下殘柳瑣窗肩斂愁寄腹懸夢已入浮雲邊蕉廊風多獨吟處落葉幽魂各來去寒蟲一夜嘶漸低露白星黃共爭曙

夢天

碧闌十二花無數桂葉低籠若青霧蕊宮誰遣別魂游只有青禽送來去波離扉薄不上關對語月姊瓊樓開銀河冊冊瀉聲小手弄白雲天下曉

春眠曲

篁梢壓戶簾紋細空色湖光著山膩鶯眠樹杪弄垂絲蛙上花鬢醉芳氣琉璃隔香香暗流薇帳夢醒聞輕鉤空闌盡日無人影日炙落紅薦不收

夏行曲

白波疊玉荷如錢綃戶織月疑空煙青蟲挑鬟受花露丹鳥入幕棲芸編疏桐垂陰下苔井雨去新蟬一聲警蘭堂夜靜還獨開小玉眠涼抱枝影

秋望曲

花梢凝霜散寒蛙檐角垂絲挂零葉南谿別處渚連空瘦綠愁山照波濕細煙青鎖雅尾長淡日半入幽蟾黃虛房未暝吹鐙坐露眼風蹤弔曲廊

冬坐曲

曲瓊押幔香絲起酒波微皺夜及子花蟬心朽不得仙粉蜺空僵碎黃裏風櫺朧朧通月澤屏外鳥嘑瘦林直已罷懷人更憶親冰紅淚落蘭膏碧

木蘭詞

生男勿喜歡生女勿悲酸女生當縣弧女足亦莫雙行纏不見木蘭女代爹征可汗出門望行塵日色青漫漫顧笑諸少年泣行（胡郎切）何汍瀾流塵凝雙眉飛露綴兩肩閨中何能貴不及鐵衣錦韉黃金鞍閨中何能豪不及銜霜度雪聽風湍蛇矛丈八氣決前精感白日昏沙煙生還見天子天子動色言要金佩玉作織步綽約顧影驚千官上堂拜父母父母疑重看開簾覓我故時鏡手脫長劍分雙鬟君不見東家女兒好顏色朝貧穿鍼莫貧織西家女兒衣盈箱自矜嫁得金龜郎男兒封侯妾何有要取黃金自懸肘

春暝曲

青楊分鬟下拋地暝色春空綠膏膩怨土成雲葬玉京虛簾燕落相思淚檐鈴細語春眠回撲樹晚蜂嬌不歸園扉斜開石泉冷笛韻吹愁出苔井黃月如星

慘一鉤杏花樓暗藏人影

離居曲

露華網戶參差光碧鈎粉薄如棲霜涼堂下簾簾窣地素手無分玉如意燔膏作鐙檐不紅夕撫綠綺空窗中一聲涼破楚天碧去雁叫影思離鴻南山點苔愁向曉獨客朣朣涉長道樓前月淚卷衣來夢裏江聲隔帷小

霽行曲

幽窗無人竹枝重晴色風林散雅夢曲沼圓文上薄冰差差曉日魚吹動黃編落枕愁獨眠下階自惹花間煙金蟾鎖春不得住已入暗戶生苔錢南雲沈沈

雁慵度鳳紙回文積筐蠹已是春衫染淚來亂紅更見鵑嗁處

病中憶歸效僑文卦名詩

雁小過樓迷流雲復滿溪蘿蒙纔上月竹比已開扉蠟照憐粧損蛩吟識夢離旅魂宵不定革帶日仍移病漸因霜痼心恒似葉危何時升晝閣言歸妹把衣

曉起效徐陵體

春鏡動春烟春林絲半天簾低壓枝卷窗迴對禽眠書帳蠅彈紙琴牀風觸弦辭衾惜香在掃徑待花蔫研墨汚羅袖看魚落翠鈿誰云厭長日終是惜馳年

早起憶弟婦

日華生曲沼昨夢去東軒露雨出深草禽花雜一園粧餘唯拂卷繡裏更看山蘐葉如長帶蘋英似小鈿何時話離恨雙筴北堂前

銅雀臺

日莫碧空杳望窮如有存雲癡想歌態月轉見牀塵草暗露凝跡樹斜煙曳魂此中君不起何許泣能聞可惜分香女都無殉沒人

不眠

不眠虛靜夜憶別損清娛月芒生鏡匣露顆雜簾珠徑壞轉鮮棄巖寒尚碧蕪息檐唯旅燕映樹有垂雛夜夜梅枝下迎寒減病軀

曲渚

曲渚斜生白蹏星動欲昏四更桃葉影一縷杜鵑魂斷雨還零砌虛簾自打門蕭蕭庭竹短都作淚花痕

山空

山空收夜氣墟上露千星嶺月流塵几窗風亂道經鶴隨雲到戶蟲與葉棲亭是夕懷蕭史幽行徧綠汀

雨夜

響急衣砧合聲沈漏箭隨黛痕侵故壁香影聚重帷碧簟眠傷骨紅鐙病壓眉數株門外柳苦伴暝禽垂

病卧得季逑詩

病減無三日春歸又隔年能傳閉闕句來破擁衾眠

落雨時連帶喧禽不出煙開簾放香篆應始覺晴天

送春

如何送春處不見有春歸落雨絲闌住殘花蜨門飛
黃鸝正漂蕩碧葉空參差徒傷持桂酌況復易裘衣

山夕

草蟲門徑遠一路入谿煙月滿無人地鐘殘有雁天
心孤聞動竹衣冷近流泉欲覓鄉關夢樓空獨上眠

幻夢

幾疊春山路誰分碧扇開露光生竹石雲氣雜樓臺
鶴度涼潭去鐘穿薄霧來微茫天水闊我夢正尋梅

初春

曉鏡慵梳飾幽窗夢破遲梅梁波反影芸帙曙通曦
花逐調琴指鶯隨入鏡枝十分春欲去惆悵未成詩

山夕

將暝室生白松花滿石闌碧潭琴影瘦黃葉客衣單
網露迷蘭徑茶煙惹竹竿瑣枝空憶夢挑飯不能餐

夢起步後園

蘭香流一澗桑烟染半岑雨開殘照影花動小樓陰
蜂晚能喧夢塵凝不上琴何時識芳草眠裏定幽尋

半嶺和薇隱韻

半嶺幽居好疏談向夜分劍明疑有月香細欲生雲
新醞皆松朮清娛有典墳湘簾池上動苦露濕行裙

舟次

風斜舟近岸竹外復蘆中樹裏屏中綠荷愁鏡浦紅
殘霞猶耿莽出月已空濛莫惜橫烟住孤吟荅露蟲

有感

不見畫釵處驚看過月痕簾斜生鳥影屏小貼花魂
鳳瑟埋塵冷鮫綃濕淚温石牀苔掩鬢黃蜨欲棲門

水宿

寘寘堤畔路草草別時家碧影沈湖月紅心上冢花
鐙微還下雁鐘冷不驚鴉薄醉和衣宿扁舟入樹斜

九月十四日舟由舟徒夜半與薇隱乘月登岸

行三里作

幽行已三里村落半攤扉隻鳥時依樹孤螢不上衣
月平人影小潮定櫓聲稀沿水星星火歸鶯宿鷺飛

寄薇隱次韻

春牖對芳林朝陽上綺衾戶低交葉暗徑小受花深
金錯循離恨瑤璫鎮別心欲諳芳草路因夢寄新唫

山齋病起憶亡姊

澗響當宵定嵐光入戶深餘雲泛幽石碎露滿疎林
竹院彈碁斷松房沸藥聞重泉埋玉客誰識正思君

答薇隱復次前韻

香霧斜橫帳衣緜重壓衾夢聽唬鳥亂愁與落花深
易盡千行札難分一縷心相如情若固何用白頭唫

悼姊

殘夜一龕驚鐙幽夢轉明把書尋淚色掩幔想衣聲微病花全發深眠月暗行蜀紘塵裏斷已任指尖生

寄季逖時客和州

空院題詩對碧莎華年作別歎蹉跎夢餘捲帳人疑在書去尋愁語轉多曉岫入雲飛斷雁夜鐙照雨落殘蛾空江無復憐才客此夕柤船憶嘯歌

空室

蠹壁蛛絲掩綠琴碧苔紅葉拾遺簪露寒花帶啼痕長月小簾圍夢影深條脫寸寬辭病臂秋千伴遠繫春心幽梅一樹還關戶似約幽人到綠岑

山夕

碧簾不卷映風蘿十日清愁獨抱疴寒浦帶星垂似露夜風吹月動如波入樓葉趁人蹤斷隔戶梅疑夢影過莫更砧聲近空院女頽宿草徧墳科

蔣墅舟次和季逖下第有作

一夕霜花濕鬢青湍聲出渚棹初停病中龍具和衣泣愁裏魚簫帶夢聽隔浦葉多飛似鳥入林鐙小遠于星從君湖海幽尋志何日浮家去杳冥

七夕悼姊

莫果穿鍼聽曲街瘦林斜月闇虛齋愁年不共生年短死日方知別日佳風燭作花搖怨影露螢隨淚墮孤懷故牀鍼奩飄零在望有吟魂到玉階

憶別和薇隱

閣中羈客淚盈醪湖上征人草染袍小樹雨寒蜂去靜亂花風壓燕銜高幾年歎逝閒清笛百日傷離閣彩毫波影連天柳迷路幽行惟有夢魂勞

晚立

旋整羅衣候月斜蕭然人影出晴紗烟中紫燕相思語霜裏紅蕖獨自花住久小樓因對嶺斷來清夢又無家曲闌幽話何時展一笛西風萬樹遮

二月十七日柬薇隱

五日春陰不啟關封書始此整幽鬟離愁作霧疑沉

水曉病如烟晝著山淚裏鏡開花四照夢餘簾動燕孤還錦囊自續新吟滿何日憑欄與共刪

得薇隱從金陵寄一書

尺幅吟牋照淚眸半窗斜日夢孤舟愁如天遠還窺帳病與雲親不下樓濕翠雨收侵硯匣落紅風颭上簾鉤青山到處應相憶除是征人醉裏游

三月三日

綠楊樓角帶棲鴉欹枕鑪聲正憶家吹夢夜風先到樹弄愁寒雨不妨花蟲依香影垂簾網蛾怯晨光墮帳紗我已離愁嬾春禊徑泥何處又鳴車

夢起

夢醒思家望翠微幽苔染影上羅衣寒天細竹入孤倚斜日空檐燕對飛碧嶺疊來鄉路斷玉梅枯盡舊魂非夜堂疎磬疑禪寂冷水閒雲照合扉

寄父

疎鐙殘雨計宵程貧日偏傷遠別情薄宦十年徒三黜衰顏千里更孤征飢猶勵學憐諸弟弱未酬恩猒此生一夜趨庭夢言笑曉窗垂淚聽春鶯

空樓哭亡姊

緣槐影裏露幽扉寂寞樓頭落照微此地獨來空繞樹幾時別去更牽衣風停虛幌神靈在雨壞幽苔淚跡稀誰語愁心向梁燕故巢莫作一雙飛

春夕

已罷讐書怨夕遥更聞疎竹度隣簫靈瓏鳥語驚簾押寂寞香絲繞畫綃一院露光團作雨四山花影下如潮傷離不為何郎句病久東陽自損腰

秋夜不寐

獨掩幽窗卧不成香心冷死粟肌生五更霜月欺鐙影一樹風鴉續雁聲短草積烟歸夢怯長林挂葉曉魂輕鞠闌半曲還扶病水玉簾間看啟明

哭姊

斷甲遺琴委故牀思君獨且不成裝花邊風起肩誰擁月裏烟銷影更涼殘墨尚明箋上淚餘膏空落枕前香翠屏一角棲歌哭秪恐猿聞也斷腸

卧病

漠漠凝塵掩鏡臺藥烟如霧夢初回扃魚影裏窺花盡驚鵲林中覺月來故里信疎拋舊翰夜窗語冷見殘盃長卿亦有懷鄉恨百日青琴欲上苔

向夜

樹影入清漢蟬聲動小樓凭闌弄清笛微月在釵頭

偶成

竹葉鳴紗牖蟲聲雜錦梭簾長鐙燄小山亂月明多

歸寧後尋亡姊故居

痛定猶開鏡啼多不整粧紅苔黯空壁飛電夜明房

夢中作

欲暝疑將曙涼春似早秋青山獨歸處花暗一層樓

夢中作

草長蘭弄影鶯語蛺飄魂一畝淒淒水斜陽卻在門

幽夢

幽夢隨雲細細生闌干經雨入流螢夜堂獨自花迷影碧漢風吹雁出城

寄季逑

嫩寒幃幙雨廉纖衾上春衫逼曙添試束晨妝拓幽閣小紅齊見破楪尖

回文

壁上蟲殘舊鑪香近帳紗石幽和瑟冷衣薄引衾加隔院過蜂蜨分牕對竹花庐長櫝帙亂簾側挂枝斜容思愁來晚林空滿立鴉

和薇隱韻

嘹唳歸鴻驚社後旅館鄉心逗夢入曉雲飛綠遍天涯不認門前柳　露桃影裏人非舊春也應難久風日又清明獨對殘紅寂寞簾垂畫右調醉花陰

伯舅淵如先生配王夫人才慧早世曾刊薇閣偶存一卷得詩詞雜著三十八首畢秋帆尚書刊吳會英才集復於伯舅雨粟樓詩後附錄夫人詩名長離閣集較舊本增損不同蓋選時各有去取耳今年春慶爲伯舅蒐輯遺集自夏徂秋編成付梓將有中州之行外舅南麓先生更屬編次長離閣集乃以薇閣偶存及吳會英才集所選者互相校訂合爲一編凡詩詞雜著七十八首附刊冶城遺集之後袁簡齋太史爲夫人作墓志稱其詩哀感頑豔丁當清逸王菽山先生爲作小傳並摘佳句有寄父云饑猶厲學憐諸弟弱未酬恩厭此生詠木蘭云男兒封侯妾何有要

取黃金自懸肘步月云隻烏時依樹孤螢不上衣秋夜云五更霜月欺鐙影一樹風鴉續雁聲春陰云離愁作霧疑沈水曉病如煙盡著山悼姊云把書尋淚色掩幔想衣聲春夕云一院露光團作雨四山花影下如潮七夕悼姊云愁年不共生年短死日方知別日佳舟次云隔浦葉多飛似鳥入林鐙小遠於星有感一律云不見畫釵處驚看過月痕簾斜生鳥影屏小貼花魂鳳瑟埋塵冷鮫綃濕淚温石牀苔掩鬢黃蜨欲棲門皆已載入集中又有感云名香一縷當簾出故札千函向月開入夢已迷前度草返魂惟有去年梅惜首尾不全集中未載姑附錄於簡末焉伯舅

號季遂一號薇隱茲編題內或稱季遂或稱薇隱皆依原本夫人喜讀漢晉書尤工小楷嘗見夫人爲伯舅手錄詩草一冊絕似永興家法因題句冊後云手寫新詩墨細研永興楷法尙依然名山各有千秋業偕老何須說百年以誌景仰之誠且紀實也嘉慶戊寅秋七月從子壻龔慶謹識

亡女王采薇小傳

亡女采薇字玉瑛余第四女也其生母方娠時夢月旁星光熠熠或告曰此四女星也欲手摘之倏不見矣及生姿質清弱週晬病幾危八歲許同邑孫文學星衍女既長貌端麗性柔婉耽文史手不釋卷尤工小楷好吟咏余以詩非女子所宜遂秘之雅愛潔靜每明窗淨几讀書臨帖煮茗供花翛然物外時繙道家書志神仙余切戒之則止而夙根靈慧時有出塵之思性至孝得嫡母白孺人歡心迄於既嫁猶依戀不舍待人接物和順恭敬余鍾愛之每有拂抑嗔怒對之輒解人以爲吾家嬌女雖大家左芬不是過也年十九贅壻星衍於家次年壻補博士弟子員壻聰穎工詩倜儻不羈邑中時有毘陵才子之目然頗恃才不屑屑爲經生吾伊態或縱酒放歌女數箴勸之甲午秋闈報罷女頗抑鬱從壻之句容官舍舅姑俱稱美之而女以乍離膝下又値余三女適吳者暴亡女悲慟欲絕自顧孱弱亦恐壽命不長居常悒悒乙未九月生女阿靈得嗽疾體漸尫怯丙申七月歸寧病益劇竟于十月二十三日卒距生癸酉九月十九日得年二十有四先是八九月間余謁選都門知女病篤憂之然以其貞靜閑汶冀可不致夭折自冬徂春不得家書心瞀亂若有所失今年二月初得惡耗

訃歿時逾百日矣壻已于十一月中葬女于橫塘鄉新阡余不獲撫棺一慟情何能已聞殮時顏貌如生手足溫軟似解脫者今年春有能爲扶鸞術者乩詞稱女仕忉利東宮掌上界書並有寄外八絕其事甚異或有鬼物憑之耶抑宿根之說不盡荒唐耶余自庚寅歲適許之次女亡甲午三女繼之今四女又繼之七年之內連喪三女哀何如也前明吳江葉太常天寥兩女昭齊瓊章皆以才名太常作窈聞記傳其事閱者哀之余三女似昭四女似瓊近聞乩仙事又適相類女所配既得才士而天不永其年奚忍令其湮沒無聞與流螢落葉同歸澌盡也歿後檢故笥得詩詞雜著若干首付梓以冀夫人先生矜其蹇薄錫以輓誄使幽泉弱息得言而傳則爲人之哀亦以少釋云爾武進王光燮萩山氏和淚書於京邸

誥贈夫人亡妻王氏事狀

夫人姓王氏名采薇父光燮乾隆元年進士宜黃縣知縣贈奉政大夫兵部主事生母黃氏弟五人姊三人妹一人一弟一妹同母生夫人少以姿質端麗尤爲父鍾愛外舅之擇壻必推年命當發科與否或以予生年月日告外舅推而善之亟介戚好言姻事時予生數齡家君遠出大母許通聘以乾隆三十六年冬十二月年十九成婚于甥館越四年隨余歸句容學舍四十一年以疾歸寧卒于十月二十三日距生乾隆十八年得年二十四凡生二女後皆殤始外舅之在令廨以文學飾吏治不延幕僚事皆辦多燕閒其教女一如教子嘗自言吾女慧或過于男故夫人姊妹俱識字能書既婚數日夫人屬余填詞並約圍碁余皆未學頗心媿之後遂爲小詞酬夫人而卒不能對弈夫人終日持一編書在室教其幼妹時時臨帖好虞永興楷法或爲余錄詩至今有存篋中者嘗言唐五代詞率可倚聲被之簫管春餘夜靜輒取李後主簾外雨潺潺詞按邃吹之令余審聽至流水落花人去也天上人間者欷歔其後寫夫人遺影爲落花流水圖以此既歸句容時余大母在堂兩親愛子息無苛禮定省之暇不事鍼黹夫人好絜除几席余每陳書滿案而出比入室則夫人爲整齊之偶得

許氏說文與余約日識數十字久之予遂通小學山齋有桐桂古柏冬寒月皎對影蕭瑟或出戶閒吟或焚香開卷論說史事俱有神識不信佛書邪鬼之語不視稗官小說既得疾終夕嗽不止又痛其姊先卒自疑以産致疾將不起爲詩詞多淒楚音有詞云歸夢到江南綠遍天涯不認門前柳又爲詩云五更霜月欺鐙影一樹風雅續雁聲余驚以爲不祥乃起對落英歎曰人常惜花早謝紅顏出世不勝衰積耶病甚急歸母氏因送之至里門遂不起臨歿遺言勿厝棺佛寺故余亟擇地鄉郡之橫塘鄉權葬焉越十二年余以翰林改官尚書比部郎例贈宜人及嘉慶元年余出官山東兗沂曹濟道例贈恭人皆請貤贈先世今年以予官督糧道加三級贈夫人夫人卒時余曾爲事狀年久失其稿有袁太史爲夫人墓志已屬梁侍講同書寫刊于石頃因整理家乘復記憶遺事撰次大概以示後人云孫星衍狀

孫薇隱妻王孺人墓志銘

錢塘袁枚

孫薇隱秀才詩才俶詭能爲昌谷玉川家數予愛偉之今春二月以其亡妻王孺人事狀及詩索予銘幽予讀其樂府諸篇哀感頑豔丁當淸逸故知完山之鳥無異吭也鳴雲和之笙有雙琯之奏宛其死矣士也婆娑彤管既淹元石斯耀謹按孺人姓王名采薇宣黃令光變公女也有天紹之麗姿愠愉之修美天女九相靈芸三絕年十九歸秀才秀才故食貧者賦成湯嫁妹之誡捐夏禹脩容之粉調言笑巢咏之器感昏時以帛拜代香纓孺人不樂于心能鉏其色守洽蘋蘩饋食之籩威姑以下愉愉如也每至玉女沙涼金蟲鐙小釵橫三鎖髻妥半蟬孺人焚衙涇之香展排比之卷或抽觴以啟顏或論古而交謪誦靈飛之篇目王母心驚成鞶鑑之圖章南海紙貴秀才愛玩賢妻有終焉之志匪云嘉耦直是吟朋且其神識尤異儕輩嘗讀王章傳曰牛衣妻自賢柰沮仲卿上書終是恇怯女兒又對落英歎曰人當如渠蚤謝慮有憐者何俟頹侵才舍恒斡耶味其言直以形骸爲桎梏晝夜爲一致采雲留影曇花愛空宜其拂衣行矣便登女媭之邱執手奄然難挽靈妃之步病成解佩熊失嫣妍卒年二十有四秀才開華鎗之故匣見都脣之舊痕哀思夕流憤泉朝涌遂乃詣宛若請神君

執鬼中玩仙牒知孺人故是兜率宮掌書者雖跡涉幽渺莊士不言然浴羲女于甘淵奔純狐于月窟乃自古記之秀才鍾情語怪以妄塞悲當亦君子所不廢也以丙申年十二月葬常州府城東横塘鄉之原

銘曰

鶩女鹿佑楚客問天緣何彼姝以此名焉宜其奄忽離瑜復位當景收蘭臨華罷翠愔愔孫楚蟹行索妃歌離弔夢有涕漣洏榛娥臺高玫瓈魂杳定有青鸞集此華表

古春軒詩鈔

梁德繩

梁恭人傳

揚州阮元譔

恭人姓梁氏名德繩號楚生兵部車駕司主事德清周生許君宗彥配也駕部年十九與予同舉丙午科鄉試予齒長駕部四歲後十有三年予副朱文正公典己未科會試駕部甫成進士是科得人稱最盛駕部以經學冠其曹既分部視事甫三月以親老乞歸不復仕家事悉弗問皆恭人主之以故駕部益得覃研經史疑義兼精於天文算法杜門卻埽優游林泉者凡二十載予於駕部相契深且素重恭人賢所生女娶為予五子婦因知恭人之賢而才又最悉恭人為文莊相國女孫沖泉

少司空之女雖出於簪纓貴族而不驕不侈能以禮法自持許氏族亦盛恭人上事姑嫜下襄夫子九族之人無閒言初恭人侍其舅方伯公舅東任所重姑蔡太夫人在堂性嚴厲恭人頗得其驩心方伯公與胡夫人尤愛憐之既而方伯公告養僦居杭不十年先後俱棄養經營喪葬半出恭人贊襄之力歲戊寅駕部又不祿時側室子孟與叔早出繼恭人命與仲三人分居於德清舊宅曰先人廬墓之所在子若孫安可違耶所生子延敬延穀與側室子延潤均未逮成童恭人延名師以教之所與交必通名於恭人察其有器識文藝者而後命之交吳薇客太史甫入泮恭人即決其不凡招與伴諸子讀又申之以婚姻恭人之識鑒誠加人一等矣諸子秉恭人教咸克自成立而恭人事事親操持如駕部在時不使紛心於家政食指日繁家計漸不給然恭人綜理之井井有條裕如也遇義舉無不贊成親戚有告急者恆捐簪珥以助之延敬屢躓於場屋援例以府同知赴閩迎恭人就養未及一載歿于官恭人撫遺孤善長挈歸杭復如所以教其子者以教孫庶長子兆奎先登辛巳科賢書延潤則由錢唐籍以己亥科舉於鄉延穀及善長並占仁和籍為學官弟子名譽嘖嘖賢士大夫

口恭人顧之有喜色督責仍不少寬恭人處富貴若貧賤安不忘危積勞數十年而心力至是盡瘁矣今歲春延潤計偕北上道出廣陵謁予問恭人起居猶健飯未幾驟聞訃延穀旋寓書于予乞為傳嗚呼天何不再使恭人見其子若孫掇巍科躋清班而延穀輩思報庇賴之恩當如何無忝所生更有以慰恭人于地下也恭人平生無世俗之好唯耽吟詠自幼隨宦身行萬里半天下且得江山之助著有古春軒詩草恭人有女兒適于汪早卒遺女端恭人鞠養之授以詩嘗選明一代人之詩而評定之足闡明史是非亦恭人之教也恭人生

於乾隆辛卯年十月初五日卯時卒於道光丁未年三月初八日子時年七十有七以其年十月二十二日祔葬於留下花家山駕部之塋距駕部下世已三十載矣恭人生子二延敬先卒延彀今候選訓導女三長殤次適海陽孫氏三郎予五子婦庶生子四長兆奎國子監助教先卒次延宗前宛平縣齋家莊巡檢次延澤兩淮臨興場大使先卒次延潤今候選教諭女一適同里胡氏孫十人曾孫七人

舊史氏曰詩云釐爾女士從以孫子康成謂女而有士行者天使生賢知之子孫以隨之予昔聞延敬之官於

閩也初權邵武府同知繼攝邵武縣事會水災議卹民延敬請恭人命而後行同僚皆歎服延敬爰以勤死民奉以爲神恭人歸泣而送者數千人恭人性明敏有決斷能識大體往往論古今事必窮其端委而辭不窮使聽之者每忘疲若恭人者可謂女之有士行者矣孝子不匱永錫爾類其亦知所勉歟

憶自髫齡隨先君子學詩粗解吟咏比歸先宮詹於汪奉姑之暇恒手一編不置宮詹時爲學官弟子問業於梁學士山舟先生學士與德清許駿仲先生並皆先祖舅乾隆丁卯鄉舉同年學士以在杭故往來尤密宮詹執經之暇偶以闈中倡和之作呈學士學士欣然爲之評閱且延譽焉駕部許周生先生駿仲先生文孫方伯春巖先生喆嗣也駕部配梁恭人爲學士猶女學士嘗以語宮詹稱其能詩時恭人甫歸駕部余數欲往一面讀其詩未果會宮詹奉母挈眷入都條冰冷宦幾二十年恭人有女公子二一適孫上舍承勲一適阮部郎福

皆僑居京邸與余家往來最契今年春恭人枉書以所著古春軒集介部郎來屬爲弁言於是乃得快讀恭人之詩和平温厚得風人之遺自幼隨尊甫冲泉少空於粵於閩於荆楚又隨駕部省方伯公復遊粵晚年就養四公子任復遊閩山川雲物盪滌性靈烟墨所染自成馨逸讀數過益信恭人眞能詩且悔讀恭人之詩之不早也夫閨秀能詩杭郡稱盛然長於風雅者福分或多不逮往時推族叔祖勤僖公配方夫人起居八座身享大年在璞堂一集士大夫猶爭誦之今恭人以相門淑媛爲方伯公愛媳兩家皆簪纓世胄駕部又以名進士

為博學海內名公鉅卿談經術者無不願登篤部之門兼拜恭人於堂下諸公子秉承家學讀書取科第仕宦不絕福分之大與方夫人比然則讀恭人詩者毋徒以為詩人之詩也能如恭人始可與言詩矣余粗知聲韻殊愧作家自宮詹逝世後益復老病頹唐筆墨盡廢故鄉無一椽之屋欲歸不能思欲與恭人杯酒言歡渺不可得猶幸以先世年家之誼不棄謭陋遠道致書殷勤下問使數十年企慕之忱稍可一慰古人云文章有神交有道如恭人者才華兼衆人所有福分為當世所無余何敢望為文字之交哉謹當北面事之矣

道光丙午仲夏會稽女史潘素心拜手序

古春軒詩鈔卷上

錢唐梁德繩　楚生

吹笛

珠斗闌干月滿樓倚欄橫笛弄新秋數聲響徹西風外鴻雁白雲為我畱

遊海幢寺次韻

春波瀲灩漾輕橈共訪禪門到竹寮人語不聞香界靜花光時引鳥聲囂參差古殿依山樹早晚疏鐘應海潮歸去日斜餘興永吟情相與挽長條

春雨

濃雨兼旬釀薄寒小園花事暗闌珊細帷晝下鑪香燼閒煞東風十二欄

春晚即目

十日濃陰未放晴朝來喜見曙光清黃鸝似惜春將晚坐柳嬌啼四五聲

春柳

裊娜東風裏啼鶯喚曉時綠窗人正醒相對拂蛾眉

夜坐

夜靜時聞更鼓撾吟思未屬手頻叉扶闌花氣撩清夢月度紗櫥影漸斜

題畫

數株老樹影縱橫繞屋溪流似有聲妙手通神驅造化
萬峰悄向筆端生

燈下寫玉篇

百和餘香裊篆烟燈籠蠟紙照殘篇一章急就窗前課
往事沈思十載前

七夕

香羃妝階端靄生閨中把酒祝分明椒花頌筆空凡想
柳絮詩才有重名繡譜不傳三絕妙天衣聞說六銖輕
慧因欲乞知何限蛛網朝看卍字成

洗車雨過暮雲收瓜果初陳院宇幽鵲駕高連營室度
銀灣清映曝衣樓人閒漫訴同心願天上終牽隔歲愁
欲趁靈槎問消息又看新月下簾鈎

秋晚雨晴

雨過收殘暑新涼透碧紗晚虹明遠浦高樹噪歸鴉草
色猶含潤花枝尚帶斜獨嫌池水淺閣閣亂鳴蛙

君子亭玩月

碧天雲靜淡星河玉鏡高懸朗若磨把酒不辭終夜望
此情端合惹詩魔

地藏王生日 七月晦日

誰記當年尊者生空聞救母感精誠諸千一任空輪轉
三六難消法願宏會續盂蘭纔半月庭繁燈火起初更
四禪未信能除業欲執桐花證智明
眞人久已證無生供養空煩七寶盛風俗流傳成故事
兒童妝點鬧深更爇香乍綴星爲樹照夜眞疑火作城
蒻綵漫誇新樣巧蓮臺本相足光明

春詞 元旦日作敬呈 太姑

梅雪辭殘臘椒花薦早春板輿行處好花鳥一時新
旭景輝庭樹窗紗拓曉風嶺南春色早催放鴨桃紅
樹喜恆春茂蘭階麗景繁起居關樂意戲綵逮曾孫

八鷁仙音協春觴捧玉醪似聞青鳥報海上熟蟠桃

偶成

裊盡爐烟睡未成玉釵畫偏數征程那堪一夜窗前雨
故作春江風水聲

賦得月照冰池

池上冰初結天中月正華重輪光互映雙鏡照無差皎
潔輝逾永嵯峨影欲斜祇憐一片白眩目欲生花

冬菊

嶺外冬猶暖階前菊尚黃素英甘耐冷晚節更留芳澹
逼霜華瘦清延秋影涼東籬容寄傲凍蝶戀幽香

中秋是夕秋分

天上圓明鏡入開半素秋一年惟此夕竟夜足清遊涼
浸疏簾靜光涵虛宇浮冷風吹昨夢容易下瓊樓

烏夜啼

城頭鼓角朔風涼城上烏啼欲斷腸思婦一宵眠不得
滿天月色冷如霜
燈暗紅樓著意啼喚他好夢返遼西如何潭府深深樹
不揀高枝穩自棲

苦雨小飲

十日濃陰不出門小園花事半無存春風吹落輕紅片

留得餘香撲酒罇

寄外

商風落木秋蕭瑟庭橘團霜綻金實時序推遷感念深
衆芳消歇聞啼鴂屏山徙倚夕陽斜目送浮雲氣紆鬱
君子于役路悠悠女子善懷心惙惙五年三度傷離別
一度柔情一斷絕纔當夏盡喜君來那料秋初君又出
君期歲暮當復還無奈征期太倉卒梅關西去接章江
岧嵽吳山青入越如梭小艇泛漪淪如葉輕裝度崒嵂
滕王閣外落霞飛錢塘江上重潮汨壯遊足以散幽滯
遠攬山川富奇崛蜿蜒毫管禿千枝豪情恣向詩篇泄
迢迢江漢限無梁思欲從君邈有術蘭閨終日但凝愁
憂從中來不可掇悄然淚下沾衣裳出戸徘徊仍入室
庭空寂寂晝陰深窗虛肅肅清飆拂荷衣已褪菊屏殘
海棠半萎蕉心折苔階敗葉掃還生似我迴腸寬更結
香殘烟微夜長極簾櫳涼影篩秋月銅鋪露氣冷於冰
玉砌天光明似雪盤桓不寐到更殘漸漸星河淡將沒
無邊景色為誰佳得句仍忘嬾拈筆人生不有遠離悲
焉知聚處足歡悅行人今夕宿何方天寒苟得無饑渴
想見亭亭太瘦生苦吟百計搜心血聽風聽水閉篛篷
篷外灘高浪突兀戍鼓漁榔厲響清風鴉蘆雁悲聲咽

回望雲山千萬重客懷那不增騷屑縱教內典豁塵根
安心未必能如佛料應革帶日移孔卯酒壯頰清見骨
寄書不敢道相思苦勸加餐并慎疾殘燈勿戀看書久
半臂勤添禦寒烈萬事加心身在遠僮僕無能徒蹇吶
高堂頻自說行人雁信不來垂憶切強寬時日數征程
惆悵私心轉恍惚小兒豈止不解意跳盪終朝儘頑黠
侍姬正復可憐人似慧如癡復似譎偏將瑣語溷遙思
亂折秋花供簪櫛衆中譁笑總無聊幽衷脉脉何由撮
明知少別非為苦也識歸期近可必宛轉牽愁不自知
春蠶繭縛蘭膏爇仰看衆鳥定雙翔俯盼庭枝不單茁

嗟我與君同一身一身形影如何別尋常相隔尚相憶
何况三秋千里闊長路無情漫浩浩芳時不覺去忽忽
安能奮翅起高飛到處相隨勿相失

戲作

堂上呼聲堂下趨委佗象服輝翟褕府君高築鴛鴦襦
可記羅敷自有夫

塘上行

昔日簷下雀今朝梁上燕蘭塘野鴨占雙棲白頭翻使
鴛鴦羨粉團脂裹總模糊定愛濃春入畫圖日高慵醒
人扶起莫是餅師入夢無

詠優曇花

素蕊玲瓏翠葉遮膽缾深貯溆清華移根應傍菴羅樹
示象還參薝蔔花優鉢咒生珠彩滿曇雲幻出寶光斜
座臨露月澄空照香氣氤氳散晚衙
依辰紀瓣九絲斜報閏還符桐葉加自有眞如曳寶萼
何須幻夢刻桐花開時手散煩天女拈處神怡想釋迦
曾記曇摩池上見銀錢五百雇猶賒

北地佳人行

北地佳人少小時養成性格含嬌癡閨中行樂隨年換
世上閒愁百不知日高睡起心情倦草草綰雲盤翠鈿
玉裹珠圍替月姿粉妝香砌呈花面三春淑景麗桃花
百兩盈門御鳳車舅姑貴顯通侯宅親串經過衛霍家
廚帳雲深棲並翼相愛相憐復相得十三箏柱綴秦絲
八九鴛鴦圖繡幕夫壻豪奢貴有餘入圍歌舞出瓊輿
吐金祇解憐含利識字從來惱蠹魚高會晨朝連日積
瑪瑙杯深浮運酪刻漏徐看玉帶圍貂蟬低映寒鴉色
華堂歡笑趁芳辰頤指微聞促酒頻侍女不曾拈繡譜
兒家那復羨針神洞房宛轉連雲第雕闌花鳥供流睇
無香最愛鳳凰嬌多語生憎鸚鵡慧紅肥綠膩裏香綿
舉動人扶忒自憐綺閣莊嚴長似佛璚窗窈窕恍如仙

少愁多病長倚枕五葉人葠當茗飲青鳥丁寧浪自傳
銀缸深秘誰能審無限繁華難具陳酣眠薄醉過青春
寒門不少傾城色翠袖空悲薄命人

憶西湖

憶得春遊畫舫輕鴨頭新水縠紋生裙腰芳草沿堤出
人面桃花夾岸迎一別五年增悵望三春千里漫含情
歸心夜逐南飛鵲歷歷吳山眼底明

飛來寺

曾侍廉車過此山十年還又到禪關蒼藤石磴依然在
憶淚彈成苦竹斑先侍郎按察粵東余曾侍遊寺門

高敞經堂傍水湄蕭梁舊迹幾更新山前一片槃陀石曾坐西來面壁人

危亭百尺架山根瀑布當窗劃翠痕洞口白雲迷遠近一環何處訪歸猿

淨碧屏風面面虛松杉飽閱歲寒餘澄江一曲清無底倒影晴嵐畫不如

郁景星夫子

裊裊疏林幾抹烟青陽灣轉小村前薄雲漏日明孤塔新水涵秋淡遠天靜坐可無清課遣舉頭便結看山緣憑君妙悟能拈出畫意詩情在者邊

十八灘

積雨雙江漲連江一望平輕舟容易渡莫忘戒心生惶恐灘

流波泌瀄中云是神靈宅或恐世人知團團圍怪石漂神灘

蒼翠漾波光曲折雙崖抱聽喚賣柴聲山店開門早綿灘

青魚纔報子紅蓼未開花飛起雙鸂鶒漁翁杖正拏大蓼灘

不知風浪險坐覺水雲寬絕似孤亭路無人把釣竿小蓼灘

已過大王廟來往武索灘憑誰剗石骨一瀉怒濤寒武索灘

空巖殷雷霆中夜自駭掉幽絕不可留抽帆趁清曉曉灘

未有千川并終年水自渾青山環四面面面小崑崙崑崙灘

朝曦上曈曨飛光逐澎湃晃耀滿空江疑開金色界金灘

驚風捲長瀾時時作人立月黑雲漫漫灘前百靈集會神灘

石梁挂魚罾落日蒼波沸當年浮家人曾來此鬧未陽灘

谷邃溪常暗灘平語不囂螺痕巒嶂杳卵色楚天高陰灘

芒埜振錞于清響崖谷徹誰能運新思取補軍制缺銅盆灘

地僻饒清曠溪流淡復幽不須尋八景且作小湖遊小湖灘

何年奔不周落日風雨急散漫壓濤頭長使蛟龍泣天柱灘

無絃聲奚托莫識在山心何如枕白石聽此無絃琴弦灘

化石留遺質蒼茫閱歲年相公多壞事莫賦祝融篇龍灘

過此灘行盡叢祠噪暮鴉溪毛端可薦出險答神嘉儲灘

滕王閣弔王子安

帝子留高閣詞人賦遠遊登臨逢偉餞賓主盡名流曠望南州勝遥生北闕愁漫憎雞鬭檄神助馬當舟焚稿才何有揮毫與轉遒羣公咸四韻一序竟千秋客散三更月江空百尺樓他年韓吏部猶肯爲低頭

松

叠嶂層層轉高松面面圓陰含千尺雨翠助四垂天

山村

學鳴翠鳥貼枝飛無主紅花亂碧圍溪女貪看巖瀑落不知細雨濕羅衣

題王孺人稿

烟綃綱新月展帙懷清吟海山笙鶴散遺響錦城春暖瀟湘深花影滿帷人獨宿繡衾半蹙波紋綠夢雲夜夜繞梅花化作幽香盈素幅

明月曲

羅雲散盡銀河碧明月才從海嶠出何處紅窗對月開有人薄袂當風立當風顧影正徘徊愁見光圓廿四回每怯涼輝侵鬢冷偏看玉鑑照人來照人一樣悲歡別華筵粉黛矜姝色顧曲周郎最少年趙女擫箏秦女瑟此時月影倍分明歛灧金盃百分盈照見玉顏無限媚笑他下蔡枉傾城玉顏如月盈虧異那得長時遂人意但使天邊處處隨不辭花底宵宵醉醉後情懷細細傾牽牛河鼓證深盟誰憐西北高樓女只有蟾光鑒此情

久雨即景

半月溟濛雨未晴閒階如繡綠苔生亞枝花蕊寒猶禁出谷鶯簧轉尚輕壓樹黑雲飛不起棲簷凍雀暗無聲屏山徙倚春遊寂撥盡爐烟夢亦清

梅花

坐對明妝思不邪清寒瑩骨更誰家昌黎好句令人惜不賦梅花賦李花

七夕 代小女

星河淡淡影沈沈鵲駕遥瞻夜已深欲乞些些小才思背人無語卜穿針

聞夫子捷南宮卻寄

名紙傳來一騎飛知君柳色上春衣十年璞在思徒切九轉丹成願未違長路才看舒駿足寸心終合戀蘭暉團圞最是中秋月更數金錢卜早歸

病起

曉鏡慵臨新病起窗外廉纖雨初止推簾春草滿階生枝上黃鶯啼不已啼不已小女懷中嬌學語

感事步 山舟伯父韻

卅年教督所生同異視何曾到阿戎交近匪人機已兆
祝成類我運終窮囊空豈爲懸銅印矢激眞如反角弓
苦憶當年姜被共墓門松栢又秋風
毀巢鳥已栖苔葦匿影魚先避釣絲身恨非男徒搤擊
胸前無物太頑皮阿奴碌碌愁當日此輩匈匈散有時
枉向虛空安楔子祗應一笑任愚癡

哭阿元題其小影上

茫茫何處問前因空裏重尋過去身入月年光吾累汝
無端塵世暫爲人
爛漫羣雛雨不猜十年心事已成灰春風偶下靈祠拜

誰料空花入夢來
皓月宵來正上弦明珠早向掌中圓試啼尚憶聲清朗
繡褓綳來劇可憐
畫盆香水沐瓊芽彌月剛逢換歲華夜靜挑燈圍繡被
逗他轉眼看人斜
正是春風上計時匆匆客子理征衣年來怕說分携苦
賴有咿嚘慰別思
纖纖小握蕨芽拳隨意翻騰案上編墨瀋强將汚卷面
前生大有此中緣
漸看學語勝渭灘喚母呼兄總解顏風雨經春燈影暗
愁思强半爲伊刪
半載何曾啼一聲行攜坐抱不離身看來百樣如人意
不數祗林四種珍
蟢母緣窗鵲噪枝團圝聞說到家期誰知夫壻歸來日
便是嬌雛別去時
可憐身世三百日一病磋磨二十天多少形軀多少力
那堪病藥兩相煎
天中福盡墮精魂玉筯雙垂見宿因豈有嬰兒知死別
怪他臨沒有啼痕
朝朝催促到牀前咫尺相離來去便今日此心無處著

一回起坐一回眠
熱淚澆空不可收秋風吹月照樓頭不知魂小藏何處
地闊天空夜更幽
汝身已歷中陰趣我恨渾如沸火煎安得清涼詩障破
人天吹夢一時圓
欲將慧刃割餘恩可奈愁思日益煩一步分明一回顧
依依如在抱中存
眼中面目心中見畫裏分明不是他畫此也知成廢紙
極無聊賴可如何

題秋景便面

叠嶂横江烟晚平林落葉寒初誰遣輕帆長挂更無秋
雁傳書

楊花

曾向千紅萬紫圍韶華荏苒溯流暉誰家舊曲憐眉嫵
幾日深閨咏雪飛林外好憑輕燕送風前秖有落花依
縱教借得吹噓力恐與飄蓬一樣歸

悠颺無力渡横溪緑滿隋堤冉冉低任惹閒愁縈别帳
誰𢬵圓影惜香泥輕陰羃歷吹如夢落日荒涼淡欲迷
十里汀洲波正緑莫教風引污輪蹄

悵望深宮昔影虛踏歌悽惋最憐渠數聲風遞催蘭櫂

幾曲花街送鈿車黏水多依蘆渚畔開簾亂入硯池初
梁園似畫誰能賦棉白生憎比不如

薄縮春愁未肯消芳魂無定倩誰招珊珊愛向虛簷墮
點點多依暮館飄檻外鶯稀芳信杳酒邊人去暮雲遥
輸他夾岸桃花落猶有殘紅傍舊條

天竺禮佛口號

藍輿侵曉出城闉稽首蓮臺禮化人到眼青山逢夙好
緣溪修竹羨閒身每聞禪悦心先慕無奈塵勞話亦辛
那得一時婚嫁了清齋隨分樂天真

小遊仙

五色霞光照海東金妃親謁大羅宮人間合有飛昇客
姓字先書玉案中

太元高會繹靈文不是真仙那得聞邀取蘭香同聽講
莫將閒夢逐凝雲

碧樹流鶯報早春珠窗晨啟淨無塵閒窺纖手拈瓊管
知是當年寫韻人

蟠桃初熟宴層城厯聽鈞天舊樂聲阿母自翻清角曲
花前親教董雙成

瓜

摘取東陵緑玉鮮花甆浮影漾清泉盤中鏤出霜痕碎

掌上擎來月魄圓但覺涼颸生滿几不須戰壘啟當筵
閒情輸與垂髫婢剜作明燈樹底懸

賦得何處堪消暑

何處堪消暑空江一葉舟烟波渺無際人影在中流月
滿千峯碧潮生半夜秋此時吹玉笛涼夢落蘋洲

題烹茶佐讀圖

小閣垂簾盡日思生綃三尺寫風姿可知奉倩魂銷處
正在燈殘酒渴時

紫牡丹

烟光不動曉霞高薇省傳呼試綵毫國色轉疑千載化

王封合受五花褒闌前香染昭容袖簾外春添宇相袍
猶有唐宮餘韻在東來仙氣滿蘭皐

蕉下與夫子聯句

高箑過牆綠 周生 蕉陰生晚涼 楚生 展如新竹簟 周生
相映薄羅裳 楚生 葉孰如渠大 周生 心真似我忘 楚生
最憐逢急雨 周生 清響滿長廊 楚生

落葉

秋風蕭瑟度寒林搖落關河警客心立馬祗愁斜照闇
聽鶯猶記曉烟深亂吹野外蓬蓬去獨舞池陰得得沈
望斷金湫霜月白可堪急響問疏碪

禿立千株尚怒號霜痕斑駁壓蘭皐物情刻露秋來淨
生意零星樹底牢驚坐忽隨人共到舞空如與雁爭高
寒螢倚著還啼月秋士情懷欲廣騷

山紅潤碧已都非賸有空林挂落暉煮茗香清三徑掃
曳笻聲碎一僧歸詩人老去存高格仙子閒來補故衣
誰道摧殘無可惜攀條有客尚依依

悠然夢破碧雲涼入夜聽來思渺茫似曳生衣迴步屧
驀翻孤影閃空廊銅溝舊恨隨流水金井新愁寄曉霜
莫把君恩比疏密枯枝容易又春光

落葉和汪小韞甥女韻

繁華零落總隨時猶憶清陰滿廣墀貧送孤雲歸別岫
暫留微雨鬧橫枝驚心霜早紅辭樹轉眼春生翠作帷
添得一般惆悵處石闌閒坐罷題詩

小韞甥女于歸吳門以其愛詩爲吟五百八十字
送之即書明湖飲餞圖後

珍禽翔雲霄山林一迴顧池魴送江河願渠得所去嚴
妝既已竟旭旦戒蘭馭施衿申丁寧未語淚先墮詩人
悲葛藟甥獨丁此苦有姊嫁遠方歸安限禮數有兄守
衡門尺水困濡呴豈無強近親相視等陌路外家誼獨
眞寒暑無異遇伯父學士公念小韞孤獨每屬余護視惟我與汝母同懷

意深固汝母失養年遺汝在嬰孺雖非握手託默默相
委付汝隨嚴親遊飄搖亦云屢桓山悲別離哀音向誰
訴我聞迎汝來相依一年住團圞小姊妹提挈共朝暮
庭有滿欄花襟汝染香霧室有盈架書腹汝飽竹素秀
眉日連娟丰容逾修嫭湖水泮輕澌東風綠芳樹壻家
宦姑蘇諏吉告迎娶慰我十年心肇汝百年務臨當加
景行且復須臾駐念甥少小日穎出抱神悟七歲裁小
詩往往有佳句所惜女子身講授乏師傅但從意匠營
頗合風雅趣擬古攬荃佳體物妙風絮夫子論詩苛癥
垢好磨鑢紛綸辨眞僞許汝得參預郎君詩禮門兄聞

美無度淵源有舅婞别集久傳布相攸善所歸豈在盛
籢具芳辰愛景光帷房樂恬豫唱酬陶性情琴瑟宛在
御梁孟暨鮑桓庶幾古賢慕尚須勤婦職才名非所據
結帨示成人著代行降阼寒濕奉席衽甘滑調七箸紉
綴夜燈遲盥櫛晨雞曙使令宜敬承意指勿輕忤所貴
睦上下但莫惑娌嫗柔順汝性成迂懦我所慮行已苟
不詟發言亦可怖佩汝白玉珩願汝節行步衣汝紅羅
襦願汝思織作勸汝安胡飯願汝加餐饇飲汝合歡觴
願汝保和煦外祖舅父母各各汝告語一一識諸心久
久勿遺誤述昏倘有詩申情倘有賦江鱗既東來雲鴻

亦南翥毋以女蘿蔦而忘宛童寓雖無毛裏恩亦復關
肺腑墨車已授綏畫舫待津渡佇立望去輪輾轉不知
處感念何時平釋此心神注

早起促四兒入塾

昧旦促兒起盥洗趨書堂憐渠未毀齒竊喜聲琅琅自
顧身多病何時見汝長朝陽丹鳳翽上國有高岡

夜坐

淚忽涔涔下無言祗自哀濃霜遮滿月微雪掩疏梅舊
恨腸千轉新愁意百回心如博山火漸漸欲成灰
病骨支離久傷心已慣經愁隨寒漏咽身共晚花零食
少難勝事情深欲蜕形可憐方寸內耿耿似橫扃

蝮蛇行

南有二木枝相樛蝮蛇忽來枝上頭拔劍欲斬行復止
血濺恐污虛亭幽草驚蛇竄逵無跡腥風颯颯迴林邱
交柯匝葉黯無色冬日慘淡神魂愁嗚呼此虵之毒至
於此我願避虵如避仇何當一旦豁陰翳風平樹靜無
所憂

雜感

素娥憶耐雪霜時春到人間也未遲渴鳳分明不相待
牆東竹實蔓盈枝

歡處愁生可奈何蓮心自苦藕傷荷一輪好月團圞夜
却怪微雲點綴多
更憶頻年別恨牽關山迢遞接幽燕愁風愁水兼愁病
幾度銷魂望遠天
盼得心閑身已衰終朝百事費禁持孳雛何日豐毛羽
鏡裏還留未展眉

除夕

雙輝畫燭散氤氳飲罷屠蘇百緒紛乘雪扁舟誰訪友
衝寒去雁怕離羣强支病骨難爲婦不辨蒸梨足感君
守歲無聊閑覓句也隨兒女坐宵分

愁顏强駐耐三冬柏酒難澆磊塊胸霜重角聲隨漏咽
月斜梅影到窗濃虛弓亦下雲中鳥好畫應慚葉縣龍
病裏年華如過隙此心終望歲寒松

題九姪女照

月冷房空燭影昏相依忍負廿年恩如何轉眼抛人去
腸斷金萱夢裏魂
謝公最小偏憐女（用前人句）坦腹東牀事已乖縱使鸞鶉歸
有地上頭何處見花釵
拈花弄蕊小庭前每憶歸安見爾憐麗質已隨雲纏化
畫圖一展一潸然

陳芝楣姪壻新構旁舍周覽賦此

紅樓對面闢疏櫺曲徑迴廊轉畫屏地接不嫌西益宅
月來況是可中庭階前上番新移竹座右分書作勒銘
荆樹君家看最好百年絃誦守遺經
明窗棐几趁三餘冬日晴暄愛我廬園小未妨開府住
簾低却稱孟光居好音靜鼓房中瑟樽酒閒停門外車
雲路一鞭應不後佇看天府貢璠璵

寫照

病來時憶寫衰容點綴無煩綺閣重閑倚湖山半岸石
疏梅幾樹古苔封

立春日作

病起新簪綵勝斜閒扶小玉拓窗紗柳條漸有回青意
凍雀飛來啄嫩芽
殘臘匆匆已判年迎春簫鼓過街前媿無好句酬新歲
掃雪尋梅破曉煙

元夜書懷和孫碧梧女史韻

臥聽人語六街稠風緊羅幃早下鈎病久漸能諳藥味
興闌無復憶春遊歲華可奈堂堂去心事從教得得休
明月暗塵空自好何人何地不閑愁

惆悵

曉嫌風緊吹花速晚恨雲多見月遲較遜昨來尤悵恨
吟哦竟日不成詩

題德卿王夫人集

向聞麗句驚人早近惜東鄰識面遲已散綵雲無處覓
尚留遺草許吾窺嬌鶯啼澁花間雨凍蕊香清竹外枝
林下風期孫李在韶年春駐不多時

白秋海棠

翠葉疏枝畫檻幽評量素艷恰宜秋蛩吟月下和香訴
蝶繞籬根褪粉愁玉骨易銷三徑晚冰腸未斷九迴柔
芳情祇自耽清潔肯與春紅作侶儔

正月二十日同人祀白文公兼懷阮芸臺師分韻得結字 代大兒延衡

隄邊稚柳春風拂新祠長薦溪毛潔我亦同來末座陪龍門風雅思前哲雙旌憶昔緩行春芳草裙腰抽翠纈沈平謝好唱霓裳清弦脆管調鶯舌好句吟成萬口傳清芬留向千秋述年年今日慶懸弧來自海山自兆率髣髴湖山翠靄間雲軿定是携陳結尋常宦跡誰能記祇有高名不消滅眉山蘇後有儀徵出處依稀如一轍眉山但與公同官儀徵復與生同物座中名士半諸生淮海迢迢望使節願憑驛騎寄梅花衙齋想見清如雪

題接山四兄添香夜讀圖

華月照庭前觀書靜夜便篆烟縈短榻花氣撲陳編遠屋梅千本當窗石一拳寶章王氏集虹氣米家船世澤才能繼歸田意豈堅定知陽朔俗爭望使君賢且輟搴帷手仍聯好學緣橫波人似玉梯几客如仙清福還兼艷幽香欲惱禪丹青聊寄與莫忘祖生鞭

贈女伶媚珠

一朶巫雲墮畫堂嬌鶯囀處認新妝仙山鳳帚休輕掃花落人間便斷腸

河東當日會眞時祇許窺窗小玉知今日描摹此身段前生應是舊紅兒

爭誇冰雪淨聰明不枉歌腸擅美名玉暖金迷消一曲試燈風裏月華清

春宵

春來難得此宵晴何必中秋好月明碧水滿池微醮柳紅闌幾曲有啼鶯琴心靜處吟心遠花氣幽時夜氣清因憶扁舟江上客扣舷得句有人賡

闌干

闌干十二傍階匀楊柳殷勤為拂塵小立一雙新燕子日高閒話綺窗春

每遲月上頻來久祇為花開倚最多可惜迴文也如許不曾寄與竇連波

喜雨

曲蓋牀邊轉病眸無聊枯坐似巖幽最憐昨夜西湖雨分得荷聲到小樓

禮佛月輪山寺夜觀塔燈

崚嶒紺塔一層層同上初桄次第登晚聽怒潮鳴遠浦早看旭日閃金繩青環寺角高低樹紅入江心上下燈指點富春山畔路扁舟來往昔時曾

蓮燈

星疏月暗已三更映水蓮開五色新何必仙山狂道士
閨中剪綵剎那成

弔項王

中宵四面楚歌聲百戰山河一旦傾能使美人先殉難
大王畢竟是多情

送接山四兄之粵西任

新歲團圞慰別憂送兄重作嶺西遊江山勝處詩尤健
兒女多時宦亦愁梅雪有香停五馬風帆無恙駐扁舟
六旬初度明湖曲準擬金巵互勸酬

送汪靜淵甥之粵西

渭陽攜汝赴炎州瘴雨蠻烟侍遠遊且向青山舒病眼
湧從紅袖費纏頭養身先要除其害作客還當善自謀
汝已無家休苦戀不須王粲賦登樓

寄送企泉六兄之官甘肅

颯颯西風朔馬鳴驅車萬里赴邊城已無陶令歸田計
聊比毛生捧檄情失意何分南與北入官終望實兼名
隴頭西去迢迢路竟日看雲別思縈

挽孫碧梧女史

早從林下擅風流雕琢詩詞晚更遒空谷天寒憐絕代
瑤臺路遠悵靈脩口銜石闕誰能語背寫星圖鎮自愁

此夜月明雲盡散吟魂好向海山遊

月下納涼

逭暑真無地閒園數數經廊腰斜月住簷角片雲停暗
水飛星白高梧墜露青坐忘宵漏盡絡緯最堪聽

夏夜納涼

團扇難教手暫停閒看白月照中庭上牆花影疏於畫
度水螢光澹似星靜裏忽聞魚潑刺宵中誰唱玉瓏玲
人間何處無三伏苦憶君山一點青

戲題星夔團扇

製成皎潔冰輪樣信手涼生亦快哉何事班姬吟怨調

有人掌上舞初迴

慢搖花影過長廊香汗微融褪晚妝却被阿侯偷捉去
錯將餅樣問公羊

戲題珠夔團扇

團圞明月鏡相於十四盈盈十五餘搖漾晴絲剛一曲
喚他香墜定何如

疏雲樹外逗微青夜氣初涼暑氣醒誇道下街蓮步穩
攜來花底撲流螢

秋日湖上

玉帶橋邊野望時明流秀嶂碧參差香餘水面殘荷葉

夢冷隄陰睡鷺絲徃日銷金留落照於今鑄鐵剩荒祠
數株衰柳西風裏過客攀條有所思

至天竺

為禮金仙去山容出郭清野花時五色水鳥愛孤行一
徑入寒翠迴溪作雨聲無邊蕭爽意暫此豁塵情

題族姪婦項屏山女史畫花卉卷

侵晨放燕出簾櫳移過花欄日脚紅深閣微聞條脫響
正舒玉腕寫春風
穀粉調鉛具慧因畫師摩詰認前身千花從此無顏色
併作閨中筆底春
吾家小阮不凡才早歲曾看麗句裁畫裏有詩詩有畫
應教能事互相推
江亭詩柳戀斜曛此卷還君袂便分他日相思西向笑
好題花葉寄春雲

挽李紉蘭夫人

一寸靈心萬種愁早知玉骨不禁秋幽蘭秖合空山秀
明月真憐暗室投碧海天寒牽舊恨瑤臺地迴任追遊
惟餘林下風期在怕見金荃舊稾留

題宫人按樂圖

深宫晝閉玉漏遲東風弄暖花上吹花底美人作隊出

正是宫中行樂時簇金衫子留仙褶內家裝束腰身窄
星眸寶靨各爭妍玉手朱唇先自惜鳳簫象管鵾雞弦
花奴月奴相後先新聲昨自涼州進散拍遙從月殿傳
就中一人尤艷極秋水雙瞳描不得知是承恩共輦來
聞聲早被君王識結綺塵荒璧月寒華清水冷翠盤殘
畫家不管興亡恨尚作歌鸞舞鳳看

古春軒詩鈔卷下

錢塘梁德繩　楚生

述懷

一住西湖二十年早看靑鬢換華顚閒來輸與眠沙鷺冷處甘同抱葉蟬絕少餘貲供大藥幸無離夢到遥天當年本有溪山約應逐維摩老輞川

題柳枝夢中作

日向江亭管送迎干卿何事太多情放舟直下杉靑閘兩岸曉風殘月明

梅花

今年晴日最宜春底事梅花開未勻香到空靈渾不覺

此心原是此花身

夢中爲人題墨秋葵醒記秋字一聯因足成之

幻影何人塈戎葵幾朶幽石涼前夜雨花濾一痕秋彷彿闌干外依稀夕照收醒來無一物吟思滿牀頭

送春

不識春從何處歸東風一夜綠成幃莫嫌花草無顏色併入揚州金帶圍

夢中作

柳枝一樹碧絲絲半拂闌干半拂池遶郭春生芳草渡小樓人在杏花時

戊寅八月九日三女隨壻赴粤書此付之

秋風秋雨送行舟幼女辭親作遠遊不得將心同汝去千端萬緒總成愁

兩女相依最可人于歸先後暗傷神衰年從此扶持少鏡裏千絲白髮新

日日舟行十八灘風餐水宿路漫漫盼來一紙平安信祇恐思兒淚未乾

晨昏宛轉侍蘭幃伉儷宜和愼弗違但得賢名傳我耳勝如一月一來歸

三女瀕行再成一律示之

日日愁離別臨岐更不禁五千移嶺路半夜繞牀心秋雨黃柑熟淸灘白石深琴詩可遣悶芳醑亦頻斟

題阮師母親家孔夫人集

一朶秋雲捧開緘見異書神仙才有數福慧世誰如畫舫江天外官齋歲月餘龍蹲家學在林下笑空疏

聞道瑯嬛館蘭閨總善詩他年憐弱息有幸侍名師惟望承家訓還應荷上慈從來風雅意可得滿門知

題徐北玉表妹花卉遺冊

綠窗多病日點筆爲消愁葉想眉痕展花從意蕊拙紅

輕猶似笑聲冷不禁秋悵望瑤臺迴靈蹤何處留

輓江夫人四首　高伯蘋茂才室

門戶操持代阿兄髫年咸羨盡知名聽來賛實宜家咏
婢媪爭看百兩迎

入門姑舅早心怡一例承歡大母慈滫瀡殷勤供婦職
更煩蘋藻季蘭尸

蕉心易痺欲如何竟爾空花轉眼過安命不教靈藥試
獨留淨業證維摩

芳魂空望彩雲還無復珊珊聽珮環悽絕堂前辭决語
感均頑艷淚痕潸

秋夜

幾陣狂風枕簟涼夜來遲月淨琴張一燈引得秋蟲入
却似瀟瀟雨打窗

述懷

入地追隨願已賒伶仃病骨强持家雖看孤子今旋長
不覺霜毛日漸加掠樹夜風驚斷夢穿窗涼月寫空花
向平願畢吾無戀靜禮慈雲避世譁

曲阜陳氏表妹書來問況奉答一律聊志悲懷亦
歌以當哭耳

淚漬麻衣鏡積塵不堪重問未亡人幔中燈影窗中月
愁裏年華病裏身繭欲成時蠶已老巢初營處羽猶新
邇來憂患憑誰慰豈少期功强近親

柳

毿毿萬縷碧空濛斜倚紅樓夕照中恰似清談揮玉麈
不知何事語東風

偶至小園有感

中庭八月雨園圖此夢由來已十年流水半池花半落
亂鴉啼過綠楊邊
縱橫憂患似荊榛願向空王託此身閒指池魚示兒輩
幾時燒尾作龍鱗

咏落葉寓感

憶昔青青覆廣墀而今搖落暮秋時詞人尚憶江南樹
驛使難傳嶺北枝高館戰風驚鶴夢空廊經雨習蟲絲
繁華零落原無定祇盼春回翠色滋

病中口占

卧聞窗外雨如麻活火新煎顧渚茶忽憶匆匆寒食過
阜亭辜負碧桃花

傷外孫怡官

陡向空中起一塵空花飄瞥太無因老懷亦爲伊牽率
至此徒留淚滿巾

女媳偕往皐亭觀桃花因病不果適二女有殤子之痛

皐亭萬樹已飛丹顧我衰遲嬾去看畫舫將移還寄語向隅滿坐豈能歡

寄示六兒夫婦

劇憐風雪上行舟少小離親作遠遊此去可能詩筆健江聲山色錦囊收

寄語官齋莫逗留須知老母倚閭憂重迎歸棹秋風裏穩送滕王閣外舟

示四兒

年來世味漸能諳識字耕田兩不堪乍雨乍晴愁覘北傷春傷別負花南蘭亭旅思山凝碧梅市歸舟水蔚藍將學毛生聊捧檄楹書手撫總懷慚

寄示六兒

新年風景太闌珊燭燼香消半夜殘一日愁腸九迴轉道途爭似在家安

風餐水宿幾時還縱有離愁強自刪飽閱江山增壯志孤寒那得一生閒

不營什一不求官何事輕歌行路難一俟春和決歸計合家望汝話團圞

送方仲蕙妹至剡溪郎至粵東

離亭風笛洒初斟軫結愁腸思不禁霽月襟期林下度雲霄氣誼古人心劇憐知己相逢少況值衰年惜別深此去衙齋堪習靜魚書早寄越江潯

嫩柳如黃舞態輕那堪攀折送遙程河梁落日關心望剡曲春風夾道迎且爲親朋成小住休教兒女太牽情羊城舊跡從頭憶夢轂還愁路不明

月下攜琴納涼

獨自邀涼坐石臺迢迢良夜亦幽哉琴心澹佇天邊鶴雲影青添壁上苔暗數年光閒處換漫驚秋思月中來

病身幸健忘秋來高柳鳴蟬曉色催

二女隨婿赴粵

嶺海迢迢大府嚴從郎歸省挂征驂江山詩境隨時悟風雨離愁著意芟洗手羹湯調五味入門竈臼慎三緘少儀內則平生學用此宜家便不凡

秋海棠

檀心幾點映斜陽入月春歸鬭晚芳艷色易招青女妬秋容不讓美人妝空庭露冷燕脂濕幽砌風疏蝶夢涼商意滿園開正好淺紅低襯桂枝黃

和孫蒻如夫人韻

哦詩誰最擅丰神雅集羣仙半玉人老去吟懷眞益健不教梅雪獨爭春

瓊作花枝玉作臺名園最好雪中開尋春我已無情思聊伴羣芳拾翠來

淺紅淡白一枝枝雪裏梅花別有姿贏得閨中諸女伴拈毫卽席賦新詩

詠玻瓈窗

紗掩疏櫺綺護櫳裁冰巧更奪天工虛堂密室皆生白曲榭高樓盡避風尺五天從窺去近一方垣許見來同儘教對鏡層層照不用開軒面面通疑畫幅裁花爛漫

勝晶簾卻月玲瓏常留淨几香煙碧分射深廊蠟炬紅隔斷寒塵明湛湛看穿秋水影空空雖然遮眼全無界可是身居色界中

卽席戲爲五姪女作時姪婿有都門之行

驪歌一唱酒三巡輕拂征鞍柳色新中婦忽添離別意蛾眉蹙損遠山春

題蘭因集

紅粉飄殘悵昔年六橋花月剩寒烟人來綺陌尋環珮愁向空山泣杜鵑坏土埋香春寂寂短碑題怨草芊芊重看三尺營新壘艷說風流補恨天

蘭因絮果證三生一樣明妝許合并好爲香奩添艷語端因名士惜傾城梨花寒食湖隄曉燕子斜陽樓閣明指點水仙祠宇近杯泉薦處本來清

傍水朱欄曲曲遮孤山深處隱紅霞聽殘暮雨雲俱散夢警疏鐘月易斜薄命前生憐柳絮斷魂今日伴梅花簫聲鶴影西泠路好趁香車碾玉砂

暢好晴天湖岸濱揭來弔古挹芳塵裙腰草長墳前綠眉黛山橫檻外春金粉南朝餘夢迹玉顏寸土記香因楊家伴侶重邀得端正明瑠翠羽新

新屋落成月下置酒書以誌喜

卜築初成喜設樽何須笙管日盈門杯盤草草供斟酌骨肉欣欣共笑言小有亭臺時引月略栽花木亦稱園銀河低挂人沈醉贏得衣衫帶酒痕

春仲小住湖上寓樓作

漠漠春寒隱隱烟登樓人倚碧窗前雲頭帶潤白沈水嵐氣浮空青羃天卷幔燕歸將雨裏投林鴉在未昏先幾行新綠湖邊樹籠借輕陰覺倍妍

羅浮蘭蝶足供傳玩惜此蝶出彼蝶已化作此悼之

五綵繽紛競晚春莫持紅粉誤詞人中宵已醒羅浮夢

仙影何勞百億身

戊寅冬　先夫子病革時前一月卽厭烟火食惟日餐果品有食賸蒲桃核遺於寢室庭前殁後抽蔓一枝日漸成陰青葱可愛未亡人視之尤增感悼曾默祝云幼子中倘有成立者此枝結子今十四年矣居然結子三枝其後或有成立者以應此兆預爲相報少慰吾心耶因成斷句一章以誌悲懷兼勖兒輩

忽見垂垂幾剪紅柔枝弱質可禁風幸成秋實酬私願
聊慰栽培十載功

重過假山館有感

不到平泉已數年重過觸目倍悽然一生儒佛人無忝
彈指滄桑境屢遷翰墨縱橫遺架上草花歷亂舞風前
感懷何限還思遠苦憶遼西一雁旋（時六兒遠宦甘肅）

家書後示四兒

須知不是空官身小住京華可杜門（聞寓居不免酬應）兩載風
霜憐爾受半生心血向誰論詩書飽飫成經濟文字提
撕賴弟昆倘得朱衣能點首衰年聊以慰晨昏

哭外孫女靜蘭

汝母歸安二月時花朝忽爾降瓊枝提攜一例珠擎掌
更愛聰明冰雪姿（女生於花朝）
繞膝相依十二年痴情憨態總堪憐罡風何處吹來惡
一夕曇花化作烟
忍痛重尋舊藥方不知何藥致兒殃返魂縱有神仙術
無力能求海上香
剩粉殘脂鏡檻留故衣在架未全收般般觸處腸堪斷
愛海波乾恨未休
賴爾時時慰暮年勸餐問疾意殷拳東風一夕瓊枝折
老淚無多沸火煎
汝母年來疾病纏況兼殤汝更愁牽靈心一點如相戀

地下還應憶膝前
生性憐伊幼不羣推棃讓棗獨慇懃可憐一夕拋離去
雁序中分泣斷雲
燈影幢幢夜讀時還從兄索舊鈔詩而今觸目傷前事
焚向靈牀知不知（上月從坤孫索鈔舊讀古詩十九首近於書中檢得遂焚付之）
堪歎彌留僅隔宵尚裁花樣鬬心苗縱然來去分明甚
不信人天頃刻遙（殁前一夕自製紫姑鞋極精妙）
中表聯姻隔歲問玉臺胖合竟緣慳飛傳惡耗三千里
徒使諸親涕淚潸
羅幃冰帳忍尋看重整房櫳強自寬無奈峭寒吹夢斷

淒迷燈影倍心酸

夢境還從意想生洞門獨立似相迎傷心纔得重携手流水空山路不明殁後數日余夢至一山桃花盛開洞門半掩見其獨立洞外身著翠藍衣急前携手問答間已失所在是晚設祇蘭焰口一僧所見衣色相符因圖小影記之名曇影夢痕

圖中兩日總非眞便到眞時益愴神一霎笑嚬歸夢幻海天何處問前因

夕陽莫挽水東流斷紙零牋滿目愁縱使仙葩成小謫也應爲我暫勾留

靜蘭忌日奠醊感而賦之

空設椒漿奠酒罇虛幃小影對黃昏傷心又見花生日

長恨優曇莫返魂

老年已是歡悰少此事尤教抱慟深安得鴻都有仙客海山碧落遍搜尋

昨歲今晨痛不支纏綿竟夕損柔枝迴腸十二時頻斷怎禁經年闇淚絲

十年提抱勝諸孫早晚難忘笑語温夢裏分明偎枕畔疏鐘催醒了無痕

太清福晉惠詩書此奉荅

蓬門無分識朱顏遠錫瑤華見一斑豈意不才叨奬飾況兼多病迫衰孱神移月殿霓裳曲夢繞銀潢碧水灣

他日來遊能聚首拏舟同賞好湖山

靜蘭殁已年餘不能忘情今圖其小影於余夫婦側除夕懸之室內感而賦此

小謫塵寰十二春仙源遠返本來眞憑他點筆留空相紙上依依反得親

甲午仲春赴邵武輿中口占

衰年決意覓山行十日濃陰漸放晴萬疊青山圍竹徑千條雪澗作潮聲異鄉喜見萊衣迓夾道遙來綵仗迎此去樵川應不遠早將慰語寄郵程

哭四兒

石火光中偶現身懸崖撒手太無因九閽深閉巫咸遠披瀝肝腸恨莫伸

髫齡孤露最憐兒弱小居然百事知十七年來殘喘在伶仃門戶賴支持先夫子捐館兒年十四即能主持家政煢煢母子相依於今又十七年矣

六戰名場志未成强教捧檄效毛生銜泥幕燕巢難穩風雨重催大廈傾兒應南北闈試共六次屢薦不售徧因家計日絀余亦心力日衰不得不改途爲餬口計矣

瘴雨蠻鄉乍駐驂龔黃治譜敢云諳殷勤推轂曹邱意未效微勞死豈甘兒抵閩後頗荷上游器重未三月即委署邵武同知旋攝邵武縣篆

樵川一載政聲馳博得民間借寇詞涸轍未蘇心已瘁

空留棠蔭任人思鄖同知事時邵武水災楊令暴卒紳民台詞稟請上憲留攝縣篆遂復奉委任事督辦賑糶監脩城工輿情頓安而病根由此起矣

披星觸暑不辭辛二豎爲災僅浹旬最是眼穿懷弱弟

彌留執手問虛眞時六兒應試旋杭病中朝夕盼望迫聞信趨赴勢已瀕危執手移時細審音貌云汝來耶眞乎假乎益猶慮所見之未眞也

肺腑如焚藥枉投甘瓜一似訪神洲兒病心膈熱結諸藥不效六兒至帶有西瓜一枚漉汁進三四七神氣頗淸迫欲復求而郡中已無此物矣

病中尙作還鄉夢病中云我夢歸杭所有家中光景宛如身歷邱首傷心願未酬

自問平生無大過并無小惡致愆尤病中自述語不甘心處

呼天問如此華年一旦休

嬌小偏承阿父憐冥曹無計挽兒年今朝夫婦雙隨去

地下團圞勝我先

半年魚雁斷南天豈忍封題寄北燕兒亡後筆墨久廢三女在都每以不得余親筆書爲念

縱有蠻箋書百幅悲來何處達重泉

魂戀桐鄉事太奇紛紛傳說信還疑豈眞噩夢無端踐

路隔幽明兩不知兒歿半年邵武人來喧傳爲邑城隍示夢降乩確鑿有據先是四媳夢中屢夢兒來促其偕往數或有因事終無據祇益悲懷耳

顧復空勞卅載心一腔憤怨付哀吟淒涼風雨思前事

腸斷西河痛倍深

哭四媳

娣姒同行八十數賢明惟爾慰衰姑如斯果報天何慘

老淚啼乾對藐孤

相依遠道近三旬猶幸歸來無恙身一霎罡風吹夢斷

蒼冥誰與叩前因

地下追隨成汝志始終不愧大家風他年倘得孤兒立

待表瀧岡一例同

花落空庭鳥語驚強將癡願遣悲情風來頻見簾旌颭

畫閣無人鐘自鳴

過葛林園四兒停柩處

幾番怕見西泠道痛淚何從滴夜臺縱使停輿來看爾

桐棺雙掩萬難開

憶四兒

每憶南遊事吾心最痛煎歸來對遺掛忍淚向人前架

有翻餘冊箱留寫剩箋宵深簾半掩官舍境依然

初春席怡珊夫人招遊湖上即席致謝

幸逢夙好同湖舫暫解愁心仗酒卮愧我孤懷難入格

羨君雅量總相宜花鬚未放紅初結柳眼纔舒綠已滋

梅蕚也知賢主意故教香雪落遲遲

南屏禮懺

爲兒資冥福禮懺向南屏苦雨祈天霽垂慈仗佛靈童

孫賸孤鳳弱弟感原鴒玉立身何在空餘一卷銘

秋夜偶成

疏花滿地蟲聲急月暗星稀獨掩關早晚金經閒誦了
拚將熱惱一齊刪

一切有爲皆幻耳電光石火偶成真借他世上閒兒女
與我消磨數十春

述懷

漫云志願慰生平空撫遺雛淚雨傾過眼雲烟難駐景
等身書卷望成名前賢夙羨風規著後輩從教月旦評
遁世逃禪無一可金經日誦了餘生

哭企泉六兄

凶耗傳來半是非桐棺有子竟扶歸雖云宦海風波險
猶勝鄉閭骨肉譏八口饑驅行亦壯一官祿養願無違
傷心廿載前塵事誰顧朱門舊板扉

哭二姪婦孫氏

吾家賢婦久相推一旦魂歸百事灰善不福人天亦昧
生多累爾死猶哀殉身有子真成孝刲臂療夫竟替災
小阮而今悲錦瑟他年彤管耀泉臺

輓沈紵秋賢媛

憶昔青廬駕綵鸞無人不道好門闌九華扇底人如玉
其奈蕭郎陌路看

一紙遺書翠墨涼合歡衾絕返魂香斷機心事分明在
可惜兒夫愧樂羊

咄咄書空莫問天于歸三載盡稱賢一環赴死從容甚
不化鴛鴦化杜鵑

欲報慈恩痛隔生越山千疊夢難明玉簫淒絕終風急
祇有姮娥鑒此情

入詠東陽識舊家漫將薄命擬明霞蕙幃春樹專祠靜
不怨罡風葬落花

苕溪流水碧潆洄一曲招魂事可哀蓮性藕絲俱解脫

蓉城明月鶴歸來

過姪婦舊居有感

回憶當年事惘然眼瞻遺挂痛難宣房帷依舊人何在
兒女成行父轉憐聚首聯牀違向約（六兄歿於涼州）論心剪燭
已無緣迴廊繞遍尋行跡恨不招魂到九泉

仲冬三日特設椒漿欲詣宗祠一祭爲風雪所阻
悵然作此

臘祭宗祠擬告虔奈何風雪阻衰年孤山咫尺難親奠
悶對梅花涕泗漣

詠石上秋海棠

玲瓏石畔態輕盈，斜倚屏山睡未成。雨洗秋容增艷冶，烟籠亭角未分明。雲根太瘦教添韻，國色無多倍有情。一樣熏籠人獨凭，髻鬟撩亂玉釵橫。

題畫

麥天晨氣潤簾波，花事怱怱轉眼過。仙羽一聲驚翠袖，覺來紅粉醉顏酡。

五女以雪製瓜桃燈呈其尊章歸索余詩戲賦一絕

仙果裝成滿室春，懸燈佐讀更娛親。深閨新婦聊呈巧，權當羹湯手製新。

四兒殁已年餘感而賦之

苟活經年心已灰，勉從人事暫徘徊。不堪回首西風裏，嬾舉黃花舊酒杯。

三女歸省匝月以事遄歸時六月十三日也

幸得來歸一月天，那堪別去又愁牽。諒兒怕作思鄉夢，月滿篷窗尚未眠。

桂子香中月正圓，爲憐愛女整行鞭。倘聞兄弟聯芳日，萬炷沈檀答上天。（中秋擬赴邗江時兩兒鄉試故云）

舟過吳門得晤怡珊夫人同遊虎阜清談竟日怱怱解纜殊觸離懷因口占二絕寄意

悲歡今日手重攜，回憶春風舊馬蹄。收拾金閶好秋色，與君閒話水天西。

不憚秋風拂短衣，菰蒲影裏片帆飛。此行漫說腰纏薄，載得二分明月歸。

邗江返棹舟次口占

離歌唱罷酒初酣，秋老霜濃掩翠嵐。叢菊滿籬空自好，仍攜明月返江南。

清勤堂舊圃去之已久今復歸星子二姪喜而作此

圃林久作別家春，今日重歸舊主人。架上琴書重整頓，

枝頭花鳥倍精神。葡萄釀熟延佳客，薜荔陰濃庇近鄰。最憶元龍樓上卧，滿窗明月照吟身。

題雙瓜紈扇

花樣分來乞巧盤，邠風圖裏記曾看。者回雪檻迎涼處，削玉雙雙落素紈。

小步閒亭見石邊秋海棠一叢風枝露葉嬌艷異常獨無人賞憐其不遇爲賦短章

瞥見幽花帶露鮮，亭亭搖曳晚風前。殘妝薄醉無人惜，徙倚屏山祇自憐。

送族姪婦項屏山女史北上

漫奏陽關一曲新還須珍重向平身相逢莫訝知音少老去何堪惜別頻且爲江山酬妙繪（屏山善畫）願無風雪阻通津雨聲亦識離人意故作枝頭點滴勻

張仲甫中翰手集　先伯父詩草裝潢成册因來索題即用卷中　先伯父題丁隱君貝葉經歌詩稿本韻率成七古二首以應瞻墨迹之如新感風徽之已渺焚香展誦曷勝泣然

讀書萬卷恣高歌詩老光燄長不磨況　公書法更殊絕雲烟落紙輝墨螺錢塘好古有張子庋石藏金氣騰紫搜羅一卷舊詩編腕底蛟龍生尺咫聯翩錯落百衲

珍當年寫禿中書君和南再拜謹展視願將百斛濃香薰塗改有如坐位帖點竄略似蘭亭文吾聞謝安碎金流落在人世如珠珍重探羊髭後來道韞亦善守家學而此散佚豈非因數奇　公之品節過太傅鄉國矜式瑜無疵我慚道韞詠絮筆把卷忽憶華藏室裏書紈時（卷中有題華藏室團扇句華藏室余家齋名也）

昔人下筆爲詩歌苦吟負手精研磨不知一字幾塗乙墨池飛灑五斛螺如虹氣已吞餘子起草先騰劍光紫零縑斷素留人間愛重裝成逾尺咫吁嗟此卷連城珍憶我　伯父頻羅君淋漓賸稿墨猶濕但得片紙我欲心香薰何況長篇巨製纍纍數十幅皆可傳之百世垂高文誰歟守者任零落負　公當日嘔心琢句拈霜髭豈知自古文字皆數奇張侯寶此緝飾無纖疵晴窗借讀我意重結轖怳見得意染翰高吟時

病中感懷

探花成蜜願雖償（五十年前籤語）老驥年來已伏纏骨等千金誰鄭重維憐幼子繫肝腸（子女十人惟六兒尚以我爲念）

苟延七十已爲痴人世辛酸儘受之一旦脫離塵網去平生心跡月明知

六兒赴邗有懷

蘆花未白遍秋聲獨客扁舟繫遠情兩點金焦烟水闊長江無浪也心驚

榜後示六兒

翠幕沈沈二豎侵黃花雖對嬾登臨重陽半爲重陰積未識天公冷暖心

莫因名落孫山感可否還從月旦評且得相依聊戲綵讀書何必定成名

七十生辰

堪笑勞勞年七十世情變幻若浮雲有朝撒手歸山去惜我曾無警世文

辛丑九月三日避居德清感而作此

羽檄馳來四座驚倉皇挈眷竟宵征三更淸露凝寒色
一夜飛鴻動遠聲山水故鄉重領略干戈滄海慮縱橫
傷心一月危城裏勇將空餘汗血誠（謂三鎭臺）

窗外葡萄十六年前結實三枝其兆已應嗣後日就萎予惴然懼焉忽今春根邊怒芽奮發二三枝蟠於老榦垂架扶疏居然舊時光景喜而記之

枯枝容易又春光重見淸陰滿架涼更望秋閒垂紫實
卌年心事可能償

暮春懷三女都下

時寒時暖浴蠶天病骨支離欲化烟殘日半輪遙望處
此心終在日輪邊

初夏口占

纏綿半載藥爐邊瘦骨崚嶒强自延病久不知春已去
陰晴又到熟梅天

夏閨

月華如水浸中庭兒女盈階卧半醒忽見飛星天外度
急呼阿母捉流螢

重九日和高五雲夫人原韻

年來病起鬢添絲黃菊東籬綻滿枝未得登高祛煩錯
聊將翰墨自吟詩

和魏瑞棻妹

三世論交娣姒行（令叔外祖與先君同寅）春風入座俗情忘智珠
在握言霏屑豈敢雌黃議短長

瑤章雒誦慰生平益信淸才有定衡愧我年來衰老甚
何能蚓笛步鸞笙

題吳蘋香女史飲酒讀騷圖

天生幸作女兒身多少鬚眉愧此人縱使空山環佩杳
斯圖千載足傳神

坤孫赴閩感賦示之

未老慈親鬢有絲宦遊端爲草堂貲莫愁水落行灘淺
不礙霜嚴躡屐遲顧我傷心多感觸幸孫勉力可維持
路逢驛使書馳寄好與梅花報歲時（時冬旱暖甚）

淸明上塚見映山紅不減於桃花憐而咏之

早起新晴出郭遊野花歷亂滿芳洲夭桃一樣嬌顏色
憐爾萋萋弱草頭

寒暑表係琉璃長管內有紅絲一縷上下其間寒則下熱則上中又有牙牌一條細列節氣分數度外洋以驗冷熱者予朝夕開視以證寒暑四媳誤傷匣上一線指印至今尙在匣一觸目不禁惘然

洋表時能驗寒暑偶因觸目頓驚心自知不壽將辭我
甩上長留指印深

和梅生姪原韻二首

新詩展看快高吟幸接芳鄰愜我心正慮小園迷蘚徑
喜邀騷客護花陰學書曉拭烏椑紙步月秋高紫桂林（園中有老柹一株金佳數本）惟愧不堪賢主任諒予衰老望君深
年來多病謝謳吟還藉栽花養道心點綴聊爲借秋色
護持還要乞輕陰淵明遺宅空蕪徑小阮清才本竹林
貽我新詩數回讀報瓊徒覺愧深深

題吳鐵琴表弟歸舟載石圖

仕途何必誇富豪介如之石符貞操歸裝不藉金銀壯
片石翛然足清賞桂林象郡秦所封丹崖翠巘雲重重
勾漏山高幾千丈石兮彷彿神仙蹤羨君甲第名門後
曾向通都縈紫綬拔薤清廉有古風懸魚節概眞賢守
一棹烟霞返故鄉愧同陸賈侈行裝硯山不少玲瓏質
美玉精鏐並寶藏本來心跡澄如水郇有讒言騰薏苡
任他錢帛說纏腰輸我巉巖供礪齒石癖無如海嶽奇
坡翁亦復愛仇池何如清吏歸囊好儉德高風兩可師

和張澹懷夫人見贈原韻

自挹林下風壓倒閨中彥揚水間隔之未能時覿面憶

昔降魚軒慰我平生願敝帚聊自享搴簾愧求炫蒙君
善從長譽我明以健蘭言玉屑霏園花益蔥蒨壺觴欵
嘉賓敢希金谷宴君誠咏絮才淸譚不辭倦博物繼茂
先望風生豔羨行將乞瑤章示我新詩卷
好風江上來鱗鴻欣有便珍幣共詩書嘉貺述難遍盥
誦絕妙詞如晤君之面諸體並擅場勝披圖萬變秀氣
占東南不獨竹與箭由來松柏心全賴冰霜鍊詩窮句
益工抑塞天所眷歲寒知後凋不蹈時賢見學步笑邯
鄲愧乏瓊瑤片暮雲春樹思爲君增悽戀

乙巳冬卜葬四兒夫婦于玉泉山麓詩以哭之

淒涼兩櫬十年淹螢語鵑啼冷化煙今日居然封馬鬣
從前深悔卜牛眠（因卜地故稽遲）有孫有子書能讀爲鬼爲神
事偶然（殁後邵武人扶乩見夢有爲城隍之說）嘆我頻年依病榻轉輸安
宅慰重泉

題甘小蒼明府刻陳秋坪先生遺墨後

昔我策征軺兩涉閩左右（一隨嚴君臬司任一就養四兒延敬邵武同知官署）
耳熟元龍名欽之若山斗先生負盛譽騷壇尊魯叟揮
毫如雲烟餘子望驚走才高吏治明蜀中綰墨綬德政
樹留棠遺愛碑在口秋思起蓴鱸獨酌季鷹酒賦罷歸
去來輕裝琴鶴守絳帳慶重開弟子記某某甘羅是舊

徒唱和師兼友維摩善病身問疾十居九餽粟與餽金
風義亦孔厚梁木雖已壞遺編長在手更爲壽棗梨高
情銘古卣天心福善人芝蘭生戸牖邑侯善治民不愧
明德後澤溥浙東西好官述孺婦兩世重師承心香祝
永久廣徵絕妙詞索枯顔怩忸願君寶此編食報同不
朽

古春軒詞鈔

錢唐梁德繩　楚生

卜算子 偶見王孺人詩愛其五更霜月欺燈影一樹風鴉續雁聲句因點竄成閨怨一闋

永夜繡屏孤香燼金猊冷薄帷寒透五更風霜月欺燈影。落葉斷魂驚短夢仍無定窗外鴉聲續雁聲不管愁人聽

拋毬樂

小雨吹涼濕桂林畫簾不捲足秋陰吟邊意共青山遠閒處愁隨綠酒深日暮空庭裏北雁飛來動遠音

阿那曲

風吹枯葉自相語霜洗銀蟾淡如許梅花也惜瑣窗寒不放清香過窗去

蒼梧謠 周生意有所惑作此戲之

休漾碧波清浣舊愁扁舟去無計暫勾留

癡遍繞闌干十二時千金意密密祝芻尼

尋倩影依稀隔桂林迴廊遍不覺曉風侵

愁鎮日無言獨倚樓如鉤月寂寞似寒秋

思一棹天涯怨別離秋江上可有載歸時

望烟水吳江恨杳茫回春意佛力仗慈航

吟拍遍闌干賦不成明鏡裏一夜鬢星星

憐詩骨伶俜聳瘦肩情脉脉獨坐小窗前猜莫是春回燕亦回沈吟處幾度費詳推空吹落春花不見踪東風冷何處覓殘紅

百字令 題生香館詞稿

秋空琴響是清商清徵一般悽惻雖乏鍾期山水賞畧辨絃桐燥濕蘭秀空山珠明午夜露潔涼蟬翼眉山未接滿襟芳意先襲 爲想結習薰修浮幢香海一寸靈心納我亦絳河曾夢去欲訪錦機消息思比雲忙才如花弱怕被天孫識新詞吟罷幾回惆悵胸臆

乳燕飛 月白風清其有意斗量車載已無名先夫子自挽聯也偶有述及棖觸悲懷不能自

己卯賦此闋少抒感慟耳

十載傷心者向常時憶猶未忍那堪重話漫說生平無長物剩有緗緗萬架先夫子平日語悵烟鎖當年亭榭一點心兼師與父課孤兒月白風清夜書未竟淚如瀉 而今墓木將成把幾時得青箱願遂笑含泉下偶爾音容頻入夢似在五三精舍齋名奈落葉蕭蕭驚灑縱使諸孤能樹立恐慈幃也易春暉謝支病骨肩難卸

南浦 咏萍

水暖熨韡紋怪無端揉碎澄湖千頃鏡影倚嬌酣魚龍舞一搦纖腰初整飛花滾滾爲誰催作春陰冷便擬篇舟從此去早有桃鬟相等 幾番皺損柔蛾誤天涯蕩子萍飄難穩幸自不知愁凝妝竟莫向翠樓輕打黏天膩綠添他南浦魂銷盡待得晚來風乍定吹雨濛濛愁瞑

醉太平 月湖秋泛

雲散銀鱗山圍翠屏蘭橈畫碎波紋閃漁燈一星 絃調素琴杯斟綠醽人行橋上三更遍乾坤月明

南鄉子 寄四兒邵武

迢遞阻關山輾轉柔腸去住難便是華堂開夜宴愁看柏酒雖濃未解顏 寄語且心寬春水生時好放船此

夕銜齋淒絕處遙憐爆竹聲中又一年

又 元宵賦別

去住別離同此日心情似轉蓬勉向燭龍看鬪舞玲瓏香霧空濛燈暈紅 病怯柳絲風纔唱驪歌意緒慵骨肉江鄉千里夢惺忪回首雲山隔幾重

憶江南 示蘋香穎卿

春風裏相約倒金樽楊柳綠遮隄畔路桃花紅入水邊材何處滌愁痕

又 蘋香穎卿即席見和復拈此解

重簾捲排悶集吟樽山谷詩名傳繡閣夢窗春恨賦江

村秀絕墨花痕

浣溪沙 望三女不至寄之

病軀孱弱不勝衣十數年來百事非夢魂常繞舊京畿心爲傷多纔學佛人因病久竟成醫衰顏强駐待兒歸

金縷曲 杭有章娘者故隸山西裴中丞家通曉音律從師學琴以轉授女公子中丞與高相國姚尚書客戚也每會集使章娘鼓琴無不激賞其後嫁尚書僕某中丞殁後隨其夫流轉武林傭於人任煩縟之役偶至余家爲余鼓琴因言往事感喟者久之嗟乎才人厮養念華屋而悲生商婦琵琶感青衫而淚下爲譜斯詞亦庶幾有以傳章娘也

簾捲東風冷正花前鶯聲漸澁半凋紅影花外愔愔藏楚弄玉手明徽相映彷彿寫熙春麗景忽作凄商翻怨調似秋空朔雁飛無定沙塞迥夜霜警 一時四座無言靜斂絲桐逡巡再拜細陳萍梗憔悴朱顔今已矣夢斷紅樓金井更那望知音傾聽柳絮浮雲根蒂杳枉嬌癡閱盡繁華境訴往事意悲哽

甲第河東冠護芳姿金龍翡翠盈盈仙伴記取雙名書線夾只許鸚哥偷喚塵不到玉娥窗畔香影花光初學步太憨生時博閨中粲朝綉幌暮雲幔 午橋池館清幽慣頗憎他新聲嘈囋穿絲透管喚取師曹教小玉指點吟猱抑按算衆裏獨推心腕生結名香焚篆鼎傍妝臺細鼓清音緩五弄罷月初滿

姻戚崔盧貴倒金樽蘭堂日午廣筵佳會軟舞嬌歌都過了志在高山流水催一霎妝成奏伎上客低徊頻注目爲兒家一洗箏琶耳嬌顧影自矜喜 當時只解耽遊戲一年年桃鬟高並柳絲難繫弱蔓孤根無處著隨分縈依荆杞也算做花開連理茵溷飄零原不定判百年人事長如此渾不計電光駛

金谷繁華息更驚心喬松鶴去大絃聲急絲管春風前日事悲動白楊蕭瑟對弟子青娥暗泣小隊銀箏零落了玳梁邊誰管雙棲翼秋燕影浪萍跡 燕飛萍轉錢唐客鼓飛濤冷冷江上尊前鬢白換羽移宫傳删恨回首蓬萊雲隔但海水數峰搖碧停拂銀鉤增悵惘坐幽篁爲譜胡笳拍詞未盡淚盈臆

列女傳序

關雎爲風始易家人卦彖辭曰利女貞化起於閨門此漢劉子政列女傳八篇所由昉也班昭馬融輩爲之注蓋此傳爲風化之原誠鄭重之也余伯兄曜北置之案頭以備觀覽暇時爲諸姑姊妹講說姪孫女端伯兄之長孫女汪遠孫孝廉之室也自幼沈靜寡言笑伯兄篤愛之名之曰端少長敎之讀能通大義竊覩父書尤好此傳伯兄謂曰汝亦好此乎爲之講解輒能領悟余亦得與聞緒論或舉古人評隲之深相契然用心之專壹余萬不及端歲辛未嬪於汪奉章姑莊鴻案事上接下

動循禮法平陽稱爲女宗家政稍暇輒手是編或篝燈瀏覽直至夜分久之心悟爰爲之注釋時與孝廉參酌字句間略加增損裒然成帙弆之篋中不輕示人然用是心氣沖耗以娩亡孝廉慟絕十餘稔不忍啟篋今年秋深懼是書是人之俱亡也將付梓垂爲家範以永其傳乞序於余余雖不敏與端爲知己敬之重之爰樂爲之序至此傳歷漢晉唐宋千餘年間存亡訛舛以及篇帙之繁簡卷數之分合或又以爲向子歆所作諸說紛紜備詳舊序茲不贅云

明三十家詩選序

明三十家詩余女甥汪允莊所選定允莊爲女兄應銹季女祖千波早年成進士觀政刑部年二十四乞假歸不復出藏書之富甲於武林父天潛博學工詩隱居不仕諸子女皆能讀書允莊尤慧年七歲賦春雪詩居然成章誦木元虛海賦兩過卽背誦不遺一字觀書過目不忘蓋異才也適同里陳孟楷公子孟楷爲雲伯大令子大令以詩文名海內孟楷承其家學蚤歲有聲先伯父學士山舟先生夫子周生先生皆激賞之論者有金童玉女之目茲集之選雖曰詩選實史論也蓋前明三

百年自高帝以馬上得天下草菅文士成祖以叔攘姪芟薙忠良中間奄人權相望塵接踵又以制義取士詞章古文無眞知灼見雖有前後七子主壇坫者務以聲氣相高文章之途有市道焉虞山蒙叟列朝詩選富矣冗雜無次序小長蘆釣師明詩綜較有次序亦博而不精沈歸愚明詩別裁卽明詩綜約選之沿襲皆前人舊說無足觀覽今允莊所選以清蒼雅正爲宗一掃前後七子門徑於文成青邱清江孟載諸人表章尤力至於是非得失之故興衰治亂之源尤三致意焉讀是書者不特三百年詩學源流朗若列眉卽三百年之是非得

夫亦瞭如指掌選詩若此可以傳矣余讀此而悲女兄之早逝不得見女甥之學問成就如此也余又幸女兄雖逝而女甥之學問成就有如此也讀而歸之書其簡端即以爲序

乙未紀事

余四兒延敬幼穎悟弱冠入泮屢赴鄉舉不第爲菽水計就官福建同知攝邵武縣事迎余就養署中數月兒得疾疾且革顧謂侍者曰吾自問生平無大過何以至是轉輾呻吟中見有人持公牘來者書四長官名兒名亦與焉喟然曰吾病不痊矣及兒没余歸里兒示夢於邵武紳士張君曰吾今爲縣城隍神以三月八日涖任故來謁輿衛甚盛怛然瘖鉦聲尙鬧於耳也既而紳士數人皆夢之郡人求乩於廟乩言協於夢有從學者三人請曰師既爲神願以吾輩所受業者爲印證乩以文題及評語示之衆乃服是歲夏邑中亢旱邑宰曹君齋宿詣廟祈禱三日得甘雨官民相慶曰是眞神明父母也有舊僕黃順者留寓邵武聞其神往求乩焉乩曰離合不勝悲心情只自知月色涼如許還似去年時汝爲善時至而福降何問哉汝可知吾家中之事耶老母在堂涼涼踽踽弱子未成立累衰年之母撫育孤孫無日不罹憂戚此眞吾之罪也順復祈籤籤語皆吻合署中記室梅坪席君歸而述其事於余余不信欲有以驗之作家書付郵令到邵武焚之廟中復求乩乩曰適接家書知所問矣吾以八字密語汝汝可寄歸以慰老親心

吾今生命促上不能盡忠於朝下不能盡孝於親人生大不幸事然吾家氣運可復即吾子孫亦有可繼前人事業者吾已奉上命將移節廣西府城隍任矣汝曷寄語吾家囑吾內子同赴新任可乎郵使歸述其言其所寄八字者乃余及兒婦莊氏之名號也次年兒婦病見兒來遂卒一日余與諸孫輩談家事語及邵武諸孫輩又恍惚見之且拽一孫出曰勿復言邵武事恐傷吾母心也其他乩語籤語以神驗來告者甚夥後有人從廣西來曰粵中近日喧傳新城隍神姓許矣鬼神之事其然耶其不然耶何以能至於神而不能自保其恒幹耶何以神明之事亦如人間仕宦之遷徙而不常其職耶九原之下幽明路絕誰能使巫陽歌楚些以問之耶悲夫

道光甲申安奉諱里門假館陔華堂授君脩諸弟書獲侍　太恭人凡三載商略家事之外縱論詩詞雖至深宵娓娓不倦安心折焉今讀甲午以後諸作率多悽惻之音蓋自君脩歿而　太恭人之心傷矣已酉夏日芷湶子雙兩弟校刊古春軒遺稿成爰附數言以誌嚮往

錢唐族姪乃安謹跋

茗韻軒遺詩

王甥植

茗韻軒遺詩

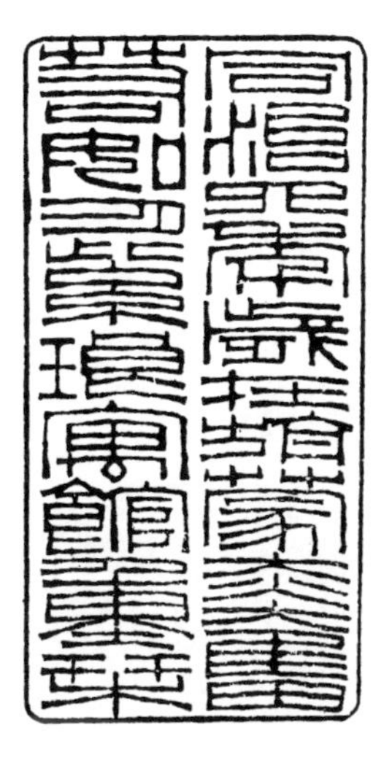

序

伯穎夫人以嘉慶己巳歸余道光乙酉病歿年僅三十有七夫人幼習衛輝府君莊恭人之教能吟咏及來歸鏡匳脂盞中篇句羼厠閉取呈先大夫譽可焉并以勵余後遺家事屯蹇輟不爲既又喜爲之卹治饔執箴縷呷唔不去口一詩成輒乞余點竄余姑諾而弗應也庚辰漸嗜佛辛巳余赴北雍試則焚香靜室誦經素食居多夫人先失兩丈夫子乙酉復乳女甫百日而病遽以怛化至今忽忽三十年檢遺篋得叢殘稾草因出刪薙存八十二首命念詒錄本藏之嗚呼夫人隨余轉徙流離食貧顑頷之際至鬻嫁衣質簪釧以佐養宜有不得於中淒然以慼者顧其發之於詩隨意所寓無有怗懘軒爽豁達一如其爲人此其見當與常女子異則其詩豈必與世之才媛較工拙哉獨念夫人夙視偉余而不克少永其年以享一日之安緝其詩有餘痛焉時庭際荷風瑟瑟紅裳欲墮如與夫人在試畯堂拈瓣鬭捷韻也咸豐乙卯六月二十有七日仙九書於養餘精舍

兩兩天香曲

仙九學正所居甥館庭有桂兩株牡丹兩本與夫人王伯穎氏倡和其中榜曰兩兩天香書屋爲賦此篇　寶山　沈學淵夢塘

花神小語私喁喁靈香謫下瓊華宮廣寒桂子撒如豆豆花開出雙雙紅夙世常儀伴吳質青天碧海匏瓜匹人間豔福幾生修夢中兩管生花筆秋花芬馥春花嬌衣上濃熏雲外飄招隱賦鈔金粟紙清平曲和紫瓊簫護花金鈴修月斧闌干系曲圍廊廡清貴惟應倚竹看蕭疏大似搴蘿補親排密字寫珍珠並坐垂簾玉不如江上畫奩臨本草山中別業署凡夫雙聲詩譜彈瑤瑟拈花人在散花室但羨鴛鴦更作仙莫教鸚鵡同參佛近聞伯穎夫人長齋繡佛花花相對葉相當我有讕言奏綠章芍藥有情閒抱恨海棠雖好不聞香桂枝折後辭孤嶺薇紫藤靑開晝省鬧杏年華宋子京妻梅眷屬林和靖東方千騎唱前騶一朵紅雲捧玉樓彤史親題花九錫夫人國色堦封侯

仙九尚書賜觀茗韻軒遺詩卽集卷中句奉題　江陰　夏之成伯田

久聞賦茗擅清辭收拾妝臺幾許詩莫說黃粱成夢幻撒鹽飛絮總成悲

珊瑚牀外玳簾前裳織天孫五色鮮明月滿庭風動竹挑燈爲寫衍波箋

冰心長共玉壺清想見瑤篇鏡匣盈香粉生涯歸淨界恍疑風度步虛聲

碧紗籠薄逗秋光月色如銀夜氣涼一婦人問脂粉習塵緣悟後道緣長

題茗韻軒遺詩　常熟　龐大堃子方

詩敎稟高堂生花管信芳賡歌偕弟妹流韻協宮商道蘊吟風絮君徽賦茗香古今相炳耀閨閣盛文章

夫壻擅清才天香兩兩栽名花爲伴侶仙館共徘徊曲慣調金縷音堪嗣玉臺優曇空一瞬展卷尙銜哀

毫端血淚鮮至性見詩篇京洛耗千里輪臺戍二年旻天恩欲報怨海恨難塡風雅斯爲正日新流管絃

一悟徹三生游仙夢已成月搖遺挂影風度步虛聲欲止荀郎痛難違金母盟俸錢今十萬只合奠齋營

常熟　楊希鈺研培

營奠營齋後遺編倍黯然漂搖風雨日歌泣蓼莪年一品衣誰共迴文字尙鮮鈔成付珍襲感愴過栝棬謂君梅太

史

椒花斯嗣響試畯得庭聞玉潤同稱快蘭淸遠播芬晝
堂分賦雪仙館獨怡雲履道坊邊路寒鴉噪夕曛

敬題外姑王夫人茗韻軒遺稾

儀徵陳　彝六舟

夙稟䜟闈敎天香更唱酬瑤臺雖一夢彤管自千秋意
與風騷合詞非月露儔遺編珍重在哀怨幾多留
落葉添薪日淒其溯舊蹤浮家身是寄學佛意多慵井
臼生前事笄珈畫裏容可堪人去後稠疊紫泥封
好句眞成讖塵緣悟後空明珠纔掌上仙佩已雲中眉
案三生隔心香卅載同謝公偏愛女遺挂意無窮
一樣津梁在門楣幸託居登堂空悵望把卷重躕躇雅
意詩歌裏徽音想象餘慈雲儼長駐矜愛定何如

茗韻軒遺詩

江陰王甥稙伯穎

秋庭同坐和四妹韻

明月滿庭風動竹汲綆井牀聲轣轆莓苔砌畔冷啼螿
薜荔牆邊暗飛蝠羨君落筆似雲煙裳織天孫五色鮮
多謝詩筒遞秋思挑燈爲寫衍波箋

水窗看月和弟韻

冰輪會不隔秋煙荻岸鷗梟自在眠露冷三更人語靜
迴風吹徹塔鈴圓
寶鴨香濃裊篆煙徘徊月下未成眠詩章不必傳鸚鵡
喜爾生花昨夢圓

夏日雨過喜作

潮痕纔上釣魚磯一桁疏簾遠岫微蛙老暗憐花比瘦
苔新卻喜雨添肥雲遮午日抛紈扇風透西窗換葛衣
看取蕉心今夕展綠陰不似舊時稀

哭舅

西望輪臺瞬兩年那堪今日奠靈前幾時精衛豐毛羽
銜石先將恨海塡
白楊蕭颯怨西風泉路茫茫那得通最是傷心魂返後
文章黃土一抔中

書懷

寥落閒居長掩扉不慚寒夜泣牛衣階前修竹臨風瘦簾外疏梅借雪肥蠶繭未成絲肯盡燕巢無定雨難歸愁心空對關山月怕見征鴻塞上飛

春陰

點點檐聲破午眠春陰無那雨如煙鳴鳩不住枝頭喚又見輕雲襯遠天

有感

參透空花幻影多年來春色盡蹉跎縱教巧舌翻黃鳥莫放愁眉斂翠蛾

曲徑淒淒促織鳴癡心何日織能成機中自有天孫錦照出銀河分外明

秋日遣懷

荒庭人獨坐蛛網忽懸空階草淒然綠牆花寂寞紅頹垣斜照裏密樹暮煙中應羨鄰家樂兒爭蟋蟀籠

秋夜

雲淨天空夜氣清抽絲絡緯帶愁鳴涼生枕簟忘宵永月透簾帷妒夢成丹桂香濃原有色碧梧葉冷豈無聲不知消遣眞消受細數城頭長短更

雨後書事

風約疏簾漫整襟挑燈開卷儘思尋數竿綠竹閒中友一片白雲天際心花自攜鋤根好護詩多焚稾興逾深粉牆苔蘚新沾雨更爲蕉窗補綠陰

螢燈

樓閣玲瓏送夕陽碧紗閃出燄微茫依來帳外憎燈影插向窗前妒月光紈扇低翻秋草撲玉尖輕撮畫船藏曾飛瓊宇銀河畔墮入樊籠翅莫揚

疑是青藜杖火然幾番飄墜畫檐前流光欲照冰文簟小住依然碧落天倒挂蓮蓬房窋窡斜飛蝴蝶態蹁躚水晶簾外微微影照出秋容倍可憐

疊前韻

黏羅糊紙曬斜陽海上騰鼇太渺茫綠蟻燈移分豆影碧紗籠薄逗秋光讀書人愛空囊聚照夜珠宜寶匣藏莫向涼帷悲墮落前身腐草不飛揚

有耀生憎月皎然珊瑚牀外玳簾前連宵風雨新離別一盞玻璃小洞天燄索驪喉開熠燿光生蜨翅失蹁躚錦城使者渾籠住回首巫山更可憐

水窗夜坐和外韻

水繞綠楊隄閒鷗戲竹西浮圖燈萬點高與遠山齊稻隴秧抽已碧菜畦花臘猶黃正好連宵明月踏車聲

裏人忙
遙林微抹瞑煙生雲與澄心一樣平便是共君消夏處
棗花鄰院晚香清

七夕三首

環珮聲疑碧落中仙期駕鵲渡河東牛郎也被黃姑號
靈匹原非世上同
乞巧筵前瓜果新漫催笑靨答良辰雙星雖隔年年會
可笑長生殿裏人
香煙縹緲透軒楹淡月如梳銀漢橫輪與姮娥凡思絕
廣寒冷伴白蟾明

中秋和外韻

金鉤漾影逗簾波薄醉聯詩已有魔露溼花陰閒步久
風吹笛韻過牆多楸枰空對棋初斂樺燭低搖墨乍磨
桂樹婆娑如可折梯雲應不悞嫦娥

答月亭女史

冰心長共玉壺清不衒因蒙進士名夢筆有花孤螙冷
斷琴彈月夜魚驚未會問字披芳閣每爲吟詩就短檠
他日解圍逢道韞青綾障外耳頻傾

雪霽月明清輝相耀欣然有作

重雲散盡冰輪澈階鋪凍玉前宵雪鶴夢驚迴影更寒

梅魂冷醒香逾潔屏開雲母夜光清色耀虛窗分外明
望裏瓊樓渾不遠恍疑風度步虛聲

雪牡丹

捧雪調脂纖手摶一枝雲錦競相看名花應是瑤池降
不借東風耐九寒

哭父

風動靈幃燭影搖名香虔捧入鑪燒幾回忍淚頻觀望
色笑依然圖畫標
自揀名花折一枝膽瓶供養淚千絲徘徊不忍離靈几
擬當承歡似舊時

朝朝血染杜鵑紅弟妹相看雨淚中無限傷心猶強慰
北堂白髮哭西風
夢到長安已斷腸病中湯藥未能嘗三千里路終天恨
丹旐歸來滿雪霜
歡顏猶憶往年時細雨燈前教學詩今日謝庭深雪裏
撒鹽飛絮總成悲
愛女恩深壻亦憐漢書斗酒賞心偏博陵千卷親遺付
何日清冰慰望年

春愁

紫燕銜花入小樓東風鎮日逗簾鉤柳眉未展絲千縷

不繫春光只繫愁

落花

無情風雨苦摧花落盡殘紅恨太賒鏡裏漸知青鬢改
不堪回首舊年華
金鑪香燼悶無聊一卷楞嚴手自鈔風擺落花心欲碎
銜泥燕子尙無巢

詠海棠

金屋沈沈夢未醒無香不遣蜨蜂驚綠章會借春陰護
紅豔偏宜燭照明卯醉幾時扶倦態午風多半倚柔情
神仙富貴能兼擅擬傍花叢過一生

和答嚴二妹桂妝見寄原韻（桂妝爲嚴匡山年丈次女）

竹院蕉窗避暑時瑤華捧到展嫌遲洛陽花雪數年夢
鄂渚煙波無限思賦茗有才君獨擅褰桐莫賞我應知
吟懷問取陳驚座（桂妝歸於陳）收拾妝臺幾許詩
春明生小共游時聽雨挑燈夜漏遲判袂動成千里別
擁衾猶作十年思紅牙乍拍珠如貫綠鬢難描鏡早知
此去臯蘭山上月（時將隨任甘肅）料君重和舊時詩

附錄原唱

同吟共繡憶當時欲賦離愁意轉遲芳草天涯勞
遠夢梅花月下費相思心情每愛閒雲靜蹤跡應
憑旅雁知聞到江南好風景虎邱煙樹正題詩

夏夜涼甚口占呈外

月色如銀夜氣涼小盆茉莉送幽香倚欄恐負羅衣爽
促織聲中漏最長

偶成

年來憔悴意如何往事匆匆夢裏過蜂愛花香猶釀蜜
蠶憐絲絆欲成蛾安排藥籠方難覓檢點詩筒句不多
只爲晚涼忘坐久鐘聲百八易消磨

荷瓣題句

一瓣凝朝露幽香不自知花能生筆底轉勝未開時
昨夜風過葉底時鴛鴦貪夢幾曾知花神也自憐才思
數瓣先催寫豔詞

急雨感懷

黑雲翻墨東來急蚓歌蛙鼓聲不絕傾盆頃刻滿田疇
漲入新潮三五尺山氣溟濛樹不清幽花倒砌亂縱橫
清風掠地誰期約收住檐間急溜聲陰晴無定人難測
翻覆世情空歎惜雌霓連蜷讀未終暮霞已掞天西赤
一倚欄干九曲腸眼前變幻鎮思量白衣蒼狗從來事
天上雲師倘爾忙

中秋和種之弟韻

管絃吹送遏雲行瓊宇高寒水調成吐耀銀蟾鋪夜色
抽絲絡緯織秋情桂沾玉露凉無影竹倚金飈瑟有聲
多少溪橋游屐過可憐宿鳥一時驚

○和外金陵見寄

薄暮憑欄無限情背人屈指算歸程平安先報如聞第
親愛難忘合喚卿莫說黃粱成夢幻肯教青鬢負功名
最驚心是窗前雨點點離思滴滴聲

附錄原唱

一紙書添萬種情秋風猶是阻歸程夢中衾冷誰
憐我眼裏花多忍負卿暫客無端忙翰墨有親安

敢薄功名聽他嗚咽秦淮水多作愁人惜別聲

奉和問樵老八七十白壽詩韻（老人外之外祖也）

野鶴閒雲是也非香山商嶺壽依稀扶筇采藥消塵慮
臥石聽泉悟道機繭紙光含詩律細麝煤香沁筆花肥
斜陽無限桑榆景長願尊前舞綵衣
清音激越遏雲柔三味調和作庶羞冀北久騰騏驥價
嶺南肯爲鷓鴣游書憐星散家藏目詩對山吟石點頭
揮盡黃金豪氣在消愁拌典謫仙裘
齊眉人樂隱山林佳氣西南護遠岑竹實自娛雛鳳影
荆釵早識伯鸞心樹因連理看逾茂花已願長春老共尋
流水調高傾耳處閉門暢好奏和琴
箕帚頻年杼軸空鴛鴦學繡苦難工寄家畢竟如桐鳥
安命何妨似蓼蟲每侍慈姑陪笑語敢教大老學癡聾
外孫虀臼能傳授識路甯愁阮籍窮
舍人休說面如衫春酒杯緣介壽銜天爲文章增著述
人欽風骨絶塵凡延齡定許符椿算卻病何勞把藥鑱
一壑一邱眞意味平生閱歷悟辛鹹
不嫌鬢雪與髯霜握管時憑曲几牀珠玉詩篇知共寶
筌蹄世事久相忘養眞軒並棲雙鶴感舊城猶說五羊
好共黃花爲壽客千秋老圃發奇香

題西湖詩夢圖（青浦陸萊臧孝廉夫人吳氏家于西湖）

傳聞湖上有雙聲想見瑤篇鏡匣盈一埽人閒脂粉習
淡妝濃抹總天成
陌頭楊柳綠搖窗自報秦嘉錦鯉雙料得近來詩入夢
要從如練畫澄江（孝廉近客江陰）
紅硯塵封久未開甘心銀蠟讓仙才緣知賦壓君徽茝
未許詩尋和靖梅

題清微道人空山聽雨圖

飛出紅塵十丈間道心應似白雲閒許多慧業爭消受
只合雙修住慧山

法雨彌天欲聽難鐘魚聲隔步虛壇蕭蕭自眞平安竹道人自號平安竹不共佳人翠袖寒

題仙霞攬秀畫扇即送蘊芬夫人隨宦閩中

千二輕鸞送遠程仙霞仙眷畫中行平反喜勸君姑飯慈惠同傳眾母聲嶺說相思憑扇合湖須尋夢證詩清夫人家在武林赴閩道所經也玉屏山人有西湖詩夢圖閩鄉玉女如能寄冰雪襟懷共此盟

盆梅遲落

帀月情芬落未拌耐寒花更耐春寒羅浮夢短渾留住莫作殘香賸馥看

庾嶺南枝月影空名花得地肯匆匆紗窗棐几安閒甚不比溪橋怯雨風

昨宵積雪壓柴關好爲梅花照玉顏雅學吟詩李陶子幾曾一曲舞香山

落燈風裏護花身半爲春留半別春不信綠珠偏耐久何嘗輕作墜樓人

答祝氏三妹季娛見贈之作次原韻

月姊頻邀降素驂如蘭臭味浹清談眼前女伴相逢晚夢裏仙心幾度諳花令不教秋過九杯長須要影成三擬遨賞菊赤松青鳥渾難說飛向柴門料所堪

懷祝氏三妹

相逢相別太匆匆多少深情不語中花說素心香更好眉翻新樣畫難工夢隨鳳枕飛寒蝶愁寄鸞箋託便鴻冷雨蕉窗無限思問君此景可曾同

附錄和章

已分緣深奈促匆萬千離磬寸函中素心只佩如蘭好俗物眞慙咏絮工夢擬羅浮隨栩蝶箋驚洛浦寫翩鴻嬌癡阿妹情應爾感激天人一樣同

來便思量去總匆相憐無那是閨中心香不但花爲貌眉月何曾畫始工最好吹簫聽引鳳那能排字學蜚鴻昨宵霰雪今宵雨點點關情處處同

又二絕句

繡簾風細篆煙和雨線穿窗雪意多對影舉杯渾寂寞輕雲何苦隔姮娥

雁字排空舉首看不勝離思壓闌干柴門咫尺天涯遠倚竹遙憐翠袖寒

附錄和章

天邊瑤瑟響雲和彈月聲中惜別多我奉瓣香惟月姊莫教塵思擾仙娥

錦字傳來百徧看凍雲相對倚闌干癡心欲化鑪

中火好向妝臺護晚寒
夜氣侵人冷不和卻愁香閣費心多防他大雪紛
紛起又有新吟壓謝娥
瑤箋只當玉容看萬事由天不可干偏是夜來能
入夢綠窗攜手話消寒

次韻答毘陵丁氏蘭裳見贈

賦茗天才說鮑家雲箋驚捧拜瓊華未從蛾畫窺新黛
卻送鴻飛聽落霞草色遙知憐綽約山容若箇喜周遮
許多翰墨因緣在珍重珠林第一花
筆花只許美人簪一字臨摹百徧吟（承以檀扇書詩惠貽）香到旃

檀眞佛界詩如絲蔓總仙心（來韻有綠蔓梅長句）芙蓉一水煙通
語蝴蝶三更夢滿襟手把聚頭還暗卜幾時風度珮環
音
外家家傍蘭陵渡生小慈親一棹同碧月籠紗猶約略
白雲隱岫不玲瓏新絲無數多於藕秋韻先知報有桐
一味相思誰餉我釣詩遮莫擲筠筒
恰是初三月影纔兩心惆悵幾樓臺江干女伴渾難覓
雲裏仙娥可得來翠袖暮寒差近竹（祝妹相去尺咫亦不得時見）紅
闌天遠擬因苔識丁儻遂香閨願起早眠遲共萬回（承又示惜花起早愛月眠遲之作）

○附原詩

妝束由來出大家謝庭柳絮仰才華鏡中眉意憐
新月江上詩情墮晚霞芳草綠過三月去遠山青
許萬重遮恨身不化雙蝴蝶飛傍紅閨筆上花
分明團扇掩釵簪未了吳綾幅幅吟學畫好將名
士筆愛才偏切美人心買絲有願描紅袖倚玉無
因託素襟一水盈盈人脈脈芙蓉解語也知音
絳紗素羨宣文訓系出濠梁外氏同徐淑事姑工
婉娩平陽失母太玲瓏碧池深處都成藕絲綺調
來本是桐藕樣心情桐樣韻相思從此託梨筒

拊缶眞慚學步纔暫拋鍼黹近妝臺欲從月姊脩
香去擬向天孫乞巧來得霧簾櫳誰倚竹望秋風
露早沾苔自忘譾譾拋甎意只願琅玕引得回

題玉磬山女史所畫大江秋艇圖

閨閣丹青手脂痕點染工何來妝鏡北直寫大江東雪
浪歸三島晴霞截一篷鵝眉饒勝概都入粲毫中

蓬蓬人敬次母氏韻

通靈骨相半衰翁休悵繁華似轉蓬香粉生涯歸淨界
綠房辛苦臘秋衷前緣或者如來座獨立依然君子風
目共種花人徙倚銜杯珍重鄭家筒

○寄季娛

窗外芭蕉倚綠筠濃陰正好障紅曛夢隨刺繡痕難畫
心識連環慧不分一月別離多半雨幾番消息萬重雲
鑪煙那解懷人意儘向湘簾裊篆紋

題康氏介眉竹莊榕陰消夏圖

幾縷鑪煙一局棋綠陰如幄徧階墀閒緇水殿風來句
消得坡公絶妙詞
遠望瑤林翡翠閨畫圖未展漫分題幾時更訪揚州月
歌吹中間到竹西

題孫佩秋女史花窗讀史圖 女史爲淵如先生姪女歸於蕭

久聞賦茗擅清辭讀史還多咏史詩想見扶風家學重
故應才筆屬班姬
江上芙蓉倚選樓一家風雅定千秋齊梁粉黛皆華藻
那必葫蘆祕本收

盆荷未花而葉甚茂同外作

裁翦天然翡翠珍綠羅透水不沾塵捲簾一望亭亭影
已覺清涼意可人
那管前臺與後臺但知葉好勝花開碧筒白酒清如許
略沁詩腸不費猜
每張暑蓋蔭牆隅記凭欄干十二無 庚辰歲蒔荷作十二花 又把
新吟寫香葉算來猶未墨痕枯
一篇宛轉讀千巡愁病無魔筆有神看取珠璣傾滿斛
催詩消得雨聲新

悟後

掃除煩惱即清涼看淡榮華憶故鄉愛網解時疑網脫
塵緣悟後道緣長篆紋成字天然勢茶味回甘自在香
欲喚夢中人早醒拾薪先爲煮黃粱

先光祿公古今體詩五卷附茗韻軒遺詩一卷於咸豐丙辰十月手編付刊有萬藕舲尚書序錢楞仙司業後序嗣於庚申七月續刻六七兩卷工甫竣而琴川猝警片板無存矣　先公捐館後念詒敬刊丹魁堂自訂年譜一卷感遇錄一卷丹魁堂外集四卷而詩集一經兵劫流播無幾懼其久而失傳因照原刊卷次重付手民其古文駢文制義散佚尤多俟悉心蒐訪再爲刊布焉同治三年歲在甲子十月男念詒謹識

梅花閣遺詩

錢蘅生

梅花閣遺詩

光緒戊寅九月開雕

序

自世有才女之稱而女子之能詩者概被以才之名而不復考其德之實然吾嘗讀詩至衛風若共姜莊姜許穆夫人宋桓公母諸人皆以德顯而聖人特著錄其詩用以知詩教之所以可貴者蓋以其德而不以其才也此吾讀嫂氏錢宜人遺詩而不能已於言也嫂以道光二年壬午十月來歸吾兄性好吟詠晨昏之暇與兄酬唱極樂兄嘗繪圖以紀事越四年丙戌兄子憲和生自是兄以試事留京師先後八載及主講江南書院歸休於家亦歲不得三數月嫂以一身兼事畜之重然猶閒理吟事米鹽淩雜之會琢句清新皆可喜者自先君沒母老嫂以冢婦持家事益劇吟詠遂廢故此編所錄至庚子而止其後吾兄成進士入翰林嫂又以侍姑久不欲從宦京師仍留治家至丙午六月以疾卒溯自辛丑以來嫂輟其所好而專力以勤其家者凡六年及吾兄乘使車憲和爲縣令嫂既前沒蓋身未嘗一日享焉今憲和將刊播其詩書來請序予惟詩教之所以可貴者蓋以其德而不以其才也是予之所欲言也遂書以復憲和後之攬者亦當不易吾言

光緒二年歲在柔兆困敦春正月小叔炳堃撰

梅花閣遺詩

嘉興 錢衡生 佩芬

舫齋感懷 以下癸未至己丑

簾捲湘波細梧桐涼意生架存書幾卷地敞屋三楹石砌苔痕滿風牕竹影淸回頭問明月應記主人情

梧桐

高樹能遮暑斜陽照綠陰堦前寒漠漠庭下峭森森細雨淸香散微涼小院深風吹踈葉響靜坐聽蟬吟

茉莉花

晩來小立向風前細雨微風絕可憐踈放一枝渾似雪湘簾月上影嬋娟

池上納涼

月上池塘冷微波浸碧蓮香風吹不斷涼意似秋天

團扇

小牕避暑拂輕羅靜倚闌干涼意多好似團團天上月握中何處著嫦娥

夏日

避暑池亭撫玉琴階前一鶴卧松陰尋詩不把珠簾捲只恐蓮花笑苦吟

夏夜玩月

人靜風微涼滿天一輪明月浸池蓮倚欄玉露霑衣袖遙聽松間響石泉

秋夜聽雨

風送簾鉤響涼生枕簟淸燈搖如一豆夢醒正三更窗外蕭蕭雨簷前滴滴聲此時人語靜繞砌亂蛩鳴

咏闌干

晩來獨倚靜生涼隔卻花光風送香竹影蕭踈依彔曲賺他明月到迴廊

採蓮曲

小舟風送盪微波女伴相攜笑語和月照花開香滿袖折花低唱採蓮歌

池荷

風散一天暑夕照池塘隱淡淡蕊含香娟娟花弄影魚游水起波蝶戲葉黏粉晩露滴新枝蓮房明月引

畫美人

桃花如面染燕脂秋水含情不語時一種風流誰寫出對人似欲訴相思

曉起看荷

窗前簾捲挹微涼花放池塘露亦香曉色含淸人寂寂看花先我有鴛鴦

迎秋

風吹一葉報秋來天送新涼雲影開今夜月明光倍好娟娟如水照池臺

秋夜

涼雨初過蟋蟀鳴梧桐落葉帶風輕不知玉露沾衣袖倚徧闌干句乍成

新月

一鉤挂雲端向夕光冏冏簾捲碧窗明纖纖上高嶺彎環似修眉掃出春山影團圞待三五朗照秋天迥

菊花

露下天高三徑秋東籬花放滿枝頭西風吹急疎簾捲人倚詩屏月射樓

賀衡卿弟新昏

玉簫吹徹畫堂前蘭室生香笑竝肩如此秋光良夜永鐙光紅奪月華鮮

問字宵分蓮漏遲新聲唱出合歡詞明朝廚下羹湯作姊妹同看洗手時

隔籬猶記聽經日雛鳳於今韻漸清從此挑鐙人伴讀窗前賡和是書聲

寄黎花里吉卿三姊

春雨絲絲潤小庭梅花初放柳含青嫩寒天氣添衣否一度相思午夢醒

盈盈一水悵離羣幾日東風別緒紛斜揭繡簾鸚鵡語暫抛鍼黹為思君

臘梅

曉風簾自捲春信占梅先臘蕊雪中破清香小院前

春日

隔簾粉蝶舞參差樹影低垂綠滿池幾陣微風書幌靜北窗高卧落花時

莫春

嫩綠苔痕繞砌添落花無賴雨纖纖烟籠深院春無語燕子歸來風卷簾

春晴

絲絲楊柳弄新晴綠樹陰中鳥自鳴夢醒簷前聞鐵馬丁東聲裏賣花聲

病起

連綿小病累親憂乍起梳頭靜倚樓燕子不來簾不捲落花無語也知愁

碧梧清暑圖

微風起處落桐花為愛清涼坐碧紗靜聽蟬聲聲遠近幽

欄面面綠陰遮

秋曉

小院深深玉漏稀遙知清露溼柴扉微濛曙色雞聲亂人靜牕紗鳥影飛

秋夜

月移花影動風送繡簾斜夜冷人聲寂螢光透碧紗

憙伯姊自閩中歸 庚寅

三載天涯各一方今朝相見倍情長參差桐影消煩暑斷續荷香納晚涼窗啓微風清簟席簾開明月浸衣裳夜深細語當年事玉漏聲聲樂未央

夜夢身坐小齋見碧天沈沈不著纖翳俄有白雲自空而起屹若兩峰聳秀可愛凝望久之而覺蓋幻景猶在目也因係以詩 甲午

淺夢重簾夜半燈花冷墮琴案白雲飛去無痕明月却來爲伴

輓星娥二姊 丙申

作羹廚下手調甘善事尊章性久諳大廈忽傾君復逝北堂撫念更何堪

米鹽料量記年時念我孱軀事獨支痛絕臨危無一語只敎此後好扶持

去年我病苦纏綿風雨深宵伴不眠今夜哀來無夢寐空將慟哭答從前

十載相依情性同一朝死別恨蒼穹前塵似夢難追憶白日西飛水向東

尋菊 以下戊戌

無聊獨倚畫欄東欲訪黃花趁晚風曲徑一枝斜更好持螯相玩月明中

秋牕夜雨

蕉牕淅瀝近三更隱約誰家玉笛聲今夜挑燈拚不寐蟲聲唧唧繞堦鳴

月夜

人靜月輪高月高人意消人邀月共語人月兩無聊

題自畫芍藥

柔紅淺綠逞嬌姿小女妝成鬬入時雙笑春風雙醉露未應名字喚將離

秋夜口占

挑燈小坐靜無譁月色玲瓏透碧紗秋影一庭都入畫最難髣髴是黃花

懷黎花里三姊

相聚無多忽又分倚欄望月倍思君夜深花露霑衣濕風

度長天送雁箏

潄枕居梅花分詠己亥

早梅

嶺南乍見一枝新玉骨氷肌迥絕塵自是生來高潔性不隨凡卉媚陽春

瓶梅

折得梅花一兩枝膽瓶瘦影伴吟詩書牀琴案春風透紙帳香温夢醒時

隔簾梅

開到中庭春正長紙牕竹屋伴孤芳怯寒不把湘波捲時透梅花一縷香

送外以下庚子

臨別翻無語深閨靜掩扉瀟瀟風雨夜打點客中衣

送吉卿三姊同黎花里

不盡思親淚那堪又別離雁行分幾處何日慰相思

詞二首坿

黄鶯兒春日

疎疎雨滴楊柳含春色小立空階人語寂隱約誰家玉笛過牆東

鶯啼爲報花紅欄干十二玲瓏幾陣風吹簾動賣花聲

菩薩蠻秋夜

空庭皓月娟娟白蟲聲叫到三更急蕭颯起西風吹開簾一重　倚欄心耿耿牕外秋聲併儂是怯寒人風來先閉門

先宜人幼受詩於　外大父太史公讀古唐詩數百首而未有作也歸　先大夫迺以詩相倡和　先宜人手寫稿題癸未二字實道光三年蓋自是始也喜伯姊歸一首手稿注庚寅二字夜夢一首爲甲午年作自此皆憲和所及見命筆者謹以甲子各繫於下梅花分詠則憲和與諸外兄同作而　先宜人拈以示之者詞二首前一首憲和幼時　先宜人時爲誦之今讀之恍聆謦欬後一首於零頁中得之並坿於後紙墨如新音容長往自違色笑忽忽二十有八年矣於戲痛哉同治癸酉十二月二十五日男憲和謹識

五真閣吟藁

錢惠尊

五眞閣吟藁序

嘉慶丙子秋冬間余杜門養疴無所事事始自删定其詩既竟復取詵宜之詩去三之二命兌貞重錄一帙題曰五眞閣吟藁而序之曰吾聞儒家者曰婦人不宜爲詩斯言也亦幾家喻而戸曉矣顧嘗有辨之者至上引葛覃卷耳以爲之証夫葛覃卷耳之果出于自爲之與否未可知也則婦人之宜爲詩與否亦終無有定論也抑吾又聞詩三百篇皆賢人君子憂愁幽思不得已而託爲者也夫人至于憂愁幽思不得已而託之於此宜皆聖人之所深諒而不禁者于丈夫婦人奚擇焉詵宜早喪母既嫁事姑謹姑憐之時時節其動止之勞佚衣

被之寒煖飲食之過不及而均之於是欣欣然始知膝下之爲樂然嚴君宦三千里外定省久廢逮捐館舍又不獲視含歛涕淚嘗浮枕簟間余無以慰也已而余以負米出遊每歲暮一歸省發春數日即又治裝行柳絲帆影黯然神傷或霜重月寒蟲聲一庭孤影徘徊諷詠閒作于此而申之以明禁曰婦人不宜爲詩是父子之恩終不得達夫婦之愛終不得通而憂愁幽思之蘊結于中者亦終不得而發抒也曾聖人之爲訓而若是酷歟余之窮於世久矣詵宜既不幸而爲窮人婦凡翟茀之榮裦珮之飾宮室之美婢妾之奉悉無有焉然而二十六年以來無幾微怨尤之意形于辭色者彼盖習聞夫富貴利達之不可求而文采之傳世爲無窮也吾一婦人冀得以一言片辭埒夫子後足矣故雖朝餐未炊秋風刺骨竈嫗謗懟鄰女訕譏猶復琅然而長吟快然而自喜樗蒲絲竹之好無以過焉夫世之婦人耽樗蒲習絲竹者何限而儒者之大禁乃不在彼而在此不亦過乎嗚呼自太孺人之終於今八年矣余之奔走衣食如故也動止之勞逸衣被之寒煖飲食之過不及益無有能念之者又屢喪其子若女其憂愁幽思有較甚于八年之前者後此之所作將益多而不可禁然則詵宜之爲詩豈詵宜之幸耶又悔余禁之不早也詵宜姓錢氏名惠尊詩古今體若干首題圖酬應之作亦有余代

爲者襍存集中兌貞者其第三女今玆年十六矣好作書學歐陽詢裴休後之人得此帙而觀之當有畢然而羨窮居之樂者丁丑新正二日修平居士

五真閣吟稾

陽湖陸錢惠尊誺宜

小元池仙館堦前手種摩羅春數枚發花皆並頭因成一詩並邀祁孫同作

捲簾彷彿玉顏酡瑟瑟珍珠點袖羅（一名珍珠）從此花叢添故事不須分種向都波

咏蓮

亭亭出涤水灼灼倚新粧鈎簾耀初日朱闌凭曉凉花嬌人易見心苦誰共嘗寄言採蓮者並蒂莫輕傷

撲蝶詞

曾光轉瞬都成惜莫認花梢作安宅玉腰瘦損粉翼輕那禁紈扇來無情一晌分飛別愁重驚心又避流鶯啼夜深隱隱露華寒獨抱幽香不成夢

芳草

芳草萋萋映夕陽故園曾已去堂堂好花經眼成蕭瑟別夢關心柰渺茫珍重青山題綵筆生憐紅豆貯香囊多情只有當頭月曾到行人綠綺旁

問月

一輪青桂影濛濛竊藥傳聞向月中不信無情有仙骨年年穩住廣寒宮

題無錫女史嵇氏遺詩

如此年華委逝波有才無命柰君何知生西土知天上我欲濡毫問大羅

薄命依稀花上露愁心宛轉藕中絲如何昌谷奚囊外又見人間幼婦詞

過水月菴述哀並寄家大人大梁

憶昔慈親永訣時傷哉孤女欲從之驚心寒食數行淚回首衰顏千里思蕭寺鐘鳴夜岑寂畫樓燈燼夢差池香消人靜誰爲伴殘月無言上繐帷

幾日

難藏幽怨是眉梢幾日慵開明鏡描試問愁心今幾許秋蟲切切水迢迢

七夕

鵲尾填橋近渺茫曝衣穿綫爲誰忙午窗繡倦都無事閒倚晴闌盼夕陽

對菊寄豫

無語獨凭闌離愁積百端奇才成合晚（謂叔父）傲吏住應難（謂大人）翠葉經霜冷黃英掩淚看問花緣底瘦似我帶圍寬

蟲語

寒窗蟲語伴吟哦催送華年暗裏過我尚聽伊雙淚落不知容舍定如何

丁夫人莊宛芳七夕生男寄余爲假子余名之曰兆盧而報以詩

七夕産寧馨啼聲莫共聽清才分入洛佳識恰添丁阿母今閨彥攜甥到謝庭雙星知賜巧祝爾享遐齡

病起

如畫秋光病起時帶圍減盡舊腰肢晚晴暫啓疎櫺坐惱殺西風上鬢絲

孤負樨香又一時年年病似與秋期侍兒會得憐花意報放東籬第幾枝

梅花

一枝忽又映迴闌萼綠仙人下碧鸞雪月交輝倍清迥夜深久立不知寒

暗香疎影句堪珍生與梅花有宿因自是甘心耐清冷

却教人說占初春

代祁孫題其友人校花圖

幽人校花如校經珍珠密字題娉婷玉稱昭容分甲乙畫屏周昉虛丹青簾波不動鳥聲綏招取春魂入湘管秋江別有未開花獨抱寒香怨春短

新蟾

新蟾遥共晚凉生偏照空閨一樣明漫說愁心堪寄月知他今夕雨還晴

聽雨

細雨窗前滴凄凉雜漏聲沈沈添小病寂寂動離情縱有淚難寄誰知笑不成雛兒知憶遠倚膝可憐生

七夕

閒攜嬌女共徘徊可識行人何日回記得年時新月上自陳瓜果待君來

畫簾垂處月如絲獨夜慵吟乞巧詞漫說相思不相見分明知爾斷腸時

祁孫歸

依然璧月吐幽輝芳樹重重上綺帷同倚闌干轉惆悵傷懷猶憶別時悲

連宵風景劇凄清早掩重門對短檠尺素欲傳佳句少更憑何物慰君情

祁孫秣陵秋院本

滿園桃李艷晉光可有水花抱冷芳爲問枝頭雙蛺蝶玉腰減損爲誰忙

曾聞名士悅傾城珍重司勳載酒情莫似秦淮河畔柳東西南北送人行

奈何與君別效祁孫

奈何與君別思君欲斷腸儂愁似秋夕又比昨宵長

奈何與君別思君淚萬行儂心似籬菊受盡一秋霜

寄祁孫

鈎簾乍捲晚風清花影橫堦月滿庭燕子未歸人已去

雨絲易斷淚難晴路長定有相思句吟苦還愁太瘦生

循例平安聊寄遠可能便與慰離情

祁孫復偕計吏入都別後却寄

風雪匆匆黯別魂自君之出掩重門不應前路無知己莫以窮途易受恩輕詆最非慈母意高談須謹故人樽倚閭但喜歸來早得失浮名未足論

夢亡兒

兒足未能履何因夢裡回傷心窗外月曾照小墳來

懷叔父

貧病匆匆怨此行投人白璧暗中輕才高最折書生福金盡空留俠士名且喜雛鵷能振翮不應老驥更孤征遙知五十英雄淚洒向秋風作雨聲

紅蓮

畫閣西頭坐晚凉紅蓮不及白蓮香可知色相天然好無奈胭脂誤曉粧

趺坐

靜中趺坐自生凉案上先吹銀燭光此際道心清似水鐘聲和月到迴廊

風荷

一院風荷乍卷舒招凉先自疊蝦鬚明粧欲卸仍窺鏡翠袖初欹見唾珠屢散浮萍還聚會未開新蕊太清癯幽人不耐驚秋早怕啟鈿箱換五銖

倚闌待月圖為閨人董氏題

初三月纖如鉤月不來上小樓十五月圓如鏡月不來步芳徑待月來整修眉猶痕展雲未開待月來弄齊紈紈扇掩露已寒露寒雲重依微見十二曲闌都倚偏長娥此夜不勝秋只許人間窺半面水晶枕畔玉釵橫夢跨青鸞傍月行天上一輪依舊好不知下界有陰晴

雨過

日長其奈暑風何儘把湘簾放綠波消得曲闌干並倚雨餘庭院受凉多

不寐

偏是新凉夢不成蟲聲鈴語總關情怪他多事梧桐葉一片飄來百感生

秋雨乍凉有作

濃陰隔疎雨庭前生月闌秋蟲鳴其中樂此俯仰寬病軀怯煩暑又不勝輕寒寒生易惆悵獨坐心凄然問我何所感此感初無端田家方待澤忍望月華看

即事口占

握香三面護幽齋如此秋光亦復佳難得瑣窗人共倚不辭沽酒拔金釵

莊遠青采芝圖

采芝復采芝采芝向何許元池竹徑深見此香羅舉香羅向作道家粧記得天孫贈七襄塵世更無花比艷自尋瑤草惜幽芳

海棠詞

碧桃顏色柳腰肢雨潤烟濃見一枝夫壻封侯人面去耐他兒女訴相思

薄醉何人掩帳紗睡情草草付啼鵶麻姑也覺無消遣閒倚紅鸞擲絳砂

莫雨朝陽捻不禁絲絲畫出美人心胭脂井底千年水澆得春愁爾許深

燕瘦環肥任較量隔簾春影太微茫杜陵不是吟懷減斷盡花間錦繡腸

壁月糢糊怨薄陰春人心事費沉吟惱花更擬燒高燭又恐驚他並命禽

人間天上總離愁織女金梭倦未收待得重逢呼小字傷春可奈又悲秋 祁孫秋海棠詩有傷春可奈又逢君之句戲反其意

綠萼梅次韻

此是雲仙萼綠華乍來塵世降羊家隴頭書寄同瑤珮花下詩成籠碧紗偏覺水邊疎影瘦眞宜竹外一枝斜怜形只與蘭爲友不羨紅亭艷曲誇

名禽篇

羅浮有名禽游戲出蓬島惡然鳴向天雲氣隨縹緲宛宛金鷟鸑煜煜紫芝草食之猶苦飢何况粱與稻翩然返神山回首九州小

瓦偶香箭次韻

香嚴童子證前根吹息如蘭坐處溫爲貯龍涎別有韻似含雞舌却無言垂簾五夜工書篆摶土何年得返魂莫道帳中裝七寶紙窗竹屋素風存

夜坐吟

鴻濛遙挂碧玉鉤薄露壓樹清光浮秋窗離人坐長歎纖雲欲墮姮娥愁割情如絲斷還續淚眼不見碧海頭一回相思一回瘦蹙損眉痕亦非舊挑燈作書將遠貽欲緘不緘空遲遲絡緯聲停四壁靜此恨未訴君應知

夜坐

空庭月影寒夜色清如許一片玉瓏玲獨伴花鈴語

對菊

休論魏紫共姚黃別有丰標晚節香寂寞園林君與我疎風冷雨過重陽

平原君傳書後

公等碌碌皆因人平原枉有三千賓囊大會無一錐貯見遂不識來何許邯鄲城門晝不開此時局促眞駑駘不聞公子畫奇策乃至以姊要人哉吁嗟乎美人一笑何大罪特借卿頭爲士賄矯情待士士不取有客飄然向東海

歸燕篇

丹楓已落迎涼館黃蝶疑花飛欵欵意而一夜語呢喃凄涼畫棟香塵滿玉京無語倚斜陽盼盼樓頭夜更長來日舊風滿金谷去時秋水落銀塘銀塘金谷何須數

王謝華堂一荒圃宛轉空閨足上絲飄零處士齋頭樹更有天涯望遠人關山迢遞阻烟雲朱闌十二簾空捲紫塞三千秩乍分紫塞秋高新侶少巢成無奈西風早回頭何處鬱金堂此身合化離鄉草寒食明年枉再來幾番易主認樓臺只有王孫依舊綠廣庭月落一裵回

楊園

曾是當年羅綺叢楊枝無語怨東風草長曲曲通樵徑竹密時時見鶴籠一院鳥聲微雨後半天閣影夕陽中我來憑眺剛春莫愁看桃花兩岸紅

善哉行 集司空表聖詩品

生者百歲百歲如流荒荒油雲忽忽海漚一解 碧桃滿樹紅杏在林歡樂苦短始輕黃金二解 幽人空山清酒深杯落花無言浩然彌哀三解 迢超神明寥寥長風來往千載橫絕太空四解

戲馬臺次韻

劉項曾經幾戰攻蒼茫憑眺泣英雄八千子弟全師健百二山河一炬空壯士情深憐駿馬將軍掌上走眞龍祇今成敗都銷歇落日荒臺起朔風

美人啜茗歌

春愁如霧留香夢嬌睡于亍壓花鳳翡翠簾疏樹影低一庭濃碧流鶯哢小汲銀瓶貯新淥酒窗松雨炊寒玉雛奴撲蝶扇紈輕一晌凭闌茗花熟玉椀清空蟬翼香

五銖衣薄怯微凉半規明月淡疏柳畫閣雲深春晝長

偶題

玉爐香燼上簾鈎小倚雕闌竹徑幽一自葬花人去後滿庭紅雨杜鵑愁

秋思無端入綺羅有人惆悵苦情多三生幾許相思淚流盡年華奈爾何

丹青辛苦掩重樓無限溪山腕底收珍重素毫消永晝綺窗香燼不知秋

青女禁寒獨閉關綠雲寧復鬥高鬟最憐已作沾泥絮一去天涯竟不還

新埜門前烏夜啼華堂人去月輪低漂零賸有春申客舊事凄凉總怕題

十二月十五簡園對月

此夜明如許重圓已隔年清光催我老瘦影倚君憐竹閣最長夜孤蓬欲曉天不堪重細數強半照離筵

聽雨遥和祁孫來韻

獨客復聽雨人生有此宵歸心來寂寞春色去蕭條散步思花逕孤吟對酒瓢雞聲最相警劍氣恐全消

喜晴

乍覺碧天遠春光動太虛水深侵岸草花落聚池魚細柳爭縈拂閒雲自卷舒捲簾凝眺久幽鳥下庭除

題畫

方塘如鑑草如茵寂寂紅樓近水濱窗外落花深未掃可憐愁煞捲簾人

偶成

一春苦雨損羣芳三徑苔痕上短牆忙煞深閨小兒女簾前學製掃晴孃

落盡梨花院已秋幽懷寂寞掩重樓多情只有毿毿柳還倚斜陽慰客愁

東林列傳書後

天啟國事何披猖東林意氣誠慨慷至尊雕刻擅絕技運斤不覺戕苞桑逆璫盜執太阿柄滿朝强項牽銀鐺吁嗟乎門生義子方紛紛戴頭直入磨牙羣苦曹始亦畏清議困獸走險來并吞都門本非講學地一網翻教前除易欲清君側無內援毒焰薰天撲爾熾爾時獨有黃貞長深識卓絕言琅琅惜哉無補亦身殉揮洒碧血誰爲藏妖氛一掃還稱快此時國已無留良君不見東林之盛古莫比造物生才竟何以曷不將貽信天子

題畫

雲作珠簾月作鉤美人小立闌干頭欲語不語如含愁西風裊裊動羅帶目送飛鴻碧天外

題桃花扇

白門衰柳噪寒鴉六代青山日又斜滿紙淋漓都碧血謂史閣部泪血左崑山胸血黃虎山項血也傷心豈獨爲桃花

咏庭柏

窗前有老柏歲久幹生瘦風怒千尺濤月娟一庭影嗟彼梁棟才値此寂寞境蕭然共歲莫人樹兩淒冷

掃逕

掃逕積寒素捲簾延暗香春風殊耐冷吹月上迴廊

詠摺疊竹扇和祁孫

約束便娟翠一叢卷舒隨手劇玲瓏班姬半掩懷中月秦女原饒林下風曲檻簾紋橫乙乙畫航帆影落忽忽湖濱向晚衣香動隙處分明玉頰紅

最憐湘竹淚痕滋瘦削偏宜素手持度曲脂香通細細倚闌月影界絲絲剪來蓮沼波千疊描取梅林雪一枝莫向秋風悲棄置歲寒舊約寧差池

句曲女史駱佩香寫生便面

日日疎林泪斷紅柳絲無力繫東風美人別有留春手招得香魂入畫中

回首前身一惘然陰陰濃綠聽鳴蟬誰知圖畫還成恨團扇逢秋又棄捐

楊柳墨桃障子

傷別傷春孰共論不曾飛絮已消魂柔條幾日長如許何處重尋玉爪痕

孤根小謫奈愁何招得香魂墨一螺爲是妬花風太急自將顏色浣春波

屈君頌滿遺札爲節配季夫人蘭韻題

小別何因怨索居多情想見病相如芸箋十幅殷勤護便抵當年封禪書

又爲季夫人題屈君墨竹

欲報平安贖別魂琅玕刻遍共誰論無情最是瀟湘竹只向人間染淚痕

莊筠懷表妹佩紉小像次自題韻

劍術蹉跎久不傳披圖忽訝見飛仙紅綃俠骨高千古黃鵠空巢已十年舊畫新題憐髩改萱萎椿茂總情牽石橋灣畔波痕漲遲爾歸帆二月天

戲詠蓮蓬人

樽前蘭息最宜人蕙帶荷衣詎染塵洛浦彷徨憐瘦影蘇臺約畧記初因素絲似雪愁縈髩清露如珠綴滿身信是渡江不用檝藕船安穩勝蒲輪

有感

當代文人敘會場小山亭畔月如霜奇才軾轍歸何處失路機雲只自傷明鏡尚涵蘭蕙質嫁衣空疊綺羅裳中年壯志消除盡儘看鄰雞作鳳凰

張都尉夫人有女名襄字雲章年甫十五不知其能詩畫也頃以近作寄質並貽探梅埽花二圖作此答之

我與左芬別垂肩髮未攏不圖三絕擅都在兩年中自詠庭前雪真饒林下風遙憐眉黛好秀色遠山同汝伯字見杜詩如渠歲神童譽早傳今看子雲作猶遜鮑家篇老我嗟才盡憐伊向學專本來常惜別更使夢魂牽女伴閨中友通家姊妹看阿三今已嫁婉娩學承歡書與圭峯近詩如道韞難何時遂歸思聯唱到更闌埽花芳草綠踏雪鷩衣紅寫出娉婷影應緣倩盼同高枝金鍘重絳蕚口脂融頻祝瑤華至時時望過鴻

題王瀞音環青閣詩集

抱玉人歸髩欲絲廿年偕隱願猶遲因君消我無窮悔行篋攜來黃絹辭郁孫自都門歸攜嫂屬贈詩一幅絕愛京華感舊篇瀟湘春水浣吟牋憐予虛得江山助

湯瑤卿

蓬室偶吟

陽湖湯女瑤卿

秋日自常州至嘉禾途中漫咏

新安纔返又嘉禾母老何堪離別多此去孤蓬烟浪裏遙知屈指數經過

碧波渺渺櫓經分何處鐘聲隔岸聞一抹曉霞螺髻出舟人指點錫山雲

平波十里浸斜暉菱角新鮮芡實肥最是鴛湖好風景秋來點點白鷗飛

結茅借隱願猶虛舉案常隨廡下居一水茫茫山疊疊不知何處是吾廬

秋夜

淒淒風雨滴芭蕉一卷心經破寂寥苦憶故鄉書不到空餘哀雁叫中宵

書懷

到來已三月不見故鄉書歷亂甘蕉葉愁心却似余

雙鬢星星白虛生四十三胸中無限事欲訴自懷慚

送夫子返常州

挑燈與君別執手意綢繆好月穿簾過橫斜看斗牛

隔籬搖竹影寒月倍離愁忽聽汀邊雁淒聲過小樓

風雪日至歲行盡矣夫子未來感興四首

四壁蕭蕭風暗吹階前卻有雪成堆可憐異地還輕別空聽

樓頭鵲噪來

浪說聲華事貴遊於今衰病志難酬青山自古稱蕪老一夜花飛也白頭

日望君歸君不歸漕風苦雨日相催誰憐繡倦燈昏後又聽聲聲殘櫓來

殘年猶自送君行挑盡燈花夢不成記得去年當此日蕭蕭風雪憶邗城（去歲夫子在揚州度歲）

元宵晚晴

春陰到晚欲全開一線斜光照綠苔嬌女不知釵典盡巧梳雲髻傍妝臺

銀燭高燒翦鬪煤雙葩綵結映春醅夜深閒試龍團餅實鴨添香待月來

春雪即晴

才看花霧捲成堆忽見斜光向晚開一日陰晴天不定升沈何事漫相猜

瓶梅

巧畫娥眉兩鬢華澹妝便欲勝朝霞清宵不作羅浮夢並倚銀屏映碧紗

春曉

捲簾雙燕入蝴蝶弄春風一夜杏花發朝霞滿樹紅

蝴蝶花

豔紫嬌黃翦綵齊臨風栩栩小欄西不知何處飛來蝶碧草依依春夢迷

夢遊深山

寂靜春山徑微茫曉色青忽聞群鳥喚霞影落茅亭

甘蕉花

奇花何幸覩蓬廬齒著低垂映綺疏盼到花開能結子芳心一卷也應舒

數瓣臨風逗暗香圓排苞蕊貯瓊漿枯腸謝爾能沾潤日日甘回齒頰芳

即事

荊釵聊可當花鈿閒看疏黃小閣前夜靜明河橫碧落微風吹送桂枝天

幾間茅屋對清溪有鳥投林倦自棲羨爾無求安飲啄飢來不用向人啼

飛去飛來豈自安天涯消受雪霜寒主人莫道雙棲樂尋遍西風一粒難

秋思

玉露新秋色清光映碧牀殘鐙半明滅獨聽漏聲長

漸覺秋期近砧聲滿夕暉羈人應乍冷開篋檢寒衣

偶成

料峭秋寒斂葛輕落槐風細咽蟬聲晚來微雨窗前過木葉蕭蕭滿樹鳴

九日

日上樓頭望遠來登高何處碧雲隈一枝冷落東籬菊又是重陽獨把杯

寄夫子京師

十載飢驅未得歸艱難獨自泣牛衣傷心莫上層樓望一片平蕪襯落暉

獨立空堦日漸曛凝眸惟見萬重雲忍將別後千行淚彈向

征鴻說與君

送大文[illegible]赴之京師

膝下依依四十年可憐青鬢已蒼然瀕行忍淚無多囑莫忘班姬女誡篇

右先妣遺詩三十二首先妣幼敏慧外王父猥菴先生授以四子書毛詩女誡能通大義及歸先府君尤好讀蘇長公集然勤於操作未暇爲詩也年四十後府君移家嘉興乃始爲詩亦旋作旋棄又詩多口吟不假紙筆務取宣意意盡即止故所存止此與長篇大章嗚呼先妣固無意爲詩而亦不以詩自見者也然生平所處多艱苦困阨之境而獨以詩抒其和平自適之懷終以艱苦困阨之故奪其爲詩之力則詩雖不多固先妣性情所歸也敬錄之附府君集後子孫世守焉

道光二十年庚子二月孤曜孫敬記

亡室湯孺人行略

孺人姓湯氏陽湖人祖大紳乾隆壬戌進士及第官翰林院編修父修業字賓鷺號猥菴國子監生博學篤行多識前明以來事爲吾常文獻母萬太孺人生三女孺人其次也猥菴先生家貧故居没于官萬太孺人依母家以居先生客游浙閩燕齊之郊後居段莊錢氏依姊壻履昭先生云孺人幼知書能詩工繡事尤善翦綵能於方寸地作山水樓閣人物魚鳥數十事意態如畫年二十七歸於余先府君早世遺腹生余時姊七歲兄惠言四歲吾母姜太孺人撫孤成立以鍼黹爲活備極勞苦逮嫂吳孺人暨孺人先後來歸太孺人始稍

逸焉孺人家雖貧未習操作歸余後始學中饋太孺人顧之曰稔知新婦未慣烹飪抑何精也事太孺人七年能委曲得懽心太孺人絕愛憐之姑嫂娣姒數十年無違言余祖居大南門德安里後徙居城中姊壻董定園宅十年定園售其宅余兄弟挈家遊歙主巖鎮金氏嘉慶己未先兄成進士入翰林嫂與孺人之京師余偕孺人仍留歙凡六年又浮家至嘉興三年乃歸正徙而僦居近園時辛未三月也余好交游江陰祝子常涇包愼伯嘉善黃古愚每至必主余家孺人親設饌必精腆數年以爲常余囊筆出游始至浙後至安徽河南山東最後至京師館穀所入先後支絀或歲一歸或三五歲一歸黽勉有無皆孺人任之戊辰己巳閒余客陝州信不以時達孺人冬無棉衣朝夕不給率四女刺繡以易米恆不得飽至屑米爲粥日一食焉嘉慶癸酉余年五十始得一第明年得謄錄其秋自豫歸十月仍至豫轉京師十餘年至孺人三嫁女內外兼理秩然井然無稍誤失然家日益困賴女壻章政平孫劼典質稱貸得以存濟道光癸未余年六十以知縣分發山東十二月署鄒平縣事孺人謂兒女曰汝父得官吾當之任然吾姑節孝坊未建吾父母未葬不忍成行也先是姜太孺人請

旌例得建坊余姻親章燕橋代購佳石存江陰有年力未能建適其里頻年疾疫俗疑石爲災以咎燕橋屢欲成訟皆賴燕橋調護之後有欲購此石者願倍其價時家方窘困僉謂孺人曰石存江陰力不能用不如售之以救目前孺人曰姑坊未建日夜不安於心寗餓死不敢賣石求活猥菴先生之卒也厝於編修公塋側無子以從弟蒔稼公之幼子貽謨爲嗣形家言編修公墓地不吉故葬後家以多故孺人曰吾父無子以五弟爲嗣若不卜吉壤嗣子受其殃咎吾不忍也吾必爲吾父擇地時余方困於齊豫閒家食不給聞者多笑之後萬太孺人卒殯於近園者九年甲申四月乃建姜太孺人坊於德安橋南七月卜地葬猥菴先生暨萬太孺人然後來

東如其志焉時貽讓以巡檢分發廣東聞之以百金來孺人曰營葬吾志也吾弟不欲以累我而以資來吾弟之志也返之不可乃受之孺人有妹未嫁而卒姊適同里董蔭柏蔭柏卒無所出萬太孺人憐之常相依自余居近園乃迎萬太孺人養焉萬太孺人年八十有五臨卒顧謂孺人曰汝姊苦幸善視之孺人泣應曰敢不竭力洎來東歲遺衣物且預贈身後費襄以慰萬太孺人也猨菴先生嘗困於德州從子韻清偕之歸未幾遂卒又收其詩文稿藏之不致散佚孺人心德之稱說不置韻清居邇近園事無大小悉咨之韻清亦視如同產時有緩急旁觀者不知爲從姊弟也孺人性整潔造次必以禮然歡欣和易雖愁苦艱困不形於色絕不以貧難告人親族來者必款留無空坐者雖僕婢必溫語問訊故外人每不知孺人之艱難又好施與居近園時寄食者日常數人儉歲升米五十錢貰貸供之久久無厭倦聞人之急輒以典質錢與之夕無以炊不計也如此者時時有之蓋天性然也孺人育二子四女皆自乳慈愛特甚然教必以禮少有失輒呵責不少姑息孺人少依錢氏居有表女姪父母俱故召之來衣食之數年迨嫁乃去錢子貞者魯思之姪漢思之子實履昭先生之族孫之魯思兄弟幼從先府君受經余於錢氏又爲世交子貞幼孤無依與其生母馮來近園孺人令子貞

偕兒讀積有年後子貞來館陶署居半年孺人曰子貞年少不能養母徒衣食之無益也盍爲長久計聞保定有進班學幕者三數年有成即可自立矣余嘉其意乃資子貞之保定族叔雲驂先生余兄弟從學時文者子婦皆歿先生亦卒僅一孫紹曾年十四與庶祖母沈居忽不知所之孺人已來章邱聞之愀然曰紹曾存亡未卜雲驂公無後矣族姪達藝南歸諄囑焉或傳其在無錫者達藝往跡之不獲後紹曾在吳門知之乃返孺人甚喜欲召之來乃紹曾未來而孺人竟溘逝矣孺人於道光四年九月抵章邱署七年六月來館陶八年中秋夜得風痺之疾至今年七月十四日卒凡三年余輓之曰四十三年愁苦操勞往背身心眞盡瘁千八十日呻吟反側此時體魄轉能安皆記實也子二長珏孫年十五而殤聘法氏汝和先生女也珏孫歿後十年有來言法氏女誓志不嫁願過門守節者孺人哀之迎歸俾成其志次曜孫國子監生娶涇包氏戊辰舉人名世臣女女子四長緗英適常熟吳廷鈐丙戌進士翰林院庶吉士散館改刑部主事次纈英適江陰章政平國子監生國子監生名研長子研字燕橋即爲余得坊石者次綸英適同里孫劼國子監生壬戌進士原任山西臨縣知縣前安徽懷遠縣知縣名讓第三子次紈英適太倉王曦國子監生孫一晉禮孫女一字王堉曦之子臣

殉孺人之來東也三女皆從次女綳與前一月病殁孺人傷之積數年不去懷丁亥春寓省門二十日而殤外孫男女四尤慟於懷形神因此遽衰焉居館陶署五年冬日必製棉衣褲數十具有無衣者輒與之曰吾不能遍及但耳目所見者稍盡吾心耳嘗聞有難產者夜半趨人贈以藥往返數十里其母死已半日強飲之死胎下而活孺人自奉儉約而祭祀必精潔好治酒食待客在署親友時時饋送子姪皆然噉之多愈喜亦性然也孺人言行皆發於至誠無所矯飾姜太孺人之歿幾四十年時時哀慕比來章邱署傷太孺人之不及見黯然者累月猥菴先生之卒孺人在歙不得視含斂終身

恨之姜太孺人母家凋落不克奉祭祀歲時孺人必祀之猥菴先生葛太孺人亦然至今不輟張氏自居大南門無家廟又祖塋左右族人祔葬幾無隙地孺人常與余言欲營建祠堂并買宏敞地供族衆無力者之用而相約不得葬祖塋此二事吾力尚未能及然期在必行之孺人詩不多作所存蓬室偶吟一卷清婉可誦四女曉文義能詩皆孺人之教也孺人生於乾隆二十八年三月卒於道光十一年七月年六十有九子曜孫奉喪歸將葬於江寧之龍山新阡而杖期夫張琦紀其崖略如此

先府君行述

府君姓張氏諱琦字翰風又字宛鄰初諱翊後改與權最後改今諱先世當明宏治中有曰端者居常州大南門德安里是爲大南門張氏九傳曰政誠府君名金第寄籍天津補府學生

貤贈文林郎翰林院庶吉士爲府君祖娶於白

貤贈孺人生雲墀府君諱蟾賓武進縣學廩生

敕贈文林郎翰林院庶吉士爲府君考娶於姜

敕贈孺人生子二長伯父臯文府君名惠言府君其次也府君以雲墀府君卒後四月生時家至貧姜太孺人拮据恩勤

府君每述之輒涕泣不能終其說其略在伯父所撰先妣行實府君四五歲姜太孺人口授書伯父爲之講解稍長好學不輟暑夜無帳蚊蚋羣集稍臥輒醒醒則復讀弱冠教授里中年二十五補縣學附生三十一丁姜太孺人憂既葬與伯父並遊歙先是歙金公雲槐守常州奇伯父文其弟奉直君杲延歸課其子歙之從學者日衆乃并延府君令弟子分受業焉嘉慶己未伯父成進士入翰林府君仍留歙三年而伯父卒於官府君即歸厝伯父於加肖橋之祖塋而改葬雲墀府君於丫义舖姜太孺人祔焉府君慟伯父早逝隳進取之志乃遨遊燕豫齊魯間所至職其賢俊登覽景物賦詩言懷

交益廣而名益著癸酉至京師友生強爲入粟乃舉順天鄉
試第十一名蓋自補學生以來凡十一試而始售而年已五
十矣甲戌會試挑取謄錄庚辰
今皇上御極恭修
仁宗睿皇帝實錄傳稿謄錄壬午
實錄告成議叙一等以知縣用癸未分發山東四月抵山東
省十二月署鄒平縣事甲申五月解事七月署章邱縣事乙
酉七月解事丙戌署館陶縣事丁亥以失察監犯越獄革職
留任既復摘去頂戴戊子二月題補館陶六月會同安徽亳
州協獲越獄犯得

旨開復旋給還頂戴方府君之分發山東也今直隸總督一
等侯琦公善爲巡撫承宣則前廣東巡撫朱公桂楨提刑則
今兩湖總督訥公爾經額皆正色率屬整飭官聯府君初謁
見即器賞故事州縣之試用者恆令襄聽首邑訟府君剖決
勤慎半年而斷懸積之獄數百嘗奉檄查勘有以重金關說
者輒峻斥之凡所至獨[illegible]餽遺皆無所取大吏由此益知府
君之賢其署鄒平也民俗淳樸多詩書之士府君申明條告
教戒胥役內外肅然是冬無雪麥多萎府君以歲終受事即
日親勘四鄉得其情請緩春徵鄒民大悅扶老攜幼集堂皇
陳歌詩奉觴稱壽者數千人及解事吏民送者望於道皆流

涕行數十里乃去章邱事煩劇民且善訟履任一月投詞者
千計府君力爲聽斷自旦至夜半無退息時漸而減十之四
又漸而減十之六而舊積之案亦次第治結在任一年無上
控者於是府君年六十矣鬚髮皆黑百日而白其半丙戌春
大旱風霾四起東昌尤甚府君至館陶即請平糶常平倉穀
復親勘災象請發兩月口糧田不滿十畝者請借籽重災歉
漸平民無流離轉死者館陶事本簡歷任倘寬縱民不知法
每受詞恆數十紙矜士居大半府君嚴切懲警諸生以訟投
訊者稽其月課未至府君曰課文不至訟乃至耶命補文文
荒陋乃先責之而後聽其事於是諸生皆自斂府君治事勤

敏案無留牘有控訴者雖中夜必起悔訟和息皆弗許也聽
獄不用鈎距術而一訊輒得其情比擬定讞必反復詳審至
當然後行隨事教誡務在使民知恥辭色誠懇聞者咸爲感
悟故雖始尚嚴厲而士民感化囹圄常蕭胥吏無事縣之西
濱衛河居民不逞者恆於往來客舟要遮強索謂之打虎相
習數十年行旅病之府君始至適歲饑擾累尤甚嚴禁重懲
之時諭保約犯輒懲治如是數年其風始息館陶舊有書院
廢已百餘年欲復之而經費無可籌乃月召生童課之復擇
其尤者數十人資以膏火延師而教之讀而諸生多以教授
謀食恐反失業其應者楊苞張汝濡二生學一年並補學附

生詩文辭賦皆得源流條理邑文廟頹廢捐俸葺之又葺城隍廟而移建龍神廟於城隍廟之西偏士民有異議者未決而龍見故廟所井中府君曰是神欲遷新廟也吾祝之欲遷當即隱不欲遷終日見士民皆曰諾府君再拜祝拜起而龍隱時觀者萬衆皆懽呼稱神議乃定又繕縣署凡七十餘楹皆勒石以記府君勇於從事凡有利民害民者興革之惟恐不及然多格於時勢不得徑行館邑地勢偏下多鹵斥不宜穀又無禦捍之制暘雨稍愆或衛水漲汎輒成祲災府君手疏種植之法教民多植樹於鹵斥之地仿溝洫之意相度地勢爲儲泄之法去水遠者令多汲井置水器以便輸灌並用

古代田法以養地力田少者則用區種之法乃先作區田式於東郊又作諸水器又取農事利弊諸器形制切於斯土者纂其要爲勸農約說欲令民試行之未及徧諭而疾作病中常語不孝曰吾所欲爲者未十之一而農田水利書院志乘以重勞民故久未舉行今晚矣不及觀其成矣嗚呼痛哉府君任章邱時民獻一莖五穗之穀鄰邑生蝻蝗至境輒返走莅館陶之歲旱甚飛蝗不入境禱雨三日雨霑足夏有蓄積城中去城二里皆無之任館陶凡八年禱雨禱晴無勿應者歲皆豐稔卒之日香徹內外如旃檀逾兩時以故縣中人皆走告曰府君爲城隍神云府君幼受業於伯父後復從鄭先

生清如環楊先生隨安嵎谷遊少負大志嘗與伯父以第一流自期時稱二張先生淹貫子史兵農刑法術數之學皆有論著而於地理尤精自言合目則天下懸於掌上山川險要道路出入之勢歷歷可畫善宛溪顧氏之學因自號曰宛鄰又以讀史方輿紀要不能無譌舛乃按司馬氏通鑑正之復以今形補其缺略將自春秋以迄於今爲圖以究古今沿革之原困於奔走未及卒業僅成戰國策釋地爲文則自子固永叔以上歸於班氏爲詩則法魏晉參以李白杜甫錄漢以來詩迄於陳隋凡百七十家條其源流備其正變爲古詩錄爲詞則取法於周邦彥張炎之徒以上溯溫庭筠韋莊館歙

金氏時諸生多好詞乃與伯父錄李白以下數十家爲詞選又工書分書取法漢魏諸碑於近人則與懷寧鄧先生石如意旨相合眞書初學唐人後與涇包先生慎伯世臣求筆法於北朝碑石約分勢入眞行嘗言書法當推右軍然南朝嚴碑禁世無傳石評者多言右軍龍跳虎臥又謂字勢雄強今求淳化諸帖無能知其意者蓋爲石工鉤摹非其本然也唐以後書法一變與分篆遂不可合北朝去古未遠碑刻多存固與分篆相出入皆有龍虎雄強之勢者也然則右軍之眞不可見其可見者乃在北朝耳其於醫始受於歙金先生輔之授後乃得黃氏坤載書嘆爲絕詣嘗師其意有奇效客京

師時有病心痛者劇甚必倒懸以首拄地醫不知治府君診之曰此肺脹也肺形下垂脹則迫心而痛倒懸則肺葉張而心紓投以行水消滿之劑病良已及任館陶士民之求診者衆乃設醫局於署西命族子賜診治之賜故工醫府君時爲指授宿疴痼疾之愈者不可勝紀府君處心仁愛與人交和易坦白事上敬以禮愷直無迴曲同官者無不善府君又喜獎接後進往往折輩行交之至性純篤思慕終身勿釋既奉姜太孺人入祀節孝祠復建坊於德安里前初姜太孺人之守節也伯祖父訒菴府君以時佽郵之姜太孺人常囑子孫忽忘曾

加上

皇太后徽號

覃恩府君乃請以本身封

貤贈伯祖父母又貲從伯父損齋先生卜吉壤而深葬之外祖湯獲菴先生篤學不遇既卒家甚貧府君乃迎外祖母萬太孺人於家及卒殯斂如禮卜地合葬焉府君幼處窮困奔走南北潦倒厄塞之境旁觀爲之扼腕而府君安之當道以禮招致無勿往疏慢稍見於色立去之敦族誼重親故慷慨好義不念舊惡戚友有緩急輒鋭身任之力有未逮不計也性本耿介尤以廉潔自矢非分之利一介必拒及既仕祿俸所入不足供任恤周急之費則又舉責以給之貧不能娶者爲成家往來乏旅費者資之有以急告者必應焉或謂府君不善理財府君曰吾豈不知量入爲出耶迫於事之當爲者苟不盡吾力吾勿安也歲辛卯先妣湯孺人卒不孝奉靈歸常州於是府君宦八年矣家無寸田尺宅或以勸府君府君命不孝曰禮君子將營宮室宗廟爲先吾家無宗祠志此數十年矣汝歸營之祠成然後可及私室也不孝謹受命乃營祠屋於大南門之內規模草創未及詳備而府君遽長往矣府君素清羸支體瘦削風骨稜稜然工於攝養垂老而神致如四十許人宿患欬嗽冬作春止壬辰冬劇於往時右脅

復微痛不孝診脈得夏氣且陰乘於陽大懼不敢言急施治嗽良已竊謂診候之誤也及今年脅痛漸甚二月飲食少減時有獄待理不孝勸暫休息府君慨然曰是纍纍者皆欲速歸吾不忍以疾故而繫累之也強起治之數日疾驟加吐逆不食竟成關格之疾延至三月十二日竟爾長逝嗚呼痛哉卒之前三日語不孝曰吾疾不可爲吾自知之吾不服他醫藥者使汝盡心毋貽後悔耳是命也汝其勿悲嗚呼不孝幼好讀醫書比至山東府君即親授之每活一人輒爲之色喜府君有微疾輒命不孝處方而自裁決後遂非不孝方不服嗚呼意謂府君所以教不孝也孰知府君固有深意存耶是

不孝之[illegible]醫適以誤府君之疾也不孝之罪尙可言哉府君教子女以禮義而慈愛特甚不孝以晚歲生故尤愛憐之自幼未嘗加呵責不孝生三歲府君仍出遊六歲自京師歸踰月甲申秋不孝侍母至山東始得侍溫凊戊子不孝應順天試歸稍遲府君不樂辛卯不孝奉先妣靈歸里明年五月始來署府君以思不孝故悒悒數日遂患心痛自是誓不敢一日離乃未踰年而府君遂棄不孝而長逝嗚呼不孝頑冥無狀計侍府君不及十年未嘗分一日憂未嘗代一日勞而又以一再遠離致以思念而疾不孝母喪未闋復遭大故三載之內再罹鞠凶人子如此尙何言哉府君既不喜理生產卒之日幾無以爲斂歸安章先生亦江數甫任聊城未識府君也聞而憫之曰孰有如張君其人而可令柩淹於外子姓不歸者乎乃與邵司馬粟園先生光璋侯刺史理庭先生燮堂請於太守祝詒庭先生慶穀方伯劉眉生先生斯嵋多方爲之彌縫復與訓大令錯山先生光斗共出資以助其行不孝始得奉喪而南嗚呼藉非府君行誼信於人而得此數君子者敦古處於今日將見流離顛沛無可復言矣不孝之罪又何以自解哉府君生於乾隆二十九年十二月十四日戌時卒於道光十三年二月十二日子時享年七十歲所著戰國策釋地二卷素問釋義十卷古詩錄十二卷李詩錄四卷杜

詩錄四卷詞選二卷本草述錄六卷宛鄰雜著一卷兵家雜著二卷文二卷詩二卷詞一卷府君自律極嚴詩文稍不當意者輒削稿故存者不及百篇未成者唐詩錄若干卷勸農約言若干卷校刻者徐先生松漢書西域傳補注二卷新城張象津澹中詩一卷外祖湯先生修業賴古齋文集十二卷伯父虞氏易候一卷虞氏易言二卷周易鄭氏注三卷周易荀氏九家注三卷讀儀禮記二卷擬名家制藝一卷甥董毅續詞選一卷昌邑黃元御素靈微蘊四卷傷寒懸解十六卷長沙藥解四卷四聖心原十卷同里莊一夔慈幼二書二卷配湯孺人先府君二歲卒言行詳府君所爲行略子二長珏孫年十五殤聘法氏同里法先生汝和女以貞女來守節次不孝曜孫娶包氏涇戊辰舉人包先生世臣女女子四長緗英適刑部主事前翰林院庶吉士常熟吳廷鉁次䌌英適國子監生江陰章政平次綸英適國子監生同里孫劼次紈英適國子監生太倉王曦緗英早卒府君刊其詩爲緯青遺稿一卷孫一晉禮不孝曜孫出孫女一不孝曜孫出字王曦子臣夠不孝侍府君日淺未能仰測府君學行於萬一然府君少負碩學慨然欲有爲於世而沈頓勞役馳驅窮困者數十年百里爲宰精力已衰猶復竭慮殫心誠求民瘼勞積身瘁夙志未酬不孝無所稱述大懼廢先人之行用就所知者濡

血縷述惟冀當道德能文章者哀憐而賜之銘誄以垂不朽

不孝世世子孫感且無極孤哀子張曜孫泣血謹述

長真閣集

席佩蘭

序

字字出於性靈不拾古人牙慧而能天機清妙音節琮琤似此詩才不獨閨閣中罕有其儷也其佳處總在先有作意而后有詩今之號稱詩家者愧矣和希齋尚書在軍中札來云每得隨園片紙隻字朝夕諷誦虔等梵經老人每得韻芬詩句亦復如斯隨園老人校讀

佩蘭嘗乞序於隨園先生蒙諾而未與未幾先生歸道山如求成連海上之琴但聞海水汩沒山林窅冥百鳥悲號而已謹錄先生所題拙集數語卽以弁首以明學詩之所得云嘉慶十七年五月道華席佩蘭識

長真閣集卷一　詩一

虞山席佩蘭道華氏學

梅花

玉是肌膚鐵是腸孤山岑寂抱孤芳君才豈借春爲力天意應憐雪不香色相空諸明月裏神仙宛在白雲鄉便令開入穠華隊桃杏原非姊妹行

刺繡

手擘香絨一縷輕殷勤揀取衆芳名紅顏大半霜前落不繡芙蓉繡女貞

讀杜少陵入蜀詩

滿地干戈隔故鄉容顏老瘦鬢毛蒼賊中辛苦歸來日賸得乾坤一艸堂

春郊

艸色青青柳色新望中何處不生春緐因豔極成孤寂一簇桃華無主人

月夜

高捲湘簾待月明尋詩不覺到深更一輪皎潔當中照萬里無雲夜氣清

題月明林下美人圖

青松缺處山月生林際煙光片片明玉人暫立梅華下神與梅華一樣清

題先姑母綠窗小詠

一曲梅花雪滿山慢攜焦尾問塵寰愛才畢竟輸天上閶闔能詩便召還

上冢

冷酒澆殘冷飯陳最堪悵觸淚霑巾子孫羅墓殷勤拜便是當年上冢人

拜罷墳頭挂楮錢東風吹去散如煙金錢浪費千張紙可有春光到九泉

舟行春望

五里青山十里谿春光綠到板橋西桃花流水清明路一帶湘簾卷未齊

栁絮

白似輕霜軟似緜東風飄泊最堪憐不如點入桃花水化作浮萍轉得圓

春病

春情脈脈病懨懨膽小房空怯晝暝一枕夢同花影過卷簾低裊藥爐煙

思親

十五年無一日離那堪睽隔兩旬期昨宵枕上思親淚猶濕牽衣泣別時

同外作

水沈添取博山溫一院梨花深閉門燕子不來風正靜小樓人語月黃昏

春夜懷兩妹

愁絕梅花一半殘高燒銀燭夜深看月明樓上聲聲笛人倚春風第幾闌

鴈字

鴈字借雲封秋天處處逢飜翎如放筆撲足似藏鋒映日書丹麗衝煙潑墨濃回旋作勢下夭矯若驚龍

運爾全身力揮毫只趁風雲頭巧飛白日腳豔批紅堪傲蟲書古眞誇鳥篆工相思託紈素歲歲寄遙空

本以羣成字縱橫轉絕羣雨飄傳艸聖風勒作迴文斷續波三折參差篆八分碧天霞似錦渾欲訝書裠

卦畫呈圖象天書結篆形墨和湘水碧牋展楚天青斷續疑三亥疏行識一丁晚來尤似處加點借繁星

聞砧

今夕是何夕涼風動遠砧敲殘天外夢擣碎客邊心韻雜秋霜冷聲催曉月沈深閨高臥穩猶自怨寒衾

送外之瀋陽

策馬竟投東深閨未許從君行無萬里妾意有千重語到臨歧絮情緣惜別濃曉窗還對鏡膏沐為誰容

惜別

含卻韶光作遠遊天涯何處覓封侯無情栁絮催春老不語桃花普客愁曉夢正酣鶯囀谷晚妝初罷燕歸樓黃昏只恐姮娥笑月到珠簾不上鉤

聞鐘

坐擁寒衾思悄然殘燈挑盡未成眠紗窗月落花無影只有鐘聲到枕邊

午窗嘲餐花

午窗花景去遲遲已聽鶯啼易數枝誰道羅幃香煖處有人春夢起頭時

送春

碧桃一樹絳雲飛瘦卻紅情綠轉肥怪底東風無氣力送春歸不送人歸

哭父

慟絕真何益傷心且自慙痛誰能慰母恨已不為男輾轉思顏色忽忙視斂含憐他兩弟少骨立亦何堪

勗弟

堂下燈燭光堂上羅酒漿大弟方束髮小弟僅扶牀素冠頭搶地哭耶心悲傷大弟知父恩教育心周詳十五為孤兒終天恨茫茫小弟不見父百事但隨孃孃哭彼亦哭感發從天良行人見悽絕況我尤斷腸大弟爾來前父死孃在堂晨昏爾扶持疾病爾主張教爾弟以孝努力扶綱常爾弗友於弟孃心為徬皇小弟爾來前爾日在孃旁孃哭爾拭淚孃行爾牽裳爾事兄以悌兄在爾勿彊爾弗克恭兄孃心失所望孃以父病病矣志父亾亾未亾且善病為汝兄弟行兄弟怡怡如燕勿悲死喪我愧非男兒門戶不能當斯理頗自明斯言願聽將勉旃誦先德勿墮門戶光

臨別勉兩妹

寂寞慈幃裏晨昏數問安殷勤為拭淚宛轉勸加餐我恨歸來暫人生大節難他時知我苦不得膝前歡

古意

郎似閨中月妾似天涯月兩心各相照照見相思骨

寄衣曲

欲製寒衣下翦難幾回冰淚灑霜紈去時寬窄難憑準夢裏尋君作樣看

商婦曲

別來歲月似江深江上孤帆是妾心好片春光無處買不知何用覓黃金

望外逾期不歸

記得扁舟放槳遲殷勤問取早歸時忽看紅樹青山影已負黃花白酒期情重料非言惝怳愁多莫是病支離一緘手寄難憑準豈是橋頭賣卜知

喜外竟歸

曉窗幽夢忽然驚破倒今朝鵲噪晴指上正掄歸路日耳邊已聽入門聲縱憐面目風塵瘦猶覩襟懷水月清好向高堂勤慰問敢先兒女說離情

蕉雨

深院黃昏思悄然那堪點滴惱人瞋梧桐冷韻添蕭颯蟋蟀悲吟與斷聯綠扇破搖金閣外翠旗斜颭玉階前殘鐘又趁西風便并作愁聲到枕邊

秋蟲夜語

有何離恨寄愁心永夜窗前和苦吟太息忽停燈下翦深情疑抱爨餘琴楚天明月碪聲薄吳苑西風漏點沈學盡離騷哀怨意人間何處覓知音

風箏

一片清音起太空居然天籟趁長風慢嗟碧漢無門入未必青鸞有信通天外翺翔非羽翼掌中縱索在兒童絲絲一斷終飄泊莫道飛騰去不窮

感燕巢於舊壘

鼕鼕社鼓打新晴海燕來時繞屋鳴明月梨花雙翦白東風楊柳絮一身輕爲他珠箔先期卷知我雕梁隔歲成縱使朱門春似海紅絲應重故人情

雨晴

雨過山横黛花如露未乾鶯喉丸藥聽蜨粉罷妝看坐久慵擡句春深怯倚闌無言如有意最好是盆蘭

將之上黨歸別慈親

憶昔初嫁時思親晝夜哭一月十日歸殷勤伴孃宿別去咫尺間覓夢常繞屋前年椿樹凋惆悵萱幃獨數歸慰母憂高堂聊所欲衣裳昔裁縫甘旨饋魚肉猶恐失母歡時以弟妹勗何堪忽遠行千里秋風逐舟遙復馬遙水複兼山複縱有太行高詎暘思親目親思女必深女歸不能速思女女不知誰慰母兮腹當茲臨別時淚與珠成斛此行不得已夫命難違俗況侍姑同行兩孝無全局再拜告母言思兒毋蹙蹙有弟奉晨昏有妹問寒燠家貧少操作往事休悵觸寸心念春暉不敢忘鞠育待取歲寒時歸書託鴈足

別弟十二韻

我別慈親去高堂賴汝賢苦辛休退後甘旨必嘗先逢怒心毋怨承歡禮貴虔妹癡纔束髮弟幼未隨肩課字呼勤識添衣喚蚤眠教雖兼父職情要體孃憐勉力承先志專精索古編常懷垂白髮切望在青氊別淚同雙影離襟各一天愁風勤鴈帛春水疊魚牋去路時通夢歸期未定年臨岐言記取親在莫潸然

別妹

閨中惜別兩淒然從此相思各一天琴水夜絃鳴落月太行秋夢入孤烟揮毫頻示簪花格寄札兼封詠絮篇更有關心須報我海棠開落小樓前

抵郡寄妹

半葉輕帆艣一枝金閶亭畔雨絲絲朝來聽得吳孃語卻憶閨中笑語時

山塘

蘭槳參差蕩碧流香風徐送白蘋洲半塘橋外烟波濶不種垂楊不畫樓

渡江

頓覺舟如葉飄然萬頃中混茫連上下空濶失西東渡口沈雲白波心浴日紅深閨曾未見放眼膽俱雄

登陸

脫卻風波踏地平穿將珠顆數郵程明明馬鐸車前響又認閨中鐵馬聲

旅窗聽雨

愁容無計掩雙蛾幾日思親溼翠羅今夜客窗殘夢醒雨聲何似淚痕多

和平谷店壁間韻

日間車馬苦傾顛木榻蘆簾亦晏然纔及夢歸歸見母雞聲喚轉客窗邊

附錄

新月如圭挂樹顛披衣深坐夜淒然明朝省得臨妝促手把新詩寘枕邊

曲阜

杏壇教育至今長禮讓雍容自一方道氣尼山瞻藹藹金聲泗水聽湯湯冕旒貴且臨天子巾幗卑難拜素王他日歸家誇弟妹也曾親到聖人鄉

上太行

聞說人間險人人畏太行千尋窮鳥道九曲入羊腸况以深閨質偏衝十月霜登高非孝子輕易別家鄉

曉行觀日出

曉行亂山中昏黑路難辨默坐車垂簾但覺霜刮面冰上滑馬蹄膽怯心驚戰前駭絕壑奔後慮危崖斷合眼不敢開開亦無所見俄頃雲霧中紅光綻一綫初如蜀錦張漸如吳綃繭倏如巨靈擘復如女媧鍊綺殿結乍成蜃樓高又變五色若五味調

和成一片如劍光斂韜如瑶精轉斂精光所聚處金鏡從中見破空若有聲飛出還疑電火輪絳宫轉金柱天庭貫陰氣豁然開萬象咸昭煥

德風亭唐元宗爲潞州別駕時建

羣山四面擁孤亭遺蹟開元問石銘莫與沈香看一例當時猶未貯娉婷

元宗亭子徽宗嶺宋徽宗爲潞州節度使於亭下增設遊嶺一例風流屬外藩天寶流離靖康恥晚年俱作上皇奔

官政清勤民感通袁宏一扇扇春融登亭太守知多少幾箇曾經念德風

指點江南雲樹中遙山遠水目難窮登臨不爲尋芳樂聊當思親陟屺同

除夕

宫闈沈沈更漏傳思親此夕倍悽然窻中白髮三千里隙裏青春二十年殘酒傾來都是淚寒燈挑盡不成眠嬌兒宛轉頻相問轉憶當時繞膝前

春分日看花憶妹

去歲今朝尚在家別來回首隔年華春風偶卷珠簾起妬殺庭前姊妹花

春日即事

宫閣清如水山光綠到窗雨餘花插箭琴罷雀傳梆對瑣描鴛獨呼鬟撲蝶雙更尋新女伴絮絮語鄉邦

送外之京兆

思家休戚戚文戰仗精神蠶葉聲須快機花樣要新願君攀桂

子免妾愛虀辛莫笑閨中質猶能代奉親

七夕寄外書

轉眼秋光瘦碧梧紗窗偏不月糢糊焚香羞對雙星拜自覺簾前抱影孤

繡罷驚傳一葉秋便生心上十分愁若須記葉添愁思纔是秋聲作起頭

荷褪殘衣柳瘦腰人間百卉入秋凋如何事事消除盡一點離心卻未消

瑶扇添香翠被舒挑燈細作一緘書朦朧隱語藏深意莫認粗心誤豕魚

聞雁

翠帳濃香靄若雲雁聲嘹嚦轉回聞寂寥飄覺愁心少除卻思

親只憶君

雲濟風疏月不明夜深心事猛然驚人間無限消魂處此是秋來第一聲

得外書次韻

昨夜燈花報不虛㝱君之後得君書幾時月見圓銀兔千里雲牋附錦魚愁似柳絲秋漸亂詩如桐影日添疏海棠開遍紅牆角不敢閒行到玉除

夫子報罷歸詩以慰之

君不見杜陵野老詩中豪謫仙才子聲價高能爲騷壇千古推巨手不得制科一代名爲標夫子學詩杜與李不雄卽超無綺靡高唱時時破碧雲深情渺渺如春水有時放筆悲憤生腕下疑有工部鬼或逞揮豪逸興飛太白至今猶未死豐茲嗇彼理或然不合天才有如此今春束裝上長安自言如芥拾青紫飄然幾陣鯉魚風歸來依舊青衫耳囊中行卷錦繡堆呼燈展讀紗窗底燕晉山河赴眼前春秋風月藏詩裏人間試官不敢收讓與李杜爲弟子有唐重詩遺二公況今不以詩取士作君之詩守君學有才如此足傳矣閨中雖無卓識存頗知乞憐爲可恥功名最足累學業當時則榮歿則已君不見古來聖賢貧賤起

秋夜

一片娟娟月卽心還卽身閒將紅葉埽幷去玉階塵

除夕

去年除夕只思親燈火相依尚有人燕市風塵歸客騎幷州霜雪歲寒身（時外從京師歸旋赴幷州）待君斗酒猶藏臘伴我缾梅不當春旅況淒其應更甚歸來各驗淚痕新

南歸日題上黨郡署壁

一回首處一淒然弱質曾經住兩年呼婢畱心揀妝盒莫教人拾舊花鈿

綠窗深閉更誰開窗外芭蕉手自栽故向畫闌頻徙倚此生除是㝱中來

雨後棠梨片片殘飛來如淚溼黏闌一花一木尋常見到得離時卻耐看

匆匆臨去又遲遲此後誰來借一枝若使依然閨客住可知和我別時詩

渡河

河水急如湍河聲六月寒直疑天上落不似鏡中看浪沸龔調鼎舟傾珠入盤未須愁險絕先慰老姑安

渡江

帆影亂於雲江心一葉身金焦青似眼閱遍去來人

抵蘇州

過江三日一帆安人到金閶語亦歡當日離家起頭處而今翻作到家看

幼子阿安抱奇疾由晉南歸竟獲無恙喜而賦此

去年正月兒方生兒生兩月能笑嚬上堂深得舅姑喜事緣樂極災相侵面目姣好忽臃腫肥膿迸血如刺鍼是時良人出門去抱兒含淚爲丁寧良人一去逾半載空房日夜憂妾心歸來又赴幷州約今年正月方歸程回思兒生已周歲膿血如水流至今千金不惜買良藥瓣香有願酬神明神其在天不可瀆藥

眞如石投無靈肌膚迸赤眼反白氣味絕似魚蝦腥腹中虛滿大如鼓神散氣逆啼無聲時方四月十五夜月色昏黑燈熒熒兩手抱兒兒似木渾身撫兒兒似冰但存一絲氣猶在顧遲數刻敢望生腸枯淚竭我先死茫茫地隔天無情夜半鬼聲忽如雨兒氣欲斷呼難應抱之不可棄不忍此時我亦非我身我前我後若有神兒身豈爲神所憑啼聲久絕忽然發三月以來耳未聞初聞錯愕疑他兒忽覺轉動我手輕手中之兒疑復活撫之手足微微溫長風席卷鬼氣滅燈花怒發青蓮莖兒命乍活兒運厄弱質天遣風塵行兒運雖厄兒命壽登車陟山如地平片帆南下更快絕肌膚轉雪眼轉青腹中氣順滿漸復手攫魚肉恣咀呑轉如初生學笑語耶孃面目辨始眞到家親朋各不信疑是五月之孩嬰回頭舊事歷悲喜縣弧光景猶如新母因兒病病更苦饑餓飮食怠晨昏晚來不得脫衣臥爬搔兒首十指勤有時身倦或倚枕旋恐兒啼驚寤覓自憐辛苦豈朝夕癸卯春經秋甲辰即今乳哺亦自苦以今比昔勞逸分兒乎兒乎我之撫爾艱以辛爾命如絲續以繩他時長成大吾門今日之事誰與論吁嗟吾親罔極恩

雪中望辛峯亭

一庭風雪掩重關望裏青山似玉山只有孤亭遮不盡恰如高髻聳雲鬟

樓西晚眺

一片斜陽冷歸雁赴遠林城頭朱閣迴山腳翠烟深暝著聞中味聞香靜裏心梵鐘何處寺天際落淸音

燕

簾卷東風春晝長參差玉燕傍雕梁呢喃軟語商量甚似爲飛花訴夕陽

三橋春遊曲 并序

吳竹橋太史唱爲此曲編土風之盛誌故鄉之樂從而和者不下數十人自惟弱質息景深閨未與勝遊安知故事聊狥先生之命勉爲下里之續語不離夫閨閣意未洗乎粉奩良用自慚兼以託諷云爾

三尺春波三座橋一雙佳麗一雙橈不嫌少損閨中格爭與垂楊鬥細腰

中山山路曲如腸緩試弓鞋入看場郎自攤錢買梅子阿儂自買翦鬆餹

態度天然韡褎行旁人著眼太分明玉顏恰映桃花色贏得紅潮兩頰生

輕舟搖過復搖迴偏見儂船浪費猜通體一絲紅不著料應知是上墳來

手爇沈檀當爇薪要從大士乞麒麟歸途香氣籠雙袖花雨場中拜佛人

下山已到半山餘街石初平駐筍輿自比登臨較容易看儂撒手走何如

人景衣香日午多嚴公墳上踏青過教人看不分明處水綠長裙襯碧莎

生年二十似桃花子結猶然臉暈霞乞與嬌兒添智慧自攜繡佛施僧伽

畫舫新樣屬當壚別選開元御製圖仿得綠楊梢一曲月稜嫌

闊遠山粗

徐孃半老鬢無斑差許雙鬟伯仲間歲歲春遊山遥熟北山黻

過下西山

祠堂金碧若雲連一簇樓臺幾畫船儂自紫藤花下立眼光齊落曲闌前

歸途取次畫橈停第二橋過半有零贏得眼波前後望芊峯亭與半山亭

荒祠半圯罷喧闐滿屋花枝照水鮮不是衫明襯碧處更無人艤木蘭船

不是矜嚴不是莊梵王宮殿拜鵰王兒家自了燒香願一晌拈花已夕昜

城上樓臺跡未湮西城灣裏繫橈頻前番笑墮花鈿處碧艸如

茵又一春

放槳如飛落日遲竝船相見好花枝春遊學得新興髻明日梳頭更入時

題畫

春生野渚綠縈迴恰有柴門對水開紅到桃花最低處東風吹箇釣船來

春庭

春庭小雨潤如油竹景搖窗午睡幽黃鳥不知人入夢綠陰啼過杏花樓

語燕

二月邨邨社鼓撾烏衣如約到天涯輕飛不礙穿簾絜細語頻催落鏡花辛苦畫梁防雨溼參差玉[illegible]受風斜從今毛羽應珍

惜休入詩常百姓家

七夕

今夕秋光勝家家弄景妍曝衣樓入畫穿綫月將弦萬事吾從拙三生莫問天雙星銀漢住離別且年年

小閣

小閣無人到閒庭細艸生漏槐朝日冷敲竹午風鳴老寉自標格秋花别有情連宵不成夢詩思倍加清

秋閨和餐花作

默坐驚飛一葉桐陡然涼思滿房櫳折風殘蕊難回碧含雨秋花得暫紅夢斷秦樓簫裏鳳書遲楚塞帳前鴻夜來心事憑誰說都付寒蛩哽咽中

雪珠

十斛隨風下九衢朱門陋巷總平鋪直疑鮫客頻揮淚誰伺龍眠敢捋須攜取招涼真凜冽持將記事便糢糊貪癡只賺嬌兒女滚向盤中頃刻無

宮怨

幽花細艸滿閒庭日暮無人叩玉扃瘦月苦懸通夜白古苔深鎖隔年青手中紈扇恩先斷天上行雲夢不靈何處新承歌舞寵遠風偏送枕邊聽

秋雨

忽掩長空月似鉤鎖窗秋氣逼香篝聲隨蟋蟀三更咽夢破鴛鴦一枕愁楓葉蕭蕭遷客路蘆花點點旅人舟深閨尚自添惆悵莫怪天涯易白頭

戲和翠霞韻詠梅

煙橫橋畔月橫谿縞袂相逢碧水西萼綠華騎千歲雀趙師雄醒五更雞一枝迥出神仙外百卉誰堪姊妹齊零落斷雲疏雨裏淚痕還認玉人啼

楊花

纔飄南陌又東鄰愁思茫茫亂撲人好與小蠻爭舞態卻將飛燕認前身藏來葉底蹤無定攬入花中色不勻倦眼模糊真莫辨錯疑殘雪墮輕塵

逐隊成羣總作團和風搭住玉闌干趁他蛺翅同飛便惹著蛛絲欲退難萬態恍如雲影亂三分白似雪光殘風流莫道真無四多少旁人冷眼看

靈和標格本依依化作行雲卻浪飛名不稱花香與色態原如柳是耶非持贈豈助輕裝媛搓粉難添素面肥枉負東君擡舉力偏生作意送春歸

凭闌一陣撲衣襟飛向天涯何處尋芳艸池塘春宋宋梨花院落晝陰陰迎風欲舞佳人態到處爲家蕩子心一任兒童閒捉取不堪雲鬢上頭簪

病起

病起東風彊自支幾分消瘦問誰知妝成不敢開簾看怕見楊花作雪時

長夏同外

長日如年睡起遲綠窗風軟曬晴絲吟成故故催人和半晌停鍼不語時

欹枕纔甜午寢長蟬聲催起又斜陽勞君覓句花前過爲摘幽蘭換晚妝

南窗

萬綠已如此清和過半時寢回香篆冷簾卷落花遲紫陌鶯聲倦芳叢蛺意癡繡絨親料理未許趁遊絲

蜂

渴蜂窺硯墨痕濡染得餘香上短鬚爾欲尋花過墻去柴門春色向來無

泛舟尙湖

萬頃颺孤舲煙波似洞庭水於春後碧山爲雨來青雲暗隔邨樹蓮香何處汀白鷗飛去遠詩思入空冥

長眞閣集卷二　　詩一

虞山席佩蘭道華氏學

織女歎

秋月已如雪秋風已如鐵孤燈耿寒機有女當窗織廢我一宵眠看絲乍盈尺廢我兩宵眠看絲不成匹豈不畏龜手此心凜無逸昨日入城隄蠶筐東鄰嫁女耀豐妝綵幣百千束綺羅十二箱龍章象服何煌煌平生不識蠶與桑歸來泣對機中絹知與誰人作嫁裳抽刀斷機不如寢又聽絡緯啼金井

賦得夢月夜眠遲

閒倚雕闌看月圓怕佗明鏡易虧邊不知何與芳心事破卻深閨半夜眠

杏花春雨

春鬧江南二月時薄煙如雨不成絲飄來兩點又三點灑著十枝兼五枝宋玉墻頭紅乍減文君壚畔影全欹一肩香重花郎擔深巷人家睡起遲

春夜語餐花

繡幙春風卷未齊繞廊香霧正離迷海棠花下溶溶月照見一雙蝴蝶棲

題瑣窗遺稿　族姊琴德著

天姑文人屬埽眉玉樓徵到瑣窗詩蠅頭自校春閨句早春絕筆云瑣窗閒自校殘詩詘手還題夜織辭夜織詞最工序齒我慙兄道蘊論才君合配義之適王子亦工詩挑燈讀罷昭華集正是孤鴻叫月時

夜坐

銅壺幾點漏聲稀瑞鼎香生一縷微閉卻碧紗窗六扇不教花影上人衣

見蜨

閉戶沈沈綠樹深鄰園蛺蜨漫相尋無人撲取輕紈扇防爾飛縈小玉簪莊叟蘧蘧知未醒滕王粉本記曾臨蘭閨不種閒花艸莫起憐香一片心

白丁香花

百結愁腸百轉思柔香弱態苦禁持漫憑柳絮憐清瘦合與梅花訂素知獨向東風彈粉淚誰誇北地是胭脂紛紛紅紫矜狂豔澹寫春光賴一枝

海棠曲代夫子有贈

東風吹得羣花笑鬭紫爭紅春意鬧中有名花絕代姝不矜脩飾天然妙香霏閣上承恩寵定惠院中聲價重太眞死後竟不收隨風散作祆饒種朝來國色乍忪惺十二雕闌九子鈴嬌鳥千回呼不起流蘇百結護春酲春酲扶來睡未足一綫枕痕紅映肉昨宵銀燭向高燒紫焰流輝照如玉東坡薄醉興顛狂蘸露金盤製新曲相逢一笑心竟飛桃李盈前盡粗俗勸花莫逐季倫豪金屋何堪貯阿嬌勸花莫羨賈相貴蚤朝孤負香衾睡寧隨秦少游潑墨題黃州海橋一枝傳千秋寧從陸放翁入蜀歌詩工客袍歲染猩猩紅不然寧向樊亭老茅舍竹籬自娟好除是梅花聘始行休容俗客來相擾我亦憐卿絕豔妝願移根植玉階旁乞將紫府靈丹藥換取傾城骨盡香

送春

春色殊無謂年年去復來陰晴終日變寒煖幾番催榆莢爲行贐盞荷作餞杯如何滿隄柳無力挽君回

次外韻題蘇甘漁耐寒集
老無敵手巧無師密似鍼神細似絲翁本前身是摩詰詩中時
有畫中詩
殘冬風雪易黄昏耐盡清寒獨閉門如此高情斷煙火梅花纔
得比詩魂

團罏圖次韻
老屋清如此梅花已報春歲寒空世事詩境得天眞酬酢情方
洽團圞坐更親故交同老態短燭爲傳神
畫圖高士古風味野人清調詎堪爲子盟鷗便是兄竹罏聽煮
熟銀蠟報花生夜半山窗下猶聞擊鉢聲

題花卉册子
絕代佳人空谷中天然不與衆芳同春風多少閒蝴蝶只認桃
花一路紅 蘭

從古紅顏薄命論東風零落怨黄昏畫師竟有回春手鉤出亭
亭倩女魂 桃花
薄粉勻脂曉露濃妝成日日看何厭綠窗記得風如翦睡起釵
横爲卷簾 海棠
國色全憑妙手傳十分紅紫晚春天人生富貴都如此待得來
時恐暮年 牡丹

聞砧
一片鳴砧急西風九月涼敲來和夜月搗處雜秋霜響度銀塘
遠音拖玉漏長閨中無別思聽罷忽霑裳

戲詠雪美人
人巧天工錯天然玉琢人迴風難起舞淡月爲傳神體潔非關

粉心清不染塵忽逢朝日映流水悟前身

題項烈婦飲冰集 并序
烈婦氏吳名定生夫死雖經兩次皆捄免逾年託疾
餓死生平讀書有卓識讀游俠列傳云游俠原來是
亂民龍門立傳太無因後生習見成浮薄風俗何時
得返淳讀高唐賦云文人弄筆太輕狂神女何來竊
楚王誤殺風流輕薄子紛紛借口說高唐蓋巾幗中
一通儒也尤喜觀資治通鑑匳中嘗置一編歿後遺
集二卷落花則有不爲留春偏歎息生來薄命本無
終之句翫月則有一點清光塵不染千秋心事月同
明之句斯則松筠在骨冰雪根心懼傷親意畢命衽
席非其志矣觀其自敘曰閒有所作不過自適已事
以當痛哭要皆有爲而言非無病呻吟也烏呼孰謂

婦也而以疾死哉
身難遂烈烈其情兩度捐軀一室驚自恨此生終後死不爭來
世少芳名冰心秪許同金鏡仙骨應知返玉京痛絕兩年歌當
哭一編工拙任人評
弄月吟風一婦空飲冰常在玉壺中心香一瓣歸司馬目炬千
秋駁史公託病呻吟知有爲看花歎息悟無終男兒儘有輸君
處爭豔高唐賦手工

吳烈婦輓歌 吳旭明妻
人生畏死不畏辱須臾頓改脩蛾綠卓哉烈婦明綱常天遣斯
人振頹俗結褵一載天忽傾從容誓死不顧生北堂豈不念姑
老夫有長兄兄有嫂夫兄有婦能事姑妾無兒守宜從夫夫先

妾死已兩月妾何生爲志不決梁上白練明月光纚緜本似妾柔腸柔腸今付三尺練練亦剛如烈士劒花飛玉碎神自完夜臺縹緲應相見相見何如未死身不須更化塡海禽願寬化作比翼鳥朝朝暮暮雙飛鳴君不見樓前身隕名垂史臨卭莫洗當壚恥雞皮隺髮盡紅顏人生百歲誰無死烏呼人生百歲誰無死死而不死惟婦耳

蚤春喜晤餐花娣

十番芳訊九遷延今日偏逢意外緣事在不期眞足喜人因偶見倍相憐花明西日紅登閣柳受東風綠上船各有老姑俱健在采蘭努力惜華年

淮陰侯釣臺

釣竿一擲下魚磯定了三秦六國降羞與將軍還作伍生來國士本無雙論功畢竟追齊地失策翻因滅楚邦若似客星歸計蚤淮陰終竟勝桐江

四時閨辭

憶春時睡起百花香深柳眠鶯嬾遊絲趁蜓怯停鍼如有思只在繡匳旁

憶夏時高樹晩涼歸雨洗豆花淨霜開茉莉肥一星螢火活防入霧綃衣

憶秋時露下淨張琴沓仿三分月香燒一字心夜深雖閉戶不敢立花陰

憶冬時飛雪撲簾前鑪火櫻桃活燈花橄欖然無端吟柳絮好句怕人傳

望餐花所居

兩家門巷總城東竹逕花叢望自通一角小樓人不見紅闌干在綠陰中

讀北齊書

鼓角無端夜自鳴儀同雄畧邁羣英手持魏武朝天笏一慟能歸六鎭兵

斷腸辭 哭安兒也兒名文梿字叔畬

記兒生日祖遷官錫汝嘉名曰潞安今日蠻煙瘴雨外一行書寄白頭看 兒生於上黨郡署太守公奇愛之今春書囘公有从征巴勒布之役

錦綳三日試蘭湯嘖嘖爭看太守堂玉印犀錢諸客賀那知都作殮時裝

四月十五月淒淒兒死重蘇哭笑齊蚤識今朝重訣絕一番悔作兩番啼 兒生而病瘍周晬時瀕死者屢矣烏虖與其聰明長大而殤孰如殤於未言笑時也

六年捧汝似曇華喜卽開顏怒不撾博得牀頭臨別喚一聲孃罷一聲耶

阿耶謂汝大聰明六歲葩經誦已成痛絕晨鐘初動後枕邊猶聽背詩聲 兒於李杜兩家詩尤喜熟誦每日枕上背誦數章聽之忻然也

靑蓮詞句浣花篇巧對分明悉識傳頃刻花飛雲亦散乘槎何處覔張騫 兒工於屬對如有情憐宋玉無處覔張騫山如簫雲想衣裳花想容偶舉奇句應聲卽荅他如畫畫對對羊叔子馬季長不可枚舉云

筆牀硯匣鎖前緣終日隨身死不捐栽得雲牋如掌大奇思蚤在蔚藍天 兒初讀書輒喜作詩語多不可曉日出云誰將烈火輪碾破蔚藍天十字差可索解

花朝病起減手容細腕輕磨墨未濃廚角一行書小字戊申二月十三封 兒所有文具玩器病中悉自收貯今手封宛然人何在哉

奴失銀盃婢覆羹晉人擔過受耶驚而今事事皆逢怒贏得全

家哭失聲（兒愛於父僕婢有過懼爲主人所呵輒諉之兒亦樂爲人任咎也歿後無不流涕者）

一盞元霜絕命時誰將刎柄授庸醫黃泉莫恨庸醫誤只恨耶孃誤殺兒（十八日兒病少差進粥矣庸醫張秉夔投以石膏逾夕遽殞嗟乎孰爲爲之哉）

梅花香裏竟長瞑碧落茫茫望眼穿揀箇觀音生日死若非成佛定生天（釋氏以二月十九爲觀音誕）

翦水雙瞳凍欲沈雪膚還裹小紅衾畫師縱有傳神手難畫聰明一片心

一行寬帛寫冰紈六歲嬌兒字阿安生就成童才質異忍將無服下殤看（禮七歲以下爲無服之殤哭之以日兒之警慧過於成人雖欲勿殤可乎）

竝命夗禽舅與甥九京偏有渭昜情可堪兩眼枯如井更聽孀親哭子聲（兒歿之次日幼子祿兒亦死又三日余弟杏春死五日之間哭三殤焉）

弟後兒先更可哀一雙珠顆落泉臺嬌啼望汝扶持好十日前纔斷乳來（時祿兒甫三齡）

一杯涼醞奠靈牀滴向泉臺哭斷腸誰是酒漿誰是淚教兒酸苦自家嘗

己酉三月三日葬阿安阿祿於報慈橋余病臥支離遙哭以送自去年兒病至今筆牀離手四百日矣

一對瑤林瓊樹枝百花生日命如絲更堪綠水流觴日恰是青山葬玉時病骨不容親視窆傷心翻借哭爲詩雙寬望汝歸來蚤依舊扶牀未可知

葬春

乍晴乍雨落花天人似垂楊起更瞑好片春光誰買去榆錢撒罷又荷錢

十樹花開九樹空一番疏雨一番風蛛蜘也解留春住宛轉抽絲網落紅

春水和韻

最難消釋是春愁恰似抽刀斷水流情淺情深含渺渺亭長亭短去悠悠綺羅顏色看尤膩鐵石心腸見亦柔化雨果行南國徧漢江原不礙人游

誰將螺黛細調和畫出春江二月波名借桃花紅不染汁分楊柳綠誰多隔年殘雪多融玉昨夜繁星半帶蓑小婢報來池漲滿板橋平否看如何（俗以星蓑衣爲雨象第六語用其意）

風借成紋雨借肥并刀難翦綠羅機雙雙鼂背尋芳慣六六魚鱗尺素稀徼有塵隨羅韈起竟無潮載錦帆歸新妝莫以波爲鏡照見紅顏恐漸非

畫閣臨波壓翠煙雲鬟窺影趁韶年一匳曉暈圓如月百丈清

光底是天雀舌茶烹名士座龍紋油卜美人船夕陽紅到迷津處萬樹桃花火欲然

題鮑叔韞照次令妹尊古韻

丹砂工釀酒顏色暈朝霞婦節甘臨吉儒居福降遐璧飛陰夜月綵竊上冬花夢謫塵凡住瑤臺紫氣遮

廿年幽懷潔不著片行雲孤竹離花隊單鳧出隺群素心惟皦日青嶂未斜曛夢種靈芝艸春風喚鳥耘

君徽擅才調閨閣鬥聰明詠雪聲何脆攜雲思更清素幃標勁節彤管罷詩情偶爲教兒讀關雎第一聲

開卷峯巒活涓涓水欲流花開雙前古綠鎖一壺幽玉貌新撫寫冰綃足臥遊遙知拈筆候難畫寸腸秋

蟬聲

涼颸送孤響不定是何枝斷續成三弄纏綿引一絲小樓清瘦
覺老樹夕陽遲莫更看明鏡先防鬢影衰

題美人册子

西施

越紵光華耀雪膚朝朝洴澼費霑濡耶谿一尺桃花水化作行
雲便沼吳

卓文君

一曲琴心宛轉求千秋佳話鳳皇儔如何解作長門賦卻遣閨
中詠白頭

王嬙

丹青失意竄殊鄉湖雪邊風減玉光塞外琵琶宮裏舞一般辛
苦為君王

蔡文姬

鴈聲嘹嚦起平沙哀怨惟應託草笳多事玉關生再入漢家天
子已無家

二喬

東風枉自便周郎鬱鬱江東玉樹傷不信同年貞節命天生國
色總非祥

綠珠

十斛明珠散作霞芳園回首黯繁華當時吹笛諸賓客一箇佳
人殉落花

潘妃

永夜宮中拜蔣神白門一決竟逡巡玉兒肯為東昏死卻勝還
朝作檄人 妃本王敬則家妓

江采蘋

桂葉雙眉太瘦生珍珠一斛怨新顰玉魚金碎梨花下始覺梅
花曉瘦清

關盼盼

樓上歌塵散似煙玉簫瑤瑟久淒然一雙燕子知時節又值春
風二月天

雙文

底須輕薄咎微之誰遣西廂待月遲花影隔牆風自動干卿何
事卻題詩

花蘂夫人

深宮小像拜丰姿回首蠶城盡黍離喚作宜男豈無意恨無一
箇是男兒

小青

慢論本事屬虛無真有其人處亦疏解讀牡丹亭上語如何不
解讀關雎

憶妹

春風吹得柳花香臨別依依共一觴事若夏雲多變態人從秋
月想容光明知見面期原近只恐離情訴已長閒凭闌干向東
望冥冥鴻鴈下江鄉

詠梅

水波清淺月黃昏澹極猶嫌雪有痕若道美人能比竝除非人
即是花魂

人說梅花似我癯朝朝對鏡比羅襦任教褪盡胭脂帶立到花
開自覺麤

酬蘇甘漁畫梅

寄謝甘漁老畫師爲余手寫歲寒枝夜深獨剔銀釭看一幅孤山處士詩

春晴

二月春寒轉更加東風吹雨溼窗紗今朝偶揭湘簾看錯過櫻桃一樹花

蠟梅

雪後園林萬斛香金蓓點點破輕黃冰霓薄醉鸞兒凍輭玉階前試道裝

觀牡丹有感

晚春偏占最高名贏得風前蛺蝶輕一笑看穿花世界直須富貴始傾城

夏夜示外

夜深衣薄露華凝屢欲催眠恐未應恰有天風解人意窗前吹滅讀書燈

題錢蕊仙箏畫虞美人錢以不得志死畫作於戊子歲春其絶筆也

是花是蝶是佳人尺幅生綃爲寫真垓下芳魂林下筆一般幽恨付殘春

七夕

一片銀河影風吹落楚江如何烏鵲羽抵得木蘭艭碧海山無四靑天月不雙兩開多缺陷私語向紅窗

碎翦天孫錦難爲碧漢帆經年照蓬鬢昨夜滌羅衫靑鳥如爲使支機不可攀空餘一片石借作望夫巖

露坐

瑤臺焚香點露華杯浮醽醁盌浮瓜一彎橋影剛如月五色衣裳爛似霞巧借星辰牛女會戲調指甲鳳仙花今宵偏愛成孤坐看到銀河屋角斜

謝屈宛仙蕙題小影即次原韻

花自輕盈艸自芳詩人休認美人妝深情遙結同心契好句先聞脫口香皓月宛然開鏡匣彩雲何處想衣裳還勞親試簪花筆題上生綃錦繡章

惜花起蚤圖爲趙若冰賦

爲花日日祝春晴花半開時睡不成一夜蕭蕭窗外竹錯疑風雨到天明

開簾艸艸整雲鬟步出閒階見月彎猶道不如雙蛺蝶一生眠

起在花開

闌干倚遍自商量揭起花幡屏卻香冷透玉肌渾不管那知淸露溼衣裳

一縷芳心細若絲百般調護爲花枝花如解語應相勸如此春寒起要遲

閨中九九消寒辭

按周遵道豹隱紀譚云一九二九相喚弗出手三九二十七籬頭吹觱篥四九三十六夜眠如露宿五九四十五太陽開門戶六九五十四貧兒爭意氣七九六十三布衲兩肩攤八九七十二貓犬尋陰地九九八十一犁耙一齊出而吳下俗諺五九作窮漢街頭舞六九作蒼蠅上檻楸與此小異今參酌用之意在

摹寫閨情匪有當於風雅也
初九葭灰玉管飛侍兒香熨五銖衣口脂勻罷櫻桃點先賜梅
花一瓣緋
二九重簾風雪昏熏香小握玉鑪溫相嘲阿姊嬌嗔慣翠裏憑
佗唾碧痕
三九風鳴似卷蘆誰家思婦聽嗟吁不知月落燈昏後遠寢遼
陽到也無
四九霜威緊夜闌銀釭花落漏聲殘綠熊茵褥眠難穩月姊如
何住廣寒
五九殘年日綫長嬌慵收卻繡鍼箱誰將春困街頭賣喚過東
鄰梔子墻
六九春回換舊符紅窗戲寫歲朝圖宣豪誤落青蠅點貼上屏

風賺小姑
七九春燈繡閣安圍爐姊妹語團圞玉纖射覆爭持久偏袒教
人左右難
八九燈收靜小窗坐分金綫剔蘭釭芳心不作懷春想一任花
陰夜吠尨
九九圖全染絳葩嫖寒初揭綠窗紗倉庚輭語東風裏喚起雙
鬟課種花
促宛仙作九九消寒詩
敢說詩才有別腸拋甎原爲引琳琅如何勒住寒梅朵飄讓人
間百卉香
姪婦謝翠霞作九九消寒詩清新獨出戲題其後簡宛
仙
寒窗呵凍幾推敲妙義環生味曲包飛出謝庭風裏雪者番壓
倒老梅梢
附錄
謝翠霞 麗仙
初九霜花拂繡簾五紋添綫怯春纖梅圖試染猩紅點破例
宣豪一晌拈
二九妝臺怕埽蛾熏籠煖玉手頻呵忽看對面冰輪影一朵
輕雲蔽素娥
三九風狂篳篥鳴空房膽小易心驚更堪月黑圍廊下一夜
琤瑽鐵馬聲
四九花飛六出肥寒衾如鐵曉來稀吟竟繞遍空庭角猶逐
因風柳絮飛
五九盆梅欲報春一枝喜綻玉精神遙知風雪孤山路定有

衝寒覓句人
六九花幡豔繡幢翠幃春困睡難降玉尖彈破紅窗紙放出
癡蠅恰一雙
七九紅燈靜夜懸添衣更繞畫闌邊月中一色霞綃被阿姊
前頭妹比肩
八九蘭閨春氣幽銀墻北角紫芽抽飛來一對花蝴蝶贏得
貍奴撲未休
九九倉庚破曉眠春光將到玉樓前儂家自爲栽花計偏愛
輕陰欲雨天
自題背花小影
玉砌天香滿珠簾寶篆斜自知顦顇影不敢正看花
叔姑汪安人命題梅花便面

誰寫寒香便面開春風不著點塵埃枝頭添箇如盤月恰爲冰心寫照來

除夕

氣入秋風瘦厲新死喪無閒痛宗親著生盡誤庸醫手天意偏憐慣病身滿篋居然添著作全家何礙守清貧老姑彊健嬌兒長便是人閒有福人

上袁簡齋先生

慕公名字讀公詩海內人人望見遲青眼獨來幽閣裏縞衣無忝辭妝時蓬門昨夜文星照嘉客先期喜鵲知願買杭州絲五色絲絲親自繡袁絲

深閨柔翰學塗鴉東荷先生借齒牙漫擬劉惔知道藴直推徐淑勝秦嘉解圍敢設青綾幛執贄遥褰絳帳紗聲價自經椽筆定埽銷筆上也生花

南極文昌應一身幸瞻藜杖拜星辰十年釐定千秋業片語能生四海春詩格要煩裁僞體畫圖何敢祕丰神願公參透拈花旨可是空王座下人時方以拈花小影乞題

問屈宛仙病

寄訊城南盼好音美人何事病春深寒禁落月三更瘦愁入飛花一片心閑抱定應寬舊帶餘香猶自戀重衾即今且閣紅牙筆消瘦從來爲苦吟

題三峽圖

蜀中奇景世閒無誰寫瞿唐峽口圖孤艇似穿深井出萬山多仗亂雲扶常疑白日生殘夜不信青天是畏途險絕正當奇絕處臥遊畢竟愧非夫

竹橋禮部爲作長真閣詩序二詩奉酬

畫省清曹玉署賓十年乞養親身湖山可少先生住才力能扶大雅輪課子恰應如栗里辭官非敢忘　楓宸要佗戀祿違親輩知道林閒大有人

桃李門墻受絳帷春風噓拂到幽林閨中也入憐才格家食無忘報　國心一卷蠅吟投小艸六朝鴻製重兼金天教繼起隨園老特備詞壇兩賞音

虞山席佩蘭道華氏學

上巳日隨園先生來虞敬呈二律

去歲文星降海陬春風又見綵幢投聲名早出千秋上瀟灑能輕萬戶侯花傍仙舟齊帶笑山迎才子也低頭金釵願拔留公住換酒還須向婿謀

書報春江下水船去年秋望到今年瑞人果見長庚降佳節剛逢上巳天一路鶯花供鼓吹二分蟾月伴詩仙會稽觴詠茅齋地願獻新詩當管絃

聞宛仙亦以弟子禮見隨園喜極奉簡

天半遙聞環佩聲海棠花下拜先生芳蘭敢託同心契玉筍眞宜領袖行詩教從來通內則美人兼愛擅才名何當並立袁門

雪賭詠風前柳絮輕

管夫人墨竹爲蘇州太守李寧圃先生題

生綃一抹淡煙痕寫出瀟湘帝子魂中有亭亭清館才[illegible]愁殺趙王孫

鷗波亭子墨光融福慧能兼白首同一樣歸來堂上客抽書潑茗太匆匆

莫愁湖櫂歌十首和江寧太守李松雲先生作

莫愁紅粉斷風流千載湖名尚莫愁今日果然愁洗盡傾城歡笑出城遊

五花寶馬七香車齊傍臨湖賣酒家卻愧年年辜負殺水西門外碧桃花

桃葉渡頭春水生東風打槳石頭城漁娃怪底梳頭好湖水比儂妝鏡明

不學西湖樓外樓前煙水拍天浮郎今只愛澹妝好西子飜應讓莫愁

霧鬢雲鬟冰雪膚女郎爭看美人圖風前一對紅襟燕認得盧家少婦無

湖濱女兒十五餘盈盈恰好對門居朝來相約打魚去莫打湖心比目魚

天上月如湖水新湖中水似月無塵照見阿儂嬌影子不知可似六朝人

聞名喜色上眉頭不怕凝妝倚翠樓九曲青谿家獨住小姑贏得一生愁

清涼山影太瓏玲恰映湖波作翠屏還似南朝眉樣好夕陽看殺數峯青

新栽楊柳綠初齊新種荷塘水低應仿白蘇隄樣子中間添築李公隄

和隨園先生自壽十章

獨占文壇翰墨筵九州才子讓公先曾遊蓬苑眞名士愛入花叢老少年萬里去看山不厭一生除與酒無緣古來誰似先生達三十休官白樂天

小謫瀛洲玉局翁繁華早醒大槐宮腰惟暫折師陶令家已生營傍謝公花燭人看竝頭白瓊林餅待兩番紅恰如重演梨園劇正好登場曲未終

金石搜羅富五倉山房日日費平章花香每伴書登案詩句常隨月上牆避俗客來迂竹逕仿西湖意闢池塘名園占卻千秋

勝不數橋西舊艸堂

海內知交落落星乘舟訪戴獨身輕西清才子原天謫南極仙翁卻地行白首還家如寓客金釵換酒有門生得公占盡文人福始覺蒼蒼不忌名

點鬼搜神總技餘文同奇貨賈爭居人疑陽五前朝士客購香山近著書瀟灑風流今未老聰明福分古誰如門前問字知多少立盡袁安雪滿廬

六十生兒八十婚阿翁生日是良辰桃花恰對盤根李萱艸猶纏合抱椿香茗一編爲贄禮埽眉寸管祝長春隨園衣鉢今堪繼婦普佳兒作普人（新婦工詩）

脫卻朝衫野趣長儒林循吏兩無妨官聲五十年猶好詩卷三千首未蒼相馬羣眞空冀北種花人竟老河陽白頭小吏應相識曾乞張顛判幾章

仙島到處萬人招願識朱顏老未凋童子亦知迎竹馬公卿爭喜解金貂官無內外推前輩集有詩文冠本朝休道夕陽紅欲盡少微星可照通宵

六朝山色展雙眉花發常先踐得知野外經綸前令尹閨中文集女連枝（早袁氏女士集）三十年作宦休何早萬事先人子獨遲天意定教公食報蒼梧曾見阿憑時

文心彈指見瓊樓自敘平生筆未休習鑿齒名傾四海魯靈光殿重千秋論閒可敵公卿貴比壽應教李杜愁一管江花長不死還丹何必海山求

送外入都

打疊輕裝一月遲今朝眞是送行時風花有句憑誰賞寒煖無人要自知情重料應非久別名成飜恐誤歸期養親課子君休念若寄家書只寄詩

送姪婦謝羣霞歸寧楓涇

閨中宛勝竹林遊忽動鄉情引別愁澣服暗驚慈母綫飛花隨上美人舟明知去路無千里預恐歸期過九秋我亦有親常苦別欲留卿住忍相留

以詩壽隨園先生蒙束縑之報且以詩冠　本朝一語相勗何敢當也再呈此篇

擬繡袁絲未買絲獻將彤管當金卮縫紗反報先生幣黃絹深慙幼婦詞筆爲埽眉常苦弱文經擊節便稱奇關睢偶出宮人手許作周南冠代詩

病懷

坐廢晨妝倦廢眠病人心事困人天桃花流水剛三月柳絮因風又一年偶檢藥方飜繡譜暫開簾押放鑪煙綠紗窗口屏山角最愛清陰最惱蟬

支離無奈又昏黃冰簟桃笙嬾上牀帳底豈宜燒鵲腦燈前偏是盼蟾光頻添繡被疑春冷細數銅壺覺夜長何處微風忽吹到窗邊幾陣藕花香

白蓮

鑑爾亭亭影波中一片霜潔連根盡玉清到葉俱香殘月墮微白野風生嫩涼須知蓮界淨才好坐空王

雪瓜

好色滿天下胡爲獨抱眞丹心渾不露素面迴無塵鮮迸千花液涼雲四座人紛紛蠅與蚋窺伺敢相親

沙娛吹簫圖

斷紈殘墨認前塵一種秦淮舊日春多少南朝金粉迹飄零不及卷中人

板橋何處更吹簫賸得風流話幾條千古紅顏毛惜惜無人點筆上生綃

岳祠銅爵 中鐫精忠報國字左側鐫岳珂建造蓋阜陵報忠後珂所鑄奉祀祭器

此是報忠公祭器故應稱岳不稱孫護持隨處皆神物拜奠何須定後昆酒氣尙疑浮熱血土花那敢蝕精靈誰人不識中閒字要識當時背上痕

禮器空邀湛露頒蚤傳白骨葬南山英雄只合騎驢去宵小方愁縱虎難宛獄雖看三字雪忠魂猶望兩宮還料應家祭無心享痛飲黃龍願已慳

爲宛仙書扇即用扇頭隨園韻奉簡

隔一條街見面難逢人覓便寄平安畫圖喜是親題過夜夜安排夢裏看

夢不能長信又稀何時親得把羅衣此心願化風前蝶只在君家扇底飛

碧紗廚歌

一片碧煙吹不斷滿屋清如綠陰覆四圍不用玉鉤懸內外空明自涼透昨夜炎風汗體香家家分設合歡牀尙嫌偪窄難成夢誰識清涼別有鄉此閒大好原如屋移近花陰就涼宿蟾影依然許照人蟲飛何處能窺玉來朝日出畫檐明別占虛堂一角清宅豈成仙眞可拔廚原有腳自能行碧紗中人看四面面面玲瓏水晶殿卻笑人從外面來惟見碧煙凝一片

之子神清絕梅花一樣妍願爲花上月照爾就花眠

簡餐花

七夕老樹爲大風所折歌

一龍驤首羣龍舞老樹迎風吼如虎忽然折卻合抱枝飛入雲霄一毛羽豈經巨靈擘華手抑被吳剛脩月斧張騫借去作浮槎織女攜歸當機杼此時天宮亦震動白浪如山涌銀浦雙星遊戲駕雲颿歡笑成風淚成雨驚斷人閒兒女魂夜半無人敢私語明朝綠蔭不成圓赤日炎炎滿當午

爲子瀟題坊醼圖

一度芳筵一寫眞天孫見慣定含嚬不知何預男兒事苦效閨中小女羣

春草

春到蓬門晚園桃乍著緋鳥聲知日煖樹影覺風微性嬾書偏記身閒夢亦稀綠陰簾卷處一任亂花飛

古鏡

一片秦時月清光萬古新對君原是我知爾閱多人難使年華駐翻嫌面目眞深藏如不露何處著纖塵

春夜夢翠霞

春夢在羅浮梅花飛滿樓我行明月下見爾倚樓頭何處一聲笛吹殘月似鉤明朝對春鏡脈脈未知愁

賣花聲

只隔紅牆角一彎東風吹過又吹還何人最解關心聽偏是檀奴勝小鬟

壽簡齋先生

人中仙佛詩中聖文采風流肆輝映眼底江山鬥秀靈胸前冰雪爲情性我讀公詩二十春春風喜得降朱輪姓名早似傳千古丰采渾忘屆八旬平生歷歷遊仙蹟舊是金華殿中客視艸親嘗李白羹栽花旋賜王喬舄匆匆宦海十年中蓍尹翛然作寓公池館別移三島樹煙蘿盡帶六朝風門外雞籠山一帶山下蔣陵湖一派全家縮本小西湖滿屋無塵詩世界繞逕芙蓉爛似霞繞芙蓉更插梅花花香夜夜熏銀管花史行行列絳紗建業青山看不足探奇直到羅浮宿捉來蝴蝶翅爲車飲滿芭蕉露成斛纔與浮邱把袂回劉晨更勸入天台石梁不惜千回度古洞曾留七日來隔年衣染桃花色重去桃花尚相識雲深採藥恐迷歸飯熟胡麻不敢食贏得新詩更出奇人間抄寫腕都疲赤城霞氣行間挾南海珠光字裏飛年來小覓花間賞白

下輕舟吳下槳架筆還攜翡翠牀飛行那用紅藤杖遊蹤到處萬人傳懸榻相迎倒屣延老境獨誇天下福童顏爭識地行仙我道先生仙更佛五峯秀氣根胎骨詞壇次第照慈鐙學海從容撐寶筏說法先爭最上流拈花一笑示眞脩清談字字蓮生舌詩話人人石點頭慈悲更是眞菩薩火宅常從法雲拔座下三千弟子收寰中八百孤寒活莊嚴七寶坐譚經式又摩那亦許聽兜率天邊容一座華嚴界上悟三乘南宗北派空諸有慧業文人齊頫首威佛終須靈運前此身原是如來後論到詩篇更絕羣蚤看幟拔趙家軍人才合上無雙譜翰墨先收第一勳海內風行人膾炙雞林行賈爭求價筆妙能教老嫗知才高那屑羣兒罵風神漫擬逼香山標格應參陶杜閒生面果然開一代新聲奚止付雙鬟卽今頭白操觚急脫手文章等身集六旬

萬首莫誇多一日百函堪鬥捷萬里橋西野老居五株楊柳宅官廬綠衣捧硯催題卷紅袖添香伴讀書願公二十三房裏一齣環房一年徙數到春秋百二年注畢古今廿三史從此尊前花月身紅顏天與駐長春卻愁伏勝傳經座弟子繇多白髮新

薔薇花下

落盡繁花孤蝶冷銀墻別放紅千頭妝成無力倚闌干水晶簾蕩東風影

淺白深紅次第開繡屏風上蝶飛回勸君莫吸花心露留待香閨盥手來

餐花贈蝴蝶便面

東風吹綠紅心艸蝴蝶飛來幾雙好中有青陵一片魂多情日向文窗繞美人纖手細橅臨勢似翩翩出艸深側翅想伊穿葉去輕身知是入花尋一雙對舞如相戀一隻單飛意初變不是聰明靜裏心眼前物態何人見贈我同心寶扇開盈盈香粉墮秦臺風前賺得眞蝴蝶飛上輕紈結隊來

秋夜寄懷餐花

月出空林青露下衆艸白庭柯墜商飈蒼然露山脊挑鐙夜深坐涼氣動吟鬼我思素心人豈有山川隔相思如萬里相去實咫尺我有瑤臺花王母手所摘簪之後天老容顏若膏澤持以助君妝物輕意可惜君昔念我寒贈我貂覆額歲久日凋敝躊躇不忍易昨夜夢見君珊珊佩瑣璧玉體不自愛芳顏抑何瘠醒後聞秋蟲幽情怨離隙一緘手寄將微言寓深責

十四夜月（是日白露）

最高樓閣最瓏玲齊撤玻瓈面面屏十里青山波浸透一城秋

瓔雀呼醒天無表裏皆澄澈月在中間是性靈萬事將圓未圓好此情須說素娥聽

十五夜月

吹破碧雲何處簫一輪捧出九層霄影如秋水無渣滓光閃明星欲動搖萬古不磨惟此鏡百年幾度似今宵願天月與人俱好暗把心香歲歲燒

題屈宛仙撚梅圖

香艸離離譜楚辭辭中偏未及南枝被君隨手輕拈出補得離騷一種遺

謝屈宛仙惠絹花春茗

花似春前葉雨前兩般色味總新鮮來從翦綵團香手恰值慵妝渴睡天豈有雲鬟供點綴秖應雪乳自烹煎何當茶熟邀相過親見如花一靦然

題扇頭畫蘭

品格天然壓衆芳高情只愛住瀟湘畫師偷寫春風影難寫心中一點香

空谷年年抱素心幽香輕易出深林此花不比閒桃李蜂蝶紛紛莫浪尋

雪後坐月

寒宵鍼黹手先拋坐看燈花結紫苞詩思靜從愁思覓月痕澹與雪痕交蠟梅香寄開簾入翠竹聲疑隔檻敲一樹長松枝半壓梨花斜放出墻梢

九九消寒圖

日日費燕脂滿紙梅花爛圖成轉自憐春光已將半

桐葉落

萬綠驕新雨翩然一葉飛未經搖落候先判盛衰機暑散紅蓮沼涼生白苧衣人間趨熱者輸爾最知幾

題蘇端純夫人花鳥即以爲悼

桃花紅白間成林兩兩枝頭對語禽那管人間離別苦東風相喚到春深

戲簡屈宛仙 時方促和莫愁湖詩

頻催佳詠莫愁章報語纏緜說臥牀傳與簡人消病訣莫愁兩字是良方

讀吳節母傳書後 吳項儒秀才卓信母

一讀節母傳流涕不忍讀再讀節母傳歡喜心爲肅十八而嫁三十寡守節不名節胡不殉泉下七旬姑三歲子妾死死夫一家矣甘鮮手進口齕糠滌腧捧藥疫鬼藏尖風鏃紙聲哮虎兒啼欲僵母淚雨一尺書一寸心三尺墳十指皴寒瓜豌豆繞屋種至今尚餘羊棗痛烏虖爲人臣能固社稷保子孫焉用子車徒殉身

題扇頭山茶

小院深寒澹夕曛輕紅細翦半窗雲梅花未發芙蓉老一種芳情最憶君

玉茗風流骨自眞還添顏色更精神尋常兒女休相妬耐盡冰霜始到春

題宛仙詩稾

鏤雪裁雲絕妙章明珠穿就字行行埽眉筆上無脂粉脫口吟時有佛香智慧果然兼水月 隨園先生有南海觀音之譽 才情秖合住瀟湘

寒窗乞取烏絲本好當梅花細細嘗

賀外省試報捷

門前一片鳴鉦起屋裏紡車聲未已蓬頭奴子笑入來手持泥金赫號紙頻年聽慣康了聲到此躊躇恐非是竊窺題名錄果眞未必曾參兩同里賀客紛來半不識鄰兒登牆競相指酒漿無從咄嗟辦解髻欣然脫簪珥猶記其年癸卯冬京兆試歸曝鰓恥是時重親俱在堂爲毷氉人設酒醴我進一言戲慰郎詩人師待詩人爾（癸卯慰君下第云人間試官不敢收讓與李杜爲弟子）豈知戲語作佳讖應驗直須星一紀錢鏹李杜本齊名（座主劉雲房宗伯錢雲岩太史）郎眞有福充桃李我方靄霽喜上眉郎乃潸潸悲出涕一第雖榮白屋中重闈已入黃泉裏空將淚酒告親墳歡宴何心更燒尾我又一言爲郎啓行道顯親自此始明年上苑看花時還念闈中人側耳

賀弟世昌報捷

試畢最關心一婿與一弟得一已足欣況復雙鶻起平時共筆硯螢歷笑相比果爲同年生人天共歡喜弟年十四餘父喪致哀毀教養母一人篝燈課經史對兒辭色厲背兒淚鉛水辛勤十五年盼得一第爾一第不足榮暫博親破涕人生願難得文譽魁多士亦復頗難受往往遭詆訾竊期君二人高第毋自恃毋徒採春華而舍根與柢開官重賢書原以德行始

子瀟鄉薦出寶應令阮公房而座主則劉雲房宗伯也戲之以詩

盡說與公最擅場天台一賦（武）響鏗鏘疑君身是仙桃樹恰屬劉郎與阮郎

美人對鏡圖

細埽雙蛾翠一丸宜深宜淺入時難深閨妝罷無人問鸞鏡重開只自看

新年雪

寒衾戀殘寢曉至失天明不是雙鬟報猶疑片月生小窗深積素孤石露餘淸莫訝南枝杳年交臘未更

春夜月

小鬟夜半推窗看報道中庭積雪盈曉起更無餘屑在始知殘月昨宵明

題趙若冰豔雪圖

梅花爭白雪爭香千古閒評費忖量今日兩行齊頫首美人玉立在中央

金屋嫌佗俗瓊瑤臺又怕隔塵緣天公特闢瑠璃鏡也住人間也作仙

翠裏深籠玉指纖銀毫怕冷不輕拈芳心製就因風句閒倚雕闌口自占

兩般題字一般描齊對梅花雪滿梢難得同心兼合影閨中訂箇歲寒交（子與宛仙作消寒小影此圖名異而景實同）

以指甲贈外

摻摻指爪肥珊瑚金翦脩圓露雪膚付與檀奴收拾好不須背癢倩麻姑

臨水桃花

春風吹散曉天霞萬疊魚鱗豔不遮沉醉玉妃酣睡起手勻丹粉看菱花

水底紅雲溼不飛湘妃裁作絳綃衣煙波西去清明路一樹梨花靜掩扉

鬪花朝

百禽鳴上百花枝枝上含葩未放時西子有情偏嫁晚東君作意教春遲紅綃兩度煩金翦綠酒更番酹玉巵貪揭畫簾看柳色紗窗打溼雨絲絲

情箴爲夫子作

莫道情如雲忽厚又忽薄莫道情如花易開還易落至情金石堅何論今與昨花香永繚繞雲氣常磅礴所患意不眞啼笑由彊作雲溼褱中衣花豔鏡中萼畫態且極妍心迹未可託暑空投大澤提起水已涸揠苗助之長焉能望秋穫飛蟲入蛛網苦爲絲籠絡不如蚤回顧灑然脫羈縛沈疴尚可醫勿憚瞑眩藥

肉食本無味莫過屠門嚼花光畫裏懸雲影波上掠事本屬虛無閒情易拋卻荷絲十丈長快劒只一斫

春盡日泊舟錢園弔耦畊堂故址兼訪河東君墓不得

前朝華屋半犂田綠水園名尙姓錢大樹難尋紅豆種亂墳空起白楊煙送春天氣兼晴雨弔古詩情雜鬼仙一晌低徊山欲暝落花如雪又開船

寶巖灣舟望

落日明孤艇篷窗獨眺閒輕雲多貼樹遠水欲浮山橋近帆先卸郵來路漸彎峯巒無數好春去少人攀

上冢日有感先姑

十年前奉白頭來手掖衰年奠酒杯今日捧杯先淚落拜墳人已入泉臺

丙辰消夏雜詩

午汗回潮欲透羅今年熱比往年多青天那有雙紅日笑聽街頭戲語訛

皁莢清陰覃滿房無風遮日有風颺東鄰一角紅樓子也借儂家綠樹涼

晨梳艸艸對妝臺索乳嬌兒遣不開百計分將瓜果去雙鬟又報索詩來

布襪椎髻自當家那有閒情去種花恰喜同心嬌女伴分來幾箭蕙蘭芽

慧心小女辨風丁捉筆飜書事事靈教與唐詩新上口夜分先背老姑聽

幾家紈扇索臨池午倦拋鍼染翰時近日風行閨閣裏仲姬畫筆謝孃詩（謂宛仙翠霞）

紅藕花開照水妍美人爭放木蘭船自憐顦顇雙蓬鬢不去東湖倡采蓮

小病身慵對夕暉未黃昏便下羅幃枕邊一陣香風到郎裏籠將茉莉歸

題宛仙畫蘭

玲瓏妙腕寫交枝恰稱同心宛轉思一幅白描雙影子佩蘭親傍協蘭（宛仙自號）時

宛仙海棠雙鳥畫卷

海棠絲軟曉風輕枝上閒關鳥對鳴畫亦有詩詩有畫卿須憐我我憐卿白描更比丹青好素手能教氣韻生恰與趙家添故事管夫人竹共佳名

中秋待月詞和宛仙韻

露滴芭蕉點點秋薄陰先弄小窗幽常娥也拒千人見偏把今宵玉鏡收

家釀團圞半奉齋女兒靈巧散人懷盤中有餅圓如月擎向人前逐箇排

要待冰輪挂碧虛唐詩繙盡二更餘小鬟不識之無字花樣持來誤當書

月不窺窗枉廢眠羅帷且覓夢清妍醒來踏月人歸未不信街頭別有天

屏風詞爲宛仙壽

瓊梯七級上瀛洲十二紅窗縱好秋天爲玉樓人燕喜滿城風雨一齊收

天半珊珊擊佩璫瑤仙幾輩捧霞觴製屏不用夗央錦自插秋花滿洞房

絕世丰神絕世心妝成重向鏡中臨鬢邊爲有黃花豔不插金簪插玉簪

白描新學李龍眠遍普花枝寫照妍爭不自家描一箇萬花叢裏玉神仙

除卻燒香便鬥茶臥樓清供燦雲霞歸來金石鷗波畫清福都教占一家

錯落明珠玉一盤家傳算學九章完憑君撥盡盤中子算到神仙壽卻難

製蕺吟椒事事才高堂喜博笑顏開菊花手釀延齡酒先捧金尊上壽來

一泓秋水是前身善畫兼能詩總絕塵卻笑靈均舊苗裔被人呼作管夫人

秋海棠和餐花韻

風前初試越羅衣小樣紅妝瘦不肥灑淚應憐同杞婦傷心人薄比楊妃霑來白露恩偏重除卻黃花伴亦稀一種清芬秋獨占詩人何事說香霏

附錄原作　李　秀餐花

雕闌斜傍不勝衣滴粉勻脂詎肯肥獨抱秋心酬月姊每彈清淚學湘妃斷腸聲息歸鴻少入骨辛酸化蜜稀對汝不愁愁欲絕幽窗況是雨霏霏

梅花和翠霞韻

與君久別正相思瘦立亭亭雪一枝西子不妝偏絕世東皇未寵已驚時開先豈爲春人賞香暗惟應夜月知配得謝孃風格峻此花以外更無詩

附錄原作　謝翠霞麗仙

春風欲動最相思世外翛然見一枝山月微微雲斷處江天漠漠雪來時寒真徹骨終無語清到離塵祇獨知我有偏心難自解不逢君更不題詩

疏影樓夜坐同餐花

小樓人籟絕仰首見青天氣靜知秋蚤居高得月先空中疑過樂清極自忘眠鬬木犀香否相看一囅然

附和作　李　秀餐花

縹渺樓無際空明別有天秋河雲讓出夜氣葉知先月近寒如滴花垂重欲眠對君塵洗盡我思亦飄然

重過錢園弔河東君

平蕪一片小滄桑拾得前朝斷瘞香甲第已無江令宅午橋猶喚晉公莊汗青竟失圖佳傳頭白惟甘事梵王我感絳珠能報主兩番停槳弔斜陽

裁衣曲

深夜霜威翠幙穿征衣製就未裝緜生憐兒女無知甚故故吹燈促蚤眠

秋院

呼鬟掃盡玉階塵四壁秋聲不著人更喜夜涼涼似水白雲綠樹自爲鄰

靜坐

無事此靜坐悠悠何所思空山萬籟寂清磬一聲遲沙鷺忘機候寒蟬息影時我心如止水笑看野雲馳

綠牡丹

落盡千紅紫奇葩發鼠姑迷離花不似婭姹葉相扶作主惟青帝同人有綠珠流年感蓬鬢對汝一增吁

附錄同作

李　秀 餐花

萬綠園如幙中停一朵雲認苔多媆色辨葉有清芬脩竹微延裛湘波細滃裙相如新富貴猶畫卓文君

謝翠霞 麗仙

細葉誰裁出奇姿壓衆芳鏡中青鬢女馬上綠衣郎嬌合藏金谷清宜近竹廊姚家應並貴莫爲賦黃裳

寢月篇

葉茗芳夫人寢兩月對其妝閣一如見漸化爲煙須臾竟盡一起稍綏皎潔逾常月明年正月孿生雙女以其次者寄宛仙膝下數日長者忽化去乃悟寢境之奇宛若左驗宛仙屬予爲詩記之

常娥萬古曾無兩美人寢入非非想竊藥神通有化身一夜雲中雙佩響是時寒霧逼窗紗百結流蘇護彩霞乍喜一輪生桂皃旋驚兩面發菱花菱花正對妝臺畔一似新磨一深暗豈是青天亦有塵不然素女曾霑汗須臾風起蹙微波紫玉成煙返絳河一鑑當空中外澈四天如水性靈多朝來說與宛姑聽（茗芳宛仙之弟婦）寢月曾聞是瑞徵應是二喬同入寢休猜兩到兆添丁新年佳氣蘭房郁月正初弦照華屋繡幙纔看五色霏銀盆果見雙珠育雙珠入掌恰同圓不判形容判後先衾裏宛央譌姊妹纔分紅綠繫嬋娟三朝捧出賓朋座玉果犀錢爭入賀笑語閨中寂寞人（宛仙無子）願將膝下螟蛉作奇琛何敢奪明璫割愛除非小鳳凰待得扶牀辭阿母好來問字就姑行蘭堂乍散華簪客忽報璇閨紅綫失始悟聰明寢境真依然祇有姮娥一一珠碎卻一珠珍豆蔻爲胎秋水神標識認來如萼綠前身記得住冰輪爲佗預種珊瑚樹玉樓佗日真來住準備紅牙筆一枝伴孃詠取樓頭絮

月夜聽女郎摘阮

圓槽橫抱玉蟾形調急絃淒別有情應是素娥清怨極佩環飛出月中聲

題支川竹枝辭

雙鳳鄉南水一支人家照水畫蛾眉春來鹽鐵橋頭月唱殺盈

盈小女兒
新聲一卷土風編合譜宮商入四絃喚起梆州桑別篤可應風
物似當年

長真閣集卷四

詩四

虞山席佩蘭道華氏學

秋閨和吳竹橋太史韻

秋山一朵插芙蓉正隔窗紗碧一重花發寒香如我淡葉回春
色覺霜濃宵長穿綫功初放榻小堆書卷可容牽罷綠蘿茅屋
補更無愁思上眉峯

聽雨同子瀟作和宛仙韻

潤逼香篝冷畫屏燭花顆顆隔窗聽此閒竹樹原蕭颯今夕房
櫳易晦冥乍著微寒先怕病本無秋夢莫言醒有何情事偏相
絮階下蛩聲屋上鈴

論詩絕句

枵腹何曾會吐珠詅癡又恐作書厨游蜂釀蜜銜花去到得成
時一朵無
沈思冥索苦吟哦忽聽兒童踏臂歌字字入人心坎裏原來好
景眼前多
風吹鐵馬響輕圓聽去宮商協自然有意敲來渾不似始知人
籟不如天
清思自覺出新裁又被前人道過來卻便借他翻轉說居然生
面獨能開

燈花聯句和蘊玉樓韻

銅荷青綠宛成苔苔畔星星一粟開(子瀟)紅豆有情催結實青蓮
如舌助生才(道華)卻防棋子閒敲落濕卜書函喜送來(子瀟)殘蕊好
收匳匣底明朝留作畫眉材(道華)

冬日喜隨園先生來虞并示所刻女弟子詩選以佩蘭

居首敬呈二律

公是陽春到處妍來時剛在玉梅先詩如老佛能降衆活作傳人不羨仙紅裒爭先迎絳帳白頭長健勝靑年頓教寂寞荒寒景開出吟窻五色蓮

一編新刻玉臺成入手先驚見姓名餘力尚能傳弟子長留竟許託先生得攀驥尾原知福直冠蛾眉卻過情恰似春風吹小艸靑靑飜獲領羣英

隨園先生命題十三女弟子湖樓請業圖

寶石山莊靠鏡湖人閒淸絕一方壺十年枉作西泠夢早已全身入畫圖

先生端坐彩毫揮爭捧瑶箋問絳幃中有彈琴人似我數來剛好十三徽畫余坐苔石畔撫琴

選刻新詩仿玉臺卷中人各手親裁白家老嫗康成婢未許窺探入座來

老壽公須過百齡果然位業是眞靈願同伏勝傳經例一箇門生授一經

後來居上亦何嫌廿六人終取格嚴恰比十三行玉版宣和副本又新添作圖後又得十三人因別爲一圖

虎山尋夢圖

長洲陳竹士秀才與其配金纖纖夫人曾遊鄧尉看梅夫人歿秀才哀思不已欲作虎山尋夢圖偶得前朝陸定子畫幅適如其意三百年前若預作以贈者亦翰墨中一重公案也

美人玉骨化姍姍應是吹笙雀背寒只在萬重香雪裏饃餬煙月認來難

重來何處覓詩蹤踏遍空山逕不溫雲散有根蟾有魄當年春夢獨無痕

一片傷心畫不眞空持破鏡認前塵百年先有人圖出潘岳詩情泰倩神

謝隨園先生文綺之贈

一縑五色采霞明直是文心織得成衣被恰應加弟子翦裁還要仗先生紅絲久擬平原繡黃絹終慙下里聲製獻高堂誦公德願親老壽比長庚

謝隨園先生題如蘭圖

擊鉢吟成絕妙才明珠廿八手穿來畫中一簇同心朶走向先生筆底開

吟來氣亦馥如蘭姊妹同看各喜歡一手恰能傳兩意比他雙管畫松難

荔支石爲雲閒陳古華太守賦上有寶晉齋印

一卷擎出米家船知是人閒幾洞天涉歷不曾愁變色摩抄眞欲惹流涎官同嗜好還相仿客取傳觀盡欲顛五馬馱來惟片石此情已抵鬱林賢

二分人巧八天工據竹橋太史詩生就星球綴玉同鮮潤直如初摘落瓏璁原不在嵌空朝餐那忍爐邊煮珍果原應篋底籠恰遇孫郎曾漱齒謂子瀟竟思飽噉狀元紅

嵇烈婦詩

蘇氏字瑶靑常熟縣人贈大學士嵇留山先生妾也國初耿逆叛時嵇摯妾在范忠貞公幕同被執不屈

蘇請于嵇曰君無以妾爲念妾請先逝解所佩帶自
經屋北冬青樹下見徐旭齡世經堂文集嵇義士傳

幽囚相對不勝情手解香羅帶子輕妾自報君君報友大家死裏覓長生

妾請先行到夜臺願君取義莫徘徊笑他餓守睢陽日倘待張巡手刃來

吾鄉竟得此娉婷反激男兒節義聲紅豆莊中一株柳當時爭不化冬青

虎邱看月圖爲李松雲太守作

寺裏青山山上樓六時塵起萬人遊輸公身置冰壺淨獨占空明一片秋

誰埽青冥絕點塵娟娟倒影劍池濱千人石上千人坐領略清光秖一人

梵鐘敲罷寺門扃坐到花陰冷露零爲問可中亭畔月一輪清影可中庭

七里山塘列畫船滿河燈影似星懸飄然五十三參上一箇嫦娥一謫仙

公是前身李翰林登舟悵望謝公心千秋一樣如盤月牛渚何如虎阜吟

送吳翠亭宜人之京

五花冠子七香輪佩玉珊珊穩稱身生就宜男又宜室果然封號稱宜人

瑟應琴鳴譜合歡桃花影裏上長安人間多少紅顏婦福慧能兼是綵鸞

太君八十健扶孫畫舫安排作寢門釣得銀鱗長一尺手調香橘勸加飧

衍波箋滑瘦金書行卷應同錦繡儲只恐芳名傳日下六宮來召女相如

詠絮調蘭共一舟全家歡笑不知愁秖應一事難拋卻有箇慈親已白頭

書成紈扇妙香熏常託春風得近君他日相思須寄我金臺明月薊門雲

題七夕巧醮圖

平原真好客高會自年年普作雙星主爭開一日筵可憐惟此夕絕豔是秋天語舊吟情肥飜新食譜鮮玲瓏合歡果綽約竝頭蓮椒雨飛來酒松風沸後泉鑪熏沈水屑豪拂衍波箋各乞心頭巧同舒指爪妍借佗花燭刻比似繡鍼穿代索催妝句遥題卻扇篇詩成機上錦人配飲中仙縹緲雲分縷彎環月挂弦興餘猶促坐清極竟忘眠綵字蛛絲結銀河鵲羽填芳圖傳妙筆佳話足良緣預祝明年健開看箇箇全

春盡日次宛仙韻

綠陰宛轉畫廊環小病心情睡覺閒一院似含春水溼半簾空挂夕陽閒酒杯入手肌先暈花雨霑衣瘦欲斑那怪鏡中顦顇影飛來蝴蝶也低顏

雨中摘玫瑰餉宛仙副以二絕句

綠陰如水雨如絲正是輕寒薄病時爲問玉樓春去後酴醿還賸幾多枝

手摘紅香帶露清自簪雲鬢少心情一聲送向傾城去頓覺花

光百媨生

題越中女士王姮蟾影天香圖

銀光箋紙滑于蕣巧翦瑤臺鏡一輪竟作生天非妄想本疑明月是前身綵雲縹渺來無所秋水空靈照有神想見畫廊鳴屧處桂花如霰落香塵

桃原春泛圖爲冰壺女史題

仙原隱隱白雲遮折得紅蓮當海槎山有幾峯曾識面水無一曲不浮花重來怕引漁郎櫂此去疑通織女家纔是湘裠飛過處香風吹起半天霞

題竹橋太史小湖田樂府詞稿

詩壇久已領羣雄爭捧珠槃拜下風鐵板銅琵歌水調又傳絕唱大江東

家家紅豆記銀箏誰似吳家樂府清夜半月明天籟起半兼飛瀑半松聲

借花寄艸託微波風調原如白石多三十六陂秋色裏冷香飛出小紅歌

不師梆七兼秦七肎學艸窗和夢窗一片野雲飛不定并無清影落秋江

畫中書屋萬千椽空結鷗盟與鷺緣釣叟漁娃農子弟春風唱遍小湖田

小字簪花寫未成薔薇香露幾回傾秋燈願劈紅蠶繭親繡曹娥八字評

疊前韻寄宛仙

情思不斷玉連環纔倚花閒又竹閒生怕歸雲成獨自最憐流水少清閒寥如天遠原無蹟淚過春深尚有斑拾得碧桃三兩片東風吹不上朱顏

乞貓詞寄呈宛仙

殷勤爲聘小銜蟬青箬堆成比雪黏自入春來才思減今朝破例一題鹽

花氈臥醒綵絲牽錦帶雲圖相宛然一簇戎葵三兩蝶白描還仗女黃筌

宛仙畫荷花便面題二絕句意以花比余也次韻奉答

妙語青蓮化舌端朝霞爲醴露爲餐分明自賞通身影寫與人閒粉本看

碎翦湘雲織翠裳斷紅雙臉自生香他生願化蘼蕪影也傍芙蓉作竝行

朱母繆夫人壽詩

雕羽屏開寶篆霏銅槃仙露錯珠璣柏舟久矢單鳧操蕋榜先看兩鳳飛酒以蓮花爲玉斝舞裁雲葉作羅衣新詩不是人閒巧預乞天孫五色機

西瓜鐙和宛仙韻二首

青疑太乙照星精絕勝雕冰鏤玉成若使鎮心嫌內熱秪宜供佛當長明玲瓏比月偏多巧圓滿生花更有情看遍元宵無此種銅荷金藕總輸清

面面光華萬照臨當中一點是靈心綠珠豔質圓還滿碧玉芳情淺實深恰好及期堪月代卻防破處有風侵最宜幽暗房櫳看若乍暘時又乍陰

與姪婦謝翠霞論詩

吾家有道蘊明慧世無匹爲我題素扇清辭麗而逸有如瑤臺樹皎皎映寒月又如芙蓉花亭亭透初日讀之齒頰芬勝嚼梅與蘂非關雕飾工其秀乃在骨虛中不自滿殷勤來請質理以求益精法以講漸密汝性愛植花卽以花事說性情其本根辭意屬枝節本根如不厚芬葩詎能結枝節如太繁生理轉不實直體貴有曲曲始味愈出內美貴有含不含易衰竭積理在讀書精麤要分晳葩經三百篇一一貞淫別種樹取芬芳壅培必高潔世俗見迂拘謂婦宜守拙余曰理不明究于禮多缺請觀周南詩誰非淑女筆

夜來香

百纖筠籃巧沿街與夕曛競從簾底買貪向枕邊聞色與蕙蘭似香和茉莉分前身還恐是清絕薛靈芸

秋曉

瘦入蓮花裏花香卽瘦魂一蟬高樹響片月小窗痕簾透新涼薄池留宿雨渾露珠三兩點清氣滿乾坤

露坐

小院清如水灑然人更清月斜花影直風定竹香生一葉高先墜孤螢遠獨明萬家秋籟穩與我句都成

訊宛仙病

豈知天女相卽是病維摩自擣素娥藥長顰西子螺得閒還繡佛作祟定詩魔不食人煙火吹來氣似荷

外作環字韻無題詩情辭頑豔亦戲成四章非敢同工

聊云異曲

一庭清氣萬花環小立春風淡蕩閒天到淸明偏朗暢人如窈窕必幽閒青山螺黛非關畫白玉羊脂没點斑蘭麝不熏香在骨肯教蝴蝶近芳顏

小閣疏簾綠樹環妝臺移置北窗閒工書巧得蠻箋積貪繡翻拋羽扇閒耦雪素絲留有節瓜浮碧玉辨無斑蘭橈早絕清遊想不共芙蕖鬥好顏

涼颸驀地響銅環四顧聲還在樹閒銷織回文秋杼健書裁側理夜燈閒黃花自傲霜中色丹桂休猜月裏斑絕不知愁非抱恙本來清瘦是容顏

屈膝圍屛面面環水沈鑪火置中閒金鈴遠報風聲緊綵綫頻量日影閒薦黍自勞盤搦粉吟椒猶喜管拈斑耐寒生與梅花似冰作肌膚雪作顏

早春夜

雪月空庭裏梅花似我臞相看到中夜清絕瘦俱無

秋閨怨

天末涼風起深閨瘦不成夜烏何所恨啼殺不天明

簡餐花

挂起湘簾月滿鉤涼颸吹動美人愁芭蕉聲響梧桐影幷作西窗一夜秋

壽華母

錦屛花氣爛霞蒸七秩年華水樣增賓客競銜杯紫玉仙人新捧杖紅藤單凫久叶靈璈奏五鳳行看彩翼騰底用崔書重獻曲自將三祝頌岡陵

以佛手餉宛仙棠賦詩稱謝次韻奉答

鮮果聊同藥艸遺甜香或與病肝宜自慙虛有扶持意顯得終

無瓻覆時語極勤摯惟手札緣慳把臂實心知相期合掌拈花座證取如蘭密約辭

再答宛仙賦謝桂花之什

桂花香世界秋氣入高臺明月二分好清光一片來碧雲如水淨金粟滿山開折贈常娥去原應月裏栽

挽翠亭宜人（代宛仙作）

全家春水上京畿中道誰知事已非慳氣忽吹仙骨冷清魂竟逐落花飛三生未了從官願九死猶嗟與母違噩寢匆匆纔一月香車人去素車歸

題張孝女焚香籲天像

孝忠焠掌火不能炙曹娥沈淵水不能溺猗嗟孝女死而彌壽金滕之代緹縈之救心香一瓣心火然親命在兒不在天兒有心兮天有耳誰廢蓼莪視親死

翠亭宜人從官北行卒于袁浦其媳紫霞後七日亦死煢煢兩棺停西郊荒祠中詩以哭之

不識天涯路全家爲宦游百憂惟老母一慟在孤舟竟以懷鄉切眞成中道休清魂苦飄泊嗚咽亂淮流

弱息違慈怙悲啼宛㬎雛萬花同畢命七日竟從姑去影春帆遠歸魂夜月孤憑棺能不痛分手尙須臾

相送香車別今來只素帷人生誰得免客死獨堪悲野屋花垂淚荒郊鳥畫眉綠窗遺槀在緘秘更何爲

上黨歸來日高堂拜母時因依眞骨肉歡笑識丰姿陌上殷勤返花前宛轉思今朝哭君淚更爲老姑悲（宜人先姑陸恭人義女也）

壽某夫人

金母丰姿玉髓清秋霜不許鬢邊生翠鳩新製紅藤杖扶過花閒體自輕

衍波箋滑灑金斑索我題詩壽玉顏手滴瑤宮花上露親書璃笈與人間

消寒辭和宛仙韻餉餐花

裛花簾子卻清霜時透黃梅一縷香短日梳頭多艸率長吟信手易頹唐風能詠絮輸林下健可操舂愧孟光已是天寒兼病嬾終朝采綠不盈筐

壽外祖張巽園先生

舊俗儒英重清門太守賢芝蘭有苗裔鸞鳳必神仙一宿弧南極雙峯華嶽巔隱湖似蟠水遊戲釣璜年

世有詩文集家傳孝友風期頤紫芝宇潔養白華躬驥志寧知

老龍頭切望公行看蕋珠榜父子祖孫同

爲壽宜春酒偏開八月觴年年珠露白歲歲木犀香代以梅花好兼之春日長婆娑簪綵勝一笑遇初陽

早歲空聲邑閒居屏俗華老何須玉杖生不識丹砂書史眼如月春秋手種花夕陽無限好笑指海西霞

題高衣雲侍書簪花圖（李松雲太守姬人）

桃花爲邑玉爲章小字呼來口便香不是君身有仙骨如何雲想作衣裳

不簪金雀不花冠只愛同心一朵蘭欲插上頭還未定深知高下入時難

翰墨因緣福要眞裁箋捧硯日身親小蠻舞態朝雲曲修到文人傳裏人

汪宜秋女史題郭頻伽秀才水邨圖云深閨未識詩人宅昨夜分明夢水邨卻與圖中渾不似萬梅花擁一柴門秀才因復作萬梅花擁一柴門圖

美人飄作羅浮夢幻出孤邨處士家一片水雲渾不辨是人家與是梅花

放隺歸來雪滿邨微茫認遍月黃昏東風曲折隨香去先比詩人得到門

細嚼梅花可療饑花香兼可當薰衣幾生修到中閒住埽盡閒雲不啟扉

汪心農觀察試硯齋圖

鮫宮割取紫雲寒鴝鵒清臚鎮不乾想得雙珠親手捧桃花潭水試螺丸碧珠意珠汪二姬名

澄泥四壁竹雙扉日對陶泓靜息機別蓋一閒銅雀瓦沈香小像貯淬妃硯神名

寵拜金城即墨侯紫方為館寶花浮自從明試酬庸後石不能言也點頭

駿骨須教伯樂看焦桐還向子期彈眞材零落知多少欲得人閒一試難

招魂辭挽莊如珠夫人

天低月黑冥煙悄碧桃花底春魂小玉指輕彈四壁空花淚著人人不曉東風直入來似揭羅幃開珊瑚合歡床長簟餘清埃呀呀雙稚女遶床空徘徊愛之不忍撫恐為生人災玉籥金筐床頭在紫竹無情圓不改七載闌干事渺然青蟲絲繡苔花灑匣中桃枝扇繫以雙璠璵非重雙璠璵上有盤珠夫人從妹名書一

齊游戲瑤華島手澤猶為世人寶何况生時賢孝名垂之千春後天老九龍兮巉巉慶峰兮翠鬟仙之靈兮往復還惟有輕煙澹月蕩漾於其閒玉京敕下催歸急碧樹烏啼留不得一片羅衣紙樣輕飛渡銀河渾不溼

紫薇文魚便面

繁花細碎綠陰低倒映清波漲紫霓道是天孫濯雲錦夜來拋擲浣紗溪

細唼浮花漾紫苔此中游泳勝蓬萊一泓秋水無多碧也有青天倒影來

挽潘孺人適謝氏

才華風格兩如仙忽報吳宮玉化煙自是慧根能解脫比他靈運早生天

佩環飛作半天霞哀雁聲中月不華歸到妙蓮香世界天然一步一蓮花

題屈宛仙詩稾次卷中自壽詩韻

心是玲瓏玉鏡臺清光何處著塵埃直疑明月通身化早帶僊風道骨來琴罷一聲孤隺迴山空四面萬花開吟箋那用烏絲格秋葉如雲自剪裁

宛仙惠題拙集依韻奉報

瑤緘密字帶香披黃絹新題幼婦辭才子美人成合體飛仙證佛定他時閒將芳艸相酬答戲折梅花當贈遺笑指一輪寒月影兩家原不隔心期

狎鷗齋校書圖

萬事如秋籜都歸不校中雙眸似明月獨照古書叢應使閒鷗

笑猶爭亥豕功機心如宵息掩卷更名通

宛仙將避暑餐菏于城南戲集其稾中句奉送

燮傍芙蓉深處來（宛央）蹴雲野水影低徊（城南觀荷）趁涼買取瓜皮艇（消夏辭）家具應攜玉鏡臺（桃原春泛圖）畫稾匆匆收拾起（中秋夜）綠窗面面盡推開（暑雨）廣寒原是淸虛境（七夕詞）那用文犀爲辟埃（自壽）

集句再簡宛仙

瑟瑟涼風翠扇開（采蓮曲）淸新玉映出妝臺（調羹圖）郎論丰度原嫻雅（寄懷婉清）如此仙姿定絕才（消寒小影）一點眞香心自抱（和韻畫蘭）十年淸福病中來（自壽）爐熏沈水香縈篆（送春）耐得摩挲日幾回（試硯齋圖）

挽汪秀峰夫人

慈雲常守佛香前合似菩提享大年掐到牟尼纔一半如何撒手便西天（年五十四）

卅年錦瑟幾調和每憶天涯涇裏羅今日安仁應哭殺見時偏少別時多

掌上珠留一顆明隔年纔得嫁雲英如何贈帨分釵罷便了慈幃事一生

彌留屬壻最傷心好續螟蛉向竹林曾有嬌兒如玉雪泉臺獨自去追尋

潔身纔許見鷳王臨死猶煎豆蔻湯遶榻六親啼滿座大家聞得妙蓮香

重理雲鬟色相嚴尸堂還避客來嫌一生愛好天然性頭未梳成不出簾

舌根閑彊語纏緜尚屬蠲除病榻前垂死未忘箕帚事何人不道孟光賢

爲愁奉倩太淒淸只說夫前死最榮但使一靈還不泯他生應得勝今生（皆記夫人臨歿語）

吾家節母似宣文曾訂蘭盟惜雁羣今日落花和淚灑一番老病又緣君（叔姑汪安人與夫人爲姊妹行）

頻屬詩箋爲悼亡秋墳消受墨痕香勝他世上癡兒女只索天花作道場

陸璞堂廉訪適園灌畦圖

憂民亦同憂適人先自適閒繙氾勝書中有治安策

適口知菜味揮豪賦小園要民無此色先自齩其根

僮約課晨興轆轤牽未斷種菜是英雄休猜漢陰灌

黍苗膏原野桃李培前墀偶試回春手生機又滿畦

王述菴司寇靈芝圖（產公先人墓上在秋湖之濱）

侍郎文采鳳凰騫養素郎園四皓尊采得秋湖紫芝草神仙纔有此兒孫

某孺人八十壽

金粟香霏滿院濃秋衣雲翦縷重重月懸銀餅傳芳宴露灑瓊漿注玉鍾巳看孫枝擎五桂爭誇母節挺孤松錦峰即是蓬山頂好倚紅藤七尺筇

宛仙畫梅蘭水仙于一幅見貽戲題

三花同占早春時忺殺看花去恐遲合幷寫來都在眼省他一度一相思

同時花各玉精神三婦風姿合寫眞如此嫩春淸供養不知消受屬何人

宛仙畫春蘭數朵子瀟添梅一枝于旁戲題

鬢側幽蘭意態殊妝臺點筆自臨橅詩人彊爲添梅萼知道花枝肯合無

紅白荷花翠鳥幛子

可是湘妃與洛妃紅裳相對白綃衣孤禽照水亦雙影小立花閒不肯飛

宛仙爲竹橋禮部畫竹題曰凌雲高節爲書一絕句補空

高竝寒松突過柯孫枝已見出墻隈清陰長入半空去飜覺白雲低下來

題子瀟畫梅

冰雪聰明玉作胎宛然花放近瑤臺枝旁添箇如盤月直并前身畫出來

題扇頭梅花爲竹橋太史暨畹生夫人壽

玉滿珠懸著手春雙株越老越精神人閒無此神仙品一對瑤臺寉化身

杏花春雨江南圖爲鳳臺胥明府繩武作

東風吹雨亂紅酣客裏傷春恐不堪多少長安馬蹄疾詩人偏是憂江南

烏紗徑脫白鷗邊肯被紅塵誤醉眠一夜詩情落何處賣花門巷小樓前

檝頭艇子泊江干小立煙簑耐曉寒題遍酒帘佳句在憑誰繡上帊羅看

扇頭美人小景

紅闌四面綠爲鄰著箇東風病瘦人盡日檐鈴清自語柳花吹老一樓春

屈宛仙饋鳳髓湯一瓮云是玉手親搖者

親費雲英玉杵忙盛來碧盌泛珠光直將明月鎔成水竟把天花散入霜口似佛家原講福身無仙分莫輕嘗自從消受丹霞後滿屋風吹語笑香

聞隨園先生之訃欲作挽詩未果因題所選女弟子詩後

驚聞仙履返珠林常抱銜恩一寸心不作挽詩非爲嬾知音人去怕彈琴

陳編重撫不勝情珍重徐陵手選成一片落花風笛裏西州愁殺女門生

哭外祖

落䍡銀鐙賦落梅老人星竟返蓬萊傷心一息彌留際猶望長安捧檄回時舅氏需次京師

飛蓬首卸孟光釵閨閣慙稱宅相佳手灑珍珠兩行淚普公持服更持齋

盆蘭百本手摩挲公喜蒔蘭自壅香泥自護佗今日低頭受春雨淚痕點點比人多

長眞閣集卷四終

長眞閣集卷五　　詩五

虞山席佩蘭道華氏學

謝竹橋禮部惠花

送入門先蝶作團風前珠露未吹乾雙枝折自春官手五色分
來寵筆端嬌豔豈宏蓬鬢插端詳祇稱瓦瓶安借花欲獻何人
可好把高堂當佛看

宛仙以瓶花十二種羅列蘊玉樓詩來索和

綵雲深護玉樓中十二文窗扇扇紅直上疑通三島路憑空能
結百花叢香清與佛心俱妙豔絕如人面不同應笑常娥無此
福一株老桂守寒宮

春光繡滿玉甌中嬌絕枝枝白間紅團住屏山香簇簇熏來詩
筆豔叢叢呼為花史神通大奉作觀音供養同氐事畫圖空結
撰全身早已在瑤宮宛仙有蕊宮花史小影

謝宛仙惠畫扇繡囊

朝霞五色爛鈎筐裏翦輕雲扇疊霜綻出花枝都似活捧來蓬
華總生光料應採自胸懷出那得承他咳唾香願把仁風揚袂
起敢將明月手中藏

宛仙作蕊宮花史圖十二人者各有未相識也今歲春
遊趙若冰李餐花言采皇言淡玉陶菱卿相見于舟
次而余與宛仙尤聞聲相思願未得預焉因紀其事
兼寄宛仙

一笑相看似舊知畫中相識已多時不期好會由天定作合良
緣是水嬉倉卒尙愁稱謂誤歡逢猶道見憐遲並船片刻休嫌
短勝似臨風兩地思

句曲駱佩香早寡而工詩蹴居京口顏其室曰聽秋樵
為圖冊屬題長句

松栢何曾識秋氣西風歲歲亦爭鳴吹寒畫角空城滿入夜詩
情落葉生六代閒愁如幷訴一江明月獨無聲知君不是悲秋
者心在秋中轉更清

盛子昭琵琶行圖

荻舞楓鳴滿目秋潯陽九曲似湘洲君恩未報身遷謫忍聽哀
絃不淚流

酒酣重聽撥檀槽調急風淒月轉高寧使天涯共淪落羞敎人
說鬱輪袍

一江秋怨與琵琶葉是東鄰水是家商婦莫徒嗟老大飄零猶
勝路旁花

黃貞女挽詩

貞女太倉人許字吳未嫁夫卒請奔喪不許引經自
縊家人環守之迎其姊歸女遊謂曰姊來將為說客
奪我志耶姊曰此大佳事我不妹阻但問志定否耳
女指心誓家人不得已白吳迎歸如婦禮以夫兄子
子焉逾一年卒女居夫喪謹至器之漆飾者皆屏不
用素工繡至是絕不為有求者亦弗應

鏡臺一受永無更莫道奔喪漫請行口縱不言心自許繫纓時
節早分明

一矢靡佗事百年此情難怪女兒憐人生更有難于此莫把冰
心指向天

閨中手蹟怕人知況復柔腸斷若絲素綫金鍼都閣起心頭自

繡女貞枝
相從泉路夜漫漫身未終喪淚未乾一事告翁須記取莫將髹
漆飾桐棺

書唐孝女傳後

無錫唐氏女家慧山下矢志不嫁鬻畫以養送父母
邑人士請　旌其閭復爲作傳徵詩以美之

白華朱萼畫鮮明換取鱸魚手作羹家在慧山山下住慧泉應
改孝泉名
風木銜悲泣鏡臺白頭孺慕尚嬰孩北宮之女今無恙親拜宮
中詔問來
好事羣公爲闡幽閨中至性本無求平時畫罷鵞溪絹不肯留
名在上頭

欲寄生綃乞作圖備余閨閣細臨摹圖中不綴閒花鳥只寫貞
松與孝烏

題煮石山農王元章畫梅長卷

山農畫梅不畫形落筆先得梅性情繁枝亂插不經意奇趣直
是天生成一枝勁而老空山雪深壓不倒一枝清而癯頹然欲
臥寒雲扶忽然放筆作奇怪直幹橫生毋乃太明月如盤欲下
來一枝託出青天外十枝五枝爭出奇千枝萬枝尤迷離中間
不使一筆得重複苦心惟有梅花知至今但覺縱横向背不可
測宛然天寒瘳入羅浮時山農山農品超絶其筆與心俱似鐵
偶然興到墨淋漓五百年來入閣筆

倚竹圖爲王梅卿作

秋聲一片玉珊珊日莫邪禁翠裛單修到梅花偏耐得綠天如
水不知寒
綠雲深處不分明小立詩魂太有情一樣風前消瘦影是卿扶
竹竹扶卿
問花樓畔倚新妝藉甚詩名滿路香我是幽蘭人不識一空依
傍住瀟湘

羅雲夫人秋閣卷簾圖

小閣湘簾蕩水紋玉鈎鈎起已斜曛三生人自銀河識一角秋
從碧落分證到心期惟有月熏來花氣欲成雲春時只愛垂簾
坐燕子何曾認得君

吳竹橋太史閉戶著書圖

羣花落盡煙冥冥松陰竹陰揺几青春光如此合閉戶先生心
自存吾春剡溪藤紙滑似蓴下筆蠶食春桑聲畫中雙鬟亦清

福脩到磨墨抽書人子元滚滚工論史子行鏗鏗能説經夜分
詩思更超絶只許明月窗閒聽翅輒學士颷馳輪牆東曹郎面
拂塵豈無高才與博識不爭千古爭公卿開門堂堂白日去飛
雪已壓頭顱明回看神仙脱塵鞅萬事不理雙扉扃先生亦是
文學臣掉頭只與煙霞親直將腰金衣紫樂易此著作高于身
千秋得失且勿較此樂已自無人爭山中静與太古鄰一日長
似兩日并或時立雪來門生或時載酒候車停先生從容閣筆
起呼童暫且開蓬衡不然魚軒雀盞滿戶外獸環扣殺無人應

芍藥次杜梅溪刺史韻

名花休怨不逢時獨殿羣芳晚更宜消受綠陰清似水任憑紅
雨散如絲贈來臨别情尤苦療得傷春病少差一種揚州嬌豔
色故應杜牧最相思

開不先時不後時將離剛與餞春宜欲爭富貴容雙絕尙帶清
和氣一絲拜作列侯應首肯竹橋太史有花侯新號拜眞宜之句呼來近侍恰肩
差生平未識東風面枉費千紅萬紫思

李寧圃觀察姬人孟心芝課婢灌花圖

翦水雙眸皓月光紫衣親侍衛公旁天生福慧兼全相莫認前
身聶隱孃

錦幃初卷曲瓊鉤十萬花枝盡起樓扶出妙鬟雲一朶天香國
色盡低頭

日炙紅心草欲枯美人一笑萬花蘇侍兒識得憐香性普灑楊
枝露似珠

玉軸芸香疊綺疏鄴侯家有女相如藥珠宮裏妝樓記不是人
間習見書

送春

卷起簾櫳望夕陽東君猶自駐韶光匆匆流水春三月艸艸飛
花夢一場畢竟送將何處去可能責取隔年償游絲欲繫如何
繫枉逐風前上下狂

宛仙畫蘭一枝茗芳補菊一叢屬余題其右

離騷辭後寫陶詩最喜聰明筆兩枝補盡人間難了願春蘭秋
菊竟同時

晚窗話舊圖爲姪存咸作

萍蹤落落似疏星翦燭深宵客睡醒如此水天閒語好推窗譚
與月明聽

同是風流蘊藉人異鄉情話倍相親不嫌舊事更番說知己聽
來總覺新

紅蕙圖

誰與湘妃換骨丹居然霞佩影珊珊紅心小艸休相混自有眞
香學步難

美人素影自徘徊肯學桃姿與杏顋讀罷離騷愁獨醒春風吹
酒上顏來

梅窩圖

萬樹白雲天不埽山耶雲耶互相抱人間無此安樂窩天與梅
花位置好小溪隔斷紅塵紅溪外只許來春風花時一物著不
得惟有明月行當中一枝玉篴吹玲瓏花影便是羅浮峰不知
清籟落何處呼吸香氣天應通輕雲冥冥春欲曙一聲白雀橫
空去若非脩得到梅花那許今生此中住

陳寶月夫人山水小幅即用所題詩韻

寶月名綺琳瞿稼軒留守之子婦檢討昌文之母圖繪寶鑑稱其聰明慧質畫工山水詩有少君風味此二幀娟逸淸白味其詞意似留守歸骨後隱居舊東臯別業所作也

江山轉眼喜重春舊業東臯迥絕塵金粉飄零心迹淡煙霞驅
使墨痕勻清空皓月無名字寂寞梅花作比鄰一種滄桑家國
恨風情應勝管夫人

地老天荒百慮怱尙揮餘墨寫寒塘孤城春老新禾秀相國魂
歸宿艸芳家累身閒尋佛火世緣心冷托禪牀都將賸水殘山
意收拾煙雲氣更蒼

題華亭張藍生女史玉珍晚香居詞卷

晚妝人淡似秋英簾卷西風瘦倚聲三影莫誇張子野閨中自
有玉田生

劈破温家玉鏡臺十年淸淚瀉瓊瑰洞簫吹徹商聲苦恐有華

亭雀唳來
簪花一卷製烏絲露滴薔薇盥誦時想見九峰三泖上雙鬟拍遍晚香詞
朱女詞工賦斷腸李家漱玉應宮商千秋一著輸君處少卻黃花晚節香

邑有歸氏女五齡早慧仲秋病亟毋將市餈餌之自言將往青峰山不須藥也死後其家來乞詩云爾

何處青峯認舊居祗應逃入月淸虛桂花香裏匆匆死本是姮娥小侍書
霜裏幽蘭蛻骨仙慢勞靈藥費金錢累人枉自思量殺只肯人間住五年

歸佩珊蘭臯覓句圖

展卷如聞沅芷芳詩人生小過瀟湘細思不是幽蘭氣原是伊家舌本香
眼前詩境日安排覓得全憑妙翦裁亦有不勞尋覓處半空天籟自飛來
筆花朶朶豔吟毫幽怨天生近楚騷尋得詩魂香一縷閉門隨處是湘臯
翠裛亭亭倚竹寒手鋤明月種幽蘭詩人自愛淸貧好欲覓黃金比句難

題某將軍煙嵐高曠圖

四山飛瀑淨無塵坐箇輕裘緩帶人名將風流如學士太平時節有閒身應教艸木知名字恰與煙霞結比鄰讀罷陰符經一卷尙湖何不更垂綸

題歸佩珊繡餘詩稿

碧桃花下寫烏絲生就聰明筆一枝脫口定兼仙佛氣高情不作女郎詩量來玉尺才無敵度盡金鍼世豈知直把淸吟作餘事幾曾妨卻繡工時
其人與筆兩如仙不食人閒一點煙修到梅花身見在悟來明月事生前支持病骨詩俱瘦洗盡鉛華玉自妍同聽河汾親講授輸君獨得小倉傳

又代婉仙題煙嵐高曠圖

瀕海嚴疆坐鎭雄公餘獨往碧山空剛逢脫劒脩文日亦有鳴琴臥治風緩帶輕裘來峴首綸巾羽扇出隆中天生一種凌煙相颯爽英姿自不同

余既題佩珊蘭臯覓句圖亦以拈花卷索句極承雅愛并寄卽事二章次韻以報

綠陰如水長匆匆又見肥梅熟綻紅荷胞乍聽微著雨竹香偏愛逆來風同心例得爲詩友謀面緣還借畫工欲訪伊人隔秋水思量只在莫雲中
一緘詩共片雲停正好瀟湘午夢醒捧出花從天上落吟來鳥亦樹頭聽松因同類尤憐柏絮[illegible]生定合萍想得綠窗添綫罷雙眸長對遠山靑

袁母韓孺人竹柏樓居圖

樓高一尺節一尺有人高居樓百尺樓中人面照秋霜樓上人心抱秋月掞去桃李花不許樓前開豈惟花不開春風不容來惟有柏之心竹之節繞樓靑靑不可折妾志自如竹柏堅妾壽不如竹柏實非不壽兮逝將從吾偶兮匪遺孤之在兮死已十

五載兮清風蕭蕭竹柏自香樓中人去樓高天長孤兒攀柏號泣竹裂柏之心竹之節母之心母之節思母兮所居借居以爲圖圖乎圖乎竹柏自蒼翠誰識孤兒風木淚

佩珊寄示詩集

秋風渺渺正思君寄我瑤編海上雲淸響似聞仙佩下丹誠先把佛香熏全家世有詩文集中饋人收翰墨勲若準當時崇嘏例能繩祖武讓紅裙（夫人爲惺崖殿撰女曾孫）覓句曾看畫裏妝果然字字帶蘭香埽眉自用生花管得意親裁古錦囊衣鉢若論原共席音塵未接枉同鄉輸君得傍龍門住（謂李味莊先生）才思如潮歎望洋

佩珊惠寄繡裙阿膠詩以報謝

瑤篋捧出五雲鮮更荷丹鑪藥餌傳因我無衣勞遠念知君同

病最相憐報宮絲繡纔能稱情比膠黏更自堅從此消寒兼卻疾一春吟健萬花前

哭三妹

展卷心先痛同胞汝獨賢能酬烏哺德最動白頭憐不字身千古餘生病十年終拋衰母去遺恨入重泉

爲我歸寧少歸時定還留病猶勤女課慧足解親憂擁背同寒枕論心達曉籌今來閨閣裏無語淚先流

哭汝非全汝傷親老病時有兒將遠去無女爲扶持遺挂空增痛悲棺豈有知自憐身早嫁不及北宮兒

少弟今何在泉臺汝或逢爲言慈母憶可是阿耶從儻記生前事應來夢裏蹤空將凝絕想含涕對遺容

蕭山汪楷妻王氏妾徐氏雙節詩

大義部中雙綽楔曰汪楷妻妾雙節楷以客死婦何倚上有衰姑下孺子生則同生死同死生爲其難死易耳妻辟纑妾織蒲以事姑以飼孤几上有肉甕無米兩人飢腸如轆轤博徒扣門來索逋聲如雷叔鬻孤兒以責贖涕泣告叔還我一塊肉願爲小郎解此圍婣黨諷避妾誓死衛妻曰兩非計忍之又忍乃有濟鵾鵾無良見鳳凰亦知祥門內門外久之嘖嘖稱兩未亡老姑壽終兩婦之孝孤兒成名兩母之教雙節　恩旌告家廟楷也重泉亦含笑

表兄屈元安手書先姑母綠窗遺稾不下數十本擇其書之工者連綴成卷遍索題詠謹識其後

余生八九齡初讀毛詩竟先君授一編題曰綠窗詠爲言汝仲姑少時最婉順汝祖竹香公教之善辭令于歸臨澥氏琴彈瑟

能應慧根痛先零襁褓遺孤僅余時聞父言展卷動微吟詞旨淸而和得乎性情正從茲稍知識咿唔辨聲病忽忽三十年追摹境鮮進表兄長安歸執卷踵門請手鈔母遺詩筆法上規晉自言意未慊與詩不相稱行將書萬本極其詣乃定勒珉永千秋勝彼印板印閱言感孝思捧卷肅然敬但能發此心豈必以書勝并無君書佳亦傳藝林盛何況日進功技也根乎性惟余觸深悲轉憶先君命教我學此詩卌年如一瞬舊編猶在篋手澤有餘潤卷君此卷還開我舊編認

唐陶山大令（仲冕）重葺唐六如祠墓并築桃花仙館以祝京兆文待詔配祀徵詩

六如祠墓久滄桑仙吏重脩祀瓣香從此碧桃花影裏春人多爲立斜陽

準提庵口重徘徊斗酒爭澆翠苔閒殺南濠三月土踏青誰
爲少卿來
玩世佯狂太不恭能空金幣卻藩封孔明若使逢劉表未必南
陽起臥龍（孔明何必起南陽先生漫興詩也）
允明書法徵明畫同聚詩魂瘞墨亭我欲兩廡添配享一邊徐
渭一張靈
舊塚荒涼莫辨疑淸魂棲泊有專祠榕陰一樹橫塘路細雨斜
風鬼唱詩
吳中花月太紛紛佳話喧傳遍是君贏得詞人撥芳草春風尋
殺九孃墳

疊前韻寄佩珊

朵雲飛下墨痕鮮情向雙魚腹裏傳兩地寂寥花對語一春消

瘦鏡相憐未應路遠魂俱阻轉爲緣慳想益堅百八數珠長在
手六時吟諷佛香前

喜子瀟歸自京師

蘭林花氣颺微颸十萬年中此一時枯盡佛桑乾卻海單留一
樹是相思
倦遊車騎盡疏慵誰療相如四壁窮淸夜詩魂無著處化爲明
月立當空

壽竹橋先生六十（中秋日生辰）

骨相淸華應上台蓬山身到又容臺一條冰喜頭銜挂五色花
看手筆開壯歲早緣親納祿閒居能爲國憐才名山著作千
秋業捨卻勳名換得來
常娥知道近生辰特放秋香滿玉輪萬事團圞無缺陷一生朋

徹總精神舉杯形影聊爲友入座胸襟自照人豈但觀書眼如
月本來明月是前身
曾祝夫人甲子圓秋光三度兩瓊筵論年月姊翻差長生日與
剛卻占先（夫人後公四日）一樣得來淸氣福十分修到白頭緣比肩同
看冰輪起先看餘霞綺滿天（綺霞先生姬人也）

蘭花小照爲某姬作

是花還是美人身小影迷離幻卽眞似向楚辭曾識面那須湘
水別傳神香如可愛空徵聘相到能空定絕塵莫道素心忘解
語不言曾有息夫人

又代外作

華鬘公案證前身悟徹幽蘭是夙因應笑洛神傳粉本尙嫌多
箇眷中人

和子瀟見示韻

一笑芙蓉鏡裏空春官無柰遇冬烘紅紗未免蒙歐九靑眼徒
知認魯公珠月未烹終出蚌劒花雖鏽尙成虹歸來試看機中
錦花樣如今儘不同

題汪澣雲員外（梅鼎）琴養圖

抱得泠泠太古琴松風穩侍北堂深一雙宛轉調絃手七十婆
娑戲綵心應傚履霜聲慘切肯緣流水感升沈由來知子無如
母不要從人覓賞音
自感皋魚風木情朱絃彈殺調難成卻承賢母敎忠訓要佐
君王解愠聲單父早誇三月治歷山只返十年耕（曾子有歸耕操）官成
他日傳淸節依舊隨身一隺鳴

采蓮士女

腕弱鬟低十五餘涓涓清露采芙蕖搴來影落秋江水花亦低頭愧不如

一種嬌憨百不知折花偏折竝頭枝無端招得鄰姬笑半晌含羞不語時

詠菊

十月寒花漸減香秋容猶自豔斜陽只緣貪著黃金色輸與芙蓉肯拒霜

本是花中隱逸姿只宜高士兩心知豔名誤被閒人識踏破東家六枳籬

佩珊屬題弄花香滿衣圖

羣蝶繞身不肯飛花香直透三重衣我道眞香在骨裏此意不令胡蝶知園林雨過萬花落換卻春衣置高閣經時開看滿屋

香曾是散花天女著明年和風春日長花枝銷繡閨蘭房美人開卻弄花手浴罷明珠還弄璋時佩珊方有占熊之慶

雙梧艸堂圖

雙枝翠玉競撐天新拓書堂鎖綠煙缺處孤蟾剛漏影飛來么鳳亦駢肩清泉潔癖倪高士疏雨詩情孟浩然會得據梧莊叟意琴聲何待七條絃

廣落梅

程秀才澥芝悼其聘室俞秋英迎栗主祀之復命畫工與已合繪一圖竹橋太史爲題落梅篇申其意作廣落梅落梅秋英絕命辭也

天風泠泠仙笛冷吹落江南瓊樹影中有仙人萼綠魂瘦入瑤臺春不醒郎君玉貌似羊權親種梅花當玉田定婚只下深情帖選壻猶慳卻扇緣新安江水迢迢碧流得相思淚千滴蕭史纔乘落月還綵鸞已滅行雲迹雕匳粉盒冒蛛絲賸有花前絕命辭借他埋玉深深恨寫出離魂渺渺時銀河無路通蘭楫手捧瑤箋淚珠溼故事何知禁嫁殤幽婚儘可投仙牒居然桃李選芳辰栗主迎歸御畫輪芮郎未取生前令陰氏眞還死後身死若有知應自喜死生無閒纔知已但誓同心向北邙何須比目如東美還道仙凡路各殊要留雙影學芙蕖百年未就鴛鴦塚一幅先成蛺蝶圖美人原是梅花影暫墮紅塵便鉢頭羅浮空聘趙師雄孤山未嫁林和靖卽今三弄玉琴聲無柰么絃調不成尋遍諸天香似海霜淒月落空參橫

題俞秋英遺照代子瀟作

聘匣塵封玉鏡孤緊欽捧帖淚痕枯三生已爲摽梅誤九死難

令病菊蘇猶許蕭孃成鬼禮未妨張碩援仙符生綃竝寫鴛鴦影勝似尋常歡佩圖

絕筆樓中玉笛聲落梅歌罷不勝情照來疏影波先逝證到前身月倒行姑射生天原處子孤山下嫁只虛名世閒儘有王郎福消受梅花過一生

繡球花

團雲鏤月映窗紗如此玲瓏絕可誇爲是雪兒風貌在教人錯看作梅花

秀水王仲瞿孝廉良士與其配金雲門夫人僑居吳門隱於詩畫夫人作留待山居圖寄志屬題其意

昭明老佛守柴關畫地詩天闕一閒占盡洞天仙偶福更從何處買青山

秫秔三頃樹千章只費將軍紙半張多少眼前心事在願天輕易莫斜陽

杜陵廣廈萬間春未必他年語果眞留得桃花原一記後人想殺此中人

如此安排亦大難百年風雨幾宵安不如眼底眞消受茶熟香温幾遍看

宛仙屬題扇頭雙蝶

青陵宿願久參差粉退香消爾許時不是美人心肯寫如何解得此相思

手把輕紈故故猜癡魂何處忽飛來微風一任頻搖動只願雙棲不放開

書瞿花農别駕悼女詩後即用原韻

離魂飛上淨居天出世翻成不死年休怪罡風容易折前身原是玉池蓮

伏枕猶繙貝葉開生天應傍佛如來女拏文與金瓠誄不用淒涼告夜臺

曇花早證半開時塵夢初嘗六垢離多少鴛鴦空守老海波東去日西馳

溼哭乾啼遍兩家音塵無奈梵天遮因緣要證龍華會只向蓮池誦法華

觀長媳陶菱卿遺照詩以哭之

司花嬌女掌花仙十二人中最少年衹謂殿春紅藥在豈知零落碧桃先

遺嬰轉托含飴撫中饋仍虛佐餕賢畫手追橅鮮穎影未堪持較及生前（宛仙作蕊宫花史圖十二人中菱卿最少）

題宛仙白描牡丹蕙蘭

不費胭脂畫牡丹天然清質配幽蘭貴人脫盡烏紗氣合與高人一例看

答宛仙問

莫向妝臺問起居散花天女近何如茶甌自與明誠鬬筆陣應教逸少書食少偏難詩課減病多翻與藥緣疏有人隔著娟娟水悵望芙蓉小夢餘

宛仙白描牡丹

眞色年來粉黛施一泓清淚洗燕脂縞衣更比紅妝豔不是聰明卻不知

宣毫不肯蘸流霞寫出仙姿玉作葩生小未知冰雪樣天然修得到梅花

絕頂仙雲不可攀豔情濃福一齊刪玉書封就無人寄那肯流紅到世間

寄題京口左蘭城雲根山館詩（代外作）

詠史風流繼左思潤州紙價長年時二分明月春如水鈔殺紅橋褉事詩

放隺歸來雪閉門石闌點筆坐雲根春風丁卯橋邊路不獨詩名道許渾

露盥蘭熏誦百回徐陵一序卷先開江南煙月原無恙誰似爰絲肯愛才（謂隨園先生）

又自作

招隱淸風在雲根百事幽觴飛京口月筆洗大江流白社耆前輩虹橋憶舊游兩賢提唱意開卷已千秋

珊珊夫人鷺湖載月圖

鷺湖秋水碧於煙瘦倚篷窗不肯眠船上蛾眉天上月一時清絕鬬嬋娟

采鸞仙去絕芳塵還認雲英畫裏身十里晝眉橋畔路秋風愁殺蕩舟人

再題陶山明府六如墓詩卷後

前朝祠墓久飛塵翠碣重標馬鬣新芳草青時來弔客桃花紅處臥詩人卽非子姓原同姓莫是前身託後身地下唐衢應破涕年年杯酒爲澆春

長眞閣詩集卷五

長眞閣詩集卷五終

心芝夫人課兒圖

虞山席佩蘭道華氏學

松風謖謖竹影橫使君節署如冰清嬌兒聰明賢母慧日長清課分功程溫經一卷添一幾繡譜書囊兩無厭銷上生花繡萬行餅中𤄲水書千遍使君衙散下槐廳但聽書聲刀尺聲李氏袞師能守帙周家谿秀解傳經此聲世上聽來熟多在蓬門與茅屋難得衙齋鼓角餘也聞鐙火檻書讀豈無笙歌侍月臺豈無絃索佐霞杯使君獨愛此聲好掀髯一笑心顏開京師更有雙雛鳳德耀親攜課吟誦今夜松風竹月中料應篝火書鐙共牙籤銷軸鄴侯家飽供兒曹讀五車兩地倏來俱福慧一門贏得盡風華使君弄兒玉雪貌左顧夫人書能教廉吏家風子盡賢朝來北望長安笑

題金雲門夫人江南春圖寄示子瀟京師

一江擱住雪風沙天付詩人老住家偏要拋離好風景絕無花處去看花

梅花點點美人妝流水彎彎蕩子腸如此江南如此畫北人看說是他鄉

佩珊賀子瀟登第詩有卻笑秦嘉才絕世一生低首鏡臺前之句次韻奉答并送歸上洋三首錄二

一斛珍珠十斛愁帥堂雙管鬬風流女媧若使開金榜應點蛾眉作狀頭

西風帥帥送還家愧我金釵酒未賒歸采珊瑚滄海上不知紅豆幾時花

子瀟乙卯省試第二今捷南宮仍作第二人詩以寄賀并祝狀頭

泥金帖子豔雙眸夫壻公然占上頭杏苑稍舒才子氣蘭陵先釋老親愁淮陰漫說無雙士温嶠仍居第二流我卻隴頭還望蜀祝君更上一層樓

子瀟報 授翰林院庶吉士誌喜

郎君倜儻本非常翱步從容到玉堂壺嶠神仙居後輩梯階宰相得初桃頭銜恰喜當官吉心事須知報 國長韓哀王秀如艸木人間何必狀元郎

寄呈楊蓉裳員外卽題其芙蓉山館文稾

斯人不作玉堂仙我亦搔頭欲問天成佛肯居靈運後生才已在照鄰前飛傳檄艸雄無敵開到時花小亦妍一卷江東羅隱

集欣然讀罷又淒然

烏蘭山下事縱橫斗膽能支斗大城共道相如工諭蜀那知杜牧解論兵呼庚不惜中人產投甲終看小醜平筆上粲花刀上血英雄才子總心傾

合浦眞珠歌爲張南龍太守鳳枝賦

甲秀樓西住小姑重羅山是十角圖使君只飲盤江水不采明珠采綠珠

刻玉爲龍冠後房風波中道忽參商下山不盡蘼蕪恨一把珍珠淚兩行

湔碧迎還重畫眉夜光如月鑒羅帷願珠莫似天邊月只有團圓不再虧

詔行絕域瘴江邊破鏡分飛又一天辛苦秋來荷葉雨搖能

得幾時圓

目斷天山路萬重玉書不寄雁行封東坡未返朝雲死何處招魂白崔峯

萬里歸來淚灑空絳桃先已謝東風眞娘墓上連枝樹結作眞珠顆顆紅

雪珠

九霄疑有蕊宮仙咳唾隨風落滿前天放珠簾常不卷地開雪窖竟無邊盤中走處猶能轉掌上擎來漸欠圓畢竟爲繻終未可女兒空想彩絲穿

蕉扇

月樣團欒細翦成翩翩不負扇仙名每叨暑夕招風力卻憶寒窗聽雨聲撲蝶擎來芳草徑驅蚊攜到豆花棚秋來莫怨人捐

棄天尚炎涼況世情

佛手柑

露華洗出玉纖纖未許柔荑與鬬妍雙掌合來疑說法一拳伸處若參禪瓶中插柳能持否座上拈花欲笑然持較春葱應倍勝常聞香氣散諸天

蘇臺懷古同餐花作

峯頂層臺百丈高秋風十里擁旌旄捧心祇愛顏如玉嘗膽爭知笑是刀不見白猿飛樹化空占黑犬對宮嗥笙歌未歇干戈起誰肯違天解戰袍

楊花

生來只近綠陰飛不及遊絲伴落暉紈扇有情邀不得卻教蛛網網將歸

東風小院晝陰陰飛入棃花未可尋笑語蜜蜂須認得外邊無蔕內無心

柳枝辭

宛轉千絲散麴塵酒旗高颭晚晴新春江飛絮濃如雪愁殺輕寒睡起人

八月初九夜是歲閏六月

天街白露未爲霜銀燭流輝冷畫堂相隔中秋剛七夕不逢閏夏已重陽月纔過半絃猶上夜恰平分漏漸長籬下寒花矜晚節又遲一月吐輕黃

放魚行

隱湖秋水多鯉魚西風蕭蕭蘆荻疏高張密網淚花惡素鱗出水哀須臾漁郎得錢去換酒棄擲何曾一回首我自相憐涸轍時尺書未忍朝來剖爾意所安爲爾謀舉向綠波深處投白蘋朱艸足脩養餘生丐爾同沙鷗我聞枯魚過河泣爾得生還應奮激卻虞脫釣仍上鉤輾轉還爲貴人食滄溟浩蕩天地空切莫當風吹水立

滿城風雨近重陽

長空忽地變愁容已覺新寒似早冬十里樓臺黃葉凍萬家砧杵白雲封應添秋水兩三尺忽失遙山四五峯絕妙米顛顛筆畫欲題詩句意幽慵

秦淮秋柳代夫子和陸秀才作

秋光多在水之湄碧淺黃深太弄姿白下藏烏風翦翦臺城繫馬雨絲絲畫樓已罷纖腰舞羌笛猶聞怨氣吹不是金城老司馬攀條也爲立多時

疏影離離作盡秋含情脈脈不勝柔夕陽短㝱烏衣巷秋水長亭白鷺洲旖旎尚迷三婦豔纏緜空繫六朝愁傷心比似臨春閣金粉飄零舞帶收

新涼陡覺破朝酲舊院牆低拂面輕舞倦綠珠茵弱態歌殘碧玉帶餘情煙籠水閣人千里月照層樓笛一聲留得板橋陳迹在曉風誰唱柳耆卿

宛轉千條舞樹邊不成裊娜尚含煙青溪居處懷人夜白露府光送客天老罷畫眉中婦恨病猶垂手女兒憐臨波一種依依態二月春風又宛然

春日

燕翦與鶯梭東風舞共歌㝱長疑夜短事少覺春多卑屋出青嶂疏籬沿綠波新愁看花起花落更如何

春晴

自覺幽慵慣閑愁與㝱兼春寒花傍戶書靜鳥窺簾艸色煙中潤雲光雨後添莓苔隨意坐羅襪碧痕黏

聞砧

何處戍不返征衣擣夜闌敢辭雙杵力且趁一鐙殘落月催聲急飛霜入韻寒羨他閨閣裏穩㝱到長安

裁衣曲

翦刀初放漏聲稀遠憶征夫㝱欲飛記得去年風雪夜添香爲我熨寒衣

漁翁

半世生涯付釣舟飄然家計等浮鷗晉抛三月桃花浪蕩五湖蘆葉秋一笛晚風橫古渡滿簑殘雪臥滄洲羣魚換得河清

酒七尺珊瑚醉不收

三橋泛舟

一篙新漲白蘋肥拂柳穿花過釣磯十里亂紅圍佛寺四山濃綠上人衣觴聲柔學吳姬語帆影高追燕子飛暝色漸催春社散如鈎纖月挂清暉

春夜聽雨憶妹

風急雨聲嬾聽來滴瀝遲夢回深夜裏寒似早秋時燕寢依香幕花飛戀故枝春江煙水闊何處寄相思

鳥夢

鳥夢空山穩天寒百響沈忽驚纖魄照乍動避機心遠舉風無定孤飛樹有陰欲棲還未敢抱影上高岑

春晚

紫陌風光瞥眼非紅情瘦卻綠添肥楊花不是全輕薄總被東風逼著飛

久雨

已拌幽夢破連宵又聽簾纖似昨朝衫影盡含天水碧酒情疑潑海棠嬌詩成病裏篇篇瘦魂到春殘片片消燕子欲來窗未啓簾痕如水綠條條

夏夕

一簾花影自縱橫燭暗香消寐不成夜半小庭風露下芭蕉先解作秋聲

七夕後一日立秋

月帳雲衣昨夜過離橋猶賸淚痕多人間一葉纔辭樹天上雙星又隔河曉色喜看通玉井秋聲愁聽度金梭卷簾暗放新涼入不用輕紈扇薄羅

吳中懷古

洴紗溪水碧於湖一勺情波便沼吳五夜深宮炊粟瘦十年敵國臥薪圖捧心智自工狐媚抉目危空捋虎鬚至竟越王臺下路春風麋鹿似姑蘇

鄴中懷古

春深銅雀願終虛賣履分香計亦疏百戰河山亡赤壁一家詞賦擅黃初奸雄氣盡彌衡罵將帥才降孟德書今日西陵秋艸暗空餘七十二邱墟

夜坐

小閣迎涼坐蕭然夜氣清梧桐三兩葉又作舊秋聲

校獵圖

艸枯千里塞雲平羽騎森森獵渭城弓挽鐵胎風力勁甲擐金鎖日光明鳥羅開一恩原大兔窟營三計已成畫手料應同諫獵有誰文筆似長卿

寄外

一山斜照外歸鳥下前林落葉催疏雨清霜動草碪人從詩裏瘦秋到客邊深北望寒雲起悠悠離別心

倘湖舟中

衆葉繪秋色亂峯波上明雲多疑樹重風正覺帆輕遠水羣鷗小長空一雁平蓬窗饒草景收拾到詩情

送妹

握手無多日匆匆又放船艸生花落地人去燕來天歸計常經歲高堂已暮年行行休悵望回首更淒然

春日同餐花翠霞游破山寺

一天蒼翠裏紅裏雨徘徊栖脫無雲雪松喧不雨雷呼名聽鳥語合笑看花開潭落驚鴻影靑山倒入來

惜別

新綠管春色枝頭鳥夢醒不雲窗亦暗無雨畫常冥破睡思茶力留香掩畫屏怕提離別緒芳艸短長亭

寄餐花

一樹桐花早閉門一鈎纖月又黃昏疏雲忽漏絲絲雨彈上輕衫似淚痕

首夏同二女

漫嫌春去蹟如煙一段風光別樣妍深樹團成新綠地斷雲分出嫩晴天蛙知花落稀來往蠶比人嬌忽起眠松粉滴階梅豆

小女兒容易過華年

雨後

一片清涼境剛逢雨後天夕陽黃似月庭艸綠疑煙地僻眞成隱心空即是禪涼風吹竹外小婢勸幽眠

暑夕

鄰結華嚴界鐘聲落畫檐綠陰團夜靜黃月釀朝炎去影拋人獨生愁與夢兼鐙花本無準聊作喜音占

芍藥

彤雲捧出翠雲叢留殿春光屬化工手把一卮婪尾酒綠陰時節怨東風

秋夜

迢迢素月影耿耿星河光虛堂夜深坐艸木聞餘香片葉下如鳥報我秋風涼所思不可見一雁來瀟湘

秋夕懷餐花

寂寞西風簾卷遲羞將顦顇與花知帶圍鬆似佳人鬢一枕釵橫睡起時

月借窗紗寫竹梧微風篩亂翠模糊鐙花不管人愁思開出雙枝傲影孤

題張䏁廬太守三紅摘豔冊

諷素

清臞翦水玉顏紅執拂金堂侍上公比似臨邛高一著文人不看看英雄

叩旅

露白霜淒燭影紅紫衣脫卻見驚鴻張星俯下人間世卻笑司

空在夢中

逸晉

柔情俠骨此傾城肯學當壚伴長卿識得太原龍氣在雙雙疊騎出西京

遇髯

策蹇西來逆旅躧公然高臥看芙蓉李郎一笑逢雙絕天上蛾眉海外龍

望氣

不衫不履裼裘來眞氣驚人色死灰艸澤龍蛇天判定汾陽橋上莫徘徊

會局

推起楸枰罷賭棋虬髯無語道人知笑他鄭夏空爭戰一局全

輸斂子遲

贈業

寧作雌龍莫作蛇匆匆兄妹各天涯黃金揮手眞如籜笑指東南別有家（以上紅拂）

聆音

工詩識曲貌娉婷羯鼓悲涼獨解聽何待身輕飛一葉使君雙眼已先靑

謀併

杭畔名書北斗神田郎虎視在東鄰貔貅三百圍酣夢不道牀頭卻有人

聞警

森嚴玉帳衛牙兵刁斗無聲劍不鳴月色一天氛四面蛾眉俠氣障全城

探魏

一丸冷月度銅臺漳水東流去不回十萬健兒齊解甲無人知道美人來

持盒

纖腰一搦越重關曉角風高墮翠鬟元帥頭邊金合子無端飛去又封還

歌餞

洛妃乘霧去迢迢辭卻紅情上碧霄細數身前身後事此番也算可憐宵（以上紅線）

竹隱圖

子眞餐霞人結想託林谷瀟灑洽隱淪放曠迕時俗冥慇觀澄

潭淸漣媚幽獨悠然靜者心一往不可復秋聲尋空來蕭蕭在修竹物澹性自安道腴境無蹙瘳石淨可友白雲閒與宿落日嘯淸風籜粉散寒馥

柳根垂釣圖

二月東風細葉裁輕衫隨意坐莓苔仙原自隔紅塵遠人影寧愁白鷺猜春水多情無浪起碧桃含笑盡花開（戲用宛仙句）釣竿似拂珊瑚樹一簇明霞倒影來

挽陳繼宣祖母譚太君石泉之母也（代外作）

有客素冠來手陳赫虢紙狀其祖母德乞詩誌徽美循覽所稱述字字皆實紀荒蕪詎能文再謝不獲已昔與尊公友愔愔古君子核其內行脩稟承由母氏君祖金華來零丁少依倚中年遽殂謝遺孤五齡耳教養賴一人嚴慈無二理訓成卓絕行仁譽著鄉里天不佑善人活人反損已母也撫孤孫非母孫何恃孫今又成立母則頹然矣母年八十餘天錫亦多祉孫年將四十哀慕尙如此想見慈與孝足以式頹靡余忝備史職作詩當銘誄誌實不敢文庶以備彤史

紅梅

碾冰爲骨雪爲神誰取胭脂晉寫眞恰似歲朝梳洗罷淡妝人作豔妝人

杏花白鸚䳇

雪衣光潔玉參差紅杏枝頭輭語時卻學桐花么鳳勢春風倒挂說相思

美人垂釣圖

竹竿嫋嫋向春風飽啐桃花雙鯉紅欲寄新書與夫壻好題詩

句入盤中

麗君漁隱圖

鹿門世有隱居圖況復家鄰侗父湖除卻鷺鷥三兩個蘆花深
處有人無

孫母趙淑人梅花小影

天風吹落佩飛霞香雪濛濛受月華似此塵緣都屏卻今生修
得到梅花

翠竹蕭疏近水家紅闌六曲繞溪斜花前一對孤山雀來伴仙
人萼綠華

李因水墨花鳥卷子

因字今生號是庵海寧葛徵奇侍姬也徵奇字無奇
崇禎戊辰進士官光祿卿亦善畫嘗語人曰山水姬

不如我花卉我不如姬因著有竹笑軒吟稾續稾徵
奇以崇禎癸未出都遇兵難因以身障之獲免此卷
作於丁未爲我　朝康熙六年或云是萬歷誤也

畫花欲活鳥欲飛妙手著紙皆生機調鉛殺粉意不屑折枝潑
墨何離披光祿丹青亦稱好不及麻姑長指爪淨几明窗對吮
豪麝煤鵞絹添新稾萬事倉黃未造難驚聞風雀出長安郎君
反得蛾眉護鐵騎叢中返故關歸來靜鎖葳甃戶怕檢宜和舊
時譜傷心一曲念家山畫花不畫根連土晚年蹤蹟寄茅庵小
像沈香置佛龕無復吟紅題竹笑只憑點筆現優曇因鷹贗本
猶摹遍盒獨藜淵作佳傳羞殺虛名馮玉瑛被入此作青樓騷

將爲武林之遊舟中得詩

芳塘水煖綠鱗鱗夾岸催齊柹色新蝦筍乍逢三月節嘗花宜
訪六橋春時和最喜輕裝便舟小何妨促坐親兒女牽衣催速
去未須黃歷揀良辰

曉達郡城揚帆徑過回望靈巖諸峯煙鬟縹渺若不可
即

賣花聲裏到蘇州急起推篷看虎邱窗外百禽同學語艙前一
髻對梳頭喜心早已飛前路勝地終須補後遊回望金閶亭畔
柳似憐無力縮行舟

舟至吳江夾岸桃英如繡

松陵南去路沿岸盡桃花翠竹撈蝦斷青帘賣酒家遠邨時在
望巨艑苦相遮時多糧艘三兩枝偏好船窗映碧紗

薄莫至平望出鶯脰湖白日落矣

畫眉橋影合波圓橋外烟波便淼然臨水桃花齊欲笑倚人樓

閣盡如仙東風白鷺迎船小斜日銀魚上市鮮歸櫂若逢良夜
煖扣舷看殺月嬋娟

由唐棲至杭桃花數十里豔如錦繡

豈是桃原路穠華樹樹鮮手從天女散氣得美人妍雞犬春雲
裏桑麻古嶂邊題詩成一笑卻在武林船

天竺進香詞

轎入松陰細細寒竹涼時入翠衣單燒香要洗諸心淨沿路桃
花不敢看

琳宮紺殿法幢開花雨漫天落翠苔三面青山三面佛香雲簇
擁善人來

一聲鐘板萬緣清手捧眞香乞證盟修到梅花應不遠自憐消
瘦已今生

湖山第一樓

無端情思上眉峯手欲題詩意反慵恰似要圖西子貌不知何處著形容

十年幽夢落西湖到此如看古畫圖手凭闌干無一語怕人相見問姑蘇

武林往返匝月才得數詩所歷名勝都不暇作抵家則身墮煙熏掌籍中回首勝游渺如夢境矣書此解嘲

與發西湖遊詩意蓄已久登途便擁囊一日了數首及至名勝匾下筆不敢苟所得題愈佳詩愈難出手初猶畧搆思新意或衝口有句卻無篇得奇又鮮偶不如竟閣筆藉以自藏醜歸家見同人遊囊競索取一笑謝無之茲游實辜負小女時在旁搖手代分剖佛法空言詮一字亦無有綺語尤所戒如葉埽以帚

此行爲參佛戒律敢不守湖山自清妙目領心已受湖樓兩首詩十已得八九何必多文辭反自落窠臼

錢尙書故宅弔柨夫人

衙齋燕寢晝凝香舊是尙書綠野堂降表稱臣推白首梵經學佛媚紅妝南朝孔範才何富西蜀譙周命太長拂水巖前秋水閣東風誰與奠椒漿

深鎖瑤窗冷玉鈎滄桑無限莫雲愁元經寂寞終投閣紅粉從容竟墜樓半野有堂營謝傅兩朝無地置楊彪祇應百級瓊梯頂絕代蛾眉占上頭

題陳雲伯大令文述碧城僊館詩鈔

十年才筆九州橫五色江花楷葉明賦出寶刀無敵手歌成團扇有深情青山徧賞元暉句紅豆爭知小宋名夢入碧城仙界穩果然風格玉溪生

珊瑚鞭子鸕鷀裘藻思翩翩入洛遊左右常抽何遜筆神仙每共李膺舟玉天自種三生慧人海難消萬古愁手熨紅箋書綵筆年年送客鳳池頭

三度看花不肯開芙蓉雙劍拭紅埃烹鮮卻借雕龍手飛舄誰憐倚馬才宮體百篇懷古作商聲一片帶秋回蛾眉幾箇眞知己曾費金臺序玉臺

吳門香夢住年年四百飛橋六柱船七寶月輪仙子魄一簾花氣美人禪詩才判牘春生坐官燭分題夜廢眠消受湘君下塵世雲藍親爲掌書箋

碧城仙夢圖

白玉雕闌碧玉甍似分明又不分明果然靈境非人境畢竟他

生勝此生淺水自尋前度影落花偏認步虛聲微雲幾縷春痕在刻向瑤天月一泓

滄海雲帆圖爲雲伯大令賦

挂席拾明月飄然若木鄉樓船下楊僕橋柱問秦皇蜃雨連秋暗鯨波浴日涼天風海濤裏一曲水仙王

海外奇文字蒼茫一筆書仙才蘇玉局賦手木元虛龍女遺珠佩鮫人織翠裾鷗波雙笑日黃玉供鈔胥雲伯遊海詩皆付姬人管筠書之

雲藍索句圖

水晶宮事近如何清淺鷗波即絳河螺子墨丸眉子硯紅兒詞句雪兒歌新聲譜就調嬴管小字書成繡越羅雜體江淹三十首綠窗親索教鸚哥

菉花

如此嬌黃卻耐曦豔陽天氣夕陽遲劉郎聊慰重來眼張掾會傳一句詩看菊醉歸才幾日種桃人去已多時流光莫惜金難買刻意傷春恐近癡

佩珊小寓吳門寄示近著次韻代簡

采芝吳苑暫勾留鏡檻書牀足小休釣水月鉤偏釣恨埋春香冢不埋愁種蕉陰碧關心雨秀麥寒深透骨秋記得故鄉風物否何如來挽鹿車遊

楝子風疏逼晚涼懷人心事怕斜陽一條帶水如千里半幅襟書只兩行安得彩雲移步輦空餘明月滿雕梁仙蹤只在金閶路穠裏尋君便渺茫

陳雲伯大令重修河東君墓紀事

耦耕相約殉南都其奈霜髯戀雪膚舊事怕題長樂老故鄉叢說莫愁湖君籍金陵花甘委地如金谷蓮竟生天效玉奴拂水巖西芳艸綠可憐薇蕨愧蘼蕪

我聞戒律悟眞如引決從容禮佛餘終許柳枝隨白傅誰云燕子負尚書畫樓寂寂空芸蠹蒻土匆匆葬玉魚畢竟人間芳烈好棠棃一樹護邱墟

采采幽蘭仄徑香題詩人莫比眞娘山塘合改河名雯字木應添樹姓楊君本名楊愛競護青陵一坏土誰憐紅豆舊郁莊當時若嫁雲間壻儻許貞魂配國殤

表章多謝長官勤重製曹娥碣墓文已惜傳觀無錦襪向疑化腐有湘裙閣名祗可尋秋水子姓猶知說絳雲從此三橋寒食路踏青先上柳娘墳

附錄和韻

屈秉鈞宛仙

絳雲仙姥返瑤都蘭逕深埋玉雪膚青冢便營江令宅碧波如對女墳湖生能衞主同藍姐死不忘劉是寵奴料得貞魂爲柳宿不隨飛絮落平蕪

當年琴語悅相如巾帶風流晉謁餘蜀府文章充記室王家政事有尚書耦耕車挽銜花鹿讃佛香消蠹字魚小劫華嚴眞艸艸可憐華屋改幽墟

艸長荃蘼土蓋香詞人爭弔柳枝娘更無鸚鵡啣紅豆但有烏雅噪白楊故國已迷桃葉渡殘山猶說午橋莊孤墳相對巖西路恰有門生是國殤瞿晉守墓在拂水巖西

絲窗勸死語殷勤抵得文山生祭文慷慨殉君無白髮從容報主有青裙墜樓事競誇梁媛投閣人猶惜子雲弔罷西泠憶東澗秋槐何處認荒墳

又

謝翠霞凌波

楊柳當年態麗都膚如郎髮髮如膚遠山曾入相如傳望海魂依向父暗用齊湖女事玉墮井中酬故主珠飛樓角報齊奴貞心合化紅心艸二月東風繡綠蕪

竺西瓶拂證如如耦隱東山浩刼餘宛若眞堪爲小婦彥回仍未作中書春莊紅豆連枝樹秋水霜鱗比目魚三尺香泥埋玉在胎仙樓閣已邱墟

風起花飛隔岸香一抔遙對十三娘河陽山有唐李十三娘墓空勞燕子悲青冢可有梅魂語綠楊君寒柳詞云待約箇梅魂黃昏月淡與伊深憐細語松柏尚遮蘇小路芙蓉休問晉公莊夯臺寂寞誰澆酒桂醑相攜酌桂殤君有釀花酒酹桂郎詩桂郎君家孫早殤

曹碑重樹護殷勤晉月呈花絕妙文此日昔封圓石鏡當年

柳舞鬱金裙飛觴為薦西巖乳（墓後有甘泉傍曰蘼蕪）翦紙同招七清雲誰似風流陳伯玉政餘親補女兒墳

宛仙白描[illegible]小影

詎問脩林繪曼殊教人偷識洛濱妹嬋媛自有生花筆別寫真靈位業圖

不妨妙手繪空空各種生香奪化工恰似清虛明月樣姮娥神自在當中

珠綴參差翠佩寒海天兜率事漫漫人間粉本流傳遍只當宜和畫譜看

哭屈宛仙

人比黃花瘦可憐秋風一夕竟成仙詩中字字爭千古病裏匆匆過十年定認前身奔向月卻愁慧業礙生天與君留得如蘭約願結深情再世緣（與君訂為姊妹嘗合寫如蘭圖）

寒夜喜佩珊至

乾鵲爭鳴雪後枝仙雲一朶降茅茨定緣夙世盟心在已恨今生識面遲高論盡除閨閣氣名家不作女郎詩雙鬟煮茗供清話忘卻更長瞌睡時

附錄和作　歸懋儀（佩珊）

亭亭水國出羣枝雲護溪山雀守茨此去祇愁良會少重來何惜後緣遲談深繡閣欣同寢拜倒騷壇敢論詩他日鴻泥忘不得夕陽樓下挂帆時

送別佩珊和夫子韻

五兩風輕且莫開手攀仙袂問重來盟香尚煖金鑪注竝影難留玉鏡臺情重珠拋臨別淚家貧茶當餞行杯越羅帊上蒙題句一日還看十二回

哭子佩弟

余生雁行五三女二男子一弟先已殤一妹亦早死親前惟汝存形影相依倚親年已七旬衰病半牀第寢非汝不安食非汝不旨如何忍舍親遽入黃泉裏憶我初嫁時汝年纔總角日誦二千言英氣已卓犖姊壻相愛深奇文共研摧出試必連車歸鐙亦同學二十補諸生三十察孝廉聲譽滿京師志行益守謙淨名置秋籜銳學爭寒蟾力苦得寢瘵經史課益嚴最精鄦氏學兼工大小篆古文亦閒為義悉辭與衍餘力作詩人論史逞雄辯樂府尤清蒼姜張頗兼善間日必過我每來晨及昏得句互相質古義窮討論雜花庭下開時復倒清尊奚奴屢催促歸踏霜月痕年來疾益深過從不復數予每歸視親汝以身後託

一笑亂汝言恐被親所覺早知眼前事當日悔不諾奠汝酒一卮告汝靈其知親年雖七旬衰病吾扶持汝婦亦賢淑甘旨能勿虧汝撫姪為嗣姊壻為擇師汝有門弟子鋟汝古文辭汝校杈重書亦已剞劂施（舅氏張照曠先生為之付梓）汝魂遊九天或騎尾與箕汝魂入九地應在修文司汝死可勿哀但保親壽期惟予雁行斷一慟如何支

長真閣集卷十六終

虞山席佩蘭道華氏學

詩中三友歌

叔姒李姪婦謝俱學詩于予思致日勝頗有酬和之

樂爲作是歌

冰肌玉骨謝翠霞沈思靜掩文窗紗十日一詩方吐萼風前吟唾成仙葩聰明絕世李餐花嚼梅吹雪在齒牙抽書笑潑懷中茶徐淑往往贏秦嘉性耽佳句席道華一詩千改墨點鴉一字未安心如麻倚柱夜看秋河斜三人居各水一涯得句老婢相傳誇聲如寒蟬字春蛇公然吳越燕三家餐花籍隸宛平翠霞籍隸嘉善予世居洞庭山則吳人也

寄佩珊

吹氣如蘭是麗娟小樓三宿住神仙思君只看樓頭月遠在天涯近眼前

吳松厓秀才取願爲一滴楊枝水灑作人間並蒂蓮詩意作圖乞題

竝頭修作玉蓮莖借取楊枝證此盟飛絮化萍圓箇箇如何人不想來生

玉池誰與護瓊芽珍重西天佛露華莫誤化爲珠淚點卻教開出斷腸花

珠龕佛火自燒香修到幽蘭葉葉長消盡胸前紅豆子只憑蘿壁畫瀟湘

雜題王晦煙畫冊

方塔晨鐘

吾家樓子面城東枕上鐘聲塔上風每揭珠簾看曉色不知身在畫圖中

劍門奇石

劍閣奇峯天下聞何年靈秀此開分遊人貪看苔花色倒坐籃輿下白雲

書臺積雪

瑤臺珠樹列仙家只在城西路不賒一片空明詩世界那知是雪是梅花

碧霞元君天仙照鑒印爲蔣伯生大令因培賦

一方奇玉桃花色七十二君奪不得宛轉雙螭爲護持天仙長爪曾磨拭霞帔星冠映黼帷雷輜環衛月軿隨天齊自占瑤妃位日觀寧容玉女窺灌壇聖德難殊衆靈風豈入飛熊夢西海郎君事渺茫東方巨鎮神嚴重玉策金緘受自天龍文鳳篆手親鈐泉淘香井胭脂潔雲護神房鎖鑰嚴亢父知生梁父死紅沫稜稜蕊仙旨捧出雲封五色光稷邱君與崔文子琅函題罷洞天春寶露重研紫粉新授簡西池王母使傳書南嶽魏夫人漢家寡婦終投玉劉媼子印誰收錄惟此天仙一片瓊未容凡手纖塵觸人間偷印赤靈符薰以芝蘭襲繡襦還防深夜六丁下來攫眞形五嶽圖

附錄同作　李秀餐花

蔣侯生是神仙命風骨稜稜太山令歸裝并無鬱林石印得天仙一方印捧來五色生雲霞傳觀欲徧好事家未須眞形圖五嶽只此四字驅百邪嵩山玉璽天雨得常山璧珪掀樹出此印不傳何自來或曰秦章或宋筆不如前說一與空金

篋玉策歸天公天孫上承茅土封采玉于日劃白虹石斧細琢煩豐隆模雲作篆蟠雌龍日精炯炯貫當中顏色尚作扶桑紅庚申之歲乾隆五年火不戢秦碑朱龕一時失神呵鬼護玉一方化作火中鵠飛出歷劫百億鈐萬千稜角微缺神彩全沈沈縣庫閟魚鑰夜半靈光猶徹天

謝翠霞 麗仙

勅賜蓬元帝子居雲窗霧閣閟清虛鈐來丹篆桃花色應寄西瀛一紙書

雲雷古篆赤虹蟠敢作尋常印譜看封取蘭金泥一合竹王山鬼膽俱寒

秦碑入付祝融收獨許黃神玉筋留鳳尾崔頭齊壓倒不須更數祝溫柔

太令前身蔣子通曾除錄事給三宮宮囊掔取神仙字絕勝鷟城兩裏風

伯生先生佇秋圖

涼秋未到綠梧枝天末微風起一絲偏是詩人最先覺碧雲庭院立多時

一葉離騷酒一杯小山幽絕可徘徊勸君莫上高臺去已有秋聲繞屋來

蔣伯生大令取眞誥安妃降事五香馥芬如燒香嬰氣語字其姬人作香嬰室圖

非非靈想接天河果有瓊臺聳鬱羅傳得內眞嬰姹訣蹇修先合禮清娥

攜手雙臺入寢奇齊牢香棗慰朝飢不煩更覓氤氳使自有靈芬透雪肌

一氣雙煙靄紫霞神仙遊戲上清家觀香小妹嬌癡甚索采西天碧柰花

九華仙子七香輪香母燒煙了夙因顛倒瓊籤諸小字被人呼作蔣夫人

胡智珠夫人 相端 抱月樓稾題詞

十笏螺丸百番箋瓊樓寫韻著詩仙胸前自有靈珠在夜夜闌窗抱月眠

柳絮因風起謝庭撒鹽空際太摹形始知絕妙傳神句不在辭華在性靈

妙手生花奪四時自臨小影自題詩仲姬畫稾文姬詠只是聰明筆一枝

廿八明珠箇箇圓底須雲錦織長篇胡家樂府新翻出抄殺成都十樣箋

倉蓮莊刺史 斯升 蓮因圖

蓮因刺史蓮爲性不染塵氛冰雪淨剖竹爭迎郭細侯種花曾識潘懷令使君每憶故園遙梁苑城西舊板橋歸寢時時吟白句一渠春水柳千條江南亦有紅蓮渚風景何如練秋浦生就胎中藕性靈吟魂只與荷花語衙齋燕寢書凝香忽睹莊嚴遶佛場朵朵青蓮生古鉢亭亭翠蓋見慈航一峯究兀芙蓉狀四壁淋漓山水障上有闌龕拾得詩前因後果辭元暢醒後蓮香鼻觀過蓮因兩字記禪那化身或是阿羅漢仙骨還應優鉢羅使君學聖不學佛寢裏機鋒闢餅拂非垂法雨散千花要展甘霖蘇百物我聞百卉蓮爲貞外直中通水一泓體潔久推君子

德心澄合比長官清使君不喜浮屠行使君自具慈悲性願爲一葉一如來掬取沈淪衆生命畫裏朱華冐綠池使君心迹萬人知采蓮競唱南湖曲當作甘棠惠愛辭

屈湘雲夫人遺照

九子鸞釵折半分生綃刻意畫湘君秋風幾點黃門淚灑作君山竹上雲

傷心怕理鏤金箱閒住微之淚兩行碧落妙鬟雲一朵擡頭如見嫁衣裳

紅蓮一葉蕩銀灣手弄明星作佩環閒殺一枝京兆筆替他圖裏畫春山

長眞閣詩餘

虞山席佩蘭道華學

聲聲慢 題鳳木圖

蕭蕭瑟瑟慘慘淒淒嗚嗚哽哽咽咽一片秋陰搖弄晚天如墨三絲兩絲細雨更助他白楊風急雁過也遍寒林盡是斷腸聲息　有客天涯孤立回首望高堂更無人一寒食梨花麥飯幾曾親設空舍兩行血淚灑枯枝點點滴滴待反哺學一箇烏烏不得

霜天曉角 賦素心蘭

獨秀瑤林雪侵香爭禁雪倚風吹得化吹不轉是春心　雲陰莫尋尋時雲更深人自愛花心素花豈爲要知音

蘇幕遮 送春寄于瀟

綠陰深深院閉怕倚闌干春在斜陽裏幾片飛花纔到地多事東風又促花飛起　篆絲長簾影細一逕無人遮斷春歸計人縱留春春去矣點點楊花還替花垂淚（點點楊花二句一作明日池塘惟有東流水）

憶眞妃 題墨梅

墨痕淡到如詩瘦橫枝絕似孤山風雪立多時　清如許寒無語少人知惟有隔溪明月最相思

踏莎行 桐陰雙美圖

石抱池清欄紆逕碧苔苔一片秋無迹雙鬟何處覓詩情秋聲已在梧桐葉　小語駢肩幽吟比舌不知心可同如結兩心惟有月明知何曾肯對西風說

減蘭 詠翠雲草

幽情一簇脫盡窗前顏色孰是夕陽天裊裊秋羅欲化煙　綴

尋休蹴不比春痕隨意綠就是天邊如此嬌霞亦可憐

卜筭子 附錄同作　謝翠霞

幽絕可憐生只避驕陽面染就絲絲學晚霞不怕風吹斷　牽引太纏綿繡得閒愁滿莫使天孫織作裳纖恐羅紋亂

天仙子 宛仙屬題墨水仙

一片瀟湘閒自碧飛過寒香春欲寂仙人元自不知春波愁絕雲愁絕彈到哀絃聲更徹　滄海迢迢歸未得卻向人閒凄獨立夜深不語柰情何心無迹魂無迹月落天空何處覓

搗練子 憶𠗊

山杳杳雪深深不露枝頭一點心踏遍洞天春似夢去年今日到如今

齊天樂 題潘榕皋農部歸帆圖

片帆挂起秋風急載得一船秋思兩岸青山數株老樹不似輭紅塵世歸心何駛把雨笠煙簑從容料理笑指蓴鱸樽前尚有故鄉味　朝衫者回換卻問沙鷗渚鷺盟成還未觴帶雲深蓬窗月淡清福能修如此中流不繫任花滿長安香難薰醉莫又東山重催安石起

被花惱 題宛仙落梅便面

東風作意釀輕寒簾外謝池春曉香雪枝頭賸多少一分是病三分是恨瘦得詩難肖情脈脈思冥冥自將疏影憐清沼　長記乍相逢生怕朝雲去時早參橫月落幾曲闌干處處思量到問青溪流夢去誰邊爭留得閒愁共波繞撇不下一幅羅浮春恨稾

壺中天 歸佩珊兩窗塡詞圖

水雲如墨弄秋陰釀出一天詩意恰好箇人新病起愁又挾秋而至艸褪紅心苔酣綠髮繡偏凄涼地簾兒風揭窗兒卻被風閉　一任小女題餻雙鬟送酒有甚閒情致只看雨零蕉葉上悟出美人前世癡惜花魂嬌憐蝶病減盡眉邊翠擲　而起千卿畢竟何事

虞美人 周服卿蓮渚文禽圖

芳塘長遍相思艸水亦縈洄抱花花葉葉總相依護在文禽一對不分飛　剖開蓮子掏殘藕離別從來有人天歡喜此圖中那識江湖蕭瑟有秋風

洞仙歌 陳雲伯大令秋雪漁莊圖

西溪西去蕩溪光如雪道是𠗊花未堪折有不成邨落三兩漁家剛占卻一片冷雲秋窟　掉頭吾去矣料理煙簑載取樵青

好浮宅生怕白鷗知眉眉秋聲偏搖破水天空碧問同是漁郎櫂舟迴比晉代桃花阿誰幽絕

琵琶仙 席芍階姬人黃花比瘦遺照

人淡如秋抱清影瘦與黃花爲伴㓻翠同住寒山冰紋柰絃斷生撇下紅綃玉舞數錦瑟年華剛滿寄恨東籬珊珊璚佩涼月分半　還記取稱藥添香爲夫壻沈痾禮星漢消卻一簽穠翠付霜邊愁管縱覓得前番獺髓定難醫蝶夢春短想見鸚鵡無聲夜蟲凄怨

菩薩蠻 屈宛仙葉茗芳合寫春蘭秋菊圖

羣芳各占春秋妙芭蕉雪裏人爭笑畫手是几才非時不竝開　仙心無隔礙合寫如相愛好在不同時同時轉不奇

采桑子 兩窗懷餐花

嫩想盦殘稾

嚴衡

嫩想盦殘藁　娟鏡樓叢刻

仁和嚴蘅端卿　嘉善張祖廉校録

女俶校字

題邢慈靜大士象

鸚鵡低飛紫竹林無邊花雨一天深莊嚴色相慈悲面難畫空空一片心

侍子纖姑游葛嶺小憩富春山館

畫船斜倚畫橋西結伴尋幽手共攜小港綠搖春水亂斷碑紅出野花低賞心舊夢邀鶯語脫手新詩待燕齎閑拔玉釵横檻畔他時珍重記留題

又題畫

朱淑不繡才人繡美人

蘇隄春泛

湖波窈窕鏡中天畫楫横飛去似仙兩岸綠楊人不見曉鶯啼破一湖烟

題仲姬小畫

短縑到眼欲消魂絕代金閨畫狀元可恨鷗波亭子上管夫人對趙王孫

初夏侍周氏姑暨娣姒石文卿表姊遊西湖飲湖心亭上

雙鬟攜手上蘭橈畫裏湖山望轉遙芳艸斷碑蘇小墓秋風疎柳段家橋芳樽互勸同爭鹿健筆重

不捲人間天上可憐宵

檢舊鍼線帖得蓮瓣一有金采江夫人小楷一詩夫人君姑之母夫人也

林下風清迴出儔新詩傳唱玉湖頭拈花小試簪花格壓倒嶙峋太華秋

謝女紗圍蔡女琴百年懿訓許重尋瓊裝玉裹深深護莫惹高堂陟屺心

春聲閣主集西洲曲云海水搖空綠蓮心徹底紅繡山明經屬朱寶瑛夫人隸書寄自山左戲題斷句

玉腕拈毫迴出塵蘭閨韻事劇清新陳琳畢竟輸

遠山凝翠柳毿毿小閣分明鏡裏嵌三十六陂春水綠不知何處是歸帆

連理梧桐館夜坐

風露中宵冷莓苔小院清花魂扶月上蟲語叫秋生身倦便湘簟鬟低嚲玉箏碧天詩思遠情話欲初更

贈春聲閣主

乾坤清氣自嶙峋僥倖金閨窈窕身頗有蒼生歌哭想被人錯喚作詩人

七夕和春聲閣韻

秋河如畫碧迢迢香冷雲屏夢寂寥花影低垂簾

扛愧續貂多事斜陽太催客碧城歸路晚蕭蕭

皐園即事

湘波無語晝愔愔倦夢如烟不可尋奇石瘦於名士骨落花紅過美人心隔簾燕影低窺鏡潤檻苔痕遠上琴不是傷春心緒懶年時多病到而今

舊縣道中

小徑疑無路行行憚着鞭亂鴉横落照孤樹叒秋烟別夢驚誰續歸心莽自圓酒醒茅店近翠袖怯風前

病中偶成

懶將鸞鏡照娉婷瘦損眉峯一角青小閣春寒濃似水自拈花瓣寫心經

和春聲閣寄懷元韻

酴醾花影太娟娟一度思君一悃然盼遠有時尋楚卜忍寒呼婢寄吳棉偶看嬌女思文褓爲待慈親理翠鈿只有姮娥能解語夜深分影照無眠

詠玻璃美人

比冰同潔水同清玉吐珠咳四座傾莫道形骸真脆薄本來心性特聰明娉婷未許風前立綽約還疑月下行伴我深閨共岑寂水精簾底夜無聲

海棠居初集

姚淑

海棠居初集

姚淑仲淑氏著
吳興劉承幹校

憶鍾山

萬方之天豈不明矣五嶽四瀆猶來朝只山山不見雲霧厚起不得見兮泣涕如雨

野望

城郭行來風覺悽雲奔萬里失山蹊他鄉樹影連天去遠水舟帆入霧迷數處鳥飛過竹裹誰家犬吠傍林
歸時曲徑看人出茅舍籬邊落日西

送太史遊臨安

送君上扁舟低首不能語歸來無幾時今又遠方去
步望不見何時共一處不惜閨閣寒但恐風煙阻

初成海棠居自詠

幽居傍樹林窗前日長陰案上有書卷坐久自會心
花吹香靜忽然月到琴微風應在指請君聽其音

早粧

日倣家山暗洞房鳥啼驚起捲簾粧從容顧影迴明
的的盤雲髮上光

海烈婦祠

烈婦祠何處郡城流水邊野風吹日日寒月照年年
草悲紅粉千春痛九泉尙看遺像在不覺歎淒然

掃山

山有秋風木葉萋花有清香人不移却嫌草荒無路
舉頭看去卽多迷侍兒兩兩呼之去屈身翦除各無
輕羅徐步立山頭每日太史同此處

贈太史雙鬟

幽居滿壁君文章欲到君前從整粧書齋坐久共吟
侍兒取箋寶髻傍君愛盤雲雲生光恨君有翼志他
常恐風煙一舟行贈君雙鬟君莫忘

寄太史

年年歎離別此別何時休樓頭望不見從今不上樓
不惜蛾眉娥眉空作愁無錢買鯉魚君書何處求

盆魚

綠草朱鱗尺水中羣羣婉轉靜相從可憐不是大江
那得波濤忽幾重

牡丹

暮春處處得香風惟有名花更不同蜀錦翦來綠樹
吳雲疊起露華紅翰林何必皐居裏妃子偏宜草舍
可惜家貧愁向晚徘徊復去到廚東

外甥唐大陶至

扁舟到毘陵天涯嗟爾至當軒置尊酒雲盡月下地對月語重重此會良不易今日吾家客明朝煙水次

聽琴

閒坐書齋裏聽君指上琴忽然高山起恍惚移我心悲處如怨女風吹連幽林作者古大聖七絃傳到今

遊楊氏園

憶昔春遊到裙裾掃石橋日光侵草色水影亂雲霄一路鳥邊過羣姑岸外招行行欲暫坐他處去還遙

何必山泉好眼前池水清折花貪滿袖看竹恐驚鶯石

畔苔如錦籬邊茶是虀林深天乍見小徑趁人行

又 聯句

天從地下起 仲淑 今自古時長霧樹全雲出 研齋 漁人半草藏扣舷相對飲 仲淑 向月却憐粧莫恨離香閣 研齋 偏宜隨異鄉雙雙萬里日 仲淑 依舊讀書堂 研齋

雨飲

混沌一天雨今朝落下來大風吹亂甚太史樂奇哉有酒數瓶滿呼兒與姪開家君忘白髮醉後欲登臺

萬綠軒前家太史次談芳洲先生韻因而和之

客至芭蕉下調虀恨未精名公得句好太史亦吟成

氣驚天地空心見性情隔門聽不已露落有餘清

落楊花

花光一片綠叢中色色分明巧畫工竟是忽然蝴蝶滿亂人偏在幾枝紅

讀太史詩

古詩竟如冰雪涼近體看來似盛唐字字不斷四時氣包羅五色日生光日月山川詩句裏鳥啼風聲花有香胞中別有一天地筆墨變化靈氣長

憶太史

寒風蕭瑟落葉時與君共月君不知夜長清漏一幃孤

夢斷他鄉心自疑有鴉聲噪寒霜凓欲寫新詩愁凍筆獨上粧臺倚鏡邊數得歸期在何日

和太史

翰林字跡滿粧臺讀罷新詩一卷開可惜才人不得意勸君且飽茶虀來

過洞庭湖

一入洞庭湖飄飄身似無山高何處見風定亦如呼天地忽然在聖賢自不孤古來道理大知者或吾儒

雨後看新綠贈太史

蕭蕭久雨濕黃梅忽然雲散天自開雨後蕉肥垂垂綠

染得裙裾淨似苔君樂文章我樂才與君相樂呼酒
樹裏鳥驚人亦去荒草青青空萬臺

海棠居獨坐

但得春風即有香晴窗坐久覺衣涼樓前古木高連
山後新花豔過牆還向河圖觀理數早從太極悟陰
幽居自負書生性都恨雲鬟是女粧

贈太史

得懸琴瑟是仙家看看樓頭日又斜君自讀書覺太
過來花下且煎茶

自君之出矣

自君之出矣不復整衣裳思君如落葉片片到他鄉
自君之出矣日日損胭脂思君如蕙草搖落是秋期
自君之出矣惆悵入羅幃思君如畫鳥有翼不能飛
自君之出矣長歎無人知思君如大石寸寸不能移
自君之出矣日日望還家思君如短笛夢裏落梅花
自君之出矣書舍日淒涼思君如一月兩處見天光

桃源行

昔日桃源好避秦桃源盡是沒用人天下志士皆震動
獨有桃源藏其身桃花樹上桃花滿桃花樹下水流緩
年年歲歲長子孫雞犬何曾有聚散洞口之內無見聞

洞口之外干戈起博浪沙上力士來天下之人已驚喜
當時洞口人相及豈只三三兩兩入海內無數豪傑在
避世之意何其急縱是成仙不足論何為漁人又問津
願人莫向桃源去處處桃花開向春

玉蘭行

春風不寒吹衣服家園花生如在谷處處看來即有花
惟有玉蘭高連屋千枝萬葉花開滿樓上樓下天遮半
日落黃昏更有香鳥穿樹裏光不斷每愁風雨向夜來
曾將瓜菓祝花開於今花下還再拜莫向山前趁落梅

至後

冬至日初永宮中添線長從今春又發此後雪將忘
草知天意寒花覺樹香四時靈氣轉萬物得陰陽

生香亭看花

野望地如茵村花處處心柴門青草上有香忽隨人
行入門去一亭花滿春鳥啼移幾處徘徊向數巡

秋夜

山上樹過石花開一樓香黃昏粧已殘雲來月無光
書讀不盡有燭移到房半夜自覺寒呼兒添衣裳

鷲羊池

古來鷲羊池王府今何知荒草淒淒亂野花處處垂

前樹影去鏡裏水波移枕上釣魚起一天風雨吹

落花

風自清清時時好每到春來吹花早不憐豔色滿樹枝
紅白不分沾青草草間香處盡是花多時香散成泥沙
惟有楊花飛不住隨風去去到人家

書蘭亭圖

蘭亭字跡飛龍蛇亭半倚水山半遮高竹幾林連松下
詩人處處坐白沙自知桃源避秦士今看蘭亭聚貴家
詩篇盡從斗酒出杯杯流來過落花

焙茶

親戚遠鄉至開書見苦情帶來瓶裏綠傾入盞中清味
自山間得香從火處生不知紅袖煖還去傍爐擎

薔薇

薔梢滿架數枝垂花光一片亂蛾眉團團雲壓花葉上
香吹遠風蝶先知今日花落花將盡可憐牆頭風不定
行去行來滿衣裳不覺紅裙掃香徑

高臺望明月

明月當臺滿萬方共一光溶溶天氣靜白白地霜長漸
覺雲鬟濕還看寶髻涼清輝吹不斷偏是到紅粧

明月

明月照水水更清亂風吹月月光明明者浮水隨水動
若疑月從水上生看來月在高天上又有杯裏月蕩漾
我欲取來取不得我去月來同默默

春日有感

十五從君千里外可惜生我不稱時日日閨閣如花玉
如今風霜無定居多少愁腸凋顏色悲自悲兮誰人知
春鳥啼兮恐春去可惜春花正宜宜

裴公亭

昔聞裴公有亭在今到裴公亭已壞只見山青青入天
不盡長江空一派古來城闕總成丘況此孤亭幾度秋

高賢去後名偏久年年荒徑有人遊

行路難

行路難苦路長昨日村裏今日他鄉飽時偏有飯饑
何處爨百里無人烟只有虎狠伴曠野淒淒淚不乾
風雨雨一身寒日日閨中向幃帳如今行行那得安

秋月

月起山山靜眼前清復清一天空渺渺滿地盡明明
樹移來近他村到處平乾坤光裏出竟夜寂無聲

長相思

長相思思夜臺時時淚流淚成血千里萬里君還來

今一木君隔絕千呼萬呼君不言何時會面到黃泉欲
死念死難欲生思年年

客舍有感

憶昔雙雙筆墨同如今獨坐歎無窮時時想見黃泉裏
日日悲傷明鏡中念妾飢寒流落苦思君節義盡時雄
欲歸蜀國千山遠棧道不從江水通

春日有感

蝴蝶飛飛正是春二月三月萬物新花當春時顏色好
我當春時誰舊辛年年愁容只一鏡古來傷心多薄命
夜長草草雞已鳴歷歷明星一天淨

孔雀行

聖人出鳳凰來道里行天地開今思古嚴其才吾道窮
空其臺樊籠裏孔雀哀雛思母不能回萬里外苦頸額
豈人爲實天意閨中寫恨恨何日嗟汝五色何用

秋日苦雨

秋木日零落涼風吹衣薄偏有細雨多寂寂愁閨閣山
路少人行漁舟暗度津田家更覺苦處處大水生

懷秋

四面青山水浩浩自傷芙蓉在秋草潦倒荒野誰可知
空映水中顏色好可憐流落幾風塵更有涼風吹折早

何能飛飛入青霄常恐落時隨泥掃

靜夜思

十月夜覺長獨坐看文章舉頭寒月落開窗處處霜入
房滿帳寂徘徊在他鄉何能追隨去思君不得忘

思母

母思我兮淚不乾我欲歸兮路隔斷奈何何處問平安
消息不眞心疑亂家園荒荒草徑長蛛網重重迷滿堂
樓臺雨漏已倒壞何日歸兮屋生光

閒坐

傷心兮世上多薄命兮奈若何時不利兮鼠變虎天地
不分兮洪水苦大禹去兮今無學恨不男兮是女蘿閒
思古兮看伐柯秋蟬鳴兮愁雙蛾

悶

異鄉常有恨千里想雙親客舍何曾樂柴門不覺春窗
前穿竹鳥鏡裏看花人安得輕舟去予懷日日新

夜坐

流落異鄉苦孤燈照百無深藏君寶劍賣盡妾明珠朝
倚書千卷夜惟香一爐空空向四壁靜坐聽啼鳥

題美人圖

獨坐看書思越鄉可憐薄命有離傷秋風樹下吹衣冷

淚落蒼苔翠袖長

雨後看石榴

一天風雨自聲狂倏忽晴來日轉廊遠看深紅綠樹裏
行行不覺染衣裳

竹

竿竿吹動白雲邊本是空心節自堅不似春花花色艷
歲寒霜雪看年年

村居

生來樂水上此日得村居茅屋深林裏柴門去釣漁

醃菜

放開書卷下廚房青菜翻來入甕香日日海棠居裏靜
今看婢子各加忙

江行

空天一望水茫茫片片飛帆帶日光恍惚波濤心不定
迴旋今古意偏長青山已過雲猶在遠岸推來草自荒
去去竟迷千里外舟人指點是他鄉

春日大雪行

君不見行路難到此春日幾更寒紛紛風吹滿白雪可
憐長安道上濕馬鞍虛空茫茫落不已一峰吹過一峰
起光彩一片連城隅曠野悲聲聲入耳悲莫悲兮卉木
淒堯舜去九州迷河海之大半為冰行人稀苦征衣我
閉門兮無所識嶺上紅梅知變色見雪飛兮轉天地憶
此春兮長歎息

憶韓園梅

澄江韓園有宋梅每到春來千樹開花枝重重如白雪
只恐風吹落滿苔深閨徘徊隔山水夢隨梅花韓園裏
驚醒有月竟無花未去花存傳不已

題探樵圖

望盡深山花樹穠本是春來却似冬一片山連無去路
樵人指點過幾重雲壓花枝度日暗花近樵人心欲淡

樵人自向枯樹邊重重進山挑幾擔

賦得人閒桂花落

不知花已落惟有在閒時窗下遲遲靜堦前點點垂沾
衣疑雨滴入酒喜香隨猶恐風吹盡留連不忍移

好客多乘月

月出東山山蒼蒼皎皎空中散月光穿林影碎花如亂
秋風吹來一路涼此時人人月相似此月照人光不已
獨有高人月更清行去行來月光裏幾家不寐幾家思
世之人兮隨月移風風雨雨亦必來有月乘之更何疑

題畫

水上芙蓉傍石邊鴛鴦蕩漾自天然秋時占盡春紅好
滿幅雲霞在目前

菊

百花零落菊成芳幾處移來在草堂艷色團團緣葉上
雲霞一望亂天光

偶作

可笑荒村只畜牛山頭古跡幾時修于今若有高賢在
涇水河邊不聽流

夏日

夏日少涼處深林自有風高樓更覺熱長巷喜穿空學

道忘人境明心在月中此時池水好獨坐意無窮

美人蕉

昨日移來今更好片片遮天天覺小此花有豔落葉燃
遠疑高燭光輝遠分明當庭籠絳綃風風雨雨紅更嬌
綠雲裁翦空翠飛不惹香風沾青霄

感懷

天涯流落苦親戚少人來一載無音信今秋又不回月
光萬國在山色一天開夢裏蘭陵去徘徊只鏡臺

窗前看芭蕉

一片遮一日片片天遮半早起出羅幃不覺天已旦明
鏡在窗下照來影搖亂更看新葉生舊葉如更換

初冬夜飲菊花前

飲酒菊花前燭至花影偏團團垂綠葉時凋花更鮮杯
深花氣幾歡坐自忘眠漏殘窗月轉夜盡尚留連

大水

海水奔來急江流驟在前大橋還有跡小徑竟無邊茅
屋隨波去高山盡霧連茫茫村不見獨苦雨頻喧

遊村野茅亭

茅亭看去萬松坡曠野白雲偏覺多牆外鳥飛花滿樹
山中溪轉水成河老翁放鴨獨歡喜稚子撈魚幾唱歌

歸徑難行泥草上徘徊還向石邊過

七夕

徘徊雲漢間終古織機杼一年不得息此夕渡河去依
依兩相歡歡好復幾許東方高明星別去不能語

中秋

浮雲散盡月悠悠半夜天涯共此秋杯裏酒光紅似粉
幾分清露濕釵頭

粧臺

芭蕉側影入粧臺送得寒姿滿面來獨有雲間初上月
遲遲窗下落紅苔

讀書

盃夏山前草木多花開花落却如何閉門日日翻書卷
獨有離騷盡可歌

山中海棠

高連石壁忽開花一片紅光似出霞即有名園移不去
可憐豔色幾山遮

題鄒氏女子

舞腰初罷自相親古木蒼苔處處新獨有手持書一卷
沈吟却是意中人

客舍苦雨

艱難常自哭客舍半間屋偏偏雨連連漏來濕衣服更
苦泥裏輳難支水滿階欲爨破泥竈婢子何安排

讀黃崑之詩

流落深山裏吁嗟不稱時多年忘舊字今日學新詞得
自龍象句已成閨閣詩五羊文士有獨在先生奇

憶親

雙親千里高山峨峨水湧路落欲歸奈何晝夜不樂亂
思夢多

和五叔太守韻

舟中寂寞恨多難細雨微風那得安敢草孤孀惟血淚

浮萍遊子更波瀾山山春色連雲起岸岸花飛帶水霞
混沌一天存氣象但愁點滴濕衣難

與關夫人對弈

久聞國手在閨中今日看來果不同轉覺機深參未破
被他一子滿盤空

五叔太守贈筆硯

翰林去世自多憂無墨無書何處求太守憐才贈我筆
如今寫出幾番愁
昨日移來銅雀硯今開舊日薛濤箋案頭筆墨香風起
吹到高賢坐卧前

舟行

水外天如近村村田地多牛耕青草上茅屋轉山河

江南曲

江裏波濤起雲崩山一空天高平野濶獨坐苦悲風

端午龍舟

端陽簫鼓曲流多兩岸遊人看綺羅竟日滿船各唱起
聽他盡是屈原歌
水上龍舟水外喧粧成不覺與翩翩還看處處兼簫管
試問何人哭屈原

舟中暴風雨之作

大雨立時到茫然舟子驚短篷看落水兩岸似傾城天壓萬山盡雲崩古塔平今朝暑氣散六月一身輕

江行

大江烟霧遠相連風散波濤還自喧日日東流流不盡飛蓬幾處去天邊

海棠居初集終

楚畹閣集

季蘭韻

女士楚畹閣集

一

楚畹閣集卷一

常熟　季蘭韻　湘娟

古今體詩一

丁卯

玩月思親

月色溶溶似水流寸心飛逐碧雲秋長安道上公車穩
屈指今宵到涿州

戊辰

武昌秋夜有懷諸姊妹

獨坐妝臺畔更長聽雁聲殘燈星焰小涼月水波清路
遠𤢺華阻秋高玉笛橫故園諸姊妹相憶不勝情

新月

餘霞紅未散纖魄一痕生張尹眉初畫班姬扇未成雲
端憐兔孕水底誤魚驚待得團圞夜還看萬里明

己巳

九九消暑詞

夏至纔交暑漸增芭蕉製孰逐炎蒸宛然一管文人筆
終日揮來不肯停扇子不離手

紅日炎炎耀雪肌拋書停繡納涼宜班姬正在新承寵
未到秋風割捨時扇子不離手

井華一琖暑堪消味似蜂房别樣饒解得閨中新渇疾
不煩公子手親調氷水甜如蜜

避卻銀燈一點光剛從密室試蘭湯羅襦不受凝珠浣
姑射仙人體自涼汗流如沐浴

幾番疎雨做涼天獨立桐陰思悄然忽地枝頭秋信到
剛剛吹墮玉釵邊頭帶秋葉舞

暫遊不為叩蓮臺閒向招提步碧苔縱使謝娘門望重
未妨一見濟尼來乘涼入佛寺

紅珠斗帳護雲窩七尺龍鬚出錦梭不為嫩涼侵玉體
也還常覆一重羅夜涼尋被單

桂花香裏獨眠遲自料孱軀自護持昨夜衾單香夢冷
添將一幅始相宜思量蓋夾被

吟成九九仲秋天蟋蟀聲多繞砌前一片金風吹不斷
絮人偏向夢魂邊堦前鳴促織

納凉夜坐

雨過雲亦收月皎河無影隱約一聲鐘塵喧倏然靜
不忍負明月攜琴鳴膝上豈求人悅耳我心自清曠

新秋

蟬聲滿院暑全收一片桐陰似水流削藕浮瓜閒裏福
焚香浴硯靜中修乍涼乍暖初離夏時雨時晴恰作去
秋何處樓頭橫玉笛隨風吹煞不知愁

病起隨親赴黃岡道中遇雨時方大旱

力疾出門去長途曉夜行親緣民事重我覺此身輕月
黑風逾急雲低雨驟傾天心終愛物膏澤沛蒼生

九日荆襄道中

異鄉風景總淒然况值蕭蕭落翠天尚有流螢飛草際
已看殘葉下車前經旬雉水城名安行李九日蟾光過上
弦祗惜征途負佳節黃花紫蟹正芳鮮

過岳陽樓

木落秋江上野航猨啼雁唳總悲涼片帆風裏遙相認

煙雨孤樓是岳陽

詠菊

木葉蕭蕭墮曉風卻教黃菊艷籬東品高隱士柴桑外
香入詩人酒琖中淡意恰逢霜點染閒情雅稱月玲瓏
枕囊收拾殘英後一縷秋魂與夢通

白菊

玉作光華粉作團霜清露潔映闌干衣因送酒惟裁紵
扇可招香試執紈此色本來秋帝尚是花合與月娥看
曉來對鏡添餘興兩鬢元蟬綴雪寒

庚午

春日寄懷景表姊文瑛

千紅萬紫逞韶華獨怪庭前姊妹花不管人分南北地
終朝含笑對窗紗
晴日游絲滿路颺牽人離緒繫人腸妝臺正值簾開處
卻見楊花認故鄉
寂寥春夜對花叢猶記當年繡閣同君愛彈琴儂覓句
此情抛付月明中

玉蘭

天然玉貌映珠櫳分得芳名九畹中比似謝庭佳子弟
一羣清艷正臨風

夕陽紅豔炙瓊葩一抹銀牆影半遮不屑扶持煩綠葉
天教追步玉梅花

小春望後三日遊黄州赤壁山用壁間韻

褰衣臨赤壁逸興繼前賢四野輕陰合千家複道連雲
根深護樹山色遠籠煙歷歷飛帆影遥知江上船
闤閣同登眺清遊亦偶然蘆灘爭舞雪茅屋淡生煙雁
字疎還密漁歌斷復連天然是圖畫著我在中邊
一望心神曠茫茫萬頃田夕陽紅戀樹遠浦碧浮天二
賦傳千古重遊待幾年低徊留不去山水有深緣

蠟梅

羅浮別種耐寒姿不待燈前玉笛吹如許鵝黃迎臘早
笑他萼綠報春遲枝頭釀蜜蜂何在磬口含香蝶未知
卻抱檀心渾不露一丸消息暗傳時

辛未

上元月次　家慈韻

一歲團圞月今宵看起頭霜威猶自肅雲影已全收分
照瓊筵整交輝火樹稠冒寒堦下望我道勝中秋

春柳

新黄淺碧一枝枝正是纖腰學舞時青眼倦開緣底事
翠眉深鎖最憐伊吹來飛絮風難定看到垂絲雨轉宜
慣爲行人管離別明朝儂去可曾知（明日將之武昌）

自齊安之武昌舟中有作

春江一幅畫圖開如織帆檣對面來最好夕陽西墮處
四山煙景聚樓臺
晚泊堤邊看落霞柳陰深處有人家幾聲短笛吹牛背
一箇牧童臨水涯

風阻

雲籠茆屋樹籠煙靜守江干不放船悶把篷窗開一扇
蕭蕭風雨水連天

燕

王謝今何處翩翩入我家好音流宛轉纖翅試交加晴日銜飛絮香巢襯落花離人感時物爲爾一咨嗟

秋夜

金風一縷吹簾隙渺渺詩情起遙夕小庭坐久悄無聲零露如珠滴秋月

聽雨

淅淅瀟瀟黯曲房九秋風雨倍淒凉梧桐葉與芭蕉葉一樣聲音敎斷腸

江樓卽事

茫茫煙水望無窮始信初冬景不同鄂渚荻花疑雪白

漢陽楓葉染霜紅遙峯形狀疑山鬼故土音書問塞鴻倚檻渾忘臨眺久如盤明月到樓中

壬申

冬夜悲歌 時遭先君之喪

雲漫漫兮夜月無光朔風凜凜兮我心惻傷怨欲問天兮天何茫茫嗟今感昔兮涕淚沾裳思鬱結兮憂不忘詠悲歌兮悲彌長

贈景洮書表妹卽送還福山

月餘芳範綫相接荏苒光陰駒過隙人生聚散若萍蓬艮會無多容易別追憶髫齡昔日情相憐相愛兩忘形蕉窗琴軫還同理竹院圍棊每對枰一從吳楚遙相隔湘水虞山望無極落月相思耿五秋歸來一面翻如客前年君已賦夭桃中饋從煩井臼操咫尺天涯不相見兩情惟有託湘毫望得歸寧方晤面一番聚首情何限飲酒敲詩繾綣深將離毋那添悲怨行期迫促苦難留腸斷魂銷不自由春樹暮雲愁脈脈綠波芳草恨悠悠此時哽咽難成語握手依依淚如雨將何遺贈表予心尺幅鮫綃情萬縷 摺句書帕相贈 明朝南浦送蘭橈望寄魚書慰寂寥從此離愁縈寤寐夢魂常逐晚來潮

春閨雜咏

鳩婦啼晴向畫檐卷簾依舊雨廉纖玉堦幾日無人到一片蒼苔漸漸添

羅衫薄薄怯寒深無奈東風著意侵斜倚畫闌渾不語一番心事耐沈吟

文杏夭桃豔幾枝芳菲到眼總堪悲欲知何處愁腸斷最是初過寒食時

幽房窄地繡簾明曉日三竿夢尚縈枕上但聞窗外鳥一聲聲又一聲聲

春光紅紫媚晴暉爲怕牽愁晝掩扉燕子不知儂意思銜花故故繞窗飛

蓮葉冷冷漏滴餘惱人風雨夜窗虛繡筐鍼線閒拋卻
枯硯敲殘倦晚妝半庭芳草淡斜陽笑儂好似紅蠶樣
一點孤燈照讀書
不到絲完身不僵
經雨花枝淚有痕閒苦院落掩重門東皇去後韶華盡
杜宇一聲人斷魂

白秋海棠

攲斜獨倚玉階旁唧唧幽蟲助斷腸露滴冰姿看愈潔
風吹粉面恠微涼本來珠淚前身化不作鉛華入世妝
自抱素心盟碧月讓他西府占春光

聞蛩

小病影爲伴幽窗聞苦吟不知人有恨偏自訴秋心

癸酉

簡文璞姊時赴越

密意難憑尺素傳近來清況諒依然折花定必思同調
刺繡曾經坐比肩儻遣寂寥宜筆墨莫因離別減餐眠
暫時分手無多日也覺迢迢夢寐牽

遊錢塘江觀潮

我愛江景佳遂鼓遊江輿江上集遊人盡道江潮勝平
生安得此壯游快哉縱目江邊樓江水茫茫千頃白江
風獵獵萬壑愁雲連南北氣浩瀚此際天光日將半紛
紛但見帆檣收大舟小舟泊江岸須臾共指潮頭來砰
訇如鼓鬪如雷奔騰泙湃從空起飛濤打入天門裏初
如出海雲萬片漸如一匹橫江練忽如玉山雲海齊傾
頹倏如蜃樓海市多奇變傳聞大潮來其勢更莫禦昨
日狂瀾百丈高沒卻前村多少樹我思江潮既如此百
姓胡尙居於是豈其上有吏循良不爲苛政驅民徙吁
嗟乎恨不九京下起錢武肅手挽六鈞飛利鏃盡把江
潮射退回萬年錫汝蒼生福

江樓遠眺

憑闌極目大江流千里煙波一望收山樹丹黃都入畫
水天浩渺最宜秋參差罾網紛漁戶歷亂帆檣渺客舟
如此壯觀吟不盡臨行又作片時留

曉登龍井山

蕭疎氣象異三春初日天光分外晴擱路野花多絕豔
迎輿小鳥最相馴得登雲物雙清地儼作神仙一輩人
浣盡衣香塵不染秋風嵐翠灑通身

吳山絕頂登大觀臺

山巔傑閣聳嶙峋撒手欣從絕頂行此地果當全勝處
斯臺端合大觀名下看城郭周圍小遠眺江湖左右明

桂子三秋荷十里天然風景畫難成

湖堤晚歸

窈窕湖堤緑柳環置身如在畫圖閒板橋支岸柱微側茆屋壓流門半關野鴿行依秋草路征鴻飛繞夕陽山生憎早下嚴城鑰未許深宵月下還

昭慶寺煎茶次 家慈韻

古刹何妨小逗留汲泉煮茗興偏幽濤翻蟹眼煙縈鼎香咽龍團雪泛甌老樹有陰能蔽日空庭無雨最宜秋羅衫頓覺風生腋玉液雲漿未足儔

寄珧書妹

吳楚分襟四五年常期風雨對牀眠劇憐我到君偏去聚自無緣散有緣

幽窗寂寂月華明天末微雲雁有聲離緒縈懷吟不盡鎮拈湘管到深更

支離病骨怯清寒手展瑤箋仔細看情愈深時愁愈結淚珠幾度背人彈

臨行密密訂歸期節過傳柑篤底遲燈暗月殘風又急可憐人遇可憐時

秋窗風雨夕詞

秋風蕭瑟雁南翔秋葉飄摇染肅霜雲斂煙飛秋色黯孤燈夜雨倍情傷秋聲滿耳愁盈掬雨滴秋堦聲斷續箏雌下榻起徘徊悄然自剪西窗燭燭盡更殘夢未成誰能遣得此時情沿庭蟀語和鈴語隔院碪聲雜雨聲疎櫺紙破涼風怯尺六裙圍腰瘦絶秋意蕭條人意悲悲秋人在秋閨泣雨聲淅瀝灑芭蕉一點一聲聲轉急窗外芭蕉窗內人分明葉上心頭滴

淚

情到窮時一哭償縱橫界破玉容光暗垂月下和燈畔慣滴衾中與枕旁哀怨獨傾千百斛別離分墮兩三行已教湘水成斑竹更向秋堦發海棠

九九消寒詞

初交冬至晝陰陰寒入房櫳倦繡鍼小婢催將梅瓣染待拈湘管又沈吟（相見不出手）

連番小雪潤芳泥偶爾尋梅小院西女伴相逢攏翠袖相親相愛不相攜（相見不出手）

依稀霜籟動邊聲風入寒林絮不清料得胡笳傳塞北一般懍慄逼深更（樹頭吹篳篥）

重衾不喜爇香篝紙帳梅花下玉鉤清夢乍驚寒徹骨月明猶認在羅浮（夜眠如露宿）

五九何勞墐戶謀負暄野老不須愁典錢好脫黃緜襖

沽酒村家唱越謳（第漢街頭舞）

時逢六九嫩春生，綵勝花旛照眼明。紅日滿櫺朝睡覺，誤人枕上聽雞鳴（蒼蠅上檻枕）

雲裘一襲解偏宜，削玉玲瓏瘦不支。恰稱綠梅花下坐，含毫雙聳細吟詩（卸襖兩肩聳）

漸交八九草痕青，晴日融融滿小庭。宋鵲貍奴都不見，耳邊惟聽響金鈴（貓狗卧陰地）

隴頭農事喜春晴，小婦提壺大婦耕。儂也關心思種藥，預鋤窗下碧苔平（犂耙一齊出）

小春望夕

碧天如洗月華明，一片金波練未成。殘菊尚餘十數本，晚蛩還絮兩三聲。雲中雁字關心看，露下苔紋信步行。青女素娥知也未，清宵相對不勝情。

讀左芬賦

三千粉黛遜才華，不是承恩繫絳紗。瑶管一枝君自愛，勝他竹葉引羊車。

讀五代史

割據紛爭日用兵，天心竟不惜蒼生。休誇克用能生子，只羨朱三卻有兒。批頰事誠亡國兆，殺身禍起亂倫情。幸他每夕焚香祝，降下真龍定太平。

神器公然等竊鉤，石郎畢竟罪爲尤。安危事出蠻夷手，反覆情由桑景謀。割地輸金人共憤，稱臣作子帝堪羞。九原還恐明宗怒，愛壻分明是國讎。

漢家興廢太怱怱，四載旋看國運終。逢吉難違宏肇議，劉崇實負李驤忠。生無謬語推丞相，誓不由衷笑侍中。莫道欺人孤寡易，陳橋轉瞬事還同。

破山寺用唐常建韻二首

何處尋山寺，先聞磬隔林。翠微穿曲折，蘿逕探幽深。覓句思唐韻，焚香起道心。果然凡籟絕，魚鳥盡知音。

筍輿游北郭，幽僻愛高林。寺古佛容老，泉清潭影深。

是誰居福地，令我絕塵心。修竹萬竿密，風敲學梵音。

楚畹閣集卷二

常熟　季蘭韻　湘娟

古今體詩二

甲戌

次子謙夫子催妝詩韻

檢點敘匳欲語遲背人特地告君知儂家贈嫁無他物只有周南一卷詩

窺人月影綺窗橫良夜迢迢夢未成爲欲問安堂上早關心和我聽雞鳴

菊枕

爲惜籬邊種收來貯枕囊雅宜橫竹簟清比集蓉裳化蝶魂猶繞眠鴛夢亦香月明三徑靜回首舊家鄉

乙亥

哭姑

森森慈竹萎冉冉金萱槁悽悽我心悲惄焉正如擣憶昔未來歸聞姑病魔擾無由覯慈顏寸中殊慄慄既得拜堂前愛兒若珍寶調羹知未諳問安憐太早種種罔極恩覼縷豈能道慘茲骨月緣七旬計尙少（得侍慈顏才六十八日）追思噩夢驚昕夕呼天禱（曩夢大士語余汝姑病不起矣覺後心常憂之輒申祈禱）不誠神不膺默自傷懷抱慘爾逢歲朝遽棄歸瑤島慈德在人心慈容悲杳渺霜淩庭前竹依然寒綠繞風搖礀下萱猶自孤花裊撫今以思昔柔腸斷如絞簌簌淚雙紅餘痕漬素縞

春日同子謙

小立東風裏談詩倚石旁閒雲如意嬾流水託情長花影靜生媚苔痕微有香不須借隱去已自俗塵忘

茝湘姑索題墨梅畫扇

梅花如仙人皎皎出塵姿梅花如美女玉骨冰爲肌籠煙看固好伴月開尤宜幽窗生逸興含毫寫折枝白雲隨意染春風信手施一片墨花飛過處便是暗香浮動時

夾竹桃

瀟湘風景武陵春連理枝頭璧月新愛彼不言貞自抱千秋羞殺息夫人

灼灼穠華映玉腮亭亭標格出塵埃此君端合諧之子巧費天公配合來

蘋花

秋老汀洲幾簇明浪花飄處更輕盈肯教蝶向河干採誤被魚吹水面行飛絮莫將徵舊果浮萍休得混芳名任從開落無人問夜月清江了一生

風送微馨漾碧流最纖姸又最淸幽香添雨後三篙水
影寫江頭一鏡秋著眼剛從垂柳岸關情應有採蓮舟
季鷹只解蓴羹美曾向吳興買櫂不

栽培何必費人工自占淸波放幾叢冷色甘隨蘆共白
幽姿肯與蓼爭紅采芳端合從南澗落豔多應怨北風
不比菱花開七出被人依樣鑄青銅

落翠天光冷夕曛荻芽菰米正紛紛芳搴藻葉原同調
瘦比梅花定幾分瑣碎疑浮千點雪蕩搖如隔一重雲
沅湘香草知多少怪底離騷不著君

與外讀白頭吟

有情從古感知音未必相如有二心底事忍言相訣絕
千秋傳作白頭吟

歸寧贈外

離緒茫茫感百端寸心惟望共平安休因夢好翻添憶
莫爲音疎致減餐排悶好將詩句詠相思但展畫圖看

寄外

尋常咫尺猶嫌遠外就劉氏讀書隔一重城更渺漫
花陰寂寂夜沈沈獨倚闌干別緒深孤負閒庭好風月
只彈珠淚不彈琴

暑窗十詠同子謙作

紗廚

任爾蚊雷聚難教入此中一層如隔霧四面盡通風步
儼施靑障題還倩碧籠安排能得地避暑學壺公

席棚

乍疑天作幕頓覺減炎光赤日從空過陰雲到地涼卷
舒憑我意覆庇及鄰墻若愛深宵坐依然露滿裳

竹牀

一枕新涼足移來向綠天美人曾小倚君子稱高眠帳
挂梅花瘦衾鋪楮葉鮮湘雲與湘雨消息在中邊

瓜燈

碧月當窗挂驚看鏤削奇圓還疑未破薄愈覺相宜表
裏全身徹炎涼刻骨知虛中翻致熱怕說鎮心時

燈罩

底用琉璃護蘭房一點紅殘釭長黯淡倦眼略朦朧望
月從雲際看花似霧中爲憐蛾近火豈獨賴防風

蕉扇

裁剪煩纖手玲瓏稱手持記曾聽密雨藉此颺輕颸宛
轉招涼日依稀分綠時數行勻界畫原是待題詩

蘆簾

心薄蝦鬚製蕭蕭織荻宜藥欄今喜護紙閣昔曾垂未

被鴻銜去翻教燕到窺此中有人否可似水邊時

螢囊

小搸縫紗片分明不貯詩清如懸蛤處泠比照書時腐草前身認輕羅此夕持莫教星共散收拾此中宜

花籃

方圓無定式巧製出閨丁挂處當風颭提來帶露馨蘂穿珠密密枝插玉亭亭待得開齊候紗廚夢正醒

拂塵

入握同如意能驅暑氣蒸指揮消野馬搖動散飛蠅說偈禪堂舉談元客坐登秋涼莫捐棄留撲七絃冰

七夕詞

鵲橋塡處銀河渡讕語天星太不倫莫說夫妻緣是假卻憐兒女認爲眞癡情最是長生殿倩影無非乞巧人我愛素娥高獨絕未曾一步出氷輪

檐鐵

垂垂彩線颺輕盈不住房檐弄日晴花外敲同鈴鐸脆簾前絜共珮環清離人風雨愁難破宿鳥枝柯夢易驚儻使讀書秋閣裏錚鏦飛騎訝宵征

對月口占寄外時余歸寧

我對月思君月照君懷我那得天風吹合并月能照見雙人坐月照君懷我我對月思君兩心相照本如一離愁萬斛知平分

長相思寄外

長相思。縈寸心。月皎不成寐。焚香橫素琴。一彈愁欲絕。再彈思愈深。曲終背人花下立。幾行淸淚羅巾溼。

長相思。夢寬繞。别時多。聚時少。月雖一月一回圓。十二萬年能永保。可憐世上别離人。爭似姮娥常不老。

長相思。生悲哽。一點秋燈羅帳冷。醒時愁較夢時多。可奈深宵偏耿耿。知君此際未成眠。脈脈也將愁味領。

蠟梅

一枝風物異羅浮暗點鴉痕到額頭芳信先傳瞞玉笛幽熏微度背香篝朝吟嚌稿丸初擲夜坐開軒燭未收香沁蜜脾新睡足橫陳紙帳也風流

歸訥齋銜廣文屬題義莊詩代表祖姑母作

漢有樊重與荀淑皆能析產贍貧族宋范文正置義田惠恤宗支米萬斛嘉名彰彰垂簡編千秋盛舉誰能續吾虞爲善溯宏農天旣報之名與祿聿有歸氏賢季昆孝友之心自天篤椿庭樂善兼好施行本醇良性和睦亦思仿行范氏法矢志未逮登仙籙未幾兩君皆成立緬懷父志追前躅務自撙節數十年勉力行之謦所蓄

負郭爲營千畝田傍廬更闢卅間屋養生送死有常道男婚女嫁多分粟子弟人人要讀書延師特爲開家塾合族濟濟數百人飢寒無苦咸豐足大吏聞之牘　上聞煌煌綽楔　恩優渥克終父志孝既全能賙族困義更卓大孝大義著鄉閭不使宏農擅其獨吾人爲德豈有因心期其報毋乃俗然而積善有餘慶種其德者食其福

檢書 與子謙同作

牙籤插架慮拋殘晴日閒窗取次攤甲乙關心休倒置丹黃信手喜重看潑來茗椀抽應記爇到芸香課已完

爲是平時勤護惜無須試曝向花欄

臨帖

繡餘摹取十三行榻本留心辨晉唐書法不同憑揀擇筆姿相近遜清蒼一波一磔都應玩雙勒雙鉤未覺忙莫道夫人容易學終慚小婢太張皇

鼓琴

淡到心如水一泓焦桐纔許對窗橫難從絕調求同調任是無聲勝有聲二五指中飛雁迴十三徽外落梅清雕爐煙穗猶縈袖曲罷含情月自明

製藥

方秘龍宮不可求何因小病手親修分來上下心須細配合君臣意要留清夜正宜和月搗空山曾記帶霜收鴉鬟誤聽丹爐沸認是茶鐺響未休

論詩

葩經一部習童時本旨何嘗盡得知寫出性情纔是我精於格律庶堪師腕中有鬼談何易骨裏無才作亦癡與子狂言應不礙未經人道始稱奇

浴硯

琉璃小匣啓窗邊親把紅絲濯碧泉滑不能沾荷出水披還卽脫墨如煙依稀蚪足浮花見細碎蠅頭銘楷鐫

一爲摩挱一揩拭寸心與汝願同堅

烹茗

竹鑪安頓近迴廊亘夜清談合共嘗薪仰古槐初掃得甕藏宿水試開將鶴翎避處煙猶溼蟹眼翻時火亦香不僅相如消渴疾爲儂分潤到詩腸

供花

手整軍持露未殘插時更比折時難略經裁剪如詩好務極玲瓏當畫看落朵不禁心上惜餘枝可設鬢邊安生憐終是無根物滿注清泉莫太寒

曉 限用閨情旅況禪味朝儀四義

銅籤報曉夜方闌陌上花開露未乾鶯轉繡幃驚去夢雞聲茅店怯衝寒晨鐘乍動參千佛禁鑰初開擁百官漸看煙消殘月落曈曨日又上闌干

暮（限用城市院落驛路閨閣四義）

明蟾未吐日將沈暮色蒼茫思不禁夕爨萬家人掩戶斜陽半壁鳥歸林柳邊亭堠投征騎花下簾櫳罷繡鍼一片落霞紅不了暝煙深鎖翠微岑

子謙寄見懷詩奉答數語

漫漫夜何長輾轉不成寐讀君一函詩助我數行淚冷雨夜敲窗慣觸愁人耳添得許多愁雨聲還不已

相離才幾日兩地思悠悠莫道愁成累無情不解愁枕畔夢回初錯語羞低首記得乍依君也曾呼阿母

附原作

攲枕不成寐浩浩風聲起只隔一重城相思論萬里遙識今宵裏成眠一樣難輸他情薄人翻得兩心安思君迢迢夜我已愁腸結翻生冀幸心願爾暫拋撇相聚日益深相別日益苦分手憶前年不是愁如許

丙子

題子謙寫贈墨竹軸

乙亥冬月見趙承旨題管仲姬墨竹心以未得爲恨因於小除夕寫此圖見貽孰知不兩月而物在人亡追憶前情痛何如也和淚書一絕句

慕古情深寫數竿一同展處一心酸豈知留此瀟湘種教灑啼痕紙上看

丁丑

悼外

自去春遭變淚枯腸斷倏已年餘追思前事如幻如夢隨筆雜書聊以當哭不自知其言之不文也

傷心難賦大招篇怨雨淒風只訴天灑遍杜鵑枝上血淚珠流不到重泉

記得當年始訂盟紅絲一縷繫三生玉臺短夢分明兆月正圓時雨驟傾（庚申中秋定聘大雨）

坤靈寶扇遠傳將佳果方誇語吉祥不道薀房空並蒂亭亭一夜折秋霜（戊辰家大人官楚北君寫蓮房果熟扇寄家慈）

一瓣心香叩九天至誠能得彼蒼憐如何偏不憐仁孝反使高堂哭少年（庚午翁宦粵東得疾旋里君參北辰三年疾愈人稱孝感云）

楚水歸來過大祥阿娘爲製嫁時妝自憐薄命如秋葉歡笑無多飲泣長（壬申遭先君之喪甲戌除服於十月廿二日來歸）

褵褷弱羽拜堂前深荷姑恩宛轉憐得侍慈雲纔兩月
與君同抱恨終天乙亥歲朝遭先姑之變

罷施膏沐棄釵鈿形影淒涼肺腑煎寂寞繐幃春黯黯
夜深相對泣燈前

居喪兩載斂眉峯況在愁中與病中每到春光明媚日
桃花人淚一齊紅

不啓鏡匳商掃黛容分燈火共繙書祇緣相敬如賓友
縱使心同跡太疏

綠窗同賦碧桃枝戲說春蠶作繭時今我獨吟悲往事
似蠶將死吐殘絲

青山結宇水浮家雙隱神仙願太奢憶着海榴花底語
只堪痛哭過年華相約晚年或浮家湖上或偕隱山中

清簟疏簾罷弈棊暑窗分韻友兼師平生細數舒眉日
只此無多病起時

也曾七夕笑牽牛豈料良緣一旦休天上經年終小別
人間一別竟千秋甲戌君有七夕詩云到得明朝成曠別幾曾天上勝人間

惜暖禁寒爲病身殷殷調護太艱辛感君宛轉情千縷
不數當年取冷人

藥鑪相守閉簾櫳荒卻芸窗翰墨功今日孱軀偏獨在
一雙清淚哭秋風

病起襟懷絶點塵瑣窗韻事擬題新而今事事皆成恨
一度思量一愴神余十月病起與君同作瑣窗韻事詩

緣淺常教別淚彈暫時分手也心酸悟他脫口偏成讖
相處深時別益難仲冬余歸寧君寄詩有云相聚日益深相別日益苦

寒宵常與坐深更伴讀圍鑪茗自烹此夕慘餘書卷在
孤燈影裏絶吟聲

浮生離合太難猜除夕還同守玉臺不忍照人惟畫燭
替儂流淚到心灰除夕歲燭頃刻消滅

爲向高堂問起居又添蹤跡一旬疏深憐弱質春風厲
敧枕還修絶筆書君病前十日適余歸寧聞病欲歸猶接手書云當此春寒益宜調護切勿

歸也此後不復舉筆矣痛哉痛哉

噩夢三秋記得清病音傳至膽先驚早知永訣無多日
卻悔當初辭葛行曩常夢至一處小屋數間溪流一帶青苔白石虛無人焉乙亥秋又夢其處忽有一人出曰汝緣將盡矣余恍如還家見君素衣冠而卧醒以告人咸以夢境爲解嗚呼孰知夢之非夢耶正月下旬母命歸寧余力疾而行殊非君意只知小別今恨何伸

含悲力竭禱蒼天更聽淒其話可憐緣似曇花剛一霎
虛傳鴻案已三年

彌留一息尚神清事事丁寧哽咽成言盡囑休思往日
計窮還與約來生病危頻以侍翁續孤爲囑并與期來生約

心知永訣情難訣手到如冰尚共攜痛絶良緣從此盡

誤人畢竟是靈犀十五日握手泣日辰緣盡矣可恨庸醫誤我疾尙可爲誤投犀角數劑遂致不起

臨危猶著素衣冠再拜高堂幸自寬從此加餐須努力
更無兒女爲承歡臨歿索素衣冠拜父而後瞑

倣到遺容縱得神聰明賢孝畫難眞蓋棺自有公評在
贏得啼痕徧六親

形單影隻尙何依旦夕惟將死自祈叫徹蒼天終不應
任教血淚灑麻衣

來去分明自灑然若非作佛定昇仙文簫究竟歸何處
兜率天高望眼穿

紙錢心事共成灰日對金經誦幾回君自雙攜嬌妹去
孤棲我更勝泉臺

久擬追隨共死生餘生豈惜爲君輕祇緣罔極親恩大
強住人間負舊盟

繙來殘稿亂如雲未忍重看灑淚焚豈料戲言今到眼
非君悼我我悲君君平日以余殘箋零稿藏一笥中余戲語云留此他日作悼亡詩料耶今反而爲之痛何如也

遺書檢點付裝池墨彩飛騰似往時讀到萬千珍重語
癡心猶認暫分離以下四首以君手札裝冊

慘將手澤夜頻繙挑盡殘燈眼欲昏一度看來增一慟
新啼痕續舊啼痕

生時小別未音疎死後離情積歲餘江上鯉魚天上雁
可能傳到夜臺書

勘破鴻泥筆預傳人間萬事總雲煙紅窗一載分燈火
了卻三生翰墨緣乙亥冬見趙承旨題管夫人墨竹心以未得爲恨君貽札云即或購得亦如雲烟過眼今展對數日已了翰墨緣矣

獨立蒼苔苦自思他生重晤可能期此情百劫難消滅
化石還須有爛時

前歲離家日下幃盼君常自盼斜暉何堪一樣移花影
黑盡書窗尙不歸

族黨羣稱之子賢爭將遺墨寶雲煙愛君因愛君書畫
畢竟人傳藝始傳

生死無從訴別衷幾回祈夢夢難通情知恐我添離恨
未肯幽冤入夢中

落盡燈花淚獨傾繐幃岑寂不聞聲無情最是樓頭月
依舊紗窗夜夜明

孽海情河淚日流讓君先脫者番愁何時撒手西天去
一笑蓮花又並頭

今日哭君君不聞他年哭我更無君自研殘淚舒悲憤
寫破情天幾葉雲

茝湘夢蟾兩妹遺照各題二律

兩載襟懷許共知一朝訣別影參差況君玉隕珠沈日
正我釵分鏡破時屬纊未曾親含歛披圖空復仰容儀
死生隔絕悲無已酸鼻歌成薤露詞

展到殘箋淚滿襟彩雲縹緲去難尋衛娘筆陣書題腕
鮑妹詩篇句嘔心絕命君因哀雁侶（茝湘妹因兄病危一慟先絕）傷
心我自愧鴛禽琉璃硯匣空塵網隔歲春風直至今

朝夕相親形影隨鬘花委去使人悲即論賢淑應心服
若較聰明定首推塵俗斷難諧鳳偶天公何苦忌蛾眉
遺真相對渾無語腸斷臨風淚暗垂

慘過妝閣冷埋塵舊事還疑未必真玉子半枰遺浩劫
瑤琴一曲感蕭晨（夢蟾妹善琴能弈）翻來殘繡花無恙檢得遺
書墨尚新一縷幽魂招不得定歸泉下奉慈親

嘉慶丁丑二月二十六日嗣夫族兄懋修第三
子爲子取名承柱遵遺命也詩以紀實

珍重遺言議續孤兩房俱待第三雛玉堦果報三芝秀
人願天從信不誣（夫子歿後即議嗣按宗支昭穆應嗣夫從兄泰瑞次子顧已許其已故之胞弟爲後矣又夫族兄惟泰惟豫俱早有子二驟難割恩未便相强因議定三房內有先舉第三子者承嗣今如所願懋修維豫字也）

鍾郝閨房各不猜病軀愁少結珠胎夢中火棗仙人授
竟有紅蘭應兆來（承柱係伯姒吳氏所生姒善病自謂生育無望乃即於定議之夕夢神授以仙棗如姒後即爲余言之）

將近滿裙倍切思裁衣選乳預操持弄璋弄瓦憑天定
一任旁人笑我癡

上元明月正團圞報道添丁合宅歡親向靈筵低祝告
一回心喜一心酸（承柱生於正月十五日）

剪鬌爭看玉雪膚晴窗風日試將雛牙籤插架分明在
願爾他年讀父書

午日

誰真弔古祭江皋藉作清遊託興豪惟我滿懷填傀儡

只宜痛哭讀離騷

空纏彩縷繫愁根淚點榴花盡血痕畢竟無情是蒲酒
問曾何處一招魂

戊寅

展夫子遺照

鎮日含愁掩繡扉展看遺像淚沾衣儀容宛在緣偏盡
魂魄難招夢亦稀靈案不妨仍對舉夜臺祗望早相依
殉身悔負從前約一著非時事事非

題外叔母吳孺人遺照

宜家宜室助梁鴻雍穆咸推林下風（孺人本姓李寄與其姑遂爲今姓）

正喜夭桃能有實那知芣苢竟無功黛痕忍見圖中柳
琴韻悲聽爨下桐更歎遺珠似纖鬼一齊飛入廣寒宮
一回披卷一傷神太息于歸未及親慧業過深偏早世
良緣太短豈前因重泉有日終攜手苦海輸君竟脫身
莫爲天亡嗟薄福勝於人作未亡人

趙烈婦詩

烈婦水渠曹氏年二十歸福山趙翁子二舍不三載而二舍瘵亡遺命改醮婦約十日內相從地下悉賣衣裙紡器營喪葬七日後同里有覬覦婦者翁利其金而許之婦聞驚泣

遁歸母又不諒乃乞百錢抵家日向夕矣晨起市蔬果祭夫哭盡哀鄰婦方踵門勸慰婦已託故雉經死矣爲之詩曰

世上傾城何足數惟有大節垂千古男兒就義史尚多
女子捐軀世難覯虞山城北福山里曹家有女羞羅綺
芳年二十賦于歸阿翁賣藥東頭市翁爲市儈父爲農
十指辛勤恃御窮織紝組紃新婦職挽車提甕大家風
何圖伉儷無三載瘵疾經年郎幾殆買卜求醫鎮日忙
焚香禱佛終宵待可憐轉眼値炎天一命如絲不再延
安石達權思遺嫁鄧攸無子囑更紘豈識婦心堅匪石
勁節眞堪比松柏誓從地下續良緣十日爲期計先決
潸潸血淚暗沾襟猶恐多傷堂上心典盡布裙求櫬木
質將紡器易衣衾翁眞駔儈惟金好逼令琵琶彈別調
蝶使蜂媒取次來不許霜筠厲貞操悤悤馳赴白雙親
可奈雙親喚不膺乞得百錢歸抵暮市來二簋祭侵晨
麻衣如雪流哀涕慘向靈帷申密誓鶴怨烏啼戶外聞
村姬鄰媼門前至爲言切勿太輕生翁意無非試女貞
不入耳言雖苦勸最傷心事是前盟託詞我倦休相絮
闔戶從容覓死處半條素練殞梨花一代紅顏謝朝露
翁歸叩戶闃無人驚絕芳魂已返眞玉化王家宜里巷

香聞陰氏動鄉鄰里人好義憐其烈醵金得斂埋同穴
先徵士女作風詩後請　朝廷營綽楔生無二天婦所
當斯事何足相傳揚獨奇篳戶蓬門婦未讀詩書識大
綱吁嗟乎職可投崖可墜不是精誠安可致奮筆吟成
烈婦詩留待輶軒採風使

歸佩珊懋儀夫人以詩稿見示率呈一律

傾襟十載仰才華奈隔橫塘一水斜此日幸親林下範
春風徐拂後堂花量材可借昭容尺授業甘搴宋氏紗
安得追隨妝閣裏移來桃李女兒家

佩珊夫人以瑯琊女史葬花詩見示命次原韻

薄病情懷高閣中連朝雨雨又風風傷心欲向東皇訴底事花開便落紅
悵望殘英淚滿腮一番收拾一低徊可能把我愁千縷同壓深深淨土來
惜春心緒自年年怨海情波詎可填願得零香兼賸粉齊歸蓬島作飛仙
情天欲補乞靈媧今古茫茫願望賒悼惜芳魂兼自悼一生薄命不如花

愁

一縷初來渺若絲旋牽萬緒弱難支臨妝輾轉慵開閤和病纏綿不諱癡曲檻斜陽閒倚處小樓細雨夢回時兩般最是酸辛味付與雙眉自得知

除夕感懷

無眠非守歲感昔愈悲今身到分生死情方見淺深寒燈陪隻影殘漏促孤吟除夕難除恨拈毫淚滿襟

女士楚畹閣集　二

楚畹閣集卷三

常熟　季蘭韻　湘娟

古今體詩三

已卯

元旦

百歲無多日元辰且展眉風聲聽送臘梅信看因時親壽祈難老兒雛喜有知閨中無俗事聊復一題詩

偶作

未識歌風旨偏耽慕古情偷生非畏死愛詠豈求名夢好緣偏斷愁多病亦輕遭逢旣如此無奈只吞聲

夢醒

一燈欲燼五更頭輾轉思量淚自流想到千回幽夢結舊愁翻又作新愁

感述

人生當自立貴賤豈異質沒世不稱名君子所致疾俯仰宇宙間萬事難齊壹山則有高卑水則有汚潔窮通根賦畀遭逢本陰騭彼擁豔福者大都頑且劣偶抱貞靜姿孤貧十居七譬如幽蘭花芬芳韻清絕淪棄空谷中不向塵寰出又有聰明材半生自放佚顏色縱足美瑕疵掩無力請看桃與柳春殘即銷歇終讓松及筠歲寒猶卓越緬昔女中英顯揚有名別木蘭從軍行曹娥殉親歿敬姜大聖稱共姜風詩述煌煌彤管書無非孝與節槩余是何人庸敢方前哲展卷惟汗顏撫心常愧慄回思我父母生我垂髫日延師教我讀望我通書帙爾時尚童稚嬉戲心徒切轉瞬十二三繡譜窗前揭偶聞讀書聲還將舊書憶燈下一開編竟如隔世閱追溯髫齔時荒蕪空歎息迨當二八年隨親宦楚北長途愛江山欲吟不可得從此學塗鴉閒情託紙筆値親閒暇辰詩文求論說父女作師生親顏添喜悅那知天降災禍忽遭倉卒大椿隕庭前恩難酬罔極扶櫬返琴川悲

傷惟泣血幾度鵯蟀移服除歲甲戌母命賦于歸閨房鼓琴瑟奈何命不辰所遇偏顛蹶兩月阿姑亡旦夕迴腸結行止尚含羞持家道更拙夫壻病愁多娛懷賴翰墨風木痛銜深神衰瘦存骨寒暑強支持膏肓浸兀鯢一載苦相依百年成永訣生已負前言死祈早同穴慘囑續遺孤奉命身苟活深感族姒賢慨將兒作姪撫育歲二週學行能繞膝榮辱本隨夫未亡誰憫惻節序判炎涼人情分冷熱憶舊發長歌泿泿淚沾臆著龜卜不靈時命杳難測一言聊自勵我自盡我職

寄佩珊夫人

三日追隨願已償一番離緒又茫茫聚時詩恰相酬答
別後情方見短長才拂春風沾雅化又從落月想容光
此身不及紅襟燕且得翩飛到畫堂

感成

連朝小病髻慵梳更値風風雨雨餘天色恰如人黯淡
春光只覺日消除愁當難遣頻推命悶到無聊且讀書
卻愛殘梅花數朵伴儂清影碧窗虛

贈禮佛者

眼前擾擾盡雲煙得失悲歡事偶然蛇影杯弓成變幻
鏡花水月悟因緣只須身在知爲夢何必心灰遁入禪

若得此中無一物不勞方外乞延年

詠古六首

伍子胥

不共戴天寃莫大誓當復楚恨方伸市頭乞食疇知已
墓上鞭尸足快人孝行既然能遂志功名何苦又羈身
若教早隱漁樵去免裹鴟夷棄水濱

文種

患難隨君廿載餘忠心耿耿在亡吳功高名重身非福
鳥盡弓藏語不誣英烈故能追伍相識時畢竟讓陶朱
既然稱病疎朝事何不相同泛五湖

屈原

離騷讀罷淚沾襟誰識孤臣一片心帝子秋風勞遠夢
美人香草託哀音嫺辭議事才猷大秉直遭讒憤恨深
江水自清人世濁故應身向此中沈

介之推

五子從亡共苦辛晉文多難走風塵可堪論賞封功日
不及供餐刲股臣辭祿無妨兼匿迹入山何故遂焚身
空教禁火爲寒食習俗相沿在暮春

荆軻

水邊擊筑送行車慷慨悲歌怒有餘壯士心甘拚命去

秦王膽落發圖初事經鞠武言先阻死歎於期願竟虛
千古一般稱義俠身亡志遂讓專諸

韓信

布衣拜將領三軍國士無雙不愧論施飯尚酬漂母德
封侯寧負漢君恩不聽蒯徹偏遭戮謂結陳豨實受冤
還恐酈生逢地下王齊笑爾禍根源

生

無分墮溷與飄茵來去須知總有因三載恩勤由父母
百年勞役此形神軀骸一樣殊千種福慧雙修定幾人
弄瓦弄璋原不異乾坤原是偶成身

老

方寸禁他感百憂毿毿易覩雪盈頭花間夕照黃昏近
鏡裏年光碧水流畢竟容顏非藥駐便饒名利合帆收
劇憐碌碌塵勞客不到形銷不肯休

病

孱軀常向繡衾支苦望從容脫體時底事夢偏縈二豎
伊誰道可滅三尸山中不少延年藥世上原無識意醫
爲問秦和談六疾人生心疾究何治

死

到此分明事事休全將恩怨付東流算來薄命同歸好

偷得浮生亦夢留萬古英雄同一瞬畢生名節定千秋
從知修短皆由數何必三山把藥求

仙

漫說王喬與稚川餐霞服日恣騰騫持裙盤底原游戲
鞭背空中亦浪傳碧海孤懸心夜夜紅塵小謫夢年年
可憐奏盡離鸞曲那有飛身入月緣

龍

飛騰變化使人驚一際風雲入太淸董父可眞能豢養
軒轅不信會騎行燈逢兒戲愁燒尾畫到神奇怕點睛
大海已歸屠未得千金學技僅虛名

鬼

游魂一縷漾空虛颯颯隨風作步趨三丈白楊憑嘯
一抔黃土認前軀道旁可免揶揄否室底還勞瞰視無
我道除他諸正氣悉同煙影卻非誣

蝶

隔院難將春色藏一生蹤跡爲花忙才銜嫩蘂來芳徑
又拂高枝過粉牆詩句可能吟謝逸畫圖端合讓滕王
關心棲向深叢穩不怕風前扇影颺

有人喜剪指甲書此示戒

指爪摻摻好閨中愛惜宜短長皆怕斷痛癢況相知自

是榮枯共休將骨肉離勸人把金剪都要再三思

讀書

竹素性所耽也知非婦職長晝苦無聊惟茲可破寂焚
香一開編俗慮頓如滌宛然對古人不辨今與昔渾忘
日影移旋見西窗黑歎失同心人難將疑義析獨自細
參詳枯坐面素壁識淺悟固稀有時亦稍得歲月悔蹉
跎掩書長太息

宜蘭妹將有繁昌之行感懷疇昔率成三十韻
即以贈行

少小蘭閨裏襟懷許共知隨肩成雁序繞膝茂荊枝此

日迢遞別前情輾轉思黯然愁折柳倏爾聽歌驪憶我垂髫日剛伊總角時性情欣適合形影鎮相隨識字爭先熟觀書互析疑眠遲因賭繡起早爲尋詩隨宦湘江去全家畫舫移齊安同攬勝赤壁共探奇聯袂栽香草褰裳采薜蘿楚中多秋蘭草竹樓吟舊跡沙鳥賦新詞正喜天倫樂俄驚弟病危六年慰嚴父一旦誤庸醫禍痛同時至喪驚匝月追曇花影才滅椿樹蔭旋萎扶櫬還鄉遠長途奉母慈愁腸方糾結歲月忽飛馳除服無多日催妝恰報期天桃偏漫賦棠棣乍相離話別齊牽恨歸寧各解頤終宵重繾綣下九再娛嬉戲彩親心喜分釵我命奇多情勞慰問握手重淒其宛轉邀加飯殷勤勸展眉羨君圓玉鏡借壻侍萱帷遣嫁情難免于歸義敢虧綠波傷古渡青草夢平池腸斷真無奈魂銷竟若斯幾行聯序逝搦管淚如絲

鬻衣

綺羅非所好況又處貧何典恐歸難定沽還價不多裁時空愛惜綻處再摩挲愧乏摻摻手從新製芰荷

詠雷

憑空誰布鼓坐卧震難安二氣陰陽薄一聲心膽寒人生寧有昧天譴或無端未定彰明罰參詳此理難

悼琴 琴名閬風瓊館余髫年即撫後爲醫贈

覩我焦尾琴慷慨動愁思撫茲三尺身十載常相隨憶昔垂髫日椿庭作之師芳辰與良夜操縵娛親帷于歸侍君子在御良所宜鍼停繡閣候讀罷芸窗時焚香列兩座相對鳴朱絲聲中鴻雁落指下梅花飛更唱而迭和節奏無參差何圖月正滿桂影俄然虧情緣才一霎倏如朝露晞人亡琴尚在三載含悽悽香塵凝雁足蛛網縈龍池彈恐不成聲撫絃長歔欷傷我同心人囊琴淚滿衣

初夏至初秋雜詩十六首

乍熱還涼始作梅耳邊時聽響輕雷天公卻與人情似
一日陰晴變幾回

潮熱今朝鬱不舒妝臺翻遣掩窗疏般般都怕霉痕染
第一先將壁畫除

遶牆柱礎滑如油雨至薰風透小樓料得田家心盡喜
今年一定有秋收

湘簾捲起晚晴天新月如弓未上弦差喜塵襟堪蕩滌
自烹梅水試明前

忍冬藤接石榴開兩種花占世態來不似金銀不如火
那能俗眼一齊擡

候到三庚火織張風微未覺葛衣涼一心盼煞窗櫺黑
端爲愁人怕日長
常攜小扇月團團拂拂涼風出指端不到秋來不捐棄
歎人那得及齊紈
蘭湯沐罷出房櫳小立閒庭納晚風料得明朝應更熱
月光才吐色微紅
登樓身訝入洪爐不信仙人卻好居誰似廣寒宮闕好
姮娥住處獨清虛
宵憎蚊聚夢難安晝厭鳴蜩沸樹端只有芙蕖常似笑
苦心渾不露人看

開匳草草試妝過筆硯隨身墨自磨覓个好風來處坐
早涼須比晚涼多
索畫紛紛鎮日忙氷紈紙箑貌羣芳從頭寫遍閒花草
惟有梅枝落筆涼
晝永拋書午夢餘鬱蒸難破悶難驅剖瓜先向靈湫薦
不識泉臺有暑無
燈昏人靜夜涼微倚檻閒吟扇懶揮卻笑草螢墻角起
也來和月賭清暉
將近交秋早暮涼一回悵觸一心傷階前不把啼痕灑
恐作花開又斷腸

無言獨自對屏山近爲愁多轉得閒聽到庭梧飄一葉
已知秋信到人間

與礪之弟檢　先王父遺詩感成二律

遺編護惜勝瑤瓊展處淒然感至情欲識音容嗟杳渺
卻翻詩句誦分明鴻泥蹤跡無多在（大父作詩皆不存稿此卷晚年之作偶爾留遺）宦海風波最可驚（集中多有感之作）幸得追隨還有叔堪
將往事問來清
吾弟髫年喜有知檢來遺澤共含悲香薰芸葉吟忘倦
露盥薔薇錄敢辭泉下應憐孫輩弱卷中如見祖顏慈
臨文更痛嚴君歿曾記前番雒誦時

夏興

淒惻襟懷寂寞身漫移小榻北窗陳喜他觸熱無閒友
儘我開編對古人玉宇瓊樓閒有夢晶簾氷簟淨無塵
芙蕖心苦猶含笑爲我分明一寫真

近以墨花仙館遺書裝冊伯姒吳墨香（慶儀夫）
人爲製繡囊賦報謝詩三絕

敢將繒帛累神鍼聊慰哀矜感逝心報玖投瓊翻自愧
作詩情淺買絲深
鑪薰茗椀繡窗前想見春生指爪妍一種聰明還自祕
芳名不託寸縑傳

感君爲我費才思從此縹緗得護持留取雪鴻痕跡在他年珍重付嬌兒（伯姒即承杜本生母故云）

秋感

楓葉蘆花照眼鮮子懷渺渺託吟箋也知恨海填無底但覺秋聲聽可憐憶到舊情惟有淚尋來小夢轉難眠一行怕看征鴻影那有書從地下傳

自歌黃鶴影伶俜每到清秋百感生天意約同人慘淡砧聲攪和笛淒清難從安樂求佳句易向孤貧見世情怪底中心似棊局幾同排散未能平

又屆西風落翠辰紅萸黃菊一番新雲深天際孤飛雁

秋瘦樓心獨倚人未賦聰明偏薄命祇憑愁悶了前因

嫋嫋西風木葉疎可堪離緒更縈紆（懷宜蘭妹）一函書待游魚寄千里心隨落月俱愁裏不知人世好病中倍覺我身孤捲簾山色佳如許展鏡羞顏得似無

拜月辭

月圓兮儂愛月虧兮儂悲儂愛月團圞儂悲人別離月虧有日圓依然人亡那得來黃泉含悲拜月向天際願得重圓在來世

八月十四夜月

乍見牀前影開簾月早生一輪猶待滿千里已同明宵景應添媚詩情覺更清宛如將嫁女玉貌最盈盈

十五夜月

秋屆平分夕如人正妙年祇因身是隻怕見月當圓露下花愁泣香消婢倦眠家家爭做節惟我倍淒然

十六夜月

光華毫未減依舊照幽林爲愛圓如昨翻疑望是今簾垂篩影碎燈燼閃光深獨向闌干倚蛩聲伴苦吟

十七夜月

二八期方過樓頭上漸遲擬他弓尚滿比我鏡常虧缺

伴愁人稱寒侵病骨支莫辭連夜詠來歲事難知

月夜撫琴

明月照我牖清風襲我襟霜菊淡無語相對調素琴冰絃一再撫不復能成音淒淒刺人憂惻惻傷人心空庭宵籟寂香死鑪灰深含愁未終曲輾轉成哀吟

詠秋蘭（香草也）

昔年讀離騷紉蘭可爲佩幽芳能久留絕與今蘭異後來楚中游始識秋蘭媚貞香堪稱祖綠葉如雲翠素花與紫莖騷經狀明備或隱在深山或茁傍庭砌不愁生當門祇憂伴蕭艾獨自託湘皋詎藉俗人貴我見即心

傾迎來空谷內斗室挹清芬小盆欣標置風格若美人
綵綺宜相對天然世外姿九畹其苗裔一朝萎嚴霜猶
能留臭味魂同楚客招心似良朋契余歸餐英家私懷
竊多愛采得返江南栽培發秋季

叔父索觀近作

漫說當年讀父書蘭閨聊復樂三餘謝庭若問詩佳句
只恐無才誦穆如

初冬舟行即目

閒散孤身一雁同眼前山水愜幽衷看來畢竟乾坤秀
絕勝詩中與畫中

遥望楓林爛若霞山腰烘徧夕陽斜從今始信前人句
真箇紅於二月花

弈戲

落盡燈花興未闌偶因小劫致爭端高低須待終盤定
得失全憑一子看漸欲并吞操勝算不防明目有旁觀
笑伊著著思先手我本無心占地寬

古意六首

羞見玉連環亦作同心結同心若解開雙環寧共折
休作鏡臺鏡莫為羅袖羅袖拭淚痕慣鏡窺愁貌多
人有愛花心只愁花易墮不知護樹根自然能結果
東鄰嫁嬌女羅綺生光輝千絲與萬縷知否誰家機
欲辨事妍媸先論心見識轉疑古西施或非真國色
休言宵漏永頃刻熟黃粱我夢一何短人夢一何長

寄妹

廿載從無匝月分平生手足祇留君孤鸞已自多離恨
雙雁偏教又失羣遠夢千程隨落月迴腸九折望停雲
最憐點點臨歧淚尚有餘痕黦繡裙

蹤跡相違已半年不堪回首憶從前敲棊賭勝釵雙影
剌繡爭工玉比肩可在官齋思曩昔莫因異地減餐眠
寸心祇望傳書至及至書來淚又漣

一種花開一度思菊殘梅又破霜姿正嗟地角天涯日
况遇冰堅木落時蟋蟀聲悲催我老雁鴻書遠達君遲
可堪三九年才近鬢已新添一兩絲

離懷處處暗牽腸舊恨新愁兩渺茫欲說忘情情益苦
但求無別別偏長夢魂昨夜曾歡笑顏色他時莫老蒼
祇願勿愆來歲約春江水暖泛歸航

陳宮詞

玉樹新聲曲金蓮艷體吟風流誇一代亡國不傷心
膝上疏條記才堪佐九重如何兵至日猶有未開封
未可當鋒刃禽先喚奈何卻憐深井裏無月照嫦娥

猜忍逢高頻韋來血淚啼千年嗚咽水留恨在清溪

題美人畫冊十首

褒姒

㶊弧箕服國將亡盡道中宮召禍殃未必褒妃非淑女
幽王自不及文王

西施

從來傾國屬名姝卻笑夫差意太愚不使子胥身便死
美人何力可亡吳

明妃

豔冠深宮絕世姿無緣難達九重知從來美色爲君累
我道忠臣是畫師

班姬

一從辭輦閉昭陽紈扇吟成寄恨長畢竟宮人才力淺
輸他買賦感君王

楊妃

鈿盒金釵誓已非馬嵬及早化雲飛君恩自古難長久
保勿他年厭婢肥

紅拂

執拂金堂態出羣柔情俠骨此釵裙秋波能識英雄相
猶較臨卭勝一分

雙文

休將輕薄咎微之自誤西廂待月時只是忍情爲補過
不應留得會真詩

李淑玉

歸來堂上樂如何潑茗抽書賭事多一樣趙家誇福慧
白頭畢竟讓鷗波

王嬌紅

得遇才人死也拌擁爐細語豈無端紅顏甘爲鍾情絕
莫作崔張一例看

小青

自將梨酒奠殷勤非慽覓緣只慽情莫恨三生鴛牒誤
誤卿終究是聰明

讀外姑母宛仙夫人韞玉樓遺集愴然有作

蘭閨少小早聞聲詠絮才華雪擬清佳句喜將千遍讀
此身恨晚十年生美人自古多無福造物從來最忌名
未得追隨妝閣裏遺編展處暗傷情

楚畹閣集卷四

古今體詩四

常熟　季蘭韻　湘娟

庚辰

迎春日除塵

一歲復一歲無非老此身傷心聊過日轉眼又逢春我意姑從俗人情最喜新朝來呼小婢樓閣好除塵

新正無事遣悶雜書

愁入新春可奈何浮生二十七年過人非嗜飲常如醉居敢求安只羨和孤寂不嫌來日少蹉跎翻悔去時多命宮旣遣孤鸞照難道還教坐蝎磨

昔年人日喜新晴記得琴調變徵聲（丙子年事）魔劫過時心始悟艱辛閱盡眼才明夢醒何必提前夢情竭翻教類寡情古史一編消寂寞從來世事不堪評

爲欲題箋意未安敢云曾把父書看從前只道吟詩易近日方知下筆難但得加功終有益偶然生悟詎無端一時佳句隨心出半自生疑半自歡

掃地焚香靜閉關蘭閨相伴只雙鬟寒消雪意初晴後春到梅花欲放間敧枕難尋前夜夢開奩又異去年顏家家忙煞傳柑節惟有愁人轉得閒

望妹逾期不歸

爲有相逢日朝朝聽鵲聲幾回勞計算何事滯歸程添我愁心繫防伊小病生金釵空買卜不準告君平

喜妹歸

正展君書讀聞君已到門柔情消萬縷清淚拭雙痕此刻猶疑夢當時各斷魂欲將終歲事并向一宵言

花朝

身世淒涼命若絲借花生日訴花知春原似夢休嫌短人爲多愁不諱癡只願落茵毋落溷何分開早與開遲阿儂懶把紅綃剪灑淚親澆酒一巵

輓吳烈婦

婦趙氏婁東人歸錢塘吳生某未幾生病瘵死婦誓以身殉投繯者再家人救之甦絕食三日不得死乃以玻璩鏡一金釵一碎而吞之吐碧水斗餘死知其節烈尚未獲旌作詩哀之

人生百年誰不死泰山鴻毛判彼此婁東趙女烈且賢殉夫慷慨心何堅投繯未殞更絕粒三日懨懨存一息折釵破鏡裂愁腸玉隕珠沈憐頃刻香魂縹緲返瑤京弄玉仍隨簫史行只望九原聯舊偶不求人世識芳名

嗟余昔爲同心失曾摘金鐶自吞食如何苦海脫偏難幾度欲亡亡未得翻思天意何汝憐一旦捐軀萬口傳我心終悔前盟負不及錢塘吳烈婦

挽表祖姑毋孝貞女趙若蘊師

髫齡矢志北宮兒膝下承歡盡孝思一自椿萱彫謝後終身不讀蓼莪詩

憶得閨中侍絳綃讀書時節尙垂髫而今難字憑誰問哭向西風賦大招

心似慈雲體似蓮淸修六十有餘年先生年十三奉佛今七十五矣今朝淨土方歸得恰比觀音一日先釋氏以六月十九爲觀音脫凡

宣文設帳只貧居剩得丹黃幾卷書博得恩綸天上錫千秋貞孝孰能如

讀孫子瀟太史天眞閣集奉題二律

一編珠玉喜攜將手盥薔薇閱幾行才調誰當唐杜牧粃糠獨掃宋歐陽一門雅擅文如錦席道華夫人及令嗣俱工詩文廿卷新排鬢未霜畢竟先生眞達者臚雲纔唱卽還鄉

一管江花細細開門牆桃李幾多栽淸奇風骨原如鶴瀟灑襟懷獨愛梅慧業何曾妨豔福聲名須克副奇才閨中不慕隨園事未敢輕身問字來

讀賦四首

終古恩情似水流得時須念失時憂長卿已識長門苦尙使文君詠白頭長門賦

月缺花殘付浩歌禽難塡海奈人何江淹賦恨因多恨讀者寧知恨更多恨賦

到此誰能不黯然英雄兒女總情牽任他地角天涯隔畢竟人間勝九泉別賦

子建何曾覬洛神美人香草寓言眞可憐一片孤忠意千古寃他是感甄洛神賦

九月上浣觀景友松筠甥女洗三宜蘭妹索句口占報之

過月虺蛇夢始符忽聞掌上得明珠全家共喜生如達不計懸門帨與弧

他日閨房定擅名卽今眉目早聰明阿娘第一關心事墮地先教看子平

蘭芽許寄楚江濱八字生來秀慧人我有一言爲兒祝願兒長大壽兒親妹囑余爲推子平兒命畧妨於母氏宜寄他姓妹卽許寄與余

聲發髮娊徹洞房金盆爭看浴蘭湯還期明歲黃花候爾晬盤時弟弄璋

課全兒

課字寒窗日漸沈一般也解惜光陰敢期門閭憑兒大

要使泉臺慰父深嬉戲卻憐還稚小聰明暗喜在聲音燈前調取雛鶯舌教把新詩學母吟

哭景少娥表姊

自歌寡鵠互相憐解脫紅塵讓爾先淑慎温恭諸口譽德言工貌一身全相非早夭蔆還屈病爲遲醫命莫延此日九原應一笑倡隨聮隔只三年

天公欲定美人名不許雲鬟白髮更八座起居成讖語卌年辛苦盡平生星家推蠢子數謂姊一生勞碌後當誥封夫人繡殘金線多餘跡琴斷朱絃永絕聲姊工繡善琴贏得六親齊灑淚啼痕可作盖棺評

易碎琉璃不自珍強扶殘喘太因循姊病肺十三年矣求醫轉誤君臣藥取吟偏亡夫壻身難把鏡中顏色鑄還期夢裏笑言親遙思繐帳淒涼況弱弱襁褓最愴神

順夫鞠子記平時至性還兼重孝思永訣定懷嚴父面尊甫遠在繁昌瀕危猶戀阿姑慈悲生婢僕恩方見檢到衣裳儉可知三十六年泡影滅從今後會永無期

金塗全塔歌 并序

吳越忠懿王承武肅之業崇尚文士尤信釋典於周顯德二年造金塗銅塔仿明州阿育王塔而爲之也高古尺九寸重三十六兩四版合成周圍俱有佛像其顛作七級浮圖狀中有款識四行十九字云吳越國王錢宏俶敬造八萬四千寶塔乙卯歲記下又作一保字或人字按五代史宏俶爲武肅王之孫太平興國二年納土中原自杭來朝以塔瘗地藉佛力以保庶民宋姜白石明顧耿光皆曾得之　國朝王漁洋朱竹垞跋爲武肅王所製按武肅卒於後唐明宗三年壬辰三月距乙卯二十三年其非武肅所造顯然今秋七月芝泉劉君攜二塔來與前賢詩文考據無

毫釐異堂上以宋元墨妙文衡山書册易其一鑄及千載得自一朝益信佛氏因緣之說爲不誣矣承命作詩以誌慶幸

嘉慶庚辰之孟秋時維九月上弦日有客攜將雙塔來云是錢王忠懿物一塔青綠紋如螺一塔鏤金光采溢四圍佛像微模糊年深斑駁土花蝕中有署款乙卯記一十九字分明識此是顯德二年事訛武肅王殊失實五季割據何紛紛沿至宋初兵未息太祖崛起太宗繼以次削平海宇一錢王早有慈慧根黃金塗塔修功德後知天命有攸歸欣然納土朝王室胸次全無失國憂

眼前祗爲生民恤寶塔八萬有四千一一埋藏歸淨域
願憑七級浮圖功保護蒼生命千億王有善願天心從
半壁東南果寧謐十三州無兵燹憂始信空王眞法力
至今時閱九百年舍利光芒忽飛出劉君捧來向翁售
吾翁見塔如見佛前人考辨自詳明證之一一無差忒
一時歡喜倍信心頂禮金仙瓣香執法畫名書許易歸
寶匣殷勤藏什襲可知佛法定前因有緣千載還能得
嗟余苦海現在身瞻拜慈雲聊誌述

辛巳

正月七日先夫子三十生辰

今歲逢人日淒淒意倍酸生猶周甲半别已五年寬日
暮悲難已情窮命亦拚看兒能學拜泉下意當安

題織雲錦孫姪女梅花小影

亭亭豔質洗鉛華貞靜幽閒自可誇一種清標誰是伴
算來惟有玉梅花

相對渾疑姑射神盈盈十五秀離塵采鸞阿母靈均父
嬌女聰明定勝人

聞說金閨樂事餘庭闈親課左芬書只愁我不知風雅
評論空勞誦穆如

一枝春信自拈來多少詩情遣不開仙骨諒嫌金屋俗
遍栽梅樹當瑤臺

夢先嚴作示妹

月落燈殘天欲曉思親輾轉未成眠夢中愛惜還如舊
泉下音容不滅前百劫難酬恩罔極十年同抱恨終天
可知阿母絲添鬢愛日心須爾我堅

全兒上學

纔賦寒窗課字詩旋看束髮受書時聰明怡喜兒如父
愛惜劬勞祖作師敢望才名千卷著但求世澤一經詒
瓣香親向靈筵告心喜心傷兩不支

論志

心爲一身宰所貴早立志人生天地閒豈可無一事事
傳名亦傳此身本如寄或則孝與忠或則節與義志既
有所定身自無所避不慮志不高轉慮志易棄先恐移
於情還防惑於利旦夕苦思維夢寐常憶記能同金石
堅一任人猜忌

讀先姑錢安人小玉蘭堂遺草感成四絶

小玉蘭堂昔日居遺編一卷勝遺珠豈知三十餘年後
薄命兒來哭阿姑

往事心傷發至情卷中昭憲喜齊名謂宛仙外姑母泉臺料得
相逢日依舊詩篇唱和成

繼姑才德也相當謂葉安人痛我承歡未得長轉羨兒夫偕
弟妹九原同侍兩萱堂

無多遺墨望傳留吟罷挑燈淚獨流欲識慈顏渾不識
癡心還向夢中求

朱季蘭芳女史寫大家授經圖便面見貽賦詩
報謝

畫圖曾識好丰姿更仰聰明冠一時我愧宣文難設帳久欲從余讀書空勞三妹費才思

虞山靈秀彩毫鍾誰不傾心拜下風聞說才華原似舅
居然無忌出閨中季蘭母舅胡芑香亦工畫

建蘭

九畹根苗秀絕塵不隨蕙草豔三春知他盛暑清芬吐
要與蓮花結淨因

期墨香不至

望眼將穿悶不禁一燈如豆照孤吟影憐我似離羣鳥
情感君如並命禽密意屢從疎處見癡心頻向夢中尋
不知綠酒紅燈畔可憶儂家別緒深

喜墨香至

冷雨空階滴到明喜聽檐鵲噪晴聲來能不速方知已
話到相思倍感情隨筆詩篇呈草草當筵酒盞酌盈盈
閨中難得金蘭契願結同心過此生

苦雨寄妹

煙鎖碧窗紗檐飛急霤斜連綿三日雨斷送一庭花遣
悶詩堪賦消寒酒慣賒懷人情最苦咫尺似天涯

壬午

玉蘭餅

段氏撰食譜牢丸品列先荀家訂餖經薄夜佳名傳紅
綾束雖美花瓣製更鮮余亦餐英人落英心常憐詩腸
喜清潔苦難絕火煙曉起望庭樹積雪盈階前天生薄
命花風姨妒厥妍與其墮藩溷不如供盤餐擁篲自掃

得漂之以清泉百果配作餤女手勞摻摻調和既得宜
柔弱如飛綿皎潔秋練色團圞夜月圓雅可贈詩友清
宜列瓊筵不知喫多人花魂落誰邊

楊花

漫天飛舞送殘春纔撲簾櫳又水濱閨閣才華難詠雪
天涯離別最傷神一抔淨土埋香地九十韶光善病身
知否有人心羨汝化萍翻可續前因

族小叔瀛仙忠恒茂才以夫子遺繪裝卷作詩
并徵名流題詠不數載叔亦謝世此卷不知
所之僅存叔輓夫子絕句四首讀之愴然有

作

記得前年夏曾攜一卷看聽他諸口譽令我獨心酸藝已稱三絕人猶羨二難一番回首處不禁淚洗潤為感殷勤意開編讀未休弟兄俱夭折詩畫或傳留誼本生前篤文同地下修彩雲偏易散遺墨竟難求芸窗留翰墨若個續蘭臺解悟吟詩讖聰明折福猜君輓詩云聰明倘折生前福再世聰明好讓人青衿才一著玉樹便長埋歎息三閨後從今少俊才

鴛鴦繡囊歌

鴛囊余未竟之製也丙子春墨花仙客命繡囊以素羅為質大如鷰子每幅繡鴛鳥二毛羽斕斑鏤金錯采一時閨閣咸推佳製乃工未半而仙客棄世斯囊亦不復完矣今閱七載姪女織雲見之請為續成余感其意而為之歌曰

世間第一傷心絕媧皇難補情天缺碧落黃泉何處尋前塵影事悲空說回憶閨房索繡年薰爐茗椀兩纏綿愧儂才調非徐淑竟得秦嘉作比肩旁人盡說相莊好雙棲宛似鴛鴦鳥自憐如電是華年繡出金緘祈永保握管燈前故故遲素羅囊上畫雄雌誰知韻事翻成痛比翼剛逢折翼時侶失同心愁幾許忍穿金綫[illegible]前譜癡情還自問鴛鴦知否孤棲意良苦人亡物在恨填膺輾轉重看淚欲傾記取舊時交頸樣生憐一載了三生我家有女才同謝綠窗靜日多閒暇書法能追衛女蹤鍼神不在靈芸下偶從篋底見拋殘慧語殷勤問細端訴與舊情渾似夢彩絲色黯七年寬聰明人聽酸辛事幾度低徊不能置願追故事續蘭臺錯繡明金當代治聞言感泣從其請滅燭擅名原久飲為理千條寡女絲合成五色天孫錦多君雅意慰愁心補就雙雙並命禽難報買絲情一點轉將哀怨付清吟人囊俱是鴛鴦侶

願得他年同化土化土還愁有散場盡教燒瓦作鴛鴦

三十自歎 并序

蘭秉姿疎懶賦性庸愚空耽翰墨之緣苦闕米鹽之事幼雖親乎竹素曾讀父書長未習夫組紝實荒婦職洎乎春風卻扇夜月調琴樂君子之同心慕古人之雅韻既如賓而如友亦宜室以宜家方期踐偕老之盟忽慘抱未亡之痛禽猶並命人忍獨生泣血呼天拌身化石然思聶政有老母而不死陳嬰因孤兒而苟存淚灑千行腸迴百折今冬為三十

初度屈指膺大故者已七載矣値黃鶴成篇之日吐紅蠶未盡之絲靜言思之吁其悼矣境罹飲蘗茹荼之苦才遜吟椒詠絮之工家有傳經望嬌兒之繼續貧難煮字任路鬼之揶揄不平而鳴心原有恨此生如寄情盍無聊罔極深恩憑一言以自勵從容盡義誰千古以稱難愧非慷慨捐軀竟殉夫以歿敢不鞠躬盡瘁毋忝爾所生

我家敦詩禮我父即我師回思膝下日不禁淚如絲

我年才三十父逝已十年中間多少恨何日訴重泉

我心本匪石欲寫倚石圖回看鬢未白不敢輕描摹

我夫有遺照常伴我閨中顏色既如活夢魂應可通

我命坐磨蝎兼之照孤鸞星平閒自習豈敢居求安

我有妝臺鏡光皎無塵埃不獨照儂面兼照儂心來

我有一卷書祖傳之離騷無以發孤憤高吟度昏朝

我有樓頭月能知我幽衷何時得靈藥飛入廣寒宮

癸未

久雨

屈指旬餘日滂沱暮復朝綠看庭蘚長紅惜海榴飄家喜藏梅水農嗟敗稻苗濃陰雲護樹小院板支橋晴豈

人能禱愁惟酒可澆鳩聲還不轉擲管悶難消

淫雨不止

記余垂髫歲災苦實堪憐（甲子歲水災殊甚）今較河干水猶勝甲子年驟增薪米價盡沒稻秧田陸地舟能渡蓬門竈少煙天心胡太忍生命豈能全歎彼耕耘者家家淚似泉

六月下浣寫梅壽珧書三十

梅花寫向藕花時介壽金閨當紫芝須解寫梅人意思祝卿他日子盈枝（妹未弄璋故云）

與墨香

匝月不相見相思可奈何來時愁短少去日惜蹉跎迹遠意逾密情深疑轉多輸他梁上燕歲歲傍君過

對蓮寄懷墨香

伊人宛在水中過灼灼芳姿出綠波我轉憐花多結子子多贏得苦心多

芙蕖含笑儼相知人意纏綿似藕絲君子之交原合淡閨情未免被花嗤

墨香以竹根玉釧一事見贈賦此報謝

多卿贈我釧琮琤意緒迴環寤寐縈常得報安欣有竹願相永好感投瓊同心喜訂今生伴齧臂癡聯隔[illegible]盟

愧乏明璫堪報謝裁將尺簡誌心誠

蘭菊

寄人籬下劇堪羞空谷花才肯作儔兩字連名如伯仲一枝獨秀貫春秋品高别有幽情在姿媚還教傲骨留領取晚香香絶世海棠敢不也低頭

白秋海棠戲次

護惜幽姿静掩門供來只合玉爲盆餘春八月梨花面小影三更倩女魂想見縞衣行有態可憐紅淚灑無痕相看惹我離情觸愁絶閒庭月色昏

歸湘帆啟鎬姑丈以藝言詩集見示輒題其後

九天珠玉喜傳將盥手焚香雒誦忙薄宦飄零無事業雄才跌宕有文章書工四體追秦漢詩詠千篇逼宋唐看取白頭吟筆健夕陽紅豈遜朝陽

崔盧先世舊姻親合作元亭問字人嗟我流光愁裏度羨公清福病餘身秋懷悲處惟彈淚妙句翻來足解顰不敢留題情脈脈心香一瓣祝長春

巳卯秋佩珊夫人以圓硯雲箋玉約指繡羅韈見贈今倏五載矣偶檢來函率成二律

渺渺伊人隔遠天朵雲珍重墨痕鮮春風嘘拂曾三日舊雨追遥倏五年手足許聯慚倚玉（夫人欲與余訂姊妹盟贈約指羅韈取手足之義也）詩書俱拙愧題箋知君贈我團圞硯要共心堅翰墨緣

又屆西風落翠晨紅英不稱伴愁身得邀過譽情非假雖慰相思恨莫伸鴻爪雪泥惟跡黯畫梁明月當顏親不知此日題餻字憶否樓中寂寞人

宜蘭妹之閩口占二律送行

驟聞君欲往閩禁黯然傷堂上宜隨侍閨中奈遠望情難分手足别最縈心腸願記丁寧語音書早寄將

回首繁陽去驪歌送别時三年重會晤一旦又睽離聚散真如夢悲歡各自知贈君無長物惟有淚和詩

讀瞿菊亭太年伯秋水吟詩稿

文章宗匠重儒林黄絹還餘秋水吟才筆如公原絶少交情與祖最爲深竹垞秋岳誇同調（昔先王父宦雁門公往訪王父喜日當日曹秋岳備兵陽和朱竹垞訪之我兩人亦異時佳話）元晏鍾期感賞音（集中作王父輓章云絶少鍾期知一曲更無元晏序三都）永夜一編三復處不知寒月已西沈

長至夕小飲墨花仙館記事

癸未長至夕强酒成陶陶下榻墨花館黯然愁難消寒月淡無影四壁風蕭蕭兀坐握斑管寫我胸牢騷阿翁宦嶺南連月音書遥夫亡兒稚小薪水嘗肩勞門戶費

支拄非慵井臼操不能奉蘋蘩中心爲之焦自愧虛婦
職淚痕如鏡潮慈母最憐女日日來相招伯姒本知我
促使行連宵先惠以清茗繼惠以佳肴解衣而衣我高
誼如雲霄囑我善自遣莫使愁病交須念古聖賢經史
垂昭昭陋巷不改樂况君非簞瓢君乃閱歷人曠達毋
煎熬我有斗酒奉爲君破寂寥我聞賢姒慰頓展顰眉
梢人生能幾何身莫輕鴻毛古人惜光陰秉燭何興豪
予如不自遣中夜宜悲號茶可滌俗慮酒善澆愁苗呼
兒學把箋教婢傾醇醪睡鄉苦難得醉鄉幸可逃飲後
不敢語默默將詩敲今夜否已極開泰觀明朝

十二月望日寄書宜蘭妹

今日發君書别君已匝月例以毛詩言如别秋九十夢
寐不忘君常在君之側同胞只兩人偏苦多離别我情
淡而遠相見不相睚一朝分手去憂懷時切切臨行不
送君恐累添相憶君豈不念我雁行一朝失更念北堂
親鬢蒼又多疾我能體君心毋須爲我說囑君自尋歡
壻本秦嘉匹愛女與嬌兒摩挲足怡悦休苦念故鄉光
陰况倏忽發君一函書助我愁三日

女士楚畹閣集　三

楚畹閣集卷五

古今體詩五

常熟　季蘭韻　湘娟

甲申

元旦

爆竹聲中歲又新枝頭梅信已先春遥知此日官齋裏
親意還思膝下人

自覺今年分外孤嶺雲愁望感離居孱軀無恙嬌兒長
好報平安一紙書

族小叔皆山殁後小農姪茂曾以輓章見示并

乞賦詩

凜凜寒風黯黯辰離騷展誦黯傷神病經人識才逾月（叔病瘵人未之知也）壽比兄多只一春（叔殁年多夫子一歲）方卜麒麟天上
錫（娣方懷娠）俄驚蝴蝶夢中因蓋棺可見平生行贏得哀聲
動六親

髫年大母棄伶仃（叔爲遺腹子甫生又失恃大母撫育之至十歲而棄）兄嫂恩勤
藉長成人道襟懷原磊落天生骨相太聰明讀書苦未
酬初志飲酒偏能了此生（病因酒傷）屈指相莊才五載恩恩
底事返瑶京

病入膏肓慘不知生埋玉樹劇堪悲絶無遺囑留宗黨
竟爾長眠伴祖慈（叔夢祖母往召）生苦已成孤露日死嗟猶在
少年時讀他小阮酸辛句太息同歌薤露詞

立春前二日往訪墨香

别來兩月夢魂迷特地重過小院西一角畫梁塵不掃
知君怕損燕巢泥

感君情意藹如春轉瞬春回萬物新春有去時情永在
須知情尚比春眞

詠情示不情閨友

一任心如石人人解至情五倫無不重萬世總難更頼
此文章妙因之世界成今看未知者徒自負身生

水仙花用韻

蕭疎冷艷清如水。相對只宜横綠綺。一曲瀟湘雲水寒。
月明彈得花魂起。

玉盤金琖態天然。卷石相依映碧泉。清絶丰標何所擬。
醉中捉月李詩仙。

玉影亭亭水一涯。人間何處著鉛華。梅花若不爭先放。
竟是東風第一花。

得宜蘭妹書

幾回買卜問君平忽聽檐前鵲噪聲果有雙魚來遠道
開緘心喜淚翻傾

人去梅花剛似雪書來蓮葉已如錢休言暫別年俱少
去
如此相思耐幾年

讀陳雲伯文述大令頤道堂集

詞場卅載久傳名宮體齊梁有繼聲酒賦琴歌參治譜
花天月地拓詩城會因奉檄經滄海人大令奉檄渡海姬人管湘玉爲鐫曾經滄海之章
慣說游仙夢碧城大令前著碧城仙館詩鈔有自題碧城仙夢圖詩我
向卷中佩餘事蘂蘭才藻足心傾

閱午夢堂集

弄玉雙成輩相邀聚一家神仙偶遊戲姊妹鬬才華一
面姻緣好三生慧業誇罡風何太急吹散碧天霞

書感

悲秋況味怕思量只喜炎天不喜涼才說一聲秋欲到
累人已斷九迴腸

壽墨香四十

十載傾心妝閣前同歸湘水有深緣瑤池今日華筵啓
聊獻巴詞代管絃
史公最愛女孫枝香茗風流少小知若仿狀頭崇嘏例
早看繼起玉堂時君幼爲尊大父竹橋太史鍾愛
膝下承歡事事周班姬女誡早能修聰明如雪顏如玉
合住梅花一卷樓君家藏王元章梅花卷子樓因以名

于歸德耀相梁鴻宜室宜家淑女風慚愧阿儂難學步
漫將鍾郝比閨中
瀟灑襟懷若箇知愛儂先在識儂時若非願結同心契
那許庭蘭分一枝君欲與余訂姊妹盟故以全兒許嗣
月夕花晨兩意歡書窗繡榻共盤桓掃眉才子知多少
畢竟仙才讓釆鸞
佳兒舞象已遊庠繞膝新添小鳳凰看取瑤堦森玉樹
果然積善有餘慶
菊花釀醴可延齡介壽金閨正小春爭不早迎新婦至
筵前添箇捧觴人

林下風期衆所推傾城姿貌謫仙才算君一破紅顏格
帶得三生福慧來
不須丸藥駐丰神從此花前永健身願把尚湖齊作酒
爲君歲歲祝長春

礪之弟作閨人禮佛詞戲次二絕

晨妝才罷道心清膜拜頻看合十擎一陣香煙濃繞處
遮將人影不分明
佛偈兼同佛號宣空中花雨散諸天聽來更比詩聲好
音調都成別樣圓

孤雁

飛不隨行志自明泬寥天外度千程霜嚴蓼岸一聲苦月冷蘆江隻影淸書望平安思遠道人分手足感離情無羣與我眞相似聽到弓絃爲爾驚

讀長洲李紉蘭女史生香館遺稿

天與淸才繼易安珠璣吟待世人看拈毫細膩心如髮開卷芬芳氣似蘭十載意傾私淑久三生緣淺識顏難今朝始把遺編讀何處仙山覓彩鸞

蘭閨韻事想當年鏤雪團香鬬筆妍昭憲才華原伯仲謂楊蕊淵崔盧眷屬盡神仙謂查羣玉諸人書摹東晉簪花格詞逼南唐樂府篇累我殷勤吟不倦寒宵月落竟忘眠

青天碧海意何如一字吟來一顆珠已歎生前知已少女史有人生能得幾知心之句還傷身後賞音無女史詩云但傷他日賞音難君才絕調稀同調我命悲孤較更孤賴有詞人解憐惜閨中風諾竟非誣此稿係孫古雲先生刊刻先生德配查夫人曾許爲女史鏤板女史歿查夫人已先謝世先生刻之爲夫人踐言也

讀到心酸爲淚流惜春未了又悲秋蕉心宛轉工舒怨藕腕玲瓏慣寫愁想像容還如玉琢收藏帖善辨銀鉤女史有刊古今閨閣法書爲簪花閣帖不知他日瑤淸地可許儂來共唱酬

得宜蘭妹書知余所寄八函浮沈者五感成二律

得書喜勝得明珠忽復傷心淚滿裾遠道能飛輸一雁寸衷徒託恨雙魚餐眠何似添思爾魂夢多應苦憶余人要無情始無恨此生那得兩眉舒

拈毫寒暑總忘疲月月殷勤手寄詞幾度夢曾欣得見五回書枉說相思且將飄泊情和字補作酸辛淚與詩不識此時緘尺幅三千里外可能知

對月短歌

無可奈何天下事美惡紛紛多倒置由來造物本無心隨遇而安斯合義我愛嫦娥是可人素心千里照冰輪廣寒最是淸虛地萬古何曾著點塵

秋夜

連宵風雨颯秋似十分深誰耐寂寥況獨韋離別心涼颼侵畫燭寒夢繞羅衾卻怪砌蛩苦淒淒終夜吟

寒夜懷宜蘭文瑛瑤書諸姊妹

記得寒閨嬌小年圍爐人似月輪圓折梅詠雪尋常事今日思量盡可憐

當年姊妹鬬才華一色連天句共誇昔趙君蘊師命蘭同諸姊妹學賦雪詩起句皆用一色連天白五字蓋先生原唱之起句也喜較謝娘吟筆重不將白雪比楊花

萬事難消莫若情迢迢寒夜聽雞鳴思君癡欲尋君夢
轉爲思君夢不成
常思書至慰離愁望到書來淚又流還恐後書非易得
苦將錦字記心頭
十載愁懷自破除懷人惟有讀詩書近來愁到難除卻
斑管慵拈卷也疎
別夢還憐幾處勞吟魂今夜問誰招相思一撲難相見
咫尺何殊千里遥

書懷寄墨香

月黑天低旅雁孤悲聲宛似我嗟吁自憐有淚稱無淚
人笑如愚未必愚濁酒豈能澆恨抱敝裘漸不暖孱軀

緘愁寄與眞知己望爾瑤華一慰吾
小樓孤寂夜淒清挑盡殘燈數盡更密意轉從疎處見
離愁先在聚時生忘君便覺心無著知爾同嗟夢不成
何可告人何可遣寸衷惟有託詩鳴

十二月望日寄書宜蘭妹作

去年記今日發君第一書匝月不相見離愁已難驅今
日寄爾札別爾已歲餘前事一回首傷別更何如
藉此手中毫直達我懷抱竟將終歲情併作一宵道書
成忽又思緘愁休草草恐累遠人傷燈前重易稿
重修相慰語平安報與知先囑加餐飯次囑無相思明
年偕壻返秋風折桂枝雁行仍得序此樂預可期歸寧
姜被暖戲彩娛親慈花前明月下飲酒還敲詩
灑淚寫歡詞柔腸愈百折夕作一函書朝來猶哽咽丁
寧雙鯉魚莫再有遺失關山阻且長縮地恨無術回思
咫尺人苦別還如一（兼懷諸姊妹）不知修幾生始作無情物

礪之弟聘室蔣素蟾即世爲作二律唁之

玉臺垂髫訂三生卻扇無緣一見卿氏妁參媒同是怨
天荒地老不勝情美人竟作優曇影佳偶空傳並蒂名
聞道丰姿原絕世飛瓊只合住瑤清

妒花風雨奈天何人到情多恨便多豔福可憐虛跨鳳
彩毫無分替描蛾魂歸碧落千秋杳緣繫紅絲十載過
我以一言聊慰弟蟾宮好步訪嫦娥

精忠柏

浙江按察司獄即南宋理刑廨有古柏相傳
岳武穆被陷時此柏同日枯死越今七百餘
年植立不仆天眞閣消寒會以此命題礪之
弟約賦

精忠柏樹挺奇節死與鄂王同一日各秉乾坤正氣生
柏與精忠皆不滅當時若抵黃龍府此柏未必能千古

莫須有事獄竟成草木都知此冤苦靈柏願殉忠臣亡
羞隨賊檜同鬱蒼屹然不倒若尸諫龍皮裂盡龍骨剛
樹神上向天公訴天公勅使六丁護柏心雖死形不銷
七百年來如鐵鑄西湖桃李嬉濃春繁葩密葉供遊人
何如此柏但存幹忠孝之意蟠輪囷我吟此詩氣悲壯
還思神物堪培養願教移植鄂王墳定有向南枝再放

冬閨雜詠

風雪連朝急景馳惜花情切歲寒時凍荄都向房櫳置
最是芳蘭要護持

梅開磬口色微黃不學尋常紅粉妝占得百花爲第一

素心甘自歷冰霜

年來病肺怕香侵不把薰爐熨繡衾轉爲水仙愁欲絕
淩波寒夜恐難禁

讀到瑤華一卷詞不辭指冷寫烏絲儘教日暮天寒甚
自有春風到硯池

朝來樓閣盡除塵竹態梅情暗度春一幅天然好圖畫
只憐置箇斷腸人

乙酉

先姑大人十週哭夫子丙舍

哭君至孝少人知猶記當年骨立時今日一尊應共奠
九原或亦侍親慈

一載相依敬似賓居喪拋卻畫眉情傷心我是凡人骨
兜率天高莫共行

翁病憂絕禱於夫子

我生胡不辰遭逢竟如此憂無可告人焚香禱君耳嫁
君一年我即寡與君恩義深何不殉泉下君有親君無
子我死親傷無後矣吞聲忍淚娛親情欲親加飯勤調
羹親言婦能代子職兒身雖死仍如生柔腸斷盡不敢
哭爲君續孤偏求族思君不獨羊棗傷殘喘苟延惟恃
粥一年又一年兒雛漸漸長教兒讀遺書寸心常惘惘

幸兒聰明親體安九原料得君心歡一朝親思重宦粵
百計阻親親意決那堪裘葛纔三更親病淹纏如昔日
昔日有君且有姑君廿代父將天呼求醫刲臂竟孝感
今日我豈能如夫再拜告君念親疾望君仍將北辰乞
（庚午翁宦粵患恙君叅北辰而疾愈）至誠或得彼蒼憐千載孝名君不滅

落花

宛似紅顏薄命人怱怱開謝了前因徐熙縱有傳神筆
怨粉愁香仿不眞

不是風姨妒汝才生成薄命怨誰來安排淨土營香塚
如此晴光惜早開

美人詞客盡沈吟煞費雕瓊刻玉心雖是穠華易消歇
一生不算沒知音
惜花心苦替花思一縷香魂自護持飛絮化萍圓箇箇
名花豈沒再開時

春晚獨坐繡囊閣

深院無人到閒苔漸漸添落花媚幽草小鳥伺疎簾寂
寞書堪伴疎慵繡倦拈憑闌一惆悵詩思上眉尖

白燕

珠箔先期爲爾開紅絲情重故人來聲清好伴吟飛絮
衣縞還猜弔落梅花軟一身輕似雪月明雙翦淨無埃
每逢畫到梨花幅小影親描在玉臺

望粵信不至

平安一紙盼朝昏愁絕心難叩九閽加算望能憑鶴借
竊丹那得向蟾奔當年記摺曾刲臂此日思翁更斷魂
迢遞南雲空目極未能來侍藥爐溫

蝴蝶花

栩栩風前態不殊賺他紈扇誤相趨風流疑是蓮香魄
綽約生成紫玉膚莊子夢回應恍惚滕王圖處恐模糊
化工示巧人知否幻蝶空花有即無

送春

春光今日盡相送一題箋落絮離情切飛花別淚漣餞
杯傾菊酒行贐媿榆錢願得人常健迎歸在隔年

三月二十日諸人出觀競渡余獨坐小樓焚香
煮茗以起畫稿頗有意味口占四絕句

江鄉風物戲龍舟士女如雲盡出遊只我閒窗饒逸興
新茶細品意悠悠
鵝溪一幅手親裁今日知無閨友來香茗半甌花幾朵
清閒弄筆在樓臺
折枝親供小窗邊畫稿天然在目前自笑生平一無好
偏同筆硯有深緣
未染深紅與淺紅先須起稿莫雷同幽姿不召蜂和蝶
惟有吟魂落此中

閨友索畫秋海棠水仙花各題一絕

斷腸人寫斷腸姿想見當年腸斷時欲得此花神似處
滴將儂淚和臙脂
娟娟花葉淨無塵湘水湘雲韻最真洗盡毫端脂粉氣
仙人性本不知春

挑書招賞菊用韻素吟

花綴疎籬境似仙底須奇種覓盈千根緣得土芽先茁
蘂未經霜色正鮮人淡相宜幽僻地品高獨占晚秋天

多君折贈簪蓬鬢愧乏瑤華報錦箋

礪之弟學琴於余余自丙子以來久疎操縵感成二絕

回憶當年秋夜深月明人靜對彈琴同心畢竟能同調十四條絃發一音

十載焦桐未忍鳴卽今彈亦不成聲知音人訪成連去流水高山空復情

仙客葬有日矣泣成四絕

記詠桃夭之子篇來歸甲戌小春天而今相送歸黃壤回首傷心十二年

大雅雖無兒女情也曾私語喚卿卿可憐緣似曇花影一霎旋消夙世盟

爲君育子侍偏親任怨肩勞歷盡辛自惜此身終後死十年空作斷腸人

知君魂在大羅天鑒我癡情定我憐悟到浮生似泡影早求同穴伴長眠

仲冬初九日安葬仙客於羅墩風阻六里塘改遲一日舟中感賦

到此方知數由來盡在天難憑一日事敢說再生緣截髮爲君殉傷心轉自憐十年拋薄命何日會重泉

獨坐繡囊閣月黯風淒不勝今昔之感漫成

長夜風淒淒虛堂人悄悄孤坐默無言戚戚傷懷抱憶昔繡囊齋四面花陰繞左圖而右書一望如瑤島齋中有仙人（謂仙客）雙眸如月皎碑帖晉唐搜圖章秦漢討尤愛無聲詩收藏皆墨寶五代宋元明山花兼水鳥天生賞鑑人一見輒了了分排南北宗三品備參考玉軸與牙籤羅列知多少襲以古錦囊籤題子孫保興到偶揮毫能奪黃筌巧山水師巨然所志出塵表嗟哉翰墨緣竟似煙雲渺（乙亥之冬余欲購管夫人墨竹不果爲悵仙客貽札云卽或得之亦如煙雲過眼也）圖史尙依然仙人仙去杳從此繡囊中案頭塵不掃琴

尊日以稀花木日以槁美畫如美人傳揚聲價好俗世貴黃金投報殊草草小印記傳家胡爲星散早（舊藏書畫皆鈐屈氏傳家之印）絕如通靈去難覓飛鴻爪顯晦物有時此情豈能道旣憐物運奇益傷人壽夭人物皆茫茫累我心如擣苦難懺除情心歸諸佛老無我亦無人庶免諸煩惱

寒詞寄墨香

紙閣蘆簾裏天寒刺繡慵鍼箱收拾起覓句倚熏籠憶我同心人非有關山隔相思若萬里相違實咫尺寒宵人寂寂短柝二更敲爲愛瑤華句挑燈炙硯鈔愁悶多緣別艱難只爲貧梅花宜伴我淡極不知春

雨夕感懷

苦雨滴心碎淒涼百感生夜長憐夢短愁重覷身輕骨月嗟離別詞章寫性情聰明多薄命惜我未聰明

寒夜懷諸姊妹

最難償盡是相思獨坐寒宵聽漏遲莫道別離無一可轉因離緒卷添詩

課全兒

人生至樂惟讀書稚子不知至苦如自課兩年同卧起丸熊畫荻粧臺裏今年兒出從先生旁人但譽兒聰明師憐孤子任兒樂不把兒身苦束縛豈知十月遠阿娘

孝經論語皆茫茫兩年辛勤付流水清淚涔涔不能止兒見娘悲也涕漣轉言願讀傍娘邊寒窗兩月伴兒讀漸禁頑心書漸熟一腔幽憤日消除人生至樂惟讀書

雨夜雜感枕上作

風風雨雨苦無休添得愁人萬斛愁身世淒涼知已別思量雙淚枕邊流

愁重何能借酒澆夜眠漸早爲無聊懶觀書史慵拈繡孤負銀燈又幾宵

一聲哀雁助淒涼遠道音書數月望料得寒閨風雨夕異鄉聞此定思鄉懷宜蘭

深宵淅淅復泠泠第一離人不耐聽聽到四更眠未穩風聲漸緊雨聲停

丙戌

月夜懷宜蘭

我有同胞人遠隔天一方相思不相見輾轉多悲傷昨夕入我夢顏瘦如秋棠各訴離別苦珠淚沾衣裳今夕添我憶情緒殊茫茫能照遠方人惟此明月光前夢不可續夜半空傍徨

代簡寄墨香

蘭閨近況報君知不寫丹青不詠詩寂寞難消春晝永

排愁只繡女貞枝

寄珮珊夫人即次見懷詩韻

前聞小病繫愁腸臨發匆匆意渺茫相隔竟如千里遠無眠深苦幾宵長才華誰足傾斯世恨事知難問彼蒼手疊瑤箋寄粧閣又添君淚兩三行

送春前一日往訪墨香

去年歡聚送春前今日重來已一年梁燕呢喃如我識庭花綽約似君妍愁心那有詩添稿君問余近日作詩否病肺偏同酒少緣君勸余飲余以病肺辭只把清泉試新茗閒窗相對話纏綿

四月朔日別墨香

小住三宵又悵離百年良會幾多時相關爾最能憐我自問儂還有負伊點點落花如別淚漫漫飛絮助愁思臨行未忍輕分手預訂聯牀隔歲期

題吳冰仙梨花白燕圖

一樹亭亭玉剪裁分明寒食藥初開此花雅稱仙人筆脫盡軟紅塵土來

花底涎涎繞幾迴雙身如雪鬭花身東風歲歲呢喃語弔過殘英弔玉人

活色生香豈易求至今粉本幾人收彩鸞去後梨雲冷

只當妝臺小影留

楊花

數點撲簾旋停鍼詩思生軟搖風有態輕鬭雪無聲纏綣留春意淒迷動別情不須香與色一樣得花名

舟行遇珧書

意外相逢古渡頭畫橋蘭槳共凝眸不知如葉扁舟裏萬斛離愁載得不

秋海棠

幾枝幽蒨傍銀牆楚楚風姿淡淡香一點酸心酸在骨自家腸斷斷人腸

中秋無月

每逢此夕最生愁慣對清光淚獨流月姊今年關切甚爲儂深閉廣寒幽

那有天香雲外飄風蕭雨瑟可憐宵願求世上無離別一瓣心香歲歲燒

秋閨寂寞小步閒堦見海棠一枝雙花並蒂折供佛座記之以詩

秋閨人抱幽憂疾一片愁心筆難述知音世少不彈琴愛種花枝伴岑寂秋花更比春花好粉蝶游蜂飛不到閨情第一斷腸花入骨酸辛最同調幾度無聊步碧苔

粉牆低處獨徘徊花心也認人知已一朵奇花爲我開此花傳云思婦變葉似共衣花似面千古精誠永不消雙身幻出雙花豔又說斯花珠淚成懷人怨女最多情諒求大士楊枝水灑作雙花並蒂生有情草木猶如此情眞豈論生和死人間兒女悵緣慳算來畢竟無情耳金風蕭瑟玉堦涼生怕姣姿怯曉霜尤恐俗人輕折去使花重又斷柔腸千迴百轉如何可癡情亦有癡於我一枝持取供蓮臺願求結箇來生果

偶閱司馬相如蔡邕傳各得二絕

長卿不遇臨邛令未必文君肯聽琴但看鷫鸘裘換酒

美人終有厭貧心

賦手淩雲帝縱憐知而不遇也徒然愛才誰似王楊好
作合君臣伉儷緣

周歷三臺三日內此恩木石也應知聖人觀過知仁語
底事司徒竟不思

亂世憐才卻少人不忘知遇況君臣他年弱女曹家贖
還是奸雄意氣真

楚畹閣集卷六

古今體詩六

常熟 季蘭韻 湘娟

丁亥

供梅

曉起檐前繞幾巡折枝喜得畫風神閨中相伴宜清友
檀几銅瓶絕點塵

愛花不為媚新妝聊取寒枝繞室香位置移時始心愜
分明畫稿似元章

新正無事刪錄拙詩偶成一律

几淨窗明刺繡餘自將舊句別瑕瑜問心最恨無書卷
觸目堪憐盡淚珠甘苦還從刪草見剪裁不與供花殊
近名畢竟非吾意聊取閒中翰墨娛

即事

小閣疎簾不染塵安排筆硯置閒身水仙對我多情甚
傾吐檀心似故人

春日課小姑

春閨寂寂晝遲遲課字芸窗日漸移穉小直看姑似女
聰明漫認我為師七篇女誡憑抄授一卷周南待教知
願爾他年兼福慧鷗波亭上記儂詩

二月十日與珧書夜話

夜深相對話纒緜煮茗焚香坐月圓作達語原知有命
觀空心漸欲歸禪時妹亦歌黃鶴世難預料因緣事人豈能操
造化權知己一生非易得卿須憐我我卿憐

戒言

花偏解語花多事石不能言石可人處世但如瓶守口
人間何地不容身

春日雜感寄懷墨香

滿前紅紫媚春光遲日添來別恨長閒煞碧闌干曲曲
傷心人怕倚斜陽

小病身慵轉得閒無聊獨坐淚潸潸樓前若使栽修竹
未必啼痕不染斑

幾日春寒懶下樓思君轉復替君憂分明夢見吟肩瘦
如許離愁擔得不

咫尺偏教見面難朝朝傳語問平安花中誰似君和我
只有同心一箭蘭

人到情深每近癡盈盈脈脈苦相思此身願化爲蝴蝶
日傍君飛君不知

縹緲樓臺思悄然紅蠶怪底太纒緜癡心欲作同功繭
不識功成在甚年墨香欲早了向平之願與余同居

清明日上冢歸舟口占

輾轉悲難已斜陽促棹回桃花紅似淚心事冷如灰枉
自陳時食何曾到夜臺但求同穴早魂魄永追陪

不寐聽雨

不寐聽風雨今宵漏獨遲那堪半生事都憶夢回時命
薄何須怨愁多總爲癡最憐潮汐泪只有鏡臺知

題黃紉蘭女史二無室吟草次歸佩珊夫人韻

崇嘏丰神展卷親得消清福爲安貧妝臺觸我孤吟况
藥裏憐君善病身卅載持家心力瘁一篇述祖性情眞女史有述祖德詩
遙知椎髻拈毫處紙閣蘆簾絕點塵

簡墨香

拋荒硯匣十旬餘萬種離情莫遣除怪煞別君無一可
見花見月總愁余

六月十八日由城南歸便舟採蓮

歸舟容與乘斜陽蓮花爛漫開滿塘隔花已聞花氣息
頓覺肺腑生清涼舟人解得儂心喜蘭槳輕移蓮渚裏
千頃香浮一碧天不知身在紅塵矣蓮花見儂如有情
風裳水佩翩翩迎儂見蓮花忽有感花中知己無如卿
儂顏不及蓮媚嫵儂心卻比蓮心苦儻把儂愁訴與花
花定憐儂相爾汝花前無賴自沈吟翠蓋田田映綠濤

何似將身化蓮葉護花兼好護鴛禽還思佛說妙蓮句儂徑採花載歸去清泉一勺供蓮臺莫戀烟波舊深處

立秋後三日苦熱不寐口占

齊紈如月手頻持秋熱今年勝夏時儻使漢宮恩似此班姬應不苦吟詩

畫闌獨倚盼蟾光晝苦如年夜更長縱使金風吹不到秋來心上自淒涼

夜坐

夜半迎涼坐樓高得氣清鄰家小梧樹新學作秋聲

七夕

又見秋光一度新家家兒女拜星辰惟儂不乞天孫巧願作閨中守拙人

萬古真情永不移年年此夕證星期雙星儻識愁滋味應佑人間少別離

雨窗有感

不爲悲秋已斷腸那堪風雨助淒涼天公似識人心恨替灑淋浪淚萬行

聞蛩

啾啾唧唧徹宵鳴泣露悲風總不平我苦愁心無處訴勸伊何不學吞聲

秋蟬

憑空喚起一天凉溽暑初消氣變商曳向別枝聲愈振翳從殘葉影還藏孤高身世餐清露遲暮心情訴夕陽我有愁懷禁不得爲伊雙鬢怯新霜

秋夜口占

天高雲淨絕塵囂玉漏遲遲夜正遙惟有離情消不得半窗寒月伴無聊

詩思常從愁思生幾聲促織和吟聲可知疎懶心驚甚九月寒衣製未成

聞雁憶妹

一曲平沙久不彈忽聞嘹唳過雲端分明觸我離羣恨人在關山翠袖寒

近况窘迫書以自遣

世人皆憂貧貧豈我所欲但使貧能安亦自有清福伊余生不辰家運值顛覆屈指三年來境遇日以蹙親戚知我者關心憫煢獨而我顧恬然不效窮途哭雖苦無米炊猶喜有書讀回思少小時志意拔流俗托根九畹間甘心處空谷荆釵可簪髻豈須珠與玉布衣亦暖軀豈須羅與穀鷦鷯巢深林一枝棲已足鼴鼠飲大河滿腹饜已屬富貴有命焉求之枉貪黷日日報平安且願

作修竹

宜蘭妹歸自閩中余在城南聞信急歸詩以紀實

蘭閨幽夢忽然驚窗外聲喧鵲噪晴聞報君歸猶恐假忽忽梳沐買舟行

盼望歸期一月遲今朝眞箇到家時相逢先囑休傾淚好慰高堂五載思

去年夢爾病中歸瘦似秋棠鬢髮稀覿面更輸前度夢秋棠猶覺比君肥

弱不勝衣可奈何最憐跋涉走關河一宵訴盡頻年事

歎爾愁多與病多

子潇太史屬題隱湖偕隱圖

壯歲才名重玉堂拂衣歸作老鴛鴦收來宦海人雙隱壓倒名卿命婦行

萬頃湖波別有天春山眉黛自年年前生慧業今生福令我披圖一惘然

對雪作寄珧書

梅欲試花天釀雪凍雲不流壓窗黑米顛筆意滿前生粉本漁蓬猶未得昨宵風緊到深更枕上頻聞折竹聲清曉鴉娘欣報道玉堦樹樹盡花生平生喜雪助清趣卻愧無才能詠絮紙閣蘆簾一望中儼然玉宇瓊樓住此時胸次淨無塵此際詩情別樣眞室有琴書尊有酒聯吟惜遠素心人

悼蘭詞

昔仙客素愛植蘭余亦代爲護惜近年疎懶之甚不復爲此今春有素心蘭一本供玩月餘前日偶步牆陰見蘭復生雙蘂心喜不勝旋爲雨雪所損詩以哭之并寫悲懷以寄墨香

蘭爲王者香性喜處空谷記得濃春時幽花媚晴旭宛

如世外姝艷影亭亭獨相對足怡情超然遠塵俗配以綠綺琴素心吐芬馥昔年有仙人愛蘭最情篤既恐秋霜侵還防冷雨濯隔匳貯水清封泥護苔綠積歲滋培功纔得享淸福我性苦疎懶雅興不能續魚婢與鴉娘紅紫爲悅目覗此幽蘭花不如凡草木棄之古牆陰不復知寒燠感蘭不我棄嚴冬雙蘂簇儼與故人逢無言喜心曲可奈滕六神施威太慘酷自矜六出花一夜開能速著意凍芟摧空庭竟埋玉國香遇此災尤較焚鋤毒花魂何處招空把離騷讀傷蘭更自傷淚珠流簌簌葬我白雪中寸心願亦足今日我哭蘭本非蘭所欲我

死蘭無知望君爲我哭

除夕作寄墨香

終年握管總淒酸今日因君强作歡一卷詩聊供諷詠
兩家人幸報平安送窮有術窮休戀守歲無眠歲易闌
驅盡寒威消盡臘未能除盡只愁端

孤坐頻將柏子燒知君此際亦魂銷人情共喜迎新歲
我意偏難捨此宵畫燭兩枝凝淚點香醪半盞引愁苗
水仙未放梅花凍贏得房櫳倍寂寥

戊子

二月十九日小農姪合卺墨香索詩賦以誌賀

尚憶于歸舊事無居然堂上作君姑嬌兒箇箇明珠似
鴛侶先諧第一雛

東風二月百花嬌杏萼舒紅柳葉飄誦到宜家宜室句
最關心處是桃夭

芹香泮水記髫年籍甚聲名員半千可惜前番阻文戰
玉臺春占玉堂先（乙酉鄉闈伯姒以小農體弱未令赴試）

滿架琳琅傍畫屏新娘更有十三經從今書是雙聲讀
試向畫眉窗外聽

最愛君家樂事真團圞兒女笑言親者番更合圖家慶
添箇承歡膝下人

古禮行來內則難羹湯但得解調蘭知君愛惜佳兒婦
不許雞鳴便問安

郎君彩筆擅烏絲定有催妝絕妙詞阿母慣憐思索苦
卻教儂與賦新詩

喜溢華堂酒一尊喧喧百兩爛盈門明年待到花生日
看爾含飴正弄孫

三月初五日卽事

避喧性愛坐高樓曲折湘簾下玉鉤何處飛來雙燕子
借儂庭院話春愁

暮春書懷

幾枝紅藥放堦前說到將離便黯然歲歲落花時節悶
不曾惆悵似今年（時珖書將回福山）

韶光九十已將過流水年華喚奈何我哭殘春春哭我
花飛紅淚比人多

月下口占寄墨香

春月令人喜前人語本真可憐離別者對月總傷神
記得前宵裏盈盈笑語同空庭萬籟絕雙影月明中

織雲姪女名錦孫伯姒墨香夫人女也許字姚
年二十嫁有日矣以瘵疾卒伯姒痛悼不已
命畫工摹其生前之影將以徵詩而屬余爲

之小引余惟織雲生長深閨未離保姆之手無事蹟可表見然孝于親友于兄弟事尊長以禮撫婢媼皆有恩性莊姝寡言笑日事鍼黹暇則習楷楷法秀美亦女宗之式也容華忽湮元石斯耀恒幹雖委縑素自馨因識數語并繫四詩

誰從掌上奪明珠紫玉成煙抱已無空賸銀鉤金線迹耶孃淚點漬模糊

爲愛梅花品絶塵春痕曾繪卷中身定知碧海魂歸處還向南枝繞幾巡織雲嘗作梅花小影今圖入卷中

影事前塵最斷腸許勞纖手補鴛囊而今篋底仍拋棄識得絲難續命長余前製鴛囊工未半而仙客即世遂不復製成織雲許補成之旋即病劇竟至不起

想見仙班證玉清故教生性太聰明無端暫向紅塵謫卻被人間識姓名

詠秋蘭草

古人貴同心臭味重蘭草紉之可爲佩非誇顔色好羣芳媚一時色娟胡足寶灼灼芙蕖花紅顔易衰老娟娟梧桐葉搖落當秋早不若此幽蘭芬芳能永保我欲寄美人聊以託懷抱叉手一詩成餘香筆端繞

秋雨不止悶書

風雨高樓坐連朝掩碧紗忍將流淚眼去看斷腸花

日日將晴盼鳩偏不轉喉農防雨傷稻我怕雨添愁

八月十四日風雨淒其小樓獨坐偶成一律以遣悶懷

無聊孤坐悶悠悠墮向紅塵不自由病骨預知將屆節明日秋分離懷偏怕近中秋輕寒小閣添來悶細雨疎簾畫出愁歷盡艱辛償盡淚瑤清何日許重遊

坐月

獨自坐深更無言百感生世情雲比薄心事月同清怨

託秋蟲訴愁聽寒雁鳴慣將歌當哭身後任人評

秋夜書懷寄珧書妹

梧桐葉落飄金井芙蕖花盡銀塘冷秋瘦樓中寂寞人悲秋細寫清秋景娟娟西風透曲房葛紗初換薄羅裳年年秋到生惆悵今歲尤添離別腸妹於福山約歸不果別離人遠天涯近尺素憑誰寄芳訊冰綃一幅壓愁痕魂夢還將便潮趁夢到君邊君可知轉疑君也夢儂時夢中兩地如相似夢醒多應一樣思思而不見難成寐起尋殘夢推珊枕恍惚臨行小逗留菱花同照離容慘二語記實鏡裏年華逝水過半生贏得鎖雙蛾已嗟鬢髮疎如柳其

奈愁猶比髮多此時默坐羅幃裏雙眸徹夜清於水光黯銀屏燭藥生篆消寶鴨香心死如此秋宵劇可憐窗紗靜掩月娟娟長空萬籟都岑寂只有蟲聲繞砌邊不眠人苦聽虯箭閒將往事思量徧宛轉吟成宛轉愁啼痕界破殘妝面忽地風飄鐘磬聲塵心化作道心淸他年得返蓬山去永侍慈雲不再生

九月初六日登乾元宮戊寅秋余曾一往倏已十年矣今約伴焚香詩以記事

一瓣心香已十年今來又值暮秋天嗟余碌碌紅塵裏佛鑒愚誠定見憐

鐘磬聲中百慮寬貪嗔癡愛總無端寸心敢把前因昧悟得浮生露電般

繡伴相攜拜佛前靈山香火認因緣容他魚婢鴉娘附平等心看卽是禪（是日閨閣十餘人合疏焚香嫗婢有信心者亦許附于後也）

不求獲福與延齡只願塡將恨海平儻使塵緣消不得他生要乞勝今生

登樓左右眺明湖境到高寒卻愛孤想見列眞都集此底須海外覓蓬壺

煙凝漸覺暝遙山林鳥飛乘夕照還我亦悤悤歸去也天風吹影又人間

登文昌閣

獨自憑高閣無言對夕曛心安如止水意懶似閒雲梵唱隨風度鐘聲隔樹聞羨他方外福居此絕塵氛

雨夜憶墨香

夜深微雨灑空庭輾轉惺忪伏枕聽遙憶高樓人獨寢還愁先我夢魂醒

閱墨花仙客遺繪感成

展閱君書畫如君自寫眞超然意瀟灑無筆有纖塵君死豈竟死或傳身後名我生誠自誤悔不共君行

司馬烈婦詩

烈婦姓顧氏昭文縣老吳墅人諸生周瀚女容止莊靜不苟笑言父前卒奉母沈太君至孝年廿四于歸邑貢生司馬攀龍長子志和閨房靜好相敬如賓有孟德曜之風時志和銳志立名新婚益勤夜讀未幾病嗽成瘵婦謹湯藥愼扶持食息幾廢者百餘日志和沒婦泣曰此吾畢命時也旣殯越夕同母歸寢夜半婦潛結衰絰倒投于井而死事在乾隆二十一年月日距生雍正十年月日得年二十五歲歸志和僅六越月殉死死後幾年立

叔浩之子棠爲嗣

婦人死飾只常分婦人死烈乃卓行琴川烈婦武陵氏一死千秋能正命兒夫讀書勤且專勞神苦思疾病纏一朝命絶不可延復哉結褵甫半年堂上雖有姑膝下曾無孤彼呱呱者猶且無妾身不死胡爲乎從容視含殮誓死志先決偕老願旣乖及早求同穴母命促歸寧苦作勸勉詞含意不可伸泪下如綆縻阿娘倦眠向深夜急束麻衣髻不卸投入中庭井一泓追來夫壻重前下烈婦死在乾隆時於今旌典光門楣更看墓上冬靑樹歲歲長成連理枝

雨夜聞蟲有感寄墨香

秋雨滴深更秋蟲繞砌鳴一燈雙淚落孤坐百愁并聽到呻吟苦添來離別情遥知君憶我一擁夢難成

庭前素心蠟梅盛開得二絶句

羅浮仙學道家妝磬口檀心吐暗香相對不禁憐惜甚十年伴我歷冰霜

傳來芳訊密九封小藥看如淚點濃崛强枝條淺黃朵高人風骨病娃容

冬夜作示全兒

轉瞬將交舞勺年讀書從此要心專尤熊畫荻慚余拙映雪囊螢記古賢愛惜不教居就外戲嬉莫復態如前可知阿母肩勞怨望爾成人慰九泉

除夕

任怨肩勞歎此身每逢今夕倍酸辛酒澆悶抱還成淚詩詠愁言豈解顰爆竹聲喧催送臘燭花光燦預迎春世人爭學呼如願若箇眞爲如願人

女士楚畹閣集　四

楚畹閣集卷七

常熟　季蘭韻　湘娟

古今體詩七

巳丑

歲朝春

昔年曾遇歲朝春隨宦湘江侍二親今又春逢元旦日追思往事暗傷神庚午歲朝春余年十八時隨家嚴宦楚北二十年如夢一場悲歡離合味深嘗春來春去春依舊只有雲鬟漸染霜

嬌兒促整五辛盤索寫宜春帖子看儂只心淸拜蓮座瓣香低祝賜平安

蔣伯生大令屬題泰山玉女印軸

碧霞元君仙而神驅斥百怪朝羣眞蔣侯舊作泰山令一幅鈐來赤璽印芝泥四角蟠紅雲壓倒人間丹篆紋定知童初仙館裏夜夜虹光燭天起

清明節因病不能掃墓卩占二絶

春秋祭掃敢辭辛卧病偏逢百六辰還恐墓中人憶我如何不作拜墳人

浮生萬古皆如寄我淚非因戀世揮只念孤兒未成立怕聽杜宇喚人歸

暮春病中作

高樓聽雨暗嗟呀鎮日懨懨對碧紗孤燕伴諳愁况味羣花同作淚生涯韶光可惜春將盡苦趣難禁病漸加茗椀薰爐拋已久無聊强坐且塗鴉

今春以來頗行時疫心竊憂之小病深愁絶無吟詠轉瞬又一葉落矣書四絶句

一春愁病苦無端已自華嚴小劫拌賴有慈航能普度孱軀同竹報平安

琉璃硯匣久塵封書卷拋疎繡懶工看到芙蕖開碧沼苦心相對不言中

年來漸覺道心清妄語無須著意聽一事儘將長晝遣栴檀香裏誦金經

偶望明蟾倚畫闌桐飄金井露華團從今熱惱都除卻消受清涼世界寬

詠蟬寄墨香

千章古樹綠陰遮中有蟬聲噪日斜消受清風與清露問誰骨相比高華

雙翅垂將鬢影輕分明齊女曉妝成閨中我有同心侶願對雲鬟過一生

月夜有懷

秋夜無塵囂滿樓皆月色簾櫳水擬清俗慮淨如滌壁間懸素琴無絃理自得案頭設古書讀過苦追憶藉此以解憂頻年伴孤寂一點别離情只有姮娥識羅袖怯新涼倚闌愁默默還聽蟲吟聲如代余歎息

有感

浮雲不可掃亂愁不可道世事總隨緣推遷出意表憶我幼年時有妹更嬌小依依共妝臺碧窗坐深窈癡思我兩人香閨伴終老長大各于歸覓夢蘭房繞偶然一歸寧遍認雪泥爪花仍傍砌開月自當軒皎屈指三十年前情皆了了聚散固無憑得失亦難保閒觀梁上燕猶戀舊巢好吾人豈無心爭不關懷抱知我同胞人一

擥愁如擣抽毫寫長吟淚落詩腸攪

秋日即事

湘簾齊捲傚幽齋倦繡拋鍼步碧苔牆角花開如我伴桐陰葉墮送秋來枯荷不剪供聽雨晚菊先栽備舉杯只惜閨中知己隔一回惆悵一徘徊

陶孝女吟

孝女陶氏邑之北鄙人也父早卒家貧鮮兄弟矢志不字以十指奉母道光九年春母疾篤女籲於天願以身代後數日母死女即自

繈母復甦疾亦尋愈信以爲孝感作詩記之

女子揚名多以節得以孝聞百中一爲母捐軀母更生千秋奇行尤稱絶陶家有女璋其名椿庭早背無弟兄高堂慈母鬢垂白晨昏非女難爲情女慕北宮嬰兒子誓願隨親共生死雙蛾不掃代作男十指辛勤奉甘旨梅摽桃夭總不知慈烏穩傍女貞枝世間戀祿忘親輩應愧鬚眉讓女兒一朝母病愁無計默默焚香禱天帝阿母如應鬼籙登孱軀請作替人替宵來萱草萎嚴霜孝女哀哀哭斷腸急欲九原扶母去手持白練挂雕梁至誠感格從來有天意竟容女代母才聞閨裏殞紅顏

旋見堂前甦白首生死循環事合符或憐女死早須臾儂言此實從其志母得重生爲女殂寄言母勿傷懷抱萬事那如忠孝好佇候　朝廷綽楔恩孝女名垂後天老

讀錢烈婦傳

烈婦姓史氏名月英字素亭陽湖縣興賢里人父夢琦福建汀漳龍道烈婦幼字吾邑錢方伯受椿次子廷蘭方伯坐事見法廷蘭戍邊久之釋回乃贅於史婦事之甚謹廷蘭自幼失學意氣疎縱且時時客遊婦以鍼黹自給道光九年正月三日廷蘭卒於無錫訃至婦屬其同居族弟曰吾死必以棺歸錢氏遂不食三十二日卒年四十有四鄉人爲傳焉

未讀烈婦傳聞名心先傾把讀烈婦傳涕淚爲縱橫婦名重如山婦命薄如葉早年夫戍邊幾誤鴛鴦牒廿六賦于歸于歸苦無家良人爲飢驅浪迹遊天涯閨中耐荼苦日夜當窗織十指以御貧容顏人罕識煢煢影相弔悵望時心傷一朝訃音至慟絶摧肝腸結褵十九年天桃不留子立孤雖有待殉夫亦何俟從容語阿弟吾死無悲酸生未入錢門死必歸吾棺檢點身後事絶食

至逾月玉殞而珠沈仲春十三日婦死秉正氣非圖身後名輦公好事者上達爲請旌旌烈不僅烈婦生有孝行代兄盡子職（烈婦兩兄相繼去世）刲肱療母病聰明復嫻雅著有數卷詩不欲以詩名悉焚黃絹辭（易簀之前盡焚其稿）卓卓女中英千秋誇絶調已遂同穴心九泉定含笑庸庸錢氏子何幸逢佳偶賴婦光門庭亦得名不朽

九月初三日隨　家慈約同諸閨侶再登乾元宫珧書不克偕往懷念之餘作詩記事即以代簡

去歲焚香遊古寺茫茫難料今年事全家無恙賴慈航

稽首重來三寶地人非太上可忘情密把丹誠向佛呈堂上老親祈壽考膝前稚子乞聰明與君只願如修竹日報平安無斷續香火前緣永此生雙修更種來生福蓮臺禮罷覺心清曲徑通幽宛轉行玉磬聲中凡籟寂珠旛影裏妙香生層樓縹緲紅塵隔山色湖光望無極下方煙樹萬人家不知何處爲君宅女伴攜來共幾人就中偏未得攜君劇憐此日龍華會不共拈花一笑春君居山下我山上空復相思兩相望羅衣愁我怯秋風遥知君又添惆悵夕陽西墜暮煙深新月如鉤挂遠林太乙壇前伸舊禱梵王宮裏證初心星河耿耿雲嵐繞

欲數更籌蓮漏杳坐到參橫斗柄移空山御有雞催曉知君思我最情牽捱徹深宵不忍眠燈影昏昏人悄悄較儂孤寂夜如年須臾曙色東方見萬道紅霞鋪作片金鏡飛來若有聲惜哉好景君難見觀日出筍輿一徑下峰巒歸去花間露未乾急續昨宵吟剩稿雲箋寫出寄君看

次弟婦方幼琴珍偕遊燕園看桂詩韻

曾共靈山禮梵仙名園同涉更欣然參差竹樹連三徑縹緲樓臺别一天緩步幾回鏘玉佩清歌何處奏冰絃輸君慧業前生擅聞木樨香便悟禪

讀梁武帝本紀

古之喪邦例非一大半多由酒與色亦有幼主遇權奸亦有暗君聽讒慝惜哉梁武皆不然才兼文武孝且賢休言酒色可致亂生平早斷妻肉緣晚年信佛荒政治朝夕梵唄宮中宣豆羹糲飯徒自苦素牀葛帳絶可憐我思奉佛若祈福貴爲天子亦已足若因奉佛欲生天底事捨身三次贖答書頓首太不堪一億萬錢佛豈貪有子有孫國不授自成自敗心始甘佛縱慈悲未能語破碎江山佛難補索蜜不得或佛心欲教嘗徹帝皇苦荷荷聲中塵夢醒定有慈航來接引君不見西方早降

眇目僧爲君雪讐滅侯景

冬日感懷

日短拋鍼悶不禁安排筆硯伴愁身中年疎懶渾如老冬令温和竟似春節已大雪尚衣一棉手改詩篇還憶舊心驚債券又添新古云無米難誇巧况我誠非巧婦人

題龔韻琴夫人小影

夫人姓龔氏名鳳珍字韻琴幼讀父書長嫻姆教明金錯繡擅絶鍼神嚼徵含商雅通琴理莊姝者其容純穆者其性當夫千金受聘一車塵宵品茶堂上萬卷紛披寫韻軒中千

函雜沓爾乃雕瓊刻玉鏤雪裁冰臨出花箋都是銀鉤鐵畫描成粉本無非活色生香古之人雖仲姬風流易安雅藻不是過也既而推尊房老權攝女君則薦五廟之蘋蘩具百人之槀飫以及泉刀之權算絲粟之鉤稽莫不有脊有倫如幾如式洵姬姜之極軌而邕室之大家已蘭耳熟柔嘉面慳邂逅祇此閨中之隔常興天末之思茲乃辱示璇圖命濡斑管欽遲旣切鄙陋都忘爰綴俚言并成短什差幸芳儀可挹認取中年絕豔之人定知

濃福曾修證來萬古長圓之月

仙袂飄飄迴出塵風鬟霧鬢墨痕新休將弄玉雙成比
此是周南傳裏人

生來冰雪淨聰明更有溫其玉性情此事畫工難畫出
合將詩筆寫平生

庚寅

元旦雨

元辰偏值雨風狂聞道勝常轉自傷情淡只堪梅作伴
一枝相對似啼妝

一冬無雨潤蒼生今日緣何不肯晴料得金烏如我意
迎新怕見世間情

八日

綵勝無心戴悽悽淚欲零（仙客生辰）思隨花共發愁比酒難
醒孤坐悲身世閒吟寫性靈劇憐稚子意只記看參星

二月甲子同珧書登觀音閣

昔年曾此一焚香乞得靈籤指示詳（乙酉年事）今日與君同
頂禮舊情觸我再思量雙修福慧談何易兩字平安望
正長恰愛空山人寂寂未妨清話到斜陽

花朝墨香過我

百花生日美人來手把紅綃共剪裁一朵幽蘭如有意
今朝恰恰待君開

留墨香小住不果惘然有作

離合皆緣莫強求燈前孤坐思悠悠昨宵明月今宵雨
一樣撩人萬種愁

盆蘭一莖雙花作寄珧書

幽蘭性愛藏空谷磁斗移來伴幽獨每到春時一試花
曲房永晝傳芳馥今年花發最精神聯萼還看鬥標新
絕似美人相並立亭亭玉影倚雙身阿儂憶到紅閨侶
默默看花愁不語花自開成連理枝索居那識人心苦
拈毫欲詠費沈吟家世離騷合賞音一笑向花低囑咐

比肩雖好貴同心

淸明後一日隨　家慈掃墓北山卽事

閨中岑寂不知春出郭方知春已深一路菜花黃不了錯疑大地盡鋪金

筍輿才過報慈橋嵐氣千重拂不消省識西山秀雖好北山深更絕塵囂

蝴蝶沿山飛紙錢紛紛墦祭趁晴天是誰閒把夭桃植點染春光古墓前

偶因祭掃得身閒不愛看花愛看山無奈斜陽促歸去吟冤猶繞翠微間

讀前漢書雜詠

漢高帝
項羽

劉氏本眞龍項氏如猛虎并力除暴秦競把關中取英雄異成敗千古人共憐龍門公道心同列本紀篇一事羨項王虞姬能殉主無力救人彘轉歎漢高祖

韓信

蕭何薦國士爲主定四方飛鳥旣已盡良弓合自藏功成不請退見幾輸子房帝患太子弱難制功臣强倘竟立如意未必加誅亡不見歌大風慷慨泣數行

賈誼

賈生遇吳公弱冠爲博士明主重賢才猶傷不用死謫遷過湘水自喻弔屈原可惜湘水深忠冤難與言我思楚懷王豈足漢文比靈均慕君心畢生猶未已

公孫宏

齊人豈多詐順旨約便更明知武帝時廷爭非可行三公爲布被釣名亦何故節儉由性成終身守寒素郭解卜式事持論頗得平曲學阿世語甚矣轅固生

雋不疑

昭帝在幼齡霍光不學者人冒衛太子胡難辨眞假不疑叱收縛引述蒯聵情君臣咸歎賞嘉以經術明我道

不疑才不由於此效觀戒暴公子卽知賢母教

蕭望之

元帝重師儒豈欲殺賢傅儒弱主性成堅剛臣守素望之倘明哲合追疏廣步若欲表孤忠何不向帝訴輕聽門下言默默死無忤徒快恭顯心不爲堪猛助

陳湯

陳湯滅郅支奇功誇第一衡顯生忌心苦將微過詰賞罰在時運功過有重輕與師雖矯制問罪卻正名不見樓蘭王亦曾殺漢使行刺以示威遠勝傅介子

杜欽

同時兩子夏自別爲小冠諱人誣盲目胡不生忠肝成帝即位初說立九女制太后未能用帝終以色斃如何名達士詔諛附佞臣不敢進直諫王章冤莫伸

谷永

新莽移漢家半由儒者咎杜谷阿於前張孔附於後天變始起時帝心慮諸舅下詔舉直言直言竟無有不敢指王鳳但知侵許后從此五侯與谷永罪之首

朱雲

朱雲好節士特發驚人辭身爲一故令欲斬天子師激烈雖足稱狂妄無可辭即或竟一死死亦不救時利舌

剛似劍惜哉成逆施未能殺張禹枉勸死望之

呂后

沛公未遇即相從望氣尋龍患難同何事丈夫憐少子致將殘忍累中宮

陳后

妒寵翻教寵竟疎百金買賦意何愚君心若箇能長保試看承恩衛子夫

許后

故劍情深致殞身孝元傷母結新姻無端禍水來消火災異偏冤失寵人

趙后

占得昭陽寵愛多相傳謫語卻因何漢家史鑑分明在未見宮中赤鳳歌

京兆眉

京兆才華帝所長有司多事奏閨房畫眉御遜齊眉好儆婦終難及孟光

牛衣泣

富貴休忘貧賤情婦言不聽願輕生世間儘有牛衣泣幾箇能傳千古名

題何浣碧夫人藕香館詩稿

何遜南朝句最工紅閨才筆繼家風欲知古歙山川秀

都在新詩一卷中

簾垂繡閣晝愔愔春雨如絲寄恨深讀到雨晴春老句低徊無限惜花心待得雨晴春又老集中春雨曲句

難得清才聚一家雙枝彩筆鬬風華連篇疊韻秋棠詠五色分明姊妹花女士與令姊吟香各有秋海棠疊韻詩八章

自歎孤吟意興孤拈毫妨卻繡工夫今朝快把佳篇讀同調人間未必無

題姚芙初夫人遺詩

蘭閨才調舊知名讀到遺編淚欲傾底事生春一枝筆

寫來都是斷腸聲

倚竹生憐翠袖寒哀絃淒絕不成彈傷心最是春陰曲
正賞花時興已闌（即用卷中句）

容易穠華委逝波三生有恨可如何須病到沈緜日
始覺詩中惡讖多（詩多惡讖防眞應病到沈緜莫問醫卷中病危句也）

造物由來每忌才如君早世劇堪哀空留一卷瑤華在
新詠他年補玉臺

晤方叔芷（若蘅）夫人知佩珊夫人已於去歲卽世檢閱其所貽詩札愴然有作

浮生聚散等摶沙驚聽紅閨失大家我感深情思往事
傾心不獨仰才華

相親三日許聯盟一別堪憐竟隔生燈下重將遺墨展
數行淸淚爲君傾

海內才名重玉臺才能憎命不須猜精魂若再臨塵世
須要雙修福慧來（佩珊貧而無子晚年窘況殊甚）

覩吳竹橋太史家藏王元章墨梅長卷漫題

高人生有梅花骨愛把梅花寫奇崛胸中更藏兵十萬
縱橫掃出梅龍活千秋畫梅獨擅場絕技合號梅花王
此卷夭矯九非常氷天雪海何茫茫十丈鵝溪聯一幅
寫遍瓊英香萬斛幾株挺勁淸而臞幾株疎古繚而曲
千枝萬枝意態全一花一蘂精神足夙聞梅花一卷樓
今見畫圖快所欲作詩品題儂豈敢聊復拈毫誌眼福

題叔芷夫人採芝圖

生綃一幅天仙影疑是昌容懿眞等豈知命婦列崇班
舊日東方千騎騁雪泥回首認涪江曾向東川弭節雙
靑石嶺邊停繡幰白崕山下擁油幢高懷迴絕忘華貴
不肯尋常圖黼佩位業眞靈畫意傳分明往事瑤清記
御風而行何縹緲一帶仙山似蓬島煙鋤挑得小筠籠
滿貯琪花與瑤草看君仙骨自珊珊不獨生來福慧全
定有華芝生五色待君服食作飛仙

長至夜懷珧書

每逢佳節感離居料得君情亦我如酒入愁腸釀成淚
挑燈三復寄來書

俗呼今日四離名愁緒何堪觸處生一㨾樓頭岑寂況
聽風聲又聽更聲

讀王素卿夫人（韻梅）問月樓遺稿

流水高山絕調琴難從塵海覓知音憐君易醒炊粱夢
贏得人傳問月吟

詞工漱玉語瓏玲詠絮人人仰謝庭我是幽蘭處空谷
吟聲只許素娥聽

兩小姑與全兒友松女甥於繡囊清閟中讀詩作字頗有逸致口占一絶

一樹梅臨清閟閣漫天風雪影瓏玲小姑弄筆兒尋句風景依稀似謝庭

十二月二十七日作

今歲兩逢春一冬無雨雪深慮麥苗枯祈雪苦無術一從迎春來雨雪竟不止莫非滕六神誤認相迎矣農家因久旱雪多尚不愁閨中岑寂人日鎖雙眉頭歲底百事集求人呼奈何匳中資已盡意外需偏多獨坐細思量百事無一可但休我負人寧使人負我看他小兒女無愁只知歡先嘗百葉酒預備五辛盤回憶我幼時癡情亦如此阿母雖不貧事煩勝我耳今之念疇昔猶後之念今光陰似流水當存愛日心人生縱壽考年總不過百且勿多憂愁古今皆過客

楚畹閣集卷八

古今體詩八

常熟 季蘭韻 湘娟

辛卯

正月初七日先夫子四十生辰

慕君今年甫强仕棄妾已將廿載矣縱使泉臺鑒妾心妾心終恨不同死立孤難死節易古人之言妾嘗記慷慨捐軀一日情從容盡義終身事死節易立孤難孤兒成立妾志完兒年舞象苦無識浪浪妾淚何時乾嗚呼作歌兮歌當哭柔腸欲斷兮句難續

雨雨風風春光過半小樓獨坐有懷韞香

風雨作春陰渾忘春已深倦常抛一卷寒慣戀重衾花有銷魂色鶯無出谷心懷人情正切遣興只孤吟

讀小倉山房詩集

千古奇才士輸公福壽全登朝欣弱冠解組樂中年政績推循吏詩文比謫仙他年青史上佳傳合雙編

讀聰娘墓誌

專房名重廿餘春同穴尤明主愛真一息依然容絶代漢官愧煞李夫人

繡觀音旛

刀尺甏鹽現在身淨因不昧軟紅塵也知露電光陰速
願作慈雲座下人
朝朝一度拜蓮臺爲祝平安兩字來讀到梵經微妙義
悟他無鏡自無埃
雖覓奇花供法王人閒草木總尋常擷香卻帶湘蘭氣
好配優曇自在香
大千世界轉金輪多少金閨善女身福慧雙修堪滿願
千秋只有管夫人
千張貝葉繡家家看遍羣芳爛若霞儂作巴辭呈慧眼
敢誇舌吐妙蓮花

此日鴻泥聚佛前聞人一一[illegible]上龍華會
若箇相逢證夙緣

三月二十三日重遊燕園

舊遊曾記木樨天乘興重來已二年金碧樓臺加翰墨
神仙眷屬粲嬋娟（園有三嬋娟室前次來遊眷屬未歸）竹棟略比前番長
花色還誇此次妍最愛繁華無俗韻園林終仗主人傳

燕園晤申林夫人謂余神似文瑛余與文瑛情
若同胞别將廿載聞夫人之言感懷疇昔漫
成一律以表離懷

喜到名園會列仙殷殷雅意荷相憐道儂中表[illegible]
惹我相思淚欲漣十五年餘書問杳三千里外夢寬牽
賞詩閣上哦詩句閱到簪花倍惘然（賞詩閣內有姊錄花蘂夫人宮詞便面）

遊吳氏外園次首戲墨香

卻喜仙園一水通風光不與內園同（吳氏內園繁華外園淡雅）竹籬
茅舍無塵迹直把繁華一洗空
於此閒居事事宜私心竊笑釆鸞非如何只愛書唐韻
捨卻瑤清竟不歸

一角園口占

結伴名園處處遊此閒風景最清幽地分一角青山好

人仰千秋碧血留（前楹係前明蔣忠烈公神祠）樹石蕭疎傳畫意樓
臺高曠豁吟眸幾多宦海風波客清福終須讓蔣侯

讀畫

晴日高樓坐焚香一卷橫禪原看有派詩愛玩無聲變
化長康感風流文敏情廚空人亦逝回首總淒清

理琴

素不耽絲竹平生愛撫琴賞心乘月夜橫膝坐松陰縹
緲空山意悠揚太古音曲終塵籟絕餘興發清吟

評花

十客與諸友論花如論人推排衆香國詮次化工春獨

得清華氣兼傳淡遠神素心蘭一朵結契伴閒身

品茗

一縷裊茶煙開窗試雨前松濤心愛聽荷露手親煎雀舌香堪賞龍團色亦鮮君謨與鴻漸經錄不虛傳

雨窗雜感

梅雨連朝晝掩門遣愁無計暗銷魂酒杯未舉心先醉書卷頻翻目漸昏雙淚須逢知己落孤懷難向俗人論楞嚴學課偏稀悟自恨生來帶鈍根

長夏無聊雜憶史事得十二首

子產寬猛之政

子產論治民貴以威猛施水柔人共玩火烈民畏之仲尼聞此言歎爲古遺愛發明子產心本非剛忍輩畢竟聖賢辭讀者須善領有德始可寬存仁方可猛

程嬰立孤而死

同心報宣孟杵臼與程嬰死雖有遲早功則無重輕杵臼不先死孤兒安可生程嬰不苟活杵臼志豈成趙武旣成立程嬰必須死昔日之假孤咸知趙氏子假者可作真真亦可假耳晉侯一生疑卽死已晚矣事成急捐軀忠心保終始豈爲溝瀆經匹夫匹婦比

趙簡子立後

簡子欲立後手書訓誡辭二子各授簡三年而問之我思簡子意此舉誠有私廢長以立幼恐爲臣下疑無恤早竊破謹記常袖隨一朝繼嗣定父沒心便移殺姪併其地豈復遵訓詞伯魯胡不智瞢瞢無所知

吳起殺妻求將

殺妻以求將無乃太不情先棄真骨月冀換虛功名李克曾有言起貪而好色或者妻貌醜兼或性妒嫉起固欲殺之陰謀蓄已久適當齊用兵一朝可假手用以詐魯人人皆信爲真豈有好色子反爲情外人

項王東鄉坐王陵之母

挾親以脅子項羽何其癡已旣乏仁義人豈有孝思漢王不顧父猶忍言分羹陵也敢念母徒傷賢母情爭知巾幗中竟有縮高輩伏劍語使人千秋名不昧

漢高帝斬丁公

千金求季布夙怨烏肯容賴以滕公言亦如雍齒封丁固負項王斬之快人意然知高祖心必爲彭城事報怨不賞功託辭佞臣棄兩賢豈相戹大度已忘記

東方朔諫內董偃置酒宣室

上書數萬言先生本奇士不得爲大臣臣朔飢欲死何物賣珠兒輕許入宣室頃使訴諸人一朝見風骨辟戟

數三罪爲君正國家偃寵由此衰片言功無涯朔才相如等朔直汲黯齊如何太史公宛之爲滑稽

京房考功課吏法

京房考功法其意在石顯使之難弄權賢愚確有辨帝心重災異藉此爲進辭舉朝嫌煩碎奸黨意可知旋遣别郡行奇才難展施亡身竟以道延壽誠明師

光武

天意未忘劉白水眞人起未必中興功不如開創美沛公定暴秦所餘一强楚蕭王克新莽餘賊不勝數掃除四海淨君臣慶昇平常懷河北難麥飯重酬情麗華掌昭陽尤爲快心事非忍負糟糠人瓮前車記人生貴適志何況居帝王我道光武福終究勝高皇

嚴光

咄咄嚴子陵名心終未冷若不披羊裘物色人豈省君房意縱厚天子恩或輕區區諫議官難動故人情不能遂所欲轉自巢由稱未聞巢與由肯就堯帝徵占得富春山始甘作漁父東漢有限年嚴陵瀨萬古

馬援不入雲臺

雲臺畫功臣馬援獨不列謂遠親親嫌前賢議多別我思麟閣勳蘇武名在末或藉服匈奴特將武也屈明帝彷此意因不及伏波以威示塞外中國人材多史臣彰帝賢書避椒房戚枉卻將軍心裏尸甘馬革

左雄限年之法

奇哉左雄言孝廉限年齒四十而不惑始許出爲仕後詰徐淑語荒唐尤不經太守坐謬舉此法豈持平順帝不加斥竟勅天下行乃知章和後朝政無可評

雨中至西莊水窗即事

今年春雨多夏雨何更急爲念同胞人不辭泛蘭楫阿妹知我來扶病喜相接謂我此間景君觀必心愜攜我倚水窗清波豁雙睫稚子捉游魚小鬟弄萍葉蝦蟇書閣鳴蜻蜓釣絲立隔岸有人家一縷炊煙濕望之果神怡畫意吟情集天作無聲詩直把大癡壓縱使有丹青妙繪誰能及可惜好青山全爲雲霧闔

七夕大雨口占

幾見仙靈果渡河洗車雨降卻偏多今年農已愁荒稻損木棉花更奈何諺云七夕雨壞棉花

秋宵聽雨寄珧書

燈昏閒擁髻長夜雨泠泠小閣愁難訴高樓夢定醒欲吟添悵惘不寐也忪惺未識今生裏能同幾度聽

晉書雜詠

殺君篡國皆成例天意如敎漢雪讐風痺辭官初志見
身雖事魏忍忘劉
三馬同槽夢竟眞雄豪大志豈人臣老瞞多詐丕多忌
偏不猜疑狠顧人
修文偃武性英明伐蜀平吳一統成不聽昜言婚賈女
外寧未必內憂生
謠同尺布劇堪羞始儉終奢起禍由要納如花五千女
何須焚卻雉頭裘
天降癡龍敗帝家民情不問問蝦蟇身亡國破雖由數
冊立終應咎阿耶

掇蜂甕犬前朝有狐媚偏奇短黑人酒棗相投金屑報
天教假手趙王倫
執蓋行觴辱九重一般都是可憐蟲同思成濟抽戈事
今日劉聰昔賈充
秦皇原是不韋兒事出天心那得知鴆殺牛金了無益
九泉還恐笑君癡
聞話前朝面覆床自知國祚豈能長假將心膂推敦導
生小聰明弱制强
環城紅日賊能知物色黃鬚五騎馳不是一鞭留七寶
巴滇駿馬也愁遲

政令紛紛出渭陽臣强君劫賊猖狂憐他亂定還宮日
解問元規白髮王
邱山傾後女星明廿載悤悤三帝更詫絕海西遭廢黜
分明三字獄同情
淸心寡欲愛元虛鼓角聲喧意湛如能服奸雄猶自懼
常將昌邑記前車
酒祝長星萬念空生前死後總朦朧貴人暴怒君王殞
漢代昭儀事可同
晉盡昌明語不誣安恭二帝有如無廿年一綫延司馬
此座甘心讓寄奴

射馬眞成國不祥斬蛇人太薄降王劇憐禪詔欣然寫
不及陳留壽命長
婦稚皆知孝行名親亡出仕效忠貞全家高義由天授
王覽何曾弱阿兄王祥
輕裘緩帶鎭軍中德化吳人盡服公不舉阿童成大計
已看四帝晉朝終羊祜
金環舊事記生前折臂三公相果然對景漫嗟湮滅易
峴山終究藉公傳前題
持節監軍伐蜀行因鍾殺鄧太無名笑君命報江由辱
榮晦他年亦報明衛瓘

明珠美玉比丰神能識將軍是佞臣看殺不曾車載果須知叔寶勝安仁 衛玠

彌縫閫虐盡忠心諷后徒成女史箴輸與鷦鷯身世好一枝棲穩在深林 張華

底須誇富鬬珊瑚金谷難藏一顆珠看到墜樓拚一死美人端不負齊奴 石崇

板輿奉母樂閒居何苦奸謀構逼書媚賈欲求爲巧宦巧翻成拙信非虛 潘岳

不伐居然孟側同遲留託疾性謙沖笑他渾濬皆攏謦一自矜功一忌功 唐彬

未學孫吳善論兵名言卽是晉長城君王稱賞偏難用大好江山致亂生 山濤

一世龍門世所傾寧馨兒果誤蒼生臨危自說元虛害不到排牆心不明 王衍

八千降卒盡沈江平子狂爲取滅亡三窟營成兄弟殺自全計反自相傷 王澄

苦討求回刺史腸灸眉招鼻總尋常片言奪得將軍地始信朱雲直不狂 郭舒

負他天子欲求親一醉昏昏竟六旬濟世才華甘自棄還將白眼視他人 阮籍

睚眦小怨致遭刑日影將西恨不勝一曲廣陵從此絶世間最惡是青蠅 嵇康

三枝玉樹秀江東一旦摧殘在洛中能使成都誅孟玖王澄到底是英雄 陸機

枕戈志在效忠貞還恐功名後祖生惜有壯懷無壯畧寶刀殺賊事難成 劉琨

慷慨中流擊楫時掃清豺虎誓江辭布囊盛土如增竈成敗英雄那得知 祖逖

未平外寇內生憂可奈妖星照豫州如此奇才勳莫遂千秋遺恨大江流 前題

表揚忠孝賞功勳意不私親服衆軍識得士行堪自繼我言器量不如君 劉弘

竹頭木屑盡收藏想見天生鄙吝腸不是義旗迴指語將軍未必竟勤王 陶侃

江左忠君第一人絶裾永訣最銷魂如何晉室重興後竟不追思罔極恩 溫嶠

祖父忠良子佞臣嘉賓竟作幕中賓一緗儻不留身後不但欺君更棄親 郗超

以恩報怨世稱寃我獨平心論事端賊不殺仁仁自殺留爲酒誡後人看 周顗

雖有忠心著一時滅親大義幾曾思天如不促王敦死
晉祚存亡未可知 王導
博學高才伎術俱死生有命信非虛銜刀被髮誠何益
誤爾青囊九卷書 郭璞
空函怪事有先幾終日書空笑太奇阿爻浮沈人致簡
循環天道報還宜 殷浩
從容賭墅阻奸謀報捷書來局未收幸有芝蘭佳子弟
東山方不愧清流 謝安
如何史筆曲如弓端爲私讐託卧龍佳傳索人千斛米
不知曹氏底酬公 陳壽

蜀平晉始繼炎劉閏位當塗勢不侔良史自成三國志
讓君直筆作春秋 習鑿齒
義旗一舉克三城握節無慚蘇子卿衆口漫稱才似舅
牢之應愧不如甥 何無忌
從來忠孝兩全難莫報親讐臣節完碧血丹心同一色
官家珍重御袍看 嵇紹
身如汨溺技如神能使公閭喜不嗔歌出江鄉忠孝事
吳兒天下有心人 夏統
五株楊柳一張琴解綬歸來逸趣深五斗折腰聊藉口
閒雲出岫本無心 陶潛

送珧書歸後感成

聚時不知樂離合總隨緣别後偏愁絶思之盡惘然夢
如潮有信心厭月重圓孤況應相似憐君更自憐

見孤雁有感

煙淡月微明無言百感并樓頭人獨倚天外雁孤鳴隻
影誰相伴單飛更遠征稻粱如我累蹭蹬替伊驚木落
霜嚴候山遥水阻程防弓須斂迹依渚要吞聲躅雪留
蹤杳邀雲作隊行華堂曾禮奠莫把羽毛輕

題姚幫儀夫人伴雲詩稿

古來爲韻人多少賦茗吟椒各擅場老筆如君御難得

分明妝閣魯靈光
苦心刻玉與雕瓊梅雪梨雲好句成更愛一庭新月裏
詩情花影鬭雙清 集中詠水仙花云豈共梨雲爭雅淡許同梅雪鬭清新偶成云一庭新月浸梅花皆清絶可誦
當年女伴北宮兒是我垂髫課字師讀到暮雲春樹句
不堪回首楚江時 集中送若韞赴姊楚江之游云春樹暮雲情脈脈時若韞師正授余讀也
珠玉生涯一卷存不須惆悵少兒孫瓣香留得千秋永
勝似遺書付後昆

把酒

把酒歡情少捫心感慨多詩書消寂寞志願歎蹉跎萬

事甘人讓三生奈命何數聲聞斷雁如和我悲歌

寒夜曲寄兆書

寒夜月離愁澗寒夜雨離情苦今夕何夕雨泠泠欲眠不眠敧枕聽一燈昏黯飢鼠出全家熟睡我獨醒忽聞浩浩北風起巷柝無聲雨亦止遙憶高樓人夢回也應輾轉愁難已

憶梅 次礪之弟韻

底事羅浮芳訊遲累人苦作憶梅詩空山曾夢到深處明月卻看如舊時高格千秋誰作伴寒香一院最相思憑將翠羽傳消息速遣瓊英發故枝

畫梅

畫到寒梅歲正寒收羅香雪入毫端幾株玉影描摹易一片冰心刻畫難每怪騷經遺卻賦雅宜筠管寫來看卷中增得南枝壽常見花開不見殘

女士楚畹閣集 五

楚畹閣集卷九

古今體詩九

常熟　季蘭韻　湘娟

壬辰

立春日口占

一歲今朝始天晴定歲豐階前消臘雪座上轉春風帖子書慚拙梅花信喜通殷勤舊綵勝願勝往年中

正月初八日聞景閶仙姑丈訃音泣成四絕

無端噩夢歲朝驚果報書來泰岱傾難禁傷心淚如雨豈知一別訣今生（元旦夜夢姑丈即世）

記得垂髫許寄生（余幼年許寄膝下）愛憐絕似掌中珍從今小病閒吟候往事回頭盡愴神（姑丈精于醫理余屢荷調治并戒勿多作詩恐勞神也）

十年作宦苦辛勤廉吏清風兩袖存自詠梅花留考語祇憑清白報乾坤（前年姑丈閩中寄歸詠古梅詩中有句云永抱堅貞傲冰雪祇憑清白報乾坤）

舊姻新特結連綿（余妹爲姑丈子婦全兒聘余妹之女）那不關心欲問天丹旐何時歸故里招魂空唱大招篇

偶成

性愛閒吟不苦吟自垂髫後到如今偶然匝月無詩句如負韶光歎不禁

三月朔日作

似暖還寒乍放晴銷魂時節近清明持家黽勉擔勞怨歎逝悲懷發性情賴有詩書消寂寞縱無風雨也淒清自憐難了紅塵累雖禮空王意未誠

閱明史紀事作四首

南宮復辟

國家不幸變故生社稷爲重君爲輕項王挾翁作奇貨沛公譎辭分杯羹九哥稱臣甘屈膝轉使徽欽淪異域上皇北狩得歸來知否憑誰再造力叔武歡迎尚難保郕王讓位若不早易儲伐樹計空勞隔殿聞鐘驚道好貪功曹石幸功成夜半觀星笑有貞昔日首開南渡議英宗復辟愧英賢僅知居守原非易不忍刪除景泰年萬一倉皇事不成更把上皇置何地人事天心適偶然古來三字成寃獄竟有同情稱意欲于謙不殺事無名義士忠臣同一哭手足終全骨月恩勳名徒付與奸人鄂王靈爽知應悟少保功成亦殺身

大禮議

人生誰不知五倫入繼大統難私親爲人後者有差等

社稷之主異庶民舜稱大孝禹大聖意豈不識親親仁漢宣定陶兩君例亦足爲法示後人光武中興類開創太廟不升南頓君此皆萬世不易論至情實有至理存歐公濮議過于孝張璁藉此求榮身改稱伯考與伯母長君之惡三綱淪廷和位居定策老斯時胡不大義伸有明業非興獻造欲移國統難奉遵稱考則繼否則篡誼關父子兼君臣即應請斬佞臣首庶幾可慰孝廟神不然密啟張太后廢置重立新君新惜哉楊公少智畧主持不定徒乞身伏闕大哭人二百事殊可駭古未聞大禮未定大獄起衣冠喪氣羣奸尊國家養士竟何益

有天下者無子孫閱此廢書發孤憤禮之所變人共嗔世宗欲孝反不孝入繼大統難私親嗚呼人生誰不知五倫

三案

三案紛紛爭不定信史豈容邪勝正任爾重將實錄修千秋總辨忠和佞轉憶當時正直臣調停骨月未持平縱多愛國忠君意亦有沽名釣譽情貴妃擅寵久承恩褒妲陰謀卻未存只爲漢高疎孝惠遂疑飛燕啄王孫妖人起釁妖書出此事良難誣外戚平空縛得莽何羅直言指使關宮掖宮掖專房三十年蛾眉容易惑君前果生奪嫡更儲計何藉張差詐作癲我記春秋責賢士不告小人告君子後日文昇用藥由怨尤未必非因此光宗仁孝欠英明李鄭交通致禍生可灼庸醫妄投劑竟云進鴆事堪驚若將罪狀評崔李崔固當先李次耳矯稱遺詔賜黃金弑君趙盾難逃矣選侍誠殊馬鄧賢垂簾效武實虛傳停封已足舒公憤促迫移宮卻可憐一月昭陽讒口煽兩朝臺諫忠肝見不慮閹人慣弄權但防女主能生變茄花委鬼應歌謠可惜乾清任趙嬈奉聖夫人威恃帝門生宰相勢傾朝東林未免太深刻邪正分持早成隙羣小攻仇倚廠臣牽合封疆苦羅織

從此清流一網除朝無正士賊難圖有明失國終於闖始在忠賢亂正初

宏光

古人殺妻以求將事必有因嘗竊疑今閱宏光絕元配推詳情理尤爲奇君王若念微時劒詔書天下應求徧儻還金屋另藏嬌邢尹何妨教避面苟非其人何敢來飛蛾投火明招災入宮年月分明記結髮恩情忍見猜細思此事何荒唐豈有天倫竟盡忘縱翦連枝辭太子難抛夙耦棄糟糠其時士英挾天子或者福王身已死舊妃童氏的然真新主宏光轉非是一朝骨月果相逢

道破奸謀頃刻中無可奈何施巧計反寃冒認作中宮我言似妄卻非妄亂世茫茫事難量卜者王郎未敗時人心一樣劉家向南都一載便銷亡無道君臣天理彰可法得功同殉國姓名贏得永流芳

春盡日卽事

永晝拋鍼倦不支碧闌干外日斜時無聊弄筆閑窗畔一朵楊花落硯池

捲簾紅瘦綠初肥裊裊遊絲映日飛怪底東風最無賴送春來又促春歸

九十韶光倏忽過留春無計唱驪歌鳥啼花落年年事

春轉笑人離恨多

悵望殘英泪欲流一言聊慰送春愁休嗟此日繁華盡晚節寒香自有秋

午日有懷珧書

倏屆天中節凄凄不自由懷人吟俚句弔古唱離憂綵縷牽幽思蒲觴引別愁民貧無競渡簫鼓寂中流

寄珧書

尋常儘有疎君日片紙書來足慰儂底事鱗鴻杳無迹相思只訴夢魂中

樓頭又見月重圓回首前塵盡惘然聚不知歡別知感凄凉生性賦由天

宋史雜詠

陳橋兵變太怱怱黠檢居然坐法宮欺得孤兒與寡婦輸他石勒是英雄

將士黃袍預製成翰林禪詔袖中呈滿朝文武求榮貴只一韓通獨顯名

鼾聲榻畔豈容留不下江南事不休惜拾燕雲州十六他年遺作子孫憂

燭花影裏斧聲傳宋后倉皇語可憐手足親情堯舜法苦將性命乞人全

昭憲貽謀本未良兄終弟及法殷商德昭廷美含寃死泉下惟餘慟一場

顧命臣曾表自居相公事業竟何如只將論語心頭記忘卻當年金匱書

寇公英武主親征聽徹歡呼萬歲聲爭奈君王厭兵甚金繒卅萬出無名

忌功懷怨王欽若搆主羞爲城下盟從此東封西祀起玉淸宮建累蒼生

一國君臣似病狂爭傳符瑞太荒唐受珠不諫天書失賢相身亡恨未忘

同時五鬼亂朝廷縱有良臣國不寧天報雷州寇司戶
一朝拔去眼前釘

妻妾相爭過甚微爪痕廷示笑君非相公負把私讐報
黜罷朝臣黜后妃

萋斐讒言閒兩宮調和嫌隙賴韓公奸人搆釁知多少
豈獨當年任守忠

立廟稱親縱孝思身承大統義難私致君舜禹從公法
臣子何須異議持

畢竟人閒議禮難定陶王事昔堪歎歐公此日援喪紀
後起張璁桂萼端

新法須行致禍民周官偏誤宋君臣大賢只有程夫子
不罪荆公罪自身

蔡京五日事能竣曾被温公歎賞頻只要常如元祐治
奸臣未必不良臣

黨人碑上列羣賢刻石人心比石堅石有毀時名不滅
安民要使史書鎸

花石東南亂未平開邊重起復燕兵君王繼罷熙豐迹
又繼真宗禮玉清

太上東行賊渡河守城功績李綱多書生縱不嫺韜畧
只解勤王不解和

棄卻中原南渡行九哥不孝更無情負他頒詔金環寄
何必遙參五國城

伏闕歐生竟殺身千卿甚事作忠臣布衣愛國心如此
羞煞汪黃誤國人

十二金牌罷岳軍分明叔武怕迎君偏安足滿平生願
那許汾陽立大勳

十載功勞一日傾權臣在內事難成相留兀朮休回馬
冷眼書生看得清

殿前小校果豪英可惜荆卿事不成儻使太師真箇死
一刀勝用十年兵

宗岳韓劉百戰空英雄可惜未時逢區區一檜成和議
天意由來厭太宗

主和誤國罪難辭陷盡忠良病始危五十三人雖未死
老奸終覺太便宜

奉使王倫大節完同持和議判忠奸胡銓一疏傳千古
寃把蘇卿市井看

湖上騎驢隱士同不須鳥盡始藏弓將軍夙悟黃天蕩
萬事如兵慎所終

仁孝無慚藝祖孫報讐雪恥志常存符離一潰軍難振
張浚堪稱負主恩

上皇奉攵出眞情可歎光宗禮不行但看宋朝宮禁事
何曾孝子定親生

負鼎乘龍夢果然旋看侂胄擅朝權伺書由竇休相笑
犬吠村莊更可憐

不爲國計但身謀千古秦韓判一流快語傳來方信獳
金人欲得太師頭

濟王廢死共呼寃枉說新恩配八千七返宮中終定策
恨他彌遠太專權

濮議紛紛失至公稱親稱伯適誰從今看與芮榮王事
孝義能兼是理宗

諸公中毒太紛紛堂食曾無下筯人太息小朝廷運惡
天生不斷是奸臣

稱臣納幣苦求從上表還誇再造功如此平章軍國事
督師只合督秋蟲

公田闢會事何堪破國亡家死亦慚贏得細嘗甘苦味
半閒堂與木棉庵

淨土江南一寸無國亡孤寡照前車賴他忠義諸臣力
一綫重延三載餘

浪捲厓山恨不平孤臣心事託詩鳴狀元親拔君恩重
敢負忠肝鐵石評

勝敗還看一戰分斷維猶欲保孤軍露香抱主同心迹
上報皇天下報君

高樓風雨夕

高樓風雨逼深更歷慣淒涼淚莫傾書卷漸疎經卷近
名心日淡道心生夢中得句非關慧世上磨人最是情
縱使不逢搖落候吟來詩總帶商聲

四十自述

初度慚逢不惑期拈毫聊述命艱奇淒涼身世難稱壽
煩惱襟懷可歎癡數卷詩詞半生淚廿年辛苦九原知
祇餘一事差堪慰已見孤兒試筆時

時值殘年感百端愁腸宛似曲闌干貧家事少肩勞易
薄俗心多任怨難兒女承歡人漫羨（全兒聘婦余女甥也是日亦來捧觴）
影形相弔自含酸庭前梅萼眞知己同歷冰霜耐歲寒

三十曾吟自歎詩十年贏得鬢添絲榮枯人事嗟難料
喜懼親年敢不思罔極恩深何日報終天恨大此心知
幾番追痛嚴君歿正是初過强仕時

藥鑪經卷瓣香清紙閣蘆簾筆硯精禮佛不因求錫福
耽詩豈必慕傳名心神漸耗聰明減水月頻參意氣平
一點至情消不得今生已矣卜他生

禮佛後靜坐偶得

穩坐蒲團萬念休木來無我更何求夢醒靜待黃粱熟
事往全抛碧水流冷淡性情宜月伴淒涼身世合禪修
鴻泥踪跡留詩在記取紅塵一度游

癸巳

余久不作詩珧書妹札來勸余毋絕咏吟感成一律

花陰寂寂雨濛濛人在高樓思不窮欲了塵緣參淨果
忽來芳訊寄春風賞音豈必求身後得句偏多不意中
還恐蓮臺諸佛惱名心俗慮兩難空

前聞佩珊夫人即世余以夫人手書俱付裝池并作輓歌今聞夫人尚在不能無詩漫成二律

粧閣靈光殿才名仰大家無端傳錯誤不禁起咨嗟一
卷裝唐韻連篇唱楚些君知休失笑奇事類杯蛇

亦有前緣在交因翰墨深多君情款款使我意欽欽流
水高山曲千秋萬古心紅閨同調少知己最難尋

題士女圖

西王母寄書上元夫人

漢武無緣晤阿環空勞寄札五雲閒仙凡一日千秋異
望斷元洲鶴馭還

李夫人夢中贈漢武帝蘅蕪香

臨危不敢露容光夢贈蘅蕪竟體芳贏得官家生死戀
居然配食在明堂

趙飛燕留仙裙

大液池邊舞態殊風揚翠袖欲仙乎持裙傳得留仙號
合德終輸掌上軀

張麗華素袿裳梳凌雲髻獨步月宫

粧成絕似月中仙但博黃奴取次憐輸與羿妻能竊藥
青溪那得比奔蟾

薛靈芸唾壺承淚

塵宵雕輦入深宫拜別耶娘淚點濃情異湘江痕亦異
唾壺驚化玉成紅

徐賢妃擬離騷為小山篇

擬他樹蕙滋蘭句煞費雕瓊刻玉心莫道畔牢愁作好
愛君情讓美人深

袁寶兒司花

如花容貌把花司惜玉憐香費盡思花若有知應寄語
美人寒暖自家知

崑崙奴盜紅綃

黃耳空教護碧苕重垣插翅為飛來俠腸得遂氤氳使

豫讓荆卿事可哀

花蕊夫人祀張仙於宮中

十萬雄兵解甲時蛾眉恨不作男兒招寃事反稱求嗣
卻笑新官未得知

吳采鸞寫官韻

手寫烏絲可療貧繡襦甲帳共知名采鸞自是瑤淸謫
脩到文簫問幾生

綠衣女僮誦秋水篇

君王傳出綠衣名愛聽南華秋水聲莫道此篇無好處
勝他趙鬼誦西京

宋宮人餞汪水雲

白髮琴師返故鄉同來紅粉盡情傷一樽共爲先生餞
如送成連去路長

秋夜憶瑤書

淸宵萬籟寂愁思忽漫漫予美渺何處碧空生峭寒病
憐千日久別已兩年寬咫尺如天遠容光一見難

今年春夏以來五風十雨咸謂年豐九月後淫
雨不止變成歉歲詩以記實

記得夏時人共語眞喜五風兼十雨盡道高低大有年
畊夫農婦無辛苦秋半惟聞耳畔嗟恒風先損木棉花
貧家賴此圖生計無奈于今棄紡車九月以來雨不止
朝夕淋淋數旬矣處處田憂稻未收家家淚滴人愁死
苗而不秀已堪憐況是花開實結堅水毀金錢雖古有
不曾意外似今年五百餘錢米一斗目覩嘉禾難到口
絕似人生到盛年一朝病誤庸醫手天乎天乎胡太忍
不把下方民命憫才聞城南數口殤俱凍餓而死又聽城東
一家殞城東王氏一家七口因飢寒服毒自盡仲冬虹見尤堪猜電光每
發常聞雷奇荒之後繼大疫辛卯壬辰事可哀辛卯水災殊甚壬辰時
疫大行閨中無力飢寒救一瓣心香求佛祐願得明年
災病無豐登以保蒼生壽

楚畹閣集卷十

古今體詩十

常熟　季蘭韻　湘娟

甲午

元夕口占

九衢燈火想殷闐，獨步中庭思悄然。只有嫦娥解人意，清光不放一輪圓。

延礪之弟課全兒

已屆成童候芸窗，試筆遲苦心託賢弟。努力勉孤兒，願得甥如舅，何須母作師。多君期望大，宅相祝他時。（礪之示全兒詩云：吾家宅相成應早）

寒食

四十二年成昔夢，一百五日又今朝。桃花縱有嬌顏色，相對魂銷恨不銷。

春光黯淡竟如秋，料峭風多懶下樓。過了清明更淒絕，一枝花謝一分愁。

數載花時有雙燕飛來，雖未營巢於此，然徘徊往復，相顧差池，大有依人之致。今春杳然不復至，作詩歎之

年年慣借儂庭院，細話春愁向落花。一趁身輕飛去遠，不知託迹在誰家。

紅絲欲繫不重來，枉煞湘簾爲爾開。爭及昔時孤燕子，多情猶向墓門哀。

題礪之弟近作

一卷披來散綺霞，詞壇堪稱此才華。愛談風雅由天性，畧去繁蕪自大家。我到謝庭慚道蘊，君欣鴻案比秦嘉。（弟婦亦能詩）埽眉筆藉生花筆，羸得詩人屢共誇。（弟曾與余聯句作詞，子瀟太史題辭云：却向漫天風雪裏，笑他輕擬撒鹽人。王晴香茂才題辭云：令嗶才固左芬亞，明遠何曾輸太冲）

立夏前三日與礪之論詩

鼠姑風裏日長時，午倦拋鍼且論詩。依樣葫蘆看苦熟，天生花葉句方奇。雕今潤古談何易，界宋分唐思近癡。須奉國朝雙老語，性靈格律要兼持。（沈歸愚宗伯主格律，袁子才太史主性靈）

四月初二日東珧書

絕無佳興泛蘭橈，弔夢歌離暮復朝。聽得中流簫鼓沸，拈毫聊自破清寥。

落花飛絮正漫漫，中有愁人淚不乾。怕倚斜陽思往事，連朝閒煞碧闌干。

輓季蘭女史

季蘭姓朱氏貌娟秀工繪事尤善傳神幼欲從余讀書寫大家授經圖便面見貽余作二絶句以報謝十年後得晤季蘭道及前詩知其珍藏什襲也今聞病殁作詩惜之

丹青十五早名傳問字儂深畏後賢未授一經虛畫筵飜勞什襲愛詩箋三生慧業非卿福一度清談亦我緣從此閨中失周昉那教人不爲淒然

寄妹

一回作別一思量貧病憐君久臥牀芳草緑波傷去遠（時妹婿入都）雨聲月色引愁長鳳釵付質疎鸞鏡繡譜抛殘賸藥方寄語餐眠須自愛免教阿母繫心腸

午日雨有感

好雨人人喜惟儂感莫支死生千古恨涕淚九原知强作自娛計還傾酒半巵澆愁愁不滅聊復一題詩

讀淵明集

葩經三百篇蔽之言則一今讀淵明詩絶似葩經筆澹若東籬花雅如清廟瑟鳥因戀舊還雲本無心出掩卷有餘味妙理亦稍得始悟絶代姿原不在雕飾一加粉黛粧便非眞國色

先生性愛酒兼愛琴與書想見世人醉不飲醒太孤書不求甚解聊以供自娛蓄琴乃無絃其趣與俗殊臨門種五柳帶月荷一鋤二三素心友晨夕相與俱奇文欣賞外山水樂有餘

幽蘭雜蕭艾顔色本無別風吹王者香始知品超絶先生處盛朝豈樂爲隱逸自惜稷契身腰爲五斗折脫屣歸田園閉門勤著述靈臺淨無塵皎如古明月即以詩筆言千秋渺難匹

夏夜書感

瀟瀟梅雨灑初晴悄倚朱闌百感并無力可賙貧戚黨伊誰能救病蒼生天心屢降饑年疫（辛卯壬辰水災後行大疫去歲水災今歲復疫）國手難醫世俗情我有愁心吟不盡祇憑月姊照分明

曉聞雷雨

清曉聞霹靂全家膽盡寒天憐人疲苦一震萬民安得此時雨沛無愁農力殫起來庭院望詩思滿闌干

吳中吟十首

田家行　憫農夫也

田家行爲鄉里吾邑水災三載矣耕夫農婦苦不勝晝夜辛勤車出水少者力疲老者死依舊朝朝雨不止家旣無錢爨無米無奈商量棄女子小者抛道旁大者作

奴婢剜肉補瘡救目前骨肉相離痛不已我思一逢甲子歲再遇癸未年二次水災亦可憐其時民風較今似稍厚邑侯延聘賢士大夫勤勸捐況有春收菜麥相周旋近歲奇荒實爲首菜甲麥苗盡無有西鄉極高之處尚掣肘何况東鄉及南畝古云三年耕必有一年蓄農欲防饑先積粟今農種穀常苦饑官吏催征受鞭扑使君下令開白茆欲去民災保民福惟願從此萬年永豐足

寒女嘆　哀紡織也

生男莫學刀與戟生女莫學紡與織學成刀戟喪沙場學成紡織困衣食貧家女最可憐垂髫至白髮只解弄木棉平生不識羅綺鮮豐年獲利已絶少何况連歲逢凶年雪花如掌風透室纖纖十指凍流血一日不織一日饑一機不紡不成匹織成持向城中賣買主惟嫌作去手壞千言萬語苦求益添得數錢心畧快急擬持歸易米炊不料家中人索債胥吏催糧似虎威子母全捐出無奈身寒腹餒色可憐老幼全家饑食菜冋思豪門繡戶人美衣美食不知貧天公待人胡厚薄同是人間一女身再紡再織不敢哭今夜要圖明日粟寒鐙一點共不眠又聽遠村雞喔喔

名士箴　重實學也

古之名士非僅名欲立學識先修身一日三省曾子語讀破萬卷杜老情我讀儒行記始悟名士義才人學人道本同不貴虛文貴誠意誠意須從忠孝始讀書當從聖經起十三經理能貫通然後專心廿二史春秋之筆直如矢美者必褒惡必否摘句尋章豈大儒有文無行非君子經史之外求百家博覽子集擇其美不學無術昔所譏寵柳驕花今所喜四千餘歲事果明十二萬年印板耳漢唐以後有幾人著作流傳長不死文行兼優事理通如此纔足當名士文因人重人借文稱風雲月露才筆偶成文以載道扶宇宙濂洛關閩皆正聲作詩非敢爲諷刺竹素性耽聊見志讀書不讀聖賢書不如不識一丁字

堪輿引　譏遲葬也

人心愚惑堪輿此風盛行越與吳欲卜子孫吉苦將風水拘思憑祖先骸骨博富貴以致一棺久厝廿載餘不使逝者安其軀我思天理地理本不殊但以方寸判兩途若葬吉地可獲福精堪輿者當自圖何以堪輿家亦有貧且孤須知此道不足趨又思聖人論葬有定期天子諸侯大夫士庶各不齊緣情制禮俱得宜後人胡可

輕更移遲葬既非禮早葬亦不情惟願普天之人遵聖經堪輿之說不可聽

嫁女歌　諷重財也

江南俗尚奢嫁女粧奩盛女兒年至十二三預備粧奩以待聘紛紛氷人來議姻只問奩資不問人或者有田宅或者有金銀珍珠翡翠皆豐盈百家相求始一成三星在戸桃夭賦錦繡羅紈無不具錯采鏤金約廿箱嘖嘖爭看路人慕新人未入門已聞人共譽上堂拜舅姑舅姑大喜歡囑勿作羹湯囑勿早問安入房對夫婿夫婿心中憐親爲掃螺黛親爲貼花鈿舅姑夫婿既相愛

族黨親串交稱賢九分粧助一分色咸道絶世容如仙别有貧家女如玉裏布釵荆秀眉目年逾二十賦于歸一朝嫁入豪華族無金珠無粧奩夫不喜親多嫌竟將西子呼無鹽娶貧家女羨富姝豈知富女能驕夫禮脩千古推賢婦我道貧家女孝姑

禁煙謳　恨無賴也

禁煙謳獨指阿芙蓉阿芙蓉害世真無窮耳聞目見無異同人雖自取死半由煙之功譬如野葛鴆鳥皆有毒世人胡敢親喉嚨惟有煙之殺人人樂死九較野葛鴆鳥兵刃凶富家嗜煙者不致妨衣食然而其人已奇極兩人相對篝一燈長夜不眠晝常息父母妻子可暫離黃金白璧可抛得只有此煙一日半日不可無胸中久已結成癖百事漸荒廢密友請煙客郇厨珍羞如蜜甜佐以霜糖瓜果常堆積一年又一年形銷瘦存骨富者變爲貧壽者成夭折更有孤寒輩嗜煙常苦饑饑至不可忍每求親友施施之不滿意遂多不遜辭只因一人困鴉片禍及各家如蔓滋耗民財奪民命三尺法原垂禁令可嘆官民却同病漸致風行日益盛

新粧篇　懲妖豔也

新粧異新粧異出自姑蘇金粉地青樓女子愛鬬新多

少紅閨效奇麗乾嘉之間高髻盤峩峩約有半尺寬而今時樣要低綰烏雲接日（時髻名）紅絨蟠鏤金邊刺繡邊四圍如意鑲雲肩一衫可直數萬錢凌波小步羅襪鮮一雙蝴蝶棲金蓮粧成妖豔奪人目黃金不惜如飛煙有一美人來翩翩不將冶服邀人憐平生曾不御華鉛屬我賦此新粧篇新粧篇賦何益易俗移風安可得美人之意不可辜聊紀道光時粧飾願他江左婦甯孃須念蠶桑惜物力

燒香詞　絶異端也

燒香詞譏他異端邪敎心存私須知我亦燒香者非敢

謗佛妄有辭我心敬佛不佞佛一瓣心香常不滅怪哉此鄉愚夫愚婦之燒香持經誦咒別有方設立教主相傳將羅刹入衆如門牆病不用醫藥祇須禱佛身安康死不用冥鏹雖係骨月無悲傷詛人財物食人糧詭云死後登天堂別有一種尤可惡不僅燒香與燃燭大分三斗穀小分三升粟謂作牢丸供佛以求福待得一朝米收足男女相溷將會作衆人無災佛不靈佛儻有靈宜怒觸我意宜將爲首人緝付有司請專戮庶爲江鄉正風俗

春社曲　戒俗奢也

春祈秋報古社名海虞鄉社異古情每年四月社始舉繡旗綵纖將神迎擇吉開廟門走馬催錢糧消災降福求城隍一城之人遊輿長富者製衣裳貧者執瓣香邀親結伴地主忙老者少者皆若狂一年一會樂異常神前供養須鋪張玉盤金盞盛酒漿三牲五鼎酒家備獻茶奠爵民家當紛紜事俱已畢却喜社期是明日豈知明日天不晴多少遊人心不悅神靈不能禁雨師黃冠到此恨無術擬後日事再補豈知後日天又雨三日五日天不晴十萬青蚨化爲土人道神無靈我道神知苦田中菜麥已將枯不助遊人助農圃

競渡謠　刺冶遊也

五月五日三閭大夫沉汨羅忠魂渺渺隨清波國人弔之作競渡豈知數千年後其事相傳訛吾鄉四月初二三月之二十兩度水嬉萬人集邀伯姊約諸姑南鄰北里相招呼梳粧時世容爭豔翡翠搔頭明月珠費盡金錢未曾惜豈爲忠魂爲遊客可憐一戸中人貲不救饑民作無益士女如雲盡出游大舟小舟爭河流一舟載得如花女羣舟四面圍此舟遙聞簫鼓龍舟到爭立船頭無老少却將紅粉浪評論不看龍舟看花貌酒氣花香繞蘭槳龍舟三匝頻來往常時一文不捨守錢虜今日揮金先放賞須知富家錢不難取但到嬉遊便如土如何貞靜蘭閨身冶游愛逐人嬉春雖然未減嫦娥態終遜嫦娥不近人

病目口占

每年交仲夏雙目苦羞明針黹雖拋棄書卷猶縱橫今年五月後晝夜常瞢騰晝則垂重簾夜則避短檠不悲屢垂淚非睡亦合睛一事不可作小鏡懸墨晶人生一天地兩眼日月精日月偶昏闇天地如欲傾心爲君主官所賴仍清寍心寍神自定兩耳爲宰臣暫以耳爲目未必非人情不辨物妍媸轉覺氣和平常學謝莊坐默

默不出聲愛書不能讀姑效石勒聽得句不能寫呼弟
代書成長日儘消遣塵務無牵縈屈指半年來斷葷不
食腥不嫌滋味淡轉覺胸襟清心旣抱止足與時無所
爭病目不病體終勝他疾生

雨窗偕礪之弟小飲卽事聯句二十韻

一雨三晝夜 成銑 生機萬物皆稻苗欣乍長 蘭韻 農事
望無乖量意蒸雕礎 成銑 泉聲溜玉階紅蓮增艷態 蘭
韻 碧草潤芳荄陣結牆邊蟻 成銑 涎增壁上蝸雲濃遮
樹暗 蘭韻 苔嫩帶塵埋淼淼波添渚 成銑 丁丁屐繞街
炊煙濕茅屋 蘭韻 暝色冪書齋玳押參差蕩 成銑 牙籤
次第排滌煩憑茗椀 蘭韻 索句檢詩牌翰墨勲誰策 成
銑 壎箎調克諧拈毫題險韻 蘭韻 展卷助幽懷風雅思
前輩 成銑 淸閒讓我儕欲消愁似海 蘭韻 幸有酒如淮
相對頻飛琖 成銑 何須待拔釵頓忘貧況味 蘭韻 全賴
醉生涯今古同君論 成銑 杯盤與弟偕高吟驚宿鳥 蘭
韻 小部聽鳴蛙入夜開新霽 成銑 遙天散積霾明朝晴
可必 蘭韻 觀瀑與尢佳 成銑

久雨新霽飲繡囊淸閟聯句二十二韻

新晴夏景佳 蘭韻 雲散碧天淨瘦月吐樹梢 成銑 薄霧
籠花徑淸風喜徐來 蘭韻 淡彩恰四映蝦鬚垂玳鉤 成
銑 塵尾揮玉柄煮茗助淸談 蘭韻 展卷動吟興曠達可
忘憂 成銑 淸貧勝多病止足心自安 蘭韻 恬和物無競
守拙卽守身 成銑 養氣須養性王道不外情 蘭韻 人力
難强命節序判燠寒 成銑 境遇異衰盛無欲煩惱除 蘭
韻 有志識力定莫添身世感 成銑 且把古今評高風仰
謝家 蘭韻 逸致羨陶令盍掌中杯 成銑 莫顧墮後甑
孤懷近老莊 蘭韻 聯句學韓孟銀蟾葉鑄窺 成銑 古鶴
松下聽才澀思不奇 蘭韻 韻險語多硬焚香金鼎温 凡
銑 洗盞玉壺罄涼露凝如珠 蘭韻 方塘澄若鏡靈府滌
塵囂 成銑 眞樂耐涵泳推敲師互爲 蘭韻 酬唱敵稱勁
聊紀一宵言 成銑 意豈在爭勝 蘭韻

繡囊齋銷夏雜咏

夏日功餘偕礪之坐繡囊齋因卽齋中所有
諸物自法書名畫以及几案所陳與夫花卉
竹石目之所遇付諸咏歌聯句得三十首聊
以遣懷寄興若云希踪謝庭則吾豈敢

漢開母廟石闕銘拓本

廟碑猶記漢延光 蘭韻 拓本關心辨宋唐幸得明珠還
合浦 成銑 繡囊齋收藏法書名畫甚富竹田丈宦粵盡攜以往惟墨花四仙圖楚畹蘭石卷留家中丈卒於官攜往者俱售去惟此碑與明祝京兆書林酒仙詩册得歸耳 遂教寶篆鎮歸航

流傳遠過一千載 蘭韻 殘鉄難全卅二行 全碑三十二行行二百餘字今所藏者題名四十二字銘文二十六字共六十八字耳 此是人間希有物 成銑 傳家世世永收藏 蘭韻

宋楊補之墨花四仙圖 四仙者梅桃菊水仙也間以竹石

清夷長者神品畫 蘭韻 七百餘年賸一斑自有古香浮素絹 成銑 儼如高士聚商山傳神不藉丹鉛色 蘭韻 作伴宜居竹石間若使元章曾見此 成銑 也應傾倒笑開顏 蘭韻

明祝京兆楷書林酒仙詩册 款云大明成化丙午年書

妙蹟傳從成化年 成銑 世間萬事有因緣難詳梵語還

才語 蘭韻 最愛書仙配酒仙佛子豈須工索句 成銑 醉鄉即可當逃禪墨花中帶梅檀氣 蘭韻 不似濡頭草聖顛 成銑

明文待詔畫楚畹蘭石卷 卷首有自書楚畹二字卷尾有自題七律一首註云友人贈紫毫筆寫此奉貽

幽人點筆畫離騷 成銑 似有仙靈赴紫毫髣髴三閭吟澤畔 蘭韻 淒清二女泣江皋如蘭雅契原無忝 成銑 匪石貞心永不撓九畹清芬千古挹 蘭韻 披圖恍對楚山高 成銑

墨花仙客臨管道昇墨竹

翠琅玕影寫婆娑 成銑 惆悵雲烟轉眼過 墨竹真跡余欲得不果仙客臨此見贈且致書云即或得之亦如雲烟過眼今一展玩數日已非翰墨緣慳者比矣時適余歸宦也 自臨模揮免頴 蘭韻 遂敎風雅繼鷗波難招渺渺仙靈杳 成銑 頻沁斑斑淚點多留與畫家添本事 蘭韻 千秋清節比湘娥 成銑

墨花仙客畫飾色梅花册

綠華仙魂化梅花 蘭韻 疎影橫斜寫素紗渲染未妨施粉黛 成銑 空靈眞覺帶烟霞癡心欲學林高士 蘭韻 刻意追橅宋大家自是因緣種香國 成銑 羅浮清夢不須誇 蘭韻

海天秋 琴名仙客所撫

塵寰何處覓知音 成銑 悟得無絃妙理深玉軫金徽零落恨 蘭韻 陽春白雪古今心海天路遠人難返 成銑 雲水聲銷淚不禁莫嘆錦囊蛛網集 蘭韻 猶勝抛撇在牆陰 成銑

鸜鵒硯 墨花仙客手製

出自端溪古洞邊 蘭韻 傳家惟爾是良田交朋似此情纔久 成銑 君子原將行比堅那有書傳鸜鵒足 蘭韻 徒敎寫盡鯉魚箋羨他鸜鴿雙睛活 成銑 曾見粧樓句共聯 蘭韻

古劍

匣底誰將久棄捐 蘭韻 土花紅沁血痕鮮藏鋒自分長埋地 成銑 望氣還疑尚燭天未識可曾經百鍊 蘭韻 定知不用已多年宛如名將閒居老 成銑 一度摩挱一慨然 蘭韻

古鏡

斑斕古澤射雙瞳 成銑 知出秦宮與漢宮無復光華如皓月 蘭韻 難將肝膽訴青銅未妨韜晦聊從俗 成銑 莫辨妍媸轉得中我有靈臺長不昧 蘭韻 儘君相對影朦朧 成銑

蘭棟 墨花仙客所繪

不問知為楚客居 成銑 離騷四壁愛吾廬三湘七澤神遊熟 蘭韻 放葉抽芽意自如懸腕空中工結構 成銑 託根高處最清虛此間合喚芝蘭室 蘭韻 淨几明窗配讀書 成銑

山石

一叢丹桂綴玲瓏 蘭韻 三徑苔痕曲折通耐久願同良友契 成銑 不言古抱丈人風拜還欲向疎簾外 蘭韻 愛亦難攜小袖中畢竟爲山猶未就 成銑 人工終究遜天工 蘭韻

書廚

四千年事此中藏 成銑 有腳名還孰敢當飛去空愁同顧畫 蘭韻 收來滿喜勝曹倉一瓻借處來名酒 成銑 萬卷披時發古香願化蠹魚常得住 蘭韻 碧紗何必羨清涼 成銑

竹簾

似分明又似模糊 成銑 映得金堂分外虛盡日留香長不捲 蘭韻 有時通月轉宜疎隨心高下中無礙 成銑 任意編排節自如若使當年懸紙閣 蘭韻 一般清絕孟光居 成銑

闌干

一抹斜陽小倚時 蘭韻 迴文巧樣配題詩欲連仍斷如腸曲 成銑 閒拍愁憑有月知繞砌自能分界限 蘭韻 隨廊未許畧參差記曾香夢初醒後 成銑 畫徧銀鉤費盡思 蘭韻

簷鐵

隔簾疑是珮璇琤 蘭韻 助我吟情別樣清靜裏天風吹過處 成銑 空中仙樂自成聲香閨幾度驚殘夢 蘭韻 客館深宵動別情畢竟依人簷下住 成銑 冷懸閭客恨難平 蘭韻

白皮松

小院亭亭百尺松成銑歲寒交久廿年從愛看釵影弄明月蘭韻貪聽濤聲和晚鐘伴得霜鱗惟有鶴成銑生成銀甲竟如龍孤懷爲仰冰心抱蘭韻不羨秦時受帝封成銑

翠雲竹

約束凌霄志未伸蘭韻貞心勁節已超塵雲鬟恍訝湘江女成銑翠袖還疑空谷人佳士儘堪排左右蘭韻此君未减舊丰神渭川千畝雖云好成銑檀几書窗讓爾陳蘭韻

白秋海棠

零星幾點粉牆東蘭韻舊日臙脂淨洗空腸爲愁多無可斷成銑淚因淒絶不能紅冰心皎皎盟秋月蘭韻素面亭亭立晚風玉蝶飛來渾莫辨成銑翩翻雙翅與花同蘭韻

金絲荷葉

滿地零星拾翠鈿蘭韻沿階滋蔓最纏綿豈能擎雨張如蓋成銑但覺臨風小似錢學得桃花名巧借蘭韻花有名金絲桃者偷來榆莢樣同圓關心最是垂髫女成銑貼向纖纖兩瓣蓮蘭韻幼女纏足可貼之

竹榻

北窗深處話羲皇成銑不羨桃笙愛竹床自有清風來枕簟蘭韻能無幽夢繞瀟湘敬兒通體從消熱成銑奉倩中宵免取涼怡稱梅花懸紙帳蘭韻横斜疎影滿篔簹成銑

茶鑪

安排活雨設西窗蘭韻消渴能將酒力降新埽松枝堪種火成銑舊藏梅水試開缸煖壺最愛紅泥小蘭韻鬭茗還宜碧盌雙癡絶欲將鴻漸塑成銑細評滋味對銀缸蘭韻

花瓶

羣芳休悵遠離根成銑付與軍持靜掩門四季名花常供養蘭韻一泓清水判寒溫隨身屢聽呼鬟捧成銑守口須知有膽存淡月疎簾相映處蘭韻偷描畫稿壁間痕成銑

香鑪

檀几參差小閣中蘭韻博山巧樣鑄瓐瓏香添蘭麝烟飛紫成銑火種櫻桃色沁紅供向書窗吟五夜蘭韻設來琴座曲三終清心人合常爲伴成銑荀令當年愛必同蘭韻

棋枰

清簟疎簾相對時蘭韻儼如素紙染烏絲無端刼殺從伊起成銑欲判高低各自思一十九行勻界畫蘭韻尺分寸地苦爭持局中人每紛紛亂成銑袖手旁觀轉得知蘭韻

酒杯

人間惟此可忘憂成銑無怪劉伶死不休在手常邀明月共蘭韻關心每替好花酬斟來深淺惟憑量成銑化去金銀總莫求戲折荷筩相比較蘭韻芬留齒頰更清幽成銑

紈扇

似月團圓剪素絲成銑纖纖玉手稱親持風如蕉葉常盈袖蘭韻雅配梅花寫折枝一種閨情思謝婢成銑千秋宮怨憶班姬階前懶把流螢撲蘭韻遮面剛逢小病時成銑

貝葉

貝多嘉木產炎方蘭韻葉似梧桐色似霜閒寫金經呈古佛成銑記傳內典奉空王名還喚作思惟樹蘭韻種本來從身毒鄉自有栴檀香沁透成銑優曇雖好不能長蘭韻

數珠

攜來蓮座絕塵氛蘭韻百八牟尼顆顆勻纏臂豈如金釧重成銑隨身不羨麝珠芬千聲梵語關心記蘭韻一縷香煙鎮日薰悟徹禪機原貫串成銑散除熱惱禮慈雲蘭韻

瓜燈

形同碧玉最瓏璁蘭韻點綴眞宜向畫屏攜映瓶花疑桂月成銑戲懸庭樹當匏星鎮心何事偏中熱蘭韻纖手親雕見性靈贈與芸窗勤讀者成銑照書畢竟勝囊螢蘭韻

七夕即事聯句十六韻

却喜晴無雨灑郊蘭韻晚餘閒坐小堂坳漫猜鵲已翔雲表成銑最愛蟾先挂樹梢曬腹當書誇博雅蘭韻穿針乞巧笑娥嫦金風涼送飛螢苑成銑銀燭光驚宿燕巢碧漢浪傳牛女渡蘭韻丹葩初綻鳳仙苞星辰作合談原妄成銑天帝貪財事可嘲暗怯宵深簾不捲蘭韻爲愁韻險筆頻拋聽他蓮漏丁東響成銑題就蠻箋子細敲詩思清憑秋氣助蘭韻幽懷澹却俗情淆爐添龍腦陳珍果成銑案設雞缸列野肴吟向瑤階陪蟋蟀蘭韻封來鈿盒閉蠨蛸何方能借麻姑酒成銑有饌慚非

郇氏庖嘆我命孤成別鵠 蘭韻 羨君才大比騰蛟自甘守拙除煩惱 成銑 悟徹浮生似幻泡得慧還須兼得福 蘭韻 同心終究是同胞無詞雖遜神機錦 成銑 一洗人間舊樣鈔 蘭韻

送礪之省試

秋風折桂送君行點檢輕裝悵惘生此去也知歡喜事添來無奈別離情半年學苦惟吾見一振家聲在爾名戰勢分明同背水蒼蒼鑒察定功成

秋熱憶弟

交秋逾半月秋暑苦相侵居者尚如此行人更莫禁友朋雖有伴骨肉倍關心朝夕頻思爾拈毫且一吟

次素娟懷礪之韻即以代柬

羨君粧閣鏡常圓暫別偏勞思悱然寄倩小郎傳妙句簪花格細似蠶眠

清宵知爾暗銷魂花影當窗靜掩門咫尺莫嫌天樣遠瑤華好寄與評論

偕素娟坐月有懷珧書疊前韻

一輪怕見月重圓縱不言愁也黯然惆悵明知了無益連宵偏又廢清眠

滿庭涼露浸花魂玉漏遲遲閉院門別緒詩情兩難遣聞將往事與同論

月下偕素娟話舊再疊前韻

無多飛絮化萍圓儂有來生豈必然方寸苦難禁熱惱不如歸去碧城眠

頻彈珠淚弔詩魂花映瑤階月映門珍重今宵鐙下語孤懷不易向人論

詠史

謀利闉中不惜名宦馨兒莫奈何卿古人終較今人好聞李陽言意便更

坐月口占

西風嫋嫋月穿櫺繞砌蟲聲不耐聽一個草螢棲樹頂小兒誤認作明星

大雨不止書此破悶

大風欲拔木雨勢猛不止空庭忽成河破窗吹去紙屋漏不可塞點點聲無已清晨似薄暮昏黯人慵起家居宛在舟聽風兼聽水淋浪暮復朝滴碎愁人耳念彼離家人定盼雙紅鯉 時弟在白下 更思去年秋歲豐人共喜一從九月交淫雨害鄉里穀熟不得收田家半饑死今年禾亦佳農心稍安矣家家願速晴焚香禱天咫奈何連日來風雨竟如此未識灑天瓢又遇誰家子

秋宵詞懷珧書

風瑟瑟蟲唧唧小庭黙坐嗟離別一般薄命可憐人每到秋來愁欲絶思君不見迴腸結咫尺何曾千里別連宵恍惚夢君過醒後徒然添哽咽依依臨去思當日月照孤松燈照室嫦娥鑒得兩人心應識兩人心是一幼女嬌兒頻繞膝渺渺余懷不能說紙樣羅衣怯嫩涼蓮漏遲遲還聽徹觀空我已心如鐵怪底與君情苦切離合悲歡總夙因懺除須仗蓮臺佛

秋感

一片商聲起樹林天容慘淡亂愁侵伶俜病蝶如人懶

嗚咽哀蟬學我吟往事難尋疑夢境中年易感是秋心
自憐薄命同殘葉蔽日遮風漸不禁

題佩珊夫人所貽詩札後

絶代聰明筆一枝瑤華展閱動離思言愁畢竟貧非病
論福從來慧讓癡（夫人無子且貧甚）累我頻彈知己淚感君苦
作憶儂詩今生文字因緣好只有蓮臺古佛知

呈外叔母 并引

外叔母姓錢氏幼嫻姆教能孝雙親父病嘗刲臂和藥疾得愈年二十四歸外叔父建山公爲繼室年餘公卽病瘵叔母謹湯藥愼扶持每疾作雖嚴寒盛暑衣不解帶者必數旬七年侍疾如一日生一子一女丁丑秋建山公卽世今十八年矣叔母守志惟謹孝於姑慈於幼事尊長以禮教子女以勤蘭欲學步後塵愧弗如也今秋偶話疇昔命蘭作詩述其平生蘭愧不才辭不獲命勉成絶句六首然叔母之淑愼溫恭孀居氷操未足序其萬一耳

黃鵠悲歌十八春同居同調最情親梅花品格松筠操
愧我無才詠不眞

未賦桃夭識大家賢聲戚黨早相誇庭闈愛惜明珠似
姊妹叢中第一花（外叔母係蘭從姑母之姪女也）

宜家宜室頌來時粧閣追隨事畧知辛苦閨房常侍疾
七年湯藥必親持

叔姪年同命也同釵分鏡破兩年中傷心各撫孤雛小
相對惟彈淚點紅（外叔父與夫子同年夫子先歿一載）

每慚芳範我難如克儉持家慈孝俱撫育辛勤憐弱息
羹湯黽勉奉君姑

小郎聰俊繼靈均小妹才華似左芬寒極春回天理定
何愁晩節少人聞

秋柳聯句用漁洋山人韻

西風斜照最銷魂成銑寂寞柴桑舊日門飛絮已無前度影蘭韻顰眉不似去時痕牽愁曳怨絲千縷成銑泣雨啼烟水一村淒絶青衫憔悴兒蘭韻年年送别忍重論成銑

夜烏啼碎一天霜成銑疎影依依照碧塘人去玉關憐遠道蘭韻衣殘金縷檢空箱吟成白雪猶思謝成銑蔭比甘棠尚憶王三起三眠消故態蘭韻不堪回首漢宮坊成銑

楊枝已換舊歌衣蘭韻檀板金樽事總非古驛荒亭寒料峭成銑曉風殘月夢依稀蕭條祗有哀蟬伴蘭韻迎送難隨畫鷁飛贏得殘春消息在成銑萍蹤莫使昔情違蘭韻

腰肢瘦減有誰憐成銑昨夢隋堤渺若烟弱不禁風非蕩漾蘭韻情何可解自纏綿翠樓凝望曾三月成銑青眼重開待隔年悟徹繁華消盡恨蘭韻淨瓶甘露灑無邊成銑

題岳忠武王遺像聯句二十韻

颯爽鬚眉在蘭韻披圖拜鄂王英雄千古仰成銑忠孝一門揚奮跡從行伍蘭韻棠塵值靖康烽烟迷世界成銑血肉滿疆場天意偏安定蘭韻人心正統忘十年臣力盡成銑百戰賊魂亡敢敵標羅幟蘭韻衝鋒舞鐵槍先聲馳澤潞成銑勝算復荆襄誓取燕雲地蘭韻重開日月光降書迎絡繹成銑虜騎走倉皇萬里飛旗傍蘭韻千家餽糗糧威同關壯繆成銑功比郭汾陽議已朝中決蘭韻師空閫外忙書生明事勢成銑權相正猖狂十二金牌召蘭韻三千銀甲涼長城甘自壞成銑冤獄令人傷百口憐難保蘭韻全家恨莫償籲天文字慘成銑報國姓名芳對此丹青色蘭韻能生義勇腸祗宜麟閣祀成銑俎豆薦馨香蘭韻

礪之被放詩以慰之

有命何須怨持樽勸解顰傲霜宜效菊愛日且娛親劍氣終冲斗詩才况出塵年華猶未晚君莫慮長貧

和礪之秋感詩原韻

人爲聰明易感秋吟聲風送入高樓論君身世誠堪恨似我遭逢祗合愁何日果眞登彼岸此生直是繫虚舟不如且盡尊中酒聚散原同水面鷗

秋風蕭瑟月模糊引得新愁舊恨俱辛苦營巢憐海燕殷勤反哺羨林烏飲非取醉聊排悶詠不求工且自娛差勝天涯遠遊客鄉心渺渺託蒓鱸

寒夜感懷用古詩孟冬寒氣至韻

北風撼高樓小膽時戰慄輾轉不能寐百端方寸列隱憂最傷人髮脫齒漸缺遙聞鴻雁過難寄夜臺札死者日以疎無從話離別音容常在心百年永不滅默默抱丹誠願君泉下察

哭宜蘭妹二十首

罡風一夕猛驚心吹散雙飛姊妹禽三十九年悲永訣哀哀腸斷不能吟

搦管酸辛淚萬行吟來一字一心傷香桃骨瘦貧兼病十載堪憐半臥床

記得當時總角年承歡大母最相憐鏡臺命受溫家聘道汝聰明定孝賢

自詠桃夭十七春賢聲籍籍徧宗親阿翁作吏傳清白裊布釵荊慣處貧

順夫鞠子孝君姑非禮堪稱一事無憐我命孤勤慰意掌中分與一明珠

少小依依似雁行廿年晨夕總相將一從各賦于歸後歡聚無多怨別長

兩番隨宦苦相思日盼書來話別離慘絕者番分袂後夜臺那有札來時

避債無臺淚暗漣歸寧扶病度殘年夫妻拚作終身訣從此愁深命莫延 妹因李氏索債於十二月二十六日歸寧妹婿即北上從此愁深境窘病勢日增遂致不起

頻年憔悴不經心豈料膏肓疾已深生爲黃金失鸞鳳恨難塡海比冤禽 妹病中云我已久病死本無恨惟因不能償李氏金以致夫婦死不相見我死目不瞑也

病重剛逢報罷時離懷輾轉淚如絲明年縱折蟾宮桂泉下幽魂未必知 妹歿後三日接妹婿家書有云今科不售當努力攻苦來科總有望也

彌留一息夜三更纖手如冰語語清博得全家齊慟哭蓋棺眞可見生平

慈孝能兼費苦心况於姊妹更情深 妹歿時猶念珧書姊 臨危遺訓諸兒女一字分明抵萬金 妹臨終猶教子女孝順勤學

白髮偏親哭汝哀料應腸斷在泉臺一般爲女吾深愧愧不如伊婉順來

共知趙壹久空囊克儉持家賴孟光身後遺留無長物嫁時衣作殮時粧

早知此病無多日悔不從伊伴幾宵回想一燈臨病榻孤懷爭得不魂銷 妹於九月初患腹脹廿四日即世予雖日往探候恨未一宿妹家妹病中只一老嫗相伴耳可憐

一靈不昧話頻頻寄語休傷奉倩神倘念糟糠恩義重

他年好看膝前人（妹臨危託囑之寄言姊壻毋自神傷念我只須愛我兒女）
浮生悟徹原如夢頻到連枝忍不悲解脫料伊魂不散
舅姑阿父共追隨
去年過我住三宵兒女承歡暮復朝此後寂寥粧閣裏
芳魂可至慰無聊
一棺長閉萬緣空弱羽褵褷哭寢中辛苦半生眉未展
九原含恨定無窮（妹因繼姑在堂遺囑勿停靈正室故柩停臥房）
手足閨房只有君君亡從此我無羣楚些唱徹魂難返
不識哭君君可聞

壽墨香五十

翠樽腰泛雲霞色彤毫書滿歲柔德介眉非敢綴諛詞
廿載知心聊紀實維君家世列簪纓珠綱金釭舊有名
大府麾幢臨百粵翰林文字重西清玉貌亭亭秀無兩
椿萱愛似珠擎掌重闈況更得歡心花前侍奉扶鳩杖
道蘊清才迥出塵靈芸指爪亦針神春融香管吟千首
月燦羅幃繡五紋笄年過後桃夭賦眷屬崔盧世爭慕
鴛牒諧時百兩迎鵲橋塡處雙星渡從茲鴻案慶團圞
挽鹿賢蹤可比桓榛栗棗脩虔女贄羹湯酒醴潔晨餐
黽勉持家操井臼鳴雞弋鴈誇佳偶懿範常昭克儉勤
福根深種因仁厚賢聲籍籍衆咸知宜室宜家我所師

蘋藻屢看陳五廟芝蘭先已秀雙枝大兒聰穎多才思
弱歲圜池久拔幟書法歐虞妙入神况兼內行能溫粹
仲子文章冠上庠英姿颯爽嘆非常青衿已食　天家
餼金粟將分月府香嗟余命薄釵分早議續遺孤惄如
擣感將猶子許爲兒夢中忽授安期棗繡褓文茵自抱
來愁眉緣此得重開不憂伯道終無嗣只愧儂無畫荻
才平居更訂同心約閨閣盟還聯棣萼意合眞如膠漆
投情深始信苔岑樂今年數恰配靈耆嶺上梅開十月
時鸞鶴翔來同獻壽塗鴉聊效贊賸詞他時　紫誥重
重錫共羡休祥一身集白首齊眉居百齡定看瑞靄添
南極

示全兒

似水年華指一彈孤雛倏已近加冠讀書豈必科名想
處世須知義命安先志勿忘稱至孝所生毋忝抵承歡
斷機不敢方前哲心事聊吟付汝看

示新婦

十五來歸稚可憐膝前只作女兒看但須燕爾常相敬
不必雞鳴早問安淡雅梳粧能脫俗聰明情性解承歡
願伊永記萱親訓宜室宜家事豈難（妹病中猶教女孝順勤儉）

自書第十卷詩後

頻年學道拜蓮臺慧劍能除煩惱來畢竟難消一嗔字
毫端忽又怒花開
十卷詩成暗自傷悲歡離合細思量仙人尚苦名成障
閨閣躭吟合斷腸

女士楚畹閣集　六

楚畹閣集卷十一

常熟 季蘭韻 湘娟

古今體詩十一

乙未

元日感懷

今年元日異常年，新婦相隨拜祖先。自憶初來爲婦日，姑恩未報恨終天。（元旦先姑忌辰，蘭侍先姑纔六十八日耳）

一瓣心香叩上蒼，惟祈老母壽而康。幾番根觸同懷妹，人道勝常我獨傷。（妹歿已三月矣）

連年風雨度元辰，今歲晴和萬物春。天意分明先改舊，

不知人事可更新。

立春前一日祭詩

爾豈窮人人自窮，不窮偏道句難工。淒涼性本從天賦，甘苦情非與俗同。落筆悲歡皆紀實，捫心文字未觀空。梅花臘酒芸窗薦，相謝頻年破悶功。

怨

非愁非恨亦非癡，方寸纏綿十二時。酒未能澆彈作淚，人無可語發爲詩。乾坤縱大憂難著，生死俱輕苦莫支。不是曾經親歷此，七情以外味誰知。

遣懷

毀譽榮懷似少年，不知榮辱總由天。近來學箇安心法，飢且加餐倦且眠。

午寐

連宵不寐病精神，勿藥還憑中聖人。萬事朦朧書作枕，醒來日影已過申。

放翁美睡宜人句，到此方知語不虛。茶熟香消無意計，欠伸支體覺全舒。

讀書

天性生成近蠹魚，攤書意興豈嫌孤。讀來有味常忘倦，解得無邪不是迂。排悶儘堪消歲月，陶情眞覺勝摴蒱。

湛然止水靈臺淨，一任旁人笑我愚。

閒適

纖塵飛不到樓臺，幾朵幽蘭伴我開。一二聲鶯催夢醒，兩三點雨送詩來。清閒畧占閨房福，疏懶原非富貴材。四十三齡將老矣，休思往事苦徘徊。

鸚鵡

慣向花前自喚名，綠衣丹嘴性聰明。閨中寂寞宜相伴，窗下詩詞記得清。膽怯畏貓如畏虎，音嬌疑燕又疑鶯。能言未必爲伊福，永鎖金籠過一生。

瓶梅

一枝折得樣璁瓏檀几安排興不窮蕊密曾經燒處好
花繁直與畫時同暗香細領銀燈裏疎影還移紙帳中
相對瑤琴彈雅調居然粧閣滿春風

夢遊仙六首

梅花紙帳夢淸幽仙侶相招碧落遊指點蓬山縹緲處
道儂曾此作粧樓
香濃金粟染銖衣月窟姮娥靜掩扉永住廣寒原有禰
青天碧海望依稀
天上何曾負舊盟采鸞生性最多情文簫名已歸仙籍
寫韻紅塵不再行

天孫織錦傍銀河拜問何年漢使過同說張騫太饒舌
大千世界事多訛
神仙九障一居名游戲紅塵豈俗情最愛麻姑善游戲
空中鞭背使人驚
靈簫曾識羣眞亦有蘭閨舊侶人問我瑤淸何日返
碧桃孤負已多春

臨宜蘭妹遺照感題四十韻

昭昭日月光不照黃泉窟傷我同胞人十旬死生別追
念平生形畫師頻點筆雖有遺照存豐客少年日一幅
家慶圖承歡自愉悅賦命胡不辰膏肓侵兀鼿十載常
臥床神淸瘦餘骨貝錦一朝生家難不能述單車婿北
行骨月成永訣欲訪病中姿言之苦難悉臨摹竟非是
頗嗔畫手拙自悔學丹青未學傳神術繼思何太愚是
非在心出卽如妹髫年豈似病中質三十九載中容態
變非一倘必求病容逝者心或拂只求神畧似便可慰
契濶但將付裝池晨夕瓣香爇至誠神可通眞眞倘能
活我意旣已更漸覺姿如實愁眉仍似顰笑靨依然逸
相對不能言披圖惟哽咽昨宵夢見君握手兩情密依
依如常時不知君已歿醒後徒添悲愈是愁腸結死者
固堪哀生者責難畢一女適我兒君心可勿切其餘子

女三失恃可憐絕我豈不相憐終夜思曲折無力空有
心愛莫能賙恤舅氏苦更貧毋黨似疎失旁有袖手人
心冷言翻熱諸甥小且癡惟解爭棃栗飢飽猶不知善
惡烏能別諒彼地下人能毋肝膽裂阿父客長安遙遙
事難決鱗鴻縱可通一札須逾月所望在今秋一第當
可必又憶妹生前仁孝人共說皇天若有靈宜爾子孫
吉

春夜大雪同礪之用東坡雪後書北臺壁韻

淅瑟聲初似雨纖漫天勢漸晚來嚴東風未暖偏飛絮
春夜禁寒和撒鹽點染黃梅成白朶餖飣紙閣卽瓊檐

謝庭我愧難追步，握管還愁凍指尖。
閒看凍雀與寒鴉，想見城南少鈿車。田舍共愁妨桒麥，閨房只解護蘭花。尋梅覓句思前哲，煮茗敲詩讓我家。春草不如春雪好，八叉相對惠連叉。

春夜書懷

含愁孤坐暗銷魂，花影當窗靜掩門。縹緲樓臺橫碧落，淒涼燈火又黃昏。千言莫寫平生恨，百刼難酬罔極恩。人世眞如蠶作繭，自纏自縛不須論。
春宵無事不堪憐，回首前塵總惘然。每聽雨聲添哽咽，時逢月色怕流連。詩詞唱和皆由數，山水登臨亦是緣。時欲遊劍門不果 博得清名消盡恨，可能如願在他年。

庭前牡丹頗瘦又爲風雨所侵偶成三絶句

玉環消減瘦丰姿，嬌妬深宮帶淚時。可惜三郎疎領畧，清平少譜一章詩。
儀態天然是大家，風吹雨打不欹斜。儘教改盡繁華樣，終究人間富貴花。
國色從來調護難，家貧開瘦最堪歎。者番始信唐人句，朝插眞能鏡裏看。

殘春早起

最愛晴窗曉，雲鬟草草梳。殘紅飛已盡，新綠却全舒。試硯臨唐帖，焚香讀道書。此中有眞樂，熱惱頓消除。

哭珧書

哭妹詩成甫半年，那堪又賦哭君篇。誼關中表原同氣，情勝連枝最有緣。數載暌違思切切，一朝訣别恨緜緜。閨房從此無知已，雨泣臨風欲問天。
乍聞死信眞疑假，急往親探痛莫論。蘭息已沉容宛活，秋波雖瞑體猶溫。長眠那有重醒候，遺囑全無片語存。萬喚千呼渾不應，癡心還望返香魂。
姊妹花中汝最嬌，相親相愛在垂髫。頻年愁聽香桃瘦，此日悲看玉樹凋。疾固爲常亡太驟，妹五年以來時病時愈此番未聞其病也悲哉 數雖有定恨難消。兩人俱道庸醫誤，宜妹病危云醫誤我珧妹歿前三日亦云也 說到庸醫淚似潮。

悲親憶弟淚頻彈，壬辰妹聞尊甫訃音甲午令弟遠出 屢歲支床弔影單。藥餌無靈生亦苦，膏肓久患死甘拌。妹久疾醫藥罔效故常云疾不脫體不如速死 一生契合同心易，半日彌留握手難。聞道芳心常念我，忍教不送汝歸棺。
蘭閨少小擅聰明，更愛溫其玉性情。言語含嬌神自逸，詞章未習句能成。妹未習吟咏偶爲五七言斷句亦能也 銀鈎金線同爭巧，琴韻書聲慣對評。回首舊情惟慟哭，相逢知否有來生。

十六年無一日分余與妹同生共長俱受業於趙若蘊師余年十六戊辰秋始隨親宦楚北
楚江隨宦始離羣五秋重聚翻如客壬申遭先君之喪余歸琴川妹已賦
桃夭矣 萬種相思苦憶君盼得歸寧話長夜愁當握別泣
斜曛而今縱有情無盡訴向泉臺慘不聞
鏡破釵分先後時十年同調最相知丙子余稱未亡丙戌妹歌黃鵠今屆
十年矣妹亦無所生子女 心思往事還如夢腸斷今朝合有辭歎我
多愁拚絕筆感君雅意勸吟詩余前年數月不作詩妹勸余毋絕咏吟有札云
一則可消寂寞二則妹歿必要姊作輓詩也 何堪負箇依前約握管酸辛莫
自持
昔誇佳偶沈休文鴻案相莊逈出羣德耀賢能原實事
孟嘗慷慨豈虛云妹倩沈毓齋有孟嘗之風 黃金散易貧堪歎赤手
炊難古所聞妹因貧窘致疾 地下十年重聚首定將離緒訴紛
紜
已恨多年未見卿今春探疾兩番行數言曾與留餘約
一別如何竟隔生絕世聰明誰寫像蓋棺顏色尚傾城
六親嬋媪俱憐感贏得人人哭失聲
一言相告在泉臺敢負平時重託來妹平生之願要余輓詩 題句
哭君非過譽捫心恨我太無才有情千古難如願多慧
三生易惹災悟徹塵緣歸淨土妙蓮華說不須猜

再哭珧書

垂肩三姊妹久結歲寒心義比泰山重情逾滄海深兩
人俱忽夭孤木不成林輾轉悲難已抽毫再續吟
七尺棺常閉幽魂不可招每驚生有限眞覺死非遙贈
我情千縷償卿淚一瓢忍思少年事題句寄鮫綃
欲仿驚鴻影關心覓畫師世無周昉輩誰識素娥姿皎
皎當窗態姍姍小步遲披圖渾不似想像補成詩
不是陳思賦誰知洛水神愧余無此筆爲爾細摹眞修
短穠纖合肌膚骨月勻遠山青黛好宜喜更宜嗔
十三憐失恃十九咏宜家豔福閨房擅賢聲戚黨誇春
風結桃實夜雪殞蘭芽妹生一子數月而殤 沈約原多病從茲伯
道嗟
前年秋八月伏枕哭君姑妹之生姑癸巳卽世 疾久常垂愛親亡
倍覺孤生原蘭室共妹與生姑同居一室 死竟繐帷趨妹柩與其生姑之柩
同停一室 泉下如能侍椿萱亦可俱
有姊隨夫宦相違歲月深文瑛姊別已十九年 昔如同命鳥今忘
獨飛禽文瑛珧書同懷至愛近年音問久疎也 每嘆關山隔常勞魂夢尋
音書時盼望豈必爲黃金去年妹因貧病相連乞借百金至今未覆
一弟遭家難天涯作遠遊有鄉歸不得無日念曾休禍
代神前乞書還枕上修寸函交我寄絕筆數行留
人亡悲物在清夜苦相思殉珮成虛願余贈妹西碧小鵩常言要殉殮

時徧覓未見弗果殉貽環記昔時妹貽余指環一枚多愁添疾病善哭爲情癡不識蒼蒼意斯人竟若斯思君眞寡過定赴四禪天性本如豪士生還有善緣妹喜奉佛六銖衣細剪五字句重宣儻再臨人世須修福慧全

西碧小鸝歌

珧書殮時徧覓小鸝不得爲嫗錢氏竊去已令其子售於鄉人矣余以錢贖歸感而作歌

物因變幻心始珍人分生死情始眞變幻死生事莫測投瓊報玖傷美人美人如玉溫其性愛璧曾言願相殉一朝竊去人無心百計歸來璧有命有情之人已長離無情之璧非我思因念其人訪其璧奴星胡乃將主欺璧雖無情不足寶人是有情盟永好無情璧仗有情人一靈助我勤搜討搜討殷勤十日餘明知只在此鄉閭青蚨畢竟奸人愛返璧何煩藺大夫璧兮璧兮物雖小離合曾經幸相保從今須作有情看百年願得常存趙

感逝

花開必有落月盈必有虧造化理如此生死胡足悲所悲花落後春來發故枝月雖有虧日亦有重圓時人生一死後茫茫竟無知恩仇付流水骨月永棄遺蓱踪來世逢更不知爲誰此身本如寄况難測死期壽夭不可必凡事貴預爲向平早婚嫁此意良可師我於未死日頗將身後思問心多負負淚下若綆縻

題墨花仙館遺書

君書十二幅幅幅千明珠常置妾奩內啼痕漬饋餉典守頗自嚴恐作長康厨不知我身後變化更何如他日納我棺素志庶不虛重泉倘聚首展玩仍合符豈竟作妄想聊以慰區區又思古名跡後世都寶諸靈物不敢晦況是君手書苟能永於世豈在殉我軀只此一微願然亦難必圖輾轉不容已達人應笑愚

惆悵

惆悵星星鏡裏看任兼勞怨却堪歎客愁但覺心胸窄閱世贏添眼界寬詩句傾將肝膽易人生改到性情難自憐一管淒涼筆縱不言哀意也酸

宋少保鄂國忠武王玉印歌

印大不盈寸篆刻王姓名兩字婁東王氏所藏云得自湘江漁人者

莫須有事誅忠臣一方寒玉傳千春湘江漁父忽網得少保姓名人共識金牌當日召師旋想見丹心比玉堅趙家金甌久已缺何如此印永不滅

哭吉雲安人

吉雲姓周氏姚湘坡福增司勛之配也司勛元聘余姪女織雲未婚而殂繼聘吉雲結褵後即拜墨香膝下克盡女道無異所生與余尢厚桼墨花仙館遺稿及拙著詩詞授司勛謀付之梓是可感也至其事舅姑以敬相夫子以禮馭臧獲以仁籍籍衆口固無俟余之贅說云

又見光韜織女星花簪白柰事酸心歎君福慧齡偏短愛我詩詞感最深怨句豈眞堪壽世孤懷難得有知音遙憐騎省神傷甚遺挂重披淚莫禁

香車記迓畫堂前看拜椿萱共道賢淑愼溫恭眞不忝德言工貌竟能全人間方喜芝蘭秀安人生次子纔一月餘地下偏聯姊妹緣指織雲廿五年華新命婦贏他太息偏琴川

仲夏即事同生藍小姑玉

曲檻斜陽如畫疎簾細雨催詩寒暖陰晴無定江南梅子黃時長晝綠窗人倦觀書慣枕書眠我抱深愁似海卿吟麗句如仙纖月新窺梧葉嫩蕊猶封藕花賚得一瓶梅水間窗同品新茶氷簟桃笙樓閣焚香滌硯心情共倚闌干索句流螢飛傍人明坐久煙融金鼎宵深蕊燦銀鐙詩思淸如氷雪能消五月炎蒸

雨後同生藍

午夢初回雨乍晴捲簾閒眺景幽淸松釵萬顆明珠細荷蓋一盤碧玉傾詩有同聲吟不倦事多失意氣難平輸他花下飛蝴蝶栩栩風前體自輕

題京兆嚴夫人遺照并序

夫人姓嚴氏故明相國文靖公之裔也二等金釭之第三枝棨戟之家門祚淸華簪纓爲奕蔚爲望族代有閒人生而淑德內韜靈心外暎克循姆教肄蘋蘩筐筥之章兼擅婦功勤織紝組紃之事歡聯棣蕚愛篤蘐枝未笄

之年賢聲早播巳及其作配京兆君也奠雁修儀飛鳳叶吉宜家宜室善心善容調羹湯於廚下敬奉威姑潔滫瀡於堂前情孚娣姒婢媼亦分夫冬愛帣幃但覺其春多力能挽鹿不辭提甕之勞心警鳴雞雅合彈琴之操一家慶焉三黨稱焉洎乎京兆君負笈外塾借硯他家夫人黽勉有無鈎稽鉅細持來管鑰心罔忽乎米鹽飭彼餠罍手弗停乎刀尺俾京兆君肆志丹鉛縱情翰墨世重文中之教人尊元晏之書內助之勳卓乎懋矣加以

高懷邁俗至性過人聞母喪而血淚交流侍姑疾而昕夕靡倦相夫子以贍族克置義田承先志以賙貧時分仁粟謂非巾幗之儒宗閨房之傑士也哉無如纖阿易沉彩雲遽散莫挽靈妃之步遂登玉女之臺京兆君悲甚黃門傷逾奉倩爰煩周昉之筆藉遣元相之懷景繪四時圖成一册留得人間珠樹定成楨榦之材降來月下瑤軿或結蘅蕪之夢謹題短什用代大招其詞曰

春雨兮迷濛吹畫簾兮颺姑風魂縹緲兮雲之中夏日

兮烈烈蓮吐葩兮香且潔魂恍惚兮冰壺月秋日兮淒淒梧桐瘦兮哀蟬嘶魂杳冥兮銀河西飛霰兮瑤臺鋼邃朧兮瓊英開招仙魂兮來不來悵遷流兮四序賸傷心兮庭宇憶舊事兮模餬寫芳蹤兮留畫圖

獨倚

獨倚高樓百感侵排愁無計且長吟寂寥恰合疎慵性
閱歷還添憂畏心去日苦多知夢短他生未卜枉情深
分明家世離騷續脫口偏成哀怨音

觀空不擬學神仙人近中年漸悟禪戒到詞章難受戒
緣憑禮法且隨緣傷心淚已生前盡妄想詩能死後傳
只此區區癡志願蓮臺懺悔佛應憐

讀長慶集

髫年偷取唐詩哦最愛一篇長恨歌今年得讀長慶集
始知全豹斑誠多三十餘卷詩俱好諷諭百篇尤絕倒
老元短李盡心傾不似尋常麗詞藻四卷閒適寫性情
清新俊逸能合并芙渠出水去雕飾讀之竟是陶淵明
直言屢觸中書忌謫向潯陽卑濕地偶爾秋心觸四絃
費盡江州司馬淚平生知己推微之元和對策冠一時
同心更喜出同榜七年同列鳳凰池左遷俱作天涯客
憂患偏能增筆力前後江陵道上行和詩最好陽城驛

離別常悲天一方相思渺渺託詞章屏風寺壁留題滿
兩地贏他紙價昂編成因繼詩千首贈答深情古無有
縱使形疎心不疎如斯纔足稱良友湓浦通州夢裏尋
猿悲鴈感兩難禁金蘭交契終身約花月平章萬里心
香鑪峯下山居卜五架三間避寒燠紙閣蘆簾有孟光
藥圃茶園享清福放懷詩酒學逃禪纔稱先生字樂天
無奈多才便多恨破除不盡是因緣宦遊幾處神仙署
江山名勝都題句木蘭堂與白公堤至今猶聽人爭慕
千秋元白每同論璧合珠聯集共存若較風情元似勝
儻評志節白還尊唐代詩人傳不少李杜才高無壽考

盧駱王楊命不全問誰能及香山老香山香山詩中仙
成佛當居靈運前從今頓薄西崑體願爇心香企慕專

讀放翁集

一枝健筆繼蘇黃遷謫終勝老故鄉蜀帥高情容放誕
嚴陵好景發詞章流傳小體人爭賞恢復中原志未償
祇合梅花爲伴侶忍飢相對傲氷霜

虞山懷古跡聯句八首

尙父湖

太公垂釣處蘭韻　湖水白茫茫地占西城勝成銑　名因
尙父揚風雲波隱現蘭韻　出處國與亡絕異羊裘客成
銑　徒邀虛譽長蘭韻

齊女墓

香冢北山巔成銑　思親望眼穿寃歸憐死後蘭韻　涕出
送生前嗚咽三江水成銑　淒迷九點烟杜鵑如訴怨蘭
韻　啼煞夕陽天成銑

言子墓

分得尼山秀蘭韻　虞山古墓留文明開僻陋成銑　爼豆
薦春秋小邑絃歌治蘭韻　南方教澤流仲雍遺冢近成
銑　勝蹟仰商周蘭韻

昭明讀書臺

蕭梁餘片土成銑　帝子有高臺獨擅三吳勝蘭韻　能收
六代才虛心比叢竹成銑　清影似寒梅偶爾同登眺蘭
韻　蒼茫發古哀成銑

崇禎三年梅

丹房閟香雪成銑　老幹鬱槎枒獨恃堅貞抱蘭韻　常將
淸白誇重開春世界成銑　留得古烟霞似話前朝事蘭
韻　枝頭翠羽譁成銑

紅豆山莊

江左尙書宅蘭韻　山莊久寂寥滄桑經小刼成銑　文字
重前朝才大身翻累蘭韻　情多志易消相思常不滅成
銑　老樹長新苗道光甲申五月紅豆復花蘭韻

河東君墓

香草弔蘼蕪成銑　靑樓絕代姝殉君曾勸死蘭韻　報主
竟捐軀偕隱村莊地成銑　猶留唱和圖紅顏全白璧蘭
韻　志節勝檀奴成銑

瞿忠宣祠

死守桂林城蘭韻　難扶大厦傾丹心依弱主成銑　碧血
共門生殘局支非易蘭韻　與朝表至誠蒼蒼原不負
成銑　奕葉尙簪纓蘭韻

讀鄭所南心史

生死惟知宋詩編德祐年金縢雖未貯鐵匣竟能傳咨足悲無地傷心自有天所思還本穴南望涕潸然

中興虛所願孤立趙家難一卷離騷續千秋志節完盟心惟皦日寫影託幽蘭筆底無纖土靈根要世看

惜惜柔柔事題詩盡表揚但能肝膽赤儘許姓名芳亦有衣冠輩輸他妓妾腸須知心史筆不讓董狐剛

遊方塔寺

古剎荒涼觸目生坐來惟有雀喧聲浮屠九級莫尋路弟子十尊難辨名鐘磬音稀香火少房廊人寂檻欄傾一僧補衲聊閒話白髮垂肩耳不明

書聲以下四詩俱用韻

丹黃千卷是家傳暇日娛情展未全一院花飛吟細細五更月落興綿綿讀當永晝神忘倦人到中年記不堅龍腦頻添茶自煑每隨琴韻度窗前

柝聲

寒閨兀坐慣三更月暗風傳閣閣鳴十里郵亭孤客醒一城秋夢幾家驚迢迢永夕沉沉雨黯黯離人脈脈情擁髻背燈頻徙倚無聊聽盡短長聲

紡聲

蓬門衣食賴於斯酷暑嚴寒總不辭斷續音邀鄰女和嬾勤功有隔家知篝燈每聽搖長夜伴讀還宜紡片時輾轉車輪腸絕似一絲成匹費千思

雞聲

錦幃驚醒一聲雞喔喔旋聞幾處啼談徹芸窗天欲曙叫殘茅店月沉西壯懷宵舞人思晉誤聽晨興后憶齊何日養成眞似木免教風雨歎淒淒

黃貞女詩

貞女許字沈氏子未婚沈病歿貞女矢志不嫁

江夏黃童舊有名紅閨懿行繼家聲嬰兒子後貞姬紹

貞女兩姑俱以奉父母故終身不嫁正氣由來屬女英古今伉儷人人重不幸遭逢生死分誰似休文能聘婦未曾食祿竟忠君

秋雨夕臥病傷宜蘭珧書

病裏孤懷不自持連枝中表總相思蘭摧蕙折人同逝苦雨淒風我獨悲感舊淚餘千點濕憐今情帶一分癡擁衾欹枕通宵憶碧落黃泉可得知

不寐述懷

長夜何漫漫不寐頻轉側何堪半生事併做一宵憶一自稱未亡廿年駒過隙孤兒漸成人敢自論功績惟思

天地間百歲如過客碌碌昧淨因問心殊可惜
可惜此微軀誤入繁華夢少小持一心我生須異衆脂
粉與綺羅本非情所重金鍼繡閣停斑管芸窗弄得婿
果不凡人道丹山鳳緣好不能長撫心成一慟
一慟悟夙因何敢怨天只豐兹而嗇彼其道本如此仁
孝人共稱我夫死非死青畫世所珍我名或附爾但能
留姓氏豈在拾青紫初心幸未違終勝嫁俗子
俗子妻多榮才人婦無福夫名媲秦嘉我愧非徐淑一
載許齊眉百年難比目漚波管趙緣千秋有誰續不羡
歸來堂易安事堪哭癡願學神仙效彼秦弄玉

弄玉本飛仙我心何敢望晨夕奉如來瓣香志清曠祝
兒災害除祝親壽無量先驅我詩魔繼消我塵障但能
法力加不懼流言謗閉閣卽深山無我無人相

咏水仙花禁用湘妃漢女洛神事礮之素和卽

次原韻

蕭疏冷艷惹人憐洗盡鉛華態自然淡不知春倚卷石
清堪照影愛寒泉檀心欲吐如含笑色相能空早悟禪
惆悵成連仙去杳余懷渺渺託吟箋
素琴深夜綆朱絃彈醒幽芳入夢遲祗合芙蕖來結契
雅宜蘭蕙作相知靈均孤憤沉江後太白狂吟捉月時
千古才人魂不散化爲花葉寄愁思

丙申

詠蘭

獨抱幽香韻自妍不將顏色博人憐閨房林下俱宜稱
同調評來只水仙

清明日以桃花供佛口占

莫道紅顏薄命容瑤池獨喜領春風一枝供養蓮臺畔
占得仙宮更梵宮

書妙法蓮華經後

我讀法華經孔經同一理生知爲上乘學知中乘旨聲

聞卽困知所貴一誠耳佛欲度衆生大學新民是三戒
聖人辭貪嗔癡堪比孟子言天爵良貴本由己大富長
者財原當付窮子人各有財貴惜哉棄不解身墮塵海
中甘作賤與餓火宅愛遊戲不知將及死如來聖賢心
大道無彼此相期只片言至善方可止

供菊

傲世清標迥出羣書窗相對絕塵氛捲簾人免西風怯
繞座香從老圃分三徑荒涼秋寂寞一瓶點綴色繽紛
休嗟舉世無知己同調還堪我伴君

殘菊

幾夜霜濃風太寒，東籬黃菊漸凋殘。離披影比愁人瘦，憔悴姿如病蝶乾。傲骨祇供高士賞，落英端合我家餐。一年花事今看盡，爲惜餘香獨倚欄。

諭貓

吳鹽親裹取，聘得小貍奴。玳瑁名堪錫（貓係玳瑁斑者），金銀眼恰符（吳俗貓以金銀眼者爲貴）。但能家鼠絶，莫歎食魚無。論汝言須記，庖廚不可趨。

代貓答

銜蟬掌豢養，願却不仁名。鼠子當勤捕，鸚哥豈敢驚。遠庖遵主命，念佛學人聲。白晝藤墩寢，清宵守到明。

丁酉

雲英曲

雲英姓沈氏，蕭山長巷里人。明道州守備沈至緒女。流賊攻武昌，至緒戰死。雲英率十餘騎入賊栅，奪父屍歸，親獲賊手戮仇人以祭。湖北巡撫上其事，詔以父官官之，代領其衆。其夫賈萬策，四川人，以都司守荆州南門。賊陷荆州，萬策死之。雲英乃辭官扶柩歸葬。家貧，授徒傭書以自給。年三十八卒，墓在龕山。毛西河爲作墓志銘。

文武忠孝四者全，男兒史册無多傳。明季蕭山有奇女，四者兼備眞英賢。木蘭從軍女作子，曹娥沉江從父死。更有能文斑惠姬，代兄曾續蘭臺史。此三女子人所欽，煌煌姓氏垂千春。雲英沈氏更超絶，能併三人爲一人。父守武昌後王事，女報親讐明大義。殺賊終看孃子軍，守城得遂夫人志。單師直入賊中央，金甲無聲夜氣涼。斬得仇頭奠阿父，驅來流賊報君王。論功幕府飛章奏，有詔酬庸父官授。豈弱秦家白桿兵，横刀殺退紅崖冦。英雄夫婿鎮荆門，賊勢猖狂更莫論。玉潤氷清曾不忝，裹尸馬革作忠魂。一門死事名雖得，慽海茫茫塡莫極。剪紙招魂不可招，淚滴征衫血凝碧。從此芳心百念氷，柳腰瘦損倦長征。愁看寶鏡孤鸞影，厭聽金戈鐵馬聲。傷心拜表辭明主，慘扶雙櫬歸鄉土。如此蛾眉冠古今，多少鬚眉應愧汝。歸來營葬復營齋，人羨中郎有女來。身世淒涼家國恨，難將悲怨訴泉臺。荆釵裙布清貧狀，居貧且設宣文帳。不獨傳經弟子行，并教學箇傳人樣。傳人如此信無儔，青史如何不采收。若使當年佐良玉，管教一樣美名留。忠孝雙全完大節，玉骨氷肌心似鐵。可惜才多福不多，三十八年泡影滅。支撑半壁恨南都，殘缺金甌未許扶。幸有春秋傳弟子，勝他韜畧學孫吳。

至今人仰龕山墓題起紅顏無不慕賴有才人撰墓銘
萬古千秋留考據

幼琴以其令叔方子畬熊明經繡屏風館詩屬
題因成四絶句

性靈格律能兼擅萬卷胸羅筆有神不是先生標一幟
海虞詩老近無人

幽居高隱比神仙閒適吟來似樂天我把好詩如畫讀
自描不異李龍眠

卓犖天生詠史才篇篇生面別能開重瞳不屑江東王
千古英雄知己來集中詠項王詩云君不見六朝帝統傳江東乘時割據誇英雄豈知重瞳當日竟不屑千秋第一人中傑

吾弟傾心拜下風一編珠玉示閨中始知清廟朱絃奏
雅樂原非俗樂同

戊戌

春日自遣

獨自忘言坐閒看日影過春晴花色喜風暖鳥聲和舊
卷隨身伴新詩脫口哦不須生感慨清福勝人多

讀吳梅村詩集

一枝史筆託詩名可惜奇才未造生高隱未脩陶令福
登朝頗異褚淵情苦心縱使人能諒熱血終悲已不平
閱到墓門題片石酸辛九勝庾蘭成

匝月南朝即罷官龔生素志老江干文人苦受聲華累
聖代何能徵辟寬屣脫妻孥情豈易身兼忠孝事誠
難君臣亦有前緣在 御墨親題萬古看

放言二首擬白太傅體

死生自古皆由命情事從來多妄傳慈母難無投杼惑
庸醫偏有殺人權能言鸚鵡終飛鳥善幻狐貍豈是仙
一語我還堪破的未容瞞過碧青天

優曇一現皆爭賞松栢常榮不足奇滄海涉生輪古井
無鹽貌陋勝西施蕉中覆鹿誰同夢杯裏吞蛇自致疑
得失是非終有定癡人應拜至人師

己亥

題河東君小像

幅巾相訪想當年結得三生翰墨緣紅豆村莊供唱和
絳雲樓閣住神仙白頭轉爲多情誤艷質偏能晚節全
莫道章臺飛絮活出泥不染品同蓮

可惜尚書死太遲丹青翻讓與楊枝若無慷慨捐軀日
誰信殷勤勸主時一代文章誇國手千秋志節遜蛾眉
柳花煙月難回首鏡裏重描絶世姿

庚子

絕筆

慧劍絕煩惱逍遙由絕起我絕貪嗔心從絕癡愛始食可絕葷腥衣可絕羅綺惟嫌絕筆難絕筆情無喜不絕藉書懷偶絕重復爾年年思絕之欲絕未絕耳但知絕無聊豈悟絕甚美近覺絕亦佳眞願絕筆矣一朝能絕筆情絕如止水寤寐絕無懷筆絕如心死

戊申

蘭自庚子絕筆後未吟隻字今夏墨香伯姒仙逝遺命蘭作輓章不敢不報勉書十絕聊以當哭亦自知言之不文也

我心傷盡久無心今見傷心復一吟三十二年如手足
一朝永訣絕知音

斷腸忍賦斷腸詩珍重遺言未敢辭莫把當年鍾郝比
閨中管鮑少人知

記得初逢丙子年形單影隻苟相憐不嫌薄命如秋葉
許把蘭芽嗣膝前丙子余因議嗣往拜掌伯姒垂憐許若生男嗣蘭膝下

生得佳兒雪玉膚無人不羨夜光珠抱來繡褓親交我
慷慨襟懷勝丈夫丁丑上元承杜生二月二十六日定嗣親送兒來

從此追隨似雁行相親無事不同商今生契合前生果
往日情深此日傷

分居咫尺苦相思我作巴詞君買絲線迹鍼痕猶在笥
令人一展一生悲伯姒以不能同居爲憾余每作小詩奉懷以綉事報之人亡物在痛何如之

孟光有德偏無貌蘇蕙多才未足賢言德工容能獨擅
古今端合讓君全

捫心自愧負深恩我撫孤兒痛不存倘使一靈能不昧
九原應侍北堂諼

玉樹芝蘭滿謝庭孫枝轉瞬得襟青寶生姪孫縣試第一咸誇積
善多餘慶底事長眠喚不醒

順夫鞠子卅餘年勤儉賢聲族黨傳畢竟紅塵非樂土
香魂歸去四禪天

楚畹閣集卷十二

詩餘

常熟 季蘭韻 湘娟

如夢令

雨夜懷珧書妹

深戶繡簾風動細雨黃昏愁重憶得送行時一把淚珠相送如夢如夢只有自家心懂

長相思

寄珧書

贈鮫綃答鮫綃兩地相思怎樣消將心託寸毫 路迢

迢夢迢迢一片魂隨早晚潮知君招不招

清平樂

春日遣懷

春愁難遣搖颺東風軟午夢醒來簾不捲底事新添慵懶 難消脈脈閒情晝長弄筆窗櫺卻被雪衣娘子花前細聽吟聲

一剪梅

暮春

九十春光欲盡天愁緒今年更勝前年依人新燕惹人憐學語纏綿學舞翩翻 遣悶還臨鏡檻邊幾幅詩箋一炷鑪煙無聊終覺口難傳風已蕭然雨又淒然

點絳唇

雞冠花

一種奇花素秋濃染臙脂色岸然高幘細壓紋如織五德兼全笑爾名空得東方白不聞聲息悄向霜風立

清平樂

春分日感懷

傷心難說往事都鴻雪痛憶前年生死別正是落花時節 當時笑語花晨而今寂歷黃昏泣到眼枯血盡尋他一縷精魂

蝶戀花

暮春花下

纔說春來春便去百轉思量無計留春住淚眼問春春不語 怱怱究欲歸何處 花謝花開能幾許過了清明漸漸飛紅雨花卻笑人心不悟青春畢竟誰能駐

搗練子

聞鐘

良夜靜碧天空悄地花陰下繡櫳一念不生塵意絕數聲敲徹月明中

點絳唇

瓶菊

折得霜葩膽瓶插處寒香襲卷簾風入秋在枝頭惜几淨窗明點染真幽絕重陽節記曾相覓猶自無消息

清平樂

偶成

朝來鵲噪噪得儂煩惱且把離情吟草草一幅花箋殘稿　無聊獨倚闌干思思想想心酸嘗盡世間愁味幾時淚眼才乾

采桑子

夢妹

朦朧見妹歸歡聚並坐房櫳細話離悰握手依依舊日同　雞聲驚醒天將曉纔喜相逢怎便拋儂贏得鮫綃淚點濃

聲聲慢

春宵獨坐風雨淒然珧書適因小極過從話雨未能也用漱玉調譜此以寫幽懷

蕭蕭瑟瑟做弄春寒相思寄與脆笛寫韻紅樓天樣一般遙隔前宵記曾聚首轉添儂者番傷別便算是再相逢怎抵斷腸時節　此際離愁如織燈燄小惺忪欲眠難得病耗傳來試問有誰憐惜東風又吹冷雨打窗紗助我慘咽此況味雨地裏青鬢易白

東風第一枝

宿雨初晴春光欲盡用渼溪調聯句

碧釀新寒香牽舊恨春痕黯淡如許湘娟怨情密化游絲杜鵑替人寄語礪之殘紅飛盡但悄憶東風前度湘把淚珠拋沁香泥夢裏翠陰如雨礪煙影瘦半天弄絮湘空自向畫檐暗訴礪嫩晴閣住斜陽倚闌自吟怨句湘淡雲搖暝又細繪銷魂庭宇礪甚亂愁隨了春來不解也隨春去湘

唐多令

連朝苦雨情緒無聊礪之偶填此調詞旨淒婉倚聲和之即次原韻

細雨冪寒煙懷人晝似年倦拋書且自閒眠已自工愁愁未了又遇此作愁天　剩冷戀吳縣孤紅瘦可憐淚珠濃彈碎雲箋玉笛一聲春去也春恨在兩眉邊

貂裘換酒

丙子春余為仙客製鴛鴦繡囊未竟而仙客謝世越七載織雲姪女請繡成之旋即病瘵於丙戌冬歿斯囊終未成也余悲彩雲之易散傷繡譜之不終填此以當輓歌亦聊以自遣云爾

殘繡鴛鴦譜未模糊鍼痕線跡助儂淒楚記得當年紅窗暇悄聽畫眉人語將一幅吳綾裁取誰料罡風催比翼忍愁絲怨縷都拋置未了事向伊訴　茫茫碧海驂鸞去問天孫織殘雲錦甚時重補依舊空箱深深鎖添了啼痕幾許但消受連番愁緒夜雨孤燈重展處寄相思譜作銷魂句人去也恨千古

高陽臺

見楊花感悼仙客

舊夢隋堤新愁謝砌和煙細撲簾旌已苦春歸被伊碎盡春心吟魂淒共游絲渺趁東風自去追尋認分明點點香毬併做啼痕　飄零也似殘紅樣任無人憐惜自管離情散入池塘倩誰扶起輕盈化萍縱使還能聚奈相逢已是來生更淒清待得重圓記否前因

壺中天

子瀞太史復以叔美錢君所畫隱湖偕隱圖屬題

尙湖千頃鏡匳光蕩得吟情如許別有古梅花世界一笑春無尋處鶯老吹京魚眠選夢一葉飄然去玉臺雙影暗香飛上眉宇　還記仙署當年珊珊珮振妙奏淩雲賦拋卻軟紅塵十丈料理天隨漁具寫韻樓臺滙波亭館一樣同圓聚菱歌四面紫簫還按新譜

醉花陰

送春日大雨竟日惜春光之已盡驚歲月之如流對景懷人漫塡小令以寄珧書

苦雨聲中春已去春去無尋處雨慣阻人歸問雨如何難阻春歸路　惜別惜春愁莫訴併作新詞句不識到明年相送春時可是人如故

前調

擁鬟閒聽終日雨添得愁如許淚眼已流乾不信天心更比儂心苦　遙想畫樓人獨處此際生離緒慰語莫悲酸須有相逢時節情償補

菩薩蠻

妒花風雨來何速空庭一夜埋香玉惜玉與憐香愁人欲斷腸　斷腸非獨我鎮日含愁坐知爾在高樓如儂一樣愁

金縷曲

秋夜夢外醒後感成

秋雨敲窗急夢驚回曉鐘乍動殘燈將滅片刻相逢留不住宛轉深情如昔渾未改舊時形迹醒後音容何處去但贏來滿枕啼痕濕身世恨一時集　追思往事心

傷絶痛而今生誠有怨死尤無益祇悔當年儂負約不合任君輕别何苦把孱軀偷活輸與鴛鴦能並命枉千迴百轉空相憶心只願早同穴

摸魚子

題外姑母素真夫人遺照後附其幼子遺容 共裝

問生綃連番畫出如何畫得愁緒碧雲天外秋如水中有飛仙歸路仙不語仙已在瑤臺十二珊珊步披圖認取甚玉鏡緣慳金鐶夢冷併作斷腸譜 前生恨只結三年鴛侶招魂還唱騷賦未容仙果人間種也被春風

吹去留且住空賸了曇花小影薰香護零煙斷絮潘鬢已星星兩般悽愴付與玉簫訴

調笑令

春夜與墨香聽雨

春雨春雨卻好洗將愁去常時聲滴庭隅攪得離人夢無無夢無夢歡喜今宵聽共

南樓令

雨夜懷墨香

入夜雨淋浪風聲助勢狂對孤燈膽怯空房憶得前宵同聽際渾不是恁淒涼 酒怕入愁腸無言黯自傷且拈毫消遣更長怪煞離情吟不盡吟罷了又思量

右墨花仙館合刻屈文學宙甫先生與其夫人季所箸也先生少穎異十三能爲學窠書詩畫學卽工夫人博涉經史亦工詩畫一時閨閣有徐淑秦嘉之目年二十五遘疾卒夫人哭以詩復爲文祭之情摯詞哀不忍卒讀今具載集中予妻屈先生爲妻黨從叔屈氏亡取于周外舅姑繼爲女於是往來於屈如常而夫人之愛周氏也如其姪嘗請梓其詩未許請以先生遺稿同付梓許之錄稿授之并以先生遺繪團扇冊爲贈時甲午春正月也是年冬周氏亡予時供職南曹簿書倥偬未暇校讐焉日月不淹瞬逾十稔距先生之亡三十二年矣夫人更嗣子之變與孀婦撫其孤久已屏棄翰墨則是稿之存於予者不啻吉光片羽爰屬其從姪茂曾校讐校而梓之以永其傳並償亡婦夙願云道光丁未人日

姚福增跋